Sur l'auteur

Né en 1959 à Ôsaka, Yûsuke Kishi est membre de la Mystery Writers of Japan Association. Après avoir travaillé plusieurs années dans une compagnie d'assurance, il se lance dans l'écriture. Ses romans sont tous des best-sellers, régulièrement adaptés en mangas ou en films. Publié en 2022 chez Belfond, *La Leçon du mal* a déjà été adapté en manga en France aux éditions Kana et a été porté à l'écran par le cinéaste japonais Takashi Miike.

YÛSUKE KISHI

LA LEÇON DU MAL

Traduit du japonais
par Diane Durocher

10
18

BELFOND

Ce livre est une œuvre de fiction. Les noms, les personnages, les lieux et les événements sont le fruit de l'imagination de l'auteur ou utilisés fictivement. Toute ressemblance avec des personnes réelles, vivantes ou mortes, des événements ou des lieux serait pure coïncidence.

Titre original :
Aku No Kyoten

Édition française publiée avec l'autorisation de Bungeishunju Ltd., par l'intermédiaire du Bureau des copyrights français, Tôkyô.

ISBN 978-2-264-08258-9
Dépôt légal : août 2023

PREMIÈRE PARTIE

1

Ce rêve n'avait ni queue ni tête.

Il assistait à une pièce de théâtre, apparemment jouée par des lycéens. Les siens, d'ailleurs : ceux de la 1re 4, dont il était le professeur principal.

On donnait *L'Opéra de quat'sous*, de Kurt Weill. Le bandonéon soufflait les premières notes de « La Complainte de Mackie ». Il regarda de plus près. Les élèves, tels des pantins, étaient affublés de fils. Manipulés contre leur gré, ils s'activaient aux quatre coins de la scène avec une maladresse confondante.

Deux jeunes femmes étaient assises à ses côtés, chacune un bouquet de fleurs à la main. À sa gauche, Junko Taura, l'infirmière du lycée. À sa droite, Satoko Mizuochi, la psychologue scolaire dont le regard soucieux demeurait rivé à la scène.

Les adolescents entravés s'acquittaient de leur rôle avec diligence – la plupart d'entre eux, en tout cas. Certains se mouvaient de leur propre volonté, troublant le bon déroulement du spectacle.

Agacé, il leur lança des craies qui ratèrent leurs cibles. Alors, il pointa sur eux un fusil de stand de tir à la fête foraine et fit feu.

Il faucha un élève, puis un autre. Les victimes, plates

comme des silhouettes en carton, s'abattirent pour sombrer dans les entrailles infernales de la Terre.

Le public était hilare.

Fier de son adresse, il se tourna vers ses collègues, sûr de lire l'admiration dans leurs yeux. Au temps pour lui : les jeunes femmes semblaient insensibles à ses prouesses.

Il y avait du remous dans les premiers rangs. Le proviseur et son adjoint, suivis d'une ribambelle de profs, venaient d'apparaître en gesticulant. Qu'est-ce qui pouvait bien les contrarier à ce point ?

Leurs va-et-vient incessants parasitaient le spectacle. Il décida de viser dans leur direction.

Après quelques tirs, le décor changea brutalement.

Il volait en plein ciel.

Ce n'était pas la première fois qu'il se voyait voler en songe. L'issue de ces épisodes était immuable : à mesure qu'il tentait de prendre de l'altitude, une force mystérieuse l'attirait vers le sol puis, quelques centimètres avant le crash, le maintenait en lévitation. Or, cette fois, il volait bel et bien. Et le paysage qui défilait sous lui était hallucinant de réalisme.

À l'est, le ciel trempait dans une clarté diffuse.

Il dominait de plusieurs centaines de mètres les quartiers nord de la ville. Un seul coup d'œil lui suffisait pour embrasser les collines qui séparaient Machida de la commune voisine, Tama. Il se trouvait à l'aplomb du lycée Shinkô Gakuin, situé dans le parc des ruines du château d'Onoji. L'établissement, composé d'un bâtiment principal et d'un gymnase reliés par une galerie, formait un U vu du ciel.

Il mit le cap sur le sud. Un îlot d'immeubles apparut au-delà du mont Nanakuni, mais il n'en vit pas plus : il commençait à perdre de l'altitude.

Bientôt, il put détailler les habitations en contrebas. Une succession de bâtisses traditionnelles, étriquées et vétustes, dont les tuiles manquantes étaient indéfiniment couvertes de bâches bleues par mesure d'urgence « temporaire ».

On y était enfin. À moitié conscient, il reconnut la maison. *Sa* maison. Il ne l'avait jamais contemplée de si haut, néanmoins le tableau lui semblait étrangement familier.

Son champ de vision se rétrécit pour se concentrer sur l'étendoir du jardin, où il atterrit en douceur.

Il ouvrit brutalement les yeux.

Un corbeau croassa.

Croâââ !

Croâââ !

Le réveil indiquait 5 heures à peine.

Seiji Hasumi bâilla à s'en décrocher la mâchoire. Pourquoi diable fallait-il qu'il soit tiré du lit tous les matins à une heure pareille ? Inutile d'essayer de se rendormir… Les oiseaux persisteraient à l'appeler tant qu'il ne leur aurait pas prouvé qu'il était debout. C'était presque un honneur d'être l'objet d'une telle obstination.

Il se leva de son futon et fit quelques étirements avant de se rendre dans la véranda pour jeter un coup d'œil au jardin.

Ils étaient là. De leur perchoir, deux énormes corbeaux le fixaient, imperturbables. Même à Machida, où les représentants de l'espèce en imposaient, ces deux-là faisaient office de champions. Pour une raison inconnue, ils semblaient affectionner la vieille bicoque que louait Hasumi et y revenaient chaque jour. Il les avait baptisés Hugin et Munin, à l'instar des corbeaux messagers du dieu Odin dans la mythologie nordique. Hugin était un remarquable spécimen de corbeau à gros bec qui n'aurait pas eu à rougir de la comparaison avec un grand corbeau de Hokkaidô. De taille sensiblement plus petite, Munin devait être une femelle. Au passage de leur membrane nictitante, leurs globes oculaires se couvraient de blanc. L'œil gauche de Munin, peut-être crevé, gardait constamment cette teinte laiteuse, qui ajoutait à son allure sinistre. Un seul de leurs cris suffisait à faire battre en retraite n'importe quel chien des rues.

Hugin et Munin soutenaient son regard sans sourciller. Tenter de les effaroucher en élevant la voix n'avait aucun effet, feindre de leur lancer un projectile imaginaire non plus.

Cependant, il suffisait qu'il mette discrètement la main sur une solide balle de base-ball pour que les indésirables s'envolent dans un concert de cris indignés qui résonnaient comme des injures. C'était presque devenu un rituel entre eux, mais la capacité d'observation des oiseaux ne laissait pas de l'étonner.

Il se brossa les dents et s'aspergea le visage d'eau froide afin de dissiper les dernières torpeurs du sommeil. Alors seulement, son rêve lui revint en mémoire.

Inutile de s'appesantir sur la première partie… Dans la seconde, il aurait juré que son esprit avait fusionné avec celui d'un corbeau. Depuis son emménagement dans cette maison, un mois plus tôt, il avait élaboré stratégie sur stratégie pour chasser le couple d'emplumés. Celui-ci avait déjoué ses plans avec une intelligence redoutable. De là à leur admettre un don de télépathie… On disait que les oiseaux étaient les descendants directs des dinosaures ; comment savoir s'ils ne s'apprêtaient pas à reprendre la suprématie aux mammifères, grâce à des pouvoirs insoupçonnés qu'ils affûtaient dans le plus grand des secrets ?

À bien y réfléchir, cela semblait peu probable. Le rêve l'avait plongé dans une temporalité confuse. Il avait sans doute entendu un premier croassement durant son sommeil, ou perçu un autre signe annonciateur de l'arrivée des volatiles, et de là son esprit avait lui-même élaboré toute la mise en scène aérienne. Quant à comprendre comment il avait généré les images de Machida vu du ciel, dont il n'avait aucun souvenir réel, c'était une autre histoire…

Hasumi vivait seul et ne s'encombrait pas de convenances : le survêtement dans lequel il se glissait sitôt rentré du travail lui servait aussi de pyjama. Ce qui s'avérait pratique à bien des égards. Car que faire à une heure pareille, sinon aller courir ?

Il se rappela au dernier moment le sac en plastique qui l'attendait dans le réfrigérateur. Il le fourra dans son sac banane, enfila ses Nike et sortit. Les vols par effraction étaient monnaie courante à Machida, mieux valait ne pas oublier de donner un tour de clé.

Il avait à peine esquissé quelques foulées que des aboiements furieux retentirent. Toujours Momo, le bâtard des Yamazaki, à deux maisons de chez lui. Le chien, agréable avec la plupart des riverains, s'était pris dès le début d'une aversion profonde pour Hasumi. Le fait qu'il réveille tout le quartier au moindre geste n'avait rien de réjouissant, mais comment se plaindre ? Le propriétaire du chien était également celui de sa maison.

Qu'à cela ne tienne, il allait s'occuper de Momo.

Il tira du sac en plastique un morceau de viande qu'il balança par-dessus le portail.

Le chien cessa de japper, renifla l'offrande et la dévora finalement à grands coups de dents.

— Alors, Momo ? On se régale ?

La friandise était improvisée à partir d'un steak de bœuf japonais acheté pour le dîner… un vrai festin pour un clébard. Le pot-de-vin semblait avoir touché dans le mille. Pour autant, le regard en biais du chien indiquait qu'il en faudrait plus pour le convaincre. Tenter une quelconque flatterie était probablement prématuré. Hasumi reprit sa course en sifflotant.

Il fit le tour des collines et espaces verts environnants à une allure de marathonien avant de repartir en direction de la maison. Son jogging était trempé de sueur.

M. Yamazaki, sous son porche, pratiquait des étirements de son cru.

— Bien le bonjour, monsieur Hasumi !

L'homme aux sourcils aussi blancs que ses cheveux n'en était pas moins vigoureux et cela se ressentait dans sa voix.

— Bonjour.

— Quelle forme, quelle forme ! Ah, je vous admire. Et puis, comme on dit, hein… Être prof, ça demande une santé de fer, pas vrai ?

— Je ne vous le fais pas dire… Mieux vaut ne pas se laisser aller quand on est face à des gamins pleins d'énergie !

Momo pointa le museau derrière son maître et montra les dents. Avait-il déjà oublié la prodigalité dont il avait fait l'objet ?

— Ouste, Momo ! le tança M. Yamazaki. Qu'est-ce qui te prend, de grogner comme ça ? Désolé, il est plus accueillant en général…

— Bah, les chiens ont leurs têtes, comme les humains. Je suis plus embêté par les corbeaux qui me réveillent tous les matins. Vous n'auriez pas une solution ?

Le propriétaire chapeautait une association de quartier.

— Ah, c'est compliqué… admit-il. Les oiseaux sauvages, on n'a pas le droit de les éliminer. Et ne vous fatiguez pas à en parler à la mairie : à part vous donner des sacs-poubelle ocre plutôt que jaunes, ils ne sont bons à rien. Si vous voulez mon avis, un bureaucrate, tant qu'il n'y a pas de dégâts, ça ne remue pas le petit doigt !

À la limite, je peux vous refiler de ces ballons qu'on utilise dans les champs pour les éloigner…

Un leurre aussi ridicule n'allait certainement pas mystifier deux oiseaux de la trempe de Hugin et Munin.

La sueur qui imbibait son jogging s'était refroidie : il était temps de saluer M. Yamazaki. Une fois chez lui, Hasumi jeta vêtements et sous-vêtements dans l'antique machine à laver à deux cuves, lança la lessive et entra dans la douche. Le chauffe-eau au propane mit une bonne minute avant de produire autre chose que de l'eau froide.

Bon. Pour ce qui était des corbeaux, il pouvait les considérer comme un réveille-matin et ne plus s'en soucier. Pour le moment.

Les problèmes plus urgents ne manquaient pas. Tandis que l'eau bouillante ruisselait sur sa peau, Hasumi se mit à penser à son travail, à son petit royaume : le lycée.

Il y avait trois avantages à louer cette masure délabrée. Le loyer, pour commencer, était abordable. Ensuite, elle n'était pas loin du lycée. Enfin, le jardin était assez spacieux pour y garer un véhicule sans souci.

Hasumi fit démarrer sa vieille Daihatsu Hijet et descendit la rue en pente. Il avait acquis ce tas de ferraille bon pour la casse pour une bouchée de pain l'année précédente, lorsqu'il avait décroché son poste à Machida. Contre toute attente, il avait vite été conquis par le véhicule, et s'en séparer était inconcevable. Machida, où les embouteillages étaient légion, n'offrait pas des conditions de circulation excellentes ; si on ajoutait à cela que le lycée était bâti sur une zone grignotée dans la colline, le choix d'un utilitaire léger, capable de rouler sur d'étroits chemins de campagne, prenait tout son sens.

Le mois dernier encore, il louait un minuscule appartement non loin de la gare de Machida. Il devait alors payer sa place de parking, ce qui lui semblait complètement stupide. La vieille baraque appartenant à M. Yamazaki lui était apparue comme la solution idéale. Seul point négatif, la Daihatsu consommait pas mal et l'obligeait à économiser le carburant.

Il s'engagea sur la voie qui desservait le lycée Shinkô Gakuin de Machida, « Shinkô Machida » pour les intimes.

Quelques jours plus tôt, les cerisiers qui longeaient la route croulaient sous les fleurs. Tout n'était plus que feuillage désormais. La plupart des lycéens empruntaient ce chemin, à pied ou en bus, mais il était rare d'y croiser quiconque avant 7 heures.

À trois cents mètres du portail environ, il tomba pourtant sur deux élèves qui portaient de longs bâtons dans le dos. Des *shinai*, pour le kendo. Elles se retournèrent au bruit du moteur de la Hijet.

— Hasumiiii !

Nana Kubota et Satomi Shirai, tout sourire, agitèrent les bras en criant ce surnom dont les élèves de 1re 4 l'avaient affublé.

— Qu'est-ce qui se passe ? s'enquit-il en freinant à leur hauteur. Vous êtes bien matinales aujourd'hui !

— Obligées : on a entraînement de kendo ce matin, répondit Nana. Ushijima est à fond, avec la Coupe des clubs de Tôkyô.

— Ouais, il est dingue, renchérit Satomi.

Elles feignaient l'indifférence, mais toutes deux étaient deuxième dan de kendo et partaient favorites pour les championnats individuels.

— Dites donc, un peu de respect pour votre entraîneur !

Satomi, qui lorgnait l'utilitaire décati, ne semblait pas même avoir entendu la remontrance.

— Pas étonnant que vous soyez toujours célibataire à trente-deux ans. C'est pas au volant de ce tas de ferraille tout pourri que vous allez trouver l'amour !

— C’est vous mes amours, mes chères élèves ! Tous autant que vous êtes !

— Pff, n’importe quoi ! Trop nase.

— Hé, Hasumi ! Vous nous déposez ? demanda Nana, qui s’agrippait déjà au plateau arrière.

— Surtout pas ! Vous voulez que je me fasse remonter les bretelles par le proviseur adjoint ?

— Allez, soyez cool…

— Je ne vous priverai pas d’un bon échauffement. Suivez mon conseil : allez-y en sautant à pieds joints.

Il redémarra, coupant court aux protestations des adolescentes. Quelle que soit l’heure matinale à laquelle il arrivait, il ne pouvait s’enorgueillir d’être le premier à passer le portail. La Lexus IS de Hiroki Sakai, le proviseur adjoint, semblait le narguer sur le parking du personnel enseignant.

— Monsieur Hasumi ! s’écria une voix nasillarde dans son dos.

Il n’avait pas encore posé les deux pieds hors de son véhicule.

— Monsieur le proviseur adjoint… Comment allez-vous ? répondit-il en ébauchant à contrecœur un sourire.

— Encore avec ce camion dégoûtant ! Vous ne pourriez pas en changer ?

— C’est qu’il me rend de fiers services, ce vieux tacot, répliqua Hasumi. Vous n’avez pas idée du matériel que je peux transporter pour la fête culturelle, par exemple.

— Bah, c’est toujours mieux que de venir au lycée dans une voiture de sport de m’as-tu-vu !

Les sourcils de Sakai se froncèrent au-dessus de son nez bronzé sur les gazons de golf. Il faisait bien évidemment référence à la Mazda RX-8 jaune du professeur Shunpei Sanada.

— Enfin, tant qu'il se gare loin de moi… On a vite fait d'emboutir les autres avec ce genre de véhicule.

Après cette vaine tentative de faire passer le fond de sa pensée pour une plaisanterie, il reprit un visage plus grave.

— Parlons plutôt de la 1re 4, voulez-vous ? Que de soucis, déjà ! Les fêtes de fin d'année sont à peine expédiées ! Comment expliquez-vous cela ?

C'était bien la dernière question qu'il avait envie d'entendre de si bon matin. Comment les problèmes pouvaient-ils s'accumuler alors que le trimestre n'était vieux que de deux semaines ?

— Ce sont des problèmes sensibles, je suis en train d'en parler avec les élèves concernés afin d'obtenir plus d'informations.

— Certes, mais prenez garde à ne pas laisser les choses s'envenimer. Nous parlons de harcèlement, je vous le rappelle, dit le proviseur adjoint d'une voix enrhumée.

— Bien entendu. Mais puisqu'il y a soupçon de vol d'argent, je dois d'abord réunir des preuves.

— Vol… d'argent ? s'étrangla-t-il. Le père de Rina Kiyota a parlé de vol d'argent ?

— Non, Rina, c'est encore une autre histoire. Je ne suis même pas sûr qu'il s'agisse réellement de harcèlement dans son cas.

Merde. J'en ai trop dit.

— Une autre histoire ? Vous en avez combien encore, des histoires de harcèlement dans votre classe ? Et puis l'extorsion d'argent, c'est grave, vous savez ! Qui est concerné ?

— Masahiko Maejima. Mais… rien n'est encore sûr. Lui-même nie les faits.

— Reprenez-vous, bon sang ! fit l'autre en reniflant. On vous a confié la responsabilité de cette classe car ces élèves vous témoignent une confiance aveugle. Beaucoup pensaient que vous n'auriez pas les reins assez solides, surtout avec tous ces cas difficiles…

— Inutile de vous inquiéter. S'il y a lieu d'agir, je saurai quoi faire.

— En êtes-vous sûr ? Dans ce cas, je vous laisse maître de la situation… Il faut dire que votre popularité auprès des élèves est sans pareille… (Sa voix prit une intonation roucoulante, ce qui ne laissait rien présager de bon.) D'ailleurs, il me semble que nous avons encore un sujet d'inquiétude… J'ai reçu un appel téléphonique hier soir.

— De qui ?

— Du père de Shûhei Naruse. Vous êtes certainement au courant qu'il travaille pour l'une des cinq plus grosses firmes d'avocats du pays ? Il semblerait que sa spécialité soit le droit de l'entreprise…

— Shûhei… Ce ne serait pas à cause de l'incident avec le professeur Sonoda, lors du cours d'EPS ?

L'élève en question avait la mauvaise habitude de se rebeller contre l'autorité lorsque ça lui chantait. Le gamin se laissait canaliser assez aisément pour peu que l'on garde son sang-froid. Mais un prof issu de la vieille école tel Sonoda ne pouvait tolérer le moindre manque de respect. Il était parti au quart de tour, cognant l'insolent, qui s'était mis à saigner.

— M. Naruse a déploré qu'un professeur ne soit pas en mesure de se contrôler et m'a demandé si les châtiments corporels faisaient partie de notre éducation… Il m'a bien fait comprendre que si M. Sonoda n'était pas sanctionné, il se verrait dans l'obligation d'agir…

— Il a menacé de se plaindre auprès de la hiérarchie ?

— Non, il a parlé d'enquête et de poursuites au civil, précisa Sakai en grimaçant.

— M. Sonoda bénéficie-t-il de la protection juridique des professeurs ?

L'« assurance responsabilité indemnité des professeurs » était proposée depuis l'an 2000 par certaines sociétés d'assurances et permettait de soutenir financièrement l'enseignant en cas de procédure judiciaire intentée par un parent d'élève.

— Ce n'est pas le problème ! En arriver au procès serait désastreux pour l'image de notre établissement ! glapit son interlocuteur.

— Je vois. Il faudrait déjà commencer par des excuses en bonne et due forme de la part de M. Sonoda. Le principal doit en exiger, et s'il continue de refuser, il faudra le persuader.

— Ce n'est pas si simple, monsieur Hasumi.

— Pourquoi donc ?

— Vous n'êtes pas sans savoir que M. Sonoda est un homme de principes et qu'il a sa fierté concernant son mode d'éducation. Parfois les élèves ont besoin d'être recadrés… Je suis le premier à en avoir conscience. Il affirme que si on continue à lui demander de s'excuser, il donnera sa démission.

— Eh bien, dans ce cas, acceptez-la. Ce sera un problème de résolu.

— Comment pouvez-vous dire cela ? Vous n'étiez pas encore parmi nous, mais je vous rappelle que notre établissement a connu des périodes troubles. Personne n'a été aussi efficace que M. Sonoda pour rétablir une certaine discipline au sein des élèves.

— Et nous lui en sommes tous reconnaissants. Cependant c'est du passé, et nous parlons du présent, insista Hasumi.

— Non, c'est du futur que je vous parle, rétorqua Sakai, le front barré d'un profond sillon. Dans un établissement privé comme le nôtre, il y a toujours du bon grain et de l'ivraie. Nous devons faire face à l'absentéisme et aux violences, c'est inévitable. Et dans ces cas-là, rien ne vaut un bon vieux prof de sport droit dans ses bottes pour remettre les pendules à l'heure.

— J'entends bien, mais il n'est pas irremplaçable...

— C'est vous qui le dites... Des profs effrayants, encore, on peut en trouver. Mais un spécialiste aguerri en arts martiaux, qui impose naturellement crainte et respect aux élèves, ça ne court pas les rues. On ne peut pas se reposer uniquement sur des profs de la trempe de M. Shibahara...

Non, évidemment, pensa Hasumi. Tetsurô Shibahara, l'autre prof d'EPS du lycée, évoquait un yakuza dans l'âme qui, après avoir échoué au concours d'entrée dans la pègre, se serait rabattu sur l'enseignement. Ses airs de voyou n'étaient pas comparables à l'attitude digne d'Isao Sonoda, jamais aussi sévère qu'envers lui-même.

— Je comprends ce que vous voulez dire, mais en quoi pensez-vous que je pourrais intervenir ?

— Persuadez Shûhei Naruse de minimiser l'incident, souffla le proviseur adjoint. Il en parlera à son père, lui demandera d'abandonner ses velléités de poursuites.

— C'est impossible, vous le savez bien... Même si je convainquais Shûhei, jamais son père...

— Bonjouuuur !

Nana Kubota et Satomi Shirai venaient de passer le portail.

— Bonjour, leur lança Sakai avant de revenir à Hasumi. Bon, je vous laisse, je compte sur vous sur ce sujet, n'est-ce pas ?

Sur ce, il renifla et tourna les talons.

Après avoir terminé son tour de garde à l'entrée du lycée, Hasumi se rendit dans la salle des profs. Le métier de professeur incluait la gestion d'une classe, l'enseignement d'une matière ainsi qu'une responsabilité particulière dans la vie du lycée. Pour sa part, Hasumi avait opté pour une charge au sein de l'équipe de surveillance, responsable de la bonne conduite des élèves. Le rôle pouvait s'avérer à double tranchant lorsqu'il s'agissait de serrer la vis aux jeunes les plus récalcitrants, mais il pouvait y avoir des avantages. S'assurer la confiance de la hiérarchie et recevoir sans effort pléthore d'informations sur les élèves, par exemple. D'ailleurs, il avait bon espoir qu'un peu de sévérité n'entacherait en rien son extraordinaire popularité auprès des ados, qui avaient tout le loisir de tourner leurs élans de rébellion vers le brutal Shibahara ou le strict Sonoda.

Tiens, c'est vrai, admit-il à part lui-même. *Sonoda est peut-être bien utile, en fin de compte. Essayons de lui faire renoncer à sa démission.*

— Bonjour, monsieur Hasumi ! Vous avez l'air bien préoccupé, dès le matin !

C'était son collègue Yôji Takatsuka, professeur d'anglais comme lui. Assez enveloppé, il subissait sans arrêt les injonctions à perdre du poids du proviseur adjoint, ce qui de toute évidence ne servait à rien. Lorsque les élèves l'avaient surnommé « Heavy Meta », le prof replet s'en était réjoui, persuadé que c'était en l'honneur de son passé de rockeur. Mais cela signifiait en réalité « Heavy Metabolic », soit une référence à son obésité.

— Ma classe m'en fait voir de toutes les couleurs, confia Hasumi à son collègue. J'ai déjà bien assez de problèmes avec les ados, alors si les profs se mettent aux châtiments corporels…

— Que voulez-vous… C'est un guerrier, M. Sonoda. Et puis, pour être honnête, on profite tous de son autorité sur les élèves, ici, souffla l'homme en penchant son gros corps en avant. Je pense que vous avez trop de gamins à problèmes, dans votre classe. La plupart des élèves sont sans histoire, même comparés à un lycée public[1], mais il me semble que tous les cas difficiles de seconde ont été rassemblés dans la 1re 4.

— C'est vrai, mais de mon point de vue, il n'y a pas d'élèves « à problèmes ». Certains ont juste besoin d'un peu plus d'attention que les autres, voilà tout.

— Enfin, il y en a tout de même un qui sort du lot… chuchota Takatsuka.

— Vous parlez de Tadenuma ?

Masahiro Tadenuma était sans conteste le « boss » de toutes les classes de première. Il n'en imposait pas forcément par sa stature, mais il faisait de la boxe et arborait un air patibulaire qui vous faisait passer l'envie d'en découdre avec lui. Il s'était illustré dès la seconde en tabassant une brute de première, on ne comptait plus ses escarmouches avec d'autres établissements et il avait déjà connu plusieurs exclusions temporaires. S'il ne s'était pas fait définitivement renvoyer, c'était uniquement dû au fait que son entrée au lycée avait considérablement fait baisser le nombre d'agressions dont étaient victimes les élèves de Shinkô Machida aux alentours de la gare. Une décision politique de haute volée…

— Il a fait quelque chose ? s'enquit Hasumi. Il me semble pourtant calme ces temps-ci.

— Ce n'est qu'une façade. Je reconnais qu'il crée moins d'incidents qu'autrefois, mais il paraît que son comportement en classe peut changer du tout au tout. Il est sage, pendant vos cours, à ce que je présume ?

Hasumi tenta de se remémorer le gamin assis à son bureau. Peu de souvenirs lui revinrent.

1. Au Japon, les établissements publics sont les plus réputés car il faut réussir des examens plus ardus pour y entrer. À l'inverse, on considère que les écoles privées, plus chères mais dont les examens sont moins difficiles, écopent d'élèves moins disciplinés. *(N.d.T.)*

— Tout à fait. L'anglais n'est pas son fort, il a plutôt l'air perdu qu'autre chose.

— Eh bien, avec M. Tsurii, c'est une autre histoire… Tadenuma entraîne deux de ses camarades, Takuto Katô et Ryôta Sasaki, et ce sont des bavardages et des huées incessantes.

— Vraiment ? fit Hasumi en fronçant les sourcils.

Lui qui pensait cerner ses « élèves à problèmes », il découvrait qu'ils lui cachaient une bonne partie de leurs agissements.

— M. Tsurii était le prof principal de Tadenuma l'an dernier, poursuivit Takatsuka. Il a dû se passer quelque chose, car depuis on dirait que le gamin voue une véritable haine au prof de maths…

Hasumi tombait des nues. Comment avait-il pu passer à côté d'une information aussi cruciale, alors qu'il avait rassemblé tant de données sur ses élèves ?

— Comment avez-vous appris tout ça ? demanda-t-il au gros homme.

— C'est M. Tsurii lui-même qui me l'a dit.

— Il aurait dû venir m'en parler directement… C'est tout de même moi leur prof principal.

— C'est que M. Tsurii n'a pas l'air de vous porter dans son cœur. Il m'a dit de vous en toucher un mot…

Masanobu Tsurii. Un vétéran de l'enseignement à la cinquantaine bien tassée. L'an dernier, alors qu'il avait une classe de seconde en charge, son état de santé s'était subitement dégradé et il avait dû prendre quelques jours de repos.

— Ce n'est peut-être pas à moi d'en juger, continua Takatsuka, mais il paraît que M. Tsurii est un meneur. Vous devriez vous méfier de lui. À votre place, je prendrais garde à ne pas me le mettre à dos.

Conseil avisé, mais inutile : si en matière

d'enseignement le vieux bonhomme ne valait pas tripette, Hasumi le classait en effet parmi les personnes dangereuses.

Il épia ses élèves avec une attention accrue ce matin-là, tandis qu'ils s'installaient dans leur classe. Masahiro Tadenuma était assis à son bureau les bras croisés, l'air de s'ennuyer. Shûhei Naruse avait toujours un pansement au coin de l'œil, mais il bavardait gaiement avec un camarade. Rina Kiyota écrivait avec application dans un cahier et Masahiko Maejima semblait en petite forme, mais c'était probablement dû au manque de sommeil. Lorsque ce fut bientôt l'heure de leur premier cours, Hasumi, sur le point de quitter la classe, fut surpris d'être rattrapé par Reika Katagiri.

— Monsieur ? Il y a quelque chose dont j'aimerais vous parler.

Reika le fixait de ses grands yeux. Elle avait le front haut et un menton pointu, des traits fins. Et étrangement, elle semblait toujours tendue lorsqu'elle s'adressait à lui.

— Pas de souci. Que se passe-t-il ? répondit-il en souriant.

Il y avait plusieurs élèves dans sa classe dont il n'arrivait pas à sonder les pensées. Reika était l'une d'entre eux.

— C'est un peu compliqué… Il faudrait que je vous en parle en privé, plus tard.

— Entendu.

Elle baissa la tête en guise de salut et retourna s'asseoir. Qu'une élève d'ordinaire si réservée à son égard vienne s'ouvrir à lui, il y avait de quoi être intrigué, mais il avait déjà tellement de problèmes qu'il se serait bien passé de nouveaux sujets d'inquiétude.

— Hasumiiii !

Trois filles fondirent sur lui, comme si elles avaient attendu le départ de Reika avec impatience. Misaki Abe,

Mayu Satô et Ayane Mita. Ses trois plus fidèles élèves, celles qu'il appelait sa « garde rapprochée ».

— Qu'est-ce qu'elle voulait, Reika ? s'enquirent-elles.

— Rien de spécial, leur assura-t-il en les invitant à le suivre dans le couloir. Mais dites-moi plutôt : comment se déroulent les cours, avec M. Tsurii ? C'est le bazar ?

Elles eurent aussitôt un air gêné. Misaki prit sur elle de répondre au nom de ses camarades.

— Ben, disons plutôt que… il y a quelques élèves qui perturbent le cours.

— Tadenuma et ses copains ?

— Oui…

— Pourquoi ne m'en avez-vous pas parlé plus tôt ?

Elles étaient visiblement embarrassées.

— Ben, on voulait pas vous embêter, Hasumi… Et puis, de toute façon, tout le monde s'en fiche de Tsurii.

— Je vois, vous vouliez me faciliter le travail, pas vrai ? fit-il en tapotant gentiment le crâne de la plus proche d'entre elles.

Avec les jeunes d'aujourd'hui, terriblement susceptibles et faciles à blesser, il fallait toujours contrebalancer la moindre remontrance d'une caresse.

— Mais c'est important d'avoir un cours calme, pour écouter correctement, vous n'êtes pas d'accord ?

— Bof, rétorqua Mayu. Personne ne l'écoute, alors…

— Pourquoi ?

— On comprend rien à ce qu'il dit.

— Et puis il s'en fiche, qu'on comprenne ou pas.

— Ça fait longtemps qu'on apprend tout seuls, enchaînèrent-elles.

Hasumi en resta stupéfait. Tsurii avait été embauché à la fin des années 1970, à une époque où l'enseignement recrutait à tout-va avec des exigences au rabais. L'expression consacrée « profs par défaut » illustrait parfaitement la réalité de ces légions de profs dénués de toute passion pour leur métier et dépourvus du moindre sens du devoir.

Hasumi était pourtant loin d'imaginer un tel désastre. Il entendait souvent des rumeurs en salle des profs selon lesquelles le vieux bonhomme trempait dans toutes sortes de magouilles… Pourquoi le lycée ne s'était-il pas débarrassé de lui plus tôt ? Il y avait forcément une raison à cela, et il était bien décidé à la découvrir.

— Je vois ! En tout cas, merci de m'avoir informé de la situation. Je ne sais pas ce que je ferais sans vous ! lança-t-il en leur souriant avant de s'éloigner pour le premier cours de la journée.

— *OK. Great !* Alors ensuite… *Mister Aoyagi*, la traduction, s'il te plaît !

Hasumi menait son cours tambour battant. Beaucoup de profs se plaignaient du manque de persévérance et des capacités d'attention réduites des élèves actuels, mais n'importe qui piquerait du nez au bout de cinq minutes d'un discours monotone marmotté dans une barbe. La solution ? Ne pas laisser aux élèves le temps de s'ennuyer.

Durant les cinquante minutes de son cours, Hasumi ne relâchait jamais la tension. Son arme ultime résidait dans sa voix : il l'avait développée dans un de ces studios destinés aux acteurs et chanteurs en devenir. Il adoptait un tempo plus lent pour ses phrases en anglais, qu'il lisait avec un accent parfait, et ne manquait jamais de ponctuer les ennuyeuses règles de grammaire de plaisanteries. En cas de bonne réponse, il ne lésinait pas sur les compliments.

— « Médecins sans frontières est une organisation créée en France en 1971 qui… apporte une aide médicale sans distinction de race, de religion ou de… heu… avis politique. »

— *Good ! Good !*

Le cours d'anglais des 1re 1 se déroulait sans heurt. Leur moyenne générale n'était pas très différente des 1re 4, mais il comptait beaucoup moins d'élèves dissipés, ce qu'un prof savait apprécier.

— Quelqu'un a une question sur ce qu'on vient de voir ?

— Oui.

Une main se leva. En 1re 4, ça ne serait pas arrivé.

— Ce n'est pas en rapport avec la leçon, mais est-ce que vous pourriez nous expliquer vos critères d'évaluation ?

La question venait de Nobuyuki Marukawa. Pas le plus doué, mais certainement le plus motivé des élèves.

— *All right !* Qu'entends-tu par « critères d'évaluation », *Mister Marukawa* ?

— Vous dites tout le temps « *Good !* », « *Great* » ou « *Excellent !* » mais ces mots ne veulent pas tous dire la même chose, non ? Quel est le meilleur ?

— *Good question !*

La classe pouffa de rire.

— C'est très simple : si vous répondez correctement, vous méritez un « *Good !* ». Si la réponse était particulièrement intelligente, je vous dirai « *Excellent !* ». Mais si vous réussissez carrément à m'émouvoir, alors là, je vous gratifierai d'un « *Magnificent !* », s'écria-t-il en écrivant le mot au tableau à grands gestes vifs. Connaissez-vous le sens de *magnificent* ? *Mister Hayami ?*

Il pointa Keisuke Hayami, assis à la dernière rangée. Un élève avec de bons résultats mais qui paraissait souvent ailleurs. Hasumi n'étant pas le prof principal de cette classe, il n'avait pas cherché à en savoir plus, mais il avait entendu dire que le jeune garçon avait fait des fugues l'an dernier et qu'il fréquentait les boîtes de nuit malfamées de Shibuya.

Hayami redressa péniblement son long corps et adressa un regard suspicieux au tableau blanc.

— « Grandiose » ? « Majestueux » ? Et de là, le sens de « superbe », j'imagine.

— *Excellent !* Vous souvenez-vous du verbe *to magnify*, qui signifie « agrandir » ? On l'utilise sous forme adjectivée dans le sens de « magnifique », « superbe » ou encore « impressionnant ».

Hasumi ne perdait aucune occasion d'élargir leur vocabulaire. En rabâchant les connaissances avec l'insistance d'un slogan publicitaire, il y avait à parier que les élèves en retiendraient un minimum.

— Pour en revenir à notre histoire d'évaluation, il existe des systèmes plus concrets, les notes chiffrées ou lettrées. Comme on s'est rendu compte que A ou B ne suffisaient pas à représenter la diversité des résultats, on en vient maintenant à donner des AAA ou des BB ! Est-ce que cela vous plairait ?

Afin de maintenir l'attention des jeunes, constamment noyés sous un flot d'informations, il était primordial de ne pas laisser de temps mort. Un prof trop lent, dépourvu de passion et d'énergie, n'avait aucune chance de captiver son auditoire.

— Ben… moi j'aimerais pas, répondit Harumi Matsuda, assise au premier rang.

— C'est là que je veux en venir, *Miss Matsuda.* Et tu as bien raison ! Les humains ne sont pas des machines. Les grades chiffrés ou lettrés sont certes objectifs, mais terriblement *linear*. Insipides ! Ni l'anglais ni le japonais ne sont des langues informatiques. Elles pèchent par leurs excès et leurs incohérences, mais n'est-ce pas là ce qui fait justement leur beauté ? La langue est un *heritage*, une richesse culturelle extrêmement ancienne. Nous devons en prendre conscience afin de la préserver !

— Il y a pourtant des mots qui tombent en désuétude,

rétorqua Keisuke Hayami. Je pense qu'on ne peut pas tout garder dans une langue, il y a un travail de sélection à opérer au fil du temps.

Il parlait avec assurance, visiblement ravi de pousser un prof dans ses retranchements à l'aide de questions ardues. Mais pour Hasumi, qui avait suivi des cours d'éloquence aux États-Unis, c'était une occasion bienvenue de développer la conversation.

— C'est exact : avec le temps, certaines expressions tombent dans l'oubli et d'autres les remplacent. Cependant il s'agit ici d'une évolution naturelle, à ne pas confondre avec le bannissement prémédité d'éléments de langage, ce qui est plus problématique.

— Vous voulez parler du politiquement correct ? lança Keisuke avec un petit sourire.

— Parfaitement. En anglais *political correctness*. Par exemple, le mot « pompier », *fireman*, remplacé par *firefighter*, ou *businessperson* à préférer à *businessman*. On a même inventé *vertically challenged*, pour désigner les gens de petite taille, au détriment du terme *short*. Cette nouvelle expression a-t-elle seulement un sens ? Non, vraiment, le politiquement correct est la pire barbarie que l'on puisse infliger à la culture ! Ces prétendus termes discriminants ne le sont que pour certains qui se sentent concernés. Il est intolérable que l'on massacre notre belle langue sur le caprice d'une minorité. *Outrageous !* Bien, revenons à notre manuel…

Il ne pouvait deviner que cette petite digression ne serait pas sans conséquence.

Il venait de terminer son troisième cours de la journée et se rendait à la cafétéria, dans le bâtiment nord, afin de prendre son déjeuner. Si son emploi du temps le lui permettait, il préférait manger tôt et ainsi éviter l'heure d'affluence. Les élèves ayant naturellement tendance à s'attrouper autour de lui, il fut vite encerclé mais se débrouilla pour fausser compagnie aux jeunes. La pause déjeuner n'avait commencé que depuis douze ou treize minutes, il était donc peu probable que Reika Katagiri vienne déjà le trouver.

Il décida de mettre à profit ce répit pour faire une ronde dans les coins et recoins du lycée. En tant que membre de l'équipe de surveillance, il était partisan du « mieux vaut prévenir que guérir ».

Il jeta un œil derrière le bâtiment et fit le tour du gymnase, mais ne vit aucun élève, pas même un mégot de cigarette. Il s'apprêtait à rentrer à la salle d'entretien lorsqu'il s'avisa de vérifier le toit du bâtiment principal. L'accès au sommet du plus vieux bâtiment de Shinkô Gakuin était dépourvu du moindre équipement, et les élèves n'étaient pas censés s'y rendre. Trois mois auparavant toutefois, quelqu'un s'était amusé à insérer du chewing-gum dans la serrure, rendant impossible de l'actionner de l'intérieur mais pas de l'extérieur, où l'on pouvait donc encore s'enfermer. Un autre problème qui s'éternisait.

Il avait bien entendu immédiatement pointé du doigt la serrure défectueuse, demandant qu'elle soit remplacée, ce qui avait été fait dans la foulée. Malheureusement, elle avait aussitôt connu le même traitement que la précédente. Dès lors, il était inutile de s'acharner à racheter des serrures. On suggéra de la changer et de la fermer tout de suite, mais ce n'était pas une solution idéale : inévitablement coincée par du chewing-gum, on ne pourrait plus du tout l'ouvrir. Alors, comme aucun élève ne semblait (heureusement) prédisposé à sauter du toit et qu'aucune trace de délinquance n'avait été à déplorer, on avait peu à peu laissé couler.

Hasumi prit l'escalier est et tenta d'ouvrir la porte menant au toit, sans succès. Un sourire entendu étira ses lèvres. Probablement un couple enchanté à l'idée de passer du temps en tête à tête. C'était sans doute la raison d'être de ce maudit chewing-gum. En cas d'arrivée intempestive d'un professeur, cela leur laissait le temps de se rhabiller.

Cependant, Hasumi ne pouvait laisser filer l'occasion de les démasquer.

— Hé, ouvrez ! s'écria-t-il en cognant à la porte.

Quelques secondes s'écoulèrent, puis on tourna le loquet. Ryôta Sasaki, de la 1re 4, apparut derrière le battant.

— Non, mais dis donc ! Je peux savoir ce que tu fabriques ici ?

— Rien…

Le lycéen se retourna, lui barrant le passage ; il dut le pousser pour s'imposer sur le toit. Si Hasumi s'attendait à découvrir une fille, il en fut pour ses frais.

Deux autres garçons se trouvaient là. Masahiro Tadenuma, qui lui lança l'espace d'une seconde un regard acéré avant de l'ignorer. Et Masahiko Maejima, qui gardait la tête baissée.

Hasumi fronça les sourcils. Ne venait-il pas d'interrompre une scène de harcèlement ?

Tadenuma, d'un signe du menton, fit comprendre à Sasaki qu'il était temps de lever l'ancre, mais Hasumi les retint.

— Vous pouvez m'expliquer pourquoi vous vous enfermez à clé ?

Ils se figèrent.

— C'est pas le vent, m'sieur ? hasarda Sasaki sur le ton de la plaisanterie.

— Ne te fiche pas de moi, répliqua sèchement Hasumi. Quelqu'un a délibérément tourné le loquet.

— C'est moi, fit Maejima d'une toute petite voix.

— Vraiment ? Et pourquoi donc ?

— Comme ça… J'ai l'habitude de fermer ma chambre à clé, chez moi. Ça ne veut rien dire.

Tadenuma en avait profité pour filer, Sasaki sur les talons.

— Je peux te parler un instant, Maejima ?

— C'est que… j'ai pas encore mangé, m'sieur. Je peux y aller ?

Hasumi observa attentivement son élève. Masahiko Maejima était un garçon aux traits délicats et avenants. Autrement dit, une cible parfaite pour le harcèlement scolaire. Pourtant, il ne semblait pas souffrir de violences particulières.

— Compris. Va manger. (Puis, en le regardant s'éloigner :) En cas de souci, viens me voir, d'accord ? Tu n'es pas tout seul.

Aucune réponse ne lui parvint.

Hasumi dévala l'escalier est d'une traite et parcourut le couloir du rez-de-chaussée en toute hâte. Il manqua de renverser Junko Taura, l'infirmière, qui sortait de son bureau.

— Ah, Hasumi ! Il y a Reika Katagiri qui t'attend dans le bureau.

Du même âge que lui, la jeune femme avait entrepris de le tutoyer dès le départ. Elle avait de grands yeux toujours humides, comme si elle était constamment sur le point de pleurer. Ses longs cheveux relevés en chignon, vêtue d'une blouse blanche, elle arborait un maquillage naturel et dégageait un parfum entêtant. Que les élèves la considèrent comme une figure maternelle demeurait un mystère pour Hasumi.

— Oui, mon travail de surveillance m'a retenu… Dis-moi, tu as des visites de Maejima, en 1re 4, en ce moment ?

— Maejima ? Non. En 1re 4, je n’ai que Tsubouchi qui vient.

Takumi Tsubouchi avait décroché des cours une bonne partie de l’année passée. S’il était revenu en première, il ne manquait jamais une occasion de prétexter un malaise pour se réfugier à l’infirmerie.

— Il était victime de harcèlement, si je me souviens bien ?

— Exact. Et c’est ta faute, Hasumi, affirma-t-elle, cinglante.

— Qu’est-ce que tu racontes ?

— Tu as insisté pour rassembler les brutes et leurs victimes dans la même classe, je te rappelle. Tu imagines la déception de Tsubouchi, alors qu’il pensait enfin changer de classe, quand il s’est retrouvé avec Tadenuma et ses sbires ? Et puis cette fois, c’est la même classe jusqu’au bac !

— Hum, j’ai peut-être mal joué sur ce point… je regrette.

— Pff, je n’en crois pas un mot. Si tu veux mon avis, un assemblage aussi incohérent d’élèves confine au crime prémédité.

— Tu te trompes. C’est l’aboutissement d’un raisonnement complexe mêlant manœuvres tactiques et compromis.

— Quoi qu’il en soit, c’est rare de voir Katagiri dans la salle d’entretien ! (Elle afficha un sourire de connivence.) Je croyais pourtant qu’elle faisait partie des rares élèves à ne pas avoir succombé à ton charme…

— Arrête, tu vas me faire rougir, lança-t-il avant d’ouvrir la porte suivante, qui donnait sur la salle d’entretien.

— Pardon de t’avoir fait attendre, Reika, j’ai fait aussi vite que j’ai pu.

— Pas de souci, répondit l’élève, assise le dos bien droit sur le sofa.

— Puisque nous manquons de temps, je ne vais pas y aller par quatre chemins, d'accord ? Qu'est-ce qui t'amène ? demanda-t-il d'un ton encourageant.

Elle croisa son regard une fraction de seconde avant de détourner les yeux.

— Vous devez me promettre de ne jamais révéler que c'est moi qui vous l'ai dit.

Sa voix tremblait, comme si elle était impatiente de se délester d'un poids qu'elle avait sur la conscience.

— Promis. Personne ne le saura.

Ce n'était donc pas pour elle qu'elle venait. La lycéenne serrait les poings sur ses genoux.

— Il y a une fille de la classe qui est victime de harcèlement sexuel.

Hasumi resta interdit. Voilà qui était grave. De plus, les termes « harcèlement sexuel » signifiaient probablement que l'agresseur n'était pas un élève.

— Tu peux me faire confiance et tout me dire, OK ? De qui s'agit-il, et qui la harcèle ?

Reika ferma les yeux.

— Il s'agit de… de Miya Yasuhara.

Hasumi ravala un hoquet de surprise. Certes, Miya était une beauté qui comptait de nombreux fans parmi ses camarades, surtout ceux des autres classes. Il était fort probable qu'elle ait même des admirateurs au sein du personnel enseignant… Néanmoins, il avait du mal à l'imaginer victime de harcèlement sexuel.

— Tu es sûre de ça ? Parce que la Miya que je connais a un caractère bien trempé, elle ne se laisserait pas faire sans rien dire…

Dans la classe, aucune fille n'était en mesure de lui tenir tête, et elle en imposait aux garçons. Même Tadenuma ne s'aventurerait pas à lui chercher des noises.

— Je ne mens pas ! s'écria Reika.

— Je te crois, ne t'inquiète pas. Mais alors, qui est le coupable ?

— Le prof de sport… M. Shibahara.

— Shibahara ?

Hasumi se rappela que, depuis l'incident du coup de poing de Sonoda sur l'élève Shûhei Naruse, les cours de sport de la 1re 4 avaient été temporairement attribués à Shibahara.

— Qu'est-ce qu'il lui fait, précisément ?

Il se rendit compte un instant trop tard que cette question elle-même pouvait passer pour du harcèlement sexuel. Heureusement, Reika ne parut pas s'en formaliser.

— Je ne sais pas. Je n'ai rien vu. Mais chaque fois qu'il a besoin de quelqu'un pour l'aider dans la réserve, il fait appel à Miya. Et quand elle revient… elle est bizarre. Et puis, il dit des trucs sur elle devant tout le monde, et elle rougit, ce genre de choses…

— J'ai compris, ça ira, merci.

Les facultés d'observation des filles étant au moins cent fois supérieures à celles des garçons sur ces sujets-là, il pouvait d'ores et déjà tabler sur la véracité de ce qu'elle pressentait.

— Je te crois, Reika. Je vais mener une enquête et condamner fermement ces agissements. Miya n'aura plus à subir de sévices.

La lycéenne se releva et baissa la tête en signe de remerciement.

— Mais dis-moi… je ne savais pas que tu étais amie avec Miya ?

Reika esquissa un sourire.

— Ce n'est pas mon amie.

— Ah bon ? Mais alors…

— Elle a souvent été méchante avec moi. Mais ça, je ne peux pas le tolérer. Un prof qui touche à une élève… !

— Je comprends. Et je suis heureux de constater que tu me fais confiance.

— Pas vraiment, répondit-elle lentement. Je ne vous fais pas spécialement confiance. Mais je pense que vous, au moins, vous ne détournerez pas les yeux.

— N'est-ce pas précisément ce que l'on nomme « confiance » ? demanda-t-il pour alléger l'atmosphère.

Reika ne cilla pas.

— Je ne crois pas. Je pense que vous êtes capable de vous mesurer à M. Shibahara. Mais en vérité, j'ai moins peur de lui que de vous.

— *Peur ?* Mais enfin pourquoi…

— Il faut que j'y aille.

Elle fit une seconde courbette et s'éloigna à pas pressés.

Cet après-midi, Hasumi avait une heure de battement. Il avait d'abord espéré l'utiliser à bon escient et préparer ses cours du lendemain, mais son sixième sens lui fit éviter la salle des profs d'anglais : si le proviseur adjoint Sakai le cherchait, c'était là qu'il irait voir en premier.

Dans ces cas-là, il n'y avait qu'un endroit où se réfugier.

Il se dirigea vers le bâtiment nord, seulement relié au bâtiment principal par une allée couverte au rez-de-chaussée. Sans surprise en cette heure de cours, il ne croisa pas un chat. Il grimpa au premier étage, jusqu'à la salle de préparation des cours de biologie, où il faisait plus sombre qu'ailleurs et où flottait comme une odeur d'étrangeté. Le maître des lieux, vêtu d'une blouse blanche et penché sur son bureau, était absorbé dans un travail méticuleux.

— Monsieur Nekoyama ? Vous avez un instant ?

Takashi Nekoyama[1]… le patronyme avait des allures de plaisanterie, mais il était authentique. Les élèves avaient eu vite fait de le surnommer la « Malédiction du Chat », ce qui allait comme un gant à la personnalité du prof de biologie. Nekoyama était le seul enseignant titularisé dans cette matière, et la salle où il exerçait faisait l'objet d'une légende urbaine. Tout le monde, des élèves au personnel, préférait éviter d'y mettre les pieds.

— Monsieur Hasumi ! Venez, venez voir ça ! N'est-ce pas magnifique ?

Sur la paillasse était étendu le cadavre d'un oiseau à longue queue, beige et bleuté avec le haut du crâne noir.

— C'est une pie bleue à calotte noire ! Je ne sais pas de quoi elle est morte, mais je l'ai trouvée ce matin, précisa-t-il, extatique. Oh, pas un oiseau rare, seulement il est très difficile d'en trouver dans un si bel état de conservation ! Ufufufu… Hihihihihihi !

Il avait un rire capable de mettre n'importe qui mal à l'aise. Entre sa voix désagréable et son comportement étrange, il avait le don d'effrayer les élèves, qui ne savaient jamais à quoi s'attendre avec lui.

— Euh… Vous allez le dépecer ? Ici ? s'enquit Hasumi en fronçant le nez.

— Non, nonnn, pas le dépecer, non… Je ne suis pas de ces pervers qui affectionnent les viscères ! fit l'autre en secouant la tête. Ce que je veux, c'est un beau squelette. Qu'y a-t-il de plus beau que les os ?

Les étagères de la salle étaient encombrées de dizaines de squelettes de petits animaux variés.

— Comment allez-vous faire ?

1. *Takashi* ici s'écrit avec un caractère pouvant signifier « culte », « adoration », mais aussi « malédiction ». Les caractères de *Nekoyama* signifient « chat » et « montagne ». *(N.d.T.)*

Hasumi se retenait de respirer alors même qu'il n'avait décelé aucune odeur suspecte.

— Eh bien, je vais le plumer, puis retirer un maximum d'organes, et enfin le plonger dans une solution pour le débarrasser de tout ce qui colle aux os.

Vous allez donc bien le dépecer, songea Hasumi.

— Je pourrais aussi bien le laisser par terre et attendre que la nature fasse son œuvre, mais ça prendrait trop de temps, et puis, ce ne serait pas aussi beau ! Le bicarbonate de soude pourrait faire l'affaire, mais ça abîme le squelette. J'ai essayé l'hydroxyde de sodium dilué ou encore le nettoyant W.-C., mais le top du top, je peux vous le dire, c'est ça ! s'exclama-t-il en exhibant fièrement un flacon de nettoyant à dentier. C'est ce qu'il vous faut pour retirer toute la chair et ne laisser que les os bien blancs. L'oxygène contenu là-dedans dissout les protéines. Enfin, jusqu'à maintenant je ne l'ai testé que sur des moincaux, c'est la première fois que j'essaie avec un oiseau plus gros ! Comme c'est excitant…

— En effet, cette pie bleue est un bel oiseau.

— Elle appartient à la famille des corvidés.

Hasumi pensa à Hugin et Munin.

— À ce sujet… deux corbeaux me réveillent tous les matins. Vous n'auriez pas une méthode pour les chasser ?

— Ah ça… non, répondit Nekoyama en arrachant d'un air ravi une plume de la queue du cadavre. Ils sont drôlement intelligents. Et puis, ils sont protégés par la loi.

— Les corbeaux sont intelligents, c'est bien connu, mais ils restent des oiseaux, non ?

— Des oiseaux qui obtiennent des scores supérieurs aux primates lors des tests d'intelligence… Savez-vous que le corbeau calédonien est capable d'utiliser des brindilles comme outil, et de les adapter à la situation ?

Hasumi avait peu de chances de réussir à intimider ou

à berner ses corbeaux, probablement tout aussi malins que ces corbeaux outillés.

— Tenez, essayez ça, fit Nekoyama en lui tendant quelques plumes tout juste arrachées avec ses mains gantées.

Hasumi n'avait pas particulièrement envie d'y toucher, mais avait-il le choix ?

— Que suis-je censé en faire ?

— Mettez-les là où ils s'installent. Ça, ou un faux cadavre de corbeau, fait avec un sac-poubelle noir. Ces animaux sont extrêmement prudents et ont un sens du danger très développé. Cela pourrait les dissuader de revenir quelque temps… Oh, deux ou trois jours, pas plus, mais enfin…

Il s'empara d'un bistouri qu'il fit reluire à la lumière. Hasumi comprit qu'il était temps de battre en retraite.

— Merci pour l'astuce, je vais essayer. Sur ce…

— Aussi, ils détestent qu'on tende des fils sur leur parcours. Impossible de recouvrir tout un jardin, mais au-dessus d'un porche, par exemple…

— Et un fil électrifié ? demanda soudain Hasumi. Les agriculteurs les utilisent bien pour se protéger des sangliers, il me semble…

Et si ça marche avec les sangliers, pas de raison que ça ne marche pas avec des corbeaux.

— Faux, aaaarchifaux ! Vous n'étiez pas une tête en physique, apparemment, monsieur Hasumi… (Un sourire s'étira sur ses lèvres, découvrant ses dents tel le chat du Cheshire.) Si le courant fonctionne sur les sangliers, c'est qu'ils ont des pattes en contact avec le sol ! Les oiseaux peuvent bien se percher sur les lignes à haute tension, le courant ne peut les traverser car il n'aurait nulle part où aller ensuite !

Certes, reconnut amèrement Hasumi.

— Il faudrait que l'oiseau touche deux lignes à nu en

même temps et là… *Crac !* Mais c'est interdit, bien sûr, ufufufu… Ce serait contrevenir à la loi de protection des oiseaux sauvages. Ils méritent notre affection, voyez-vous, ajouta-t-il en éventrant la pie d'un geste brusque.

Hasumi prit la fuite et se dirigea vers la salle de préparation des cours d'EPS, où il ne trouva personne. Il jeta un œil dans le gymnase et y aperçut Sonoda, en survêtement noir, les bras croisés. Il supervisait le cours de volley d'une classe de seconde.

— Monsieur Sonoda ?

Ils faisaient tous deux partie de l'équipe de surveillance, ce qui leur avait déjà permis d'échanger à de multiples reprises.

— Monsieur Hasumi. Que voulez-vous ? demanda Sonoda d'une voix qui en imposait.

Il mesurait un mètre quatre-vingts, soit trois centimètres de plus que Hasumi, mais si ce dernier jouait plutôt dans les poids moyens, le prof d'EPS était bâti comme un taureau. Les muscles de ses épaules et de son dos saillaient sous son sweat-shirt, signe distinctif des pratiquants de sports de combat.

— Qu'est-ce que vous avez là ? s'étonna-t-il en fronçant ses épais sourcils.

— Oh, rien, juste quelques plumes… Dites, vous dîneriez avec moi au Rabbit Punch, ce soir ? J'aimerais vous parler.

Sonoda devina-t-il le motif de l'invitation ?

— Pas de problème. J'anime un club de sport ce soir, je ne serai pas là avant 19 heures.

— Pareil pour moi, club de conversation en anglais. Alors à ce soir !

Le Rabbit Punch était un bar situé au niveau de la gare de Machida dans lequel les profs du lycée, pour une raison mystérieuse, avaient leurs quartiers.

Hasumi retrouva la salle des profs et entreprit de remettre de l'ordre dans ses pensées. Il fallait absolument établir des priorités parmi les tâches qui l'attendaient. Ce soir, il tenterait de s'occuper de l'affaire Sonoda. Mais il y avait plus urgent : les soupçons de harcèlement sexuel sur Miya Yasuhara.

Quelle étrange coïncidence, que les deux affaires les plus urgentes concernent les deux profs d'EPS… Si seulement il pouvait faire en sorte de les monter l'un contre l'autre afin qu'ils se neutralisent ! Voilà qui lui enlèverait une sacrée épine du pied.

Il allait s'asseoir à son bureau lorsque la prof de japonais, Chizuko Dôjima, s'avança vers lui d'un pas menaçant.

— Je peux savoir ce que vous enseignez aux élèves, monsieur Hasumi ?

— Ce que je… comment cela ? balbutia-t-il, décontenancé par l'attitude vindicative de sa collègue.

— Ne faites pas l'innocent ! C'est moi qui enseigne notre langue aux 1re 1, et vous le savez très bien. Je les ai eus cet après-midi, ils étaient intenables ! Vous leur avez mis des inepties dans la tête afin de pourrir mon cours !

— Mais enfin, de quoi parlez-vous ? se défendit-il en levant les deux mains dans un geste d'apaisement, oubliant qu'il tenait encore les plumes de pie.

Dôjima, surprise, poussa un cri de terreur et recula. Elle se heurta à un bureau et son petit corps replet se mit à dodeliner dangereusement. Si ç'avait été Junko Taura, l'infirmière, Satoko Mizuochi, la psychologue, ou encore Mayumi Kobayashi, la prof de musique, Hasumi aurait plongé pour lui porter secours. En l'occurrence, il se contenta d'observer.

Cependant, la prof de japonais fit preuve d'agilité et retrouva son équilibre d'elle-même.

— Qu… qu'est-ce que ça veut dire, monsieur Hasumi ? Vous me… menacez ?

Ses grosses lèvres tremblaient sous ses petits yeux écarquillés qui fixaient les plumes noires et effilées.

— Non, pas du tout, ce ne sont que des plumes. Calmez-vous, je vous prie.

Cinq bonnes minutes furent nécessaires pour lui permettre de se remettre de ses émotions. Hasumi regretta le temps perdu, inévitable pour désamorcer l'hystérie de sa collègue.

— Reprenons : que disiez-vous que je mettais dans la tête de nos élèves ? lança-t-il enfin avec son sourire le plus enjôleur.

— Vous vous payez ma tête… Vous avez saboté mon cours avec vos belles paroles ! Les 1re 1 ont peut-être l'air dociles comme ça mais il leur en faut peu pour prendre les profs de haut. Ce Keisuke Hayami, surtout… il est insupportable, celui-là !

Hasumi se rendit soudain compte d'un détail qui clochait.

— Mais… Madame Dôjima, vous n'avez pas cours à cette heure-ci ?

— Mais si, justement ! Voilà ce que vous en avez fait, de mon cours ! Une heure de permanence !

Hasumi soupira le plus discrètement qu'il put. La prof de japonais n'avait toujours pas expliqué le fondement de ses griefs. Quels qu'ils soient, il n'y avait pas lieu de l'impliquer, lui, dans cette affaire. Et puis, maintenant qu'elle avait quitté sa classe, tout ça allait prendre de l'ampleur. Il repensa à son sixième sens, qui lui avait enjoint d'éviter la salle des profs au départ : c'était certainement pour cette raison.

Dôjima s'expliqua :

— Je fais de mon mieux pour éduquer nos élèves, encore innocents, avant qu'ils ne soient contaminés par le poison de cette société patriarcale. Je tente comme je peux de les sensibiliser à la théorie du genre et aux inégalités. Et vous comptez réduire tous mes efforts à néant, avec votre rhétorique du politiquement correct et de la chasse aux mots ?

— Attendez un instant. Je n'ai jamais dit quoi que ce soit à propos de vos cours.

Et vous n'êtes pas censée leur enseigner la théorie du genre, mais le japonais, se garda-t-il tout juste d'ajouter.

— Je leur ai simplement dit que les mots faisaient partie de notre héritage, et qu'il fallait veiller à les transmettre.

— Hein ? Qu'est-ce que vous me contez là ? Si une expression est vieille, alors il faut la garder, c'est ça ? Autrement dit, rester l'esclave des traditions et des discriminations ! C'est ça, que vous voulez ?

— Ce n'est pas ce que j'ai dit…

Hasumi s'empêcha de lever les yeux au ciel.

Dôjima, la quarantaine avancée, faisait partie des profs vétérans. Ardente défenseuse de la théorie du genre, elle ne manquait jamais une occasion de prêcher pour sa paroisse dans la salle des profs. Elle faisait notamment une fixette sur la « mixité ». Il fallait d'après elle que les numéros d'étudiant des élèves soient mélangés entre filles et garçons et non pas séparés, organiser des courses en relais mixtes, etc. Elle n'avait que ce mot à la bouche lors des réunions. Quiconque osait émettre une objection était immédiatement voué aux gémonies, ce qui avait dissuadé toute expression d'une opinion divergente. Lorsqu'elle était en furie, même Sakai, le proviseur adjoint, regardait ses pieds et chacun attendait que ça passe.

Les profs de ce lycée étaient tous plus ou moins recrutés par piston, et Takatsuka lui avait déjà expliqué que Dôjima était une parente éloignée du président du conseil d'administration, Seizô Hirose.

Laissant se déchaîner la tempête, Hasumi prit le temps de réfléchir. Il commençait à comprendre ce qui avait dû se passer. Keisuke Hayami. Avec son caractère joueur, il n'était pas du genre à rater une occasion de faire tourner Dôjima en bourrique. Il devait même attendre cette occasion depuis longtemps. Et lui, Hasumi, lui avait sans le savoir offert une opportunité en or. De plus, en se réclamant du cours de Hasumi, l'élève avait fait en sorte de diriger la colère de Dôjima directement sur le prof d'anglais.

— Je n'ai jamais rien affirmé de tel, madame Dôjima. Bien au contraire, j'ai toujours admiré vos positions progressistes, affirma-t-il en mentant éhontément.

— Vraiment ? fit-elle d'un air soupçonneux.

— Bien entendu ! Vous savez quoi ? Je crois que Keisuke nous a joué un tour à tous les deux ! lança-t-il d'un ton jovial.

L'atmosphère se détendit soudain. L'heure de japonais était définitivement perdue, mais il avait au moins réussi à ne plus être dans le viseur de sa collègue. Ce qui ne lui épargna pas la longue litanie de récriminations qui s'ensuivit. Il ne pouvait être d'accord avec elle que sur un point : ce Keisuke Hayami était insupportable.

À la fin de la journée, Hasumi alla trouver Miya et demanda à lui parler. Reika les observa s'éloigner du coin de l'œil.

— Oui, Hasumi ?

La jeune fille semblait mal à l'aise. Son visage aux traits harmonieux était doté de hauts sourcils qui appuyaient son regard franc, et il émanait d'habitude d'elle une puissance et une assurance naturelles, qui lui faisaient étrangement défaut ce soir-là.

— J'aimerais juste te parler un instant.

— OK…

Miya avait toujours été docile avec lui, mais son manque d'entrain était inquiétant. Il l'emmena dans la salle d'entretien où il s'assit sur le canapé en face d'elle. Tout en l'observant qui s'agitait, il échafauda un plan d'approche.

— Dis-moi, Miya, que penses-tu de moi ?

Ce n'était peut-être pas la meilleure ouverture, car Miya redressa la tête d'un air surpris.

— Ce que je pense de vous ? Qu'est-ce que… Genre, c'est une déclaration d'amour ou quoi ?

— Que tu es bête ! Rien à voir, rétorqua-t-il en souriant. Je voulais simplement savoir si tu me faisais confiance.

— Ben, oui. Vous êtes mon prof principal, et puis, vous êtes différent des autres.

Elle baissa de nouveau les yeux.

— Tu sais que tu peux tout me dire, n'est-ce pas ?

Elle braqua sur lui des prunelles où brillait une faible lueur d'espoir.

— Je serai toujours de ton côté, quoi qu'il arrive. On est d'accord ?

— Euh… oui.

— Il y a quelqu'un qui te fait du mal, Miya ?

Elle détourna aussitôt les yeux mais opina.

— C'est Shibahara ?

— Comment vous le savez ?

— Quelqu'un de la classe me l'a dit.

— Qui ?

— Qu'est-ce que ça change ? Quelqu'un qui s'est fait du souci pour toi et qui est venu m'en parler en personne.

La jeune fille se mordit les lèvres.

— Quoi qu'il en soit, je ne permettrai à personne de s'en prendre à mes chers élèves. Shibahara va entendre parler de moi, je te le promets.

— Merci mais… ça ira.

— Comment ça ?

— Ne vous en mêlez pas.

— Il a un moyen de pression, je me trompe ?

Le silence de Miya confirma les soupçons de Hasumi.

— Que s'est-il passé ? Il faut que tu me racontes tout. Je te promets que je ne le répéterai à personne.

Les dernières craintes de l'adolescente tombèrent et elle raconta l'histoire d'une voix détachée.

Tout avait commencé un jour où elle avait volé du maquillage au drugstore près de la gare. Pour la première fois, précisa-t-elle, même si Hasumi soupçonna que c'était plutôt une habitude. Les employés du magasin n'avaient rien vu et elle était sortie sans encombre. Elle avait alors senti qu'on lui tapotait l'épaule. Elle avait sursauté, certaine que la police l'avait suivie, mais c'était Tetsurô Shibahara, le prof d'EPS, qui se trouvait derrière elle.

— Au départ, expliqua-t-elle, il était sympa. Il m'a emmenée boire quelque chose et il m'a dit que ce qui était fait était fait. Puis il m'a encouragée à tout lui raconter. J'ai cru que c'était pour me faire la leçon, me forcer à visualiser mes erreurs… Alors j'ai avoué que j'avais volé des trucs. Je ne savais pas qu'il m'enregistrait.

Son visage s'assombrit sous le coup de la colère.

— Il m'a dit que s'il ébruitait l'affaire au lycée, j'allais me faire renvoyer.

— Et tu l'as cru ? On n'est pas exclu pour si peu, tu le sais, non ?

— Je ne sais pas, il avait l'air sûr de lui… Et de toute façon, je ne veux pas que ça s'ébruite. Ma mère… (Sa voix s'entrecoupa de sanglots.) Depuis son divorce, elle ne va pas bien. Et… je ne sais même pas ce qu'elle ferait si…

Hasumi se leva.

— Allez, viens.

— Où ça ?

— Là où tu as volé ton maquillage. Je t'accompagne, on va s'excuser tous les deux.

— Maintenant ?

— Pourquoi traîner ? Tu te sentiras mieux après.

Miya acquiesça, soulagée.

Hasumi fit un détour par la salle des profs où il trouva son collègue, enseignant d'anglais comme lui.

— Monsieur Takatsuka ! J'ai une affaire urgente à régler avec une élève, je peux vous demander de gérer le club de conversation en anglais pour ce soir ?

— Hein ? Oh, bien sûr, mais les élèves vont être déçus. Vous êtes leur idole.

— Je vous revaudrai ça, fit Hasumi en joignant les mains et en se courbant maintes fois en signe de remerciement.

Il s'éclipsa et retrouva Miya sur le parking, occupée à effleurer la carrosserie rayée de la Daihatsu avec affection.

— Qu'est-ce que tu fabriques ? Allez, monte.

Elle grimpa côté passager, l'air ravi.

— C'est super grand à l'intérieur, remarqua-t-elle.

— Normal, c'est tout de même une Hijet.

Elle pouffa.

— C'est un peu nul d'être fier d'un vieux machin comme ça.

— Pardonnez-moi de vous conduire en vieux machin, mademoiselle… Le proviseur adjoint m'a déjà fait la remarque.

Il démarra. Quelques lycéennes qui passaient à ce moment-là les aperçurent.

— C'est pas juste ! Et nous ? s'égosillèrent-elles.

Miya, un sourire jusqu'aux oreilles, leur adressa un V de la victoire.

— Dis donc, tu as déjà oublié qu'on s'apprête à

présenter nos plus plates excuses ? Il n'y a pas de quoi se réjouir, la tança Hasumi.

— J'ai toujours eu envie de monter dans votre camionnette, pour voir !

— Dans ce *vieux machin*, tu veux dire ?

— Ben oui…

Elle s'accouda à la fenêtre. Le vent jouait dans ses cheveux qui lui arrivaient aux épaules.

— Vous savez depuis quand je suis amoureuse de vous, Hasumi ?

— Tiens, tiens, c'est une déclaration d'amour ou quoi ? riposta Hasumi sur le ton de la plaisanterie.

Miya resta imperturbable.

— Depuis l'année dernière. Quand on a recueilli un chien dans la classe. Il s'appelait Chocolat, vous vous souvenez ?

— Bien sûr. Vous n'aviez même pas demandé d'autorisation.

— Pour quoi faire ? On n'en aurait pas obtenu, de toute façon… On l'a caché au bahut pour ne pas qu'il se fasse attraper par la fourrière et on lui apportait à manger. Mais quelqu'un nous a dénoncés… je ne crois pas que c'était un élève.

— Ah… C'était Shibahara.

— Vraiment ?

— Je t'assure. On me l'a appris plus tard.

Le prof de sport, se sachant peu apprécié de sa hiérarchie, avait probablement escompté se faire mousser en dénonçant la petite manigance de la classe de seconde.

— L'ordure, siffla-t-elle entre ses dents serrées. Quand la fourrière a débarqué, on était dégoûtés mais personne ne pouvait rien faire. Sauf vous.

Hasumi se borna à écouter.

— Vous êtes passé devant notre classe par hasard, et vous nous avez demandé pourquoi on pleurait tous.

Vous êtes parti en hâte et, quand vous êtes revenu avec la Hijet, il y avait Chocolat dedans. (Sa voix s'enroua.) Depuis cette époque, on est toutes fans de vous. Pas seulement votre garde rapprochée ou celles qui vont au club d'anglais, mais toutes les filles de seconde.

Sauf une, qui a peur de moi, ajouta Hasumi à part lui-même.

— Je me demande ce qu'il est devenu, Chocolat… Vous croyez qu'il va bien ?

— On peut aller le voir en passant si tu veux.

— Sérieux ? Il est où ? dit-elle soudain en s'illuminant.

— Je l'ai donné à un certain M. Takeda, un employé de mairie qui venait de prendre sa retraite et cherchait justement un chien à l'époque. Mais je préfère te prévenir : il ne s'appelle plus Chocolat.

— Ah bon ? C'est quoi, son nom ?

— Médor.

— Bah ! Ça craint, fit-elle en tirant une longue langue rose.

La patronne et le patron du drugstore eurent du mal à cacher leur surprise lorsque Hasumi et Miya débarquèrent pour demander à leur parler. À l'annonce du vol, leur visage se ferma. Cependant, en apprenant que Miya était venue s'excuser sincèrement, accompagnée par son prof qui s'excusait tout aussi platement après les avoir dédommagés, ils se radoucirent.

— Bon, ça va, finit par dire le patron, qui ressemblait à un bouddha avec son crâne chauve. On va oublier toute cette histoire, d'accord ? Mais tu ne recommenceras pas, hein ? Le vol à l'étalage, c'est très dur pour nous, les petits commerçants.

— Je vous le jure, je ne recommencerai plus jamais !

— Encore désolé, appuya Hasumi en baissant la tête

à côté d'elle. Je vous promets que je surveillerai mieux les élèves.

— Tu as bien de la chance, ma petite, d'avoir un enseignant comme lui.

— C'est vrai, reconnut-elle.

— Ma fille entrera en troisième l'an prochain, et je me dis qu'elle serait bien à Shinkô Machida. Elle doit encore travailler pour réussir le concours d'entrée, mais… c'est jouable.

— Nous l'attendons avec impatience, lui assura Hasumi avant de les saluer pour remonter dans la Hijet.

— On a eu de la chance, dit-il à Miya. Ce sont de bonnes personnes.

— Oui. J'étais sérieuse quand j'ai dit que je ne recommencerais pas. Pas chez eux, en tout cas.

Hasumi soupira.

Ils s'arrêtèrent chez M. Takeda, où Miya put jouer avec son Chocolat (devenu Médor), retrouvant immédiatement sa gaieté.

— Tu peux venir le voir quand tu veux, lui proposa le retraité.

— Super, merci !

On aurait dit une petite fille.

Hasumi l'accompagna enfin à la gare de Machida.

— Tu es hors de danger, maintenant, lui dit-il. Plus personne ne peut exercer de pression sur toi. Le couple du drugstore est de ton côté. Tu n'as plus à avoir peur de Shibahara.

— Mais son enregistrement ?

— Tu n'auras qu'à dire que c'était une blague. Personne ne te poursuivra, ça n'a donc aucune valeur.

— Mais s'il continue à m'embêter, je fais quoi ?

— Viens immédiatement me le dire, je m'en occuperai personnellement. Mais Miya… que comptes-tu faire ?

C'est toi la victime dans cette histoire. Si tu le dénonces, on peut le faire virer du lycée.

— Non, je ne veux pas faire de scandale. Ça serait trop dur pour ma mère. Et puis, si je n'avais pas volé de maquillage, rien de tout ça ne serait arrivé.

Elle avait l'air profondément serein de qui vient de se délester d'un lourd fardeau.

— Eh, Hasumi… Il m'a juste touchée, OK ? Seulement à travers mon jogging. Je ne l'ai même pas laissé m'embrasser. Je vous jure.

— Je te crois. Tu n'as pas besoin de m'en dire plus.

Il lui ébouriffa les cheveux. Elle s'éloigna, lui fit de grands gestes et s'évanouit parmi le flot de voyageurs.

Hasumi redémarra. Il était trop tôt pour son rendez-vous au Rabbit Punch, mais laisser la Hijet au parking lui coûterait un bras. Il décida donc de rentrer, non sans faire un détour par un magasin de bricolage.

Un plan commença à s'élaborer dans sa tête. S'il utilisait les montants d'étendoir à linge de son jardin, de quoi avait-il besoin ensuite ? Il se fit découper deux tubes d'acier inoxydable de 3,2 centimètres de diamètre et de 10 centimètres de long. Puis deux baguettes en bambou de 2,5 centimètres de diamètre et de 30 centimètres de long chacune, et deux autres de diamètre similaire mais de 1 mètre de long. Il prit aussi des clous, du fil de fer, de la colle, un rouleau de caoutchouc, un kit de brasage de métaux, 15 mètres de câble d'alimentation et un interrupteur. Il fit même l'acquisition d'un tout petit transformateur électrique dont il n'aurait jamais soupçonné l'existence. Alors qu'il passait d'un rayon à l'autre, il se rendit compte qu'il sifflotait « La Complainte de Mackie », de *L'Opéra de quat'sous*. Ses achats entassés à l'arrière de la Hijet, il rentra chez lui.

Tout d'abord, il entreprit de fendre, à l'aide d'une hachette, les extrémités des longues baguettes en bambou afin d'insérer les baguettes plus fines en leur milieu, qu'il sécurisa à l'aide de clous et de colle. Il réalisa ainsi deux perchoirs en forme de T de 1 mètre de haut pour 30 centimètres de large. Puis il dénuda le bout du morceau de câble, le sépara en deux mèches qu'il fixa à ses deux tubes en acier à l'aide de son kit de brasage. Il passa enfin les tubes sur la barre verticale du T, chacun d'un côté, et les recouvrit d'une couche de caoutchouc.

Il ne lui restait plus qu'à relier son édifice à la maison, mais l'heure du rendez-vous avec Sonoda approchait. Il remisa son matériel de bricolage et reprit la route en direction de la gare de Machida. Cette journée aurait été pleine d'allers-retours, mais cette fois il pédalait sur un VTT. La loi interdisait de rouler à vélo en état d'ivresse, cependant il pourrait toujours le pousser pour rentrer.

Il attacha sa monture dans le parking et entra dans le bar. Il était bondé, et il connaissait quasiment tout le monde.

— Ne serait-ce pas ce bon vieux Hasumi ? Viens donc nous rejoindre…

Junko Taura, l'infirmière, avait la voix pâteuse et le teint déjà empourpré, comme si elle sortait d'un bain bouillant. Elle était attablée en compagnie de Shunpei Sanada, le jeune prof de maths.

— Merci, mais je ne voudrais pas vous déranger.

— Qu'est-ce que tu racontes ? Tu devrais boire un coup pour te décoincer !

— Tu m'as l'air en forme, ce soir, rétorqua-t-il. Serait-ce grâce à la présence de M. Sanada ?

— Pas du tout, se défendit ce dernier en vidant son verre de saké.

À vingt-huit ans, c'était le plus jeune prof du lycée. Il avait pour principe de ne laisser de côté aucun élève et dispensait des cours de rattrapage à tous ceux qui se trouvaient en difficulté. Joueur de tennis, il avait un corps élancé et un visage juvénile, ce qui devait aussi contribuer à sa popularité. Il concurrençait Hasumi à ce niveau-là, restant l'incontestable deuxième prof favori des élèves.

— Fais pas ton rabat-joie, viens t'asseoir avec nous, insista Junko en le tirant par le coude.

Il prit place sur la banquette étroite, forcé de se serrer contre elle. Un serveur apporta un bac de glaçons et un verre, que l'infirmière s'empressa de remplir pour Hasumi.

— À la vôtre !

Ils levèrent leur verre.

— Un homme de chaque côté, me voilà bien entourée, s'amusa Junko. « Un bouquet de fleurs dans chaque main », comme on dit ! Et je ne me plains pas…

Elle n'avait visiblement que faire de son statut de personnel de l'école et se lançait dans des plaisanteries osées.

— Ton mari ne s'offusquera pas de te voir rentrer pompette ? s'enquit Hasumi.

— Oh, non. Lui-même boit comme un trou, alors…

Junko Taura était mariée à un homme d'affaires de quinze ans son aîné. Ils n'avaient pas d'enfants.

— Dans ce cas, buvons ! s'empressa d'ajouter Sanada, qui commençait à être passablement éméché.

Hasumi remarqua qu'il y avait autre chose : le jeune homme semblait soucieux.

— Quelque chose vous tracasse ? lui demanda-t-il avec ce ton doucereux qui faisait mouche auprès de ses élèves.

— Un peu, oui… Il y a de quoi, non ? Notre lycée est complètement pourri ! Les profs… Et je ne parle même pas de leurs qualités d'enseignants, même s'il y aurait à dire… Mais certains sont de vraies ordures, il n'y a pas d'autre mot ! Enfin, vous ne trouvez pas, monsieur Hasumi ?

Sanada était outré au dernier degré. Il ne plaisantait pas du tout.

— Eh bien, je crois que je comprends votre indignation, acquiesça Hasumi en pensant à Shibahara.

— Et dire qu'il enseigne la même matière que moi ! Mais quelle honte !

— La même matière ?

Sanada ne parlait donc pas du prof d'EPS. Hasumi passa rapidement en revue les autres enseignants en mathématiques. Il écarta Yasufumi Ôsumi, personnage à la droiture exemplaire qui tenait aussi le rôle de directeur de l'enseignement. Cela ne laissait que peu de doutes quant à la personne visée par son collègue…

— Vous voulez parler de M. Tsurii ?

— Parfaitement ! glapit l'autre en lui lançant un regard vitreux. Qu'est-ce que vous savez de lui ?

— Je sais surtout que mes élèves lui donnent du fil à retordre… Tadenuma a décidé de saboter ses cours, si j'ai bien compris.

— Vraiment ? Eh bien, eh bien… Ça ne m'étonne pas du tout ! Et ce n'est pas le gosse qui est en tort !

— Dites, les gars, vous allez m'enquiquiner longtemps avec vos prises de bec ? bougonna Junko.

— Pardon, pardon… s'excusa Sanada. J'ai entendu dire que ses cours étaient terribles ! Mais enfin, vous ne pouvez pas nier que c'est une ordure, quelqu'un qui n'a pas la moindre dignité ?

— Pour ce qui est de ses cours, je ne saurais être aussi catégorique que vous. N'est-ce pas une caractéristique commune à tous les « profs par défaut » de son époque ? tempéra Hasumi, qui avait repéré plusieurs profs de la génération des baby-boomers parmi les clients du bar.

— Si vous le dites… N'empêche qu'il reçoit des pots-de-vin, et ça, c'est inacceptable !

— Des pots-de-vin ? Mais de qui ?

— Bon, les gars, protesta Junko. J'aimerais bien me saouler tranquillement, OK ?

Mais Sanada, vibrant de colère, était parti sur sa lancée et plus rien ne pouvait l'arrêter.

— Savez-vous pourquoi un type aussi répugnant n'a toujours pas été renvoyé, monsieur Hasumi ? Non ? Je vais vous le dire : il a des informations compromettantes sur le proviseur et il le fait chanter !

Hasumi en resta bouche bée.

— Quelle sorte d'informations ?

— Ah, ça, je ne sais pas… Mais je les ai entendus parler un jour. Cette ordure a menacé le proviseur de tout déballer ! Et le pire, monsieur Hasumi ? Il parlait de vous !

Hasumi reposa le verre qu'il s'apprêtait à porter à sa bouche.

— Que disait-il ?

— Je n'ai pas tout saisi, mais il se plaignait de votre classe. Ça, d'accord, mais ensuite… Il lui a enjoint de vous muter ! Le proviseur a refusé, évidemment…

Comment de telles conversations pouvaient-elles avoir lieu à son insu ? Hasumi en eut froid dans le dos.

— Je vais être franc, monsieur Hasumi : je pense sincèrement qu'il n'y a que vous et moi pour tenir cet établissement à bout de bras. Qu'est-ce que je vais devenir, si vous partez, hein ?

— Eh bien, je vois que je ne fais pas partie de votre petit club de superhéros, réagit Junko en fusillant son collègue du regard.

— Ce n'est pas ce que je voulais dire, madame Taura, fit Sanada qui tentait de se rattraper aux branches. L'équipe scolaire a de très bons éléments, vous la première. M. Ôsumi, aussi, ainsi que M. Hashigura… Mais je parle de personnes ayant à cœur de révolutionner l'enseignement…

Le brouhaha ambiant baissa d'un ton : Sonoda, toujours vêtu de son survêtement noir, venait de s'encadrer à l'entrée du bar et parcourait la salle des yeux. Quel que soit le lieu ou l'heure, le type en imposait.

— Monsieur Sonoda ! le héla Hasumi en se levant. Pouvons-nous remettre cette discussion à plus tard, monsieur Sanada ?

— Entendu.

Il invita Sonoda à se joindre à lui à une autre table, plus en retrait. Les révélations de son jeune collègue l'avaient ébranlé, mais il devait garder la tête froide afin de régler un autre problème urgent.

— Merci d'être venu. Vous finissez déjà tard, avec le club de karaté…

— Ce n'est pas un problème. À cette époque de l'année, nous n'en sommes qu'aux exercices d'entraînement.

L'homme pratiquait le karaté depuis sa jeunesse et avait même remporté des championnats à l'échelle nationale.

— Je vois… Qu'est-ce que vous buvez ?

Hasumi avait estimé qu'il était plus prudent de laisser d'abord boire son collègue afin de lui faire baisser sa garde, plutôt que d'entrer sans détour dans le vif du sujet. Avant toute chose, enseignait la psychologie, établir une *relation de confiance.*

— Diriez-vous, monsieur Sonoda, que les records établis par les arts martiaux mixtes prouvent qu'il s'agit de la discipline reine parmi les sports de combat ?

Après quelques minutes de discussion, ils s'étaient découvert un attrait commun pour le combat libre.

— Ces records sont intéressants à étudier, mais ils ne

prouvent rien, répondit l'autre d'un ton catégorique, la bouche pleine de sashimi de cheval.

Il assécha son verre comme s'il contenait de l'eau. Ses mains, démesurément grandes par rapport à sa corpulence, étaient couvertes d'épais cals.

— Je ne pense pas qu'on puisse déterminer quel sport est le plus fort. Ils ont tous des techniques particulières qui les façonnent.

— Oui, bien sûr.

— Les techniques de combat au sol, par exemple, ne vous seront d'aucun recours contre des adversaires multiples. En ce sens, que ce soient les arts martiaux mixtes ou le judo, on se borne à déterminer qui se débrouille le mieux au sein d'un carcan de règles. D'ailleurs, on impose de plus en plus d'interdictions en MMA en ce qui concerne les combats debout. Alors que si on se contentait des règles basiques du Vale Tudo des débuts – pas de morsure, de coup dans les bourses, et d'écrasement des yeux –, ça aurait une autre gueule. On va même jusqu'à interdire les coups de coude directs et les coups de pied à la tête ! Je vous demande un peu ! Dès lors qu'on accepte le coup de boule, qui est tout de même l'attaque la plus puissante et qui permet les K.-O. les plus rapides, pourquoi interdire tout le reste…

— Quelle violence, dit Hasumi en souriant. Si on vous écoutait, il y aurait des morts à chaque combat… D'ailleurs, il n'y a pas qu'en combat debout que certains coups sont interdits. Il me semble qu'en combat au sol, il est souvent interdit de tordre les genoux ou le cou.

— Oh, vous en connaissez un rayon ! Vous avez déjà pratiqué ?

— Absolument pas ! Je me contente d'être spectateur, ça ne me dit rien d'essayer.

— Vraiment ? Vous êtes plutôt mince, mais avec cette stature vous feriez un combattant féroce !

— Ha ha ! C'est gênant : je suis un pacifiste convaincu, vous savez.

— Si vous le dites… Enfin, là où je voulais en venir, et ce n'est pas pour prêcher pour ma paroisse, c'est que le karaté est pour moi la reine des disciplines. Que ce soit l'UFC ou le K-1, les combats sont truffés de règles destinées à protéger la santé des concurrents, mais y en a-t-il une seule qui permette de transcender leur force ? Or, en karaté, on apprend à faire face à des situations extrêmes, lorsqu'il s'agit de tuer ou d'être tué. On ne se borne pas à entraîner nos corps et à perfectionner nos prises, on développe aussi un mental en acier.

Le silence s'était fait dans la salle. Chacun tendait l'oreille au discours enflammé de Sonoda, qui arriva bientôt au sujet escompté.

— On n'abandonne jamais, on ne plie jamais, quelle que soit la difficulté. C'est ce que j'espère transmettre aux élèves grâce à des entraînements coriaces.

Les profs de l'auditoire étaient vivement impressionnés. Il s'en fallut de peu que certains applaudissent. Seul Hasumi gardait la tête froide.

Les arts martiaux et les sports de combat étaient destinés à développer les capacités des pratiquants à tuer un adversaire ou à le neutraliser ; en quoi cela avait-il un quelconque rapport avec l'éducation ?

Ce qu'il se garda bien de partager avec son interlocuteur.

— C'est réellement inspirant, monsieur Sonoda. Je pensais déjà que vous étiez nécessaire à notre établissement, désormais j'en suis convaincu !

Sonoda ouvrit de grands yeux et avala une lampée de saké.

— Je sais de quoi vous voulez parler. C'est pour ça que vous m'avez invité ce soir, n'est-ce pas ? Eh bien, je risque de vous décevoir : je ne renierai pas mes principes ! Ne comptez pas sur moi pour affirmer que je regrette et que je suis contre les châtiments corporels !

— Et je n'en attendais pas moins de vous, rétorqua Hasumi du tac au tac.

— Hein ? Que voulez-vous dire ?

— Tout simplement que je ne considère pas que vous devriez vous excuser pour avoir frappé Shûhei Naruse. Bien entendu, nous proclamons haut et fort que nous condamnons les châtiments corporels, mais les enfants d'aujourd'hui obéissent-ils sans la menace ? Je parle d'une correction administrée non pas sous le coup d'une colère passagère, mais en ayant en tête le futur de cet enfant : ça, c'est un véritable témoignage d'amour. Un jeune que l'on ramène dans le droit chemin par la manière forte vous en sera redevable toute sa vie !

— Je ne savais pas que vous pensiez ainsi, monsieur Hasumi. Nous partageons la même opinion.

À sa table, Junko Taura demeurait bouche bée. Probablement savait-elle que ce petit discours de Hasumi différait radicalement de celui qu'il tenait habituellement à ses élèves.

— Nous autres, reprit-il, profs du tout-venant qui fronçons le nez à l'évocation des châtiments corporels, ne nous sommes-nous pas délestés de cette responsabilité auprès d'une minorité de profs méritants ? Honnêtement, je pense qu'il serait bon de nous remettre en question.

— Enfin ! Mon… Monfieur Hafumi… protesta Sanada, qui n'arrivait déjà plus à articuler, avant que Junko Taura ne le bâillonne du plat de la main.

— Eh bien, cela fait plaisir à entendre, monsieur Hasumi, reprit Sonoda. Je me réjouis que vous compreniez mon point de vue. Malheureusement, cela ne résout pas notre affaire pour autant. À ce qu'il paraît, le père de Naruse est inébranlable.

— C'est vrai. Aussi je pense que vous devez présenter vos excuses.

— Hein ? Mais qu'est-ce que… rugit l'athlète. Vous venez de dire que je n'ai pas à m'excuser !

L'auditoire était médusé. La température du Rabbit Punch chuta d'une dizaine de degrés instantanément.

— En effet. Je pense que vous n'avez pas à vous excuser d'avoir frappé Naruse. En revanche, vous l'avez blessé. Et ça, c'est une autre histoire, argumenta Hasumi avec calme. Ce qui s'est passé, c'est que vous vous êtes laissé emporter par la colère, monsieur Sonoda. Vous n'avez pas agi de sang-froid, pour le bien de l'élève. Preuve en est, cette arcade sourcilière ouverte. Le rôle d'un prof n'est pas de faire couler le sang, vous en conviendrez. Et je n'arrive toujours pas à comprendre comment un karatéka au sommet de son art tel que vous a pu commettre un geste aussi maladroit…

Un silence douloureux s'instaura. Le public ne quittait pas les protagonistes des yeux.

— Ça me fait mal de m'entendre traiter de « maladroit » par un non-initié mais… je dois reconnaître que vous avez raison, dit enfin Sonoda, un sourire amer au coin des lèvres.

Les clients du bar reprirent leur respiration, soulagés.

— J'ai voulu le frapper du plat de la main, mais Naruse a tenté de s'esquiver, et j'ai atteint le côté de son visage. Je suis bel et bien fautif de n'avoir pas su prédire ce mouvement.

— D'ordinaire, intervint Hisashi Ihara, le prof de littérature classique assis à la table voisine, on a tendance à se baisser devant la menace. Mais les jeunes d'aujourd'hui, que voulez-vous, on ne peut savoir ce qu'ils ont en tête.

La tension baissa d'un cran dans la salle.

— Je comprends, tonna Sonoda de sa voix virile. Je vais m'excuser d'avoir blessé Naruse.

— Merci infiniment, fit Hasumi en se pliant en deux devant lui. Vous ne pouvez pas savoir comme j'ai hâte que vous repreniez vos cours. Votre absence a causé bien des soucis…

— Vous voulez parler de Shibahara ?

— Oui. Je ne peux pas vous en dire plus ici…

— Entendu. Dans ce cas, je vais faire en sorte que tout revienne à la normale au plus vite.

Eh bien, voilà... pensa Hasumi. *Une bonne chose de faite.*

Il vida d'un trait son verre où les glaçons avaient fondu et se rendit compte qu'il avait l'estomac vide.

Le lendemain, il accompagna le proviseur adjoint et Sonoda au cabinet d'avocats du père de Shûhei Naruse, situé dans le quartier de Marunouchi, à la capitale.

De petite taille, vêtu d'un costume coûteux, Akio Naruse avait un air de ressemblance avec Woody Allen. Il s'exprima avec professionnalisme, sans un mot de trop, révélant un esprit brillant.

Il déteste perdre son temps, comprit immédiatement Hasumi. Il était payé à l'heure, ce qui était difficile à imaginer pour un prof, et vivait probablement en pensant chaque matin que le temps, c'était de l'argent. Autrement dit, ce n'était pas quelqu'un de procédurier, il n'aimait pas faire traîner les choses en longueur. Il privilégierait une résolution rapide.

Hasumi évita donc les bavardages inutiles et se courba d'emblée devant Akio Naruse, s'excusant en tant que professeur principal de son fils. Sonoda l'imita, affirmant qu'il était désolé d'avoir *blessé* Shûhei. Enfin, le proviseur adjoint Sakai se joignit à eux et courba l'échine, assurant qu'il présentait ses excuses au nom de toute l'école, que l'incident ne se reproduirait plus, et qu'il paierait des dommages et intérêts, incluant les soins médicaux qu'avait reçus l'enfant.

L'avocat resta imperturbable, mais quelque chose dans son attitude révélait qu'il était satisfait. Il avait sans doute compris qu'il ne servirait à rien d'accentuer la pression, qu'il n'obtiendrait pas mieux. Il opina doucement du chef deux ou trois fois avant de les congédier.

Cela ne leur avait pas pris plus de quinze minutes. Hasumi repensa à l'idée saugrenue que Sakai lui avait suggérée au départ : pousser Shûhei Naruse à convaincre son père d'abandonner ses poursuites… Solution probablement vouée au désastre. Cela n'aurait qu'attisé la colère de l'avocat.

C'était évidemment du côté de la source du problème, du côté de Sonoda, qu'il fallait agir.

Sakai lui tapota l'épaule, admettant qu'il avait rondement mené cette affaire. Sonoda lui adressa un signe de tête. Il s'en tirait avec un sévère rappel à l'ordre alors qu'il se voyait déjà remettre sa démission, et son regard trahissait un intense soulagement.

Hasumi se réveilla.

Les corbeaux croassaient.

Il se leva de son futon avec l'agilité d'un chat et se dirigea vers la véranda, dont il avait pris soin de laisser les volets entrouverts. Il plissa les yeux et observa le jardin.

Ils étaient là. Les deux énormes corbeaux, posés sur le perchoir.

Cela faisait quatre jours que Hasumi l'avait construit par-dessus l'étendoir mais les oiseaux, méfiants, avaient d'abord préféré l'éviter. Hugin et Munin, particulièrement intelligents, avaient une capacité étonnante à deviner ses intentions.

Mais ce comportement pouvait jouer en sa faveur.

Non loin du perchoir, il avait planté les plumes offertes par Nekoyama. Les pies bleues étaient plus petites que les corbeaux, mais leurs plumes caudales étaient très longues et celles-ci mesuraient bien vingt centimètres, ce qui avait produit son petit effet.

Deux jours durant, Hugin et Munin avaient contourné le périmètre des plumes. Les corbeaux s'effraient des restes de leurs congénères. Très vite cependant, ils avaient deviné qu'il s'agissait d'un leurre. Ils s'en étaient approchés, et, comme s'ils avaient compris que ces plumes ne provenaient pas d'un des leurs, les avaient tout bonnement retirées. Dans le même temps, ils avaient considérablement relâché leur méfiance.

Hugin se trouvait en cet instant même sur la barre horizontale du T que Hasumi avait bricolé. Le tuyau en inox de 3,2 centimètres de diamètre convenait parfaitement pour reposer ses pattes ; on aurait dit que l'oiseau revendiquait fièrement sa nouvelle place. La barre verticale du T dépassant un peu au-dessus de l'horizontale, il se trouvait obligé de poser une patte de chaque côté du support en inox, par ailleurs isolé par du bambou et une couche de caoutchouc.

Un fil électrique sortait de chaque côté de la barre, les deux se réunissaient au niveau du montant et le cordon obtenu se frayait un chemin au sol, passant entre les volets de la véranda, rejoignant un convertisseur 100 à 200 volts, lui-même branché sur secteur, avec un interrupteur.

Hasumi, les yeux braqués sur Hugin, actionna l'interrupteur.

Le résultat fut extrêmement violent.

Hugin ouvrit grand le bec, déploya à moitié ses ailes et se figea, le corps parcouru de spasmes. Munin, stupéfiée, lança un grand cri et s'envola.

Hugin aurait voulu crier mais ne le pouvait plus. Ses deux yeux étaient blancs désormais.

Si les oiseaux peuvent se poser sur une ligne à haute tension, ils ne sont pas immunisés contre le courant. Il suffit de leur envoyer une tension suffisante entre les deux pattes. Le corbeau avait probablement tenté de s'enfuir, mais le courant contractant les muscles, il s'était retrouvé paralysé, les serres cramponnées malgré lui au perchoir.

Enfin, toujours accroché par les pattes, le corvidé pendait telle une chauve-souris, les plumes ébouriffées. Hasumi coupa le courant et sortit dans le jardin. Hugin était mort, cela ne laissait aucun doute. Le prof d'anglais fit tomber le cadavre au sol.

Eh bien, voilà, pensa-t-il.

C'était vraiment un gros spécimen. Comment allait-il se débarrasser d'un si encombrant cadavre ? Impossible de le jeter aux ordures : avec les sacs-poubelle transparents réglementaires, on aurait vite fait de le découvrir.

Internet lui suggéra de confectionner des tourtes ou du pot-au-feu avec, mais cela ne lui disait rien. Il pouvait toujours le donner à manger à Momo, mais l'idée de dépecer l'oiseau pour en faire de la pâtée (et la préparation était importante, sinon cela ne servait à rien) ne lui plaisait décidément pas.

Il se rendit soudain compte qu'il sifflotait. C'était une habitude dont il ne parvenait pas à se défaire.

« La Complainte de Mackie. »

2

Reika Katagiri s'apprêtait à retourner en classe lorsque, soudain, elle se figea.

Masanobu Tsurii, le prof de maths, marchait dans sa direction.

Le visage de l'homme, comme à son habitude, était dépourvu de la moindre expression ; il regardait fixement devant lui sans jamais sourciller.

Il portait invariablement, durant une bonne moitié de l'année du moins, une veste marron usée jusqu'à la corde, une chemise et un pantalon brun. Son cahier d'appel sous le bras, il avançait à pas lents, la tête penchée en avant. On aurait dit un robot.

L'an passé, Reika le voyait souvent les épaules couvertes de poussière de craie. Le vieux bonhomme était la cible régulière d'une plaisanterie vieille comme le monde, la chute d'un récipient rempli de poudre blanche lorsqu'il ouvrait la porte d'une salle de classe. Reika était en seconde lorsque le bahut avait retiré tous les tableaux noirs pour les remplacer par des blancs, ce qui avait mis fin aux vilains tours de ses camarades.

Higashide, un garçon de 1re 5 particulièrement agité, mima la gestuelle d'un joueur de base-ball avant de lancer une boulette en papier sur le prof. Le projectile atteignit parfaitement sa cible, en plein milieu du crâne.

Les élèves agglutinés aux portes des salles de classe pour observer la scène se mirent à rigoler ouvertement, mais Tsurii continua d'avancer, imperturbable, comme dépourvu de terminaisons nerveuses.

Reika fronça les sourcils d'un air réprobateur mais, peu désireuse d'être prise à partie par le prof, elle baissa respectueusement la tête au moment où ils se croisèrent. Alors qu'il ne réagissait d'ordinaire pas le moins du monde, il posa cette fois les yeux sur elle. Au-delà de ses lunettes, de minuscules pupilles noires la transpercèrent.

Reika, stupéfaite, détourna le regard.

Elle détestait par-dessus tout juger les gens sur leur apparence. Le pauvre homme était en deuil, si l'on en croyait la rumeur, et devait avaler des antidépresseurs pour se rendre au lycée. Prendre pour cible un personnage aussi misérable et le tourner en ridicule était moralement impardonnable.

Mais… était-il vraiment question de cela, dans le cas de Tsurii ? N'était-ce pas différent ? C'est ce que lui soufflait son intuition. Il lui était plusieurs fois apparu que, quelles que soient les moqueries dont le prof pouvait être l'objet, il ne semblait pas du tout souffrir de dépression.

Cet homme évoluait dans la noirceur d'une existence dépourvue d'espoir. Ce qui expliquait qu'il n'ait plus d'énergie que pour les fonctions basiques de son quotidien.

Mais cela impliquait aussi qu'il fallait absolument se préserver de sa colère. C'est en tout cas ce que ne pouvait s'empêcher de penser Reika.

Tsurii lui faisait penser à un crocodile terré dans la vase, les yeux clos, immobile, comme mort. Pas même importuné par les mouches qui lui volent autour, attendant un moment que personne ne saurait prévoir pour bondir sur sa proie, la gueule grande ouverte.

Bien entendu, ce n'était que son imagination. Elle en avait à revendre, elle était la première à le reconnaître.

Mais sa vie avait changé en dernière année de primaire, lorsqu'elle avait onze ans. Elle éprouvait une terreur indicible envers le maître d'école d'alors, un homme entre deux âges que tout le monde appréciait. « Il ne nous regarde pas normalement », avait-elle prévenu. Elle avait inconsciemment relevé une série de signes imperceptibles dans son regard, ses inflexions de voix, ses gestes, qui l'avaient mise sur le qui-vive.

Personne ne l'avait écoutée, pas même ses parents. Un prof si patient, si dévoué, comment pouvait-on le soupçonner de quoi que ce soit ? On avait souvent opposé à ses peurs que c'était elle qui était bizarre, pour concevoir de telles idées.

Peu de temps après, le prof avait brusquement quitté l'école. On n'avait fourni aux élèves que de vagues explications concernant une soudaine affaire familiale… Cependant la vérité n'avait pas tardé à éclater. Cet homme en apparence respectable était un pédophile qui s'était tourné vers l'enseignement pour assouvir ses penchants. Deux camarades de classe, victimes du pervers, avaient elles aussi dû déménager.

Cela avait dessillé les yeux de Reika.

L'école n'était pas un sanctuaire dédié à la protection des enfants, mais une arène où seule régnait la loi du plus fort. Afin de survivre, il fallait soit avoir de la chance, soit faire preuve de beaucoup d'intuition, soit pouvoir déployer la violence physique nécessaire pour se défendre. Reika ne pouvait compter que sur son intuition.

Et celle-ci lui avait envoyé des signaux de détresse si forts, depuis son entrée dans ce lycée, qu'elle avait hésité à en changer immédiatement. Quatre profs de ce lycée lui faisaient peur, comme jamais elle n'avait eu peur auparavant.

Le prof de sport Sonoda, pour commencer. Cet homme ne vivait que dans le but déroutant d'instaurer une discipline basée sur la violence. Il était difficile à Reika de comprendre ce qui le poussait dans cet entêtement. Ce n'était pas vraiment la stature imposante du prof, avec sa musculature puissante et ses énormes mains calleuses, qui l'effrayait. C'était la certitude que, le moment venu, il n'hésiterait pas un instant à tuer, à mains nues s'il le fallait. On avait beau être dans le Japon pacifié du XXIe siècle, l'esprit de Sonoda évoluait à l'époque des samurais. Cet anachronisme terrorisait Reika au point de sentir ses jambes flageoler rien que d'y penser.

L'autre prof d'EPS, Shibahara, quant à lui, bien que d'envergure moindre que son collègue, était encore plus dangereux. Son front bas ne semblait abriter autre chose que des pensées perverses et sadiques. Son attitude dégoûtante était manifeste pour n'importe qui, aussi son intégration dans le corps enseignant restait-elle un mystère. Il était vital de ne pas se faire remarquer par ce type, de l'éviter autant que possible.

Pour ces deux profs, bien que très différents l'un de l'autre, le danger paraissait évident et la plupart des camarades de Reika partageaient sa méfiance. Concernant les deux derniers, en revanche, elle n'était pas près de trouver des partisans de la prudence.

Elle n'avait fait part de sa terreur de Tsurii qu'à son amie d'enfance, Fûko Onodera. Cette dernière était toujours avenante et souriante, soit l'exact opposé de Reika, qui choisissait ses amis avec soin. Pourtant, elles s'étaient bien entendues dès le premier jour, en primaire, et avec leur carré court, elles ressemblaient à des jumelles lorsqu'elles se penchaient l'une vers l'autre pour se raconter des secrets.

Fûko avait cru à une blague, concernant Tsurii : elle avait éclaté de rire, révélant ses dents bien blanches, avant de se raviser en comprenant que son amie était sérieuse.

— C'est vrai, avait-elle admis. Il a un côté flippant, mais tu te montes la tête. Tu l'imagines faire quoi que ce soit, le vieux Tree ?

C'était le surnom dont on avait affublé le prof de maths.

— Je ne sais pas, mais…

— Et la Malédiction du Chat ? Il sort carrément d'un film d'horreur, lui ! J'ai la chair de poule quand il rit…

— M. Nekoyama ? Il est inoffensif, avait objecté Reika tandis que Fûko faisait semblant de trembler de la tête aux pieds.

Inutile, mais inoffensif, avait-elle rectifié en son for intérieur.

— Je ne sais pas comment l'expliquer mais M. Tsurii, c'est différent. Ne fais jamais rien pour l'énerver, d'accord ?

Fûko n'avait rien répondu, cependant elle connaissait l'intuition surdéveloppée de son amie et elle avait tenu compte de sa mise en garde. Son expression avait changé.

— Ça me rappelle que le vieux Tree prend souvent des notes, avait-elle repris. Il paraît qu'il passe son temps à évaluer les élèves. Et il y en a qui perdent des points tous les jours…

— C'est possible.

Peut-être prend-il des notes pour alimenter un blog, avait songé Reika.

— Ce n'est qu'une légende urbaine du bahut… mais il paraît que lorsqu'un élève atteint le zéro, il lui arrive malheur… Enfin, il ne dit jamais rien quand on l'embête, le vieux Tree, alors… Tu veux savoir ce qui est vraiment flippant ? C'est une fille dont le club du soir se terminait tard qui me l'a raconté. Elle a vu la Malédiction du Chat traîner dans les couloirs, des centaines de fantômes de chats miaulant derrière lui !

Le dernier à figurer sur sa liste, elle ne pouvait en parler à personne, pas même à Fûko. Elle ne s'attirerait pas seulement des plaisanteries, mais carrément les foudres, et non seulement de son amie, mais de toute la classe (ceux du groupe de conversation anglaise en tête). Les filles en particulier étaient toutes de ferventes admiratrices de Hasumi.

Au départ, elle-même avait considéré le professeur Seiji Hasumi d'un bon œil. Il était toujours de bonne humeur, débordait d'énergie et se souciait de ses élèves. Le prof parfait, en somme.

Jusqu'à ce qu'il intègre l'équipe de surveillance, et se mette à régler les problèmes les uns après les autres avec une facilité déconcertante. Un doute terrible avait commencé à la tenailler.

Cet homme serait-il capable de détecter les mensonges ?

Il y avait eu cette affaire, une bagarre entre deux élèves dont l'un accusait l'autre de vol. Le voleur présumé, connu pour des faits de vol à l'étalage dans le passé, avait beau clamer son innocence, les apparences ne jouaient pas en sa faveur.

Reika, pourtant, était persuadée qu'il était innocent.

Et étrangement, Hasumi en était arrivé à la même conclusion. Il avait feint de faire confiance à son élève, mais il n'avait pas échappé à Reika qu'il semblait terriblement sûr de lui.

Peu de temps après, l'argent volé avait reparu, l'élève lésé avait reconnu son erreur, et tout s'était terminé sans encombre. Hasumi avait encore gagné en estime auprès de ses élèves. Excepté Reika.

Elle avait compris que le prof possédait, comme elle, la faculté de discerner le vrai du faux. Pour autant, elle pressentait qu'ils étaient radicalement différents l'un de l'autre, même si au départ elle n'arrivait pas à l'expliquer.

Elle s'était mise à cogiter sérieusement, jusqu'à ce qu'une idée particulièrement dérangeante lui vienne.

Hasumi et elle n'étaient-ils pas, tout simplement, le contraire l'un de l'autre ?

Les personnes capables de lire dans le cœur de leurs semblables étaient elles-mêmes à fleur de peau. Cette sensibilité leur permettait d'imaginer ce que l'autre ressentait. Hasumi était différent. Il était étranger à l'empathie. Il reconnaissait le mensonge parce qu'il était lui-même un menteur aguerri, et si son jugement ne vacillait pas, c'est qu'il voyait le monde d'un œil dépourvu de la moindre compassion.

Une fois qu'elle eut élaboré cette théorie, tout lui sembla soudain faux. Les sourires chaleureux du prof, ses plaisanteries, ses mille et une façons de se montrer attentionné envers ses élèves.

Indéniablement, Hasumi était l'être le plus imprévisible qu'elle devait pour l'heure côtoyer.

Elle dépassa le professeur Tsurii et retourna s'asseoir à son bureau en classe. Un uniforme féminin vint se planter devant elle. Reika leva les yeux et croisa ceux de Miya Yasuhara.

— Amène-toi, lui ordonna celle-ci.

Reika la suivit de mauvais gré dans le couloir. Elle se dirigeait vers les toilettes des filles.

J'en viens, soupira-t-elle intérieurement.

Miya entra avec fracas dans la petite pièce, où deux élèves de seconde étaient en grande discussion. Elles se turent instantanément.

— Dégagez, leur lança Miya d'un ton qui ne souffrait pas la contradiction.

Lorsqu'elles furent seules, la jeune fille se pencha devant le miroir pour vérifier son maquillage.

— Euh… Miya ?

— C'est toi ? lui demanda l'autre sans bouger d'un cil.

— Hein ?

— Pour la dernière fois : est-ce que c'est toi ?

Reika avala sa salive. Elle voyait très bien de quoi voulait parler sa camarade. Mieux valait avouer pour ne pas l'énerver encore plus.

— Oui.

— Bon. Si tu avais encore essayé de jouer les connes, je ne sais pas ce que je t'aurais fait.

Elle se rapprocha dangereusement, arborant un sourire mauvais. Elles faisaient la même taille, mais l'expression de Miya était effroyablement intimidante.

— Alors, qu'est-ce qui t'a pris de fourrer ton nez là où ça ne te regarde pas et de balancer à Hasumi ?

— Je suis désolée. Je pensais bien faire…

— La raison. Dis-moi pourquoi tu as balancé, la coupa froidement Miya.

— Je ne peux pas pardonner ce que Shibahara a fait.

— Tiens donc ? Et qu'est-ce qu'il a fait, d'après toi ? insista la jeune fille en approchant son visage tout près de celui de Reika.

— C'est du harcèlement sexuel, répondit celle-ci en baissant les yeux.

Miya fondit sur elle, lui attrapa les cheveux et la força à la regarder dans les yeux avec une force sidérante.

— Tu répètes ces mots et je te crève, tu as compris ?

— Oui, oui, j'ai compris.

Reika plongea son regard dans celui de Miya : elle n'était pas réellement en colère.

— Alors je vais passer l'éponge, pour cette fois. Parce que ça s'est plutôt bien terminé. Mais ne t'avise pas de recommencer à fouiner, tu as compris ?

Miya la relâcha et lorsque Reika osa lever les yeux, elle s'aperçut qu'elle semblait même de bonne humeur.

— Alors, tout va bien, à présent ? osa-t-elle demander d'une toute petite voix.

— Ouais. C'est du passé maintenant. Alors tu oublies, d'accord ? Ah, et au fait… Tu ne t'approches plus de Hasumi, c'est clair ?

— Très clair.

Miya lui lança un léger signe de tête et sortit des toilettes. Lorsqu'elle l'imita quelques secondes plus tard, deux garçons accoururent.

— Reika ! Tout va bien ? s'enquit Keisuke Hayami.

C'était un garçon élancé, aux pommettes hautes et au menton pointu. Il semblait plus mûr que la plupart des garçons de leur âge, ce qui n'était pas pour déplaire à bien des filles du lycée.

— Oui, ça va, pourquoi ?

— Une fille de ta classe est venue me dire que Miya t'avait entraînée aux toilettes… Elle ne t'a pas fait mal ?

— Non, je n'ai rien.

Son cœur battait encore à tout rompre, mais elle commençait à s'apaiser.

— On pouvait pas trop entrer dans les toilettes des filles, continua l'autre. Mais si on avait entendu des cris, on n'aurait pas hésité !

Yûichirô Nagoshi afficha un air soulagé. Il avait un visage agréable, rond et franc, et était légèrement potelé.

Reika, Keisuke et Yûichirô s'étaient rencontrés en seconde. Sur le papier, rien ne semblait relier les deux garçons, de caractère et de physique opposés, mais ils s'étaient découvert une passion commune pour le futsal et avaient bâti une solide amitié. Reika était assise entre eux en classe, et à force de les entendre converser pardessus sa tête, elle avait pris part à leurs échanges. Ainsi s'était formé leur trio, qui avait éclaté au passage en première : Keisuke, ayant choisi la filière scientifique, s'était retrouvé en 1re 1 tandis que Reika et Yûichirô, en littéraire, étaient par chance – du moins l'espérait-elle – tombés dans la même classe, en 1re 4.

— Qu'est-ce qu'elle te voulait, alors ? reprit Keisuke.

— Rien. Des trucs de filles. Ça ne vous regarde pas.

Les menaces de Miya étaient inutiles : elle n'avait de toute façon pas envie d'ébruiter l'affaire.

— Des trucs de filles, hein… répéta Keisuke en soupirant. Écoute, si tu ne veux pas en parler, c'est toi qui vois. Mais si tu as un problème, tu viens nous voir, d'accord ?

— D'accord. Merci, les gars.

Elle savait qu'ils n'hésiteraient pas à voler à son secours, quoi qu'il arrive.

— C'est plutôt toi, Keisuke, qui attires les problèmes en ce moment, ajouta-t-elle.

— Je ne vois pas de quoi tu parles, bougonna-t-il en croisant les bras.

— De la triche. Tu vas recommencer aux exams, pas vrai ? Avec les mêmes que la dernière fois ?

Il tendit la main dans une tentative pour la bâillonner, mais elle s'écarta.

— N'importe quoi. Qu'est-ce que tu racontes ? Dans un endroit pareil, en plus…

— Laisse tomber, OK ? Si la rumeur de *cunning* est parvenue jusqu'à moi, imagine un peu…

— Je t'ai dit de… Tu l'auras voulu ! (Il se mit à gesticuler.) *Cunning* ne veut pas seulement dire « ruse », mais « rusé » ! *Miss Katagiri !* Si l'on surprend quelqu'un en train de tricher à un examen, c'est *cheating*, le terme exact !

Deux lycéennes qui passaient dans le couloir le regardèrent en pouffant.

— C'est pas drôle, protesta Reika, sourcils froncés.

Les imitations de Hasumi auxquelles se livrait son ami avaient le don de la rendre mal à l'aise.

— C'est justement parce que ça l'amuse qu'il veut le faire, affirma Yûichirô. Il n'a rien à y gagner.

Keisuke avait beau passer la majeure partie de son temps à se divertir, ses notes ne baissaient pas. Ses plans de triche consistaient à partager ses réponses avec un maximum d'élèves afin de saboter les résultats des examens.

— Avoue-le, insista Yûichirô. C'est une forme de résistance, hein ?

Keisuke pouffa.

— De résistance ? Mais tu te crois dans quelle époque ?

— Alors vas-y, explique…

— Je n'ai pas d'objectif particulier. C'est pour tuer le temps, voilà tout, affirma-t-il d'un air faussement innocent.

Ce jour-là, Hasumi n'avait pas cours durant la première heure matinale. Il s'empara d'un sac-poubelle jeté à l'arrière de sa Hijet et se dirigea d'un pas désinvolte vers la salle de préparation des cours de biologie.

— J'ai quelque chose pour vous, monsieur Nekoyama !

Lorsque ce dernier vit le cadavre de Hugin, que Hasumi tira du sac, son visage exprima le plus sincère des ravissements.

— C'est… C'est une merveille ! Oh, quelle beauté… Et cette taille ! Il est énorme, même pour un corbeau à gros bec… Ce serait… tout simplement la pièce maîtresse de ma collection. Oh oui… Êtes-vous sûr de vouloir me l'offrir ?

— Tout à fait. C'est en remerciement des plumes que vous m'avez données.

Et surtout parce que je n'en ai rien à faire...

— Mais regardez-moi ce bec imposant ! Effrayant ! Uhihihihihihi... Ah, les corbeaux, on en voit partout, mais pour trouver une dépouille, il faut se lever tôt ! Au point qu'un livre douteux a été écrit à ce sujet : *Pourquoi ne trouve-t-on jamais de cadavres de corbeau ?*

Hasumi avait élaboré une petite histoire afin d'expliquer comment il avait trouvé son corbeau, mais Nekoyama, ravi comme un chat sous l'emprise d'*Actinidia polygama*, ne semblait pas suspicieux.

Hasumi le laissa à son bonheur et se rendit à l'infirmerie.

— Tiens, Hasumi !

Junko Taura le salua de son ordinateur où elle était en plein travail. Le lit au fond de la pièce était vide en cette première heure de la journée.

— On dirait que ce n'est pas moi que tu cherchais...

— En effet. Tu sais où se trouve Mme Mizuochi ?

— Ah, tu veux me rendre jalouse, c'est ça ? Tu préfères donc les femmes jeunes à ce point ?

Elle posa le pouce et l'index sur son bras, et tandis qu'il pensait qu'elle ferait *semblant* de le pincer, elle y alla de bon cœur.

— Aïe ! Arrête, enfin ! Qu'est-ce que tu racontes ?

C'est l'instant gênant que choisit Satoko Mizuochi, la psychologue scolaire, pour regagner l'infirmerie. Croyant les avoir surpris en pleine dispute de couple, elle perdit instantanément ses couleurs.

— Madame Mizuochi, fit Hasumi d'un ton qu'il espérait plein de dignité. J'aurais quelques questions à vous poser.

— Ce que je peux vous dire sur Tadenuma et Maejima ?

La psychologue, surprise, se dirigea néanmoins vers

son bureau dans un autre coin de l'infirmerie. Hasumi tenta d'ignorer les regards lourds de sous-entendus que lui lançait l'infirmière en douce.

— Je crains de ne pas vous être très utile, dit-elle en tirant quelques dossiers de son bureau.

Elle parcourut des yeux les résultats d'un test psychologique effectué l'an passé sur les élèves.

Recrutée depuis un peu plus d'un an désormais, elle ne venait au lycée que deux fois par semaine, cependant ses entretiens avec les élèves avaient la réputation d'être constructifs.

Hasumi observa ses longs cils. Avec sa coupe courte et nette, son visage juvénile et son maquillage discret, on aurait pu la prendre pour une élève, n'eût été sa blouse blanche de travail. Diplômée d'une université, elle avait exercé en clinique auparavant et devait probablement avoir dans les vingt-sept, vingt-huit ans, et pourtant…

— Monsieur Hasumi ? insista-t-elle en le toisant d'un air méfiant.

Il revint à lui-même.

— Pardonnez-moi. Je vous écoute.

— Je vous disais que votre demande me perturbe. Les résultats de ce test tombent sous le coup du secret professionnel, et je ne suis pas sûre que je puisse les divulguer pour régler un problème dans votre classe.

— Je comprends parfaitement vos réserves, soyez-en certaine. Cependant, vous devez comprendre qu'il n'est rien de plus important pour moi que le bien-être de mes élèves. Tout me laisse croire que nous allons droit vers une catastrophe. Non, pour être honnête, je crois que nous sommes déjà en plein dedans.

Satoko opina du chef sans rien dire. Laisser parler leur interlocuteur était comme une seconde nature chez les psychologues.

— Je pense que les jeunes nous cachent énormément

de choses. N'y a-t-il pas des sujets qu'ils n'aborderont jamais avec nous de leur plein gré ?

— Si, probablement, reconnut-elle. Les enfants d'aujourd'hui sont peu à l'aise à l'oral. Ils ont du mal à cerner les concepts, sans parler de réussir à mettre des mots dessus.

Elle tapota la liasse de documents sur son bureau pour la réordonner. Il était évident qu'elle souhaitait mettre un terme à cet entretien au plus vite.

— L'an dernier, reprit Hasumi, Maejima venait souvent à l'infirmerie au deuxième trimestre. Vous a-t-il consultée ?

— Oui… Quatre ou cinq fois.

— À quel sujet ?

— Je ne peux pas vous en parler, asséna-t-elle, catégorique.

— J'ai cru comprendre qu'il avait cessé d'y venir vers la fin de l'année : a-t-il arrêté de vous consulter par la même occasion ? Dois-je en conclure que son problème s'est résolu ?

Satoko prit le temps de réfléchir.

— C'est difficile à dire.

Elle est plus coriace que je ne le pensais !

Il décida d'attaquer sur un autre front.

— Je vais être franc avec vous : nous parlons ici de harcèlement scolaire. Il faut absolument réagir au plus vite. Le trimestre vient tout juste de commencer, il n'est pas trop tard. Si nous laissons les choses s'envenimer, nous ne pourrons peut-être pas éviter un malheur.

Le regard de Satoko se durcit.

— Et vous pensez que Maejima et Tadenuma sont impliqués dans cette histoire de harcèlement ?

— Oui. Mais aucun des deux ne consent à parler. Je suis dans une impasse. C'est pourquoi j'espère trouver un angle de résolution grâce à leurs profils psychologiques.

Ça y est. Elle hésite. Plus qu'à la pousser un peu...

— Je ne suis pas sûre que ces résultats, en tant que tels, ne vous soient d'un quelconque secours…

— Bien entendu, c'est pourquoi j'espère que vous pourrez m'apporter votre analyse en tant que professionnelle…

Satoko resta muette.

— Je vous en prie, madame Mizuochi ! s'écria Hasumi en se courbant profondément devant elle. Le respect de la vie privée est primordial, mais je vous demande de m'aider à sauver mes élèves !

— Monsieur Hasumi, enfin, redressez-vous…

La psychologue semblait ébranlée. Son métier comportait une part de frustration très importante, sur laquelle Hasumi comptait largement. Si elle entendait les soucis des élèves, il n'était pas en son pouvoir d'agir pour les aider. Et voilà qu'on l'implorait de coopérer, lui offrant la possibilité d'avoir enfin un impact, dans une affaire de harcèlement scolaire de surcroît ! Comment décemment refuser ?

Comme prévu, elle baissa les armes – à contrecœur – et accepta de prêter main-forte.

— Voici le test de Koch de Masahiko Maejima. À en juger par les proportions du feuillage et du tronc, on peut soupçonner qu'il persiste en lui certaines caractéristiques de l'enfance.

Satoko tendit à Hasumi une feuille de papier A4. Le test de Koch consistait à faire dessiner au sujet un arbre à l'aide de crayons 4B. C'était une procédure simpliste mais très populaire au sein des évaluations de personnalité. Le lycée Shinkô Machida avait fait passer une série de tests psychologiques à ses élèves de seconde l'année précédente.

— Si je me souviens bien, enchaîna Hasumi, la taille du tronc, relativement à l'expansion du feuillage, est révélatrice du niveau de développement mental du sujet…

— En effet, c'est ainsi que l'envisageait Koch, en tout cas… De ce point de vue, Maejima est comparable à un élève de primaire. Attention, je ne parle bien entendu pas de son âge mental ! Par ailleurs, ses traits sont légers, les détails peu prononcés. Ce qui peut trahir un manque de volonté. On remarque aussi qu'il a dessiné le crayon quasiment couché sur le papier, ce qui dénote une grande sensibilité. Quant à l'ombre portée sur la gauche, c'est considéré comme un signe d'introversion.

Hasumi jugea l'analyse de la psychologue convaincante. Masahiko Maejima était un garçon timide, hésitant, en résumé la cible idéale des brutes de tout poil.

Cependant, il ne pouvait s'empêcher de penser qu'il y avait autre chose. Certains détails le gênaient dans ce dessin, qui ressemblait à une illustration de manga, avec des fleurs et même des fruits. On ne pouvait simplement l'expliquer par un manque de maturité et une tendance à fuir la réalité. Une plante grimpante sortait du sol, à la droite de l'arbre, pour s'enrouler autour du tronc…

— Et voici le test de Masahiro Tadenuma : c'est tout l'inverse de son camarade.

En effet, le dessin du jeune homme offrait un contraste saisissant avec celui de Maejima. Ses traits étaient grossiers, l'exécution peu soignée.

— Le tronc de l'arbre est séparé en deux, ce qui n'est pas rare à cet âge chez les individus orgueilleux, expliqua la psychologue. Il appuie fortement sur son crayon et le feuillage dépasse à droite de la feuille, signe d'un tempérament fougueux. Les branches ont une extrémité pointue, ce qui indique une personnalité agressive. Enfin, regardez celle-ci : on dirait qu'elle a été coupée. Cela nous indique qu'il se sent oppressé par son entourage.

Si l'extrémité du feuillage était effectivement représentative des relations humaines du sujet qui passait le test, on devinait sans peine que celui-ci était un élève à problèmes.

— Regardez comme le tronc s'enfonce puissamment dans la terre, poursuivit Satoko. Cela peut signifier qu'il se sent menacé dans les fondements de son existence. Si l'on se réfère à l'analyse de l'espace de dessin de Grunwald, il est à noter que la partie en haut à droite est associée à l'action, aussi…

Hasumi mit enfin le doigt sur ce qui le travaillait depuis quelques minutes.

— Mais pour en revenir au dessin de Maejima, madame Mizuochi, ne trouvez-vous pas que l'on dirait un dessin de fille ?

Il l'avait remarqué en voyant défiler les feuilles de test de toute la classe. Les garçons avaient tendance à détailler les branches une à une, tandis que les filles préféraient souvent représenter la frondaison de l'arbre comme un tout, et y faire apparaître des fleurs et des fruits. De ce point de vue, la production de Maejima était plus caractéristique du second groupe que du premier.

— Oui… reconnut la jeune femme, visiblement embarrassée. En effet.

— Ce n'est pas la première fois que je me fais cette remarque… Vous diriez qu'il a un côté efféminé ?

— On ne peut l'affirmer avec un seul dessin…

— Qu'en est-il du TAT ? Les résultats sont-ils plus concluants ?

Le *Thematic Apperception Test* consistait en une série d'illustrations en noir et blanc ; on demandait au sujet de les analyser et d'élaborer des histoires à partir de ces images. Il était constitué de trente cartes, dont dix à vingt étaient utilisées lors d'une évaluation. Il n'était pas rare de faire passer le TAT en complément du test de Koch, mais comme le TAT requérait beaucoup plus de temps, il était impossible de le réaliser à grande échelle.

— Comment savez-vous que je le lui ai fait passer ? s'étonna Satoko.

— C'est lui-même qui me l'a dit. Sans me parler des détails, bien sûr. Et puis, j'ai déjà eu à passer ce test, personnellement.

Inutile de lui raconter les circonstances…

— Je comprends. Cependant, les thèmes abordés ici…

Satoko Mizuochi était profondément gênée. Quel était le sujet qui la mettait aussi mal à l'aise ? Hasumi opéra un rapide tri dans les options possibles.

— Les élèves qui l'embêtent le traitent souvent de « tapette ». Ce ne sont que des injures, mais croyez-vous qu'il souffre réellement d'une dysphorie de genre, ou qu'il présente des tendances homosexuelles ?

Le visage de Satoko se rembrunit.

— Je comprends bien que vous êtes son professeur principal, mais je ne pense pas que tout cela vous regarde. L'identité sexuelle relève de la sphère privée, et doit être protégée en tant que telle.

— Je suis entièrement d'accord avec vous. En temps normal, je ne me risquerais jamais à empiéter sur ce territoire. Mais si Maejima est harcelé à cause de ça, j'ai besoin de le savoir. Je ne le fais que pour son bien !

La psychologue détourna le regard et laissa échapper un soupir : elle avait pris sa décision.

— Dans ce cas… Bien sûr, on ne peut rien affirmer avec certitude, mais… sa réaction à la carte numéro 1 était assez caractéristique.

Elle lui tendit une illustration représentant un jeune garçon accoudé, les yeux clos, devant un violon.

— Un sujet qui s'attarde sur les sonorités de l'instrument pourrait présenter des tendances narcissiques, homosexuelles ou addictives.

— C'est ce qu'il a fait ?

— Oui. Il a raconté que l'enfant imaginait la beauté de la musique, répondit-elle en consultant ses notes. Il a été capable de décrire le son avec finesse et précision : il m'a parlé d'une mélodie aux sonorités claires et douces.

— Qu'en est-il de la carte numéro 2 ?

Celle-ci, avec les sillons d'un champ en toile de fond, représentait une jeune femme, une autre plus âgée, un homme torse nu de dos et un cheval.

— L'analyse se confirme : il a complètement fait abstraction des deux femmes pour se concentrer sur l'homme.

— Et la 3 BM ?

Il s'agissait de l'image d'une personne vue de dos, recroquevillée à terre, le haut du corps appuyé contre un lit.

— C'est une illustration connue pour évoquer une image négative de soi-même et l'agressivité. On considère souvent que les sujets masculins qui identifient le personnage comme étant une femme présentent une homosexualité latente. Et c'est ainsi que l'a interprétée Maejima.

— La carte 8 BM ?

Une scène où deux hommes semblaient opérer un troisième, tandis qu'au premier plan un jeune homme se tenait immobile, dos à eux.

— Même constat. Il a identifié le jeune homme comme une femme travestie.

— Et quelle a été sa réaction devant la 9 BM ?

Elle représentait un groupe d'hommes endormis à même l'herbe, leurs corps entremêlés.

— Maejima avait l'air de penser que les personnages étaient extrêmement mal à l'aise.

— Je vois. C'est aussi, si je ne me trompe pas, un signe de tendances homosexuelles.

Satoko le dévisagea d'un air étonné.

— Oui... En effet.

Il en allait de même avec la plupart des cartes : les réactions de Masahiko Maejima allaient toujours dans le même sens. La carte 13 MF en particulier, dépeignant un homme debout qui se cache la tête derrière un bras et, en arrière-plan, une femme dans un lit, lui avait évoqué l'expression d'un dégoût pour le corps féminin. Cela faisait bien assez de preuves pour Hasumi.

— Merci infiniment, fit-il en baissant de nouveau la tête.

Mais Satoko avait l'air soucieuse.

— Je... je crois que je n'aurais pas dû vous raconter tout cela.

— Ne vous inquiétez pas. Je n'en parlerai à personne, pas même aux autres professeurs. Comptez sur moi.

— Je n'en attends pas moins de vous. En revanche... vous n'êtes pas le premier à vous intéresser aux évaluations psychologiques des élèves.

— Ah bon ? Qui d'autre, alors ?

— M. Kume, le prof d'arts plastiques.

Hasumi en resta interdit quelques secondes.

— Savez-vous pourquoi ?

— C'était l'été dernier. Il m'a apporté des dessins de ses élèves et m'a demandé ce que j'en pensais. Il s'inquiétait et voulait savoir si certains n'étaient pas révélateurs de soucis auxquels devaient faire face ses élèves.

— Je ne savais pas qu'il se préoccupait autant du bien-être des élèves...

Hasumi se remémora le visage sensible de Takeki Kume, son nez à l'arête fine. Il devait avoir dans les trente-sept, trente-huit ans. Grand et dégingandé, il arborait une coupe élaborée, plus courte sur les côtés, et s'habillait avec style. De toute évidence, il ne se fournissait pas dans les boutiques de Machida mais à la capitale.

On disait qu'il sortait d'une prestigieuse université d'art, mais l'homme étant peu désireux de frayer avec ses collègues, Hasumi n'avait jamais échangé plus de quelques mots avec lui. Cependant, il l'imaginait mal se soucier de ses élèves à ce point.

— Il vous a apporté des dessins de quelle classe ?

— De plusieurs. Parmi ceux-ci, il y en avait un de Maejima.

— Était-il représentatif de quoi que ce soit ?

— Pas particulièrement. (Elle afficha un sourire amer.) Il m'a demandé si le violet n'était pas la couleur de la haine, ce que les maisons ou les soleils pouvaient révéler, ce genre de choses assez banales.

Les femmes avaient probablement tendance à ne pas se méfier des hommes artistes. Même si, se souvint Hasumi, Kume était toujours célibataire.

— Comme il y avait un arbre dans ses dessins, je lui ai parlé du test de Koch. Il a semblé très intéressé et voulait en apprendre plus, pour sa gouverne, m'a-t-il dit.

— Lui avez-vous montré l'arbre de Maejima ?

La psychologue, embarrassée, opina du chef.

— Avez-vous aussi parlé du TAT ?

— Pas dans les détails… Vous comprenez, c'était juste après le test général, et c'est arrivé naturellement dans la conversation. De fil en aiguille, j'ai peut-être laissé échapper une ou deux informations que je n'aurais pas dû… M. Kume incite aux confidences, si je puis dire…

— Je comprends. Bien, je n'abuserai pas plus de votre précieux temps, déclara Hasumi en se levant. Grâce à vous, je vais pouvoir mettre un terme immédiat à ce problème de harcèlement et éviter que ça n'empire.

La psychologue l'accompagna, le visage toujours fermé.

— La prochaine fois, je viendrai vous consulter à

titre personnel, poursuivit-il. Avec tous les problèmes qui s'accumulent, je suis à deux doigts de la folie, je vous assure.

Elle sourit timidement. Ses fines lèvres révélèrent un chapelet de dents comme des perles.

— Oh, je ne me fais pas de souci pour vous, monsieur Hasumi.

— C'est votre façon de m'interdire votre cabinet, c'est ça ?

— Non, non, je suis sérieuse. Personne ici n'a autant les pieds sur terre que vous. (Elle fronça les sourcils.) D'ailleurs, je ne m'explique pas votre connaissance intime de la psychologie en général, et du TAT en particulier. Vous connaissez toutes les illustrations en lien avec l'homosexualité, par exemple…

— Oh, ce n'est rien, dit-il en dissimulant parfaitement son affolement. Je m'y suis intéressé et j'ai lu un livre à ce sujet.

Ce n'était pas un mensonge. Il ne lui précisa pas dans quelles circonstances, ni combien de livres il avait lus, ce qui n'aurait pas manqué de sidérer la psychologue.

Hasumi s'était ensuite entièrement consacré à ses deux heures de cours, avec la ferme intention d'utiliser la quatrième heure du matin, libre, pour mener quelques recherches. C'était sans compter l'intrusion inattendue d'un élément perturbateur.

— Vous m'entendez, monsieur Hasumi ? Je vous demande si, oui ou non, vous avez mené une enquête au sein de ce foutu lycée !

Katsushi Kiyota, confortablement enfoncé dans le canapé de la salle des profs, aspira une bouffée de sa cigarette. Hasumi avait beau lui répéter que la salle d'entretien était un espace non fumeur, l'homme s'en contrefichait. Il tapait nerveusement du pied et fixait Hasumi d'un air mauvais.

— Bien entendu. En tant que professeur principal, il est de mon devoir de connaître les tenants et les aboutissants de la vie de ma classe. J'ai donc conduit une nouvelle enquête, interrogé tous les élèves, et j'en reviens à cette même conclusion : votre fille n'a subi aucun harcèlement de la part de ses camarades.

— Ça y est, ça recommence… Vous êtes tous pareils, vous, les profs. « On n'a rien pu faire, on n'était pas au courant. » Tu parles ! Tout ce dont vous êtes capables, c'est de fermer les yeux, de dissimuler les preuves…

— C'est un fait, insista froidement Hasumi. Il n'y a aucune preuve de harcèlement sur Rina.

— Vous insinuez que ma fille ment ? C'est ça ?

Ses petits yeux brillaient de haine. Un toupet de cheveux, soigneusement huilé, s'avançait sur son front pour dissimuler une calvitie naissante au sommet de son crâne.

— Ce n'est pas ce que j'ai dit. Je pense qu'il y a erreur d'interprétation.

— « Erreur d'interprétation »…

Kiyota ne le lâcha pas des yeux le temps d'écraser son mégot dans un cendrier portatif. Un geste purement théâtral. L'homme se prétendait vice-patron d'un supermarché de la ville de Hachiôji, mais il s'occupait en réalité des plaintes des clients. Cette accusation de harcèlement était peut-être pour lui une façon de se décharger de toutes les frustrations qu'il avait à gérer au quotidien. L'intimidation qu'il pensait susciter en ce moment même n'était qu'un simulacre des menaces auxquelles il devait faire face et qu'il ne faisait qu'imiter.

— Rina ne se fait pas harceler, elle imagine seulement qu'elle se fait harceler, c'est ça ? Et ça se dit prof ? Vous n'êtes pas foutu d'ouvrir vos oreilles, quand une élève se plaint ?

— Je vous le répète, j'ai mené cette enquête avec soin. Et il ne semble pas que Rina ait subi la moindre violence physique ou verbale…

Kiyota frappa du poing sur la petite table devant lui.

— Il n'y a pas que ça, bon sang ! Le harcèlement, c'est plus compliqué !

Il semblait habitué à pousser la voix, mais plutôt pour convier le client à une dégustation que pour impressionner un adversaire.

— Je vous parle d'indifférence ! Ce n'est pas du harcèlement, ça ? Hein ? Rina est ignorée par ses camarades, c'est de la violence psychologique, elle est complètement déprimée !

— Calmez-vous, je vous prie. (Hasumi conservait un flegme olympien.) Je suis parfaitement conscient que Rina a du mal à trouver sa place au sein de la classe. L'adaptation à son nouvel environnement n'est pas aisée, et je fais tout mon possible pour l'aider à s'intégrer.

— « Calmez-vous, je vous prie » ? Vous êtes sérieux ?

Kiyota croisa les bras et gonfla la poitrine, exactement comme un animal sauvage tenterait de se faire passer pour plus gros qu'il n'est en réalité.

— Je vais vous dire une chose… je suis capable de tout, pour ma fille, vous m'entendez ? De tout ! Vous me suivez, j'espère… Parce que je n'hésiterais pas, c'est bien clair ? Au moindre… Je suis prêt à tout, je vous dis !

Son visage prit une teinte cramoisie. L'incohérence de ses propos ne semblait pas le gêner outre mesure. Hasumi détecta des relents d'alcool dans l'haleine de son interlocuteur. Sans doute s'était-il mis à boire pour contrebalancer le stress de son job.

Hasumi dut encore le supporter dix longues minutes, pendant lesquelles il fit preuve d'une patience exemplaire. À un certain moment, Kiyota lui fit penser à Hugin. Qu'il aurait été facile de relier le sofa à un interrupteur, de voir les yeux de l'importun devenir blancs. Il réprima une envie de siffloter et se contenta d'opiner de temps à autre, jusqu'à ce que le commercial cesse brutalement ses jérémiades pour consulter sa montre.

— Vous êtes borné, vous, quelque chose de bien… Je n'ai pas le temps de vous faire un dessin, j'ai du travail, moi, pas comme certains !

Un travail sur lequel il empiétait allégrement en venant se plaindre au lycée. Il jeta encore une bordée d'injures bien senties avant de disparaître.

Lorsque Hasumi fut enfin libre, la cloche sonnait la fin de l'heure.

Eh bien, eh bien... Encore un temps précieux de gâché.

Armé d'un pain au curry et d'un café au lait en canette, il sortit faire sa ronde de midi.

Quelques lycéennes s'entraînaient à la danse entre le gymnase et le bâtiment nord. Elles auraient été plus à leur aise dans la cour principale mais redoutaient probablement le regard de leurs camarades. C'étaient des première, mais pas de sa classe. Hasumi resta un moment à les observer. Si leur technique manquait encore de précision, elles se donnaient à fond et leur chorégraphie ne manquait pas d'impact. Elles l'invitèrent à les rejoindre. Il aurait pu passer son chemin, mais on s'attendait si naturellement à le voir refuser qu'il s'approcha des jeunes filles.

Il se lança au sol, effectuant une coupole sous leurs yeux ébahis. Il avait appris la figure quelques années auparavant, lorsque la breakdance était à la mode. Elles applaudirent à tout rompre en le voyant tournoyer la tête en bas, appuyé au sol sur les mains, ce qui attira l'attention de nombreux élèves.

Une fois qu'il jugea que c'était suffisant, il se remit d'aplomb. Il dut réprimer l'envie d'en profiter pour leur faire un discours sur les utilisations de *breaking* en anglais : ce serait pour un prochain cours.

Alors qu'il prenait le couloir externe pour regagner le bâtiment principal, un inexplicable pressentiment lui fit rebrousser chemin. Juste à temps pour apercevoir, au bout de ce même couloir, Tetsurô Shibahara qui entrait dans la salle de matériel de sport en compagnie de Miya Yasuhara.

Le prof de sport, en survêtement rouge et portant une grosse chaîne dorée, suintait la menace. Un sabre en bambou en travers des épaules, il arborait un rictus malfaisant. Il ne pensa pas un instant à surveiller ses arrières tandis qu'il poussait la jeune fille à l'intérieur et refermait la porte sur eux.

Hasumi en resta bouche bée. Le harcèlement continuait-il donc ? Miya ne lui avait-elle pas tout dit ? Sous l'emprise d'une colère froide, il se lança à leur suite. La main au-dessus de la poignée, il suspendit son geste : il pouvait entendre leur conversation à l'intérieur.

— C'est fini, vous m'entendez, vieux pervers ? Hasumi est au courant. Vous préférez quoi, être viré comme un sale pervers ou directement largué chez les flics ?

Elle le défiait avec un aplomb remarquable. La lycéenne avait donc choisi de se confronter seule à son agresseur… Désireux d'entendre ce que celui-ci allait répondre, Hasumi attendit encore.

— Alors ? Ça vous en bouche un coin, hein ? Avouez, que vous pissez de trouille !

Hasumi n'entendit pas les mots prononcés à voix basse par Shibahara.

— Tu délires, vieux dégueulasse ! s'écria la jeune fille avec agressivité, mais non sans une pointe de terreur.

Hasumi sortit son portable et commença à enregistrer.

— C'est tout ce que tu avais à dire ? fit Shibahara.

— Hein ?

— C'est tout ce que tu avais à dire, sale petite chienne ?

— Essayez un peu de lever la main sur moi, connard, et vous verrez ce qui va vous tomber dessus…

— Lever la main ? Comme c'est mignon… Je vais t'apprendre à redouter les adultes, petite insolente. Ouais, tu vas comprendre ta douleur. Tu n'oublieras jamais ce qui va se passer ici, oh, ça, je te le garantis… Je vais te marquer à vie !

— Vous êtes malade ! Hasumi va…

— Ton petit merdeux de prof ? Je peux savoir ce qu'il compte faire pour te sauver, là, ce débile ? Trop tard, ma grande, il ne fallait pas venir toute seule. C'en est fini pour toi…

La conversation fut brutalement interrompue par un tumulte d'objets qui tombent. Hasumi s'empressa de ranger son téléphone et ouvrit la porte de toutes ses forces.

Le prof et l'élève se figèrent. Shibahara plaquait Miya au sol de tout son corps.

— Que faites-vous ? prononça Hasumi d'une voix parfaitement égale.

Cela suffit à faire reculer le prof de sport.

— Je vous ai demandé ce que vous êtes en train de faire.

— Hein ? Déjà, tu vas me parler sur un autre ton, OK ? Ou bien tu crois pouvoir te mesurer à moi, en tant que prof d'anglais, peut-être ? cracha Shibahara avec mépris.

— Miya, viens par ici.

La lycéenne, d'une pâleur mortelle, ne se le fit pas dire deux fois : elle bondit sur ses pieds et se réfugia derrière Hasumi.

— Cette petite garce est une voleuse, continua

Shibahara. Elle ternit l'image de notre lycée. C'est mon devoir de la réprimander. Ça te pose un problème ?

— Nous sommes loin de la réprimande. Il s'agit de harcèlement sexuel avec tentative de viol.

— Tu vas me parler sur un autre ton, le morveux ! Je vais t'apprendre le respect, moi !

Sans prévenir, le prof de sport attrapa son sabre en bois qui fendit l'air, visant le cœur. Hasumi bloqua l'arme de ses mains. L'autre força, sans réussir à le faire seulement ciller. En tension chacun à une extrémité de l'arme, ils se jaugèrent du regard. Enfin, le prof de sport céda.

— Bon, passe pour cette fois… fit-il en lâchant l'arme.

— Vous plaisantez ? répondit Hasumi en jetant l'objet dans un coin de la salle.

— On se calme, on se calme… C'est le scandale que tu veux, hein ? Si tu veux me faire renvoyer du bahut, pas de problème, mais je te préviens : tout le monde saura que la gamine n'est qu'une sale voleuse. Son nom apparaîtra dans les journaux, avec sa tête en photo en prime ! C'est ses parents qui vont être contents, je parie ! Quand ils vont apprendre que leur chère petite a bien grandi et qu'elle use de ses charmes pour voler à l'étalage…

Décidément, le type n'avait aucune décence. Comment une telle raclure avait-elle pu arriver à ce poste ?

— Alors, on hésite, hein ? C'est qu'on ferait tout pour ses petits élèves adorés, pas vrai ? Tu parles ! Tu me fous la gerbe… Tu n'es pas mieux que les autres… ajouta-t-il tout bas.

Sa voix, à la différence de celle de Kiyota, témoignait d'une violence réelle, sournoise.

— Alors, hein ? Ce ne sont pas des menaces en l'air, je te jure, je la balance et…

Il s'arrêta net. Hasumi, suivant son regard, se retourna.

— Qu'est-ce qui se passe, ici ? tonna Sonoda en entrant.

En contre-jour, dans son survêtement noir, il en imposait.

— Rien, rien du tout, s'empressa de répondre Shibahara avec un sourire obséquieux. Une petite différence de point de vue entre le collègue Hasumi et moi-même.

Il avait visiblement peur du karatéka.

— D'ailleurs, continua-t-il, on avait terminé. Comme je vous disais, c'est à vous de voir, Hasumi !

Sonoda ignora complètement son collègue et se tourna vers Hasumi pour entendre sa version des faits.

— Tout va bien, finit par dire ce dernier.

Hasumi gravit l'escalier est, et une fois sur le toit il donna un tour de clé derrière lui. Le lieu semblait désert.

— Ce n'est pas très correct d'emmener une élève ici, roucoula Miya.

Il se rembrunit.

— Ne dis pas de bêtises et explique-moi plutôt ce que tu comptais faire avec Shibahara ! Qu'est-ce qui t'a pris d'aller le voir sans me le dire ?

— Ben… (Elle alla s'appuyer au grillage, contemplant le paysage au loin.) Je ne voulais pas vous créer plus d'ennuis.

— Tu sais bien que je suis là pour ça… Il y a autre chose, n'est-ce pas ?

Elle tourna vivement la tête vers lui, surprise qu'il ait deviné, mais détourna le regard.

— Je voulais lui faire croire que j'allais obéir, et au dernier moment, lui balancer ses quatre vérités à la figure, pour le dégoûter.

— Idiote… Tu as voulu fanfaronner, mais as-tu pensé aux conséquences ? Il aurait pu commettre un acte irréparable. Sur ça, il n'avait pas tort… ce n'étaient pas des menaces en l'air !

— Ouais.

— Comment ça, « ouais » ? Tu ne sembles pas te rendre compte, Miya. C'est bien beau de jouer les têtes brûlées, mais il y a des risques, et je ne…

Il ne put terminer son laïus. La jeune fille pleurait.

— Bon, allez, c'est fini maintenant. Promets-moi seulement que tu ne t'approcheras plus de Shibahara seule, d'accord ? Je ne veux plus te voir à moins de trente mètres de ce prof, sauf en présence de Sonoda ou de moi-même, compris ?

— J'ai eu si peur, Hasumi ! s'écria-t-elle en se ruant dans ses bras.

— Allons, allons…

Il tenta de l'éloigner doucement, mais elle s'agrippa à lui de plus belle, pleurant à gros bouillons. Il pouvait sentir ses larmes tièdes au travers du tissu de sa chemise. Avec la poussière dont il était déjà couvert après son numéro de breakdance, il était bon pour changer de chemise avant la reprise des cours.

Les pleurs se tarirent peu à peu, mais Miya restait cramponnée à lui, la tête serrée contre sa poitrine.

— Je suis contente de l'avoir fait, déclara-t-elle.

— Hein ?

— Parce que vous êtes venu me sauver. Quand c'est parti en vrille, dans ma tête, je vous ai appelé à l'aide de toutes mes forces. Et vous êtes arrivé…

Mieux valait ne pas lui dire qu'il était là, derrière la porte, depuis le début…

— Vous êtes toujours là pour nous protéger… Vous êtes mon héros !

— Je vois. Bon, tu peux te décrocher, maintenant.

— Non.

— Enfin, Miya... La pause est finie, les cours vont bientôt reprendre.

— Juste encore un peu...

C'était probablement une erreur de l'avoir fait venir sur le toit. La cloche sonna.

— Allez, ça suffit maintenant, la raisonna-t-il en la prenant par les épaules pour l'éloigner de lui.

— Mais, Hasumi, implora-t-elle, le regard humide.

Sans prévenir, elle passa les bras autour de son cou et pressa ses lèvres contre les siennes.

Le premier réflexe de Hasumi, en tant que prof, fut de la repousser, mais il fallait aussi faire preuve d'un peu plus de délicatesse. Cette élève était encore sous le choc. N'empêche qu'il était sur la sellette : un seul témoin, et il perdait son job.

Il opta pour l'option inverse.

Il la serra contre lui et lui rendit son baiser avec ardeur. Miya, comme électrisée, se propulsa sur la pointe des pieds. Hasumi serra les mains contre ses hanches.

Elle a moins d'expérience avec les hommes qu'elle le laisse entendre...

Il aurait dû mettre un terme à ce baiser, mais les lèvres de son élève étaient plus délicieuses qu'il ne l'aurait imaginé. L'excitation l'emporta. Il envahit sa bouche avec sa langue mais soudain, la raison reprit le dessus.

— Miya...

Il se défit de son étreinte pour la repousser doucement. Elle avait le regard flou. Il venait de commettre un acte répréhensible en tant que professeur, mais à ce stade, il aurait été inutile, voire contre-productif, de tenter des excuses.

— Les cours vont commencer.

Elle hocha vaguement la tête et passa la porte qui menait aux escaliers.

Il allait la suivre lorsqu'il entendit du bruit au-dessus d'eux.

— Vas-y avant moi, murmura-t-il à l'oreille de la jeune fille. Les gens vont se poser des questions si on descend ensemble.

Elle obéit sans rien dire. Après la première volée de marches, elle se retourna pour lui présenter un visage radieux. Puis elle s'éclipsa à toute allure, heureuse comme une gamine.

Hasumi retourna à l'extérieur et ferma la porte derrière lui. Il leva les yeux vers la petite tour que formait la porte menant au toit. On n'entendait plus rien.

— Qui est là ?

Pas de réponse.

— Descendez ! ordonna-t-il. Je sais que vous êtes là !

Il y eut du mouvement, et la tête de Tadenuma apparut.

— Qu'est-ce que tu fais ici ?

— Rien, je dormais.

L'élève attrapa sa veste pour l'enfiler et sauta du promontoire. Ses yeux étaient rétrécis, son regard revêche. Hasumi nota des traces de sommeil sur le visage de l'adolescent tandis qu'il renouait sa cravate. On aurait vraiment dit qu'il venait tout juste de se réveiller…

— As-tu entendu ce qui s'est passé ici ? demanda Hasumi d'un air dégagé.

— Non, j'ai juste entendu quelqu'un chialer, répondit Tadenuma en ouvrant la porte.

— Attends un peu…

Tadenuma repoussa la main que Hasumi comptait poser sur son épaule et s'esquiva sans mal avant de disparaître dans l'escalier. Le gosse faisait de la boxe, pas étonnant qu'il ait d'aussi bons réflexes.

Il ne ment pas, décida Hasumi. S'il avait vu le baiser, ou seulement deviné, il n'aurait pas eu cette attitude.

Il était difficile de feindre le réveil poussif aussi bien, surtout pour un ado de son âge.

Pourtant, au vu de la situation, il était impensable de s'en remettre à la chance…

La première chose que fit Hasumi en rentrant ce soir-là fut d'allumer son ordinateur. Pendant que l'engin démarrait, il alla détacher une planche de contreplaqué au fond de sa penderie pour y dénicher une clé USB, qu'il y inséra. Une série de fenêtres s'affichèrent à l'écran. Chacune portait le nom d'un élève de 1re 4 ainsi que sa photo. Il s'affaira à compléter les fiches avec tous les détails qu'il avait pu glaner dans la journée.

À mesure que la législation se penchait sur la protection des données personnelles, il devenait de plus en plus compliqué de collecter des informations autres que le nom, la classe, la date de naissance et, tout au plus, les activités extrascolaires pratiquées par les élèves. Certains établissements refusaient même, ces derniers temps, d'enregistrer les numéros de téléphone.

Les dossiers de Hasumi affichaient bien tous les numéros de téléphone, et ils ne s'arrêtaient pas là. Y figuraient la composition des familles de chaque élève, la profession du père et toutes sortes de renseignements. La plupart étaient des informations de seconde main divulguées par les élèves au cours de conversations, d'autres étaient tirés des principaux intéressés lorsqu'ils venaient le consulter pour tel ou tel problème. Les téléphones confisqués en cours constituaient eux aussi des sources d'information non négligeables.

Ce qu'il venait d'apprendre sur Masahiko Maejima et ses résultats aux tests psychologiques venait compléter le puzzle géant de cette classe qu'il avait reconstitué. La pièce manquante.

Se fondant sur ce que lui rapportait le trio de filles de

sa garde rapprochée et sur ce qu'il entendait en laissant traîner ses oreilles dans les couloirs, il avait déduit que Tadenuma et sa bande avaient extorqué quelques dizaines de milliers de yens à Maejima. Si l'on considérait que le racket durait depuis la seconde, cette somme s'élevait probablement à une centaine de milliers de yens. Où le gamin trouvait-il l'argent pour payer ses agresseurs ? Ses parents n'étaient que de modestes commerçants de quartier, ils n'avaient sûrement pas les reins assez solides pour supporter ce chantage… De plus, ils devaient surveiller leurs comptes de près, il était donc exclu de piocher dans la caisse à leur insu. D'après les rumeurs qu'il avait captées l'an dernier, M. et Mme Maejima tenaient même les cordons du compte en banque de leur fils, où ce dernier mettait de côté ses étrennes du Nouvel An.

Au vu de sa personnalité, on pouvait écarter l'éventualité qu'il reporte le racket sur un de ses camarades. Et pour un garçon, la solution de la prostitution était peu réaliste. Il ne restait plus qu'une solution : quelqu'un payait pour lui.

Mais qui pourrait être ce généreux donateur, et qu'est-ce qui le motiverait ?

C'est Satoko Mizuochi qui, spontanément, lui avait offert la réponse.

Si l'on considérait pour acquis que Maejima était homosexuel, alors son mystérieux parrain avait des chances d'être du même bord, ce qui devait les avoir rapprochés. Et qui d'autre s'était intéressé aux résultats des tests psychologiques de Maejima ? Takeki Kume, le prof d'arts plastiques, qui, à bien y réfléchir, pourrait tout à fait s'avérer homosexuel.

D'ailleurs, Kume était issu d'une ancienne famille de propriétaires terriens et son père était le fondateur d'une chaîne de bistrots. Si le prof d'art venait au lycée en Volkswagen, le bruit courait qu'il roulait en Porsche

Cayman dans la vie de tous les jours. Il dépensait vraisemblablement un budget considérable en vêtements et il y avait fort à parier qu'il n'avait pas réellement besoin de travailler pour gagner sa vie.

Peut-être avait-il décidé de devenir prof afin de trouver de jeunes garçons intéressés par les hommes. Les tests psychologiques représenteraient alors pour lui un moyen de déterminer de potentiels partenaires. Il s'était d'ailleurs entretenu avec Mizuochi au sujet du violet, couleur traditionnellement attribuée à l'homosexualité.

Mais alors...

Tadenuma était-il au courant que sa victime était « parrainée » ? Probablement l'avait-il deviné, sinon il n'aurait pas exigé de son camarade des sommes aussi exorbitantes. Le soumettait-il à un chantage ?

Réfléchissons...

S'il n'y avait pas de chantage, Maejima serait venu le voir pour dénoncer ses agresseurs. Hasumi en avait la certitude : en réglant plusieurs affaires d'extorsion d'argent l'an passé, il avait fait comprendre aux élèves qu'il prenait au sérieux toute suspicion de vol et que les coupables étaient punis.

Tadenuma traitait à loisir Maejima de « tapette », mais cela pouvait aussi bien être une insulte lancée au hasard...

Hasumi versa de l'eau bouillante sur son café instantané. Il en sirota une lampée.

Non, Tadenuma n'avait sûrement pas découvert l'identité du parrain de sa victime. Quel intérêt aurait-il à conserver Maejima comme intermédiaire, sinon ? Le caïd serait allé directement faire chanter Kume.

Un plan d'ensemble de plus en plus cohérent se dessinait devant ses yeux. Bien entendu, ce n'était qu'un faisceau de conjectures, mais il pourrait toujours les confirmer auprès de Kume en personne.

Et si toutes ses hypothèses se vérifiaient, comment devrait-il réagir ?

Le harcèlement scolaire était bien évidemment à condamner sévèrement. Ce fléau viciait l'atmosphère d'une classe et se répandait comme une maladie. Dans ce cas précis, les bourreaux en étaient au stade du chantage. Tadenuma ne semblait pas avoir de limite : tôt ou tard, il irait trop loin. Et lorsque les médias s'emparaient d'une affaire de harcèlement ayant mal tourné, c'était toujours le prof incompétent qui était sacrifié…

Hasumi ouvrit un autre document. Un schéma représentant les relations entre les élèves.

Il avait collecté les données nécessaires à l'élaboration de ce diagramme lors d'une enquête réalisée au début de l'année au sein de la 1re 4. Les lycéens s'étaient vu demander d'évaluer, sur une échelle de 1 à 100, leur degré d'affinité avec chacun de leurs camarades. Ne restait plus qu'à rassembler et à croiser les résultats pour obtenir une image assez précise du vrai visage de la classe, telle qu'elle existait dans le cœur de ses élèves.

Afin de mettre en forme ces données, Hasumi avait utilisé les techniques du positionnement multidimensionnel. Réunir un si grand nombre d'informations sur un seul tableau relevait de la gageure, aussi avait-il ignoré certaines réponses non sérieuses et établi quelques raccourcis, mais dans l'ensemble, il considérait son schéma assez représentatif de la réalité, d'autant qu'il le mettait régulièrement à jour avec ce qu'il observait au quotidien.

Sur le document apparaissaient les quarante noms des élèves de 1re 4, reliés entre eux par des lignes. Ainsi analysée, la classe se divisait en cinq groupes principaux. Le groupe central était sans conteste celui constitué par quatre filles du club de conversation en anglais, directement sous son influence. Non loin, mais à distance respectable, il y avait un groupe de trois filles : celles de sa garde rapprochée, presque aussi puissant. Une seule élève, Misaki Abe, gravitait entre ces deux groupes.

Quant à Miya Yasuhara, qu'on aurait pu croire isolée tant elle inspirait de crainte à ses camarades, elle était plutôt intime avec les filles de sa garde rapprochée. Elle avait l'air sauvage, comme ça, mais elle savait soigner ses relations.

Le cas de Masahiro Tadenuma, le leader présumé de cette classe, ne manquait pas d'intérêt. Un décalage apparaissait entre sa propre appréciation de son niveau d'intimité avec certains de ses camarades et celui dont ces derniers avaient fait état à son égard. En face de Tadenuma se trouvait le groupe de Takuma Yamaguchi, son rival.

Takuto Katô et Ryôta Sasaki, considérés comme les sbires de Tadenuma, ne portaient pas vraiment leur « chef » dans leur cœur. Finalement, seuls ses camarades du groupe de rock semblaient réellement considérer Tadenuma comme un ami. Il s'agissait d'un garçon, Tetsuya Izumi, et de deux filles, Risako Serizawa et Yuzuka Takahashi.

Masahiko Maejima, quant à lui, se tenait à l'écart. Pourtant, comparé aux autres pestiférés de la classe, Takumi Tsubouchi, Hajime Wakamura et Yukio Tajiri, il n'était pas détesté par ses camarades. Beaucoup de filles éprouvaient même de la sympathie pour lui.

Celle qui retenait l'attention de Hasumi, c'était Reika Katagiri. Une bonne moitié de la classe ne semblait pas la tenir en haute estime, pourtant elle était proche des filles du groupe de conversation en anglais, notamment grâce à son amie Fûko Onodera. Par ailleurs, elle avait des amis au sein des garçons, Yûichirô Nagoshi en tête.

Les yeux rivés sur son écran, Hasumi cogitait à toute vitesse.

Exiger de Tadenuma qu'il cesse son chantage était la

première chose à faire, mais l'ado était loin d'être un imbécile. Menacé de renvoi, il se ferait discret, écoperait d'une exclusion temporaire, et reviendrait.

Or, ce n'était pas suffisant.

Cette affaire était susceptible de régler plusieurs problèmes d'un coup. C'était peut-être le bon moment pour contre-attaquer. Il y avait quatre raisons à cela.

Tout d'abord, Tadenuma avait été là, sur le toit du lycée, lors de sa petite entrevue avec Miya Yasuhara. Il pourrait rapidement, au gré de ses souvenirs, comprendre que c'était elle qui pleurait, et en observant leurs allées et venues, se douter de quelque chose. Ce qui était passablement dangereux. Tadenuma pouvait s'improviser maître chanteur, il ne fallait pas l'oublier.

Ensuite, il y avait le professeur de maths, Tsurii. Il semblait s'être calmé ces derniers temps mais on n'était pas à l'abri : le jour où les frasques de Tadenuma le feraient tout à fait sortir de ses gonds, il y avait fort à parier que Hasumi serait en première ligne…

Le lycée Shinkô Machida représentait pour Hasumi un vaste plateau de jeu d'échecs où chaque prof, chaque élève s'apparentait à une pièce. Il fallait sans arrêt manœuvrer pour que tout ce petit monde se déplace dans la direction souhaitée.

Tsurii était différent. Ce n'était pas une pièce, mais l'adversaire assis à la table en face de lui. Un adversaire qui semblait tenir, pour une raison inconnue, le proviseur entre ses mains. Tant qu'il n'en saurait pas plus sur les agissements du prof de maths, Hasumi ne pourrait avancer.

Troisièmement, la découverte du lien entre Masahiko Maejima et Takeki Kume, le prof d'arts plastiques, pouvait s'avérer fructueuse. Il fallait réfléchir à un moyen de l'utiliser à bon escient, mais dans tous les cas, Tadenuma se révélerait gênant.

Enfin, il était grand temps de mettre un terme au règne de l'élément perturbateur de cette classe.

Lorsqu'il avait appris qu'on lui avait attribué une classe, la 1re 4, en tant que professeur principal, il ne s'était plus senti de fierté : ce serait son royaume. Il aurait deux ans pour lui donner forme, puisque les classes de première et de terminale resteraient les mêmes.

Il voulait absolument avoir certains élèves dans cette classe. Des filles qu'il avait repérées dès la seconde. Mai Isagawa, par exemple, aussi belle qu'intelligente et qui comptait parmi les dix meilleurs élèves de son année. La douce Madoka Ushio, dont la seule présence avait un effet apaisant et pouvait influencer l'atmosphère de toute une classe. Fûko Onodera, appréciée aussi bien des garçons que des filles, avait un rôle de chien de berger, guidant ses camarades. Et, bien entendu, il ne pouvait se passer d'Ari Kashiwabara, Miss Shinkô Machida. Ces quatre-là participaient à son club de conversation en anglais depuis la seconde et leur obédience n'était plus à prouver.

Il avait aussi spécifiquement fait en sorte d'obtenir deux filles qui l'intriguaient : Reika Katagiri, avec son aura mystérieuse, ainsi que Miya Yasuhara, qui dissimulait une certaine fragilité sous une attitude intrépide.

Il avait bien sûr été nécessaire de marchander pour obtenir ce lot d'élèves. Les 1res 1 à 3 étaient scientifiques, et de 4 à 6, littéraires, or la plupart des élèves difficiles de cette année se trouvaient en littéraire. Yôko Kitabatake et Masamichi Sakuragi, respectivement profs principaux des 1re 5 et 1re 6, avaient, pour des raisons qui leur étaient propres, quelques réticences à se coltiner les cas compliqués.

Sakuragi, la quarantaine, enseignait lui aussi l'anglais. S'il était réputé pour son sérieux, il détestait devoir faire preuve de sévérité. Les filles, passait encore, mais si un garçon se rebellait sous son autorité, il perdait rapidement ses moyens.

Quant à Kitabatake, c'était à l'instar de Tsurii une vétérante proche de la retraite, et tout comme lui, elle s'était enrôlée dans l'enseignement faute de mieux. Elle rentrait chez elle dès la fin du dernier cours et ne prononçait pas un mot en réunion. Son leitmotiv se résumait à « Moins j'en fais, mieux je me porte », et Sakai, le proviseur adjoint, avait renoncé depuis longtemps à lui attribuer la moindre responsabilité. Elle arborait toujours un air contrarié, et avait tendance à favoriser les plus jolies jeunes filles de ses classes… Cependant, au moment de répartir les élèves, son côté tire-au-flanc l'emportait sur ses penchants pervers et elle se contentait de n'importe qui pourvu qu'on lui évite les éléments turbulents.

Il n'avait pas été compliqué de tirer avantage des faiblesses de ses collègues.

Hasumi, usant de son éloquence, avait mené les réunions de répartition. Il avait mis l'accent sur la dangerosité de Tadenuma et de ses complices, sur la probabilité élevée qu'ils commettraient des actes de violence au sein de leur classe. En un mot, il avait terrifié ses collègues.

Dès lors, il avait eu la voie royale. Comme il avait accepté de prendre ces prétendus « gosses à problèmes », personne n'avait songé à intervenir lorsqu'il avait par ailleurs demandé à réunir ses élèves favorites.

Force était de constater que Tadenuma n'avait pas désavoué sa réputation.

Hasumi se versa un deuxième café.

L'ado avait la sagesse – ou pourrait-on dire, l'instinct de voyou – de ne pas s'en prendre directement à son prof principal, mais il ne s'était pas amendé pour autant. L'année avait à peine commencé qu'il s'était déjà illustré dans des rixes l'opposant à des jeunes d'autres lycées, et extorquer de l'argent à ses camarades ne lui posait apparemment aucun cas de conscience.

Quand bien même cet épisode serait réglé, Tadenuma ne tarderait pas à s'attirer d'autres ennuis et nuirait au bon fonctionnement de toute la 1re 4.

Quel que soit l'angle de réflexion, il paraissait clair qu'il était grand temps, pour Masahiro Tadenuma, de tirer sa révérence.

Le lendemain matin, Hasumi se réveilla frais et dispos.

Depuis l'exécution de Hugin, ce n'était pas seulement Munin qui avait pris ses distances, mais tous les corbeaux du quartier. C'était peut-être un effet bénéfique des plumes éparpillées du grand corbeau, que le professeur Nekoyama lui avait rendues après l'avoir dépecé. Quoi qu'il en soit, les sombres volatiles semblaient avoir intégré qu'il ne fallait pas mettre leur bec dans les affaires de cette maison, sous peine de mort.

Lorsqu'il passa devant le jardin des Yamazaki pour son jogging matinal, Momo l'accueillit en remuant la queue. Hasumi lui lança son steak, que le chien dévora avidement. Le prof ne put retenir un demi-sourire.

L'acide thiosulfurique, présent en grande quantité dans les oignons, était un poison pour les chiens. Le composé chimique avait la réputation de détruire leurs globules rouges, ce qui menait inévitablement à l'anémie. À en juger par le nombre de steaks spécialement cuisinés à l'oignon qu'il avait ingérés, Momo aurait dû être monté au ciel depuis belle lurette.

Pourtant, le clébard semblait en pleine forme. Peut-être existait-il de grandes différences d'un chien à l'autre en termes de résistance… De toute manière, Momo était désormais complètement acquis à sa cause et avait cessé de lui aboyer dessus. Le poison faisait forcément effet, et Hasumi ne voyait pas de raison de relâcher ses efforts.

C'est alors qu'apparut le propriétaire, plus matinal que de coutume, sur le pas de sa porte.

C'était moins une, songea Hasumi. *Un peu plus et il m'aurait vu lui donner le steak.*

L'homme lui parla du manque d'appétit matinal de son chien, signe qu'il était à deux doigts de se rendre compte du subterfuge.

Hasumi courut ses dix kilomètres et rentra prendre une douche avant de se rendre au lycée au volant de sa Hijet.

Comme d'habitude, il n'y avait à cette heure-ci que la rutilante Lexus IS argentée du proviseur adjoint sur le parking. Hasumi aimait, de temps à autre, se garer à côté juste pour le plaisir de se compliquer la vie, mais il n'en vit pas l'intérêt ce matin-là et laissa sa camionnette à bonne distance. Il comprit immédiatement qu'il avait bien fait : Sakai déboula d'on ne sait où à la seconde même où Hasumi actionnait le frein à main. Probablement guettait-il son arrivée.

— Monsieur Hasumi, vous avez une minute ? lança le proviseur adjoint en lui faisant signe de le suivre.

Hasumi sauta de son vieux tacot en songeant que de nouveaux ennuis n'allaient pas tarder à lui tomber sur le coin de la figure.

— Bonjour, monsieur Sakai.

— Alors, dites-moi, où en est-on sur cette affaire ?

Pourquoi diable Sakai s'imaginait-il toujours qu'on savait de quoi il parlait ? Hasumi convoqua tous les muscles bien entraînés de son visage pour se forcer à sourire.

— Laquelle ?

— Mais enfin, la triche, voyons ! glapit l'autre comme si c'était évident. C'est bientôt les premiers examens. Avez-vous pris des mesures ?

Ah, cette affaire-là.

— On avance. J'ai parlé à M. Yagisawa, et nous avons mis au point un système qui est pratiquement installé.

— Vraiment ? On est tranquilles, alors ?

— Justement, je devais vous entretenir d'un détail…

Sakai fit la grimace. S'il n'hésitait pas à se débarrasser des problèmes en les refilant à ses subalternes, il appréciait peu qu'on agisse de même avec lui.

— Un détail, vous dites ?

— Notre système est illégal.

À en juger par l'expression de son supérieur, Hasumi n'aurait pu donner de plus mauvaise réponse.

— Qu'est-ce que ça signifie ? On ne touche pas à la loi, enfin ! Qu'avez-vous imaginé ?

C'est le moment que choisit Yasufumi Ôsumi pour venir les saluer. Le prof de maths, qui était aussi directeur de l'enseignement au sein du lycée, descendait du premier bus matinal.

— Bonjour, messieurs… Un problème ? Je peux vous aider ?

Il leur lança un regard bienveillant sous ses lunettes Rodenstock. C'était un homme doux et juste, que l'on n'avait jamais vu s'énerver.

— Oui, remarquez… En tant que directeur de l'enseignement, votre avis nous serait utile sur cette affaire, reconnut Sakai. Mais venez, ne restons pas ici.

Ils s'installèrent dans la salle d'entretien. Certes, Ôsumi avait son mot à dire au sujet des examens, eu égard à son statut, mais si le proviseur adjoint l'avait inclus dans la conversation, c'était avant tout pour se décharger de toute responsabilité.

— Des bruits courent concernant un éventuel projet de *cheating* aux premiers examens, expliqua Hasumi une fois que tout le monde se fut assis.

— Cessez avec l'anglais ! l'interrompit Sakai.

— Entendu. J'ai toutes les raisons de croire que ces rumeurs sont fondées. Si l'on considère le nombre important de résultats biaisés aux examens de l'année précédente, en comparaison avec…

— Oui, oui, on sait tout ça, le coupa à nouveau Sakai, inutile d'y revenir. Comment comptez-vous faire, cette année ?

— Bien. Il semblerait que cette fois-ci, nous n'aurons pas affaire à un ou deux tricheurs, mais à toute une bande organisée. Et croyez-moi, on ne parle pas de fraude aux aide-mémoire…

L'utilisation de petits mémos dissimulés dans les porte-mine par des élèves peu scrupuleux, méthode de partage des réponses fort répandue, était la raison réelle de l'interdiction des stylos-billes dans la plupart des établissements.

— Tout comme la dernière fois, il apparaît que certains bons élèves comptent partager leurs résultats avec un certain nombre de leurs camarades, reprit Hasumi. Nous avons réussi à prendre quelques précautions au dernier trimestre de l'an dernier, par exemple en retirant la pendule dans la salle d'examen. En effet, les élèves réussissaient à s'envoyer des codes en fonction de petits bruits ou gestes exécutés au passage de la trotteuse sur le cadran.

— Les élèves ne vont-ils pas tout simplement synchroniser leurs montres avant les épreuves ? objecta Ôsumi.

— Certes, concéda Hasumi. Et il est évident que nous ne pouvons leur confisquer leurs montres durant l'épreuve…

— Eh bien ? s'impatienta Sakai. Que comptez-vous faire ?

— Nous allons demander aux professeurs surveillants de redoubler de vigilance et de noter tous les élèves suspectés de faire des bruits ou des gestes anormaux.

— C'est déjà le cas, et ça n'a pas été suffisant.

— J'en suis sincèrement navré.

— Vous m'avez parlé d'un nouveau genre de tricherie ?

— Oui. L'an dernier, un élève a réussi à utiliser un iPod, indiqua Hasumi. Ces engins ne servent pas seulement à écouter de la musique, ils peuvent enregistrer tout un tas d'informations. Il est tout à fait possible de le cacher sous ses vêtements, un écouteur dans la manche, et, en appuyant sa tête dans sa main, d'entendre ce qui est transmis. Nous pouvons surveiller les élèves qui appuient leur tête sur leur main, mais ce contre quoi nous allons devoir nous battre désormais, c'est la triche au portable.

— Ils utilisent des textos, c'est ça ? voulut savoir le proviseur adjoint, suspendu à ses lèvres.

— Exactement. Certains élèves s'entraînent à écrire à l'aveugle et peuvent ainsi taper des messages sous leur pupitre, à l'insu de tous.

— Ne suffit-il pas de mieux encadrer l'interdiction des portables durant l'examen ? demanda Ôsumi.

— Nous insistons là-dessus, mais il est impossible de conduire une fouille au corps pour chaque élève… Ce serait désastreux pour l'image de notre lycée et soulèverait l'indignation des parents.

— Et donc, votre réponse à ce problème ? insista Sakai, sourcils froncés.

— J'ai demandé l'aide du professeur de physique, M. Yagisawa, avec qui nous avons envisagé de mettre en place une certaine parade, très efficace contre la triche électronique, qui rendrait tout simplement inopérantes les communications téléphoniques.

— Eh bien, ça me semble parfait, apprécia le proviseur adjoint. En quoi cela vous posait-il problème ?

— Le hic, c'est que cela contrevient aux législations sur les ondes.

La figure de Sakai s'assombrit.

— Illégal, vous dites ? Dans ce cas… Inutile d'y penser !

— Cependant, les bénéfices de cette mesure ne sont pas à écarter d'un revers de la main, enchaîna Hasumi, qui avait prévu la réaction de son interlocuteur. Si elle fonctionne, nous pourrions l'utiliser aussi durant les examens d'entrée au lycée. De plus, c'est contraire à la loi, mais les risques sont inexistants.

— Vraiment ?

— Les systèmes permettant de brouiller le réseau sont toujours en vente, ce qui crée une zone grise au niveau de la législation. De plus, nous parlons ici d'une utilisation très courte et ponctuelle, par tranches de quarante-cinq minutes. L'étendue du brouillage ne dépasserait pas l'établissement, ce qui rendrait impossible de le déceler. Par ailleurs…

Par ailleurs, il serait temps de sortir un peu les grands moyens, se retint-il d'ajouter.

— Non… C'est une mauvaise idée, intervint Ôsumi en secouant la tête. Il ne s'agit pas d'être pris ou pas. Combattre la triche par l'illégalité est répréhensible. Nous devons trouver un autre moyen.

Sakai ouvrit la bouche pour parler mais la referma.

Si Ôsumi n'avait pas été là, le proviseur adjoint aurait été facile à convaincre. Hasumi était contrarié.

Son plan tombait à l'eau. Il ne restait plus qu'à désigner les plus sévères des profs pour surveiller les exams et à les inciter à redoubler de vigilance.

— Des sites secrets ? répondit Miya, prise au dépourvu. Oui, il y en a plein.

— Le proviseur adjoint m'a demandé d'y jeter un œil.

La jeune fille sembla mal à l'aise.

— On en parle beaucoup, ces derniers temps, insista Hasumi. Dans les établissements publics, on a déjà commencé à les surveiller de manière systématique. Sans aller jusque-là, il est normal de pouvoir s'assurer qu'il ne s'y déroule rien de répréhensible, lynchage ou interface de site de rencontres, par exemple…

— Ce n'est pas parce qu'ils sont secrets qu'ils sont mauvais, protesta Miya. C'est juste qu'ils sont gérés par les élèves.

— Je sais bien, mais mets-toi à la place de la direction : avec tout ce qu'on entend de nos jours, elle préfère en avoir le cœur net.

— D'accord… (Après un instant de réflexion, elle lui sourit de toutes ses dents.) Je vous donnerai une liste.

— Super. Certains sont privés ?

— Euh… non, sauf celui de Saori.

Saori Yokota était une élève sans histoires de la classe de Hasumi.

— Dans ce cas, j'aurai besoin d'un identifiant et d'un mot de passe.

— Vous voulez les miens ?

— Est-ce que tu pourrais m'avoir ceux de Saori ?

— Euh… ouais, je crois.

— Je ne vais pas m'amuser à modérer ou à interdire quoi que ce soit, rassure-toi. Je vais me contenter de regarder vite fait ce soir, de m'assurer qu'il ne s'y passe rien de louche et d'écrire un rapport pour la direction.

— Je vois. Ce n'est pas facile d'être prof.

— Tu n'en parles à personne, hein ? Ça ne plairait pas à tout le monde, qu'un prof mette son nez dans les sites secrets…

— Évidemment, je ne suis pas bête… Mais dites, si vous me le demandez, c'est que vous avez confiance en moi, non ?

Il émanait d'elle une fierté extraordinaire. Elle cinglait de regards suffisants les camarades qu'ils croisaient dans le couloir. Personne n'osait soutenir son regard, certainement par peur des représailles.

— Effectivement. Tu es une spécialiste sur ce genre de sujets, répondit Hasumi en lui ébouriffant les cheveux.

— Non, mais… Arrêtez ! protesta-t-elle, visiblement ravie. Quel genre de sujets ?

— Les crimes et délits qui se trament dans l'ombre de ce lycée…

— Oh ! s'écria-t-elle. Comme, au hasard, un prof qui embrasse une élève sur le toit du lycée ? Hein, monsieur Hasumi ?

— Mais tais-toi, idiote ! Pas si fort !

En le voyant sincèrement pris au dépourvu, elle éclata de rire.

Hasumi aurait pu se reposer sur sa garde rapprochée pour se renseigner sur les sites secrets, elle aurait été plus efficace et plus discrète que Miya, mais cela aurait nécessité de mettre au minimum trois élèves dans le secret. L'affaire aurait inévitablement fuité à une dizaine d'élèves. Demander ce service à Miya semblait plus sûr.

Dans sa poche, son téléphone vibra. Sakai.

— Qu'est-ce qu'il vous veut ? demanda Miya, qui avait lorgné l'écran.

— Je ne vais pas tarder à le savoir… (Il prit l'appel.) Allô ?

— Monsieur Hasumi ! Je peux vous parler ?

Le proviseur adjoint baissait la voix, comme s'il avait peur d'être entendu.

— Bien sûr, qu'y a-t-il ?

— J'ai repensé à notre conversation de ce matin et… nous devons tout faire pour enrayer les tricheries aux examens. J'en ai touché un mot au proviseur, il est formel : il faut éradiquer ce fléau. Nous ne pourrions nous relever d'une suspicion de fraude à grande échelle dans notre établissement. Les nouvelles vont tellement vite de nos jours… Ce serait notre perte.

Hasumi dut se détourner pour mettre de la distance entre lui et Miya, qui tentait d'entendre ce qui se disait.

— Je comprends, dit-il. Vous voulez donc que je mette en place la riposte dont je vous ai parlé ?

— Eh bien, sur ce point… Vous savez très bien que ma position m'interdit de vous donner le feu vert au sujet d'un stratagème contraire à la loi. Cependant… nous ne pouvons souffrir de nouvelles tentatives de triche. Et plutôt que de sévir après coup, il est largement préférable de couper l'herbe sous le pied des contrevenants…

— Je ne comprends pas…

— C'est pourtant simple. Maintenant, avez-vous besoin d'un budget particulier afin de mettre au point ce… cette machine ? Je vous le demande par simple curiosité, cela va de soi.

— Euh, non. Cela ne devrait pas nous coûter un yen. Selon M. Yagisawa, nous disposons de tout le matériel nécessaire.

— Je vois, je vois… parfait ! exulta le proviseur adjoint à l'autre bout du fil.

Hasumi se décida à dire ce que son supérieur souhaitait le plus entendre.

— Dites… ne pourriez-vous pas me charger de cette affaire ? Ce serait plus simple.

— Vous charger de… ? Oh, eh bien, monsieur Hasumi, si vous insistez…

Sakai tenait à utiliser la méthode proposée par Hasumi sans que sa propre responsabilité soit engagée.

— Je vais tout mettre en œuvre afin que notre entreprise réussisse, lui assura Hasumi, et je suis conscient que vous avez lourdement insisté pour que tout soit fait dans la légalité. Si par la suite…

— Oui, voilà, tout à fait, c'est parfait, le coupa le proviseur adjoint. Sur ce, je vous laisse, faites au mieux !

Hasumi rangea son téléphone.

— De quoi vous parliez ? voulut savoir Miya, l'air suspicieux.

— De ce que je viens de t'expliquer. Il n'arrête pas de me presser pour que je lui rende compte de ce que je sais sur les sites secrets.

— Mais qu'est-ce que M. Yagisawa a à faire dans cette histoire ?

— M. Yagisawa est probablement celui d'entre nous qui s'y connaît le plus pour tout ce qui touche à Internet…

— Dans ce cas, pourquoi…

À cet instant, Sakai sortit de la salle des professeurs, où se trouvait son bureau. Visiblement guilleret, il sifflotait un air léger lorsqu'il s'aperçut de la présence de Hasumi dans le couloir. Il s'empressa alors de refermer la porte pour s'éloigner à la hâte.

— Il aurait pu vous parler directement, fit Miya qui se retint de pouffer. On dirait qu'il se cache…

— Nous n'avons pourtant rien à cacher, soupira son professeur.

La cloche avait sonné, et Hasumi se serait volontiers esquivé en vitesse, mais c'était sans compter ses élèves qui avaient toujours tendance à s'agglutiner autour de lui. Une fois débarrassé d'eux, il se rendit dans la salle où Kume était censé superviser le club artistique. Ce serait l'occasion parfaite pour le surprendre.

En chemin, il aperçut la veste marron de Tsurii dans le couloir. Comme à son habitude, le vieux prof de maths marchait pesamment, le cou tendu en avant, telle une tortue. Un petit plaisantin de 1re 5, Higashide, se précipita derrière lui et exécuta un lancer de boulette de papier.

Celle-ci atterrit pile dans son dos. Hasumi, qui arrivait juste derrière l'élève, lui asséna une chiquenaude.

— Ah, zut ! s'écria l'adolescent.

— Ce ne sont pas des manières, ça ! le réprimanda Hasumi en lui frictionnant le crâne.

— Désolé, désolé ! fit l'autre avant de se précipiter dans sa classe.

Le prof de maths s'était retourné et le regardait fixement. Hasumi lui adressa un sourire chaleureux.

— Bonjour, monsieur Tsurii. J'ai cru comprendre que mes élèves vous donnaient du fil à retordre pendant vos cours ? J'en suis véritablement désolé.

Le vieux bonhomme restait muet, cependant quelque chose dans son attitude avait le don de vous coller des sueurs froides. On avait l'impression de suffoquer sous son regard.

— Je leur ai pourtant fait la leçon à maintes reprises, vous pouvez me croire, ajouta Hasumi. Surtout, s'ils recommencent, venez immédiatement me voir.

Au fond de ses verres en culs de bouteille, les yeux de Tsurii se murent comme ceux d'un caméléon.

— Ah… Bon… Dans ce cas… Je m'en remets à vous.

Les mots sortaient de sa bouche avec une lenteur insupportable, portés par une voix complètement brisée. L'homme, originaire du Kansai, en avait conservé l'accent chantant, qui seyait peu à une personnalité aussi glauque.

— Vous avez eu les 1re 4 aujourd'hui il me semble ? voulut savoir Hasumi. Ça s'est bien passé ?

— Ah… Il y a toujours ce gosse… Comment…

Son regard se perdit dans le vague.

— Vous voulez parler de Tadenuma ?

L'autre acquiesça.

— Ah oui. C'est lui. Ça… Vous ne pourriez pas lui parler ?

— Entendu, je vais le prendre à part.

— Merci bien.

Tsurii tourna les talons, mettant ainsi fin à la conversation. Avec sa marche traînante, il bloquait la moitié du couloir, et Hasumi n'eut d'autre choix que de piaffer derrière lui, forcé d'attendre qu'il disparaisse dans l'escalier pour pouvoir faire de même. Malheureusement, ses élèves du club de conversation en anglais déboulèrent à cet instant.

— Hasumiiii ! Qu'est-ce que vous faites là ? Le cours va commencer ! s'exclama Mai Isagawa en se pendant à son coude.

— C'est aujourd'hui qu'on va choisir les rôles pour la pièce, n'est-ce pas ? enchaîna Ari Kashiwabara en attrapant son autre bras.

— Oui… Je dois d'abord régler une affaire. Installez-vous, OK ? Je reviens au plus vite.

— Mais Hasumi…

— Entrez, je vous dis. Rien qu'un détail personnel à régler.

Espérant que les élèves comprendraient, il les planta là, descendit l'escalier et mit le cap sur le bâtiment nord. Hasumi entrouvrit discrètement la porte de la salle d'arts plastiques.

Une quinzaine d'élèves peignaient avec application la toile qui leur faisait face. Des filles, pour la grande majorité, avec tout de même trois garçons. L'un d'entre eux était Masahiko Maejima. Debout derrière le jeune homme se tenait son professeur, Takeki Kume. Si proche qu'il semblait se coller à lui.

Prenant conscience du regard de Hasumi, le prof d'art se retourna et leva les sourcils vers lui d'un air interrogateur. Hasumi lui fit signe de venir avec lui. Kume, étonné, le rejoignit hors de la classe. Les élèves avaient tous remarqué la présence du prof d'anglais, mais il en aurait fallu plus pour les détourner de leur œuvre. À l'exception de Maejima, qui les suivit du regard, visiblement affolé.

— Que se passe-t-il ? lui demanda le prof d'art, perplexe, dès qu'ils furent dans le couloir.

Il portait un haut trop large, couvert de petites fioritures à la mode. Plus grand que Hasumi mais de constitution frêle, il pesait probablement moins lourd que lui. Avec sa coupe rasée sur les côtés, il faisait penser à une rock star d'une autre époque. Il sentait vaguement l'eau de Cologne.

— J'ai quelque chose à vous demander.

— Je vous écoute…

Certain d'être victime de ses propres préjugés, Hasumi ne put s'empêcher de lui trouver une intonation et des manières féminines.

— C'est au sujet d'un élève, mais je préférerais qu'on en parle au calme, je ne voudrais pas qu'on nous écoute.

— Au calme ? Mais enfin, monsieur Hasumi, je dois m'occuper des élèves… Ne pourriez-vous pas me dire ici, rapidement, de quoi il retourne ?

Il avait pris une voix irritée, mais Hasumi n'était pas dupe : elle dissimulait une terreur qu'il cherchait à museler.

— Il s'agit de Masahiko Maejima, asséna Hasumi. Est-ce assez clair ou désirez-vous toujours que nous en parlions dans le couloir ?

— Maejima ? Je ne vois pas ce que…

— Faites l'ignorant à votre guise, monsieur Kume, cependant en tant que professeur principal de Maejima, et en tant que membre de l'équipe de surveillance, il est de mon devoir de le protéger. Et si nous ne trouvons pas de terrain d'entente, je me verrais dans l'obligation de tout révéler à ma hiérarchie.

— Hein ? Mais enfin, je ne vois pas du tout de quoi vous voulez parler !

— Vraiment ? Parce que cette histoire remonterait forcément aux oreilles de votre père. Comme vous, je préférerais éviter qu'on en arrive là. Mais si vous ne me laissez pas le choix…

— Mon… Monsieur Hasumi, écoutez-moi, je vous demande de m'expliquer de quoi il retourne, je ne comprends rien !

Il avait beau s'obstiner, on sentait qu'il perdait pied et sa détermination ramollissait à vue d'œil.

— Après vous, insista Hasumi en lui désignant la salle de préparation aux cours d'arts plastiques.

Kume y entra d'un pas lourd. Hasumi lui proposa de s'asseoir et ferma la porte derrière eux.

— Tout d'abord, veuillez me pardonner. Je n'ai pas pour habitude de me mêler des affaires personnelles des uns et des autres. Cependant, c'est à l'intégrité même du lycée que nous touchons ici, et il ne serait souhaitable pour personne que la police intervienne. Une fois le rapport aux autorités établi, il ne sera plus question de régler ce problème dans la discrétion. J'espère que vous me suivez sur ce point.

— La… La police ? Ce n'est pas possible, vous vous méprenez… Je n'ai rien fait de…

Il se tut soudain, comme frappé par un éclair. On aurait dit une grenouille immobile devant un serpent. Hasumi ne lui laissa pas le temps de reprendre contenance.

— Le temps n'est plus aux lamentations. Je vous demande simplement de me répondre par oui ou par non. Entretenez-vous des rapports sexuels avec Masahiko Maejima ?

— Non ! s'écria Kume, dont les lèvres tremblaient.

Non ! Quelle horreur ! Je vous le jure ! Je n'aurais jamais…

Il ment.

Hasumi n'avait même pas besoin de l'entendre pour le comprendre. Il suffisait d'observer son interlocuteur, dont le niveau de stress atteignait des sommets. Il croisait les bras et repliait les jambes sous lui, signes évidents qu'il cherchait à se protéger. Son attitude était plus éloquente que s'il avait hurlé « OUI ! » à pleins poumons.

— Vraiment ? Je vous préviens, il n'est pas dans votre intérêt de me mentir. La vérité finira par éclater au terme d'une enquête.

— Qu'est-ce… ? Puisque je vous dis que je n'ai jamais… Comment aurais-je pu… Je n'ai jamais eu ce genre de liens avec Masahiko Maejima…

Hasumi poussa un long soupir avant de se pencher vers le prof d'art. Ce dernier détourna les yeux, incapable de supporter son regard.

— Comme je vous l'ai déjà dit, je cherche avant tout à éviter que les autorités ne s'en mêlent. Est-ce que nous nous comprenons ? Si cette relation est consentie par Maejima, c'est différent, nous parlons alors d'amour libre…

— Différent ? Bien sûr que non, répliqua Kume, complètement perdu. Il est mineur, ce serait contraire aux lois de protection de l'enfance. Mais je… je n'ai jamais…

— Bien entendu, et les relations entre prof et élèves sont prohibées. Toutefois, il existe une énorme différence entre une relation forcée et une relation consentie.

Kume semblait perdu à des kilomètres de là. Il cherchait désespérément une issue à cet engrenage.

— Je vais tourner ma question autrement. Avez-vous abusé de votre statut de professeur pour forcer Masahiko Maejima à coucher avec vous ?

— Mais vous délirez ! Jamais de la vie !

— Il s'agit donc d'une relation libre, mutuellement consentie dès le départ ?

Kume ferma les yeux et se mordit les lèvres.

— Je… Ce n'est pas…

— C'est l'un ou l'autre, monsieur Kume ! insista plus durement Hasumi. Ou vous l'avez violé, ou non. Et si vous refusez de me répondre, je me verrai dans l'obligation de tout rapporter à la police… Dès lors, il ne sera plus question d'un dénouement discret. Réfléchissez bien, monsieur Kume. J'attends votre réponse.

Rien ne presse le serpent venimeux, dit le dicton. En effet, la plupart des reptiles dangereux ont pour habitude d'attendre en retrait une fois qu'ils ont inoculé leur venin à leur proie. Ainsi, ils se protègent des soubresauts de celle-ci, qui se débat devant la mort.

Hasumi venait d'injecter des mots empoisonnés dans l'esprit de son collègue, il n'avait plus qu'à attendre qu'ils fassent effet et le détruisent. Sa proie n'avait plus d'échappatoire.

C'est alors que la porte s'ouvrit doucement. Kume, hagard, redressa la tête. Maejima se tenait dans l'encadrure.

— Professeur…

— Maejima ! s'écria Kume. Retourne immédiatement en classe !

Mais l'ado l'ignora pour s'adresser à Hasumi.

— M. Kume ne m'a jamais forcé ! Vous devez me croire !

Bon garçon. Il va me faire gagner du temps.

— Je te crois, Maejima.

Le prof d'art, vaincu, s'affaissa.

— J'en déduis donc, monsieur Kume, que votre relation est entièrement consentie.

Il posa la main sur l'épaule de son collègue, qui lui lança un regard vide et hocha la tête.

— Entendu. Dans ce cas, nous allons tout mettre en œuvre afin que cette affaire ne s'ébruite jamais.

— Je vous en prie, l'implora Kume en se courbant à l'horizontale, sans se lever de sa chaise.

— Est-ce que je vais être renvoyé ? demanda Maejima, les yeux humides.

— Non… non, je ne crois pas. Je pense que nous pouvons l'éviter, et même faire en sorte que M. Kume continue d'enseigner parmi nous.

— Vraiment ? fit ce dernier.

— Tout à fait. Cependant, j'ai besoin de votre totale honnêteté. Je vous demanderai donc de tout me raconter, depuis le début.

Kume et son élève échangèrent un regard impuissant et acquiescèrent.

Hasumi ouvrit sa trousse, en sortit un bon vieux magnétophone à cassette et le posa sur la table.

— Monsieur Hasumi ! Venez vite !

Trois jours plus tard, Yûki Tsukahara, de 1re 4, venait de faire irruption dans la salle des professeurs en pleine pause déjeuner. C'était la fille la plus potelée de la classe, et sa course avait suffi à la mettre en nage.

— Qu'y a-t-il ? s'enquit Hasumi en se levant aussitôt.

— C'est Tadenuma et Yamaguchi qui se battent !

Il s'élança dans le couloir et monta l'escalier quatre à quatre. Un attroupement s'était formé devant la salle de classe des 1re 4, d'où lui parvenaient des bruits de bagarre et des cris de haine. Il se fraya un chemin en tirant les élèves par le col de leur uniforme.

— Poussez-vous ! Laissez-moi passer !

Les bureaux et chaises avaient valsé, les trousses et cahiers jonchaient le sol de la classe. Au beau milieu de cette scène de chaos, les lutteurs s'observaient en chiens de faïence. Il arrivait au beau milieu d'un moment d'accalmie.

Takuma Yamaguchi était le plus grand des deux. Il n'était pas deuxième ligne au club de rugby sans raison. Pour autant, Tadenuma ne lui avait pas fait de cadeau : il saignait du nez et son œil gauche, rouge violacé, continuait d'enfler.

Tadenuma, en boxeur aguerri, avait su protéger son visage, toujours intact. Il réussissait à maîtriser un adversaire qui le dépassait d'une bonne tête. Hasumi jugea qu'ils venaient d'achever le premier round, remporté de justesse par Tadenuma. Il se plaça entre les deux, bras tendus tel un arbitre.

— Arrêtez immédiatement ! Qu'est-ce qui vous prend ?

Sachant pertinemment qu'il risquait d'être pris à partie, entre ces deux brutes dont le sang était monté à la tête, il restait sur le qui-vive.

Contre toute attente, la tension retomba. Yamaguchi, qui devait avoir pressenti sa défaite, sembla même accueillir cette intervention avec soulagement. Quant à Tadenuma, il semblait avoir recouvré son sang-froid, mais la lueur de haine au fond de ses yeux ne diminuait pas d'intensité.

— Qu'est-ce qui vous a pris ?

Tadenuma resta de marbre, mais Yamaguchi, qui commençait à éponger le sang de son nez à l'aide d'un mouchoir, pointa un doigt vers lui.

— Ce débile m'est tombé dessus sans raison !

L'incriminé fit mine de relancer la mêlée, mais Hasumi tendit les bras pour l'en empêcher.

— Il doit bien y avoir une raison ? insista-t-il.

— Mais non, je vous dis ! Je ne faisais rien ! glapit Yamaguchi, dont la vue du sang sur son mouchoir redoubla l'indignation.

— Bon, tous les deux, dans mon bureau. (Il les

emmena avec lui en prenant soin de conserver une distance de sécurité entre eux.) Dites, les autres, je peux vous demander de ranger ce bazar ? Merci beaucoup.

Les élèves se mirent aussitôt à relever les bureaux et à ramasser les papiers.

— Bougez de là ! rugit une voix reconnaissable entre toutes dans le couloir. Tirez-vous, laissez-moi passer !

Hasumi, impuissant, vit Shibahara entrer dans la classe. Il n'avait vraiment pas besoin de lui, mais il ne pouvait ouvertement entrer en conflit avec le prof de sport, qui faisait aussi partie de l'équipe de surveillance.

— Merci de vous être déplacé, monsieur Shibahara, mais comme vous le voyez, l'incident est clos.

— Alors les gars, on se bat dans la classe, hein ? lança celui-ci avant d'asséner un coup de sabre en bois en direction des élèves.

Tadenuma l'évita sans difficulté, mais Yamaguchi le reçut en plein dos. Il jeta un regard furieux au prof de sport.

Avec ses lèvres retroussées et son regard fixe, ce dernier faisait penser à un macaque japonais. *Plus encore à un babouin*, corrigea Hasumi en son for intérieur. À en juger par la mine de ses élèves, l'aversion qu'il ressentait pour son collègue était largement partagée par les jeunes.

— J'allais justement les emmener dans mon bureau, indiqua Hasumi, qui encouragea Yamaguchi à avancer d'une tape sur l'épaule.

— Je vais vous donner un coup de main, déclara Shibahara en le poussant pour prendre sa place.

— Hein ? fit Hasumi, interloqué.

— Ce ne serait pas sûr de les emmener seul. De la racaille, ces deux-là. Toujours les avoir à l'œil. Alors si je peux me rendre utile, moi, je n'hésite pas.

Un souffle d'incrédulité parcourut toute la classe, peu habituée à des démonstrations de servilité obséquieuse

– et en l'occurrence, maladroite – de la part de Shibahara. Hasumi rongea son frein. Les derniers développements de l'affaire Miya avaient visiblement poussé le pervers à reconsidérer son attitude, il avait dû conclure qu'il lui serait plus profitable de se mettre le prof d'anglais dans la poche. Quoi qu'il en soit, attirer l'attention des élèves sur leurs combines était bien la dernière chose dont il avait besoin.

— Je vous remercie pour votre aide, monsieur Shibahara.

Ce dernier se rengorgea et se mit à coller le train de Tadenuma. Miya sortit du rang pour lui lancer un regard lourd de sens, mais il détourna les yeux d'un air parfaitement innocent. Ils se rendirent donc à quatre en salle d'entretien, silencieux et pensifs, sauf Shibahara qui s'amusait à faire tournoyer son katana, la mine conquérante.

Une fois arrivés à destination et l'indésirable, gonflé d'importance, reparti vaquer à ses affaires, Hasumi tenta de soutirer aux deux belligérants quelques explications. Yamaguchi répéta qu'il n'avait rien fait, et Tadenuma conserva le silence. La pause de midi touchant à sa fin, il décida de suspendre son jugement et de les libérer.

Lorsqu'il sortit à son tour du bureau, Miya l'attendait dans le couloir, adossée au mur.

— Qu'est-ce que tu fais ici ? Les cours vont bientôt commencer.

— Il fallait que je vous dise, Hasumi. C'est pas pour rien que Tade a pété un câble.

— Comment ça ? Tu sais quelque chose ?

Elle leva sur lui un regard soucieux.

— C'est à cause d'un site secret.

— Ah bon ?

— Vous n'avez pas regardé le *chat* de Saori ? Je vous ai filé ses identifiants et tout.

— Ah oui… J'ai été très occupé ces derniers jours, je n'ai pas encore eu le temps.

— Ben, si vous allez jeter un œil, vous verrez que depuis hier, il y a des gens qui écrivent des trucs dégueulasses sur Tade.

— De quel genre ?

— Des insultes habituelles, « crève, connard » par exemple, mais aussi des trucs vachement perso, sur sa famille et tout.

— Mais quel est le lien avec Yamaguchi ?

— Je pense que Tade croit que c'est Guchi qui a écrit tout ça. Ils ne peuvent pas se sentir, mais ils se connaissent depuis longtemps. Et il y avait des trucs que seul lui ou deux-trois autres personnes pouvaient savoir.

— D'accord…

— Mais moi je ne pense pas que Guchi ferait ça. Le gars, il est réglo. C'est un type bien.

— Je vois. (Il lui tapota l'épaule.) Je vais aller voir ce *chat* pour comprendre ce qui se passe. Mais ça m'étonne. Moi qui croyais que la hiérarchie s'inquiétait pour rien…

— Vous ne pouvez plus y accéder avec les identifiants que je vous ai donnés.

— Pourquoi ça ?

— Saori s'est fait craquer son compte et n'est plus administratrice maintenant. Elle ne sait pas qui a fait ça. Du coup, elle en a créé un autre.

— Alors plus personne ne peut voir le premier ?

— Ben… si, tous les identifiants et mots de passe fonctionnent encore. Sauf le compte de Saori, qui a été piraté. Et le nouvel administrateur a généré un tas de nouveaux comptes. Dont ceux des personnes qui écrivent des saletés sur Tade.

— Si je comprends bien, le *chat* est géré par un hackeur en ce moment ?

— C'est ça.

— Autant le fermer, alors, non ?

— Ouais, c'est ce que je pense aussi, mais Saori ne m'écouterait pas.

— Ah bon ? Je croyais que vous étiez amies…

Ou, pour être plus précis, qu'elle était proche de tes subalternes…

— Oui, mais… Tout ça, c'est arrivé juste après que je lui ai demandé ses identifiants. Je ne pouvais pas lui dire que c'était pour vous… Je ne crois pas qu'elle me soupçonne d'être la hackeuse, mais elle doit penser que j'ai pas fait attention, que quelqu'un m'a volé les infos. Elle me fait plus trop confiance.

— Je suis désolé pour ça. Quelle malheureuse coïncidence tout de même ! C'était vraiment un mauvais timing pour…

— Ce n'est pas vous, hein ? Hein ?

— Mais… de quoi parles-tu ?

Elle secoua la tête.

— Non, rien, répondit-elle en souriant.

3

— Bien, vous pouvez commencer, lança Ôsumi.

Les élèves retournèrent leur sujet d'examen. Keisuke ne put se retenir de sourire. L'histoire, c'était du gâteau, et il avait révisé à fond. Il répondit aux questions à toute allure, guettant le moment où Ôsumi détournerait le regard.

Il chercha au fond de son casier le téléphone qu'il avait caché, ouvert sur un message à rédiger, et tapa à l'aveugle les réponses. Dès qu'Ôsumi faisait mine de tourner la tête vers lui, il s'empressait de remettre la main droite sur son bureau et faisait mine de remplir les cases avec application. Il envoya ainsi plusieurs messages à ses clients. Une fois le dernier lot de réponses distribué, il éteignit son portable. Ses gestes étaient si fluides que le prof surveillant ne remarqua rien. Tant que les participants à la triche resteraient discrets, tout se passerait bien. Keisuke fit tournoyer son crayon entre ses doigts, fier d'avoir rondement mené sa mission : pourrir les premiers examens de l'année.

— Pas de réseau ? s'étrangla-t-il quand l'épreuve fut terminée.

— Ben ouais, confirma Yoshioka d'un air dépité. Personne n'a rien reçu.

— C'est débile ! Pourquoi le lycée serait soudain devenu hors réseau ?

— Qu'est-ce que j'en sais, moi ? En tout cas, juste après les exams, j'avais trois barres, comme d'hab.

— Et mes messages ? Ils sont arrivés ?

— Non, répondit Isada, qui le regardait d'un œïl mauvais. Pour ce qu'on en sait, tu ne les as même pas envoyés…

Merde ! se retint de crier Keisuke.

Bien entendu, sans voir l'écran et avec le son coupé, il ne s'était rendu compte de rien au moment d'envoyer ses textos. Comment aurait-il pu se douter que le lycée allait subitement passer hors réseau ?

Je me suis fait avoir.

Quelqu'un savait qu'il fomentait une tricherie au portable, et ce quelqu'un avait fait en sorte de brouiller la couverture réseau juste le temps des examens. Autant laisser tomber pour les épreuves suivantes…

Était-il possible qu'on ait mis en place un puissant brouilleur d'ondes ? Dans ce cas, tous les téléphones du quartier auraient été coupés, et ça aurait fait scandale… L'utilisation de brouilleurs étant interdite par la loi, le lycée se serait mis dans une situation délicate.

Impossible. Son adversaire devait simplement avoir élaboré un système de brouillage à moindre échelle, entre le lycée et la station de base. Probablement à l'aide d'un de ces petits brouilleurs de portables que l'on trouve dans le commerce. Des engins à portée limitée.

Non, c'était ridicule. Un de ces appareils n'aurait pas permis de brouiller toute une classe, voire tout l'étage d'un lycée.

Yagisawa, le prof de physique, était forcément derrière tout ça. Après tout, il faisait aussi partie du club de radioamateurs. C'était un jeu d'enfant pour lui. Keisuke lui-même, si on lui fournissait l'équipement adéquat, pouvait arriver à un résultat similaire.

Ce qui n'enlevait rien au caractère illégal du procédé. Un instant, Keisuke pensa avertir le bureau des télécommunications de la région du Kantô, mais il renonça. Pas très réaliste.

Tout d'abord parce qu'il faudrait prouver que le réseau était brouillé uniquement dans la classe, au moment des examens. Autant avouer d'emblée qu'il tentait de tricher. Quoi qu'il advienne du lycée, lui-même risquait l'exclusion. Une dénonciation anonyme serait irrémédiablement prise pour une blague de petit plaisantin.

Mais revenons à Yagisawa.

Le prof de physique n'avait pas la carrure d'un intrigant. Quelqu'un derrière lui se servait de ses capacités. Sakai, le proviseur adjoint ?

Non, ce n'était pas le genre. Trop malin pour lui, comme stratagème. C'était quelqu'un d'autre. Quelqu'un de l'équipe de surveillance, probablement…

Hasumi.

Bon sang, c'est lui, c'est forcément lui.

Keisuke devait l'admettre : le prof d'anglais venait de remporter une bataille. Mais ce n'était que partie remise. La prochaine fois, il comptait bien rafler la victoire.

Une flamme combative brillait dans son regard. Il élaborait déjà sa contre-offensive.

— Alors ? Ça a marché ? s'enquit le proviseur adjoint de sa voix nasillarde.

— Sans souci, répondit calmement Hasumi. Aucune tricherie n'a pu avoir lieu durant l'épreuve.

Inutile d'embarrasser son supérieur de détails : il n'y comprendrait rien.

— Bien, bien… Et vous avez fait le tour du lycée ?

Sakai se gardait scrupuleusement de prononcer le moindre mot en rapport avec les ondes.

— Tout à fait. J'ai échangé mon tour de surveillance des 1re 4 avec M. Sonoda. Impossible de passer le moindre coup de fil.

— Parfait. Mais… à l'extérieur ?

Ça a fonctionné, qu'est-ce qu'il te faut de plus, bouffon ?

— Rien à signaler, fit-il en conservant une expression affable. Je me suis déplacé dans la cour, et tout était normal, si vous voyez ce que je veux dire…

Le périmètre d'action du brouilleur ne s'étendait pas plus loin que les salles de classe, sans aucune conséquence pour les résidents du quartier.

— Merveilleux. C'est du bon travail ! Je compte sur vous pour les prochains tests.

Sakai renifla d'un air satisfait et sortit.

C'était bientôt l'heure de l'examen d'anglais, que Hasumi devait surveiller. Il prit cependant quelques minutes pour se rendre au bâtiment nord, dans la salle du club radioamateur.

— Merci infiniment pour votre aide, monsieur Yagisawa.

Ce dernier, en blouse blanche devant son équipement, avait du mal à cacher sa gêne. Il remontait sans cesse ses lunettes d'un geste nerveux, grattait l'ombre de barbe qui lui mangeait les joues.

— Monsieur Hasumi… Vous en avez encore besoin ?

Katsuya Yagisawa, la quarantaine bien entamée, faisait partie des vétérans du lycée. Radioamateur passionné depuis sa prime jeunesse, il participait chaque année à des concours de radiocommunications Terre-Lune-Terre et était connu pour avoir obtenu l'installation d'une bande des cent soixante mètres au-dessus d'une arcade commerçante dans sa ville d'origine.

— Bien sûr. Le proviseur adjoint m'a demandé de vous transmettre ses remerciements.

— Mais… c'est illégal, tout cela, vous le savez…

Il se força bravement à sourire.

— Nous en avons pleinement conscience, n'en doutez pas. Cette décision difficile a été prise dans le seul intérêt du futur de nos élèves. Mieux vaut prévenir que guérir, ne pensez-vous pas ?

Yagisawa pencha la tête.

— Puisque vous le dites…

Le prof de physique n'avait aucune envie de reconnaître sa part de responsabilité. Sur la table devant lui étaient soigneusement disposés un amplificateur linéaire, un appareil radioamateur, un brouilleur de portables et divers autres engins. Afin de couvrir tous les services dispensés par les différentes compagnies de téléphonie, il avait été nécessaire d'amplifier l'effet du brouilleur, dont les antennes avaient été installées sur le toit et dans toutes les classes concernées par les examens.

— M. Sakai est réellement impressionné. Il m'a confié qu'il prendrait en considération votre dévouement au moment de revoir la subvention allouée au club radioamateur.

Autrement dit, s'il cessait de les aider, il pouvait compter sur une réduction drastique de son budget.

Hasumi quitta son collègue sans lui laisser le temps de protester.

— Madame Taura ? Vous êtes là ?

— Keisuke ? Qu'est-ce qui t'arrive ?

— J'ai mal au crâne à cause des exams. Laissez-moi me reposer un peu.

Le jeune homme écarta lui-même les rideaux qui

entouraient le lit du fond de l'infirmerie et s'y étendit sans façon, chaussons aux pieds[1].

— Il n'y a que toi pour te pointer ici en plein milieu des épreuves… remarqua Junko Taura avec amusement.

Elle se leva pour refermer la porte de l'infirmerie et vint se poster au chevet de l'élève.

— Tu n'aurais pas attrapé un rhume ? demanda-t-elle en posant doucement la main contre son front.

— Mais non. C'est les exams, je vous dis. Les exams m'ont filé mal au crâne, bougonna-t-il.

— Ce n'est pourtant qu'une formalité pour toi, d'habitude… Tu n'as pas révisé ?

— C'est pas le problème. Je crois que je me suis planté.

Quelque chose n'était pas clair. Le lycée avait réussi à anéantir son plan, mais comment avait-on su qu'il préparait une tricherie au portable ? Certes, cela faisait partie des moyens couramment utilisés pour ce genre de méfaits, mais on n'installait pas un système de brouillage d'ondes aussi performant et complexe sur une simple probabilité. Ils avaient forcément une preuve. Même sans connaître les détails de la tricherie, ils savaient qu'elle passerait par les téléphones.

La main de Junko glissa du front à la joue de Keisuke avant de sinuer vers son cou. Elle desserra la cravate de l'uniforme de l'élève et défit les boutons de sa chemise, exposant sa poitrine nue.

— Tu n'as pas de mal à respirer ? s'enquit-elle.

— Non. Et vous ?

— Moi ? Qu'est-ce qui te fait dire ça ? rétorqua-t-elle d'un air malicieux.

1. Au Japon, on se déchausse à l'entrée de la plupart des établissements scolaires et on porte des chaussons spécifiques dans l'enceinte du bâtiment. *(N.d.T.)*

Keisuke avala sa salive.

— Il fait chaud ici. On respire mal, je trouve. Vous ne vous sentez pas un peu à l'étroit ?

Il se redressa, écarta les pans de la blouse blanche de l'infirmière et saisit le col de son chemisier.

— Arrête, voyons… protesta-t-elle, sans aucune conviction.

Il s'enhardit et lui empoigna les seins.

— Quel vilain garçon ! On ne doit pas faire ça à une infirmière…

— Mais vous semblez mal à l'aise, répondit-il. Je veux juste m'assurer que vous allez bien.

— Arrête…

— J'en étais sûr. C'est trop serré. Vous avez du mal à respirer.

— C'est faux… laissa-t-elle échapper.

Sa respiration se fit haletante. Ses cheveux indisciplinés la rendaient tellement sexy… Les femmes plus âgées ne jouaient clairement pas dans la même catégorie que les filles de l'âge de Keisuke.

— Je vais devoir vous faire du bouche-à-bouche, prévint-il.

Il se redressa un peu plus et l'attira à lui. Elle fit mine de résister, mais dès qu'il resserra son étreinte, elle fondit littéralement entre ses bras. Il visa ses lèvres.

Par jeu, elle se déroba à la dernière seconde.

— On ne doit pas… Et si quelqu'un venait ?

— Et alors ? Qu'on vienne.

Contrairement à ce qu'elle laissait entendre, Junko semblait éprouver un réel plaisir à se mettre ainsi en danger.

Keisuke ne put se retenir plus longtemps. Il n'avait pas eu l'intention d'aller jusqu'au bout, ce jour-là, mais c'était l'occasion de se décharger de la frustration accumulée. Il souleva Junko Taura pour l'allonger à sa place, sur le lit.

— Attends…

Elle glissa au sol, où elle s'agenouilla à ses pieds.

— Mais… qu'est-ce que… ?

— Tu es venu à l'infirmerie parce que tu avais mal ici, je me trompe ? Ne t'en fais pas, je vais te soigner.

Elle lui sourit et baissa la tête.

Hasumi observa Tadenuma à la fin des examens. L'élève affichait une expression neutre, mais quelque chose dans son attitude révélait sa mauvaise humeur. Ses acolytes habituels, Takuto Katô et Ryôta Sasaki, ne l'avaient pas rejoint. Hasumi l'arrêta avant qu'il ne sorte de la salle.

— Tadenuma. Je peux te parler un instant ?

— Qu'est-ce qu'il y a ?

L'élève planta son regard dans le sien. Un regard dur comme la pierre, beaucoup trop dur pour un ado de son âge.

— J'ai à te parler. Tu m'accompagnes dans la salle d'entretien ?

— Qu'est-ce que j'ai fait encore ?

— Rien. Mais c'est mon métier, de m'occuper des élèves, même quand ils n'ont rien à se reprocher.

Tout autre élève aurait objecté qu'il n'avait donc aucune raison de le suivre, mais Tadenuma obtempéra sans rien dire. En sortant de la classe, Hasumi épia discrètement les réactions de ses camarades. Sa garde rapprochée ainsi que le groupe du club d'anglais affichaient un air inquiet, mais la plupart des autres élèves suivaient Tadenuma du regard avec froideur.

Une fois qu'ils furent installés dans la salle d'entretien, Hasumi prit son temps. Il posa une liasse de papiers sur son bureau, sur laquelle l'attention de Tadenuma se porta automatiquement. Rompu à l'exercice de la confrontation avec un professeur, il sut garder sa langue dans sa poche. Son masque de neutralité n'avait pas bougé. Seul un faible tressautement de ses genoux trahissait sa nervosité.

— Pardonne-moi de prendre sur ton temps, commença Hasumi d'un ton léger. Je suis sûr que tu comptais rentrer au plus vite pour réviser avant les épreuves de demain.

L'ado fronça un peu plus les sourcils mais resta de marbre.

— Donc… Si je t'ai appelé, c'est que plusieurs de tes camarades m'ont contacté à ton sujet, ces derniers temps.

— Comment ça, à mon sujet ? réagit l'élève, le regard acéré.

— Eh bien, comment dire…

Ses yeux se posèrent longuement sur le tas de papiers devant lui. Tadenuma, comme envoûté, suivit son regard. Hasumi entra dans le vif du sujet.

— Tu n'es pas sans savoir, je suppose, que l'existence de sites secrets pose beaucoup de problèmes. On m'a demandé de jeter un œil à ceux de notre établissement et… j'ai remarqué qu'il y a eu de nombreux débordements.

Les yeux du garçon clignèrent plusieurs fois.

— En l'occurrence, tu as été la cible d'injures. Certes, c'est une pratique courante sur ce genre de *chats*, mais les attaques sont particulièrement virulentes à ton encontre.

— Et alors ? Qu'est-ce que ça peut vous faire ?

— Ça me fait que tu es mon élève, et je ne permets pas que l'on harcèle mes élèves.

— Qu'on me… harcèle ?

Comme prévu, la fierté du lycéen prit un coup sévère à l'évocation de cette conclusion inattendue.

— Bien sûr. Le harcèlement scolaire ne se limite pas à la violence dans les salles de classe. Le harcèlement numérique fait de plus en plus de victimes.

Il couva son élève d'un regard chargé de compassion, si bien que Tadenuma détourna les yeux.

Dès qu'il avait eu les identifiants de Saori Yokota, Hasumi lui avait dérobé le statut d'administratrice et le *chat* était devenu hors de contrôle. Les messages de haine à l'encontre de Tadenuma affluaient par dizaines chaque jour. Le prof d'anglais en avait rédigé la moitié dans des cybercafés de la ville, le reste avait été envoyé directement des portables des élèves.

En tant que membre de l'équipe de surveillance, il confisquait régulièrement les téléphones des lycéens. Ainsi, beaucoup d'élèves avaient participé à leur insu à cette entreprise de diffamation.

Le déferlement d'insultes avait rapidement pris de l'ampleur. Certains élèves se mirent à déverser ce qu'ils avaient sur le cœur, d'autres suivirent le mouvement par simple jeu. D'autres sites secrets furent vite contaminés par la folie anti-Tadenuma.

Ce dernier, sous le coup de la colère, contre-attaquait en écrivant des menaces, ce qui n'arrangeait rien. Hasumi avait grandement contribué à alimenter le cercle vicieux en se faisant passer pour Tadenuma lui-même, rédigeant des commentaires encore plus brutaux que les originaux. Résultat, les partisans d'un tribunal pour le caïd du lycée étaient de plus en plus nombreux. Hasumi avait allumé un incendie que rien ne pouvait éteindre.

D'autant que Tadenuma, persuadé que ses camarades étaient à l'origine de cette offensive, n'hésitait pas à les attaquer dans la vie réelle. Violemment pris à partie alors qu'ils étaient innocents, ceux-ci rejoignaient sans délai la horde de ses détracteurs.

— Je comprends que tu sois blessé et furieux, poursuivit Hasumi. Ceux qui ont écrit ces horreurs sont en tort. Les détails de ta vie de famille ne concernent que toi et n'auraient jamais dû être livrés en public. C'est un acte hautement répréhensible. Cependant, tu ne dois pas te laisser aller à la colère. La vengeance appelle la vengeance, et si ça continue, il ne sera plus question d'arranger les choses. Il faut que tu comprennes que, chaque fois que tu t'en prends à tes camarades, cela confirme ce qu'ils te reprochent. (Il marqua une pause, feignant de parcourir le papier sur son bureau.) Pour tout te dire, certains élèves ont demandé ton exclusion, ou tout du moins, ton transfert dans une autre classe.

Sans surprise, la nouvelle déstabilisa grandement le jeune homme.

— Bien entendu, je leur ai dit que c'était inconcevable. J'ai alors avancé l'idée que vous pourriez tous vous excuser pour vos fautes respectives mais… je n'ai pas rencontré beaucoup d'adhésion.

— Pourquoi je devrais m'excuser, moi ? explosa Tadenuma. Pourquoi, hein ?

— Je suis d'accord : ces messages sur le *chat* sont impardonnables. Mais ta réaction face à ces attaques n'a pas été très digne non plus. Menacer tes camarades n'a fait qu'envenimer la situation.

— Vous vous foutez de moi ! C'est même pas moi qui ai écrit la plupart de ces trucs !

— Il n'en reste pas moins que c'est toi, et personne d'autre, qui as attaqué tes camarades… Dans nos sociétés actuelles, utiliser la violence pour se faire entendre est un comportement inacceptable.

Hasumi avait mis à dessein l'emphase sur la violence physique.

— Et puis… tes camarades m'ont fait part de récriminations à ton encontre. J'ai tout ici, ajouta-t-il en tapotant sa liasse de papiers.

On aurait dit que chaque élève avait écrit plusieurs pages de plaintes envers Tadenuma.

— Malheureusement, je ne peux pas te les montrer, mais…

— Puisque ça me concerne, autant me le dire !

— Impossible, il s'agit du secret professionnel : je dois protéger les données personnelles qui m'ont été confiées dans ces déclarations, tu comprends bien…

Tadenuma, pris dans un faisceau d'explications fumeuses, semblait les comprendre de moins en moins. Il retomba dans le mutisme.

— Et puis, je dois dire que ce serait un choc pour toi de lire tout ça. Je préfère te l'épargner.

À ce moment, il fit glisser au sol par mégarde la feuille du dessus.

— Zut ! Ne regarde pas…

Il s'empressa de la ramasser mais Tadenuma eut largement le temps de survoler son contenu.

Une écriture fine, dont certaines expressions étaient soulignées, bien visibles. « Tadenuma » « le cancer de la classe » « Virez-le ! ».

— Qui a écrit ça… demanda l'intéressé, livide de colère.

— Je ne peux pas te le dire.

— Ces connards… dès que j'ai le dos tourné…

Son visage restait impassible mais sa voix tremblait. On le sentait prêt à se jeter sur quelqu'un.

— Quoi qu'il en soit, je crois que tu as compris où je voulais en venir. Tu ne vas pas te battre contre chacun de tes camarades, tout de même ? Si tu veux que tout se passe bien au lycée, il va falloir faire des efforts.

— J'en ai rien à foutre de votre lycée de merde.

Il se leva.

— Rassieds-toi, je n'ai pas…

— Je les fais tous plier, moi ! Tout ce foutu lycée, s'il le faut !

— Reste ici !

Tadenuma sortit en claquant la porte. Hasumi s'empara de sa pile de papiers et se rendit à son bureau dans la salle des professeurs. Il saisit la feuille de récriminations, qu'il avait rédigée lui-même en imitant la calligraphie des élèves, et la passa à la déchiqueteuse. Pour le reste, il s'agissait de dissertations des seconde sur le thème : « Le lycée : attentes et réalité ».

— Monsieur Hasumi ! Il semblerait que les premiers examens se soient déroulés sans incident…

Takatsuka, l'autre prof d'anglais, s'avançait vers lui en léchant une énorme sucette. Amateur de sucreries, il prétextait que le glucose était le moteur du cerveau et il était rare de ne pas le voir occupé à mâcher quelque chose.

— En effet. Je crois que nous avons réussi à étouffer dans l'œuf toute tentative de tricherie.

— Vraiment ? Que ferait-on sans vous, monsieur Hasumi, je vous le demande !

Il était difficile de le prendre au sérieux tandis qu'il léchait sa sucette. C'était un miracle qu'il n'ait pas encore succombé au diabète.

— Ah, au fait, M. Kume vous cherchait, tout à l'heure.

— Ah bon ? Dommage, on s'est ratés.

Takatsuka leva son gros visage vers lui.

— C'est rare qu'il cherche à parler à qui que ce soit. Il s'est passé quelque chose ?

— Rien de particulier. Il souhaitait m'entretenir de soucis psychologiques de certains de mes élèves, baratina Hasumi au pied levé.

— Qu'est-ce qu'il y connaît en psychologie ? s'étonna Takatsuka, le nez plissé. C'est un prof d'art…

— Eh bien, il semblerait que ce soit un sujet qui l'intéresse. Il est même allé voir la psychologue scolaire, Mme Mizuochi, afin de lui demander d'analyser les dessins des élèves.

— Hum. Pourtant, on ne dirait pas qu'il prenne son rôle de prof très à cœur en temps normal. Franchement, ça m'étonne de lui.

Takatsuka ne tenait pas Kume en grande estime.

— Il est plutôt riche, d'après ce que j'ai entendu dire…

— Oh, c'est un euphémisme ! Sa famille détient un empire… Quand il ne se rend pas au lycée, *monsieur* roule en Porsche et s'amuse au tir aux pigeons d'argile. Pour lui, enseigner n'est qu'une lubie parmi d'autre.

— On aimerait être à sa place…

De fait, c'était prévu, en ce qui le concernait.

— Et ce n'est pas tout. Il paraît qu'il possède plusieurs villas, rien que pour y entreposer son matériel d'art ou pour y passer la nuit, lorsque ça l'arrange. (Frustré, Takatsuka agita sa sucette luisante de bave.) Pendant que moi, je galère à payer le loyer de mon appartement minable !

— Monsieur Hasumi ? les interrompit Yôko Kitabatake, une autre prof d'anglais.

— Oui ?

Kitabatake, sérieuse et appréciée des élèves, manquait de sévérité à leur égard. Hasumi avait déjà eu à lui venir en aide pour en recadrer quelques-uns.

— Le père de Rina Kiyota. Il est revenu, il demande à vous voir.

Encore lui ?

Hasumi n'en revenait pas. Certes, on avait là affaire à un spécimen de « parent monstre » tout à fait représentatif de ce que la société individualiste pouvait générer, mais personne n'aurait imaginé qu'il viendrait mettre son grain de sel en pleine session d'examens.

Comme il fallait s'y attendre, la salle d'entretien était déjà enfumée. Combien de fois faudrait-il lui rappeler que c'était un lieu strictement non fumeur ?

— C'est bien vous, qui avez juré mordicus, avec vos grands airs de ne pas y toucher, qu'il n'y avait pas de harcèlement dans cette classe ? tonna Kiyota en pointant sa cigarette dans sa direction.

— Je vous ai expliqué qu'à cette date nous n'avons aucune preuve de harcèlement à l'encontre de Rina. Nous avons mené une enquête, et il s'avère en effet que ces craintes sont infondées, réitéra Hasumi en choisissant ses mots avec précaution.

— Ne m'embrouillez pas ! Je sais très bien ce que je vous ai demandé : est-ce que, oui ou non, il y a du harcèlement dans cette classe ! Et vous m'avez répondu, tout gonflé de fierté, que ce genre de pratiques n'avaient pas cours dans votre classe !

Hasumi savait pertinemment qu'il n'avait jamais tenu de tels propos, mais décida de conserver le silence. Il savait très bien où son interlocuteur souhaitait en venir. S'il reconnaissait maintenant avoir été au courant d'autres cas de harcèlement, l'autre allait lui reprocher de ne pas avoir agi plus tôt.

— Dans ce cas, vous allez peut-être m'expliquer comment j'ai pu tomber là-dessus ? Hein ? Mais ce n'est pas du harcèlement, vous allez me dire ?

Il tira de sa sacoche une liasse de papiers qu'il posa d'un air victorieux sur la table. Hasumi parcourut quelques pages. Il s'agissait de captures d'écran du site de Saori Yokota. Rina devait donc posséder un compte permettant d'accéder au contenu.

Il n'en montra rien, mais au fond de lui, Hasumi souriait. Il n'avait pas prévu que ces graines de la discorde qu'il avait semées lui-même aient des répercussions jusque dans d'autres affaires !

— Ce Tadenuma dont il est question ici, c'est bien un camarade de classe de Rina ? Aurez-vous encore le culot de maintenir que vos élèves ne subissent pas de harcèlement ?

Il en était à un tel degré d'exultation qu'il semblait sur le point de subir une attaque cardiaque.

— C'est une affaire que je suis en train de traiter. Les collégiens se croient tout permis sur le Web, ils n'ont pas d'inhibitions, ce qui peut mener à ce genre de débordement de violence. Cependant, nous pensons qu'il ne s'agit pas, à proprement parler, de harcèlement.

— Pas de… pas de harcèlement ? s'étrangla Kiyota.

— Vous devez comprendre que l'élève dont il est question a lui-même provoqué ces réactions en publiant des insultes en direction de ses camarades. Ce garçon a par ailleurs une position dominante vis-à-vis des autres et il n'hésite pas à les intimider. Il ne s'agit en réalité que d'une dispute qui a éclaté sur le Web, mais dont les racines sont plus complexes.

— Vous vous foutez de moi…

Kiyota sortit son cendrier portatif et y écrasa sa cigarette. La discussion ne prenait pas du tout le tour qu'il avait imaginé et il tremblait littéralement de rage. Il avait manifestement prévu de prouver que si Hasumi n'était pas au courant de ce cas de harcèlement, alors il ne pouvait pas affirmer que Rina n'en était pas victime, elle aussi.

— C'est pour ça que le harcèlement continue… C'est votre faute, à vous les profs… Mais vous n'avez pas de cœur ! Est-ce que vous ne pourriez pas vous mettre à la place des victimes, des fois ? Non, hein ? Bien sûr que non ! Vous n'en avez rien à foutre, vous ne bougerez pas le petit doigt !

Sur ce point au moins, il touche juste.

— Quoi qu'il en soit, je vous le répète, nous faisons tout pour régler cette affaire au plus vite. Vous comprendrez que je ne peux pas vous en dire plus.

— Et pourquoi ça ?

— Parce qu'il ne s'agit plus de votre fille, et qu'il est de mon devoir de protéger la vie privée des autres élèves concernés.

Kiyota, qui avait épuisé tous ses recours, jeta un coup d'œil à sa montre – c'était le même manège que la dernière fois.

— Bon, il y en a qui travaillent, ici, je n'ai pas tout mon temps, moi !

Il se dirigea vers la porte, mais au dernier moment, se retourna.

— Vous savez, Hasumi… (Sa voix était calme, pour une fois.) Je vais vous dire : ma patience a des limites. Je viens en personne jusqu'ici, ça ne suffit pas à vous prouver ma bonne foi ? Vous continuez à me balader, à me bassiner avec vos grands mots, mais si vous croyez m'endormir, vous vous fourrez le doigt dans l'œil !

Il était revenu sur ses pas pour planter son regard dans le sien, mais devant l'absence de réaction de Hasumi, il redoubla de colère.

— Ah ouais ? C'est donc ça, vous voulez me pousser à bout, on dirait ! Eh bien, vous allez voir : je suis plutôt du genre têtu. Du genre à ne pas lâcher. Retenez bien ça : j'irai jusqu'au bout, alors préparez-vous !

Sur ce, il sortit enfin.

Hasumi resta pensif. Katsushi Kiyota s'avérait plus retors que prévu. Il n'était pas à exclure qu'il revienne à l'attaque de plus en plus souvent, désormais. Cela pouvait même interférer avec le bon déroulement des cours… Il allait falloir y mettre bon ordre au plus vite.

De retour dans la salle des profs, il remarqua un Post-it collé sur son bureau. L'écriture déliée du professeur Kume l'informait qu'il était attendu dans la salle d'arts plastiques.

En pleine session d'examens, personne n'aurait l'idée de s'y rendre… Kume, en blouse de peintre, était seul face à un chevalet qu'il couvrait de peinture à l'huile. À première vue, il semblait uniquement absorbé par la trajectoire de son pinceau, mais ce n'était qu'une façade : un tic nerveux à la joue révélait le stress auquel il était soumis.

Hasumi se posta derrière lui afin de jeter un œil à l'œuvre. Un trait bleu y serpentait sur un fond rouge… Le sens lui échappait totalement.

— C'est très beau. De l'impressionnisme ?

Kume tourna son visage vers lui sans retirer la main qui tenait le pinceau.

— Ne me faites pas l'outrage de faire semblant de vous y intéresser alors que vous n'y connaissez rien.

Raté.

— Ah… Du fauvisme, peut-être ? Ou bien de l'abstrait ?

Une veine bleue se dilata sur la tempe du prof d'art.

— Épargnez-moi vos politesses. Venons-en au fait, dit Kume, qui laissa échapper un long soupir. Vous m'avez interpellé hier. Et j'ai beau retourner cela dans tous les sens, je ne comprends pas ce que vous attendez de moi.

— C'est-à-dire ?

— Eh bien, ce… cette histoire de… J'ai joué le jeu, Hasumi. Je vous ai tout avoué. Et depuis, je n'ai pas revu Maejima une seule fois… En dehors des cours, bien entendu.

— Mais pourquoi donc avez-vous cessé de le voir ?

— Pourquoi ? Mais enfin, je… (Il resta bouche bée quelques secondes.) Vous savez bien. Un prof et un élève ne peuvent entretenir ce genre de… relation.

— Eh bien, si telle est votre opinion… Pour ma part, je n'en ai que faire : c'est vous qui voyez.

Kume voulut dire quelque chose, mais se ravisa, avant de reprendre :

— Vous m'aviez promis que je n'aurais pas à quitter l'enseignement…

— Exact ! Inutile d'en arriver là.

— Dans ce cas l'affaire est close, affirma Kume avec tout l'aplomb dont il était capable, plongeant les yeux dans ceux de Hasumi.

C'était probablement une démonstration de force pour lui… Hasumi soutint son regard. Le prof d'art ne résista pas longtemps avant de détourner les yeux.

— N'ai-je pas fait tout ce que vous attendiez de moi ? demanda-t-il d'une voix brisée.

— Mais si, parfaitement.

Hasumi avait enregistré les aveux de son collègue avec un magnéto à cassette ; les bandes-sons numériques étaient plus compliquées à soumettre en tant que preuves car plus susceptibles d'être falsifiées.

— Et puis, je vous l'ai dit… Tout était consenti, je ne l'ai jamais forcé, il l'a confirmé, n'est-ce pas ?

L'homme perdait pied avec la réalité plus vite que Hasumi ne l'aurait souhaité. Parler de consentement face à un mineur n'avait aucun sens. Il s'accrochait à ce terme – que Hasumi avait prononcé uniquement dans le but de le faire avouer – à tel point que c'en était surréaliste.

— Monsieur Kume, pardonnez-moi si je me trompe, mais la sociologie n'est pas votre point fort, non ?

— Que voulez-vous dire ?

— Notre monde fonctionne selon une logique capitaliste. Rien n'est gratuit. Vous êtes professeur et avez commis un crime de pédophilie. Si vous désirez continuer à vivre sans en subir les conséquences, pas de problème. Mais cela se monnaie.

La stupéfaction de Kume se mua peu à peu en indignation. Il dévisagea Hasumi avec répugnance.

— Vous… Vous me menacez, Hasumi ?

Sa voix, sous l'effet de la colère, était devenue grave.

Enfin ! Il commençait à comprendre… *Pas un bolide, celui-là.* Hasumi avait l'impression d'échanger avec un élève en cours de rattrapage.

— Eh bien, ça dépend du point de vue, mais oui, on peut l'envisager de cette façon-là aussi.

— Ça suffit ! Je me suis bien trompé à votre sujet… Moi qui vous prenais pour un professeur dévoué à ses élèves ! J'ai fait erreur sur toute la ligne ! (Il serra le poing, pinceau compris, contre sa poitrine et ferma les yeux.) C'en est fini. Je ne souhaite plus continuer dans cet établissement. Je démissionne sur-le-champ !

Hasumi soupira. *Faut-il tout lui expliquer, à celui-là ?*

— Il est bien trop tard pour ça. Je détiens vos aveux, monsieur Kume. Ils intéresseraient la police au plus haut point. Et quand bien même, par miracle, vous passeriez entre les mailles de la justice, j'enverrais cet enregistrement à tous les médias imaginables. Je vois d'ici le scandale !

— Dans ce cas je… je vous dénoncerais pour chantage !

— Mais faites. Je vous souhaite bonne chance cependant, car vous n'avez pas l'ombre d'une preuve. Et qui croira à la parole d'un prof d'art pervers, d'un déviant sexuel ? De quel côté croyez-vous que l'opinion publique se rangera ? Vous voulez tenter votre chance ?

Kume resta pétrifié.

— Allons, ne faites pas cette tête. Chaque solution comporte des avantages et des inconvénients. Il suffit d'y réfléchir calmement. Pensez à votre père : que penserait-il de toute cette histoire ? D'un autre côté, si vous consentez à un modique dédommagement, il n'en saura jamais rien.

— Mon père… il me soutiendra !

Il ment, comprit immédiatement Hasumi.

— Vraiment ? Dans ce cas, pourquoi vous lui avez-vous toujours dissimulé votre orientation sexuelle ? Rares sont les parents qui voient l'homosexualité d'un bon œil…

Kume devint livide. Ses lèvres tremblaient.

Bingo.

— Ne vous mettez pas dans cet état. Le marché que je vous propose n'est pas parfait, mais il a ses petits avantages.

— Que voulez-vous dire ?

Il avait suffi de lui laisser entrevoir une faible lueur d'espoir pour qu'il s'accroche à l'idée de toutes ses forces.

— Si nous avons un accord, monsieur Kume, je deviendrai votre allié. En d'autres termes, jusqu'ici Maejima et vous étiez complètement sans défense. C'est la raison pour laquelle il se fait racketter.

Kume leva un regard horrifié vers lui. Comment Hasumi pouvait-il en savoir autant ? Il n'était pas de taille face à lui. Il abandonna.

— Vous… vous pourriez faire cesser le racket ?

— Je vous le garantis. N'ayez crainte : je n'en suis pas à ma première affaire du genre. (Un large sourire étira ses lèvres.) Et si vous voyiez les choses autrement ? Vous pourriez me considérer comme un employé. J'assurerai votre protection à tous les deux en échange d'une contrepartie dérisoire.

— Mais ce… je…

Les mots se mélangeaient dans la bouche de Kume, qui ne put exprimer la moindre réserve.

— Et le meilleur : Maejima et vous pourrez continuer votre relation. Il en a encore pour deux ans ici. De quoi filer le parfait amour…

Hasumi, telle une araignée, ligotait sa proie en l'enroulant dans des paroles suaves.

— N'est-ce pas ce dont vous rêviez ? Rendez-vous à l'évidence… Il n'y a pas de réelle alternative.

Kume porta la main à son front, comme s'il était soudain pris d'une terrible migraine. Sa réplique était écrite, il était contraint de la prononcer.

— Combien voulez-vous ?

La maison où vivaient Rina Kiyota et sa famille se situait à l'ouest de Machida, près du quartier tokyoïte de Hachiôji. À bord de sa Hijet, Hasumi avait dû emprunter un labyrinthe de ruelles étroites avant de la dénicher. S'il y avait si peu de monde en ce début de soirée, évalua-t-il, il y en aurait encore moins en journée. Les rares badauds qui passaient par là ne lançaient pas un regard à la vieille camionnette, qui se fondait dans le paysage.

Sans même utiliser de GPS, Hasumi avait tout de suite repéré la demeure. La norme dans le coin semblait être aux toits en matériau composite et aux murs en parement antifeu, mais celle-là, probablement érigée dans les années 1930, était tout en bois. Une belle maison à l'époque, à n'en pas douter, mais dont le délabrement de la façade témoignait de jours meilleurs. Dans ce secteur densément bâti, il n'y avait pas de jardin, juste un porche pour garer la voiture.

Les plaques nominatives à l'entrée indiquaient trois habitants.

Ce qui sautait aux yeux, c'était l'alignement de bouteilles en plastique le long de l'habitation. Il devait y en avoir près d'une trentaine. Hasumi s'en étonna : il était admis depuis longtemps que ce genre de mesure n'avait aucun effet dissuasif sur la fréquentation des chats. Tout ce que cela risquait de provoquer, c'était un incendie, avec l'effet de loupe produit par les bouteilles en plein soleil.

Hasumi brandit son appareil photo numérique et mitrailla la maison des Kiyota.

Inutile de faire de vieux os : s'il restait stationné trop longtemps, les riverains auraient tôt fait de relever sa plaque d'immatriculation. Il redémarra.

Il passa en revue les différents moyens d'action à sa disposition pour résoudre le problème de Katsushi Kiyota, le « parent monstre ». Manière forte ou douce ?

Côté mesures brutales, le meurtre semblait idéal, mais à première vue seulement. Les risques étaient trop élevés en comparaison du bénéfice.

À l'opposé, il pouvait alléger son fardeau en s'en remettant au directeur de l'enseignement, afin de faire face collectivement. Solution pacifique mais peu séduisante. C'était sa classe, c'était à lui de régler les problèmes ; s'il consentait à requérir de l'aide, cette image de pédagogue infaillible qu'il s'était forgée avec tant de minutie en prendrait un sérieux coup.

Autre possibilité : se montrer plus ferme envers Kiyota, lui adresser des fins de non-recevoir catégoriques. Mais dans ce cas, l'importun irait ventre à terre se plaindre auprès de la direction. Celle-ci, bien entendu, prendrait la défense de Hasumi. Il n'en resterait pas moins qu'il donnerait l'impression d'avoir été dépassé par l'affaire… Cela réduirait à néant tout le mal qu'il s'était donné à courir sous les ordres de Sakai.

Que faire, alors ?

Non, décidément, il fallait frapper Kiyota. L'empêtrer jusqu'au cou dans un piège qui l'empêcherait de venir lui chercher des noises au lycée.

Le supermarché où il travaillait était une piste intéressante. Hasumi s'y était déjà rendu, en reconnaissance.

Si l'on s'attaquait à l'enseigne, Kiyota, du service des réclamations, serait en première ligne.

Laisser pourrir un produit, le réemballer et le remettre en rayon : ça, c'était une idée. Si l'on surveillait étroitement les tentatives de vol, personne n'aurait l'idée de soupçonner un *dépôt*. Raison pour laquelle on entendait sans arrêt parler de nouveaux scandales liés à la découverte d'aiguilles insérées dans les denrées…

Non, trop détourné. Si Hasumi ne réussissait qu'à amplifier le niveau de stress de Kiyota, il fallait s'attendre à une recrudescence de ses visites au lycée, qui lui servaient de défouloir.

Non. Il avait eu une bien meilleure idée. Directement inspirée par la configuration des lieux.

Ces bouteilles en plastique alignées contre la façade, où la lumière du soleil couchant se magnifiait… Pourquoi ne pas les utiliser ? Personne ne se rendrait compte qu'on en avait échangé une ou deux…

Il réfléchit à toute vitesse au volant de son vieux tacot.

Rien n'était plus simple que de favoriser un accident et de prier pour qu'il survienne. Un crime par probabilité.

Il se mit à siffler « La Complainte de Mackie ».

Pas une minute à perdre : il entama les préparatifs pour mettre son plan à exécution dès qu'il fut rentré chez lui.

— Non, mais vous ne trouvez pas que c'est bizarre, quand même ?

Keisuke radotait. Ce n'était pas un simple verre de Coca qu'il avait à la main : le lycéen y avait ajouté une grande rasade de whisky apporté par ses soins.

— Oui, oui, c'est très bizarre.

Reika soupira. Son verre à elle ne contenait que du Coca.

— Ben alors, vous chantez pas ?

Yûichirô leur proposa le micro, mais personne ne bougea.

— Bon, je continue, alors !

Le jeune homme se mit en quête de sa prochaine chanson de karaoké.

— Ils ne pouvaient pas être au courant. Pour la triche au portable. Tout mon plan. C'était nouveau comme combine. D'ailleurs, l'année dernière, il n'y a pas eu de brouillage…

— Tu n'en sais rien. Vu que tu ne faisais pas attention. Si ça se trouve, ils font déjà ça depuis longtemps.

— Non.

Il secoua la tête.

— Comment tu peux en être sûr ?

— Tu ne te rappelles pas ? Un portable avait sonné. Je ne me souviens plus à qui il était.

— Ah oui, c'est vrai…

Reika s'en souvenait. La sonnerie du téléphone de Shûhei Naruse avait retenti en plein examen. Il avait pris un sacré savon.

— C'est pour ça : ils ont fait en sorte que ça ne se reproduise pas, c'est tout.

— Ils n'auraient pas enfreint la loi pour un portable qui sonne…

Si Keisuke semblait passablement éméché, son esprit était clair comme de l'eau de roche.

Les percussions guerrières d'un morceau d'*enka*, chant traditionnel à la mélodie ringarde, se déversèrent dans le box.

— « Les garçons sont les fleurs du gazon ! Le baseball est un théâtre ! Reflet de la vie ! »

Keisuke jeta un œil à l'écran : c'était l'hymne testostéroné d'une équipe de base-ball tokyoïte, les Tôkyô Yakult Swallows. Yûichirô le chantait étonnamment bien, ce qui était plutôt déroutant.

Keisuke tendit le bras, son camarade lui passa le micro.

— « Partons à la chasse ! entonna-t-il d'une voix puissante et grave. Gare à vous les Bay Stars ! Aux cascades nous buvons… »

Un vrai gamin, qui se prend pour un homme parce qu'il braille plus fort que les autres, songea Reika, un peu déçue.

Si Keisuke était un mordu fini de football, il n'avait que faire du base-ball. C'était uniquement pour faire de l'ombre à son ami Yûichirô, qui avait choisi l'hymne de son équipe favorite, qu'il s'était greffé sur la prestation.

Yûichirô, outré, lui reprit le micro brusquement et chanta avec d'autant plus de détermination.

— Quoi qu'il en soit, dit Reika, tu étais en tort dans cette histoire. Oublie ça.

— Il n'y a pas que ça.

— Pas que quoi ? Le brouilleur d'ondes ?

— J'ai bien réfléchi. Il n'y a qu'une seule façon pour que Hasumi ait pu récupérer des informations aussi précises sur notre plan.

— Accouche…

— Il nous a mis sur écoute.

Reika ouvrit grand les yeux. Sa première réaction aurait été de se moquer de son ami, mais lorsqu'il s'agissait de Hasumi, elle devait admettre qu'elle ne savait pas ce dont il était capable.

— Il a pu y avoir une balance ?

— Dans ce cas, on nous aurait directement convoqués, avant les exams. Alors que là, on connaissait vraisemblablement notre plan en détail, mais pas *qui* en était à l'origine ! Il n'y a qu'une explication pour moi : ils ont entendu des conversations qui ne leur étaient pas destinées.

À moins que quelqu'un ne vous ait dénoncés sans

entrer dans les détails, pensa Reika, qui malgré tout se sentait gagnée par la théorie de son camarade.

Elle se reprit : non, c'était impensable que les profs espionnent les élèves !

— Alors, vous chantez pas ?

Keisuke et elle secouèrent la tête.

— Bande de rabat-joie… C'est bien la peine d'aller au karaoké ! D'ailleurs, il n'y a que nous trois pour aller faire la fête en pleine période d'exams !

Yûichirô soliloquait dans le micro tout en parcourant le catalogue de chansons. Une sombre mélodie aux accents militaires s'éleva. D'où sortait-il ces vieilleries poussiéreuses ?

Hasumi, casquette des Yakult vissée sur la tête, fit démarrer sa Hijet. Sa montre indiquait 4 heures. Si l'on se référait au calendrier, le soleil ne devrait pas se lever avant encore quarante-cinq minutes.

Il s'engagea dans une rue en pente en redoublant de prudence : avec son chargement, ce n'était pas le moment de se faire contrôler pour la moindre infraction routière.

Son utilitaire émoussé avait l'avantage de passer relativement inaperçu même aux heures les plus extravagantes. Il n'était pas incongru de voir circuler des engins à remorque aux premières heures du jour : les ferrailleurs et autres brocanteurs s'activaient de bon matin pour récupérer les encombrants.

On roulait si bien à cette heure… Les rues étaient désertes. Il mit moins de trente minutes à rallier la maison des Kiyota.

Hasumi se gara à quelque distance et s'arrangea pour couvrir ses plaques d'immatriculation de boue. Les potentiels curieux qui auraient la mauvaise idée de pointer leur nez à la fenêtre en auraient pour leur argent s'ils espéraient grappiller une information.

Il redémarra et passa très lentement devant la maison. Tout était éteint : a priori, ses occupants dormaient. De même que ceux des maisons voisines, où l'on ne percevait pas la moindre activité. Hasumi avait prévu de battre en retraite au premier signe de danger, mais tout semblait paisible.

Il fit marche arrière pour revenir devant chez les Kiyota. Il n'y avait encore jamais fait attention, mais à cette heure, son vieux coucou faisait un vacarme de tous les diables. Il hésita à couper le moteur, mais décida qu'il valait mieux le laisser tourner, maintenant que le bruit était installé.

Il sortit de l'engin en s'efforçant d'avoir l'attitude naturelle de qui n'a rien à se reprocher et souleva la bâche dans la remorque. Il y avait là vingt bouteilles en plastique, serrées dans un carton, identiques à celles qui bordaient la maison. À deux litres chacune, il y en avait pour près de quarante kilos de chargement.

Hasumi, qui veillait à entretenir sa musculature, souleva sans peine la cargaison. Il se dirigea avec précaution jusqu'à la façade des Kiyota. Une chance qu'il n'y ait pas de chien de garde dans le quartier…

Sans perdre de temps, il échangea les bouteilles qu'il apportait contre celles qui étaient sur place. Il y en avait vingt-six en tout au départ, ce qui en laissait six remplies d'eau, mais cela ne devrait empêcher en rien la réalisation de son plan.

Son carton plein de vingt bouteilles d'eau entre les bras, il revint à sa camionnette, l'y déposa, rabattit la bâche et sauta à bord. La Hijet se remit à rouler dans la ruelle endormie. L'opération n'avait pas pris plus de trois minutes. Tout s'était parfaitement déroulé. À quelques encâblures de là, il stationna le temps de faire reluire ses plaques à l'aide d'un chiffon et reprit sa route.

Il emprunta un itinéraire complètement différent de

celui qui l'avait mené sur place, et s'arrêta dans un endroit où il était parfaitement dissimulé pour vider le contenu des bouteilles dans le caniveau. Il se rendit auprès d'un collecteur de déchets à recycler et, débarrassé de sa casquette, écrasa toutes les bouteilles avant de les jeter. La réglementation voulait qu'on les sépare préalablement de leurs bouchons, mais pour cette fois, ça irait bien comme ça.

À l'est, le ciel commençait à se décolorer.

Si collecter ces vingt bouteilles s'était avéré fastidieux, le coût de l'opération lui restait en travers de la gorge : quarante litres de kérosène ! Il y en avait bien pour cinq mille yens. Certes, il en avait quelques litres en réserve, puisqu'il s'en servait pour frelater le carburant de la Hijet, qui lui revenait ainsi moins cher. N'empêche qu'il allait devoir reconstituer son stock.

Non, plutôt m'abstenir pour quelque temps, se corrigea-t-il.

Mauvaise idée de se montrer en train d'acheter du kérosène en quantité… De quoi aurait-il l'air si on le prenait pour le pyromane qui sévissait si opportunément entre Chôfu, Machida et Hachiôji ?

Les examens terminés – sans le moindre incident notable –, le quotidien reprit son cours au lycée.

Hasumi était en train de délivrer un cours de haute volée et les 1re 4 l'écoutaient attentivement. La reprise était une période de transition un peu molle : la pression des examens étant retombée, un mois après, les élèves avaient tendance à se relâcher. Un petit coup de fouet ne leur ferait pas de mal.

— *All right, everybody !* Revenons à cette *expression*, *lotus eater*. Qui peut me dire ce qu'elle signifie ?

La main de Kengo Watarai, intello invétéré depuis la seconde, fusa.

— *Mister Watarai !*

— « Se complaire dans l'oisiveté », il me semble.

Derrière ses verres à monture invisible, ses petits yeux sans expression donnaient l'impression que le garçon était en permanence désabusé, ou qu'il vous méprisait – on avait du mal à trancher. C'était probablement à son insu. Grassouillet, le teint blafard, il rappelait à Hasumi le dernier des trois Petits Cochons.

— *Good ! Good !* C'est tout à fait exact. Cette *expression* découle d'un *episode* de la mythologie grecque, que je vous invite à lire si le cœur vous en dit ! Ce fameux *lotus* produirait un fruit aux propriétés narcotiques, qui ferait oublier les aléas de notre bas monde à ceux qui le goûtent… Or, vous n'êtes pas sans savoir que mon nom est composé de deux caractères : *hasu*, le lotus, et *mi*, le fruit… Cela signifie donc qu'en vivant de ces cours faits à la va-vite, moi aussi, je me complais dans une douce oisiveté !

La digression inattendue provoqua un éclat de rire général. Hasumi parcourut la classe du regard. Comme il fallait s'y attendre, seul Masahiro Tadenuma ne partageait pas l'hilarité de ses camarades.

Hasumi se faisait du souci pour le lycéen. D'une manière fort différente de ce que l'on pourrait espérer d'un enseignant conventionnel, cela dit.

Tadenuma conservait un calme tout à fait déconcertant alors qu'il aurait déjà dû sombrer dans la violence. Il avait été mis à l'écart et se retrouvait parfaitement seul au sein de la classe, mais vu ses aptitudes au combat, personne n'allait jusqu'à lui chercher des noises. Une tension permanente régnait dans son sillage, la situation était explosive.

Hasumi se remémora son petit stratagème de la veille. Il s'était servi d'un téléphone public pour passer un appel anonyme à son élève. La voix déformée par un modificateur, il lui avait jeté à la figure ce qu'il considérait comme les plus avilissantes informations qu'il possédait à son sujet. Les plus susceptibles de déclencher la furie du gosse. Il avait pris soin de diffuser en fond sonore un enregistrement pris entre deux cours dans la classe, où l'on entendait les élèves discuter et rire entre eux. Tadenuma devait penser que tous ses camarades s'étaient ligués contre lui dans un combat à mort.

Ce matin-là, Hasumi s'était donc attendu à l'apocalypse ; il ne récoltait qu'un calme assourdissant.

— *Pinpoint !* Instant bachotage !

Alterner séquences courtes et slogans répétitifs, comme dans les publicités, ne suffisait plus pour ne pas assommer les jeunes : il était nécessaire de leur proposer des encarts spécifiques, tels des mini-intermèdes comiques dans une émission de variétés. L'« instant bachotage » parvenait sans peine à capturer l'attention de la classe, car quels que soient les problèmes que rencontrait Shinkô Machida par ailleurs, le taux de réussite en fin de lycée était proche de cent pour cent.

— Aujourd'hui, un conseil en or ! Avec cette technique, les longues phrases ne vous feront plus jamais peur. Une méthode infaillible ! En un clin d'œil, tout devient *crystal clear* ! Regardez cette phrase. Le sujet…

L'alarme retentit à cet instant précis, relayée par tous les haut-parleurs de l'établissement. Les élèves s'agitèrent.

Dommage, mauvais timing.

Hasumi se retint de claquer la langue de dépit : la suite de son cours était tellement intéressante !

— OK ! *Everybody !* Ceci est un exercice d'évacuation. Nous allons sortir dans le respect de l'ordre et des consignes de sécurité.

Les élèves ne semblèrent pas plus enchantés que lui par cette diversion inattendue. Ils sortirent d'un pas traînant dans le couloir en bavardant, peu gagnés par l'urgence.

À chaque extrémité du long couloir, un rideau coupe-feu métallique tomba du plafond pour couper les deux tiers du passage. Un panneau coupe-feu, en temps normal replié contre le mur et muni d'une porte de secours, pivota pour compléter le barrage. Les classes de 1res 1 à 3 se rendirent à l'escalier est, tandis que les 1res 4 à 6 ralliaient l'escalier ouest. Chacun passa par les portes de secours prévues dans les panneaux coupe-feu.

— Magnez-vous, bande de branleurs ! Ce n'est pas le moment de rêvasser !

La voix colérique de Shibahara, qui rythmait ses propos raffinés de coups de son katana sur le sol, fit froncer les sourcils à Hasumi. Pourquoi fallait-il se coltiner ce guignol, en plus du reste ?

— Ohé, les jeunes ! Vous pouvez regarder par ici, s'il vous plaît ? J'aimerais vous montrer quelque chose, avant de descendre…

Kitabatake, responsable de la 1re 5, essayait vainement d'attirer l'attention des élèves. Hasumi y parvint instantanément en claquant dans ses mains.

— Par ici ! On m'écoute ! Nous allons procéder à la démonstration de la goulotte d'évacuation qui se trouve juste ici ! Et je vous préviens, ça vous sera demandé aux examens !

— N'importe quoi, grommelèrent certains, tandis qu'un attroupement se faisait autour de Hasumi.

Kitabatake, trop heureuse de se décharger de son fardeau, laissa de bon cœur la main à son collègue pour la suite des opérations.

— En cas d'incendie, il n'y a pas que les escaliers que vous pouvez emprunter pour fuir. Ces dispositifs, présents à chaque étage, ont été installés pour s'échapper par la fenêtre au cas où les escaliers seraient impraticables.

Je vais vous montrer comment on s'en sert. Tout d'abord, ouvrez la fenêtre, puis faites sauter les loquets de protection de la boîte.

Hasumi souleva le couvercle, puis la façade avant d'une grande caisse encastrée dans le mur. Un long sac en toile de parachute s'y trouvait bien replié.

— Tirez sur cette sangle jaune qui retient le sac, et, après avoir vérifié que vous ne blesserez personne en bas, jetez la corde, elle va guider la descente du sac en forme de tube. Il ne vous reste plus qu'à faire passer ce tube par-dessus bord petit à petit, en commençant par le bout.

Les ados n'en perdaient pas une miette.

— Lorsque tout le tube est déployé, il vous suffit de soulever ce cadre, qui va se retourner pour présenter l'entrée de la goulotte.

En effet, le cadre se positionna, créant une sorte de tente d'accès au tube.

— Ensuite, vous n'avez qu'à vous tenir à la barre du haut et à vous glisser dans le toboggan les pieds en premier. Alors ? Facile, non ?

— Mais, Hasumi… (Miya Yasuhara, penchée à la fenêtre d'à côté, observait le système d'un air dubitatif.) Ça tombe à pic, votre tuyau. Si on passe dedans, c'est comme si on tombait dans le vide.

— Bien entendu, ce n'est pas le cas. L'intérieur du tube est construit en spirale : lorsque l'on est dedans, il faut tourner sur soi-même pour descendre. De cette façon, la chute est grandement ralentie. Toutefois, n'oubliez pas de vous éloigner en vitesse une fois parvenus en bas si vous ne voulez pas prendre la personne qui vous suit sur la tête. Bien ! Qui veut essayer ? Je demande cinq volontaires !

Il s'attendait à voir les mains de sa garde rapprochée fendre l'air, mais les trois adolescentes en question se mirent discrètement en retrait. C'est vrai que ça paraissait haut, même du premier étage. Même les casse-cou invétérés semblaient hésiter.

— Allons, allons ! C'est comme une attraction de fête foraine ! C'est amusant, et puis, vous n'aurez peut-être jamais plus l'occasion de tester…

Quelques mains se levèrent enfin. Parmi elles, une seule de 1re 4 : Tôru Arima, un garçon assez facilement influençable.

— Arima, à toi l'honneur !

Le jeune homme s'engouffra les pieds en avant dans le sac en toile et sa tête disparut. Quelques instants plus tard, il atterrit dans la cour et prit une pose de vainqueur à l'intention de ses camarades restés en haut.

— Bien, comme vous pouvez le constater, Arima est toujours en vie ! Au suivant !

Il aida encore quelques élèves à s'élancer dans la goulotte avant de se tourner vers les autres.

— Maintenant, direction les escaliers ! Tout le monde doit se rassembler dans la cour. On baisse d'un ton, les bavardages !

Dehors, quelques fumigènes avaient été allumés afin de renforcer le réalisme de l'exercice. Il aurait été plus logique de le faire à l'intérieur, mais avec tous les élèves courant dans les escaliers, cela aurait pu occasionner un accident, aussi avait-on préféré opter pour l'extérieur.

Les élèves, contraints de s'asseoir à même le sol, commençaient déjà à bâiller.

— Euh… Merci à tous pour votre participation. J'espère que vous vous souviendrez de ce que vous avez appris.

Juché sur une estrade avec un sourire radieux aux lèvres, le principal, Masao Nadamori, embrassait les rangées d'élèves du regard. Conscients qu'il attendait d'eux une réaction avant de continuer, les jeunes lancèrent des « Ouais, ouais » sans grand enthousiasme.

— Dans notre établissement, nous avons coutume de réaliser ces exercices d'évacuation plus tard dans l'année. Cependant, nous avons dernièrement rénové tous les dispositifs de secours, et nous avons pensé qu'il serait judicieux de les tester au plus vite, une fois les examens terminés. La survenue de risques majeurs étant peu probable, on pourrait avoir tendance à négliger ces installations, mais il faut savoir parer à toute éventualité, n'est-ce pas, c'est pourquoi il nous semble primordial de conforter les connaissances de chacun dans ce domaine, qui de tout temps…

Le proviseur était un homme de belle prestance dont l'apparence soignée n'avait d'égale que sa capacité à endormir les foules. Les lycéens piquaient déjà du nez. C'était pavlovien chez eux : la seule vue du chef d'établissement les plongeait dans un profond état d'apathie.

Une étincelle de vie revint illuminer le regard des jeunes lorsqu'on passa à la démonstration d'utilisation du défibrillateur. Un pompier exécuta les gestes de réanimation sur un mannequin tandis que le dispositif lui-même indiquait la marche à suivre. Il précisa aux élèves que si la machine effectuait un enregistrement lors de son utilisation, ce n'était en aucun cas pour juger la personne qui l'aurait utilisée, et qu'il ne fallait surtout pas hésiter à s'en servir pour sauver des vies.

L'exercice prit fin et les lycéens furent invités à retourner en classe, ce qu'ils firent avec un manque d'entrain remarquable. On leur enjoint de bien essuyer leurs chaussons d'intérieur avant de rentrer, même s'il ne fallait pas s'attendre à des miracles : chaque exercice d'évacuation dans l'urgence salissait fatalement les couloirs d'ordinaire impeccables.

— Enseignants, membres de l'équipe pédagogique, veuillez rester, je vous prie !

Sakai, le proviseur adjoint, s'était perché sur l'estrade.

— Nous avons prévu une simulation d'attaque par un individu malveillant. Certains de nos professeurs vont vous faire une démonstration. Monsieur Hasumi ?

— Entendu. Ces dernières années, les attaques perpétrées par des intrus en milieu scolaire se sont multipliées, causant un trop grand nombre de victimes. C'est pourquoi, si vous apercevez un individu que vous n'avez jamais vu, vous devez immédiatement le signaler.

Le discours du proviseur avait duré si longtemps qu'il devait se dépêcher ; il entraîna les adultes à sa suite dans le gymnase.

— Dans l'hypothèse d'une attaque, nous devons en priorité assurer la sécurité de nos élèves. Les professeurs en première ligne doivent donc tenter de parlementer avec l'agresseur, afin de laisser un maximum de temps aux élèves pour évacuer les lieux.

Shintarô Takemoto, le professeur de chimie qui endossait le rôle de l'intrus, surgit dans le gymnase. La trentaine, il faisait partie des enseignants les plus jeunes, avec Sanada et Hasumi. Accro aux jeux en ligne, il affichait cependant une vivacité proche de celle d'un zombie.

— Je vais vous tuer, récita-t-il sans conviction, brandissant un poignard en carton. Tous autant que vous êtes.

— Qu'est-ce que tu veux, bâtard ? Je vais te crever, moi !

Shibahara s'avança vers lui d'un pas menaçant. Pour les témoins de la scène, il était évident que c'était le prof de sport qui constituait la menace, pas le faux intrus.

— Voilà, commenta Hasumi, ce qu'il faut éviter : envenimer les choses. Il faut à tout prix engager un dialogue avec l'intrus, lui demander quelles sont ses motivations, tenter de désamorcer la situation. Si vous réussissez à calmer l'individu, ce qui est votre priorité absolue, tentez de le mener ici même, dans le gymnase.

Sonoda apparut, suivi de Ushijima, l'entraîneur de

l'équipe de kendo. Le pauvre Takemoto, dans son rôle de criminel, n'en menait pas large.

— Si l'intrus refuse de quitter les lieux, il peut s'avérer nécessaire, en dernier recours, de tenter de le neutraliser par la force.

Peut-être Shibahara allait-il pouvoir se montrer utile, pour une fois… La démonstration de force, c'était dans ses cordes.

— Dans la mesure du possible, toujours assaillir l'adversaire en surnombre. Attaquez à deux ou trois contre un. Du matériel de défense est mis à votre disposition, dans la salle des professeurs et dans le gymnase. Vous avez tout d'abord ce bouclier en polycarbonate transparent. Des versions similaires sont utilisées par les forces de police à l'étranger. Il peut aussi servir d'arme offensive.

Hasumi manipula l'objet devant ses collègues.

— Vous pourrez vous protéger ainsi, mais s'il faut neutraliser l'assaillant, il vous faudra utiliser cette fourche.

Ushijima brandit une longue perche qui se terminait en U.

— Cet instrument va vous servir à immobiliser l'adversaire en le serrant au niveau de la taille. Je dis bien « instrument », et non pas « arme », puisque l'objet est conçu pour ne pas blesser. Autant dire qu'il ne sert à rien… D'où notre décision, au sein de notre établissement, d'ajouter une spécificité à la fourche. Voyez le bout en U : il est d'ordinaire composé d'un simple tuyau métallique, ce qui rend la prise plus pratique pour l'assailli que pour l'assaillant. À l'époque d'Edo, où l'on utilisait déjà cet engin, le bout était hérissé de piques, afin que la cible ne puisse pas le manipuler à son compte, mais bon… malheureusement, ce n'est plus d'actualité. Nous nous sommes contentés de pratiquer des entailles aux embouts afin, à tout le moins, de provoquer douleur ou inconfort chez la personne à neutraliser.

Ushijima s'élança sur Takemoto, lui enfonçant la fourche dans les côtes. La grimace de douleur du prof de chimie n'était probablement pas simulée.

— Lorsque vous tenez l'adversaire en respect, poursuivit Hasumi, ne vous embarrassez pas de sentiments à son égard, quelles que soient ses plaintes. Il en va de votre vie, de celle des élèves et de vos collègues.

Les professeurs avaient suivi la démonstration d'un œil morne. Shinkô Machida n'était pas à proprement parler dans un trou paumé, mais assez isolé de par son emplacement ; l'idée qu'une personne mal intentionnée puisse s'en prendre à leur établissement leur semblait de toute évidence incongrue.

Hasumi remontait l'escalier pour retrouver sa classe, censée étudier dans le calme, lorsqu'il entendit un cri. D'autres s'élevèrent dans un fracas de verre brisé.

Tadenuma.

Il ne leur avait pas fallu plus de trente minutes pour que ça tourne au vinaigre.

D'une certaine manière, c'était prédictible.

À en juger par le vacarme, c'était encore plus violent que l'accrochage entre Tadenuma et Takuma Yamaguchi.

— Qu'est-ce qui se passe ici ?

— C'est Tadenuma, m'sieur ! Il est parti en vrille ! s'écria Ryôta Sasaki.

L'ancien acolyte du caïd semblait avoir été frappé, son œil enflait déjà.

— On a essayé de lui parler, tous ensemble, ajouta Fûko Onodera sur un ton étrangement calme, que démentait son air angoissé. Il est soudain devenu hyper violent…

— J'ai compris.

Qu'est-ce qui avait pu leur passer par le crâne pour organiser cette confrontation inopinée avec le mouton noir de la classe ? L'initiative avait dû se muer en réquisitoire en moins de temps qu'il n'en faut pour le dire. Pas besoin d'être devin pour prévoir que Tadenuma sortirait de ses gonds…

Hasumi regretta de ne pas avoir apporté une de ces fourches de défense avec lui.

On ne peut pas tout prévoir.

La classe des 1re 4 était dans un état lamentable. On aurait dit qu'une tornade était passée. C'était pire que la dernière fois. Chaises, pupitres, livres et trousses, tout était éparpillé, retourné, éventré. Tadenuma se dressait en conquérant au milieu du désastre. Plusieurs élèves gisaient à ses pieds. Plus personne ne songeait à lui opposer la moindre résistance.

— Qu'est-ce qui t'arrive, Tadenuma ? lança Hasumi d'une voix empreinte de douceur.

Cette fois, il n'y aurait pas de seconde chance. Le gamin venait de se payer un ticket pour l'exclusion définitive, pas la peine de le pousser dans ses retranchements.

Sans prononcer un mot, Tadenuma leva vers lui un regard acéré.

— Calme-toi, reprit Hasumi. Tout va…

Il laissa sa phrase en suspens en découvrant un cutter dans la main de l'adolescent. Il jeta rapidement un œil aux élèves prostrés par terre : l'un d'entre eux saignait du nez, mais pas de trace de blessure par lame.

— Tu vas me donner ça, Tadenuma, d'accord ?

Il s'avança, une main en avant.

L'arme semblait ridicule pour un voyou de sa trempe. Il l'avait probablement arrachée à un de ses assaillants. L'urgence était de la lui retirer. Une seule blessure à l'arme blanche et les médias se rueraient sur l'affaire.

— Tadenuma…

L'adolescent le fixait d'un air parfaitement neutre. Il ne lâcha pas le cutter, serré dans son poing droit, la lame légèrement baissée. Ce n'était pas de l'intimidation.

Il va attaquer.

Ça n'aurait pas été clair pour n'importe quel autre professeur, mais Hasumi le pressentait. Quelque chose, pendant la confrontation avec les autres élèves, avait dû mettre la puce à l'oreille de Tadenuma. Peut-être avait-il compris qu'ils avaient tous été manipulés…

S'il avançait encore la main, l'élève n'hésiterait pas à l'entailler. Hasumi baissa le bras.

— Qu'est-ce qui se passe, dis-moi ? Tu peux me raconter, non ?

Il n'arriverait pas à persuader Tadenuma de se rendre. Il fallait qu'il gagne du temps jusqu'à l'arrivée des renforts.

L'adolescent demeurait mutique. Ses bras semblaient détendus mais si l'on regardait bien, il était solidement campé sur ses jambes et son talon arrière était imperceptiblement relevé : il attendait que Hasumi se mette à sa portée pour attaquer.

N'importe qui devenait dangereux avec un couteau à la main, et Tadenuma n'était pas n'importe qui. Il n'en était certainement pas à son coup d'essai.

Un cri retentit dans le couloir.

— Hasumi !

Miya.

Oh non…

Elle était bien capable de se jeter entre eux pour le protéger.

— Retenez-la, ordonna-t-il aux élèves sans se retourner.

Il entendit une bousculade et des noms d'oiseau volèrent.

— Qu'est-ce qui se passe, ici ?

Enfin, les renforts ! Les élèves durent s'écarter pour laisser entrer les professeurs Sanada, Ôsumi et Takatsuka. Non seulement ils avaient pris leur temps, mais pas un d'entre eux n'avait eu l'idée d'apporter une de ces fichues fourches. Cette bande de bons à rien se tenait à bonne distance de Tadenuma, hésitant à approcher… Hasumi soupira intérieurement. Que faisait donc Sonoda, quand on avait besoin de lui ? Ou même Shibahara, pour une fois, il ne se promènerait pas avec son katana pour rien !

Tadenuma brisa le silence.

— J'ai une question pour toi, lança-t-il d'une voix égale, parfaitement maîtrisée.

— Laquelle ? J'y répondrai. Demande-moi tout ce que tu veux.

C'était bien la dernière chose dont Hasumi avait besoin. L'auditoire était beaucoup trop nombreux pour commencer à répandre le doute sur sa personne.

— Vraiment ? Alors crache ! Ces papiers, c'était vraiment…

On s'agita dans le couloir.

— Crétin ! Qu'est-ce qui te prend ?

La voix gutturale de Sonoda. Enfin.

— Et merde !

Tadenuma bondit sur Hasumi, qui n'eut que le temps de reculer en se protégeant la figure tandis que l'ado visait le ventre. La lame l'effleura tandis qu'il tombait à terre.

L'instant suivant, Sonoda administrait un formidable coup de pied en plein plexus solaire à Tadenuma, l'envoyant heurter le mur à quatre ou cinq mètres derrière lui. Le lycéen allait se relever mais le prof de sport fondit sur lui et lui tordit la main qui tenait le cutter.

— Lâche-moi, putain ! cracha encore Tadenuma pour la forme.

Conscient qu'il avait affaire à plus fort que lui, il cessa de se débattre.

— Hasumi ! (Miya, blême, s'élança vers lui.) Tout va bien ?

— Oui, assura-t-il en se relevant. Je n'ai rien.

La lycéenne vit qu'il se tenait le ventre.

— Il vous a touché ?

— Non, ce n'est rien. Regarde, je ne saigne même pas. (Il leva la paume en guise de preuve.) Plus de peur que de mal.

— C'est vrai ?

À l'image de Miya, tous les élèves le dévisageaient, l'air profondément soulagé. Hasumi se tourna vers Sonoda.

— Je ne sais comment vous remercier.

— N'en parlons plus. Dites-moi plutôt : vous êtes sûr que ça va ? De là où j'étais, j'aurais juré qu'il vous lacérait.

— Ce n'est pas passé loin…

Hasumi contempla l'élève à ses pieds. Lui seul aurait pu découvrir ce qu'il en était. Il était déjà suspicieux.

— Quand tu te seras calmé, mon grand, tu te souviendras que la violence ne résout jamais rien, lui asséna-t-il avant de sortir.

Sanada et les autres profs se précipitèrent à sa suite, mais il les congédia en prétextant qu'il avait besoin d'aller aux toilettes.

Enfermé dans un box, il souleva sa chemise en tissu épais, entaillée sur cinq bons centimètres. Tadenuma avait atteint sa cible du premier coup. Si Hasumi n'avait pas pris de précautions, il aurait été bon pour une blessure grave, à tout le moins une hideuse balafre.

Il enleva sa chemise, découvrant un gilet pare-coups qu'il retira de même.

Il aurait été bien en peine d'expliquer pourquoi il

craignait ce genre d'attaque de la part de Tadenuma… Prétendre qu'il avait revêtu ce vêtement tactique pour l'exercice de défense contre les intrusions serait malvenu, car il n'en avait rien dit pendant la démonstration.

Et puis, c'était un article dont l'achat commençait à dater, et il ne tenait pas à revenir sur les circonstances qui l'avaient poussé à se le procurer.

On fit tout ce qu'il était humainement possible afin d'étouffer l'affaire Tadenuma.

Non seulement son dernier exploit suffisait largement à le renvoyer, mais il avait déjà reçu un avertissement pour son débordement précédent… L'heure n'était plus à la clémence.

Lorsque le conseil de discipline lui demanda son avis, en tant que prof principal, Hasumi prit une mine sombre et exprima que l'exclusion était malheureusement inévitable, car il craignait que Tadenuma n'ait une mauvaise influence sur ses camarades. Et si Hasumi, qui d'ordinaire défendait ses élèves bec et ongles, le disait, c'est que le gamin devait être irrécupérable. Chacun se tint coi, imaginant ce qui se passerait si Tadenuma restait et se retournait contre eux, cette fois…

Seul Sanada, le jeune professeur de maths, tenait à ce qu'on fasse la lumière sur les raisons qui avaient poussé le gamin à un tel déferlement de violence avant de prendre une décision, mais personne ne le suivit. En désespoir de cause, il se tourna vers Nadamori, qui avait toujours tendance à chercher les compromis.

Ce jour-là cependant, le proviseur fut catégorique : les larmes aux yeux, il soutint que Tadenuma ne pouvait plus faire partie de leur établissement, et qu'il irait lui-même plaider auprès de la hiérarchie pour obtenir son renvoi.

Hasumi comprit que cette décision inhabituelle était dictée par quelqu'un d'autre. Parmi ses collègues, certains ne purent s'empêcher de jeter de brefs regards en direction de Tsurii, qui n'avait pas prononcé un mot depuis le tour de table.

Tadenuma fut donc renvoyé.

Lorsque son beau-père, un entrepreneur aux affaires douteuses, apprit la nouvelle, il menaça à grands cris de traîner le lycée devant un tribunal, mais se rétracta vite en apprenant que les parents des élèves molestés se porteraient partie civile.

Enfin, Saori Yokota fut contrainte de fermer son site secret, par lequel tout avait commencé, et l'on baissa le rideau sur cette déplorable affaire.

— Eh, Hasumi…

Il se tourna vers Miya, qui lançait des graines de tournesol aux petits écureuils.

— Hum ?

— Tu me prends pour une gamine, c'est ça ?

— Pas du tout, se défendit-il en s'appuyant contre le grillage. Qu'est-ce qui te fait dire ça ?

Elle portait un sweat-shirt rouge sur un minishort, rien de très élaboré, mais c'était rafraîchissant de la voir autrement que dans son uniforme de lycéenne.

— Je m'attendais à un truc plus romantique pour un rencart. Le parc des Écureuils, sérieux ?

— Parfait pour ne pas croiser quelqu'un qui nous reconnaîtrait.

Les ados ne devaient plus mettre les pieds dans ce petit zoo depuis belle lurette, et quant aux profs, il était peu probable qu'ils s'y rendent en famille : c'était trop près du lycée.

— C'est vraiment pour ça ?

— Et parce que passer du temps auprès des animaux a un effet apaisant sur les gens. Je trouve les bébés écureuils particulièrement adorables. Les tamias aussi. Les écureuils japonais, c'est plus compliqué : ils me rappellent mes élèves.

— Je ne sais pas comment je dois le prendre… Mais c'est vrai qu'ils sont mignons. Par contre, je veux bien pour les marmottes et les lapins, à la limite, mais tu peux m'expliquer pourquoi ils ont mis des tortues ? Ça n'a rien à voir.

— Et alors ? Elles ne dérangent personne.

— C'est pas logique, c'est tout ! Si encore c'était le parc des Lièvres, on pourrait comprendre qu'il y ait aussi des tortues. Là, c'est n'importe quoi !

Elle se laissait aller à des enfantillages, un pan de sa personnalité qu'elle ne montrait jamais au lycée.

— Je vois, répondit-il en riant. Ne t'en fais pas, nous ne faisons que passer. Ce n'est que notre point de rendez-vous. Je t'emmène ailleurs.

— Attends…

— Qu'est-ce qu'il y a ?

— Ben… C'est quand même le lieu de notre tout premier rendez-vous, alors j'aimerais rester encore un peu.

— On reviendra. Allez, je t'offre un souvenir.

Ils se rendirent à la boutique de cadeaux.

— Regarde, Miya ! Des peluches d'écureuil… elles ne sont pas adorables ?

— Tu me prends vraiment pour un bébé…

— OK, si tu n'en veux pas…

— Si ! J'en veux une !

Elle se pencha sur les peluches et les inspecta longuement.

— Je prends celle-ci. Elle me fait penser à toi.

— Vraiment ? La ressemblance m'échappe.

L'animal avait de grands yeux ronds, une frimousse irrésistible.

— Je te prends ça, aussi, continua Hasumi.

— Une figurine Hello Kitty ?

— C'est un collector qu'on ne trouve qu'ici, regarde : elle porte un costume d'écureuil.

— Dingue ! Je ne savais même pas qu'il en existait une dans ce parc, alors qu'il est tout près du lycée !

Hasumi avait confisqué le mobile de Miya assez souvent pour savoir qu'elle était fan de Hello Kitty.

— On voit rarement ce qui est juste sous notre nez… Mais revenons-en à cette chatte : elle n'a donc pas de fierté, pour se déguiser en écureuil ?

Miya lui lança un coup de coude. Plutôt douloureux.

— Tu n'y connais rien.

Ils sortirent du magasin.

— Ça te dit qu'on marche un peu ?

— On va où ?

— J'ai pensé qu'un peu de botanique nous ferait le plus grand bien.

Quinze minutes plus tard, ils entraient dans le jardin des Pivoines de Machida. Il y avait là plusieurs centaines de variétés de pivoines. C'était la fin de la floraison et la plupart étaient déjà fanées, mais il en restait quelques-unes grâce au démarrage tardif de la saison. Dès qu'elle en apercevait une, Miya exprimait un ravissement sans retenue.

— Je ne savais pas que tu aimais les fleurs…

— J'adore. Avant, à l'époque où papa et maman s'entendaient bien, on en avait dans le jardin. Il y avait souvent des chenilles dessus, alors c'était un peu dégueu, mais au printemps et à l'automne… C'était magnifique.

— Dans ce cas, on peut aller en voir d'autres.

— Où ça ?

— Il y a le jardin des Dahlias, par exemple, même si je ne crois pas qu'ils soient encore en fleur…

— Arrête ! s'écria Miya.

— Quoi ?

— Tu comptes me balader dans le quartier longtemps ? J'ai l'impression qu'on tourne autour de chez toi.

— Ce n'est pas faux. Je peux venir ici à pied.

— Ça craint ! C'est juste une petite balade, histoire de prendre l'air, c'est ça ? Parce que clairement, c'est pas un *date*.

— Est-ce que j'ai dit ça ? J'avais justement l'intention de t'emmener faire une virée en voiture.

— Ah ouais, super, dans ta vieille camionnette déglinguée ! Putain, la honte…

— Tu te trompes. Je n'ai pas pris la Hijet aujourd'hui.

— Ah bon ? Mais tu es venu en quoi ?

— Je te laisse découvrir. On approche du parking.

Il entraîna une Miya méfiante vers son véhicule.

— Et voilà. Votre monture vous attend, mademoiselle.

La lycéenne en resta bouche bée.

— C'est quoi ?

— Comment ça, « C'est quoi » ? Tu n'as jamais vu une Porsche ?

Il ouvrit la porte passager de la Cayman à la carrosserie noire et luisante. La jeune fille n'en revenait pas.

— En route !

Il sortit du parking et gagna en vitesse. Comparée à la Hijet, c'était un autre monde… La puissance d'accélération était phénoménale, elle enfonçait les passagers dans leur dossier.

— Comment tu as eu cette voiture ?

Pas du tout décontenancée par l'allure du bolide, elle le dévisageait d'un air suspicieux.

— On me l'a prêtée.

— Qui ?

— Un artiste de ma connaissance. Quelqu'un de très *gay*.

— Sérieux ? Tu as ce genre d'amis ?

— Eh oui. Un vrai surréaliste, doublé d'un psychologue amateur à ses heures perdues.

— C'est n'importe quoi…

Elle maugréa pour la forme, mais semblait de bonne humeur.

C'était une journée de mai ensoleillée, parfaite pour un road-trip. Ils prirent l'autoroute Tômei, qui longe la côte ouest, et où Hasumi put doubler un à un tous les autres usagers. Forcément, il était plus rapide, mais il y avait dans l'essence même de la Porsche quelque chose qui forçait la préséance.

Miya, qui avait allègrement bavardé, tomba soudain dans un silence contemplatif.

— Dis, Hasumi… fit-elle d'une voix dénuée de toute légèreté.

— Qu'y a-t-il ?

— C'est à propos de Tade.

— Ah. C'est vraiment dommage, ce qui lui est arrivé. Ils ont voté pour son renvoi à l'unanimité. J'ai fait tout ce que j'ai pu pour le défendre, j'ai demandé qu'on lui laisse une dernière chance, mais… Ce n'était plus en mon pouvoir.

— Non, mais ça, c'est normal. Là, il a vraiment dépassé les bornes… Ce qui me travaille, c'est ce qu'il a dit pendant qu'on discutait avec lui.

— Et il a dit quoi ?

— Qu'on t'avait tous demandé de le renvoyer. Que tu lui avais montré des lettres.

— Ah bon… Je vois.

— Oui, je sais, c'est probablement des bobards, mais je me dis… C'est quand même bizarre qu'il ait inventé toute cette histoire.

— Ce ne sont pas des bobards, affirma-t-il en soupirant profondément.

— Hein ?

— J'ai bien reçu quelques lettres dans cette veine.

— Mais… de qui ?

— Je ne peux pas te le dire.

Hasumi écrasa l'accélérateur et dépassa un poids lourd en un battement de cils.

— Tade a insisté, il a dit que toute la classe t'avait écrit. Mais moi, franchement, je ne vois personne qui aurait pu faire ça.

Pour un gamin mutique qui donnait l'impression d'être incapable d'aligner trois mots, ce Tadenuma avait la langue bien pendue quand il le fallait…

— Il a exagéré. Mais j'en ai reçu plusieurs.

— C'est vrai que, vu l'ambiance pourrie et tout, ça n'incitait pas à se dénoncer… Mais c'était quoi, sa question sur les « papiers » qu'il t'a posée à la fin ?

Eh bien, ce n'est pas tombé dans l'oreille d'une sourde…

— Il voulait sûrement que je lui donne les noms de ceux qui ont écrit ces lettres… répondit-il d'une voix empreinte de tristesse. Et si tu arrêtais de te faire du mauvais sang avec cette histoire ? Je n'ai rien pu faire pour lui, tout ça est ma faute. Et puis, ce n'est pas la fin du monde. Lui-même pourra repartir de zéro, dans son nouvel établissement.

— Ouais… j'espère.

— Regarde : tu es déjà en train de chercher de nouveaux coupables. Tu ne crois pas que ces lettres ont déjà fait assez de mal ? Ceux qui les ont écrites doivent le regretter. Inutile de remuer le couteau dans la plaie.

— Hum.

— Et puis, tu sais, les auteurs sont punis, à leur façon. Ils ne pourront jamais avouer à quiconque ce qu'ils ont fait, et c'est en soi assez lourd à porter.

— Mais toi, tu sais qui les a écrites.

Les questions arrivaient trop vite. Il laissa passer une seconde d'hésitation de trop.

— Eh… oui. Mais j'ai déjà oublié. Après tout, elles n'ont *jamais existé*, ces lettres, OK ? (Il lui fit un clin d'œil.) Pas vrai ?

— Heu… Ouais, d'accord.

Elle lui rendit son sourire.

Il faisait nuit et Miya commençait à montrer des signes de fatigue.

— Je te ramène chez toi. Enfin, pas tout à fait devant chez toi. Que dirait ta mère si elle te voyait descendre d'une Porsche conduite par ton prof principal ?

— T'inquiète pas pour ça, répondit-elle d'un air sombre.

— Je m'inquiète et j'ai bien raison de le faire ! Si on découvre que je suis sorti avec une élève, ce n'est pas seulement ma place que je risque !

Il avait dit ça sur le ton de la plaisanterie, mais Miya ne réagit pas.

Des gouttes de pluie s'écrasèrent sur le pare-brise. Il mit les essuie-glaces en route.

— C'était beau, le coucher de soleil, dit-elle enfin.

— C'est vrai. Exceptionnel.

Ils étaient sortis de l'autoroute au niveau de Hadano-Nakai, avaient parcouru les lacets du col de Yabitsu avant de s'arrêter au bord du lac Miyagase. Ils avaient pataugé et même fait un tour en bateau de tourisme. La journée était passée en un rien de temps, et bientôt le ciel était devenu écarlate. Le lac en dessous s'était mué en une mer de sang à la beauté stupéfiante.

— Il n'est pas censé faire beau, après un coucher de soleil ? bougonna Miya, que la pluie n'enchantait pas.

— *Case by case*. Tu devrais demander à ton prof de physique, tiens.

— Pas la peine. Ce n'était même pas une question de physique.

— Quelque chose ne va pas ?

— Je n'ai pas de parapluie.

Hasumi ne lui proposa pas le sien.

— Que veux-tu faire ? Je dois bien te raccompagner, non ?

— Ouais. Demain matin.

Hasumi se racla la gorge. En tant que prof principal, il voyait parfaitement que cela dépassait les limites. Mais un désir, plus puissant de minute en minute, l'aiguillonnait.

— Compris. Mais ta mère ne va pas s'inquiéter ?

— Aucun risque. Elle dort jusqu'à midi. J'ai déjà passé la nuit ailleurs, elle a rien remarqué. Pas pour de trucs bizarres, hein ! Juste avec des copines.

— OK.

Un éclair zébra l'obscurité. Quelques secondes plus tard, le tonnerre retentit.

— Bon, je dois ramener la voiture.

— Où ça ?

— Un duplex de luxe à Kawasaki.

— Et tu fais quoi, après ?

— J'y passe la nuit. Ça faisait partie du prêt.

— Waouh… Toujours ton pote artiste ? Qu'est-ce que tu as fait pour qu'il soit aussi généreux ?

— C'est en remerciement. Un petit service que je lui ai rendu.

— C'est bien un mec ?

— Oui.

— Et vous n'avez jamais… tous les deux…

— Qu'est-ce que tu vas inventer là ? Il a déjà quelqu'un, en plus.

Un garçon de ta classe, mais passons.

Miya parut rassurée. Elle essuya avec son bras son front en sueur.

Quelques minutes plus tard, la Porsche se glissait sans bruit dans le parking souterrain d'un immeuble de standing. Hasumi se gara à côté de la Hijet, qui n'avait jamais semblé aussi peu appropriée. L'ascenseur s'ouvrit sur une seule et unique porte : l'appartement de Kume s'étendait sur la totalité de l'étage.

Hasumi passa une clé à puce dans le lecteur et invita Miya, les yeux ronds comme des soucoupes, à le suivre.

L'entrée, tout en marbre, donnait sur un salon de près de quatre-vingts mètres carrés.

— Dingue !

La jeune fille, abasourdie, se posa sur un canapé en cuir rouge où dix personnes auraient pu s'asseoir sans problème. Des tapis persans couvraient le sol. Un écran plat géant était fixé au mur, flanqué de deux immenses enceintes griffées Bang & Olufsen.

— Il doit être grave riche, ton ami…

— On dirait bien !

— Je parie qu'il invite des filles tout le temps ici. Ça doit y aller…

— Oh, je peux te parier qu'aucune fille n'a jamais été invitée ici…

— Vraiment ? Il doit être du genre sérieux, alors. Ça ne m'étonne pas, d'ailleurs, si c'est ton ami.

Miya se mit en tête de visiter les lieux, poussant de petits cris devant chacun des trésors que recelait la demeure. Il y avait dans la cuisine une collection impressionnante de plats en fonte rouges et un réfrigérateur colossal digne d'un grand restaurant. Une pièce entière était dédiée aux vins.

— Tu veux prendre une douche ? On a bien transpiré aujourd'hui.

— Oui.

Elle se dirigea vers la salle de bains avant de se retourner brusquement.

— Je n'ai pas pris de vêtements de rechange !

Elle n'avait donc pas prévu dès le départ de passer la nuit avec lui…

— Il doit bien y avoir une machine à laver, non ?

Elle jeta un œil dans la buanderie à côté de la salle d'eau.

— Si. Elle fait sèche-linge, apparemment.

— Parfait. Mets tes affaires dedans, ce sera sec en un rien de temps.

— Mais je vais porter quoi, en attendant ?

— Il me semble qu'il y a des peignoirs près du lavabo…

— Trouvé !

— Bon, tu prends ta douche en premier ?

— D'accord !

Hasumi s'assit dans le canapé et attrapa un menu de bistrot. Le restaurant, non loin de l'immeuble, livrait à domicile. Cela faisait partie des services dont étaient dotés les appartements. Il fit un tour dans le cellier : plus d'une centaine de bouteilles étaient allongées là, toutes contenant de grands crus sans aucun doute. Il en choisit une et commanda le menu le plus coûteux. Après tout, c'était le professeur Kume qui payait.

Il se dirigea vers la buanderie, où la machine à laver tournait. Derrière la porte, il pouvait entendre Miya fredonner sous la douche.

Il se dévêtit et entra subrepticement dans la vaste salle de bains. Une douche à l'italienne occupait tout un coin de la pièce. Ses parois étaient transparentes, ne cachant rien de la nudité de l'adolescente, qui lui tournait le dos. Son corps, entre l'enfant et la femme, débordait d'une vigueur et d'une santé érotiques.

Hasumi fit pivoter la porte de la cabine. Miya, stupéfaite, se retourna.

— Eh ! Arrête !

Elle croisa les bras sur ses seins et lui tourna à nouveau le dos. Comme c'était étrange de la voir ainsi.

— J'ai pensé qu'on pourrait prendre notre douche ensemble…

Il se glissa de force derrière elle.

— Non ! C'est trop gênant, arrête…

Elle ne le regardait toujours pas.

— Je vais te laver le dos. Tu sais, le corps enseignant doit se trouver au plus près des élèves…

Il prit l'éponge des mains de la lycéenne et lui frotta doucement le cou, les épaules, le dos. Elle demeurait tendue, mais se laissait faire.

— À mon tour.

— Non, ce n'est pas la peine.

— À mon tour !

Elle lui reprit l'éponge et le contourna d'un pas leste, évitant sa tentative de la coincer.

— Mais… c'est quoi, cette cicatrice ? Elle est énorme !

Elle passa les doigts sur la marque qui ornait son côté droit.

— Une vieille blessure… J'ai eu un accident, petit.

— Qu'est-ce qui s'est passé ?

— Oh, ce n'est pas la peine d'en parler.

Il l'attrapa enfin, la fit pivoter et recommença à lui frotter le dos. Lorsqu'il l'enlaça par-derrière, il sentit tout son jeune corps se contracter, sans toutefois opposer de résistance. Il caressa ses seins. Il était réjouissant de constater qu'elle réagissait au moindre contact.

— Arrête, Hasumi… répéta-t-elle.

Il crut déceler de la coquetterie dans sa voix.

— C'est que je dois comprendre mes élèves en profondeur…

— Vous êtes un très vilain professeur… minauda-t-elle en lui décochant un sourire séduisant en diable.

— *All right !* Dis-le-moi en anglais, pour voir ?

— *You…* (Elle dut se concentrer pour lui faire plaisir.) *You are a very bad teacher.*

— *A teacher who performed an immoral sexual act.*

— Je ne comprends rien !

— On va faire plus simple, alors.

Il se pressa contre son corps luisant de mousse et lui murmura à l'oreille :

— Dis-moi : « Je suis l'élève préférée de mon professeur. »

— *I am... my teacher's favorite student*, exhala-t-elle entre deux soupirs.

Décidément, elle faisait des progrès. Depuis que c'était lui son prof d'anglais, c'était la seule matière qu'elle bûchait à fond.

— *Not too bad !* Mais on dirait plutôt : *I am my teacher's pet.*

— Hein ? (Elle leva son visage empourpré vers lui.) On dit vraiment ça ?

— *Of course !* Répète après moi : *I am my teacher's pet.*

Elle fit de son mieux pour l'imiter, la respiration haletante.

— *I am... my teacher's... pet...*

Ses jambes la retenaient à peine. À force de la voir botter le train des garçons et agresser ses camarades au lycée, on aurait pu la croire branchée sadisme. Or, vu l'effet que produisaient sur elle ces quelques mots, Miya se révélait complètement masochiste.

Il la soutint de son bras gauche et s'amusa à la caresser à l'envi, faisant durer son calvaire.

L'interphone sonna.

Hasumi claqua sa langue de dépit. Il fit asseoir la jeune fille à même le fond de la douche, éteignit le jet d'eau et sortit pour décrocher le combiné de la salle de bains.

Sa commande était arrivée. Il eut d'abord l'impression que ça avait été sacrément rapide, mais un coup d'œil à sa montre lui indiqua qu'il avait passé pas moins de quarante minutes sous la douche. Il se sentit soudain une faim de loup.

— Notre dîner est prêt, on va en rester là pour notre leçon. Sèche-toi bien avant de me rejoindre, sinon tu vas attraper un rhume.

Il prit le plus grand des deux peignoirs pliés sous le lavabo et alla réceptionner le repas. Comme dans les hôtels de luxe, celui-ci se présentait sur une desserte. Hasumi fit de son mieux pour imiter la signature de Kume sur la note que lui présenta le livreur.

Il disposait les plats sur la table lorsque Miya apparut. L'air rêveur, elle semblait sortir d'un long sommeil. Son peignoir trop grand bâillait au niveau du col.

Il tira une chaise, l'invita à s'asseoir et alla chercher la bouteille de vin sélectionnée plus tôt avant de se raviser : du champagne serait plus approprié. Il mit la main sur un Krug rosé dont le bouchon décolla dans une explosion jouissive, et en versa dans deux flûtes.

— Santé !

Miya l'imita, un peu gênée.

La nourriture, qu'il arrosa copieusement de vin, était divine. Il n'avait jamais rien mangé d'aussi bon et se trouva vite comblé. Miya devait être morte de faim, car elle dévorait avec un appétit d'ogre.

Lorsqu'ils eurent terminé, ils regardèrent un film au salon. Hasumi s'était dégotté un whisky single malt tandis que Miya, déjà pompette, sirotait un jus d'orange.

— Et si nous reprenions cette leçon là où nous l'avons laissée ?

Il se leva et se dirigea vers le fond de l'appartement. Sans un mot, la jeune fille le suivit. La chambre à coucher faisait presque quarante mètres carrés et le lit, gigantesque, équipé d'un matelas à eau, en occupait un bon quart.

— Retire ton peignoir.

Il put l'examiner sous toutes les coutures. Ses petits seins ronds, ses hanches étroites, jusqu'à ses fins poils pubiens.

Si on me prend la main dans le sac, je suis bon pour une révocation disciplinaire sans discussion...

Il la caressa, la souleva et l'allongea sur le lit, où il continua avec obstination à la tourmenter le plus longtemps possible. Il s'était passé trois heures lorsqu'il la pénétra.

Embarquée dans un tourbillon de volupté, ne sachant plus la limite entre le plaisir et la souffrance, Miya, au terme d'innombrables orgasmes, perdit presque conscience.

Alors, tandis qu'elle n'esquissait plus un mouvement, Hasumi continua de la prendre, encore et encore.

Ils ne dormirent pas de la nuit. Ils burent un café et, après une dernière étreinte, partirent en Hijet avant le lever du jour. Ils s'arrêtèrent quelques minutes chez la jeune fille, qui récupéra son uniforme et quelques affaires avant de remonter dans la remorque. Ce matin-là, le vieux tacot se gara encore plus tôt que d'habitude dans le parking du lycée. Hasumi en descendit et, après s'être assuré qu'il n'y avait aucun témoin, tapota la bâche à l'arrière du véhicule. Miya se découvrit alors, sauta prestement et disparut à l'intérieur du bâtiment en moins de temps qu'il n'en faut pour le dire.

Hasumi alluma une cigarette.

Il était de retour devant la maison des Kiyota. À 3 heures du matin, il n'y avait pas âme qui vive alentour. Les gens se couchaient tôt, dans le coin.

Cela faisait une semaine qu'il avait remplacé les bouteilles alignées le long de la façade. Il avait bien espéré que le mystérieux pyromane termine le boulot à sa place, mais cela aurait relevé du miracle… Tant pis.

Le carburant ne dégradait pas le plastique des contenants – il s'en était assuré – mais plus le temps passait, plus le risque que l'on découvre la manigance allait croissant. Il était temps d'en finir avec cette histoire.

Il extirpa six autres Marlboro du paquet et les alluma toutes en même temps.

Autrefois gros fumeur, il avait un jour pris la résolution ferme d'arrêter et s'y était tenu. Non seulement cette sale habitude provoquait des cancers du poumon, mais en plus le tabagisme passif pouvait entraîner des risques chez les élèves.

Il tira sur son bouquet deux ou trois fois, faisant rougir les extrémités incandescentes. La fumée âcre, à laquelle il n'était plus habitué, lui arracha une grimace.

Il fit de la place dans le paquet et y réintroduisit les sept cigarettes allumées. Il enfonça le paquet au cœur d'un sac-poubelle plein de vieux papiers. Une fois le sac refermé, il sauta de la Hijet et le déposa, déjà fumant, tout contre les bouteilles, avant de remonter dans la camionnette pour mettre les voiles, le plus silencieusement possible. Ce petit stratagème ne lui avait demandé que deux ou trois minutes de préparation, mais cette fois, ce serait suffisant.

Il aurait pu mettre au point quelque chose de plus élaboré, mais cela aurait immanquablement attiré l'attention de la police. Les clopes, c'était le moyen le plus utilisé par le pyromane en cavale. Certes, si l'enquête révélait que les bouteilles avaient été remplies de kérosène, elle prendrait vite un autre tournant, mais enfin…

Pas de risque que ces cigarettes s'éteignent d'elles-mêmes : son plan n'échouerait pas. Elles mettraient le feu aux journaux, et la chaleur des flammes ferait fondre le plastique des bouteilles. Le carburant s'en écoulerait. Le kérosène devait monter à 50 °C pour prendre feu, mais une fois la température atteinte, il devenait plus inflammable encore que l'essence. Ensuite, ce serait une partie de domino. Les bouteilles s'enflammeraient toutes les unes après les autres, et si tout se passait bien, la voiture des Kiyota participerait au bon déroulement de l'incendie.

« Le plaisir d'incendier ! »

La première phrase de *Farenheit 451* lui revint en mémoire. *It was a pleasure to burn.* Il n'aurait pas su dire mieux…

Il revoyait encore cette colonne de feu blanche, cette silhouette aux bras qui convulsaient, ce baril qui avait roulé dans un magnifique grondement. Puis les flammes étaient devenues orange…

Je me demande quelle couleur prendront les flammes qui lécheront cette maison-ci.

Il regrettait de ne pas pouvoir y assister en personne, mais se faisait une joie d'écouter les infos au petit matin.

L'air de « La Complainte de Mackie » lui parvint aux oreilles… C'était lui qui le sifflotait avec entrain.

Il n'avait pas croisé un seul camion de pompiers sur le chemin du retour, mais une sirène s'était fait entendre au loin.

Hasumi gara sa camionnette et s'apprêtait à rentrer chez lui lorsqu'une étrange intuition lui fit relever la tête. Là, sur le toit, une forme sombre… Un corbeau. On disait qu'ils devenaient nocturnes à mesure que les activités humaines se prolongeaient dans la nuit. Quoi qu'il en soit, il n'était pas rare d'en croiser avant le lever du jour.

Hasumi tenta de l'effaroucher silencieusement, sans succès. Tandis qu'il cherchait quelque chose à lui lancer, le volatile lui montra son profil gauche. La lueur du réverbère le plus proche révéla un œil blanc.

Munin...

Hasumi sentit une sueur froide glisser le long de sa colonne vertébrale.

Munin l'observa encore quelques secondes avant de déployer ses larges ailes et de s'élancer dans le ciel noir, où elle se fondit bientôt.

4

Encore dans sa Hijet, tout juste garée sur le parking du lycée, Hasumi augmenta le volume de la radio. Les informations.

« Vers 3 h 30 ce matin à Machida, une maison en bois de cent trente mètres carrés a entièrement brûlé. »

Hasumi soupira de soulagement. Un peu plus tôt, il s'était mis à douter : et si le feu n'avait pas pris ?

« Il n'y aurait pour l'instant qu'une seule victime à déplorer. Tout porte à croire qu'il s'agit de M. Katsushi Kiyota, propriétaire de la maison et père de famille, mais l'identification n'est pas encore formelle. »

Kiyota avait donc cramé ! Un petit sourire flotta sur les lèvres de Hasumi.

Gras comme il l'était, il avait dû bien brûler. Il n'en restait probablement qu'une carcasse carbonisée dont la police n'aurait plus qu'à étudier les dents… Ah, ça ne devait pas être facile tous les jours, ce job.

« Son épouse, Mme Yôko Kiyota, a réussi à s'enfuir et a été transportée à l'hôpital où elle est soignée pour brûlures. »

Pas un mot sur Rina ? Voilà qui était mystérieux… Hasumi fronça les sourcils : il avait un mauvais pressentiment.

Quelqu'un toqua à la vitre de la Hijet.

Sakai, avec son visage des mauvais jours. Hasumi baissa la vitre.

— Vous êtes au courant de l'incendie ? s'enquit le proviseur adjoint d'une voix sombre.

— Tout juste. Ça vient de passer à la radio. Le père de Rina est mort, si je comprends bien. Mais ils n'ont pas parlé d'elle…

— Elle va bien.

Sakai avait asséné la nouvelle sans la moindre nuance de soulagement dans la voix.

— Elle avait fait le mur et dormait en cachette chez une amie.

— Vraiment ? Eh bien, quel bonheur, quelle chance !

Hasumi n'eut pas à forcer sa joie. Pour une raison étrange, il se sentait réellement soulagé que Rina Kiyota soit toujours en vie. C'était un sentiment nouveau, tout à fait rafraîchissant, de se soucier ingénument de ses élèves. Sa fonction de professeur principal avait peut-être un effet sur ses émotions.

L'image furtive d'un professeur de son enfance, un homme simple et bon, lui apparut soudain. M. Kumagai. Comme cela faisait longtemps qu'il n'avait pas pensé à lui ! La toute première personne à l'avoir réellement compris.

— Je ne suis pas sûr qu'on puisse parler de chance… commenta Sakai avec l'air d'avoir avalé un insecte répugnant.

— Non, bien entendu, c'est un drame horrible. Je vais naturellement dès maintenant tout mettre en œuvre pour que Rina soit accompagnée au mieux. Je suis simplement heureux qu'elle s'en sorte indemne.

Sakai renifla en guise de réponse. Hasumi coupa le moteur et descendit de sa camionnette.

— Ne me demandez pas pourquoi, reprit Sakai, mais

la police a voulu me parler et cherche désormais à vous contacter. Or, vous semblez injoignable.

On y était enfin. La véritable raison de la tête d'enterrement du proviseur adjoint. Hasumi fouilla dans son sac, attrapa son mobile.

— Excusez-moi, j'ai complètement oublié de le charger, la batterie est morte.

Sakai ne chercha pas à cacher son dépit.

— Vous devez faire plus attention ! Il peut y avoir n'importe quoi, une urgence, même en pleine nuit !

C'est bien pour ça que je l'ai éteint. Je tiens à mon sommeil.

— Enfin… Je réunis le conseil d'éducation au complet ce matin. Vous y assisterez non seulement en qualité de professeur principal, mais aussi en tant que membre de l'équipe de surveillance. Vous êtes attendu au tournant.

— Pourquoi un conseil ?

Hasumi ne voyait pas en quoi la catastrophe concernait le lycée. Quel serait le sujet ?

Sakai se pencha vers lui d'un air conspirateur.

— La police s'interroge sur le fait que Rina n'était pas présente, pile ce soir-là…

— Hein ? Ne me dites pas qu'elle est soupçonnée ?

— Disons que c'est une éventualité qu'ils n'ont pas encore écartée…

— Mais c'est n'importe quoi ! Rina serait incapable de faire une chose pareille… C'était un hasard, et tant mieux pour elle ! Non, lui faire porter le chapeau, alors que ce qu'elle traverse est déjà affreux, c'est ridicule !

Son indignation n'était pas feinte. Déjà parce qu'il savait qu'elle était innocente. L'évocation de Kumagai, quelques minutes auparavant, devait avoir eu un peu d'effet sur lui.

— Je comprends que vous vouliez défendre votre élève, monsieur Hasumi. Et je pense comme vous.

Cependant, nous avons affaire à la police, dont c'est le travail de soupçonner tout le monde. C'est bien pour cela que nous allons en discuter ensemble… Voir comment nous pouvons protéger notre jeune élève…

— Bien entendu. Excusez-moi de m'être emporté ainsi.

— Ne vous excusez pas, c'est tout à votre honneur. Cependant… (Il se pencha de nouveau vers lui.) L'origine de l'incendie semble bel et bien criminelle, et l'enquête a déjà révélé quelques éléments étranges…

— Que voulez-vous dire ?

— Il y avait des bouteilles pleines d'eau, destinées à éloigner les chats, devant la maison des Kiyota. Certaines avaient été échangées contre des bouteilles de combustible !

— Incroyable…

— Je sais ! Moi aussi, j'en suis resté sans voix ! Ah, surtout, n'en dites rien aux autres, c'est encore confidentiel. La presse n'est pas au courant.

— Compris.

— Bien sûr, on pourrait penser à un nouveau méfait du pyromane, mais cette piste semble peu probable. Toutes ces bouteilles… ça devait être sacrément compliqué de les apporter. Même en pleine nuit… C'est bien trop difficile et dangereux.

— L'hypothèse de Rina me semble encore plus incongrue. Comment aurait-elle eu du kér… du combustible en sa possession, en premier lieu ?

— Ah, ça, ce n'est pas moi qui vais vous le dire…

— C'est complètement incohérent. Vous imaginez Rina transportant des bouteilles de produits inflammables, mettons, dans une camionnette comme la mienne ?

— Non, bien sûr. (Il leva les deux mains.) Je suis comme vous. Je ne crois pas qu'elle ait mis le feu à sa propre maison. Cette réunion va servir à affirmer notre position et à établir une ligne de conduite.

— J'imagine que Rina ne sera pas présente aujourd'hui ?

— Non. Elle est chez sa grand-mère maternelle. Sa mère souhaite qu'elle prenne deux ou trois jours de repos, même si l'intéressée semblait tenir à revenir dès aujourd'hui en cours…

Sakai détourna le regard, comme sidéré par un tel manque apparent de compassion. Hasumi, lui, devinait les raisons de la jeune fille : c'était le jour de présence de la psychologue scolaire. Le proviseur adjoint n'avait visiblement pas fait le lien.

— Je pense qu'il serait bon de consulter Mme Mizuochi afin d'entourer au mieux Rina dès son retour parmi nous.

— Ah, certes. Après tout, il se peut que l'indifférence de Rina ne soit qu'une façade et qu'elle soit en réalité profondément déstabilisée par le drame… Bien, je vous laisse voir avec la psychologue.

— Comptez sur moi.

Hasumi se frotta le menton afin de cacher son sourire satisfait. Voilà qui lui donnait une excuse pour aller parler à la jolie Satoko Mizuochi ! Les bonnes nouvelles n'arrivaient jamais seules…

Sakai, croyant voir un professeur qui se débattait pour retenir ses larmes, baissa la tête sans rien dire.

Le conseil se déroula dans la plus grande confusion. La plupart des profs n'étaient même pas au courant du drame. Lorsque Sakai leur fit part de la certitude de Hasumi concernant l'innocence de Rina, personne n'y trouva rien à redire.

Somme toute, à part tenter de se protéger au mieux des intrusions des médias, rien dans cette histoire n'était du ressort du lycée. On avait fait le tour de la question lorsque Tsurii leva la main pour prendre la parole, à la surprise générale.

— Ce monsieur… commença-t-il de son accent traînant. Katsushi Kiyota. Il était venu plusieurs fois au lycée, si je ne m'abuse ?

— En effet, répondit Hasumi. Il pensait que sa fille était victime de harcèlement. C'était une erreur, et je le lui ai bien fait entendre.

— Ah bon ? (Il pencha la tête.) Il n'avait pourtant pas l'air… convaincu.

Sa voix était tellement enrouée que chacune de ses phrases était un supplice à entendre.

— C'est vrai. Je n'ai pas réussi à le convaincre qu'il se méprenait…

Hasumi fut aussitôt sur ses gardes. Où voulait en venir ce vieux roublard, à la fin ?

— Ce n'est pas ce qu'on appelle… un *monster parents*, hein ?

Parent, singulier, corrigea mentalement Hasumi.

— N'allons pas jusque-là, intervint Sakai en avançant les mains en signe d'apaisement. M. Kiyota se souciait de sa fille, et il se trompait sur certains points, voilà tout.

Sakai se montrait toujours arrangeant envers le vieux prof de maths.

— Quelque chose vous tracasse, monsieur Tsurii ?

Hasumi tenta la confrontation directe. Tout le monde retint sa respiration.

— Moi ? Eh non, pas vraiment. Je n'ai rien de plus à dire.

Le conseil prit fin peu après.

Il faut vraiment que je me méfie de lui.

Tsurii lui avait toujours fait l'effet d'un prédateur en puissance. Son intuition se révélait fondée.

— Monsieur Hasumi ! Vous avez un instant ?

La réunion terminée, Shunpei Sanada l'avait rattrapé dans le couloir.

— Bien sûr. Que puis-je pour vous ?

— Tout d'abord, je suis désolé pour ce nouveau drame qui frappe votre classe…

— C'est terrible, en effet. Désormais ma priorité est d'apporter tout mon soutien à Rina.

Sanada acquiesça d'un air grave.

— Je m'en veux presque d'ajouter à vos soucis, mais il y a deux ou trois choses dont j'aimerais m'entretenir avec vous.

— Bien sûr, de quoi s'agit-il ?

Le jeune prof de maths lança de brefs regards soucieux autour d'eux.

— Si ça ne vous dérange pas, nous pourrions en parler ce soir ?

— Pas de souci. À 19 heures, au Rabbit Punch ?

— Parfait.

Sanada, visiblement soulagé, s'éclipsa. Takatsuka le remplaça au pied levé. Le replet prof d'anglais n'en finissait plus d'ergoter au sujet de l'incendie. Hasumi fut contraint de l'écouter jusqu'au début de la première heure de cours.

Il comprit immédiatement, en entrant dans la classe des 1re 2, que les élèves étaient au courant du drame. Les ados étaient en ébullition. Hasumi, qui se targuait pourtant de savoir tenir une classe en toutes circonstances, mit dix bonnes minutes à faire commencer le cours.

Lorsqu'il ressortit, il croisa sa collègue enseignante en japonais, Chizuko Dôjima, qui venait de terminer son cours auprès des 1re 4.

— Monsieur Hasumi… Je peux savoir ce que vous fabriquez, avec votre classe ?

Déstabilisé par cette attaque sans sommation, Hasumi fit les yeux ronds.

— Ils ont chahuté ?

— « Chahuté » ? Mais je n'ai même pas pu faire cours ! Ils m'ont assommée de questions au sujet de l'incendie, après quoi ils ont tout simplement discuté entre eux, comme si je n'étais pas là ! Pendant toute l'heure, monsieur Hasumi, vous m'entendez ? Toute l'heure !

— Vous m'en voyez navré… Je pense qu'ils sont tout simplement en état de choc.

— Cessez de les défendre ! Ça vous amuse, peut-être ? Cette classe grouille d'élèves à problèmes, ce n'est pas un secret, mais vous leur passez tout ! Ils n'étudient rien, ils se comportent mal, en un mot rien ne va, c'est une catastrophe !

La patience de Hasumi atteignait ses limites.

— Je pense que les élèves tentent simplement d'attirer votre attention, la coupa-t-il.

— Hein ?

— Vous le savez sûrement : à cet âge, les garçons font n'importe quoi pour se faire remarquer.

— Mais enfin… Qu'est-ce que vous me chantez là ?

Dôjima le dévisageait comme s'il lui avait avoué qu'il venait de Saturne.

— Vous n'avez donc jamais remarqué que les garçons de ma classe vous vouent une adoration sans limites ? Vous êtes un peu leur Madonna.

Interloquée, Dôjima se contenta d'ouvrir et fermer la bouche à plusieurs reprises. L'indignation colora ses joues rebondies.

— Non, mais je rêve… Du harcèlement sexuel, maintenant ? Vous m'insultez ! Ne croyez pas que… Oh, vous allez en entendre parler, ça n'en restera pas là…

Sur ce, elle pivota et partit d'une démarche engoncée et hésitante, tel un robot mal réglé.

Dès qu'elle se fut suffisamment éloignée, des éclats de rire retentirent. Des élèves, derrière une porte, avaient tout entendu. Miya Yasuhara sortit dans le couloir en se tenant littéralement les côtes ; elle était accompagnée de Misaki Abe et d'Ayane Mita, membres de la garde rapprochée de Hasumi. Derrière elles, d'autres ados se mirent à applaudir et à siffler. Dôjima les entendait sûrement : ça n'allait pas jouer en faveur d'un apaisement…

D'une certaine manière, la prof de japonais était réellement une idole pour les jeunes. Hasumi fut tenté d'improviser une petite séance sur le sens de l'expression *love to hate*.

Il se contenta, d'un froncement de sourcils faussement réprobateur, de leur intimer de regagner leur classe.

Il en avait probablement trop fait, cette fois. Dôjima changeait toutes ses frustrations en agressivité, et elle en avait à revendre. Elle avait raison : il n'avait pas fini d'entendre parler d'elle, et c'était parfaitement déprimant.

La mélancolie de Hasumi s'évapora en un instant devant la porte de l'infirmerie. Par un heureux concours de circonstances, sa deuxième heure était libre, ce qui lui laissait tout le loisir de discuter avec la psychologue.

Il se redressa, carra les épaules, remit de l'ordre dans sa chevelure et toqua.

— Bien entendu, lui assura-t-elle d'un air grave. Je ferai en sorte de m'entretenir avec Rina Kiyota dès qu'elle sera en mesure de revenir au lycée.

Ce devait être la première fois que Satoko Mizuochi faisait face à un tel drame ; elle ne savait visiblement pas à quel point elle devait se montrer solennelle.

— Non seulement elle a perdu son père, mais sa maison a entièrement brûlé, reprit-elle. Il va sans dire qu'elle doit être effondrée. Je vais mener des recherches, de mon côté, sur des cas similaires. Tout sera fait pour prendre en charge sa détresse psychologique.

Hasumi, tout en affichant une expression endeuillée, goûtait fort le spectacle qu'offrait la jeune psychologue. Avec son maquillage invisible, elle avait toujours l'air fraîche et juvénile. C'était adorable de la voir se soucier des élèves alors qu'elle-même avait un visage d'écolière innocente !

Lorsqu'il était entré, Junko Taura, l'infirmière, était également présente. Elle avait aussitôt quitté les lieux, non sans lui montrer de manière ostentatoire qu'elle n'avait que faire de lui. L'infirmerie abritait donc leur délicieux tête-à-tête.

Hasumi prit son expression la plus sombre.

— J'ai bien peur que Rina ne doive en plus faire face à d'autres problèmes contingents à ce drame.

— Que voulez-vous dire ? Pensez-vous qu'elle puisse subir des moqueries de la part de ses camarades ?

— Non, ce n'est pas le genre des ados de ma classe. Au pire, je serais en mesure d'y mettre bon ordre. Non, ce qui m'inquiète, c'est la police.

— La police ? Mais pourquoi donc ?

Il lui apprit que la lycéenne était suspectée.

— En tant que prof principal, je suis formel : Rina est incapable d'une chose pareille, je n'ai pas le moindre doute à ce sujet… Impensable ! Quels que soient ses différends avec son père, je ne…

Un sourire timide égaya soudain le triste visage de Satoko Mizuochi.

— Qu'y a-t-il ?

— Ne vous méprenez pas, monsieur Hasumi. C'est juste que… Vous les défendez bec et ongles, vos élèves !

La rencontre de deux âmes fondamentalement soucieuses du bien-être des élèves… Une bonne base pour un feuilleton romantique.

— Eh bien, c'est normal, il me semble…

— Non. (Elle secoua la tête avec énergie.) Les profs

comme vous sont rares. La plupart cessent de penser aux enfants dès que la cloche sonne… Mais vous, ils vous tiennent à cœur, comme s'ils faisaient partie de votre famille. Votre implication ne s'arrête pas au manuel du bon pédagogue. (Elle prit soudain un air coupable.) Pardonnez-moi. Loin de moi l'idée de juger les professeurs. Je voulais juste…

— Ne vous excusez pas, la reprit-il avec un sourire encourageant. Je vous comprends, vous savez. Il m'arrive trop souvent de faire le même constat. Mais si je commençais à m'appesantir sur les manquements de mes collègues… je ne m'en sortirais pas. À quoi bon ? Il n'y a qu'une chose à faire, en vérité : agir. Œuvrer à mon propre niveau, même seul contre tous, même si je dois y laisser ma santé !

Une nuance de sympathie nouvelle illumina les pupilles de la psychologue. Ce n'était pas encore de l'adoration, loin de là, mais le petit numéro de Hasumi portait admirablement ses fruits.

— J'aurais probablement adoré vous avoir comme prof, avoua-t-elle.

Il prit un air atrocement gêné.

— C'est très gentil de votre part, mais je…

— J'en ai connu un, vous savez. Un prof que je respectais de tout mon cœur. C'est d'ailleurs grâce à lui que j'occupe cette fonction aujourd'hui. Dès que j'ai un doute, je me demande comment lui aurait réagi. C'est un peu ma boussole morale, si je puis dire…

— Je vois…

— Mais vous savez, reprit-elle en souriant, il n'y a pas que de mauvais professeurs dans notre école, loin s'en faut ! Vous n'êtes pas le seul à prendre à cœur le bien-être des jeunes.

— Je suis entièrement de cet avis ! M. Ôsumi est

quelqu'un d'admirable, c'est certain. Sans parler de M. Sanada, qui est on ne peut plus dévoué à ses élèves...

Il avait prononcé ce dernier nom à dessein, guettant la réaction de la psychologue. Ça ne manqua pas. Il comprit immédiatement qu'elle avait un petit faible pour le jeune prof de maths. Encore un détail à prendre en considération... Il reprit son éloge en dissimulant son dépit.

— Il ne s'économise pas, ce bon vieux Sanada... Aussi bien en classe que pour son club de tennis ! C'est vraiment un bon prof. On lui pardonne aisément son faible pour la bouteille...

— C'est vrai qu'il boit beaucoup... Je suis allée au bar avec lui l'autre jour et il a tellement abusé qu'il n'arrivait plus à parler distinctement. Au point que je me fais du souci pour lui, parfois !

Au bar, avec lui ? Le scélérat l'avait coiffé au poteau ! Hasumi ravala sa colère et décida qu'ils avaient assez discuté de Sanada.

— Mais revenons-en à l'objet de ma visite. Je crains fort que les enquêteurs ne ménagent pas Rina. Pourrais-je vous demander de me tenir au courant si jamais ils venaient vous interroger à son sujet ?

— Bien sûr. Nous ferons barrage autour d'elle.

Ce « nous » sonna de manière irrésistible aux oreilles de Hasumi.

— Vous me parliez du professeur de votre enfance, pouvez-vous m'en dire plus ?

Le sujet de Rina étant épuisé, celui-ci ferait l'affaire.

— C'était un homme extraordinaire. Après toutes ces années, je me souviens encore parfaitement de lui. Le professeur Kumagai... Que dire de lui ? C'était le parangon du superprof, ni plus ni moins.

Quelle coïncidence... Le regard de Hasumi se fit lointain.

Oh oui, Shinjirô Kumagai était un superprof.

Complètement myope, il portait des lunettes à large monture noire rafistolées au ruban adhésif. Ses verres étaient invariablement souillés de traces de doigts. En termes de style capillaire, il se contentait d'une boule à zéro rafraîchie tous les quelques mois, et ne se rasait qu'une fois par semaine. De fait, il était souvent hirsute, ce qui n'avait pas que des inconvénients : ses poils de nez abondants se fondaient pour ainsi dire dans le décor, passant quasiment inaperçus.

Kumagai ne payait pas de mine, mais il ne fallait pas s'y tromper : c'était un prof exceptionnel, surtout pour son époque. S'il ne laissait pas une première impression mémorable, tous ses élèves lui vouaient rapidement une admiration sans faille.

Il avait été le prof principal de Hasumi, à son entrée au collège. À cette époque, le jeune garçon ne faisait pas de vagues et ses notes étaient supérieures à la moyenne ; il était donc considéré comme un élève facile à vivre.

Pourtant, Kumagai avait commencé à porter sur lui un œil de plus en plus soucieux. Pourquoi ce bonhomme le regardait-il comme s'il était un délinquant ?

Si Kumagai, doté de pouvoirs surnaturels, avait pu lire dans ses pensées et accéder à tout son historique, il aurait eu de bonnes raisons d'être frappé de terreur. Mais il n'en savait rien. C'était impossible. Personne n'en savait rien.

Et cependant, un jour…

Cela faisait longtemps que Hasumi ne s'était pas rappelé cet épisode de sa vie. Rien de très marquant. Pour tout dire, il en avait oublié les détails.

Il se souvenait que Kumagai l'avait emmené s'asseoir en haut d'une colline, d'où on voyait le collège. Le soleil d'automne déclinait, il faisait froid. Les herbes sèches, flamboyantes, évoquaient une mer aux vagues d'or.

— Dis-moi, Seiji… Je vais être franc avec toi, petit. Je m'inquiète pour toi depuis le premier jour.

— Pour moi ? s'était étonné le garçon, qui observait les nuages. Mais pourquoi ?

— J'ai l'impression que ton cœur est fermé. Tu ne fais confiance à personne, tu ne laisses personne se rapprocher de toi, c'est comme si tu avais construit un mur autour de toi. J'ai tenté de t'en faire sortir, de faire tomber ces barrières, en vain. J'ai essayé de te faire comprendre qu'il existait aussi des adultes dignes de confiance.

C'est donc ce qu'il essayait de faire ?

Le petit Hasumi avait un peu mieux compris l'attitude étrange de Kumagai envers lui.

— Et non seulement tu ne sors pas de tes fortifications, mais tu ne te montres pas sous ta véritable nature. Et ça, c'est la première fois que je l'observe de toute ma longue carrière.

Seiji avait vaguement eu l'impression d'être l'objet de reproches.

— Mais je n'en savais rien ! Je ne voulais pas vous repousser, moi…

— Oh, je sais. Tu dis « bonjour » tous les matins. Tu réponds très bien aux questions. Les profs et le proviseur ne tarissent pas d'éloges sur toi. L'élève modèle, en somme. Mais moi… (Il avait croisé les bras.) Moi, lorsque je te parle, je n'ai pas l'impression de m'adresser à un être humain. Tu réagis aux autres comme tu réponds à un examen : en choisissant la solution qui te rapportera le plus de points. Tu dis ce que les autres veulent entendre. Mais ce que tu veux, toi, ça ne transparaît jamais.

Le jeune Hasumi avait décidé d'éprouver à quel point le prof l'avait percé à jour.

— C'est horrible ! Pourquoi vous dites ça ? J'ai toujours eu du mal à exprimer mes émotions, et ça m'a créé beaucoup de problèmes… Je sais que vous, les adultes, vous voulez qu'on soit innocents et mignons, qu'on dise tout ce qui nous passe par la tête, mais certains d'entre nous ne sont pas comme ça.

Kumagai avait secoué la tête.

— J'en connais beaucoup, des enfants qui se comportent ainsi. Mais toi, tu es complètement différent.

Ce jour-là, Hasumi avait découvert qu'il existait des personnes sur cette Terre, certes très rares, tout à fait capables de discerner sa vraie nature. Et qu'il était inutile de tenter de les endormir avec de belles paroles.

— Alors, je ne suis qu'un monstre sans cœur, c'est ça que vous voulez me dire ?

— Balivernes… Il n'existe pas d'être humain dépourvu de cœur. Seulement, le tien, comment dire ? Il est sous-développé au niveau des sentiments naturels et de la compassion.

— Sous… développé ?

Le jeune garçon avait très mal supporté de s'entendre qualifier ainsi.

— Je ne suis pas sûr que tu comprennes à quel point tu es dangereux pour ceux qui t'entourent.

— Mais je n'ai jamais attaqué personne !

— Je ne te parle pas d'agression physique ! Je te parle de ce qu'il y a, là, réagit Kumagai en pointant son propre cœur. Il faut que tu comprennes quelque chose de très important. Les êtres humains sont faits de sentiments. C'est leur plus grande faiblesse. Il ne faut pas jouer avec, car cela peut leur faire aussi mal – non, bien plus, en vérité – que n'importe quelle blessure physique.

Le prof avait brutalement changé de ton. Se tournant vers l'enfant, il l'avait attrapé par les épaules avant de le secouer fortement. Des larmes coulaient derrière ses verres embués.

— Tu es intelligent, Seiji. Sûrement le gamin le plus

doué que j'aie connu jusqu'à présent. Tu peux comprendre ce que je te dis ! Tu es capable de percevoir si ton attitude provoque de la douleur, de la peine, des remords chez les autres ! Écoute-moi bien : je veux que tu fasses en sorte de toujours y penser très fort.

Les mots de Kumagai avaient eu sur Hasumi l'effet d'une pluie diluvienne s'abattant sur une prairie asséchée. Ils avaient profondément imprégné son esprit.

Ça avait été une révélation. Le savoir accumulé dans lcs livres de psychologie qu'il dévorait trouvait enfin son utilité.

Les êtres humains étaient gouvernés par quatre fonctions principales : le raisonnement, les sentiments, l'intuition et les sensations. Le raisonnement et les sentiments appartenaient au domaine du rationnel, l'intuition et les sensations, à celui de l'irrationnel. Si les fonctions rationnelles étaient régies par un lien de cause à effet stimulation-réaction, les fonctions irrationnelles étaient bien plus compliquées à prévoir.

En d'autres termes, les sentiments, tout comme la logique, suivaient des schémas précis. Les humains étaient mus par le puissant désir d'être acceptés, reconnus par les autres. Rejetez-les, attaquez-les, ils se mettront sur la défensive et attaqueront à leur tour. Mais montrez-leur seulement que vous les appréciez, et ils vous apprécieront en retour…

Somme toute, il était parfaitement possible, pour une personne dépourvue de sentiments, de les simuler – à condition de disposer d'une solide capacité de raisonnement.

Commencer par analyser. Dans chaque cas de figure, tenter de prévoir les réactions des sujets. Affiner les prévisions selon les résultats. Au fil du temps, imiter ces réactions, parfaire leur apparence jusqu'à ce qu'elles semblent authentiques.

Cela aurait deux grands avantages. D'une part, comprendre le fonctionnement des gens lui permettrait d'avoir toujours un temps d'avance sur eux. D'autre part, il lui serait aisé de s'attirer leur sympathie.

Bien sûr, la technique ne pouvait pas être infaillible, mais à l'opposé, les personnes dotées d'une empathie surdéveloppée aussi pouvaient se tromper. Si Hasumi parvenait déjà à duper la plupart des gens, il gagnerait sur toute la ligne…

Comme il était redevable à Kumagai, qui avait fait de lui l'homme qu'il était devenu !

— C'est lui, dit-il les yeux pleins de larmes, qui m'a enseigné qu'il fallait toujours penser aux autres. Je lui dois tout.

Hasumi mettait la dernière touche au souvenir édulcoré et avantageusement révisé qu'il venait de raconter à Satoko Mizuochi.

— C'est merveilleux… J'en suis tout émue. (Elle s'essuya les yeux.) Savez-vous s'il enseigne toujours ?

Hasumi baissa la tête.

— Il nous a malheureusement quittés. Il est mort peu avant mon entrée au lycée.

— Oh, quelle tristesse, un si bon professeur ! Que lui est-il arrivé, était-il malade ?

— Un bête accident, il n'a pas eu de chance…

Il détourna les yeux.

— Je suis désolée, dit la psychologue.

Hasumi sortit de l'infirmerie ravi comme jamais. Il tenait quasiment Satoko Mizuochi dans sa main.

Jusque-là, par instinct, la psychologue avait conservé une attitude défensive à son égard. Ses réticences venaient de tomber.

Plus on passe de temps avec eux, plus les gens ont

tendance à développer de la sympathie et à baisser leur garde. Ce processus est accéléré par le dialogue. Et ce sont les personnes les plus méfiantes au départ qui, une fois rassurées, tombent le plus vite dans votre escarcelle.

Satoko avait beau être diplômée en psychologie, elle était à mille lieues d'imaginer que Hasumi puisse lire en elle comme dans un livre ouvert. Ce n'était pas la première fois qu'il le constatait : personne n'était plus facile à berner que les psychologues.

Le phénomène n'était pas nouveau. À la fin du XIXe siècle, lorsque la folie du spiritisme avait envahi les salons, les physiciens avaient été les premiers à tomber dans le panneau, tandis que les prestidigitateurs, comme Harry Houdini, s'employaient à démystifier les supercheries.

Quel que soit leur domaine, les savants tendaient inconsciemment à un humanisme optimiste qui en faisait des cibles privilégiées pour les arnaqueurs en tout genre.

À la différence des chercheurs en sciences naturelles, pour qui la limite entre l'objet et l'observateur était clairement établie, le travail des psychologues se fondait en grande partie sur le lien qui unissait l'observateur à son sujet.

Le jour où il était tombé sur les analyses psychologiques réalisées sur Yukio Mishima, Hasumi avait ri à ne plus pouvoir s'arrêter. Ces analyses, publiées avant le suicide de l'écrivain, étaient le résultat de plusieurs séances avec plusieurs praticiens. Tous, sans exception, avaient été subjugués par l'intelligence et la fougue extraordinaire qui se dégageaient du personnage ; pas une ligne relevant de psychologie, à proprement parler, n'avait été écrite. L'un d'entre eux s'était même fendu d'un : « J'ai trouvé que c'était une personne merveilleuse ! » qui n'aurait pas dépareillé dans la rédaction d'un gamin de sept ans. Pris d'un fou rire incontrôlable,

Hasumi s'était même fait rappeler à l'ordre : il était dans une bibliothèque.

Il n'y avait guère que les profileurs, les spécialistes en psychologie criminologique, pour conserver la distance et la méfiance nécessaires avec leur sujet. Les psys qui se lançaient dans l'analyse avec leur empathie, sans connaître la véritable nature de leur patient, étaient aussi vulnérables qu'un ordinateur sans antivirus ni pare-feu lancé dans la jungle d'Internet.

— Mais qui donc a l'air de si bonne humeur ce matin ?

La pique de Junko Taura le fit immédiatement redescendre sur terre.

— Non, je... Je m'inquiétais tellement pour Rina, tu sais, et... de discuter avec Mme Mizuochi, ça m'a rassuré à bien des égards.

— Vraiment ? On ne voudrait pas qu'il lui arrive quoi que ce soit d'épouvantable, à cette petite innocente...

Junko lui lança un sourire carnassier. Elle ne parlait pas de Rina.

— Impossible, répondit Hasumi d'un ton enjôleur. Avec un professeur aussi innocent que moi...

Petit, Hasumi avait toujours eu l'impression d'être un extraterrestre envoyé sur Terre via un astéroïde.

Du point de vue moteur, son développement était normal, mais du point de vue des capacités intellectuelles, le petit Seiji était un génie si l'on se basait sur les tests de David Wechsler.

Bébé, tout lui semblait si neuf, si attirant qu'il avait une soif de connaissances inextinguible. Il observait, touchait, faisait bouger l'objet de sa curiosité. Puis il le brisait. La maison était vite devenue un champ de ruines, mais Seiji étant fils unique, ses parents n'avaient pas le cœur à le punir, et préféraient le laisser explorer le monde à sa manière.

Yoshio Hasumi, son père, était médecin généraliste et officiait dans son propre cabinet. Il s'était vite rendu compte des facultés hors normes de son fils et n'avait pas lésiné sur les moyens afin de les accroître de plus belle.

Quant à sa mère, Keiko Hasumi, elle vouait à son fils un amour inconditionnel. Elle était fière de ses capacités mais n'était pas obnubilée par l'idée qu'il réussisse dans la vie ; elle n'avait d'autre ambition pour lui que celle d'être heureux.

Le petit Seiji s'était développé vigoureusement au sein de ce foyer aimant. Au fil des ans, ses facultés intellectuelles bien supérieures à la moyenne s'étaient confirmées. Cependant, lorsque son fils avait atteint l'âge de quatre ans, Yoshio avait commencé à se demander si l'enfant ne présentait pas des retards au niveau de l'empathie.

Il avait en effet été témoin de plusieurs scènes édifiantes, lorsqu'il emmenait Seiji jouer au jardin public.

Un jour, un détraqué avait laissé des bouts de verre dans le bac à sable, et Seiji avait failli s'y blesser. Remarquant que sa main n'avait rien, il n'avait pas fait un geste pour enlever l'éclat en question du bac. De là où il se tenait, Yoshio n'avait aucune idée qu'il s'agissait de bouts de verre acérés. Il ne l'avait compris que plus tard, lorsqu'un copain de son fils l'avait rejoint dans le bac, plongeant ses mains dans le sable et se coupant profondément le pouce.

Yoshio avait vu. Son fils n'avait pas laissé le bout de verre par inadvertance. Il avait sagement attendu qu'un enfant sacrificiel arrive, qu'il plonge ses mains dans le sable… et il avait tout observé avec une curiosité non dissimulée.

Plusieurs souvenirs s'étaient alors reliés dans l'esprit

de Yoshio. Son fils, en effet, n'était pas tout à fait normal. D'ordinaire, lorsque les parents sourient à leur enfant, ce dernier les imite. Or, Seiji ne leur avait jamais rendu leurs sourires. Il se contentait de les regarder d'un air sérieux.

S'ils ne s'en étaient jamais vraiment préoccupés jusque-là, c'était parce que le petit avait un visage réellement adorable. On ne comptait plus les personnes qui le qualifiaient de « petit ange », occultant le fait que ce petit ange ne souriait pas.

C'est plus tard, en mettant la main sur le journal intime de son père, que le petit garçon avait appris qu'il nourrissait des inquiétudes à son sujet. Yoshio cachait son carnet derrière des manuels de médecine, dans la bibliothèque ; Seiji y avait accès sans la moindre difficulté.

Lui-même n'était pas exempt de préoccupations à son propre égard, car ce manque d'empathie ne lui facilitait pas la vie. Il avait beau agir de manière rationnelle, les frictions avec ses camarades se multipliaient.

C'est à cette époque qu'il avait commencé à comprendre que la communication nécessitait plus que de la force physique et des raisonnements intellectuels. Il s'était entraîné à sourire afin de rester dans les bonnes grâces des éducatrices, qui le chouchoutaient. Il n'avait bientôt plus eu aucun mal à faire en sorte que ses petits camarades agissent selon son bon vouloir.

Cependant, tout ne se réglait pas par la parole, surtout entre de si jeunes garçons. Seiji avait intégré qu'il fallait répondre à la violence par la violence s'il ne voulait pas devenir le souffre-douleur de la classe. Physiquement, il n'était ni plus fort ni plus grand que ses camarades, mais ses capacités d'observation et de réflexion lui donnaient un avantage, si bien qu'il était toujours choisi en premier lorsque des groupes de jeu se formaient.

Ce genre de supériorité n'avait toutefois aucune prise

sur la force brute. Il l'avait découvert en croisant la route d'un dénommé Masaru, un gamin deux fois plus grand et plus costaud que la moyenne qui faisait régner sa loi.

Seiji savait par expérience qu'une seule démonstration de force envers les petites frappes de ce genre suffisait pour qu'elles comprennent la leçon et se tiennent à distance. Mais Masaru, c'était un cas. Il était tellement idiot qu'il était impossible de prévoir ses réactions et, clairement, il ne battrait pas en retraite à la simple vue de la petite lame que Seiji avait fabriquée afin d'intimider ses ennemis.

Un plan machiavélique avait alors germé dans son esprit. Sa réalisation nécessitait d'attendre le jour où l'on servait du flan à la cantine. C'était le dessert préféré de Masaru… Dès que les éducateurs avaient eu le dos tourné, les autres enfants s'étaient précipités pour lui donner le leur. Joyeusement surpris, le gamin, doté d'un appétit gargantuesque, avait enfourné les desserts les uns après les autres, jusqu'à ce que son estomac soit dilaté et que le contenu en remonte dans son œsophage.

C'était pendant la sieste, juste après le repas, qu'il fallait agir.

Seiji avait attendu que les éducateurs se retirent pour se glisser hors de son lit, s'approcher de celui de Masaru, et souffler de toutes ses forces dans un harmonica, tout près de son oreille.

Le gamin s'était redressé en hurlant et avait voulu attraper Seiji, qui s'était mis à courir dans tout le dortoir avant de s'arrêter net. Derrière lui, les flans avaient commencé à se rebeller.

Seiji était alors allé enfiler ses chaussures et, avisant son camarade en train de vomir à quatre pattes, avait entrepris de lui asséner méthodiquement une dizaine de coups de pied dans la panse. Lorsque les éducateurs, alertés par le vacarme, étaient arrivés dans le dortoir, Masaru gisait dans une flaque de son propre vomi.

Seiji s'était beaucoup amusé à jouer ce sale tour à son camarade. Les retombées furent cependant moins plaisantes.

On lui avait demandé quelle était l'origine de la chamaillerie. Seiji avait une explication toute prête. Masaru avait fait main basse sur les desserts des autres enfants, et lorsque lui-même avait tenté de s'interposer, une dispute avait éclaté. C'était une histoire parfaitement plausible, que soutenait la scène du gamin vautré dans son vomi de flan. En face, la version de Masaru semblait inaudible : pourquoi donc Seiji serait-il venu lui chercher des noises sans aucune raison ? Quant aux autres enfants, ils auraient été bien en mal d'expliquer quoi que ce soit, n'ayant probablement eux-mêmes rien compris à l'affaire.

Le petit Hasumi pensait avoir réussi son coup, mais les adultes n'avaient pas été si prompts à avaler ses paroles. Il avait quand même roué de coups son camarade, et ce, en ayant pris soin d'enfiler des chaussures au préalable… Ce furent les autres enfants qui finirent par le confondre en affirmant que c'était lui qui leur avait demandé de donner leur flan à Masaru.

Après cet incident, Keiko avait pris rendez-vous pour son fils dans un centre de conseil de l'enfance.

C'est là que, pour la première fois de sa vie, le jeune Hasumi avait été soumis à une batterie de tests psychologiques. Le Rorschach, où il devait dire ce qu'il voyait dans des taches d'encre symétriques. Le TAT, où il devait élaborer des histoires à partir de scènes étranges. Le test de Koch, qui requérait de dessiner librement un arbre. Et bien d'autres encore, qu'il avait appris à connaître avec le temps.

D'ordinaire, les enfants, si intelligents soient-ils, ne

parviennent pas à deviner les enjeux de leurs réponses. Or, cela avait immédiatement frappé le petit Seiji : que cherchent-ils à comprendre à travers ces tests sans signification apparente ? Quel est leur but ?

Y a-t-il de mauvaises réponses ?

Elle le repéra immédiatement en sortant du lycée, et fronça les sourcils.

La quarantaine. Dégarni sur le dessus, le visage tanné. Un pardessus qui avait connu des jours meilleurs. L'homme épiait les allées et venues des adolescents.

Ces derniers, pensant avoir affaire à un parent d'élève, l'oubliaient aussitôt après l'avoir aperçu. Pas Reika.

Ce n'est pas un parent.

Il n'avait pas le regard de celui qui cherche sa progéniture dans la foule. C'était un regard qu'on aurait pu qualifier de lubrique.

Probablement un pervers… Reika fit demi-tour afin d'avertir quelqu'un et faillit heurter Keisuke, qui venait à sa rencontre.

— Ben alors, qu'est-ce que tu fiches ?

— Il y a un type louche, là-bas…

— Un pervers ? Fais voir…

Il leva les yeux et perdit immédiatement son assurance.

— Merde, pas lui ! souffla-t-il en rentrant la tête dans les épaules.

Trop tard.

— Eh, Keisuke Hayami ! le héla l'homme.

— Quoi, tu le connais ?

— Une vieille connaissance, répondit Keisuke d'un air profondément ennuyé.

— Mais c'est bien toi, Keisuke Hayami ! J'avais oublié que tu étais lycéen. Comme quoi, le monde est petit.

Reika fut surprise de constater qu'il avait une voix agréable. Mais que faisait cet individu ici, s'il n'était pas venu pour Keisuke ?

— Tu vas peut-être pouvoir m'éclairer, reprit l'homme.

— J'ai rien à vous dire, m'sieur.

— Allons, ne te mets pas en rogne, fit l'autre en souriant. Tu es bien en première, non ? Tu ne serais pas dans la même classe que Rina Kiyota ?

— Non. Je lui ai jamais parlé, je la connais pas. Vous perdez votre temps.

Reika s'avança.

— Moi, je suis dans sa classe.

— Parfait ! Ça m'aiderait beaucoup que tu répondes à quelques questions.

Le visage du type s'était illuminé. Keisuke lança un regard courroucé à son amie.

— Je suis Shimodzuru, police, département de la Sécurité.

Reika l'examina à nouveau. Le type n'avait pas du tout l'air d'un policier.

— Merci encore, répéta Shimodzuru tandis que Reika et Keisuke descendaient de sa voiture. Ça va beaucoup nous aider.

Il avait offert de déposer les deux ados à la gare. L'homme leur fit de grands signes d'adieu en redémarrant.

— Qu'est-ce qui t'a pris, de tout balancer comme ça ? grommela Keisuke en s'engouffrant avec elle dans la station. Je me suis retrouvé embarqué là-dedans, moi, et j'avais rien demandé !

— Mais ça ne t'a pas étonné, qu'il vienne exprès au lycée pour en savoir plus sur cette affaire ?

Reika ne parvenait pas à faire le lien.

— Bah, c'est évident. Il pense que Rina a foutu le feu, voilà tout.

— Hein ? Mais c'est du délire !

— Qu'est-ce que j'y peux ? Ils doivent avoir des indices. Ils n'auraient pas mis la Sécurité sur le coup, sinon.

— Je ne comprends pas… murmura Reika.

— Les incendies, c'est le domaine de la PJ. Si la Sécurité met son nez là-dedans, c'est que l'affaire n'est pas commune. Il y a des chances qu'ils soupçonnent un mineur.

Elle lui lança un regard en coin.

— Quoi ?

— Il avait l'air de bien te connaître… Tu n'arrêtes pas de parler de la Sécurité comme si tu y étais habitué.

— On peut pas dire ça… (Il éclata de rire, comme chaque fois qu'il était touché.) Ça date de l'époque où je traînais dans les boîtes de nuit. J'ai vu et entendu pas mal de trucs autour de moi. Je n'ai rien fait personnellement.

— Qu'est-ce que tu entends par « pas mal de trucs » ?

— Des salles de mah-jong illicites, de la fumette, tout ça.

Son regard fuyait.

— Oublie-le, c'est un ripou, continua-t-il. Mais tu ne trouves pas que ça sent le roussi ?

— Pas étonnant, dans une histoire d'incendie, rétorqua-t-elle avec un demi-sourire.

— Non, je veux dire : le père de Rina. C'était un *monster parent*, comme on dit. Il est venu se plaindre je ne sais combien de fois au lycée.

— Et alors ?

— Eh bien, devine qui a reçu ses visites, chaque fois ?

Reika ouvrit grand les yeux.

— Eh ouais. Ton prof principal, en personne.

— Non, mais tu ne crois tout de même pas que

Hasumi serait allé mettre le feu chez les Kiyota ? C'est trop perché, même pour moi…

— Ouais, je sais, soupira Keisuke. C'est ce que je me suis dit aussi.

Il caressa les poils épars qui couvraient son menton fin.

— Au fait, dit-il en s'arrêtant devant le tourniquet. J'ai découvert un truc fabuleux…

Il tira de son sac son téléphone ainsi qu'un engin qui ressemblait à un talkie-walkie.

— C'est quoi, ce truc ?

— Mon détecteur de mouchards.

— C'est pas vrai, tu es encore sur cette histoire ? Tu avais dit toi-même qu'il n'y avait pas d'ondes !

En effet, peu après les examens, Keisuke avait fait le tour du lycée en long, en large et en travers, son détecteur bien caché, mais il n'avait rien relevé d'anormal.

— Jusque-là. Mais tout à l'heure, il a sonné, figure-toi.

— Ah bon ?

— Du coup, j'ai voulu me rapprocher du signal, pour le localiser, et là, pouf ! Plus rien ! Étrange, non ?

— Qu'est-ce que ça veut dire ?

À les voir deviser à voix basse, tout près l'un de l'autre devant les tourniquets de la gare, les passants devaient les prendre pour des amoureux, pensa Reika.

— Eh bien, *primo*, ça veut dire qu'il y a des mouchards. *Secondo*, soit ils se déclenchent automatiquement lorsqu'il y a des voix, soit quelqu'un les a programmés pour fonctionner seulement à certains moments. (Il afficha un sourire carnassier.) Quoi qu'il en soit, compte sur moi pour les trouver. Ça ira vite, une fois que j'aurai déterminé leur fréquence. Alors prépare-toi, parce que si ce que je m'apprête à découvrir est bien ce que je crois, ça va faire du bruit. Bien plus que cette histoire de brouilleur d'ondes ou de triche aux exams…

— Pardonnez mon retard, le club de conversation a duré plus longtemps que prévu…

Hasumi avait repéré Sanada assis au comptoir, tout au fond du Rabbit Punch. Comme à l'accoutumée, le personnel du lycée Shinkô Machida représentait plus de la moitié de la clientèle présente.

— Je vous en prie, c'est moi qui devrais m'excuser pour vous avoir invité au débotté, répondit poliment le prof de maths en se levant pour l'accueillir.

À en juger par son teint qui affichait déjà quelques rougeurs, il ne l'avait pas attendu pour boire.

— Au débotté, au débotté… ricana un prof assis à côté de lui. C'est pas comme si c'était un passage obligé en rentrant du boulot !

Hasumi prit place sur un tabouret. Sans rien lui demander, la barmaid déposa devant lui une serviette chaude pour les mains et un verre rempli de glaçons. Sanada entreprit d'y verser de l'alcool de patate douce.

— N'empêche, dit Sanada, il me semble que c'est à l'opposé de chez vous, monsieur Hasumi.

— C'est vrai, ça me fait un détour, mais quel intérêt y aurait-il à boire tout seul ? C'est l'oasis de mon cœur, ici, ajouta-t-il en lançant un clin d'œil à la barmaid, qui rosit de plaisir. Vous êtes venu en voiture ?

— Oui. Elle est garée dans le parking. Ils sont d'accord pour me la garder jusqu'à demain matin. Comme ça, moi, je rentre en train.

Sanada plongea la main dans sa poche et exhiba les clés de sa Mazda RX-8. L'an dernier, il avait été contrôlé ivre au volant et s'était fait sévèrement reprendre par la direction. Depuis, il se tenait à carreau.

— Mais au fait, lança Hasumi après quelques échanges de banalités, vous vouliez me parler ?

Le visage jovial de Sanada se rembrunit.

— Je peux vous demander de garder le secret ?

— Bien sûr. Tout ce que vous direz ici restera entre vous et moi !

À cette heure de la soirée, l'ambiance s'était échaudée dans le bar, et si l'on parlait à voix basse, personne ne pouvait vous entendre.

— Voilà : il paraît qu'une élève de première entretient des relations inavouables avec un prof…

Hasumi, non préparé, afficha sans détour le choc qu'il éprouvait.

— Vous en êtes sûr ?

— Ce sont les élèves qui me l'ont dit… La rumeur va bon train parmi eux.

Sanada était au moins autant populaire que Hasumi auprès des jeunes. Il était prof principal des 1re 3 et dirigeait le club de tennis : pas étonnant qu'il bénéficie lui aussi d'un bon réseau d'informations parmi les ados. Il semblait certain de ses sources, mais que savait-il vraiment ?

— De qui s'agit-il ?

— Je n'ai pas encore de noms.

Hasumi se demanda si son collègue ne feignait pas l'ignorance afin de le piéger. Un rapide coup d'œil à l'expression de Sanada le rassura sur ce point.

— En tout cas, tout le monde s'accorde à dire que ce serait une fille de 1re 4.

Miya, sans aucun doute. S'il y avait une autre fille en 1re 4 à batifoler avec un prof, Hasumi aurait été au courant.

— Il y a des témoins ? Dans ma classe ?

— Malheureusement, je n'en sais pas plus. Par contre, concernant le prof en question, j'ai ma petite idée…

Nouveau choc pour Hasumi, qui cette fois encaissa avec beaucoup plus de retenue. Il regarda son collègue dans les yeux.

— Qui ?

— Le prof d'art, M. Kume !

Hasumi faillit en recracher sa boisson sur ses glaçons.

— Vous êtes sérieux ?

— À cent pour cent, répondit l'autre d'un air grave. Apparemment, la fille s'est elle-même vantée auprès de ses camarades de sortir avec un prof. Mais j'ai eu beau insister, pas moyen d'obtenir son nom.

Forcément, personne n'avait envie de balancer Miya, elle faisait bien trop peur. Qu'est-ce qu'elle avait dans le crâne aussi, celle-là ? Hasumi savait que les filles avaient tendance à tout se raconter entre elles, mais à ce point…

— J'étais comme vous, au début, je n'y croyais pas. Même si mes élèves avaient vraiment entendu cette histoire, ce n'étaient peut-être que des bobards, une légende urbaine, quoi… Et pourtant… (Il rapprocha son visage du sien.) Quelqu'un les a vus.

— Comment ça ? On a vu M. Kume ?

— Non, non, l'élève n'a pas véritablement *vu* le prof, mais elle a vu la fille descendre d'une Porsche noire !

Hasumi croisa les bras. Où donc avaient-ils été vus ? Ils avaient bêtement manqué de prudence, ça au moins, c'était clair.

— Une Porsche ? C'est vrai qu'on raconte que, dans le privé, M. Kume conduit une Porsche noire…

— Exactement, je l'ai moi-même appris ce matin. De toute façon, de nous tous, c'est bien le seul qui puisse s'offrir une voiture pareille.

Sanada semblait convaincu de la culpabilité du prof d'art. Une chance imputable au mystère méticuleusement entretenu par ce dernier autour de sa vie privée, lui qui n'avait jamais fait son coming out.

Cependant, même s'il y avait erreur sur la cible, l'affaire finirait sans aucun doute par conduire jusqu'à lui, et il perdrait son poste. Comment s'extraire de cette situation ? Il porta son verre à ses lèvres.

— Monsieur Sanada, puis-je vous demander de me laisser régler ce problème ? Il s'agit de ma classe. Je vais mener mon enquête auprès de mes élèves, trouver la fille en question et lui parler.

— On doit juste coffrer Kume ! s'emporta le jeune prof, qui avait de la peine à articuler. Ce sera plus simple, plus efficace.

— Il faut d'abord songer à l'élève. Nous ne devons rien tenter avant de connaître son identité. Imaginez un instant que ce soit Rina Kiyota ? Croyez-vous que l'on puisse ajouter à ses malheurs un tel affichage sur la place publique ?

— C'est vrai, concéda-t-il en agitant la tête. C'est vrai… Vous avez raison. Je n'avais pas réfléchi jusque-là…

Quelque chose le chiffonnait visiblement dans l'argumentaire bancal de Hasumi, mais vu son degré d'ébriété, il n'arrivait pas à mettre le doigt dessus.

— Vous avez bien fait de vous en ouvrir à moi, affirma Hasumi pour le rassurer. Je vous en remercie du fond du cœur.

— Non… non, mais y a pas de quoi. Je peux compter sur vous, ça, oui. Puis vous êtes de l'équipe de surveillance. Et le prof principal, alors...

Hasumi vida la carafe dans le verre de son collègue.

— Parfait ! Et si on buvait, maintenant ? Il y a longtemps que je ne me suis pas pris une bonne cuite. C'est moi qui invite, pour vous remercier !

Il héla la barmaid et commanda deux Rabbit Punch, le cocktail maison.

— Vous êtes sûr ? s'enquit la femme.

Sanada semblait déjà plus qu'à point.

— Vous savez, il y a des soirs comme ça, il faudrait

tout oublier… Ne vous en faites pas, ça ira très bien. Je le raccompagne.

Il était de notoriété publique que Hasumi tenait l'alcool comme personne.

Liqueur de pomme, vodka et jus d'ananas… Le mélange doux au palais, prisé de la clientèle féminine, se buvait comme du petit-lait. Pourtant, la teneur en alcool était si élevée qu'il suffisait d'un verre ou deux pour perdre connaissance et se réveiller le lendemain avec une migraine phénoménale, comme si on s'était fait le *coup du lapin*.

À cette recette déjà explosive, Hasumi décida d'ajouter un petit supplément de son cru.

Profitant d'une visite aux toilettes de son collègue, il versa dans le verre de celui-ci un somnifère dont il avait toujours quelques comprimés dans son sac. Du flunitrazépam, plus connu sous la triste appellation de « drogue du violeur ». Mélangé à de l'alcool, le médicament devenait plus efficace et provoquait chez le sujet des pertes de mémoire.

S'il avait été une femme, Sanada se serait méfié dès la mention du nom du cocktail... Mais c'est avec une insouciance parfaite qu'il avala goulûment sa boisson, et en moins de temps qu'il n'en faut pour le dire, il fut complètement cuit.

Hasumi régla l'addition et, soutenant le jeune prof de maths qui n'avait pas encore perdu conscience, il quitta l'établissement, peu inquiet des témoins de la scène.

Il pouvait encore renoncer. Il se rejoua mentalement le plan qu'il avait échafaudé à brûle-pourpoint, pesant le pour et le contre…

Non, décidément, une telle occasion ne se représenterait pas.

Sanada découvrirait bien vite que Kume n'était pas le prof qui entretenait une liaison illicite avec une des filles de la 1re 4. Cet homme au sens de la justice particulièrement développé finirait inévitablement par faire éclater la vérité au grand jour.

Il fallait absolument l'évincer du lycée.

Ce serait tristement dommageable pour l'établissement, qui perdrait un de ses rares professeurs valables, mais d'un autre côté, Hasumi n'aurait plus à partager sa popularité auprès des élèves – ni auprès de la psychologue, Satoko Mizuochi. La solution semblait s'imposer.

Par chance, le parking était désert. Des profs présents auraient hautement réprouvé de voir certains des leurs prendre le volant dans cet état : il était communément admis que les enseignants éméchés devaient laisser leur véhicule sur place et rentrer en train.

Hasumi assit son collègue par terre, l'adossa contre la carrosserie de sa RX-8 jaune et lui fit les poches pour trouver la clé. Il ouvrit le battant inversé de la plage arrière et réussit à y étendre Sanada, qui à ce stade était plongé dans un profond coma, et l'attacha tant bien que mal avec la ceinture pour qu'il ne tombe pas de la banquette.

Venait ensuite la partie la plus dangereuse de son plan. Hasumi avait beau tenir l'alcool, il n'en avait pas moins beaucoup bu : un contrôle routier lui serait fatal.

Il s'installa au volant et, vérifiant une dernière fois que personne ne les voyait, il mit le contact.

Ce n'était pas une voiture discrète. Il suffisait de la voir passer une fois pour s'en souvenir. Si un seul témoin remarquait la personne étendue à l'arrière, son plan tomberait à l'eau.

La Mazda glissa hors du quartier animé sans encombre et remonta vers le nord-ouest de la ville. Direction : le lycée.

Tandis qu'il évoluait dans les lumières rouges et orange de la nuit, Hasumi se prit à ressasser de vieilles images.

La journée avait été chargée en souvenirs impromptus… Le passé avait tendance à s'engouffrer dans la moindre brèche.

Il y avait ce visage, hideusement déformé par la douleur et la stupéfaction. Une femme entre deux âges… Itsuko Kuzuhara. L'enseignante principale du petit Seiji, alors en deuxième année de primaire.

Si la plupart des instituteurs étaient favorablement impressionnés par la précocité et les facultés du gamin, cette femme le détestait cordialement. Non pas qu'elle eût décelé la véritable nature de Hasumi : c'était une personne capricieuse qui avait tout simplement horreur des enfants n'ayant pas l'air *assez* enfant. « Vous me dégoûtez », déclarait-elle sans ambages à ceux qui étaient trop intelligents pour leur âge, ceux qui parlaient comme des adultes.

Elle favorisait sans la moindre gêne ses chouchous et se montrait complètement hystérique avec les autres. Personne n'étant capable de lui tenir tête dans le vase clos de la classe, elle s'était intoxiquée elle-même au pouvoir et à la terreur qu'elle y faisait régner. Tant qu'elle n'obtenait pas une soumission totale de la part des enfants, il n'y avait pas de limite dans l'escalade de la violence non seulement verbale, mais aussi physique dont elle usait.

Les élèves étaient impuissants face à ce monstre autoritaire.

Si les autres enfants, pétrifiés de peur, ne semblaient jamais se plaindre à quiconque des châtiments corporels et des fureurs indécentes de leur institutrice, le jour où Seiji avait reçu une gifle sans la moindre raison, il s'était immédiatement rendu auprès du directeur de l'école.

Ce dernier avait pris l'enfant en commisération, mais ne possédait ni la détermination ni la moindre des qualités requises pour diriger une équipe enseignante ; il s'était contenté de répéter à Kuzuhara ce que Seiji lui avait raconté.

Cela avait été le point de départ d'une folie vengeresse sans précédent. Elle lui tombait dessus à la moindre occasion et, emportée par sa haine, il n'était pas rare qu'elle finisse par le frapper.

Le jeune Hasumi avait envisagé de s'en ouvrir auprès de ses parents, mais il s'était ravisé : cela se serait terminé avec un simple blâme pour l'enseignante, ce qui était loin d'être satisfaisant. Il devait régler lui-même le problème.

Il avait cherché dans sa trousse le crayon idéal, tant au niveau de la longueur que de la dureté de la mine. Avec une gomme à l'autre extrémité, afin de se protéger. Une fois le bon outil sélectionné, il l'avait consciencieusement taillé et aiguisé à l'aide d'un cutter. Ça avait été si plaisant, comme occupation, qu'il avait failli se mettre à chantonner.

Le lendemain, dès la première heure, Kuzuhara lui était tombée dessus. L'enfant, interrogé sur un sujet très facile, avait volontairement répondu à côté. L'institutrice, pareille à une bête ayant flairé sa proie, avait ouvert grand les yeux et ses narines s'étaient dilatées. Elle avait fondu sur lui en le fixant d'un regard qu'elle aurait voulu écrasant. Or, Seiji n'avait relevé la tête que pour lui opposer un sourire moqueur.

Kuzuhara avait été prise d'une fureur sans nom.

Tremblante de rage, elle avait ouvert la bouche, montrant les dents. Elle avait levé le bras comme une joueuse de tennis qui s'apprête à faire un smash.

Seiji, qui s'était préparé à ce moment, avait exécuté son geste à la perfection. Il savait qu'elle était gauchère et qu'elle viserait sa joue.

Alors, imitant l'enfant qui ne cherche qu'à se protéger par instinct, il avait serré les poings devant son visage.

Bien sûr, il avait toujours son crayon bien affûté dans une main… Crayon dont la mine 6H, telle une vrille, avait percuté à angle droit la paume de l'enseignante.

Il avait fallu quelques secondes à Kuzuhara pour comprendre ce qui s'était passé. Puis, avisant sa main gauche, elle s'était mise à hurler de frayeur autant que de douleur. Il faut dire que le crayon, ayant transpercé sa main, ressortait de manière incongrue par l'autre côté.

Avait suivi un concert général de pleurs et de cris au milieu duquel le petit Seiji, tombé à terre à cause de la violence du choc, avait pu rire à gorge déployée sans que personne s'en rende compte. C'était si drôle ! La tête de la prof… Et le crayon planté dans sa main, quelle rigolade, on aurait dit un manga ! Il était hilare.

Le jeune Hasumi avait anticipé la suite. Le directeur avait immédiatement cherché à étouffer ce qu'il appelait un « incident regrettable ». Personne n'avait songé à punir l'enfant, qui n'avait rien fait d'autre que se protéger… D'ailleurs, l'association des parents et enseignants s'était indignée d'apprendre que l'on avait recours à la violence dans cette classe, et l'institutrice avait largement été critiquée.

Durant la convalescence de Kuzuhara, une autre prof, nommée Misako Kawazu, était venue la remplacer. C'était une femme douce et juste que les élèves avaient accueillie avec soulagement.

Cependant, dès que sa blessure serait guérie, Kuzuhara reviendrait ; c'était inévitable. Seiji, qui voulait l'éviter à tout prix, décida d'envoyer un petit message à l'enseignante.

Équipé d'un vieux walkman trouvé à la maison, l'enfant était allé à la pêche aux médisances auprès de ses petits camarades.

Il n'avait même pas eu à les pousser. Tous, y compris

les chouchous de l'institutrice, avaient témoigné d'une haine profonde envers elle.

— Elle est nulle.

— C'est une bouffonne.

— J'aimerais qu'elle meure.

— Ouais, qu'elle crève !

— Elle est moche.

— C'est un monstre.

— Une sorcière !

Et ainsi de suite, durant de longues minutes. Quelle douce musique aux oreilles de Seiji ! Bien sûr, il n'avait pas omis d'apporter sa propre pierre à l'édifice :

— J'aurais dû le lui planter dans l'œil, ha, ha, ha !

Puis, en s'aidant du matériel audio de son père, il avait compilé tous ces témoignages sur une cassette qu'il avait postée à l'adresse de l'institutrice.

Elle n'était pas revenue. Il n'avait jamais su si ç'avait été grâce à son initiative.

Un autre visage lui apparut bientôt. Celui d'un jeune homme au sourire éclatant. En y repensant, il ressemblait assez à Sanada… Il s'appelait Kenta Matsushima, et c'était le prof principal d'une autre classe de son école, lorsque Seiji était en quatrième année de primaire. Sportif aguerri, il dirigeait l'équipe de base-ball locale. L'homme inspirait naturellement confiance et sympathie.

Il avait une passion pour les voitures de sport, passion qui engloutissait la plus grande part de son budget. Son bolide favori était une Pontiac Fiero GT d'un rouge écarlate, qu'il poussait à des vitesses non recommandées sur l'autoroute : c'était là son seul défaut connu, et une grande source d'inquiétude pour son entourage. Non sans légitimité, car il perdit la vie dans un accident de la route. Il avait vingt-huit ans.

Le drame avait bel et bien eu lieu sur l'autoroute. Son

pneu arrière gauche avait soudainement crevé ; perdant le contrôle de sa voiture, l'instituteur avait percuté un camion qui arrivait en face. La Pontiac s'était retournée avant de prendre feu.

On avait attribué la crevaison à la présence d'une longue aiguille insérée dans le pneu. La force centrifuge, à très grande vitesse, aurait entraîné l'extraction violente du corps étranger, provoquant l'explosion.

Tout comme les autres élèves, le jeune Hasumi avait assisté à la cérémonie funéraire de M. Matsushima. Il était pourtant loin d'être triste. Plus jamais ce prof n'insisterait pour le faire jouer au base-ball !

En effet, depuis qu'il avait surpris l'enfant en train de s'adonner à des comportements obscènes avec deux de ses petites camarades, l'homme n'avait cessé de l'ennuyer pour lui faire intégrer son équipe. Voilà ce qui arrivait aux adultes voulant l'empêcher de prendre du bon temps quand cela lui plaisait.

Le troisième visage était celui d'un jeune garçon au rire tonitruant. Un gamin toujours de bonne humeur, joyeux, apprécié des autres enfants. Avec des bulles qui lui sortaient de la bouche et du nez, sous l'eau, il était encore plus drôle.

Tatsuya Iino. En dernière année de primaire.

Hasumi pencha la tête, rêveur. En y repensant, il aurait peut-être dû l'épargner. Les raisons qui l'avaient poussé à l'acte étaient si triviales… Tatsuya était toujours en haut du classement des personnes les plus populaires, tandis que le petit Seiji stagnait dans les bas-fonds. Or, il s'était pris d'intérêt pour une gamine du nom de Mina, et la rumeur courait qu'elle s'était entichée du joyeux drille. Ça avait suffi.

C'était à l'occasion d'une classe de mer. Il avait entraîné Tatsuya au bord de l'eau, à l'abri des regards, pour le défier en apnée. Il avait attendu que ce soit le tour de son camarade, et au bout d'une minute, avait lui aussi plongé la tête en affichant une horrible grimace.

Tatsuya, hilare, avait recraché tout l'air qu'il lui restait et de l'eau était entrée dans ses narines.

Il avait voulu remonter en catastrophe, mais Seiji l'avait fortement maintenu par les épaules.

L'enfant, paniqué, avait aspiré encore plus d'eau et il n'avait pas fallu plus d'une minute pour qu'il cesse complètement de bouger. Seiji avait attendu encore une minute, pour plus de sûreté, et avait poussé le corps de son camarade afin qu'il soit entraîné dans un courant côtier. Puis il était retourné sur le rivage et avait fait un grand détour avant de rejoindre les autres.

Les visages défilaient avec nostalgie tandis que la RX-8 glissait sur l'asphalte, réduisant la distance qui les séparait du lycée. Hasumi s'engagea sur la route qui ne desservait que l'établissement. À 22 heures bien tassées, il n'aurait dû croiser personne. Et pourtant…

Un vélo arrivait d'en face. Qui cela pouvait-il bien être, à une heure pareille ? Qui que ce soit, la rencontre était inévitable, et Hasumi devait accélérer s'il ne voulait pas être reconnu.

Le vélo s'arrêta. La voiture, reconnaissable entre toutes, était sans conteste celle du professeur Sanada, et le cycliste devait se demander pourquoi diable celui-ci retournait au lycée en pleine nuit.

Les phares l'éclairèrent. Chizuko Dôjima, la prof de japonais…

Elle rentrait toujours plus tôt d'habitude, pourquoi fallait-il que ce soir-là, justement, elle ait fait du zèle ?

Hasumi se dérida soudain : une telle occasion ne se représenterait pas, il fallait en profiter !

Il alluma les feux de route, engloutissant la silhouette dans la lumière.

Dôjima leva la main pour se protéger les yeux.

Hasumi appuya sur l'accélérateur et donna un coup de volant pour emboutir la prof. Il y eut un bruit sourd, et le petit corps trapu s'envola pour rebondir sur le toit de la voiture, avant de retomber derrière elle. Hasumi s'arrêta pour observer Sanada. Il craignait que le choc ne l'ait réveillé, mais le prof de maths demeurait inerte, tel un cadavre.

Il jeta un rapide coup d'œil dans le rétroviseur : le corps de Dôjima n'était pas visible. Elle devait avoir roulé dans un fossé, car il était fort peu probable qu'elle se serait relevée pour s'enfuir.

Hasumi redémarra.

Le portail du lycée était encore ouvert. C'était inhabituel, on avait dû faire une exception pour quelques profs restés tard dans la soirée.

Son idée initiale avait été d'encastrer la Mazda dans le portail, mais il pénétra dans l'enceinte du lycée, phares éteints.

Il s'arrêta en plein milieu du parking. Dans le bâtiment, tout était calme, pas le moindre bruit.

Il aperçut la Lexus IS du proviseur adjoint... C'était inespéré ! Toutefois, il fallait faire vite, avant que Sakai ne le surprenne.

Hasumi manœuvra pour avoir la voiture argentée en ligne de mire, puis mit la RX-8, à boîte automatique, en mode « Parking ». Il descendit, détacha Sanada et le transporta jusqu'au siège conducteur, où il le maintint droit à l'aide de la ceinture de sécurité.

N'y avait-il pas un bâton qui traînait dans le coin ? Il jeta un œil alentour et repéra les tuteurs en bambou piqués dans les massifs de fleurs. Il en prit un, revint à la voiture, abaissa la fenêtre et redressa le levier en mode

« Drive » avant de refermer la portière. Alors, à l'aide de son bâton, il appuya de toutes ses forces sur la pédale d'accélération. Un véritable jeu d'enfant.

Le moteur rugit et la sportive jaune fonça en avant, laissant à peine à Hasumi le temps de s'écarter, son tuteur à la main.

La Mazda emboutit le véhicule à l'arrêt dans un bruit de ferraille assourdissant, et les airbags se gonflèrent instantanément. L'alarme de la Lexus émit un son déchirant.

Hasumi, son bambou à la main, se mit à courir. Non pas vers le portail, mais à l'opposé. Il traversa la cour et disparut dans l'ombre des bois. Dans son dos, de hauts cris s'élevaient déjà.

Il jeta son bâton et rentra chez lui à petites foulées.

Le proviseur adjoint n'avait encore jamais affiché un air aussi abattu. On imaginait sans mal qu'il n'avait pas fermé l'œil de la nuit. Le cendrier sur la table débordait de mégots. S'il était d'ordinaire interdit de fumer dans son bureau, ce jour-là, Sakai ne pouvait pas se retenir.

Bien entendu. Un tel fiasco… Sans même parler de l'état de sa Lexus IS adorée.

— Si je comprends bien, reprit le proviseur adjoint d'une voix aigre, vous avez laissé Sanada, complètement ivre, rentrer seul ?

Il dévisageait Hasumi, debout devant lui pour s'expliquer, d'un air ulcéré.

— Et je le regrette. Tout ce que je peux dire, c'est qu'à ce stade, il ne paraissait pas si mal en point. Il m'a assuré qu'il avait peur de vomir dans le train et qu'il valait mieux qu'il fasse une petite sieste dans sa voiture au préalable.

— Mais alors, pourquoi donc s'est-il retrouvé à conduire cette voiture ?

— Je n'en ai pas la moindre idée. Peut-être a-t-il cru que c'était le matin ? A-t-il dit quelque chose ?

— Il ne se souvient de rien. Son dernier souvenir, c'est d'être en train de boire au Rabbit Punch en votre compagnie… (Il soupira.) Quelle catastrophe… Ce n'est pourtant pas faute de l'avoir prévenu des dangers de la conduite en état d'ébriété !

— C'est vrai que ce n'est pas la première fois qu'il prend le volant alors qu'il ne devrait pas, abonda Hasumi d'un air navré. Et s'il ne s'était agi que de dégâts matériels ! Mais là, impossible d'étouffer l'affaire. Par chance ou malchance, la victime fait partie des nôtres, mais enfin…

— Quand j'ai vu Sanada inconscient au volant de sa voiture, je n'ai rien pu faire d'autre que d'appeler l'ambulance, poursuivit Sakai en rallumant une cigarette. Je ne savais pas s'il s'était tout simplement endormi, ou si le choc lui avait fait perdre connaissance.

— Et vous avez bien fait, pointa Hasumi. Qui sait ce qu'il serait advenu de Mme Dôjima, sans cela ?

— Effectivement. (Il cracha un nuage de fumée.) C'est avec l'arrivée de l'ambulance et de la police qu'on a découvert notre collègue gisant devant l'établissement. Mieux vaut ne pas imaginer ce qu'il serait arrivé à Mme Dôjima après une nuit passée dans le fossé…

— Les médias prennent l'affaire au sérieux. Un prof ivre mort, qui percute une collègue, la blesse lourdement et prend la fuite…

Les commentateurs s'accordaient à dire que l'affaire devait être portée devant un tribunal.

Les accidents de personnes, graves ou mortels, pour cause de conduite sous emprise de stupéfiants étaient très lourdement sanctionnés.

— Je ne crois pas pouvoir éviter le licenciement pour faute grave, remarqua Sakai d'un air sombre.

— C'est inévitable, approuva Hasumi. Mais comment se porte Mme Dôjima ?

— Eh bien, sa vie n'est pas en danger, mais pour le reste… Elle a le fémur et le bassin fracturés. Elle ne reviendra pas enseigner avant six mois, minimum.

Seulement ? déplora Hasumi à part lui-même. Il avait espéré quelque chose de plus définitif.

— Au moins, elle s'est réveillée et est pleinement consciente. D'ailleurs, elle a témoigné d'un détail étrange.

— C'est-à-dire ?

— D'après elle, Sanada s'est arrêté avant de la croiser. Puis il aurait opéré un changement de direction *exprès* pour lui rentrer dedans ! Elle parle même de lui intenter un procès pour tentative de meurtre ! Je vous jure… À quoi pense-t-elle, celle-là aussi, hein ?

Hasumi se demanda si le proviseur adjoint ne regrettait pas également que la prof de japonais n'ait pas plus opportunément perdu la vie dans l'accident.

— Enfin… J'ai bien d'autres chats à fouetter pour l'instant. Je dois trouver d'urgence des remplaçants en maths et en japonais, et qui prendra en charge la 1re 3 ? Ah, là, là ! Quel casse-tête…

— Que fait-on pour le voyage scolaire ?

Le visage de Sakai se décomposa. Le voyage à Kyôto des classes de première était prévu pour dans deux semaines, mais sans Sanada, il manquait un prof accompagnant.

— Bon… je pourrais demander au professeur Namiki de prendre en charge la classe. Il ne peut absolument pas aller à Kyôto, de ce qu'il me disait. Et c'est pareil pour les autres ! Personne ne veut se porter volontaire, tout le monde a déjà des plans ! Ah, là, là ! quel casse-tête !

— J'ai peut-être une idée.

Hasumi n'avait pu se résoudre à regarder son supérieur se débattre sans lui venir en aide. Après tout, il n'était pas pour rien dans ce désastre. Et puis, il devait bien admettre qu'il aurait pu éviter de sacrifier la voiture à laquelle le proviseur adjoint tenait tant.

— Vraiment ? Qui donc ?

— Je pense que le professeur Kume ne dirait pas non.

Sakai fronça les sourcils, comme s'il avait mal entendu.

— M. Kume ? C'est une plaisanterie ?

— Je sais, il n'y paraît pas forcément, mais il a un grand sens des responsabilités et se soucie fortement de ses élèves. Laissez-moi lui parler.

— Eh bien, si vous le dites… Je vous fais confiance.

Sakai, qu'une montagne de travail attendait, ne sembla pas même soulagé de s'être débarrassé de ce détail.

— Monsieur Hasumi ! C'est terrible, ce qui s'est passé !

À peine était-il revenu en salle des profs que Takatsuka s'était rué sur lui.

— Oui, terrible, terrible… Et je me sens tellement responsable. M. Sanada semblait vraiment en pleine possession de ses moyens, il m'a assuré qu'il n'entrait dans sa voiture que pour s'y reposer un peu… Ah, j'aurais mieux fait de l'inviter dans un salon de thé, ou d'appeler un taxi !

Hasumi répéta le bobard qu'il avait servi à Sakai quelques minutes plus tôt. Le principal intéressé n'ayant aucun souvenir des faits, il pouvait raconter ce que bon lui semblait.

— Ce qui est étonnant, répondit l'autre professeur d'anglais en croisant ses bras replets, c'est qu'il est parti juste après vous.

— Juste après ? Comment ça ?

— Hier soir, les profs Ihara et Kitani étaient aussi au Rabbit Punch, et ils sont sortis cinq minutes à peine après vous. Or, la RX-8 n'était déjà plus au parking !

— Vraiment ?

Il leva les yeux au ciel.

Oh, my Jesus !

De toute façon, il suffisait de calculer à partir de l'heure de l'accident, en retraçant l'itinéraire en sens inverse, pour savoir à quel moment précis la voiture avait quitté le débit de boissons…

— Ils se sont peut-être trompés ? Tout le monde était bien éméché…

— Je ne pense pas, insista l'autre. Une RX-8 jaune ? Dans un si petit parking… Difficile de se tromper. (Il marqua une pause, pensif.) Au fait, de quoi voulait-il vous parler ?

— Oh, vous savez… (Hasumi afficha un sourire las. Quelle commère, ce Takatsuka…) De problèmes d'élèves, comme toujours. Dans ma classe, bien entendu.

Une demi-vérité était plus facile à faire gober qu'un mensonge total.

— Ah bon ! M. Ihara m'a raconté que vous étiez en grande forme. À la fin, vous avez même commandé ce cocktail, le Rabbit Punch !

— En grande forme ? C'était tout le contraire.

— Comment cela ?

— On a parlé de sujets déprimants, c'était plus pour oublier qu'autre chose.

Takatsuka médita ces paroles quelques instants.

— Maintenant, si vous voulez bien m'excuser, j'ai une montagne de travail et…

— Attendez, monsieur Hasumi. Il faut que je vous montre quelque chose. J'étais en train d'imprimer les dépliants pour le voyage scolaire quand j'ai trouvé ça dans la poubelle.

Il tendit un prospectus à l'impression ratée, dont les lettres bavaient. Ce qui n'empêchait en rien la lecture du titre, promettant de révéler « Le véritable visage du populaire professeur HS ! » L'usage des initiales avait probablement été choisi afin de conférer une aura de vérité au texte. Vu la formulation, il y avait peu de chances qu'on pense au proviseur adjoint, Hiroki Sakai ; une inversion des deux initiales était plus probable.

Hasumi parcourut le brûlot. C'était un tissu d'inventions élaborées au petit bonheur. Seule la présomption d'une relation inadéquate avec une des élèves s'approchait un tant soit peu de la vérité ; et encore, l'auteur – Dôjima, selon toute probabilité – avançait que la jeune fille en question était la beauté incontestée du lycée, Ari Kashiwabara…

— Mince alors… C'est Mme Dôjima qui en est à l'origine, je présume ?

C'était donc pour imprimer ce torchon que la prof de japonais était restée si tard au lycée, pas même pour son travail ! Elle aurait pu s'éviter ce tragique accident…

— J'en mettrais ma main à couper. Regardez le style : c'est du Dôjima tout craché.

Le mélange improbable des styles, entre presse à scandale et tribune de revendication aux accents hargneux, ne laissait aucun doute quant à son autrice.

— Ce pamphlet a été distribué ?

— Je ne pense pas, répondit Takatsuka en secouant la tête. J'ai posé quelques questions ici où là, mais nos collègues n'ont pas l'air au courant.

Le petit homme ne semblait même pas se demander pourquoi la prof de japonais avait pu rédiger une chose pareille. Il s'agissait visiblement pour lui d'un acte tout à fait banal.

Hasumi décida de régler ça plus tard : il avait promis à Sakai de se charger d'un problème plus urgent.

Il se dirigea vers la salle d'arts plastiques et entrouvrit la porte. Une courageuse classe de seconde, encore candide et innocente, menait un combat acharné contre l'ennui en tentant de reproduire une nature morte.

— Monsieur Kume ? lança-t-il à voix basse.

Le prof d'art leva un regard surpris vers lui. Pas une bonne surprise, visiblement.

Les élèves s'agitèrent. Hasumi n'avait aucune classe de seconde sous sa coupe, mais quelques-uns de ces jeunes suivaient son club de conversation en anglais et sa popularité allait déjà croissant, parmi les jeunes filles en particulier.

— Que se passe-t-il ? s'enquit Kume en s'approchant de la porte.

— Pardonnez-moi, j'aurais un service à vous demander.

— Je suis en cours.

— Je comprends bien, mais je n'avais que cet instant de libre pour vous trouver, et cela ne prendra qu'une minute…

Soupir. Le prof d'art le suivit dans le couloir, refermant soigneusement la porte sur lui.

— Je suppose que vous êtes au courant de ce qui est arrivé au professeur Sanada ?

— Oui. Conduire en état d'ivresse, vraiment ! On est déjà critiqués de toutes parts… Dire que je pensais le professeur Sanada irréprochable !

Hasumi ne releva pas l'ironie de la remarque et entra dans le vif du sujet.

— Il nous manque un professeur pour le voyage scolaire, dans deux semaines. Du coup, je me suis permis de vous inscrire.

Kume en resta bouche bée.

— C'est une plaisanterie ? réagit-il, paraphrasant au mot près le proviseur adjoint, quelques minutes plus tôt.

— Pas du tout, je suis sérieux ! affirma Hasumi du

ton guilleret de celui qui annonce une bonne nouvelle. Je suis sûr que vous aviez déjà des projets, mais je vous le demande instamment. Il s'agira de chaperonner les 1re 3. Cela dit, pendant la journée l'emploi du temps est libre, vous aurez juste à…

— Non, mais attendez. Je ne suis pas apte à gérer les élèves.

— Oh, vous savez, personne ne l'est véritablement ! (Il avait pris un air blagueur mais son regard restait froid.) Moi-même, quand tous ces jeunes me tournent autour en bourdonnant, il me vient l'envie de sortir ma bombe insecticide ! Et puis, je ferai en sorte que les profs aussi passent du bon temps. (Il se pencha pour lui susurrer à l'oreille.) Admirer les étoiles dans la nuit de Kyôto en compagnie du petit Maejima, ne serait-ce pas un souvenir inoubliable ?

Il lui tapota l'épaule avant de le planter là, complètement effaré. Sans serrer la vis trop fort, il était nécessaire de rappeler de temps à autre à sa victime où était son intérêt afin qu'il ne lui vienne pas à l'esprit de fomenter une rébellion.

Hasumi reprit son sérieux avant de frapper à la porte du bureau de son supérieur. Il commença par la bonne nouvelle : le professeur Kume avait accepté de remplacer Sanada au pied levé. Il enchaîna avec la découverte des pamphlets à son sujet. Il affirma avec véhémence qu'il ne s'agissait que d'un tissu de mensonges, qu'on pouvait enquêter sur lui, il s'en fichait, il n'avait strictement rien à se reprocher. En revanche, s'en prendre à cette pauvre Ari Kashiwabara, une si bonne élève, c'était écœurant ! Et que dire de l'image du lycée ? En ce moment, en plus, alors que l'établissement retenait l'attention de tous les médias !

Sakai s'empara du prospectus et le parcourut. Son visage perdit instantanément ses couleurs. La colère s'ajoutait à un niveau de stress déjà exceptionnel. Créer un scandale, maintenant ? Comment pouvait-on faire preuve d'un tel manque de discernement ? Hasumi songea à l'expression anglaise, *pour oil on the fire*… c'était exactement ça.

Dôjima avait-elle vraiment l'intention de distribuer les pamphlets ? Pour en avoir le cœur net, Sakai ordonna à Junko Taura, l'infirmière, d'aller ouvrir le casier de la prof de japonais, dans le vestiaire des femmes, à l'aide d'un passe-partout.

Ce n'était sûrement pas très orthodoxe, comme décision, mais on découvrit à l'intérieur deux cents exemplaires du brûlot. Écrire un petit papier pour s'amuser et en imprimer deux cents (aux frais du lycée, qui plus est !), ce n'était pas la même histoire.

Cette fois, ses relations avec Hirose, le président du conseil d'administration, ne la sauveraient pas. Il fut décidé que l'on déclarerait son éviction du lycée lors d'une réunion extraordinaire le soir même, après les cours.

Hasumi conseilla au proviseur adjoint de proposer un marché à Dôjima : si elle abandonnait ses poursuites pour tentative d'homicide, elle échapperait au licenciement pour faute grave.

Moins la police serait incluse, mieux ce serait pour lui. Sans compter que l'image du lycée ne sortirait pas indemne d'une telle affaire. Et quant à ce pauvre Sanada, somme toute bien innocent, inutile de s'acharner sur lui…

Un vacarme assourdissant n'en finissait plus de retomber sur le lycée. Un avion de chasse le survolait d'assez près pour le bombarder. Sûrement un engin de l'armée américaine… Reika espéra que le jour viendrait où le Japon serait débarrassé de ce fléau.

— Mais qui a bien pu faire ça ? demanda-t-elle en soupirant.

Un des rosiers du parterre de fleurs, privé de son tuteur, s'était écroulé sur lui-même. Le bâton restait introuvable.

— Il n'y a que toi pour t'inquiéter pour les plantes alors qu'un accident a eu lieu juste à côté ! affirma Yûichirô.

Sur le parking, des ouvriers en veste bleue préparaient la Lexus IS et la RX-8 pour leur départ pour la casse.

— Ce sont des rosiers grimpants, protesta-t-elle. Si on leur enlève leur support, ils vont s'abîmer.

— Une des voitures a dû l'écraser cette nuit, avança son camarade sans grande conviction.

— Impossible, enfin ! C'est loin de la scène, et il y aurait des traces, réfléchis !

— OK, t'énerve pas. C'est juste quelqu'un de mal intentionné qui est passé par là.

— Oui, retentit une voix derrière eux, mais quand ?

Reika et Yûichirô se retournèrent : Keisuke les avait rejoints. Au contraire de son camarade de 1re 4, il arborait un regard sérieux.

— Voyons… les rosiers étaient parfaits quand on est rentrés hier soir, donc entre hier soir et ce matin.

— Avant, ou après que les voitures se sont tamponnées ?

— Comment veux-tu que je le… (Il ouvrit grand les yeux.) Si ! Je sais : ça a été fait juste après l'accident.

— Sur quoi tu te bases pour affirmer ça ? voulut savoir Reika.

— Eh bien : M. Sanada était coincé à l'intérieur de sa voiture lorsque les deux véhicules se sont percutés. Quelqu'un a voulu l'aider avec le bâton !

— L'aider, avec un tuteur ?

— Oui, pour forcer l'ouverture de la portière ! soutint Yûichirô, déjà convaincu par sa propre explication.

— On ne force pas une portière de voiture avec un bâton en bambou, glissa Keisuke, sceptique.

— Comment le savoir sans essayer ? La personne a fait avec ce qu'elle avait sous la main !

— Hum, dans la précipitation, pourquoi pas… admit Keisuke.

— Si c'était le cas, on trouverait ce tuteur dans les parages. Or il n'est nulle part, remarqua Reika.

— Oui, bon, il est forcément par là, grommela Yûichirô. Sous les voitures ou pas loin.

— Ou alors… attendez. (Les yeux de Keisuke se mirent à briller.) On fait peut-être fausse route.

— Que veux-tu dire ?

Reika vit l'expression de son camarade s'assombrir.

— Ce n'est pas juste après l'accident qu'on a déterré le tuteur. Mais *juste avant*.

5

— Un voyage scolaire à Kyôto… Ils abusent, franchement !

Depuis qu'il était monté à bord du Shinkansen, Yûichirô ne cessait de grommeler.

— L'an dernier, c'était l'Australie, et l'année d'avant, la Corée ! Pourquoi c'est sur nous que ça tombe, le voyage pourri ? Vous trouvez pas ça bizarre qu'on soit sur le même type de budget qu'au collège ?

Reika, absorbée par le paysage qui défilait à toute allure, ne prêtait qu'une oreille distraite aux jérémiades de son ami. Les places, originellement attribuées de façon à séparer filles et garçons, n'avaient pas été respectées très longtemps, et chacun avait rejoint tel ou tel groupe en fonction de ses affinités. Du moment qu'un semblant de calme persistait, les profs étaient enclins à fermer les yeux sur ces arrangements.

Les filles de la garde rapprochée de Hasumi, ainsi que celles du groupe de conversation en anglais, s'étaient naturellement regroupées. Caméra à la main, un élève leur tournait autour telle une mouche autour d'un pot de miel : Hisashi Nakamura. Son objectif était quasi constamment braqué sur Ari Kashiwabara, la beauté du lycée.

— Qu'est-ce qui t'arrive ? Ça ne va pas, Reika ?

Elle se tourna vers Yûichirô.

— Je ne sais pas trop…

C'était vrai. Elle-même ne comprenait pas ce qui la préoccupait.

— J'ai juste un mauvais pressentiment.

— Quel genre ?

— C'est dur à expliquer, mais j'ai l'impression que quelque chose d'horrible se trame dans notre dos.

Le jeune garçon fronça les sourcils. Il aurait pu en rire, mais il commençait à connaître sa camarade et prenait ses intuitions au sérieux.

— Comme un accident, par exemple ?

— Ce n'est pas aussi précis, je ne lis pas l'avenir… Mais tu n'as pas le sentiment qu'on se dirige vers un drame, au lycée ?

— Ben, c'est sûr que c'est pas rassurant, avec tout ce qui s'est passé, mais bon…

Il jeta un œil aux autres élèves du wagon, tous plongés dans de grandes discussions. On aurait dit que les événements des dernières semaines étaient déjà de l'histoire ancienne.

— Regarde, même Rina a l'air de s'amuser alors qu'elle vient de perdre son père dans un incendie…

Reika se retourna. Deux rangs en arrière, Rina semblait aussi joyeuse que les autres. Les soupçons qui avaient pesé sur elle s'étaient évanouis, les flics avaient cessé de tourner autour du lycée.

— Il me semble toujours aussi invraisemblable, cet incendie… Comment croire qu'un simple pyromane se soit ingénié à remplir des bouteilles de kérosène ? Mais le plus étrange, c'est l'accident de M. Sanada.

— Ah bon ? Je pensais que tu t'inquiétais plus pour le rosier grimpant que pour lui ou Mme Dôjima…

— C'est que je n'imaginais même pas qu'il puisse risquer de finir en prison…

— Dites donc, va falloir arrêter de faire la gueule, vous deux. Vous plombez l'ambiance, un truc de dingue.

Keisuke avait changé de compartiment et venait d'apparaître, appuyé sur le dossier de Reika. Il prit place en face d'eux.

— On parlait de l'accident de Sanada. Reika trouve qu'il y a quelque chose de louche.

— Et je suis bien d'accord avec elle !

— Vas-y, explique.

— Toi, si t'étais prof, et bourré, tu reprendrais ta voiture pour retourner au lycée ?

— Ben, ça dépend. On fait des choses illogiques quand on a trop bu. Peut-être qu'il s'est mis en tête d'aller chercher un truc oublié ou autre…

— Il aurait très bien pu le récupérer le lendemain matin. Non, ça ne colle pas. Même en considérant qu'il était plein comme une outre.

Reika releva la tête.

Au fait, Keisuke, tu nous as dit que le tuteur du rosier avait pu être retiré avant l'accident… Qu'est-ce que tu imaginais, au juste ?

— Ouais, renchérit Yûichirô. Moi aussi, ça m'a travaillé, ton histoire.

— Ah, ah ! Secret… éluda Keisuke avec un sourire mystérieux. Pour l'instant en tout cas. Je veux juste vérifier deux ou trois trucs. Mais si j'ai raison, je vous préviens tout de suite : il ne s'agit pas d'un accident.

— Pff, ça sert à quoi de nous faire mariner ?

— Je ne le détestais pas, Sanada, reprit Keisuke sur un ton plus sérieux. Il pouvait être un peu lourd, quand il s'y mettait, mais il était carrément investi pour ses élèves.

— Ouais. Il était chouette.

— Moi aussi, je l'aimais bien. Enfin, il n'est pas mort, mais bon.

— Je ne sais pas si ça a un rapport avec cet accident,

reprit Keisuke, mais un jour Sanada a lâché un truc que j'arrive pas à oublier.

— Quoi ?

— Il a dit qu'il y avait un monstre dans notre lycée.

Reika sentit un frisson lui parcourir l'échine. La température du compartiment sembla chuter d'une bonne dizaine de degrés.

— Un monstre ? Mais qu'est-ce qu'il voulait dire ?

— Il n'en a pas dit beaucoup plus, mais c'étaient des histoires d'argent sale, ce genre de trucs.

— Mais il parlait de qui ?

— Ben, j'en sais rien, répondit Keisuke en haussant les épaules. Mais toi, Reika, tu n'aurais pas une idée ?

— Moi ? Pourquoi ?

— Je me souviens de ta théorie des quatre profs les plus dangereux de notre établissement…

— Ah, ça ? C'était plus une intuition…

— Et le carré diabolique était composé, selon toi, de Sonoda, Shibahara, Tsurii et Hasumi. Sonoda est un monstre, d'une certaine façon, mais je ne crois pas que Sanada parlait de lui. Shibahara est probablement le pire prof de l'histoire, mais c'est pas son genre non plus.

Au fur et à mesure que son camarade passait en revue les quatre professeurs, le rythme cardiaque de Reika accélérait.

— Il ne reste plus que Tsurii et Hasumi.

— J'ai vraiment pas l'impression que Hasumi soit impliqué dans quoi que ce soit, lâcha Yûichirô.

— Et pourquoi ça ?

— Sanada le respectait et avait confiance en lui.

— C'est vrai. D'ailleurs, le soir de l'accident, ils buvaient tous les deux. Il ne reste donc que Tsurii.

Ça semblait l'hypothèse la plus probable. Cependant, n'y avait-il pas un autre monstre que celui auquel pensait Sanada ? Quelqu'un qu'il n'attendait pas dans ce rôle, et qui aurait pu l'avoir fauché par surprise… L'imagination de Reika s'emballait.

— Décidément, c'est le voyage de l'horreur, soupira Keisuke.

— Hein ?

— Les Quatre Fantastiques, là, juste derrière nous… Vous êtes peut-être habitués, mais moi, ça m'étouffe !

Élèves et accompagnateurs descendirent du train pour monter dans un bus. Ils s'arrêtèrent au château de Nijô, non loin de leur hôtel, et prirent leur déjeuner sur place.

Puis les ados furent comptés et dispatchés en groupes de quatre, chaque groupe devant faire le tour des lieux touristiques de la ville dans un taxi spécialement affrété par le lycée.

Tous les ans, c'était la même chose. Qu'ils aillent à la mer ou en ville, les jeunes se contentaient de recopier Wikipédia pour le devoir qu'ils devaient rendre à la fin du voyage, ce qui incitait les profs à penser qu'il n'y avait finalement aucun intérêt à les traîner sur place…

— Le pavillon d'Or a brûlé en 1950, a été reconstruit à l'identique et restauré trente ans plus tard. La première couche d'or étant trop fine, il en a reçu en tout cinq successives.

Le chauffeur, un vieux bonhomme répondant au nom de M. Ôe, servait aussi de guide touristique.

— Et l'incendie de 1950, c'était dû à un pyromane, non ? interrogea Fûko, assise à l'avant, qui notait tout soigneusement dans un carnet.

— Exactement.

— Pourquoi il a fait ça ?

— Eh bien, on se le demande. On sait que c'était un moine apprenti, mais quant à ses motivations… Le reste, c'est de la littérature, n'est-ce pas ? Il faut lire

Le Pavillon d'Or, de Yukio Mishima, ou *L'Incendie du pavillon d'Or*, de Tsutomu Mizukami.

Reika repensa à l'incendie qui avait coûté la vie à M. Kiyota. S'il n'était pas dû à un simple pyromane agissant au hasard, mais à un criminel, quelle aurait pu être sa motivation ? Contrairement à l'incendie du célèbre temple, il était difficile de penser que la maison elle-même avait été prise pour cible. Était-ce la famille entière ou un seul de ses membres en particulier que l'on avait voulu éliminer ?

— Mais le temple avait déjà brûlé, avant ça, non ? intervint Masahiko Maejima, emporté par l'enthousiasme de Fûko.

— Ah, ça, oui. Pendant la grande guerre, tous les bâtiments qui constituaient le temple ont été détruits à de multiples reprises. Seul le pavillon d'Or, isolé au centre d'un étang, a survécu à ces troubles. Un vrai miracle, on peut le dire !

— Pendant la guerre ? Mais je croyais que pas un missile n'était tombé sur Kyôto ? s'étonna Reika.

— Oh, ici, quand on parle de la « grande guerre », il s'agit de la guerre d'Ônin ! Celle qui a eu lieu au XVe siècle, sous le shogunat des Ashikaga, précisa M. Ôe, un peu irrité.

Yûichirô adressa un sourire en coin à sa camarade, assise à côté de lui. Quitte à former un groupe de quatre, composé de deux filles et deux garçons, ils auraient préféré être accompagnés de Keisuke, mais les classes n'avaient pas été mélangées. Maejima faisait office de pièce rapportée. Parmi les élèves sans amis, qui se retrouvaient esseulés chaque fois qu'il fallait se regrouper par affinités, c'était bien celui dont la compagnie était le moins désagréable.

En revanche, Reika commençait à regretter d'avoir laissé Yûichirô décider du programme. Peu intéressé par l'architecture et l'histoire des temples bouddhiques, il s'était contenté d'aligner les lieux les plus touristiques.

M. Ôe gara le taxi sur le parking et ils continuèrent la visite à pied. Grâce à ces guides-chauffeurs polyvalents, les profs accompagnants n'avaient pas grand-chose à faire durant le voyage.

Le pavillon était visible dès l'entrée. Il n'était pas aussi rutilant qu'on aurait pu l'imaginer, mais avec ses murs dorés reflétés dans l'étang qui l'encerclait, il avait de quoi attirer le regard. Reika comprenait qu'il ait pu impressionner les gens d'autrefois… pour autant, elle le trouva beaucoup trop tape-à-l'œil.

Ils croisèrent d'autres lycéens en voyage scolaire, certains du nord du Japon, à en juger par leur accent. Sinon, il y avait énormément de Chinois, de Coréens et de Japonais à l'accent indéterminé, venant probablement de l'ouest du pays.

— Il n'y a que des étrangers…

Keisuke s'était pointé derrière eux sans qu'ils s'en aperçoivent.

— Tiens, votre groupe aussi commence par le pavillon d'Or ?

— Ouais, ça nous a saoulés de faire un programme, on a juste copié celui de Yûichirô.

— Vous allez donc au temple Kiyomizu et au château de Nijô, alors, après ça ?

— Eh oui. En même temps, à Kyôto, il n'y a pas grand-chose d'autre à se mettre sous la dent.

Non, juste dix-sept sites classés au patrimoine mondial de l'Unesco, songea Reika.

Pour autant, elle n'était pas mécontente de passer la journée avec Keisuke.

— On va acheter des *omamori*, OK ?

Sous l'impulsion du jeune homme, les huit élèves se précipitèrent vers un étal où l'on vendait ces petits sachets de tissu censés apporter protection. Sans surprise, la plupart jetèrent leur dévolu sur ceux qui promettaient la réussite scolaire, sauf Yûichirô, qui choisit une amulette pour la réalisation des souhaits, et Keisuke, qui en acheta une qui affirmait éloigner les dangers.

— Au fait, se rappela Reika. Tu n'as pas voulu aller avec le groupe de Hasumi ?

Son prof principal, à bord d'un bus à impériale, avait proposé d'emmener les élèves intéressés pour une visite des universités locales. De la 1re 4, Mai Isagawa et Kengo Watarai, tous deux excellents élèves, avaient décidé de le suivre, ainsi que Miya Yasuhara. Il était étonnant que Keisuke, qui évoquait souvent son désir d'intégrer un des établissements de Kyôto, ne fasse pas partie du groupe.

— Non. Je suis en voyage, je ne cherche pas encore une fac, répondit-il nonchalamment. Et puis, tant qu'on peut éviter une des Quatre Fantastiques…

Les huit élèves, répartis dans deux taxis, se dirigèrent ensuite vers le temple de Kiyomizu. À peine passé le portail, Keisuke vira sur un bâtiment baptisé Zuigudô, qui proposait la « Visite des entrailles du bodhisattva ». Ses camarades le suivirent sans même se poser de question.

Ils payèrent cent yens à l'entrée, rangèrent leurs chaussures dans des sacs en plastique et pénétrèrent dans un couloir plongé dans l'obscurité, simplement guidés par une corde en forme de chapelet fixée le long du mur. Derrière elle, Reika pouvait entendre les visiteurs pousser des cris d'excitation, mais elle se sentait de plus en plus oppressée par les ténèbres.

C'était une noirceur pure, surréelle. Quelque part devant devait se trouver Keisuke, mais elle ne pouvait le vérifier. Elle plissa les yeux, tentant de capter le moindre reflet de lumière, sans succès.

Elle avait déjà lu que l'obscurité totale éveillait des terreurs primaires chez les êtres humains. Soudain, elle eut l'impression que Keisuke n'existait plus. Coinçant son sac à chaussures sous son coude, elle tendit une main en avant et effleura le dos de son camarade. Elle serra entre ses doigts le tissu de son uniforme pour ne plus le lâcher. Surpris, le jeune homme continua néanmoins à marcher sans protester.

La traversée à l'aveugle ne dura que quelques minutes. Bientôt, un soupçon de lumière revint soulager la vision de la lycéenne. Il s'agissait d'une dalle en pierre votive, seule chose éclairée à la ronde.

— Il faut tourner autour pour formuler un vœu, lut-elle.

Keisuke et elle, rejoints par Fûko, firent un tour de la dalle encerclée de ténèbres. Reika avait beaucoup de choses à demander aux dieux, mais une seule lui vint à l'esprit : qu'ils sortent tous du lycée sains et saufs, et qu'ils continuent à rire encore longtemps.

Une fois cette visite terminée, les élèves prirent une photo souvenir sur la galerie du temple Kiyomizu, qui s'avançait au-dessus du vide. La hauteur n'était pas extrême, mais à flanc de colline, la vue était vertigineuse.

Maejima, cramponné au garde-fou, avait les genoux fléchis.

— Ne me dis pas que tu as le vertige ? s'amusa Reika.

— Mais non, c'est pas ça…

— Mais si, je le vois bien ! Tu es mort de trouille !

— Saviez-vous, les interrompit M. Ôe, que jusqu'à la fin de l'ère Meiji, de nombreuses personnes désespérées venaient sauter ici, après avoir formulé un vœu ? Sur deux cent trente-quatre cas documentés, entre quatre-vingts et quatre-vingt-dix pour cent d'entre elles auraient survécu.

— Ah bon ?

C'était Keisuke, qui était apparu juste derrière Maejima par surprise, lui faisant pousser un petit cri de peur.

— Eh bien, ça vaut le coup d'essayer, non ? Allez, les 1re 4, c'est votre chance de devenir célèbres !

Mai Isagawa le regarda d'un air admiratif.

— Vous êtes vachement calé sur l'université de Kyôto, Hasumi !

— C'est que j'ai étudié dans cette prestigieuse université.

Il laissa le temps à son élève d'absorber la nouvelle, avant d'ajouter :

— Un mois seulement.

Le temps nécessaire pour se rendre compte que les universités japonaises ne lui apprendraient rien de plus que ce qu'il savait déjà. Il avait aussitôt remis un document d'abandon de cursus.

— Mais… vous avez fait quoi, après ?

— J'ai été sans fac pendant un an, après quoi je suis parti étudier aux États-Unis. Pas seulement pour améliorer mon anglais, mais pour apprendre de nouvelles choses.

Grâce à l'héritage de ses parents et aux versements de leurs assurances-vie, Hasumi n'avait jamais eu à se faire de souci pour payer ses études ou subvenir à ses besoins. Diplômé d'une université prestigieuse, il était entré dans une *business school* ultra-élitiste et s'était fait embaucher dans une banque d'investissement internationale, la compagnie Morgenstern. Si on lui avait dit, à cette époque, qu'il finirait prof d'anglais dans un lycée nippon, il aurait probablement éclaté de rire.

— Mais, pourquoi vous vous êtes inscrit à l'université de Kyôto, alors ?

— Sans raison particulière. C'était près de chez moi.

Miya, qui écoutait leur conversation d'un air distrait, se tourna brusquement vers lui.

— Vous venez de Kyôto, Hasumi ?

— Je suis né à Tôkyô, mais je suis parti de chez mes parents quand j'étais au collège.

Moins il parlerait de son passé, mieux ça vaudrait. Il en avait peut-être déjà trop dit.

Il changea de sujet en se lançant dans un éloge enflammé de la vie kyôtoïte. Puis ils visitèrent le pôle technologique, et s'entretinrent avec un étudiant, ancien élève de Machida. Son discours trop terre à terre ne fut pas de nature à raviver l'enthousiasme des lycéens. Ni à capter l'attention de Hasumi, que ses souvenirs ramenaient à cette soirée si particulière, où, à quatorze ans, il avait fait en sorte de prendre un nouveau départ dans la vie.

Cette douche chaude… Tandis que l'eau bouillante ruisselait sur son crâne, il faisait mousser du gel douche à l'aloe vera entre ses paumes. Cela pouvait paraître absurde, puisqu'il serait bientôt à nouveau couvert de sang, mais ce n'était pas le moment de lésiner sur les précautions. Les bulles qui s'évanouissaient par l'évacuation passèrent du rouge au rose sale, avant de redevenir parfaitement blanches.

Comme il avait pris soin de perpétrer son crime nu comme un ver, il n'avait aucun besoin de se pencher sur l'épineux problème des vêtements à faire disparaître.

Cependant, il restait toujours les chaussures. Impossible de se balader dans la maison en laissant partout des empreintes de pas ensanglantées.

C'est pourquoi il avait mis les vieilles baskets sous la douche en même temps que lui. Et en moins de temps qu'il n'en faut pour le dire, celles-ci étaient redevenues impeccables.

Il était sorti de la douche et s'était essuyé dans une serviette blanche, minutieusement examinée ensuite : le tissu éponge était immaculé.

Le jeune Hasumi s'était emparé d'un déboucheur de canalisation et avait versé les billes bleues et blanches dans le bac de douche. Puis il avait consciencieusement frotté le sol avec un nettoyant à W.-C.

On ne chercherait probablement pas jusque-là, mais au cas où, le luminol ne révélerait que quelques traces infimes de sang, facilement explicables par des coupures et autres saignements de gencives.

Il avait rangé ses baskets encore mouillées dans un sac en plastique fermé à double tour qu'il avait fourré dans un sac à dos. Puis il avait enfilé des sous-vêtements propres, un jean et un blouson Adidas.

Il restait un peu de temps avant l'aube. Il avait enfourché son vélo et s'était mis à pédaler comme un fou. Un tout-terrain rutilant, pas un de ces trucs de ville tout maigrichons. Son père, cédant à un caprice, le lui avait offert. Un élan de sentimentalisme le poussa dans la nuit tandis qu'il grimpait une côte.

Ne surtout pas creuser après avoir tué quelqu'un.

C'était la maxime préférée du jeune Hasumi. Toujours préparer à l'avance des solutions discrètes et efficaces pour effacer les preuves. En l'occurrence, il était venu là le matin de bonne heure afin de creuser un trou d'un mètre cinquante de profondeur. Ce qu'il avait à enterrer n'était pas énorme, ça n'avait pas été un travail trop pénible.

La police chercherait probablement dans les environs de la scène du crime, mais n'aurait jamais l'idée de venir prospecter par là. Et quand bien même elle s'aventurerait dans les parages, les bâtons de recherche n'allaient pas aussi profond dans le sol. Enfin, si l'on découvrait la relique des années plus tard, complètement par hasard, ce ne serait qu'un sac contenant de vieilles baskets.

Il avait sorti le sac plastique, l'avait déposé au fond du trou et recouvert de terre. Puis il avait fermement piétiné le sol. Ça ne lui avait pas pris plus de cinq minutes. Jusque-là, tout s'était admirablement déroulé selon ses plans. Quel sentiment plaisant !

Une heure auparavant…

Le jeune Hasumi avait déposé le vinyle de *L'Opéra de quat'sous* sur le tourne-disque et abaissé la tête de lecture. « La Complainte de Mackie » s'était déversée des énormes enceintes JBL. Une mélodie que tout le monde, à n'en pas douter, entendait au moins une fois dans sa vie.

La première fois qu'il l'avait entendue, il avait ressenti une exaltation étrange, alors même que le sens des paroles, en allemand, lui échappait totalement. Intrigué, il avait mené sa petite enquête et le résultat l'avait estomaqué. Ce petit air léger décrivait un personnage qui aurait pu être lui-même !

Le requin, il a des dents
Et il les montre.
Macheath, lui, il a un couteau,
Mais le couteau, on ne le voit pas.

Ah, les nageoires du requin sont
Rouges quand il verse du sang.
Mackie le Surineur, lui, il porte des gants.
Là-dessus aucun crime ne laisse de trace.

Par un beau dimanche, sous un ciel bleu,
Un homme mort gît sur la berge
Et quelqu'un tourne le coin
Qu'on appelle Mackie le Surineur.

Et Schmul Meier qui a disparu,
Ainsi que plus d'un richard,

Son argent, c'est Mackie le Surineur qui l'a,
Et on n'a aucune preuve.

Jenny Towler a été retrouvée
Avec un couteau dans la poitrine.
Sur les quais, Mackie le Surineur se promène.
Il n'est au courant de rien.

Et le gros incendie à Soho,
Sept enfants et un vieillard,
Dans la foule, Mackie le Surineur à qui
On ne pose pas de questions et qui ne sait rien
[du tout.

Et la jeune veuve dont tout le monde connaît le
[nom
Qui fut réveillée en sursaut et déshonorée.
Mackie, qu'as-tu payé pour ça ?
Qui fut réveillée en sursaut et déshonorée.
Mackie, qu'as-tu payé pour ça ?

Il avait écouté la version d'Ella Fitzgerald, en anglais, mais l'original était incomparable. Kurt Weill avait composé la musique, Bertolt Brecht écrit les paroles.

Ce soir-là, le jeune Hasumi avait écouté la chanson en boucle. Au départ, il s'était laissé bercer par la mélodie, les yeux fermés. Puis il s'était mis à tourner en rond dans la pièce, jouant avec le fil d'un couteau qu'il caressait du bout des doigts.

Enfin, lorsqu'il s'était senti prêt, il avait éteint la musique et avait continué de la siffloter tout en se déshabillant.

Nu comme un ver, il avait enfilé ses vieilles baskets et, couteau en main, il était sorti du salon. Il avait monté l'escalier à pas de loup. Ses parents devaient dormir à poings fermés à cette heure.

Après tout, ils n'avaient pas dormi la nuit précédente. Et ce soir-là, ils s'étaient accordé quelques verres de whisky.

Si seulement cela leur permettait de faire de beaux rêves…

Car c'était leur dernière nuit sur cette Terre.

La nuit précédente…

Le jeune Hasumi avait planté les écouteurs dans ses oreilles. Ce n'était pas de la musique qu'il écoutait, mais la conversation de ses parents, qu'il espionnait grâce à un micro caché.

Son père terminait un exposé d'une voix grave et douloureuse.

— Tout ça, c'est lui qui l'a fait. Notre fils… il peut tuer sans le moindre remords. Dès son plus jeune âge, j'ai remarqué qu'il manquait de compassion, mais je n'aurais jamais pu imaginer qu'il soit capable de tels actes !

— C'est insensé, avait répondu sa mère, émue. Je ne peux pas y croire. Tu dois faire erreur. Tu parles de notre fils ! Notre Seiji…

— Je sais. Moi aussi, au début, je n'arrivais pas à y croire. Mais le doute n'est plus permis.

— Tu n'as pas la moindre preuve !

— Je sais ce que j'ai vu. (Son père sembla se mordre les lèvres.) Ce soir-là, je sais qu'il a quitté la maison.

— Et alors ? Il a bien le droit de sortir un peu !

— Écoute-moi : il a disparu aussi le jour où le professeur Kumagai est mort.

Son père l'avait donc observé discrètement, l'attendant au tournant. Une occurrence, passait encore, mais cela faisait beaucoup trop de coïncidences.

— Notre fils est un assassin. Et je ne te parle pas d'un

accident isolé. Il a tué froidement, avec préméditation, deux personnes. Et je ne m'en suis aperçu que récemment… Qui sait combien de personnes il a pu éliminer jusqu'à aujourd'hui ? Cet enfant est un monstre !

Sa mère avait éclaté en sanglots.

— Nous ne pouvons pas le laisser agir sans rien faire. Nous devons l'arrêter.

— Il n'est pas méchant, il a juste du mal à comprendre ! Il ne sait pas ce qui est bien ou mal… C'est notre faute, c'est nous qui n'avons pas su l'éduquer, nous ne pouvons pas le punir pour nos erreurs !

— Il n'est plus question de punition. (La voix de son père s'était durcie.) Cet enfant doit absolument être soustrait à la société, ou d'autres morts suivront.

— Comment peux-tu dire une chose pareille ? Il n'a que quatorze ans, tu es ignoble !

— Pense aux familles des victimes, à ce qu'elles ont dû subir à cause de lui.

— Oh… Mais… que va-t-il devenir ?

— La peine de mort ne s'applique pas aux mineurs. Il ne sera probablement pas enfermé toute sa vie durant… Ce qui m'inquiète le plus, c'est ce qu'il fera, une fois sorti… Est-il capable de changer ?

Il y avait eu un silence. Puis sa mère avait repris, d'une voix cassée qui ne lui ressemblait pas :

— Et nous ? Qu'allons-nous devenir ?

— Je ne sais pas. (On aurait dit que son père était sur le point d'être avalé par les entrailles de la Terre.) Enfin, si, je sais : nous allons tout perdre. Mais nous n'avons pas le choix.

Le silence était définitivement retombé sur ses parents.

Quelle sombre, sombre nuit.

Seiji avait ressenti une peine immense pour ses parents, soudain ensevelis sous une chape de ténèbres, sans la moindre échappatoire.

C'était sa faute. S'il avait fait plus attention, son père n'aurait jamais rien su de ses agissements.

Mais aussi, quel besoin son père avait-il de tout détruire ? Seiji n'avait jamais été inquiété par la police, tout allait très bien, alors pourquoi vouloir exposer ses secrets à la face du monde ? Et détruire leur vie à tous les trois ?

La décision de son père était irrévocable, il l'avait entendu dans sa voix.

Or, cela ne l'arrangeait pas du tout. Certes, il échapperait à la peine de mort, mais il perdrait ce à quoi il tenait plus que la vie même : sa liberté.

Que faire, alors ? Comment éviter un sort funeste ? Un plan terrible s'élabora dans son esprit.

Le plus drôle, c'était que ces lois idiotes le poussaient au crime. S'il réussissait son coup, il conserverait sa liberté. Mieux : il en jouirait sans commune mesure avec tout ce qu'il avait connu jusqu'à ce jour.

Et s'il ratait… eh bien, il ne risquerait pas plus que ce à quoi il s'exposait déjà.

Il le regrettait, mais il n'avait pas le choix, lui non plus.

Et puis, voir ses parents aussi misérables, c'était insoutenable.

Il devait agir à chaud, alors qu'ils ne se doutaient de rien. C'était peut-être ça, la plus grande preuve de dévotion qu'il pouvait leur offrir.

Après avoir enterré ses baskets sur la colline, il était rentré chez lui. La maison était inhabituellement calme. Désormais, plus personne ne viendrait l'accueillir… Il avait ressenti, l'espace d'une seconde, une grande solitude.

La porte d'entrée devait rester ouverte. Cela faisait partie du scénario : le criminel devait pouvoir s'être enfui par là, et lui-même risquerait sa vie si les secours n'arrivaient pas assez vite. Il avait ensuite fait le tour de la maison par l'extérieur, ne marchant que sur les pierres et le béton pour ne pas laisser de traces, jusqu'à une fenêtre qu'il avait brisée.

Il avait au préalable pris soin de laisser des traces, aussi bien à l'intérieur qu'à l'extérieur, avec les baskets dont il venait de se débarrasser.

Il s'était repassé le scénario qu'il avait conçu afin de s'assurer qu'il ne comportait pas d'incohérences.

En pleine nuit, un homme s'était introduit dans la maison en passant par une fenêtre brisée. Après avoir fouillé le rez-de-chaussée, il s'était précipité à l'étage. Il s'était attaqué au meuble de chevet du couple, forçant les tiroirs sans ménagement. La mère, alertée par le bruit, s'était réveillée. Il l'avait tuée d'un coup, avec le couteau dont il était armé. Le père avait résisté avant de périr à son tour sous la lame.

Alors, Seiji, tiré du sommeil par toute cette agitation, était sorti sur le palier. Et avait croisé le meurtrier. Celui-ci s'en était pris à lui, et en voulant se défendre, l'enfant avait reçu un coup de couteau dans le bras avant de s'enfuir au rez-de-chaussée, d'où il avait appelé la police. Là, l'homme l'avait rattrapé et poignardé dans le dos ; le jeune garçon avait perdu connaissance…

Avec cette histoire, on ne pourrait que le prendre en pitié.

Ce plan comportait cependant deux difficultés majeures, une fois le crime en lui-même commis.

La première : il ne faudrait surtout pas marcher par-dessus les empreintes du « criminel », que Seiji avait pris soin de laisser un peu partout au préalable. Si la police s'apercevait que l'enfant s'était promené dans la maison après les faits, l'enquête prendrait un tour très différent.

Quant à la seconde difficulté, elle était de taille… S'il

faisait attention, tout devait bien se passer. Mais tout de même, il allait risquer sa peau.

Seiji se rendrait dans sa chambre, où il se mettrait en pyjama avant de passer une épaisse robe de chambre. Puis il reprendrait le couteau de survie. Il l'avait trouvé dans un carton d'objets remisés, au fond du garage. On n'en faisait plus de ce modèle, l'entreprise qui les fabriquait avait mis la clé sous la porte, avait-il découvert. Son père avait connu une courte période d'intérêt pour les activités en extérieur et l'arme datait de cette époque, à n'en pas douter. Même la police n'arriverait pas à retracer le parcours de ce vieux truc qui s'était vendu des années plus tôt à quelques milliers d'exemplaires.

Il y aurait encore des traces du sang de ses parents sur la lame. Seiji mourrait probablement d'envie de la passer à l'alcool à désinfecter, mais cela aurait mis son plan à l'eau : il devrait faire avec.

Et puis, c'était moins le risque d'infection que la blessure en elle-même qui lui faisait peur.

Il s'était longuement documenté dans les livres de médecine trouvés dans le bureau de son père. À gauche de la colonne vertébrale se concentraient un paquet d'organes vitaux, cœur et artères, mais le côté droit était plus sûr. Il avait déterminé avec une prudence extrême l'endroit exact pour insérer la lame dans son dos.

Il ne fallait surtout pas prendre sa coupure sur le bras à la légère non plus. On pouvait penser que l'endroit était sans danger, mais il ne fallait surtout pas toucher d'artère, ou bien ses chances de survie seraient drastiquement réduites.

Tel un acteur, le collégien avait passé en revue les gestes qu'il s'apprêtait à faire, les mots qu'il devrait prononcer.

C'était une pièce sans spectateurs, mais qu'il fallait

exécuter à la perfection afin de ne pas créer d'accroc dans son tissu d'inventions.

Seiji s'était emparé du couteau, avait inspiré un grand coup, et s'était entaillé le bras gauche. Puis, changeant de main, il s'était infligé une coupure dans la paume de la main droite.

Douleur aiguë. Sang chaud qui coule sur la peau.

Il avait ensuite descendu l'escalier en prenant soin de ne pas couvrir les traces de pas du « meurtrier ». Ni en marchant dessus, ni en y laissant tomber du sang frais.

Dans le vestibule, il avait repris sa respiration et, d'une main ensanglantée, avait décroché le téléphone, composé le numéro des secours.

— Ici la police. Que puis-je faire pour vous ?

— À l'aide ! Il a tué… Aaahh !

Il avait laissé tomber le combiné. Pas de panique : la police ne raccrochait pas tant que l'interlocuteur n'avait pas coupé lui-même la communication. Ils trouveraient le numéro de téléphone, et de là l'adresse en un rien de temps. Pas plus de cinq minutes.

Le jeune garçon avait repris le couteau en main et, calmement, touché de la pointe de la lame l'endroit qu'il avait choisi dans le bas de son dos. Grâce à sa robe de chambre, le sang ne devrait pas gicler partout.

Alors, il avait pris son élan et s'était élancé en arrière, en direction du mur, qu'il avait percuté.

— Hé, Hasumi, tu rêves ?

La boutade de Miya le fit revenir au présent. Les autres élèves éclatèrent de rire.

— Je me rappelle le bon vieux temps.

— C'est quoi, cet air béat ? Ah, je sais, Hasumi se souvient de sa première petite amie !

Il afficha un sourire en coin.

— Si vous saviez, j'en ai fait de belles, moi aussi, dans ma jeunesse !

Après le dîner, c'était temps libre. Vêtus des joggings réglementaires, débarrassés de leurs uniformes, les élèves ne se faisaient pas prier pour déambuler dans l'hôtel.

Reika partageait sa chambre avec Fûko Onodera et Mai Isagawa. Elles bavardaient avec animation lorsque Madoka Ushio et Ari Kashiwabara débarquèrent, proposant une partie de Uno. Les quatre filles du groupe de conversation en anglais, si posées et sérieuses en temps normal, se montrèrent passionnées et acharnées. Reika, d'abord intimidée par ces camarades qu'elle n'avait pas l'habitude de côtoyer, se laissa emporter par le jeu.

C'est alors qu'on frappa à la porte.

— Hello, les filles !

Trois garçons entrèrent dans la chambre.

Takuma Yamaguchi tout d'abord, avec sa carrure imposante, qui dépassait d'une tête les deux autres. Il était tellement intimidant, le jour où il s'était battu contre Tadenuma ! Ce soir-là, pourtant, il affichait le sourire paisible d'un dromadaire. Après lui apparut Kengo Watarai, l'indétrônable meilleur élève du lycée. Il conservait sa morgue habituelle, mais derrière ses verres à fond épais, sous ses lourdes paupières, il paraissait un peu moins distant que d'ordinaire.

Quant au troisième, c'était Yûichirô. À côté des deux autres, il paraissait plutôt quelconque… Il adressa un petit signe de tête à Reika.

— Hé, vous jouez au Uno ? s'écria Yamaguchi. On s'incruste !

Son attitude décomplexée semblait ne pas déplaire aux jeunes filles, qui s'empressèrent de faire de la place pour agrandir le cercle. Fûko, en particulier, prit quelques couleurs au niveau des joues… Reika remarqua que Yamaguchi n'était pas indifférent au charme de son amie.

Kengo Watarai s'assit directement à côté d'Ari Kashiwabara. Sous ses airs de ne pas y toucher, il cachait mal son attirance pour les jolies filles.

Reika se pencha vers Yûichirô.

— C'est quoi, ce groupe de mecs bizarre ? Vous lancez un nouveau boys band ?

Le lycéen, gêné, se gratta l'arrière du crâne.

— Euh, bah, en fait, on s'est tous les trois retrouvés par hasard devant votre porte…

Ainsi, ils avaient tous une fille à voir dans cette chambre. Chacun une fille différente, ce qui leur convenait très bien : ils avaient donc décidé de tenter leur chance en groupe.

Reika regretta qu'ils n'aient pas invité Keisuke à les rejoindre…

La porte s'ouvrit doucement. Elle espéra voir apparaître son ami, mais ce qu'elle vit en premier, ce fut l'objectif d'une caméra. Hisashi Nakamura. Le garçon ne fit même pas l'effort de prendre part aux discussions : il se contenta de filmer ses camarades sans dire un mot. On ne l'avait pas vu faire autre chose depuis le début du voyage. Sous prétexte de créer un documentaire souvenir, il avait braqué son appareil exclusivement sur les filles. Parmi elles, Ari occupait la moitié des prises. Au départ, les filles s'étaient rebellées, l'avaient refoulé, avaient crié au pervers. Puis, de guerre lasse, elles avaient fini par l'oublier.

Une nouvelle partie de Uno débuta, beaucoup moins acharnée que la première. L'affrontement laissa vite place à une conversation amicale.

— C'était délicieux, ce qu'ils nous ont servi ce soir, dit doucement Madoka.

— C'est vrai, acquiesça Fûko. Moi qui croyais que la cuisine de Kyôto était fade, ce n'est pas du tout le cas.

— J'ai bien aimé la truite, abonda Ari, alors que je n'aime pas le poisson normalement.

— Exact, fit Watarai, qui ne réagissait qu'aux assertions de la jeune fille à ses côtés. Frit comme ça, on peut le manger en entier sans souci.

— Je ne sais pas si je devrais vous le dire, mais… commença Yûichirô, qui venait de jeter une carte rouge sur le tas, en fronçant les sourcils.

— Quoi donc ?

Reika avait rarement vu son camarade de mauvaise humeur.

— Eh bien, on mange un peu en décalé avec les profs, vous savez ? Ils prennent leur repas dans une salle à part…

— Et alors ?

— J'y suis allé après avoir fini mon dîner. Là où ils mangent.

— Ah bon ? Pour quoi faire ?

— Je voulais juste demander un truc. Donc, j'ai toqué, je suis entré, et là… Ils se sont tous affolés à l'intérieur. Sakai m'a regardé d'un air outré comme pour dire : « Mais qu'est-ce qu'il fout ici, celui-là ? », et Shibahara a bondi pour me virer de la salle.

Plus personne n'ajoutait de carte sur la pile du Uno.

— C'était quoi leur problème ? le pressa Yamaguchi.

— Ils ne mangeaient pas du tout la même chose que nous. Ce que j'ai vu sur la table, c'était un vrai festin. Du grand luxe.

— Hein ?

— Les enfoirés !

— Incroyable…

— Hé, Nakamura, va les filmer, tu tiens un scoop, là !

Le garçon, caméra au poing, se contentait avec délices

de capter l'expression de colère sur le visage d'Ari. Il ne réagit pas outre mesure.

— Mais ils paient ça avec quel argent ?

— Avec l'argent du voyage, c'est évident, affirma Kengo. Ils ont rogné sur le budget par-ci par-là, et voilà le résultat.

Lui qui s'exprimait toujours avec un petit rictus désagréable semblait, pour une fois, d'humeur joyeuse.

— Mais ce n'est pas possible ! s'indigna Fûko, d'une droiture exemplaire.

— Bien sûr que si, rétorqua l'autre, tout en ne quittant pas des yeux Ari. Rien de plus simple. Ça a toujours été Tsurii qui s'occupait de préparer les voyages scolaires. Avec l'accompagnateur de tour-opérateur, là… c'était quoi déjà son nom, à ce gars ?

— Nishijima ?

— Ouais. Lui. Eh bien, il paraît qu'ils s'entendaient bien pour se gaver sur le budget voyage.

Reika se demanda à quel point ces rumeurs étaient fondées. Malgré elle, elle avait tendance à croire les paroles de Kengo.

Elle ne se faisait pas d'illusion sur les professeurs en général, mais s'ils ne pouvaient faire preuve d'un minimum d'honnêteté, comment espérer que les jeunes générations soient différentes ?

Reika marchait sans un bruit dans l'ambiance feutrée du couloir de l'hôtel. Moquette douce et lumière tamisée eurent l'effet bénéfique de repousser ses inquiétudes.

Elle bouda l'ascenseur et prit l'escalier pour descendre d'un étage. Elle avait décidé de rendre visite aux garçons. Même si les mouvements étaient légion avant l'heure du coucher, filles et garçons dormaient séparés d'un étage.

Soudain, elle s'arrêta. Elle avait entendu des voix. Cela venait du palier juste en dessous. Toujours sur le qui-vive à la pensée du quatuor de profs dangereux, Reika se cacha. Elle risqua un œil par-dessus la rambarde.

C'était le professeur d'art, M. Kume. Il discutait avec Masahiko Maejima à voix basse. Reika ne pouvait entendre ce qu'ils se disaient, mais ils semblaient incroyablement proches. Elle se rappela que Maejima participait aux classes d'art, mais cette intimité était dérangeante.

Peu désireuse d'interrompre leur conversation, elle décida de demeurer sans bouger.

Kume s'approcha encore de son élève. Même d'en haut, leur différence de taille sautait aux yeux. Le prof posa une main nonchalante sur l'épaule de Maejima et se pencha sur lui…

Hein ? Mais non... Il l'embrasse ?

Reika crut un instant qu'elle venait d'assister à un acte d'agression sexuelle, mais elle se ravisa : Maejima se pendait au cou du prof pour lui rendre fougueusement son baiser.

La lycéenne, témoin malgré elle, dut attendre, abasourdie, la fin de cet échange. Quand ils sortirent enfin de la cage d'escalier, elle reprit sa respiration. Elle avait les mains moites et son cœur battait à tout rompre.

Elle patienta quelques secondes avant de s'engager à son tour dans l'étage des garçons. Pile quand elle passait la tête par la porte d'entrée, elle vit Maejima s'introduire sans bruit dans une chambre au fond du couloir.

C'est des gays ! Des vrais ! J'y crois pas...

Elle mourait d'envie de raconter ça à Keisuke, mais sa chambre était vide. Elle croisa un élève de 1re 1 dont elle avait oublié le nom et lui demanda où était son ami. Le gars lui répondit qu'il n'en savait rien. Elle lui montra la chambre tout au bout du couloir.

— Qui dort là-bas ?

— C'est la chambre du professeur Kume.

Keisuke demeurait introuvable, et injoignable par téléphone. Reika décida qu'elle l'avait assez attendu dans ce couloir et remonta à l'étage des filles. Dès qu'elle y eut mis les pieds, l'ascenseur s'ouvrit sur un élève de sa classe.

— Tiens, Hajime ! Qu'est-ce que tu fais ici ?

— Ben, euh… J'étais juste allé chercher ça… bredouilla celui-ci de sa voix fluette.

Par « ça », il entendait la collection de sodas en canette qui débordait de ses bras.

Malade du cœur, il était obèse et devait bien peser plus de quatre-vingt-dix kilos. Il était si timide qu'il n'arrivait pas à soutenir le regard de sa camarade.

Son manque de répondant n'avait pas tardé à être utilisé à mauvais escient par les filles de la classe, qui le prenaient pour leur esclave. Miya Yasuhara et Misaki Abe, les grandes gueules de service, avaient lancé le jeu, bientôt suivies par d'autres comme Nana Kubota, Satomi Shirai, Miho Hayashi, Saori Yokota et Momoko Yoshida.

Pour Reika, c'était un exemple frappant de harcèlement scolaire. Or, tant qu'il n'y avait ni cris ni violence, tout le monde s'accordait à trouver que Hajime Wakamura était bien heureux de se rendre utile.

Rien que dans le Shinkansen, il avait été forcé de se tenir près de Miya et ses comparses et, en compagnie de Yukio Tajiri, de les faire rire avec des imitations de stars. Aucun des profs témoins de la scène n'avait fait mine de s'en mêler.

— Tu n'aurais pas vu Keisuke, par hasard ? lui demanda-t-elle, sans conviction.

— Oh, euh… si, je l'ai vu tout à l'heure. Je crois.

Keisuke Hayami jouissait d'une certaine notoriété au lycée, aussi la plupart des élèves le connaissaient-ils au moins de vue.

— Où ?

Elle qui croyait être arrivée au cinquième, l'étage de sa chambre, elle n'était encore qu'au huitième, sous le toit.

Hasumi leva les sourcils et afficha un sourire sympathique, mais l'expression contrariée qu'il avait tenté de dissimuler n'avait pas échappé à Reika.

Il monta dans la cabine et appuya sur le bouton du quatrième.

— Qu'est-ce qu'il y a ?

On aurait dit qu'il tentait de deviner ce qui se tramait, et non qu'il se souciait véritablement de ses sentiments.

— Rien…

Il avait dû voir qu'elle pleurait.

— Ah bon.

Il leva les yeux sur l'affichage des étages, se demandant probablement ce que des élèves pouvaient bien faire, à une heure pareille, sur le toit de l'hôtel.

— Je sais que, toi, tu ne me fais pas confiance, reprit-il d'une voix douce. Mais si tu as le moindre souci, n'hésite pas à venir me voir. J'ai bien résolu le cas dont tu m'avais parlé, non ?

Il avait particulièrement accentué le mot « toi », insinuant que tous les autres élèves, eux, le croyaient aveuglément. Le « cas » dont il parlait était le harcèlement sexuel que subissait Miya… D'après la principale intéressée en tout cas, le problème, en effet, avait été résolu.

La cloche retentit, les portes s'ouvrirent. Le cinquième, enfin.

— Au revoir, monsieur.

Elle sentit le regard pénétrant de Hasumi dans son dos tandis qu'elle s'éloignait.

L'ascenseur se referma. Seulement alors, Reika se demanda ce que son prof principal pouvait bien faire au huitième étage.

Cela dit, elle avait d'autres préoccupations pour le moment. Keisuke qui se droguait sur le toit de l'hôtel.

En rendez-vous secret avec l'infirmière. Qui l'embrassait… Son imagination s'embrasa, et elle ne fut plus capable de penser de manière raisonnable.

Elle n'avait plus qu'une idée en tête : se retrouver seule au plus vite, et pleurer toutes les larmes de son corps.

Lorsque Reika Katagiri se fut éloignée et que les portes de l'ascenseur se refermèrent enfin, le visage de Hasumi perdit instantanément sa bonhomie. Même du huitième, il aurait dû descendre par l'escalier !

Les deux derniers étages de l'hôtel étaient inaccessibles sans une clé particulière, que ce soit par l'ascenseur ou l'escalier de secours, dont les portes d'accès ne s'ouvraient que pour en sortir. Autrement dit, quiconque montait dans l'ascenseur au huitième ou au septième étage était soit un client logé dans les suites luxueuses, soit un membre du personnel.

Il devait absolument s'assurer que Reika n'allait pas établir de conjectures inopportunes…

La porte de l'ascenseur s'ouvrit au quatrième sur une scène grotesque : Shibahara en train de houspiller trois jeunes garçons. Il ne portait pas son arme en bambou habituelle, mais on avait l'impression que le pauvre groupe de lycéens venait de se faire piéger par un truand au fond d'une ruelle sombre…

Non, il ne pouvait pas demander à cet énergumène de surveiller Reika.

Il remonta au cinquième, où il croisa l'infirmière.

— Madame Taura, puis-je vous parler un instant ? J'aurais quelque chose à vous demander.

Il avait à dessein usé du vouvoiement et s'attendait à ce qu'elle se rebiffe, mais elle ne releva même pas.

— Qu'y a-t-il ?

Il était étrange de la voir simplement en chemisier à

fleurs, elle qui au lycée était invariablement vêtue d'une blouse blanche de travail.

— C'est au sujet de Reika Katagiri. J'ai l'impression qu'elle ne va pas bien.

Il lui raconta qu'il l'avait croisée en larmes dans l'ascenseur, alors qu'elle descendait du toit.

Pour une raison incompréhensible, l'infirmière détourna les yeux, l'air contrarié.

— Je sais que c'est une jeune fille solide, ajouta-t-il. On peut lui faire confiance… Mais cela me rassurerait tout de même que vous alliez la voir.

— Moi ? Quelqu'un d'autre peut le faire…

Décidément, Junko semblait complètement réticente à l'idée de l'aider.

— C'est un âge difficile, elle préférerait certainement se confier à une femme… Et je pense que vous seriez bien meilleure dans ce rôle que Mme Kitabatake ou Mme Kobayashi. Vous avez l'habitude de gérer ce genre de choses.

— Si je puis me permettre, monsieur Hasumi, quand il s'agit de vos élèves féminines, elles vous sont toutes acquises : n'êtes-vous pas le mieux placé pour leur venir en aide ?

L'infirmière avait à son tour adopté un ton formel.

— Eh bien, crois-le ou non, mais Reika Katagiri a une dent contre moi, fit-il en revenant à leur niveau de langage usuel. Allez, s'il te plaît… Je ne veux pas parler de malheur, mais on ne sait jamais, je préférerais qu'elle ne reste pas seule.

— J'ai compris.

Elle poussa un long soupir et partit à la recherche de l'élève éplorée.

Hasumi fit demi-tour et s'engouffra dans l'escalier de secours pour passer un coup de fil à Miya.

— Hasumi ! s'écria-t-elle, joyeuse.

— Idiote ! Ne prononce pas mon nom !

— Ça va, il n'y a personne, je suis seule dans la chambre.

— Tu as bien pris ton manteau ?

— Ouais.

— Bien. Fais attention que personne ne te voie, et monte au sixième par l'escalier.

— Entendu.

Il raccrocha et grimpa quelques marches à la hâte pour rejoindre le sixième étage. Déjà 21 heures... Heureusement, il n'y avait personne en vue dans le couloir. Il pressa le bouton de l'ascenseur pour aller vers le haut. La cloche sonna, les portes s'ouvrirent : la cabine était vide.

Il monta, ayant pris soin de s'affubler d'une casquette et de fausses lunettes à épaisse monture noire. Bien entendu, lorsqu'il était venu faire sa réservation, il avait utilisé un faux nom et s'était grimé. Même s'il ne croiserait personne désormais, il devait aussi penser aux caméras de surveillance.

Miya, tout essoufflée, déboula de l'escalier et le rejoignit. Elle avait mis ses mocassins et remonté son pantalon de jogging de façon qu'il soit invisible sous son manteau à capuche. Hasumi imagina le point de vue, d'un coin en haut de la cabine, d'une caméra de surveillance : on ne pouvait prendre la jeune fille pour une lycéenne en voyage scolaire.

L'ascenseur s'éleva. La main de Miya chercha celle de son professeur et la serra très fort. Elle devait ressentir le caractère exceptionnel de cet instant. Tandis que ses camarades bavardaient et jouaient aux cartes dans de petites chambres, elle...

— C'est dingue ! s'extasia-t-elle en découvrant la suite. Super grand, j'adore !

Hasumi referma la porte et eut à peine le temps de se retourner avant que Miya ne lui saute au cou.

— Enfin seuls, Hasumi…

Il l'embrassa longuement. Déjà, Miya semblait dépourvue de toute force, prête à s'écrouler. Il la souleva, la porta jusqu'à la chambre où il la jeta sur le lit avant de faire glisser son pantalon de jogging le long de ses jambes.

Il était toujours préférable, quand on voulait prendre du bon temps avec les élèves, qu'elles soient vêtues de manière qu'on puisse accéder sans peine aux endroits stratégiques. La jupe réglementaire de l'uniforme était très pratique en ce sens, car il suffisait de passer la main dessous : rien de plus facile pour tripoter à l'envi. Cependant, le jogging n'était pas sans avantages : il suffisait de tirer dessus pour qu'il tombe sans résistance, et pouvait ensuite servir à entraver les jambes des jeunes filles. Il en avait déshonoré plus d'une, dans son ancien lycée, au fond des salles de rangement du gymnase. Remarquablement ligotées avec leurs survêtements – Hasumi se reconnaissait un talent certain dans le domaine. Ce n'était pas le genre de choses dont on pouvait se vanter dans les dîners en ville, mais auprès d'une audience réceptive, il récolterait à coup sûr des tonnerres d'applaudissements.

— Attends, arrête… J'aime pas, comme ça.

Complètement nue devant lui, elle ressentait trop l'inégalité de la situation.

— On n'a pas le temps.

Il la retourna et attira ses fesses vers lui.

— On ne peut pas rester des heures ici pendant le temps libre du soir. Si les autres ne nous voient pas, ils vont finir par trouver ça louche, tu ne crois pas ?

— Si, mais… Ah, aïe !

Il était entré en elle sans le moindre préliminaire, elle n'avait pas eu le temps de mouiller.

— Courage, ça ne va faire mal qu'un instant. Tu verras, ça ira mieux après.

Il tira les deux bras de l'adolescente en arrière et la pilonna sans scrupule.

— Ce n'est qu'un aperçu… Les choses sérieuses commencent cette nuit, quand tu reviendras. Et pas de répit jusqu'au matin.

Il ne pouvait voir son visage, mais trouvait attendrissant qu'elle lutte pour ne pas exprimer sa douleur. Hasumi n'étant pas sadique, la souffrance d'autrui ne provoquait pas de plaisir particulier chez lui ; simplement, il n'en avait absolument rien à faire.

Au bout d'un certain temps, la friction se fit plus douce. Miya s'humidifiait. Elle avait dépassé la douleur et la soumission pour accéder au plaisir le plus puissant. C'était ainsi qu'il aimait enseigner la sensualité à ses partenaires innocentes. Il s'opérait toujours en elles une transformation spectaculaire à son contact : assurément le plus grand des charmes de sa profession. Il s'en félicita, une fois encore.

Il avait pensé tirer un coup rapide mais se ravisa : ce serait gâcher une belle opportunité. Et puis, pourquoi ne pas en profiter pour faire entrer une petite leçon dans la tête de son élève ?

— Dis-moi, Miya, tu n'as rien à te reprocher dont tu voudrais me parler ?

— Si, si, pardon…

— Allons, allons ! Tu t'excuses sans même savoir de quoi il est question. Tu as bavardé à propos de nous avec tes petites camarades…

— Oh, mais je n'ai pas dit que c'était toi…

— Voyons, Miya, si tu te vantes que tu sors avec un prof, il me semble qu'il n'y a pas beaucoup de candidats potentiels.

— Oui… Mais…

— Tu sais que si on me dénonce, je suis viré ? On ne se reverrait plus jamais.

— Non… pas ça.

— Dans ce cas, dorénavant, tu ne parleras plus de ça, à personne.

— D'accord. Compris.

— Bien, tu es une bonne petite.

Pour la récompenser, il la pénétra encore plus profondément. Miya, comme électrocutée, sembla perdre ses dernières facultés de raisonnement.

Il y a toujours un moment où l'élève, quelle qu'elle soit, rend les armes et s'offre sans aucune résistance. Il faut pour cela lui faire passer des étapes de plaisir, de terreur et de souffrance. Hasumi ne comprenait pas pourquoi les professeurs du monde entier ne se penchaient pas plus sur la question.

— Et à qui tu en as parlé ?

Miya rassembla ses esprits à grand-peine.

— À Misaki et euh… à deux ou trois autres.

— Bon, écoute-moi bien : tu leur diras que ce prof, c'était M. Sanada.

— Hein ? Mais…

— Il ne reviendra plus, cela ne lui coûtera rien de porter le chapeau. C'est pour le bien de tout le monde, je suis sûr qu'il accepterait.

— Euh, d'accord…

— Ne le prends pas à la légère ! Il faut que les autres te croient, alors sois convaincante. D'ailleurs, il va falloir que tu affiches un air triste.

— Pourquoi ?

— Parce que ton cher M. Sanada a été renvoyé du lycée et que tu te sens seule. C'est dans tes cordes ?

— Oui… c'est dans mes cordes.

La jeune fille était dans un état second, proche du sommeil : peut-être était-il en train de l'hypnotiser à moitié.

Il recommença ses va-et-vient tout en lui caressant la tête, comme on le ferait à un gentil petit chien. Miya, offerte à la houle qui la secouait, fermait les yeux et mordait dans l'oreiller pour étouffer ses gémissements. Son visage, soudain, rappela à Hasumi le souvenir d'une autre jeune fille.

Après avoir perdu ses deux parents dans le « drame effroyable », Hasumi avait été envoyé à Kyôto chez son oncle maternel, Takefumi Matsuzaki. Le garçon y avait été accueilli à bras ouverts.

Takefumi était peintre sur soie. Peu sociable en règle générale, il ne savait trop comment s'y prendre avec son neveu orphelin. C'était un homme qui ne s'intéressait guère aux bassesses de ce monde et ne s'attardait pas sur les détails, ce qui convenait très bien au jeune Seiji.

Hiroko, sa femme, avait été fortement ébranlée par le drame survenu dans sa belle-famille. Malgré une grande force de caractère, il lui arrivait de verser une larme de temps à autre, en repensant au malheur qui s'était abattu sur les Hasumi. Elle entourait le jeune garçon de mille et une attentions. Il s'était montré vaillant et joyeux, ce qui n'avait pas manqué de renforcer la compassion que la femme ressentait pour lui.

Leurs deux petites filles – Minori, en sixième, et Tomoya, en CM1 – avaient au départ été intimidées par leur cousin. Seiji avait bien vite fait en sorte qu'elles le considèrent comme un gentil grand frère, qui les aidait pour leurs devoirs.

Répondant ainsi aux attentes des uns et des autres, il avait réussi à faire de la maison de son oncle un confortable foyer.

Après une période de repos, mise à profit par des lectures et des promenades relaxantes, il avait fait sa rentrée dans son nouveau collège.

Les raisons de son changement d'établissement avaient été dissimulées aux autres élèves. Comme son nom de famille, Hasumi, avait été répété en boucle à la télé et publié dans les journaux pendant les semaines qui avaient suivi le drame, on avait décidé qu'il prendrait, le temps de sa scolarité, le nom de son oncle : on l'appelait donc Seiji Matsuzaki. Finalement, personne ne fit le lien entre le pauvre orphelin des informations et le petit nouveau qui venait de débarquer au collège.

Il avait commencé à attirer l'attention après les examens du premier trimestre, où il avait terminé premier de toute la promotion.

Quelques filles, le trouvant mûr pour son âge et plutôt cool, l'avaient jugé attirant. Certaines lui avaient même demandé de sortir avec elles. Il avait très poliment refusé. Même si personne ne savait qui il était, ni d'où il venait, il était plus prudent de continuer à jouer le gosse qui revient de loin et porte courageusement le poids d'un lourd passé sur ses épaules. Les autres garçons avaient dû percevoir son manque d'intérêt et s'approchaient rarement de lui.

Puis, un jour, au hasard d'un remaniement des places, il s'était retrouvé à côté d'une fille, Yumi Ishida, qui lui avait adressé la parole de manière très naturelle. Petite, affublée d'un front trop large et d'un nez disgracieux, elle pouvait difficilement être qualifiée de jolie, mais il émanait d'elle un charme difficile à décrire. Au départ, Seiji avait voulu la décourager en lui répondant sans entrain, mais les conversations s'étaient enchaînées… Un mois plus tard, elle était devenue la personne avec qui il échangeait le plus et il s'était, d'une certaine façon, attaché à son existence.

— Tu ne devrais pas faire ça, Seiji.

Contrairement à lui, Yumi n'avait que de mauvaises notes, à tel point que ses camarades en plaisantaient souvent. Si elle n'était ni ostracisée ni maltraitée, dans la classe, tous avaient tendance à la prendre pour une idiote. Cependant, lorsque Hasumi l'intello avait commencé à s'intéresser à elle, les moqueries s'étaient taries d'elles-mêmes.

Il s'était souvent demandé pourquoi il supportait tout venant d'elle. Et puis, un jour, elle l'avait complètement pris au dépourvu.

— En fait, Seiji, tu es trop égoïste. Enfin, tu es trop froid, quoi. Tu ne fais pas attention aux sentiments des autres.

Comment avait-elle fait pour le percer à jour, au travers du personnage de composition qu'il interprétait avec brio ?

Yumi n'était pas moins intelligente que les autres ; elle souffrait de certaines difficultés d'apprentissage qui l'empêchaient de s'adapter au système scolaire. Son intelligence émotionnelle, en revanche, était hors normes. Dès qu'une personne de son entourage se trouvait blessée et encaissait sans rien montrer, Yumi allait la voir pour la réconforter. C'était probablement pour cette raison que ses camarades, en réalité, l'aimaient bien.

Depuis sa conversation capitale avec feu le professeur Kumagai, Seiji avait si bien fait attention à son attitude et à celle des autres, l'analysant et la copiant tour à tour, qu'il n'avait plus jamais eu de problème à se fondre dans la masse. On le prenait pour un gentil garçon, le grand frère idéal.

Malgré tout, une personne avait encore été capable de cerner sa vraie nature, et ce, sans le moindre effort…

Le jeune garçon s'était retrouvé confronté à un choix délicat : tuer Yumi, ou la laisser vivre et s'en servir pour affûter sa couverture ?

Au terme d'une longue hésitation, il avait décidé de l'épargner. Surtout parce qu'il avait besoin, encore quelque temps, de rester en odeur de sainteté. De plus, si elle avait découvert que c'était un être froid et insensible, elle n'avait pas poussé la réflexion plus loin. Et quand bien même cette fille sans défense ni méfiance à l'égard d'autrui devait se révéler dangereuse un jour, il pourrait s'en débarrasser sans aucune difficulté.

Ils passaient beaucoup de temps ensemble. Puisqu'elle l'avait démasqué, Seiji pouvait se permettre d'être naturel à ses côtés. Dépourvue de la moindre once de méchanceté, elle ne pouvait probablement pas même imaginer ce qu'il était capable de faire…

En fait, elle était bien la dernière personne sur Terre dont il devait se méfier.

En retour, il s'était efforcé d'épauler la jeune fille durant tout le reste de sa scolarité. C'était une cause perdue : elle avait commencé à perdre pied dès l'école primaire, et il avait beau remonter en arrière dans les programmes, il ne parvenait pas à la faire progresser. Les professeurs, au courant de cet état de fait, avaient laissé tomber tout espoir depuis longtemps.

Mais cet état de grâce, que le jeune Seiji ne connut qu'une fois dans sa vie, devait prendre fin avec le passage au lycée.

Ses camarades et lui avaient été envoyés, en fonction de leurs résultats, dans des établissements plus ou moins prestigieux.

Yumi était la seule à sortir du système scolaire.

Ses parents, soucieux du qu'en-dira-t-on et honteux de cette fille incapable de réussir, n'avaient qu'une hâte : la dissimuler aux yeux du monde. Elle avait donc été envoyée au travail le plus tôt possible.

Le jour de la cérémonie de remise des diplômes, Seiji ne s'en était pas ému plus que ça. Les choses qui prenaient fin n'existaient tout simplement plus pour lui. Seul le futur l'intéressait.

Puis ce fut la rentrée, et le premier trimestre, excitant, était passé comme un éclair.

Seiji terminait tout juste de se mettre les profs dans la poche et d'organiser sa classe selon son idée, quand, au début des vacances, Yumi l'avait appelé. C'était la première fois qu'elle le contactait ainsi.

Elle lui avait demandé si elle pouvait visiter son lycée, elle qui n'avait pas pu y aller. Jamais encore elle ne lui avait demandé le moindre service. À son propre étonnement, il avait accepté.

Le jeune Hasumi n'était pas sans défauts, il le reconnaissait, mais il tenait ses promesses. Il décida de l'y emmener de nuit afin de ne pas susciter la curiosité de ses camarades.

Ce n'était pas la première fois qu'il s'aventurait en douce dans l'enceinte du lycée ; il savait parfaitement par où passer et comment éviter les pièges. Il devait être 22 heures lorsqu'ils avaient pénétré dans l'établissement, à la lueur d'une lampe torche.

Les classes. La piscine. Le gymnase. Le dojo. Les salles d'activités extrascolaires. Rien de tout cela n'était très différent de ce qu'ils avaient connu au collège, mais Yumi s'émerveillait chaque fois.

Ils avaient terminé la visite par le toit du lycée, admirant les lumières de la ville qui s'étendait à leurs pieds. Une brise fraîche les enveloppait. La lune n'était pas visible, et le ciel, délavé par l'éclairage urbain, était d'un noir pâle.

Yumi, née à Kyôto où elle avait vécu toute sa vie, devait avoir vu ce paysage des centaines de fois, et pourtant… elle s'était accrochée au grillage et avait contemplé le tableau sans bouger, comme tétanisée.

— Bon, on rentre ? avait demandé Seiji vers 2 heures du matin.

Quand elle s'était retournée vers lui, le regard décidé, il avait pris peur. Elle allait lui faire une déclaration d'amour, c'était à parier…

Il était loin de s'attendre aux mots qu'elle allait prononcer.

— Dis, Seiji, tu veux bien me tuer ?

— Hein ?

Avait-il mal compris ? Mais elle s'était précipitée pour prendre les mains du garçon et les serrer autour de son cou à elle.

— S'il te plaît, Seiji. Je veux que tu me tues.

La langue de Seiji était pétrifiée, mais ses mains s'étaient déjà mises au travail. Le cou de Yumi était étonnamment fin. Il pouvait croiser les pouces sur le larynx, les majeurs sur la nuque de la jeune fille…

Mais ça s'était arrêté là.

Pour une raison étrange, malgré ses efforts, il n'était pas parvenu à serrer.

Il avait contemplé ses mains, stupéfait.

— C'est ce que j'aimerais vraiment, je t'assure. Être tuée par toi.

Le jeune Hasumi avait replié les bras et remué la tête.

— C'est impossible, tu le sais bien.

Elle avait gardé le silence un long moment, tandis que Seiji, aiguillé par la curiosité, se demandait ce qui se passait.

— Pardon. Oublie ça. C'était juste une blague.

— Tu parles d'une blague…

Il ne faisait pas semblant d'être remué. Il ne comprenait pas d'où venait cette requête, et encore moins pourquoi ses mains ne lui avaient pas obéi. Il avait voulu serrer les doigts, mais il semblait comme anesthésié.

— Allez, on rentre.

Elle lui avait tourné le dos.

Peu avant d'arriver chez la jeune fille, il avait retenté d'enserrer son cou entre ses mains. À nouveau, il n'avait pas réussi. Il avait dissimulé son geste en lui caressant les cheveux.

Elle s'était légèrement tournée vers lui.

— Merci pour la visite.

Une larme brillait au coin de son œil.

Deux jours plus tard, il avait appris qu'elle s'était donné la mort chez elle, par pendaison.

Il avait assisté aux funérailles avec leurs anciens camarades de classe. Des ados qui à une époque s'étaient moqués d'elle sans vergogne et qui, ce soir-là, pleuraient à chaudes larmes.

C'est là que Hasumi avait pris connaissance de la rumeur, en discutant avec une fille de l'assemblée.

Yumi travaillait dans une usine d'assemblage de produits électriques, dans des conditions effroyables. Son contrat prévoyait huit heures par jour, mais elle en faisait bien quatre ou cinq de plus, et ses week-ends lui étaient refusés au moindre retard dans les cadences. Trop gentille, elle ne savait pas dire non lorsque ses collègues lui demandaient de prendre leur place. Elle avait rarement eu l'occasion de poser ne serait-ce qu'un jour de congé.

— C'est horrible, avait commenté le jeune Seiji. Tu crois que c'est pour ça qu'elle s'est suicidée ? Parce que c'était trop dur ?

— Non, avait répondu la fille.

Dans cette usine travaillait un personnage peu recommandable. Il avait fait subir à Yumi un harcèlement sexuel permanent, et s'était mis à la suivre partout où elle allait.

— C'est des employés de l'usine qui me l'ont dit… Il aurait usé de violence sur elle.

Il n'avait pas été compliqué de dénicher l'identité du sale type en question.

Avait-il été trop brutal, sans s'en rendre compte ? Sous lui, Miya avait émis un cri de douleur. Il reprit un rythme plus doux.

— J'ai pas d'ordres à recevoir de quiconque, tu piges ?

Le dénommé Ômura avait tiré un couteau à cran d'arrêt de sa poche arrière et, d'un geste souple, en avait libéré la lame. S'il était peu impressionnant physiquement, on voyait qu'il était habitué aux règlements de comptes.

— Alors, qu'est-ce que tu en dis, hein ?

Il avait pointé l'arme sur la gorge du jeune Hasumi. Sûrement croyait-il que c'était la peur qui empêchait le garçon de parler. Tel un requin, il avait écarté les lèvres en un sourire hideux, tapotant la joue du jeune homme de sa lame.

— Alors, p'tit con ? Tu voulais me parler ? Mais c'est drôlement dangereux, tu sais, d'être venu tout seul... Bon ! Je te tranche la gorge, ou je te coupe le kiki, gamin ?

Joignant le geste à la parole, il avait fait glisser son couteau vers le bas. C'est le moment qu'avait choisi Seiji pour le prendre par surprise. Sans une hésitation, ses mains s'étaient refermées sur le cou de la brute.

— Connard !

Ômura n'avait pas perdu son sang-froid pour autant et s'était mis à donner des coups de lame féroces.

Aucun n'atteignit l'adolescent, qui avait passé un gilet pare-coups sous sa chemise vite déchiquetée.

Celui-ci avait attrapé la main droite de son adversaire et l'avait tordue en arrière. Ômura avait lâché son couteau et Seiji, d'un coup de pied, l'avait envoyé valdinguer au loin. Il avait appris cette prise d'aïkido au collège. Si elle était au départ destinée à maîtriser un assaillant, le jeune homme lui avait apporté quelques modifications propres à infliger un maximum de dommages.

— Aïe aïe aïe aïe aïe !

— Qu'est-ce que tu racontes ? Yayayaya ? Ça ne veut rien dire. Si tu as mal, lève la main. Comme chez le dentiste.

Ômura avait immédiatement levé son bras libre.

— Tu es qui, putain ? avait-il braillé en bavant, les yeux pleins de larmes. Je suis pas tout seul ! Ils vont venir pour moi, mes gars, tu vas voir, j'ai les yakuzas avec moi, tu vas pas t'en sortir comme ça !

— C'est probable, si tu vas répéter à tout le monde ce que je t'ai fait. Je ne t'en laisserai donc pas l'occasion.

Il avait appuyé plus fort sur la main, et quelque chose à l'intérieur du bras avait cédé. Ômura s'était effondré en hurlant de douleur.

Le lycéen, allongé lui aussi, avait coincé le bras de sa victime entre ses jambes, dans un simulacre de prise de judo, afin d'amplifier la douleur.

— Ah ! Ça fait mal, putain ! Mais tu es qui, qu'est-ce que tu veux, bordel ?

— Réponds juste à ma question. Est-ce que tu as violé Yumi Ishida ?

— Yumi ? Ah ouais. La petite vierge, lâchée dans une usine ? Il fallait bien que quelqu'un lui passe dessus, et je m'en suis chargé. Elle faisait semblant de pas vouloir, au début, puis elle a bien profité, elle se cramponnait à moi, je te dis pas… (Il avait montré ses dents pourries.) Et alors, tu étais amoureux d'elle ?

— Non. Elle m'apprenait des choses.

— Qu'est-ce que tu racontes ? Elle était trop conne pour aller au lycée…

— Elle m'a appris comment fonctionnent les sentiments des gens.

— Quoi ?

— Moi, je n'en ai pas. De sentiments.

Les poils d'Ômura s'étaient dressés sur ses bras.

— Bon, c'est un peu exagéré. Moi aussi, je peux

ressentir de la joie, de la colère, de la peine… C'est surtout les sentiments des autres que je ne ressens pas. Je suis dénué de compassion.

Ômura avait ouvert grand les yeux.

— À l'aide ! Au se…

De son pied droit, Seiji avait cogné la gorge de la brute. C'était mou, bien plus agréable que de shooter dans un ballon de foot.

— Réfléchis un peu. On est au milieu de nulle part, personne ne t'entendra crier.

L'homme s'était mis à tousser et à cracher du sang.

— Arr… Arrête, avait-il réussi à murmurer entre deux quintes. S'il te plaît…

— Bon, d'accord. Mais j'étais sérieux, tout à l'heure. Maintenant que Yumi n'est plus là pour m'apprendre les sentiments, tu vas devenir mon test de fin d'études. Je vais voir si je peux partager ta douleur. Ça va être amusant, tu ne crois pas ?

Il avait utilisé ses jambes pour immobiliser complètement le violeur au sol et avait tordu son bras de plus belle. Ômura s'était tortillé comme une chenille.

— Alors, ça fait mal ? Je suis bête, bien sûr que ça fait mal. Maintenant, est-ce que ça me touche, moi ?

Il avait fermé les yeux.

— Hum… Je ressens un petit quelque chose, presque rien. Il faut continuer. Allez, courage !

Le jeune Hasumi avait encore tiré, de toutes ses forces, sur le bras tordu. La brute – à peine plus âgée que lui d'ailleurs – sanglotait comme un bébé. On pouvait déjà voir que son bras droit était plus long que le gauche.

— Sais-tu que, comme les tricots, les ligaments une fois étirés ne retrouvent plus jamais leur taille d'origine ? Dorénavant, tu prendras tes pulls trop longs aux manches et tu feras un ourlet du côté gauche.

Ômura, accaparé par d'autres soucis, n'avait pas eu

l'air d'entendre ce conseil plein de sollicitude. Un peu vexé, l'ado s'était remis à tirer sur le bras plein de petites fois à la suite, jusqu'à ce que l'épaule se déboîte complètement.

Quand la respiration de l'homme s'était réduite à un souffle inaudible, Seiji s'était relevé et, sans lâcher le bras, avait tourné autour de lui. Il avait entendu la peau s'arracher, les tissus se déchirer, et enfin, l'os craquer.

Un violent jet de vomi s'était échappé de la bouche d'Ômura, qui, peu de temps après, avait complètement cessé de bouger. Il s'était visiblement étouffé avec le contenu de son estomac.

Même en donnant la mort à petit feu, le jeune Hasumi n'avait pas ressenti la moindre contrariété psychologique.

Ce qui s'était passé avec Yumi, cette incapacité à lui faire du mal, ça n'avait été qu'un moment d'égarement sans conséquence. Il avait été soulagé de le constater.

La sonnerie de son portable le tira de sa rêverie. Toujours en Miya, il décrocha. C'était Sakai, le proviseur adjoint.

— Allô, j'écoute ?

— Monsieur Hasumi ? Où êtes-vous ?

— Je fais des tours dans l'hôtel, je m'assure que tout est en ordre.

Ça tombait bien, il était légèrement essoufflé.

— Revenez immédiatement au quatrième. M. Shibahara est tombé sur des jeunes qui buvaient de la bière, je ne vous raconte pas le grabuge.

— J'arrive tout de suite.

Il raccrocha.

— Dis-moi, Miya, il n'y a pas de risque aujourd'hui, si mes calculs sont bons ?

La jeune fille, comprenant ce qu'il s'apprêtait à faire, se redressa en criant.

— Non ! Non ! Ne…

Trop tard. Au terme de mouvements de plus en plus bestiaux, il éjacula en elle.

Reika ne cessait de se retourner.

Ce n'était pas le fait d'être dans un lit inconnu qui la dérangeait. Fûko Onodera et Mai Isagawa, avec qui elle partageait la chambre, avaient plongé dans leurs rêves à peine glissées sous leurs couvertures. Reika, au rythme de leurs respirations apaisées, passait en revue les événements de la journée.

Keisuke. Elle ne lui pardonnerait jamais. Mais celle qui la mettait en rage, c'était l'infirmière, Junko Taura ! Une adulte de l'équipe enseignante – d'ailleurs, elle se servait sûrement de ce statut pour attirer les garçons ! – qui séduisait un jeune, l'emmenait sur le toit en plein voyage scolaire et le faisait fumer du cannabis ? Intolérable !

Et quelle idée de venir la voir, juste après ? Probablement voulait-elle vérifier qu'elle ne moufterait pas. Mais comment aurait-elle su que c'était Reika qui l'avait aperçue sur le toit ?

L'infirmière, en s'enfuyant, ne l'avait pas vue, elle en était convaincue.

Il ne pouvait y avoir qu'une seule explication : Keisuke était retourné la voir…

Rien qu'en y pensant, ses entrailles se mirent à bouillir de rage.

Non, ça n'avait pas de sens… cette femme… elle était venue lui parler, l'air embêté, mais lorsque Reika lui avait raconté à mots couverts ce qu'elle avait vu, Mme Taura avait changé de couleur.

Autrement dit, elle ne s'attendait pas à ce que Reika en sache autant.

Mais pourquoi était-elle venue la voir ?

C'était à n'y rien comprendre, elle tournait en rond.

La vraie question, c'était celle-ci : pourquoi devait-elle être la seule à subir tout ça alors qu'elle était censée s'amuser, comme les autres ? Elle se mit à pleurer en silence.

Enfin, elle commença à sommeiller peu avant l'aube.

Je vais pouvoir dormir…

Elle ne s'attendait pas à faire des rêves merveilleux, mais là…

Une porte s'était ouverte lentement devant elle.

Derrière, tout était noir.

Une silhouette se dessinait à quelques pas.

Un homme, tapi dans les ténèbres.

Ce n'était pas Keisuke.

Elle plissa les yeux pour mieux voir, et comprit que l'homme souriait.

Elle en eut froid dans le dos et tourna les talons.

L'homme, menaçant, s'approcha d'elle. Lorsqu'elle vit son visage, elle hurla.

De loin, c'était un visage normal, mais en s'approchant, on comprenait que ce n'était qu'un masque.

Ce n'est pas un humain.

C'était un monstre qui se déguisait en homme.

— Reika ! Hé, réveille-toi ! Reika !

Elle ouvrit les yeux sur le visage de Fûko. Derrière elle, Mai Isagawa semblait tout aussi soucieuse.

— Oh…

— Ça va pas ? Tu t'es mise à hurler dans ton lit, tu nous as foutu une de ces trouilles !

Reika enlaça son amie.

— Tu as fait un cauchemar ou quoi ? lança cette dernière, déjà hilare.

Mais Reika ne la relâcha pas avant un certain temps.

Toute la journée, le manque de sommeil se fit sentir.

Elle n'avait pas pu manger au petit déjeuner : Keisuke s'était approché, l'obligeant à s'éloigner à la hâte. Il n'était pas seul : tant que faire se pouvait, elle préférait éviter Yûichirô aussi, et tous les garçons en général.

Rien à attendre de bon non plus parmi les adultes qui les accompagnaient... Elle tenta de croiser le regard de Junko Taura, qui détourna le sien au dernier moment, visiblement gênée.

C'est ça. Je vois mal comment tu pourrais encore me regarder dans les yeux...

Les élèves sortirent par grappes du hall de l'hôtel pour remonter dans le bus. Devant la porte de celui-ci, Hasumi, son compteur électronique dans la poche, comptait ses ouailles.

Reika espéra passer sans avoir à lui parler.

— Monsieur Hasumi !

Elle se redressa, surprise.

Un homme accourait dans leur direction. Grosses lunettes noires, front dégarni, tout en lui criait le professeur.

— Monsieur Sagae. Ça fait longtemps...

Il se courba en avant, l'air réjoui, mais Reika devina instantanément que ce n'était qu'un sourire de façade.

— Vous êtes en voyage scolaire ?

— Eh oui, nous avons visité Kyôto...

— Ça alors, moi je viens en éclaireur, en prévision d'une sortie... Vous savez, monsieur Hasumi, on se remet à peine, dans notre établissement. Je ne sais pas ce qu'on aurait fait sans vous.

— Inutile d'y revenir. Je n'ai fait que passer, après tout.

On sentait qu'il ne tenait pas à s'étendre sur le sujet.

— Qui est-ce, monsieur Hasumi ?

Le proviseur adjoint, l'air méfiant, s'inséra dans la conversation.

— Ah, monsieur Sakai, je vous présente M. Sagae, mon ancien collègue au lycée de ***.

— Eh, Katagiri ! brailla Shibahara. Qu'est-ce que tu fous plantée là, tu vas avancer ou il faut que je t'aide ?

Reika se raidit et grimpa à la hâte dans le bus. Par la fenêtre, elle continua d'observer le proviseur adjoint échanger sa carte de visite avec le dénommé Sagae. Elle saisit alors qu'elle n'était pas la seule à trouver étrange cette rencontre inopinée. Un peu à l'écart, le vieux prof de maths, Tsurii, les observait avec le plus grand intérêt. On ne l'avait quasiment pas vu depuis le début du voyage.

Sur sa face habituellement dénuée d'expression, un fin sourire se dessina.

6

— Tiens, à mon avis, i[illegible]que chose à creuser là-dedans.

Yûichirô déposa une [illegible]piers A4 sur le pupitre de Reika. Des coup[illegible]urnaux, avec des URL imprimées en bas d[illegible]. La jeune fille se mit à lire en fronçant les sourcils. Pas remise de sa nuit blanche de la veille, elle avait passé la journée à lutter contre le sommeil.

Les articles remontaient à deux ans auparavant, à l'automne. Tous parlaient du lycée de ***, dont Hasumi lui-même avait donné le nom devant le bus.

D'ailleurs, en y repensant, le prof n'avait jamais évoqué son lycée précédent, celui d'avant sa mutation.

— L'« effet Werther » ? C'est quoi, ça ?

— Euh, répondit Yûichirô en se grattant le crâne. C'est un terme de psychologie, je pense. En tout cas, c'est une chaîne de suicides. Ils l'expliquaient sur la page d'après mais c'était pas intéressant et puis je voulais pas gâcher le papier.

Comme si c'était le plus important, de ne pas gâcher une feuille !

— Bon, et qui c'est, Werther, alors ?

— Ben… C'est pas la copine de Peter Pan ?

Ses petites plaisanteries cachaient mal le fait qu'il

n'avait pas assez confiance en lui pour restituer le contenu des articles.

— Tu parles de Wendy.

— Oui, bon, les noms anglais et allemands…

— Werther est le héros d'un roman de Goethe, *Les Souffrances du jeune Werther*.

C'était Keisuke, venu comme d'habitude squatter dans la salle de classe des 1re 4. Il conserva une certaine distance entre le pupitre de Reika et lui, et ça, en revanche, c'était nouveau.

— Ah bon. Merci pour l'info, répondit-elle sans le regarder.

— Et alors, ça parle de suicides en chaîne, ce roman ? demanda Yûichirô, qui était pourtant censé avoir lu l'explication.

— Bien sûr que non. C'est une histoire à l'eau de rose tout ce qu'il y a de plus banal, en vrai je ne l'ai pas lue non plus. Mais à la fin, le héros, malheureux en amour, se suicide. Et comme ça a été un best-seller à l'époque, plein de gens l'ont imité.

Il s'était rapproché pas à pas, le visage de plus en plus sérieux.

— Ah, d'accord… Tenez, ils en parlent dans cet article : apparemment, il y a eu une chanteuse qui s'est jetée d'un toit, et ses fans ont fait pareil.

Le fait divers remontait à plus de vingt ans, il était résumé en deux phrases. L'effet Yukiko Okada. Reika avait du mal à imaginer comment on pouvait être aliéné à une star au point de la rejoindre dans la mort.

— Ah oui, je me souviens d'avoir lu des articles là-dessus. Les médias se sont enflammés autour de l'affaire, ce qui a conduit à encore plus de suicides.

La lycéenne reporta son attention sur l'article. En l'espace de six mois à peine, quatre élèves du lycée de *** (deux filles et deux garçons) s'étaient donné la mort.

Reika s'en souvenait vaguement : l'affaire avait fait les gros titres.

— Quand même, quatre suicides, ça fait beaucoup, fit Yûichirô en croisant les bras. Vous imaginez, si c'était arrivé chez nous ? Le scandale !

— Ça *a* fait scandale, corrigea Reika.

Elle reprit la lecture de l'article depuis le début. Quelque chose la gênait dans l'écriture. Le ton léger, sensationnel, comme quand on raconte une histoire de fantômes.

Et puis, un autre élément la dérangeait, mais elle n'arrivait pas à mettre le doigt dessus.

— Deux morts par pendaison. Un saut d'un toit. Une intoxication au gaz, lut Yûichirô par-dessus son épaule. Aujourd'hui on utiliserait plus le sulfure d'hydrogène, je pense.

— Saut d'un toit ? releva Keisuke. Lequel ?

— Ben, celui du lycée…

C'est alors que Reika comprit ce qui la tracassait.

— Dites, vous ne trouvez pas ça étrange, que les quatre suicides aient eu lieu au lycée ?

Les deux garçons se turent.

— Un des élèves, poursuivit-elle, passe encore, mais tous les quatre ? Moi, je ne trouve ça pas normal. La plupart des jeunes se suicident chez eux, il me semble. Il doit y avoir une raison à ça.

Il ne s'agissait certainement pas d'un phénomène surnaturel, comme le sous-entendait l'article.

— Eh bien, il y a ça, aussi…

Yûichirô laissa sa phrase en suspens quelques secondes avant de reprendre :

— Vous savez, si on meurt à l'école, il y a de l'argent à la clé, non ? Si on meurt chez soi, on reçoit rien, mais si la mort est due à un truc qui s'est passé dans l'établissement, harcèlement ou autre, on peut toucher quelque chose…

Reika avait déjà entendu parler de primes de catastrophe délivrées par des institutions administratives indépendantes.

— N'importe quoi, lança Keisuke. Quand on est sur le point de mourir, on ne pense pas à ce genre de trucs. Je suis d'accord avec Reika : c'est super bizarre.

Elle ne réussissait toujours pas à le regarder dans les yeux.

— Bizarre ou pas, de toute façon, la police a enquêté à l'époque, et a décrété que c'étaient des suicides, alors…

— On peut pas faire confiance aux flics. Ils sont complètement bornés : tu leur donnes une piste, ils sont incapables de s'en écarter.

— Non, pas un suicide étrange, mais quatre… murmura Reika regardant enfin Keisuke. Et si c'était une manière de noyer le poisson ? Des suicides en chaîne, et tout le monde se met à penser à l'effet Werther…

Elle fut horrifiée par ce qu'elle venait de dire. L'espace de quelques minutes, elle avait oublié la guerre froide entre elle et son camarade.

— Je vais essayer d'en apprendre plus sur ce qui s'est passé dans ce lycée, j'y connais deux ou trois personnes, assura Keisuke. À plus !

Il semblait ragaillardi, se méprenant sur l'attitude radoucie de Reika à son égard.

La cloche sonna.

— Nous aussi, on va faire quelques recherches de notre côté, souffla-t-elle.

— Tu te prends trop la tête, Reika ! protesta Yûichirô. Qu'est-ce que tu veux qu'on cherche, franchement ?

— Je ne sais pas encore, mais…

— Pff, mais ça sert à quoi, en plus ? On n'a pas la moindre preuve que Hasumi y soit pour quoi que ce soit.

Tout ce qu'on sait, c'est qu'il a démissionné après quatre suicides dans son ancien lycée, voilà, fin de…

Reika serra le bras de son ami.

— Ben quoi ?

Il suivit son regard, vers l'entrée de la classe.

Tsurii se tenait sur le pas de la porte, dans son éternel costume marron râpé. Son cahier d'appel sous le coude, il était aussi immobile qu'un mannequin de cire. Son visage, comme toujours, était dénué d'expression.

Et pourtant, du fond de ses petits yeux renfoncés, il regardait clairement dans leur direction.

Les 1re 4, peu respectueux du vieux prof de maths, regagnèrent leurs places en chahutant, sans se presser. Un élève riait à gorge déployée, assis sur le bureau du professeur. Rina Kiyota, apparemment bien remise de l'incendie ayant coûté la vie à son père, tournait distraitement les pages d'un magazine de mode.

Au milieu de tout ça, seuls Reika et Yûichirô baissaient la tête, pitoyables.

Il avait tout entendu. Cette simple pensée les pétrifiait de peur.

Il entra dans la classe d'un pas lent.

Sales gosses. Tous autant qu'ils sont. Petites bestioles sans intérêt. Tsurii n'avait aucun espoir de les aider à améliorer leurs compétences.

Mais tout n'était pas si noir. Tant que le proviseur restait à la tête de l'établissement, sa place y était assurée. Tout ce qu'il avait à faire, c'était se présenter à l'heure convenue dans la classe convenue et y donner un « cours ». Quelle que soit la classe, les gosses étaient tous les mêmes, d'insupportables vauriens dont les attaques ne l'atteignaient plus, depuis le temps. Mais cette petite merde de 1re 4, là… Il était décidément incapable de se souvenir de son nom, à celui-là… Oui, celui-là, au moins, on l'avait fait sortir du lycée avec un bon coup de pied au cul…

Une chose attira son attention dans ce chaos.

L'odeur de la peur.

La fille assise près de la fenêtre, au milieu de la classe. Et le garçon, au pupitre de derrière. Tandis que les autres gosses se comportaient comme des sauvages en liberté, eux se tenaient cois, dégageant une aura particulière.

Allons, de quoi a-t-on si peur, hein ?

Il tendit l'oreille pour capter les détails de leur conversation. La vague de suicides du lycée de ***… Ah ! Il avait déjà enquêté à ce sujet.

Tsurii se remémora une scène du voyage à Kyôto. Sa mémoire n'était pas seulement photographique, elle était cinématographique ; il pouvait invoquer des scènes entières du passé pour les revivre dans les moindres détails.

— Monsieur Hasumi !

Tsurii, surpris, avait tourné la tête vers l'étranger. Une voix qu'il ne connaissait pas…

Un homme, la cinquantaine, courait à petits pas vers Hasumi. Des lunettes épaisses, un front dégarni, la nuque aussi ; il se dégageait de lui un sentiment de respectabilité, de sens du devoir qu'abhorrait Tsurii.

— Monsieur Sagae. Ça fait longtemps…

Hasumi avait baissé la tête avec déférence, mais son sourire était crispé.

— Vous êtes en voyage scolaire ?

— Eh oui, retour à Kyôto…

— Ça alors, moi je viens en éclaireur, en prévision d'une sortie… (Son visage s'était assombri.) Vous savez, monsieur Hasumi, on se remet à peine, dans notre établissement. Je ne sais pas ce qu'on aurait fait sans vous.

— Inutile d'y revenir. Je n'ai fait que passer, après tout.

Il n'avait clairement pas envie de s'appesantir sur le sujet.

— Qui est-ce, monsieur Hasumi ?

Bien entendu, le proviseur adjoint, qui devait se mêler de tout, s'était incrusté dans la conversation.

— Ah, monsieur Sakai, je vous présente M. Sagae, mon ancien collègue au lycée de ***.

C'est à ce moment qu'une voix des plus désagréables avait retenti.

— Eh, Katagiri ! Qu'est-ce que tu fous plantée là, tu vas avancer ou il faut que je t'aide ?

Ce sale pervers de prof de sport, Shibahara…

Tsurii pencha la tête.

Ah oui, Katagiri.

Il l'avait déjà remarquée avant, celle-là. Au milieu de la horde de bas-de-plafond, elle se démarquait. Ellc avait peur de lui, il pouvait le sentir. Comment était-ce seulement possible ? Elle ne pouvait rien savoir… Probablement était-elle dotée d'une intuition hors du commun.

Le chahut dans la classe baissa d'un cran pour devenir un bruit de fond constant. Même ces petits crétins sans cervelle savaient reconnaître les limites…

Tsurii posa son carnet écorné sur le bureau, leur tourna le dos et, sans mot dire, commença à tracer des équations au tableau. Bientôt, le vacarme revint dans la classe. Une véritable ruche pleine d'insectes au bourdonnement insupportable…

Sans cesser de tracer des chiffres, il continua le film dans sa tête.

Katagiri, pressée par ce minable de Shibahara, s'était précipitée à l'intérieur du bus.

— Je suis Sakai, proviseur adjoint au lycée Shinkô Gakuin de Machida.

— Sagae, du lycée de ***. Enchanté.

Tandis que les deux hommes échangeaient leurs cartes de visite avec la plus grande des politesses, Hasumi semblait ne plus savoir où se mettre. Il ne se rendait pas compte que sa posture indiquait la volonté de déguerpir au plus vite. La plupart des gens auraient pu penser qu'il était tout simplement ennuyé par la scène, mais Tsurii, lui, percevait autre chose.

La haine débordante qui se dégageait du prof d'anglais.

Enfin...

Tsurii avait ressenti une joie profonde.

Tout être humain avait un point faible. Il lui suffisait d'observer quelqu'un avec minutie pour voir apparaître ses failles. Chez lui-même, il ne fallait pas creuser longtemps pour les trouver...

Enfin, il accédait à quelque chose de concret concernant Hasumi. Dès leur première rencontre, il avait senti que le prof d'anglais traînait avec lui de lourds bagages, sans parvenir à préciser son intuition.

Hasumi venait de se planter méchamment.

Quand on est touché là où ça fait mal, il faut savoir encaisser sans rien montrer, s'était-il récité à part lui-même.

Ça embrouille son monde avec de belles paroles, hein ! Mais tu as encore des progrès à faire au niveau de la maîtrise de soi... Je ne sais pas ce que tu es venu faire dans cette école, mais si tu me cherches des noises, tu vas vite comprendre que c'est moi qui tire les ficelles ici.

Et tu vas sauter.

J'ai payé très cher ma place ici.

Au moment où il s'apprêtait à mettre sur pause le film de ses souvenirs, une image le frappa.

Quelqu'un l'observait par la fenêtre du bus. Il ne s'en était pas rendu compte avant cet instant.

Ah, encore cette Katagiri. Quel était son prénom, déjà ? Il jeta un œil à son cahier d'appel. C'est cela. Reika Katagiri.

Pourquoi est-ce que tu me lorgnais, petite ?

Un indécelable sourire sur les lèvres, il lui lança un regard.

Si tu te mêles de ce qui ne te regarde pas, il va t'arriver des bricoles, c'est ton professeur qui te le dit !

— Allô, monsieur Hasumi ? Sagae à l'appareil. Quelle bonne surprise d'être tombé sur vous à Kyôto !

La voix de son ancien collègue ne résonnait absolument pas comme une bonne surprise à l'oreille de Hasumi.

— Et comment ! Je me demandais justement ce que vous deveniez, et je suis fort rassuré de constater que tout s'arrange…

Qu'est-ce qu'il me veut, encore ? Il ne va tout de même pas me pomper l'air avec cette vieille histoire ?

— En fait, j'ai hésité à vous appeler, mais vous nous avez tellement aidés, monsieur Hasumi… Je me sens obligé de vous raconter ce qui est arrivé.

— Je vous écoute.

— Voilà. Hier, un professeur de votre lycée est venu chez nous et, comment dire… il a posé des questions sur vous. Je n'ai pas trouvé sa démarche tout à fait normale, pour tout vous avouer.

Le pouls de Hasumi s'accéléra.

— Un professeur d'ici ? Mais de qui s'agit-il ?

— De M. Tsurii. J'ai essayé de comprendre le but de sa visite, mais il n'a rien voulu me dire, sinon qu'il cherchait à connaître les détails du drame qui nous a touchés. Vous vous doutez bien que ce n'est pas un sujet que je puis évoquer avec légèreté, c'est pourquoi j'ai insisté pour comprendre ce qui le motivait, mais il est resté très vague.

Ce gros crétin de zombie, qu'est-ce qu'il cherche, exactement ?

— Pourquoi dites-vous que sa démarche ne vous a pas semblé « normale » ?

— Eh bien… Venir exprès pour demander des détails sur une affaire sordide, sans montrer le moindre signe d'affliction – enfin, si, il en a montré, mais il semblait surtout… déprimé, en fait.

— Vraiment ? Écoutez, vous m'en voyez navré.

Hasumi soupira. Il n'aurait pas dû laisser les choses lui échapper à ce point.

Il savait pertinemment que Tsurii était un personnage dangereux. Jusqu'ici, il avait bien pris garde de ne pas lui donner du grain à moudre.

Mais cette fois-ci, le prof de maths avait franchi la ligne. Cet incapable aux relents de naphtaline, ce misanthrope sans le moindre talent ! Et maintenant il commençait à fourrer son nez là où ça ne le concernait pas ?

D'ailleurs, le vétéran avait dû prévoir que Hasumi serait vite informé de ses agissements…

Tsurii lui faisait savoir qu'il se trouverait sur sa route, et le menaçait clairement. C'était une déclaration de guerre.

Quoi qu'il en soit, une fois lancé, le vieux croûton allait amasser de plus en plus de renseignements sur Hasumi.

Quelle plaie. Il faut que je m'en occupe.

Ce problème allait nécessiter une frappe chirurgicale. Il était temps que le zombie réintègre sa tombe.

Hasumi promena son regard dans la salle des profs, s'assurant que personne ne pouvait l'entendre.

— Monsieur Sagae, ce que je vais vous dire doit rester

entre nous, mais il faut que vous le sachiez : M. Tsurii est malade.

— Ah, c'est donc cela…

— Depuis la disparition de sa femme, il y a quelques années, il souffre de dépression sévère. Il est sous antidépresseurs.

Hasumi n'avait pas pensé que sa petite enquête personnelle sur le prof de maths se révélerait utile aussi rapidement.

— Quel fardeau terrible ! Déjà que notre métier est extrêmement propice à développer ce genre de troubles… Mais ne devrait-il pas se retirer ?

— Vous savez, l'enseignement est la dernière chose qui motive M. Tsurii à se lever tous les matins. Notre proviseur, compréhensif, lui a permis de continuer les cours. Bien sûr, notre collègue sait qu'il peut compter sur nous, mais c'est avant tout le soutien des élèves qui le fait tenir.

Si par « soutien » on entendait jets de craies et de boulettes de papier, ce n'était pas complètement faux.

— Je comprends, répondit Sagae, plein de commisération. Mais cela n'explique pas pourquoi il est venu me poser des questions…

Hasumi lâcha un soupir.

— Eh bien, il semblerait que M. Tsurii ait développé, ces derniers temps, un intérêt redoublé pour tout ce qui touche au suicide.

— Oh, mince… (Sagae resta quelques secondes sans voix.) Du coup, j'ai bien fait de ne pas lui en parler, n'est-ce pas ?

— Assurément. Et merci infiniment de m'avoir prévenu : grâce à vous, nous savons qu'il faut redoubler de vigilance concernant notre collègue.

Au terme de maintes circonlocutions de politesse, Hasumi put enfin raccrocher.

Frapper.

Strike while the iron is hot. Il faut battre le fer tant qu'il est encore chaud.

Pour l'instant, il avait besoin d'un sac plastique. Et de sable. Il trouverait bien le premier dans le matériel du gymnase. Pour le sable, il y en avait autant qu'on voulait dans la cour du lycée.

Elle sortit du lycée et l'aperçut, négligemment appuyé contre le portail.

— 'lut.

— 'lut.

— Je peux te parler ?

— À propos de quoi ?

— Notre affaire de suicides. J'ai téléphoné à un copain du lycée de ***.

Reika refusait que Keisuke lui adresse la parole depuis le voyage scolaire, mais si cela concernait l'affaire, elle était bien obligée de l'écouter.

— Alors ?

Yûichirô les rejoignit et proposa de se poser dans un café non loin.

— Mieux vaut parler en marchant, répondit Keisuke.

Le soleil ne devait pas se coucher avant quelques heures encore. L'air était parfaitement immobile, il faisait chaud et humide.

— Mon pote m'a filé d'autres numéros, commença-t-il d'un ton sérieux. De fil en aiguille, j'ai pu parler à plusieurs élèves. Les quatre qui se sont suicidés formaient un groupe soudé : ils étaient tout le temps ensemble.

— Un groupe de voyous ?

— Non, ils étaient plutôt bons élèves. Le type qui m'a raconté ça n'était pas dans la même classe, alors c'est des infos de seconde main.

— Ils étaient genre super intellos ?

— Sans aller jusque-là, ils se démarquaient.
— Ils étaient à l'écart des autres ? voulut savoir Reika.
— Non, c'est pas ce que j'ai compris. Apparemment, ils s'entendaient bien avec les autres groupes. Sauf en ce qui concernait Hasumi.
— Comment ça ?
— Vous voyez le tableau : le gars débarque avec ses cours passionnants et sa motivation au milieu d'une équipe de profs nuls ou autoritaires… Il gagne instantanément une popularité dingue auprès des élèves. À part ces quatre-là, précisément. Ils prétendaient qu'il était louche, qu'on ne pouvait pas lui faire confiance.
— Ça ne vous rappelle pas quelque chose ? l'interrompit Yûichirô. J'ai l'impression qu'on parle de nous !
Pas la peine de le dire, pensa Reika en fermant les yeux. Elle partageait l'impression de son camarade, mais l'entendre prononcée à haute voix lui fit l'effet d'un mauvais présage.
— C'est pas un mobile suffisant pour tuer des gens, quand même, si ?
— Eh bien, c'est pas super clair, mais la première à s'être suicidée, Sonobe, était la plus active du groupe. Il existe des rumeurs comme quoi elle cherchait quelque chose à propos de Hasumi.
— Quoi ?
— Ça, malheureusement, personne ne le sait. Un truc en rapport avec son passé, en tout cas.
Cette histoire remontait donc encore plus loin dans le passé ? Une angoisse indescriptible serra la poitrine de Reika. Ce n'était qu'une supposition mais… Si Hasumi était véritablement à l'origine de la mort de ces ados, on pouvait parier qu'il n'en était pas à son coup d'essai.
— La police a su tout ça, non ?
— Oui, une enquête a été menée, assez sérieusement, et… (Keisuke afficha un rictus amer.) Les corps

des quatre élèves ont été autopsiés. Aucune preuve de meurtre n'a pu être décelée.

— J'en étais sûr ! s'écria Yûichirô, soulagé. Ça me paraissait complètement tiré par les cheveux, votre affaire. Quatre meurtres maquillés en suicides ? C'est un peu gros, non ?

— Non.

Keisuke s'arrêta pour se tourner vers ses amis. Une lueur étrange brillait dans ses yeux. Reika frissonna.

— Un policier, plus acharné que les autres, a continué d'avoir des doutes. En fait, si la police a donné l'impression de bien faire son travail, c'est surtout qu'on a beaucoup vu ce type interroger tout le monde. Il a commencé à énerver l'administration de l'établissement, qui jugeait que les élèves avaient déjà été assez traumatisés comme ça. Parmi les plus remontés contre les méthodes de ce flic, nous retrouvons notre fameux Hasumi, ainsi qu'un certain Sagae, qui se seraient pris le bec avec l'enquêteur plusieurs fois.

— Mais ce flic, il était seul ? C'était un original ?

— Pas vraiment. En tout cas, le doute planait, mais comme les preuves tardaient à apparaître et que le lycée a violemment protesté, ils ont fini par abandonner la piste.

— On pourrait le trouver et lui parler, à ce policier, non ? proposa Reika.

— Rien de plus simple, répondit Keisuke en soupirant. C'est une de nos connaissances…

— Hein ?

— Ce bon vieux Shimodzuru. Cette affaire lui a coûté son poste d'enquêteur, raison pour laquelle il s'est retrouvé à la Sécurité. On n'aime pas les joueurs en solo, dans la police.

Tsurii laissa son regard dériver par la fenêtre de la salle des profs.

Tiens, c'est exactement le même coucher de soleil que ce soir-là... Il ne faut pas regarder, je sais, mais je ne peux pas m'en empêcher.

Ah, j'irai en enfer, c'est sûr. Ses portes sont déjà en partie ouvertes pour m'accueillir.

Il restait plus de la moitié des enseignants dans la salle, mais il ne serait venu à l'esprit d'aucun d'entre eux d'adresser la parole au prof de maths absorbé dans ses pensées, immobile.

Quitte à admirer le soleil couchant, autant le faire ici. À la seule idée de rentrer chez lui, une terreur indicible lui glaçait le dos.

Les jours de congé, il restait assis dans sa chambre sombre, sans bouger d'un pouce. Il se disait qu'il devrait sortir, mais le soir finissait toujours par tomber sans qu'il ait esquissé le moindre geste.

Il accueillait les jours d'orage comme une délivrance. Sa vieille maison de plus de trente ans s'assombrissait, suintait l'humidité, mais c'était toujours préférable à cet ignoble rayon de soleil qui venait lécher la cuisine…

Le dimanche précédent aussi, il avait fait beau. Tsurii, assis par terre, avait passé la journée à regarder la tache, couleur de nuit, que la lumière ravivait.

Puis il avait dû tourner la tête. C'était inévitable. Vers la cuisine. Vers le sol, où il y avait cette trappe. Elle menait au garde-manger, autrefois.

Alors, un grattement se faisait entendre, comme si on avait attendu d'obtenir son attention pour commencer.

Idiot. C'est impossible.

Combien de fois avait-il tenté de s'en persuader ?

Puis la trappe s'ouvrait lentement, et une fine main blanche en sortait. Ses ongles étaient écarlates, mais sa peau était nette de toute trace de sang.

Impossible ! Ça ne se peut pas !

Il fermait les yeux de toutes ses forces et lorsqu'il les rouvrait, c'était fini.

Mais cela ne durait qu'un temps…

Soudain on s'énervait sous la trappe, on tentait de l'ouvrir, et le sol entier répercutait les coups, se mouvant comme un animal.

L'illusion se rejouait avec obstination dans la tête de Tsurii. Et pas seulement chez lui : cela pouvait se reproduire, parfois en *slow motion* ou en image par image, à peu près n'importe où.

Il savait bien qu'il n'était pas dans sa cuisine. Mais c'était le même rayon de soleil rougeâtre qui éclaboussait la salle des profs.

Tsurii tenta de s'arracher à cette pensée, d'ignorer la teinte carmin de la lumière.

Terriblement abattu, il commença à avoir des palpitations. Son premier réflexe fut d'attraper sa boîte d'antidépresseurs, mais il avait déjà dépassé la prescription journalière. D'ailleurs, il avait remarqué qu'une fois leurs effets estompés, ces pilules avaient tendance à provoquer encore plus d'hallucinations.

Il n'y avait rien d'autre à faire qu'attendre.

Rassemblant ses forces, il se leva de sa chaise et se dirigea d'un pas incertain vers un lavabo, où il s'aspergea le visage d'eau froide. En sachant très bien que cela n'aurait aucun effet.

Pourquoi donc me suis-je marié avec elle ?

Il ne parvenait pas à reconstituer la chaîne d'événements qui, dix ans plus tôt, avaient mené à cette union.

Keiko avait trente ans à l'époque, lui quarante-cinq. L'âge n'y faisait peut-être rien, mais il n'avait jamais plu aux femmes, et n'était même pas riche.

Ils n'avaient pas eu d'enfants, ce n'était donc pas non plus ça qui l'avait motivée.

Keiko, c'était ce genre de femmes qui ne passent pas inaperçues. Tout le contraire de Tsurii, on ne peut plus terne. Mais il était tombé amoureux, il cédait à tous ses caprices. Peut-être n'aurait-il pas dû…

Non, de toute façon, le résultat aurait été le même.

Le souvenir d'un restaurant de cuisine française lui revint.

Ils avaient été invités par le proviseur du lycée, Nadamori. La première fois qu'il l'avait rencontré, il lui avait trouvé un charme exotique – grand, le nez droit, les yeux ronds, il avait les traits d'un Occidental. Tout, en lui, devait être démesuré… En y repensant, il voyait bien que Nadamori n'avait pas été indifférent à la coquetterie éhontée de Keiko. Elle riait à gorge déployée à chacun de ses mots, et n'hésitait pas à poser la main sur sa cuisse. On aurait dit une prostituée qui voulait ferrer un client.

Pendant ce temps, Tsurii, peu habile pour manger avec des couverts, tentait de ne pas se couvrir de ridicule. Il ne lui était même pas venu à l'esprit que, d'ordinaire, quand un homme marié invite un couple, il vient lui aussi avec sa moitié…

Combien de fois avait-elle échangé un regard de connivence avec le proviseur, devant la maladresse de son mari ? Il n'arrivait même pas à suivre leurs conversations… Elle, *cette femme*, elle avait dû se moquer de lui… À l'époque, il lui aurait suffi de se repasser la soirée, comme un film, pour le confirmer. S'il ne l'avait pas fait, c'est par peur de souffrir devant la cruelle vérité.

Ils se connaissaient déjà, c'était évident. Keiko avait fait quelques petits boulots avant son mariage, probablement avait-elle travaillé au sein du lycée à un moment ou à un autre.

Tsurii n'était pas un prof talentueux. S'il avait réussi à décrocher son poste au sein du lycée Shinkô Machida, c'était à n'en pas douter grâce à la liaison entre sa femme et Nadamori.

Ça aussi, il avait essayé de ne pas y penser. Il avait fermé les yeux, s'était bouché les oreilles, n'avait rien attendu d'autre de la vie qu'elle se déroule paisiblement, sans incident.

Jusqu'à ce jour. Qui se rejoua en flash-back.

Il avait appelé Nadamori, qui avait débarqué chez lui le teint livide. Sa cravate était de travers, ses cheveux collés à son front.

Le proviseur devait penser que Tsurii avait découvert la liaison qu'il entretenait avec sa femme. Et qu'ils trouveraient un arrangement. Un des principaux atouts de Nadamori, c'était la petite fortune que ses parents lui avaient léguée. Les gens bien nés se complaisent à croire qu'ils peuvent tout régler à coups de billets de banque. Surtout devant un prof de maths sans le sou.

Mais ça, c'était trop facile.

Tsurii lui avait tendu une photo où on voyait Nadamori et Keiko sortir d'un hôtel. À sa vue, le proviseur avait pâli de plus belle.

— Des preuves comme ça, j'en ai plein.

Nadamori était tombé à genoux et avait baissé la tête.

— Pardonnez-moi !

Ce n'était qu'un jeu. L'homme n'était pas sincère, rien n'était plus flagrant.

Tsurii avait demandé à Keiko de les rejoindre. D'un air boudeur, celle-ci avait simplement dit :

— On divorce, alors.

Pas un mot d'excuse.

— Oui, on pourrait divorcer, ce serait probablement mieux.

Mais Keiko n'en avait pas fini.

— Je mérite une médaille pour avoir tenu aussi longtemps aux côtés d'un énorme batracien… J'espère que tu es reconnaissant ! Allez, envoie tes papiers de divorce, va… Et ne te prends pas la tête : tu n'as rien, pas vrai ? Rien d'autre que cette bicoque pourrie. Je ne veux rien. Si toi, tu veux de l'argent, demande à Nadamori, il fera un geste.

Je vois. C'est donc ainsi que ça se termine. Mais pas de divorce, non, c'est bien trop pénible.

— Qu'est-ce que c'est que ce truc ? Mais… tu…

Tsurii avait sorti le pied-de-biche qu'il cachait sous sa veste et en avait envoyé un grand coup dans la tête de sa femme. Keiko s'était écroulée juste sous les yeux du proviseur, resté prostré au sol.

Tsurii avait relevé son arme et s'était remis à frapper, plus de dix fois, sur le crâne de sa femme. Sous les chocs répétés, la tête de Keiko rebondissait contre le plancher, comme si elle se courbait pour demander pardon. Des bruits secs de craquements d'os s'étaient fait entendre.

Quant au proviseur, il était aux abonnés absents. Le visage maculé du sang de sa maîtresse, il tremblait tellement que sa mâchoire semblait vouloir se décrocher.

Le soleil inondait la cuisine, éblouissant, et rendait l'air chargé d'humidité encore plus difficile à respirer.

— Creuse plus vite. Si on ne termine pas avant ce soir, ta femme va s'inquiéter de ne pas te voir rentrer, l'avait exhorté Tsurii, en débardeur.

— De toute façon, avait murmuré Nadamori, toujours dans un état second, la police va la trouver. C'est sûr.

— Ne dis pas n'importe quoi. Je te rappelle que tu es complice, dans l'histoire. Ce n'est pas dans ton intérêt.

— Complice ? avait répété l'autre, bouche bée.

— Évidemment ! Tu es en train de m'aider à cacher le corps !

— Mais ça… Mais ça, Tsurii, c'est parce que tu me menaces…

— Tu crois vraiment que ce genre d'excuse va passer devant les flics ? Et puis complicité, ça va encore. Si on est découverts, je dirai que c'est toi qui l'as frappée. Tu crois qu'on te croira, toi, mari volage ? J'ai les preuves de la liaison.

— N'importe quoi ! Comment oses-tu…

— Je peux aussi te tuer tout de suite. C'était mon intention, au début. On faisait comme ça, autrefois. L'homme et la femme coupables d'adultère devaient mourir.

Tsurii avait sorti ça avec sa voix chuintante, très éloignée de celle d'un yakuza aux gros bras, mais c'était d'autant plus effrayant. Nadamori s'était remis à creuser avec une ardeur renouvelée. La terre déplacée formait une sorte de montagne miniature sur le sol de la cuisine, protégé par du papier journal.

— Et puis, tu sais quoi ? Tu peux bien aller courir chez les flics en sortant d'ici. Il y aura un procès, et même si tu en ressortais blanchi, il restera que tu entretenais une liaison extraconjugale qui a mené à un drame passionnel… Ce n'est pas de la bonne pub, ça, pour un gars comme toi. Un vrai scandale qui te forcerait à quitter ton rang chez les gens de la haute. Ça, tu en as, des choses à perdre ! Alors que moi… Je n'ai plus rien. Si on me condamnait à la peine de mort, là, je n'y verrais même pas d'inconvénient.

Jamais de sa vie il n'avait tenu de tels propos, aussi bien élaborés. Nadamori, toujours en état de choc, n'était pas en mesure de raisonner. Il faisait ce que Tsurii lui demandait et creusait, telle une machine, toujours plus profond dans le sol de la cuisine.

— C'est bon, ça suffit. Mets-la dedans, maintenant.

Nadamori, debout dans le trou, s'était penché pour

attraper le corps de Keiko, enroulé dans une couverture. Perdant l'équilibre, il avait lâché prise, le faisant retomber lourdement sur le sol. Tsurii ne s'en était pas ému : lorsqu'ils meurent, les humains ne sont plus qu'un tas de viande à jeter en pâture aux vers.

Dans la lumière rouge sang du couchant, Nadamori avait déposé le corps sans vie de sa maîtresse au fond de la fosse. Alors, une des mains de la morte, aux ongles laqués de rouge, s'était accrochée au bord du tombeau, comme si elle refusait de se laisser ensevelir.

C'était la dernière image qu'il emporterait de Keiko. Le proviseur, à mille lieues du personnage indolent qu'il aimait donner à voir, travaillait sans relâche. Une fois le cadavre enseveli, la trappe du garde-manger rabattue, il avait relevé un visage hagard d'épuisement et, tirant un mouchoir de sa poche, avait épongé le sang, la sueur et le sable qui maculaient son front.

Peu avant minuit, la cuisine avait retrouvé, en apparence du moins, son état originel. Nadamori était reparti d'un pas fantomatique et lui, Tsurii, s'était versé une bonne rasade de whisky dans un mug.

Lorsqu'il était revenu à lui, il était 15 heures. Dans sa tête, les souvenirs tourbillonnaient sans fin.

Depuis lors, il n'avait fait que vivre entre les flashbacks d'une précision extrême et les hallucinations cauchemardesques.

Lorsque les trois lycéens descendirent du bus, devant la gare de Machida, le ciel s'embrasait à l'ouest.

— Cette fois, j'en suis sûr : c'est même pire que ce que je croyais. Je vous jure, les gars, faut faire gaffe.

Reika leva un regard courroucé vers Keisuke.

— C'est quoi, ça ? Tu veux nous faire peur ?

— Ce n'est pas mon but, mais bon…

Il avait perdu de sa faconde habituelle et semblait bien trop sérieux.

— Les quatre du lycée de *** n'ont pas su qu'ils étaient dans le collimateur du tueur. Lorsqu'ils s'en sont rendu compte, c'était déjà trop tard.

Un lourd silence s'installa, que Yûichirô finit par briser.

— Arrête tes conneries. Les quatre lycéens se sont suicidés et c'est tout. Il n'y a pas de preuve qu'ils ont été tués !

— Des preuves, non, mais...

— Non, mais quoi ? Vous le détestez, Hasumi, OK, mais là vous essayez juste de lui faire porter le chapeau. Avouez que ça vous plaît de jouer aux détectives privés, aussi, pas vrai ?

Son ton badin ne récolta pas un sourire. Une femme qui rentrait du travail leur passa devant en trottinant, ses talons claquant sur les marches qui menaient à la gare.

— Quoi qu'il en soit, reprit Keisuke, ne vous en mêlez pas. J'ai encore quelques trucs à vérifier de mon côté et...

— Vérifier ? Tu vas vérifier quoi ?

— Je vous en ai déjà parlé. Il y a des mouchards à l'école et je dois les débusquer.

— Ne fais rien d'imprudent, s'il te plaît...

Reika regretta aussitôt ses paroles. Elle ne lui avait toujours pas pardonné l'épisode sur le toit de l'hôtel.

— Ne t'inquiète pas, il peut rien m'arriver, rétorqua l'autre d'un air plein d'assurance. C'est plutôt vous qui avez du souci à vous faire.

— Et pourquoi ?

— Tu n'avais pas dit que tu avais un mauvais pressentiment, Reika ? Tu le ressens toujours ?

La jeune fille prit quelques secondes pour réfléchir. Les pressentiments, ce n'était pas si évident. Elle avait bien ressenti une terreur très forte face à Tsurii ce matin-là, surtout lorsque, au milieu du cours, sans aucune raison apparente, il l'avait regardée avec un petit sourire, mais il n'y avait pas grand-chose à en dire…

— Hum, rien de spécial…

— D'accord.

— Moi non plus, ajouta Yûichirô. Rien de spécial.

— Sans blague, répondit Keisuke d'un ton lapidaire. Bon, je vous laisse, à plus !

— Hé, tu vas où ? s'écria Reika en le voyant gagner le quai en direction du quartier animé de la ville.

— M'amuser un peu.

— Keisuke ! Ne me dis pas que tu continues de fumer du shit ?

L'espace d'une seconde, l'expression du jeune homme s'assombrit. Mais il reprit bien vite contenance.

— Sois pas bête…

Et il s'enfonça dans la foule des voyageurs.

En le voyant s'éloigner, de dos, dans la lumière pourpre du couchant, Reika fut en proie à une angoisse inexplicable.

Lorsque le flash-back prit fin, Tsurii s'éclaboussa à nouveau le visage d'eau fraîche et, à l'aide d'un peigne qu'il gardait dans sa poche, remit de l'ordre dans ses cheveux.

C'était étonnant à quel point il avait vite retrouvé sa bonne humeur, alors qu'il venait de revivre un cauchemar terrifiant.

Il retourna en salle des profs. Une chance : ce soir-là, Hasumi était rentré plus tôt que d'ordinaire.

Restaient Ôsumi, Kitabatake et quelques autres, qui ne lui adressaient jamais la parole, de toute façon.

Il dirigea ses pas vers le bureau du proviseur et toqua

à la porte pour la forme, sachant pertinemment que Nadamori était rentré chez lui depuis belle lurette.

Il tira un porte-clés de sa poche et enfonça un double – qu'il avait obtenu par la menace – dans la serrure.

Prenant garde de ne pas allumer la lumière, il referma derrière lui et mit l'ordinateur en route. Bien entendu, il connaissait les codes secrets permettant d'accéder aux informations les plus confidentielles sur le personnel de l'établissement.

La fiche de Seiji Hasumi était tout simplement passionnante ! Quelle erreur de ne pas être venu la consulter plus tôt…

Né dans la région de Tôkyô, il avait dans sa jeunesse subitement déménagé à Kyôto.

Y avait-il une raison à cela ?

Ce n'était pas tout : le prof d'anglais avait réussi à entrer à l'université de Kyôto, mais avait abandonné en moins d'un mois pour, quelque temps plus tard, partir étudier à l'étranger. Il avait décroché un diplôme dans une université prestigieuse avant de poursuivre son cursus dans une école de commerce hyper sélective.

Tsurii plissa le nez. Ce genre de personnalités à qui tout semble réussir lui donnaient la nausée. Il reprit sa lecture.

Hasumi avait ensuite été embauché par une banque internationale d'investissement basée aux États-Unis, la société Morgenstern. Même Tsurii, qui ne comprenait rien à la finance, avait déjà entendu parler de cette boîte. Décidément, ça puait l'élite.

Étrangement, Hasumi avait démissionné deux ans plus tard, sans raison apparente, pour rentrer au Japon, où il avait été employé en tant que professeur d'anglais dans le lycée de ***. On ne saurait imaginer changement de décor plus brutal…

Qu'avait-il bien pu se passer ? Tsurii n'en avait pas la

moindre idée, mais il y avait anguille sous roche, c'était certain. On ne quitte une place aussi prestigieuse aux États-Unis que pour une autre qui l'est encore plus, pas pour devenir un prof de lycée mal payé dans une banlieue japonaise…

Malheureusement, Tsurii voyait mal comment il pourrait en apprendre plus.

Il prit soudain conscience que Hasumi n'avait jamais décroché de diplôme d'enseignant. En parcourant son CV, il tomba sur la mention de l'obtention d'une « dispense spéciale ». Il s'agissait d'une de ces autorisations d'enseigner accordées par l'Éducation nationale à toute personne pouvant témoigner d'un niveau ou d'une expérience hors du commun dans une matière particulière.

Cependant, c'était un dispositif quasiment anecdotique et les heureux élus étaient désignés au compte-gouttes. Comment Hasumi avait-il réussi à se démarquer à ce point ? Mais en y réfléchissant, il n'était pas compliqué d'imaginer le charismatique prof d'anglais envoûter tout un jury…

Le plus étonnant, c'était la suite. Il n'était resté que deux ans au lycée de *** avant d'être transféré à Shinkô Machida. Et à en juger par son propre rapport au sujet de la nouvelle recrue, conservé dans le dossier, Tsurii lui-même avait été enchanté par l'arrivée de Hasumi.

Ce dernier avait certainement dû dire qu'il venait du lycée de ***, cependant personne n'avait, semble-t-il, fait le lien avec le drame qui s'était joué dans cet établissement.

Tsurii avait mené quelques recherches en ligne à ce sujet, sans rien trouver de concluant. C'est pourquoi, la veille, il s'était rendu sur place afin d'interroger le prof du lycée de ***, celui qui était tombé sur Hasumi à Kyôto. Il n'en avait tiré que deux informations.

Tout d'abord, ce Sagae était un fervent sympathisant

de Hasumi. Il ne s'était visiblement pas encore libéré du contrôle de l'esprit que le prof d'anglais avait exercé sur lui. En second lieu, il y avait eu un profond désaccord entre les médias, la police et l'établissement, et celui-ci avait fini par se refermer sur lui-même afin de se protéger.

Tsurii reprit sa respiration. Quoi que cela cache, ce type était dangereux. Il fallait absolument faire pression sur Nadamori afin qu'il s'en débarrasse au plus vite.

Il allait éteindre l'ordinateur mais se ravisa : il cliqua sur le fichier « Élèves » et trouva celle qu'il cherchait.

Reika Katagiri.

Rien ne lui parut particulièrement intéressant jusqu'à ce qu'il ouvre les comptes rendus de la psychologue. « Jeune fille de nature anxieuse », avait-elle notamment écrit. À l'âge de onze ans, elle avait dénoncé un de ses professeurs sans motif apparent. Or, peu de temps après, l'homme avait en effet causé des troubles et été forcé de démissionner.

Reika avait aussi parlé à la psychologue de quatre professeurs qui, dans ce lycée même, lui faisaient peur.

Ils étaient nommés A, B, C et D, mais de par leur description, Tsurii comprit immédiatement de qui il s'agissait. Pour les deux profs de sport, Sonoda et Shibahara, rien de plus compréhensible. Mais pour Hasumi et… lui-même, c'était très surprenant. L'ado devait bien être la seule à les considérer comme des menaces.

Tsurii releva la tête.

C'est horriblement déplaisant.

Non seulement elle l'avait percé à jour, mais elle en avait parlé à la psy ! À quoi jouait-elle donc ?

Si elle s'était lancée dans une enquête afin de démasquer Hasumi, qu'est-ce qui l'empêcherait de faire de même à son sujet ? Et si elle commençait à s'intéresser à la « disparition » de Keiko ?

C'était peu probable, tout compte fait, mais mieux valait prévenir que guérir.

Reika Katagiri. Reika Katagiri. Reika Katagiri.

Tsurii fit de son mieux pour graver ce nom dans sa mémoire et y accoler l'image de la lycéenne.

Dis voir, petite, quel est ton point faible ?

Il n'eut pas besoin de se perdre en conjectures : il connaissait déjà son point fort. Or, comme bien souvent, il s'agissait des deux faces d'une même médaille. Reika jouissait d'une intuition remarquable ; elle devait aussi souffrir d'une sensibilité exacerbée, qui à n'en pas douter avait des répercussions sur sa santé mentale.

Bien, bien... Je vais t'envoyer un petit avertissement à ma façon.

Un plan germa dans son esprit.

La gamine était justement en train de se lancer dans une enquête sur Hasumi. Il n'aurait qu'à la terroriser à ce sujet... Ça lui passerait l'envie de fouiner dans les affaires du lycée !

Un sourire perfide anima son visage hiératique.

Il ne pourrait jamais être soupçonné : si on découvrait qu'elle avait été menacée, ce serait mis sur le compte de Hasumi.

Battre le fer tant qu'il est encore chaud.

Il mettrait son plan à exécution dès le lendemain, après les cours.

Eh quoi ! Ça va juste lui faire un peu peur, je ne vais pas lui ôter la vie, non plus !

Et puis, bah, si elle en crève de trouille, qu'est-ce que vous voulez... ce n'était pas mon intention.

L'humeur de Tsurii, un temps gonflée à bloc, ne tarda pas à retomber à mesure qu'il se rapprochait de chez lui.

Sa maison. L'entrée mal construite. Le salon sombre et froid. La chambre comme un cocon où il enchaînait les cauchemars toute la nuit durant. L'escalier qui grinçait au moment où on s'y attendait le moins.

Et dans cette cuisine où le soleil de fin d'après-midi tapait si fort, ce corps qui continuait à se décomposer.

Lorsqu'il avait acheté cette maison, trente ans en arrière, elle était neuve et rutilante. Il avait obtenu un prêt grâce à son tout nouveau poste d'enseignant et avait dignement fêté son acquisition. C'était petit, mais avec la bulle économique et l'inflation de l'immobilier, il était sûr de pouvoir la revendre et continuer son ascension sociale…

Comment, alors que son avenir s'annonçait radieux, avait-il pu tomber si bas ?

Cette maison était devenue une entrave qui le liait, une malédiction. À cause de Keiko, dont la présence hantait les lieux depuis le sol de la cuisine, il ne pouvait ni vendre ni partir.

Il avait bien pensé à la déterrer, mais cette seule idée lui donnait froid dans le dos.

Dans un petit bar devant la gare, le prof de maths sirota plusieurs coupes de saké, attendant que l'ivresse imprègne tout son corps.

L'alcool et les somnifères ne faisaient pas bon ménage. Les effets du médicament se voyaient démultipliés. Il était vraiment déraisonnable de mélanger les deux, il le savait bien. Ses cauchemars en devenaient encore plus terribles.

Et pourtant… comment rentrer chez lui sans ce coup de pouce ?

Lorsqu'il sortit du bar, il était plus de minuit.

Il prit le dernier train de la ligne Keiô, à la gare de Hashimoto. Les quais étaient déserts, il était seul dans le wagon.

Qu'est-ce qui s'est passé pour que ma vie tourne aussi mal ?

Le train se mit en branle.

Et pourquoi j'ai fait prof, d'ailleurs ?

Pff, impossible de me le rappeler... Ah, moi, ce que je voulais faire, c'était...

Une haute silhouette se posta devant lui.

Il leva les yeux et tomba sur le sourire radieux de Hasumi.

Hasumi avait attendu des heures avant que Tsurii ne daigne sortir du lycée. Il vérifia que le vieux prof de maths se dirigeait bien vers l'arrêt de bus et sauta dans sa camionnette. Tsurii vivait dans le quartier de Wakabadai, il prenait d'abord un bus jusqu'à Fuchinobe, puis un train à partir de la gare de Hashimoto. Au départ, Hasumi avait prévu de le suivre jusque chez lui.

Cependant, Tsurii s'était arrêté dans un bar en chemin. Hasumi avait été contraint d'y entrer à son tour, se cachant dans un recoin de l'établissement où il ne pouvait être vu. Il avait tué le temps comme il le pouvait.

Tsurii avait beau vivre seul, il paraissait avoir peur de rentrer chez lui. Dans le bar animé, il dégageait une aura lugubre, comme s'il absorbait la lumière.

Hasumi l'avait observé, non sans s'envoyer quelques verres au passage.

Le vieux prof n'était probablement pas habitué à boire autant. Un véritable automate, qui ne bougeait son bras que pour porter une coupe à ses lèvres. Il faisait penser à un crocodile, immobile dans la boue d'un lac...

Un crocodile nain, s'était corrigé Hasumi. *Dans cette minuscule flaque de boue qu'est le lycée, il se prend pour le roi des poissons-chats et des grenouilles. Mais que se passe-t-il lorsqu'un être plus puissant que lui débarque dans la mare ? Le crocodile y laisse sa peau.*

Mettons, un de ces requins qui peuvent nager aussi

bien en mer qu'en eau douce, qui remonterait le courant d'un fleuve… L'image lui plaisait bien.

Deux heures durant, il avait attendu. Puis, enfin, le prof de maths s'était levé lourdement, avait passé son sac sur son épaule, avant de quitter les lieux.

Hasumi l'avait suivi quelques secondes après.

Tsurii était entré dans un wagon vide avant de s'écrouler sur la banquette du fond, fermant les yeux immédiatement. Hasumi l'observait du wagon suivant. Le prof de maths semblait somnoler.

Dès que le train se mit en branle, Hasumi ouvrit la porte qui séparait les deux wagons et rejoignit celui de Tsurii. Il se planta devant l'homme assis et le toisa de toute sa hauteur en tirant de son sac l'outil qu'il avait emporté. À part eux, il n'y avait pas âme qui vive.

Pourquoi attendre d'arriver chez lui ?

À cet instant, comme s'il avait pressenti quelque chose, Tsurii ouvrit les yeux. Croisa son regard. Vit son sourire carnassier.

Sans lui laisser le temps de réagir, Hasumi lui asséna un coup de matraque.

Juste sur la tempe, ni trop fort ni trop léger, et la tête de Tsurii retomba sur son épaule, inerte.

C'était une petite arme de son invention, dont la partie contondante était faite de sable enveloppé dans un sac plastique. Cet ingénieux procédé pouvait provoquer une commotion cérébrale sans laisser de traces.

Il ne restait que deux minutes, pas plus, avant la prochaine gare. Pas le moment de rêvasser.

Hasumi remisa la matraque et s'empara du sac de Tsurii, dont il décrocha la bandoulière arrimée par des mousquetons. Il fit de même avec son propre sac. Il fixa les deux lanières ensemble bout à bout afin d'avoir plus de longueur. Il noua l'extrémité de cette corde autour du cou du vieux prof, passa l'autre bout dans une des poignées en hauteur, et s'y suspendit de tout son poids.

Le vieux Tsurii, qui ne pesait pas bien lourd, s'éleva dans les airs et flotta, inanimé, tel un fantôme au bout de sa corde. Il était de petite taille, et ses pieds lévitaient à quelques centimètres du sol.

Si le coup de matraque ne l'avait pas préalablement assommé, cette pendaison brutale lui aurait immédiatement fait perdre conscience.

Hasumi souleva Tsurii de manière à pouvoir fixer la première lanière, celle qui passait autour de son cou, sur une barre métallique en hauteur. Il retira ensuite les chaussures de Tsurii, qu'il rangea soigneusement devant la banquette.

Il l'avait échappé belle : le prof de maths venait de se pisser dessus.

Enfin, il décrocha sa propre bandoulière et rattacha le lourd sac de Tsurii au clip qu'il avait près du cou, afin d'empêcher le nœud de se défaire.

Le train décéléra. Il arrivait en gare de Tamasakai.

Hasumi rattacha la bandoulière sur son propre sac et là passa sur son épaule. Puis il prit le temps de contempler son ouvrage, fier du travail accompli.

Un prof sans le sou, usé par la vie. Il avait poliment retiré ses chaussures le temps de monter sur la banquette, d'accrocher un bout de sa bandoulière au plafond, s'était noué l'autre bout autour du cou, et avait sauté, non sans joindre les mains une dernière fois en guise d'adieu… C'était ce que tout le monde verrait en contemplant le frêle cadavre doucement bercé par les secousses du train.

Hasumi passa dans le wagon suivant et sauta sur le quai.

Soucieux des éventuelles caméras de surveillance, il se coiffa d'une casquette avant de traverser les bornes.

Un air lui était venu, qu'il sifflotait avec entrain. « La Complainte de Mackie », bien entendu.

C'était déjà la troisième réunion d'urgence et le trimestre était loin d'être terminé. Après l'incendie qui avait coûté la vie au père de Rina et l'accident de voiture du professeur Sanada, cette fois le personnel était convoqué autour du suicide du professeur Tsurii.

Les enseignants, qui venaient d'apprendre la nouvelle, étaient désemparés. Ce n'était pas à cause du décès de leur collègue en lui-même – une bonne moitié d'entre eux semblaient carrément soulagés de ne plus avoir à le croiser.

Ce qui irritait tout le monde, c'était que Tsurii avait choisi un lieu public pour s'ôter la vie. Certes, le wagon était désert lorsqu'il avait commis l'irréparable, mais un pendu dans un train lourdement emprunté en journée par des milliers d'usagers, voilà qui avait ravi les journalistes à sensation et ferait très bientôt la une des infos locales.

— Bon, le plus important, conclut le proviseur adjoint dont la ride sur le front s'était encore creusée, c'est de minimiser l'impact sur les élèves. Les journaux matinaux n'ont pas pu relayer l'affaire, et nous avons fait en sorte que les médias traditionnels respectent l'anonymat de la victime. Ce ne sera pas le cas pour les sites d'info en ligne, qui ont déjà publié le nom de notre regretté collègue. Inutile donc de tenter de cacher quoi que ce soit aux élèves. Tenez-vous-en à ceci : M. Tsurii était très triste et malade mentalement, c'est pourquoi il a choisi de quitter notre monde. Puis vous insisterez sur le fait que la vie est plus importante que tout… Oui, monsieur Ôsumi ?

— Je pense que les élèves risquent de nous demander plus d'explications à propos des raisons qui ont poussé M. Tsurii à se suicider.

— Eh bien, nous n'allons tout de même pas leur raconter tout en détail, il s'agit de sa vie privée !

— Je parle du fait que beaucoup d'élèves le prenaient pour cible de leurs moqueries au quotidien.

— Seriez-vous en train d'insinuer que les jeunes seraient à l'origine de son geste ? s'emporta Sakai, dont la voix partait dans les aigus.

— C'est en tout cas ce que les élèves eux-mêmes risquent de penser : il nous faut préparer une ligne de conduite pour répondre à cette inquiétude.

Hasumi leva la main et se redressa de tout son haut.

— Votre remarque est juste, monsieur Ôsumi. Cependant, il ne faut pas oublier que ces railleries ne dépassaient pas le stade des plaisanteries bon enfant. Tout au plus recevait-il quelques boulettes de papier... C'est nous qui avons laissé faire, nous devons donc prendre nos responsabilités.

Il posa un regard scrutateur sur chacun de ses collègues. Peu importait le message, tout était dans l'attitude.

— M. Tsurii en souffrait, cela va de soi, cependant, il ne faut pas oublier que c'était une personne taciturne et renfermée. Je ne crois pas avoir été le seul ici à m'être senti mal à l'aise en sa présence... Nous ne connaîtrons jamais les raisons qui l'ont poussé à commettre un tel acte, mais il est clair qu'il souffrait de désordres mentaux.

Sakai opina sans réserve. Ôsumi leva les mains devant lui.

— Attendez. Je ne suis pas en train de discuter des raisons réelles qui l'ont motivé. Je parle des élèves qui ont pu malmener notre collègue, et qui, spontanément, vont ressentir le poids de la culpabilité. Un poids bien trop lourd à supporter pour des enfants...

— Craignez-vous que cet incident ne devienne le point de départ d'une vague de suicides en série ?

— Une vague ? s'exclama Ôsumi, surpris. N'allons pas jusque-là. Je préconise simplement d'assurer un suivi psychologique afin de nous assurer que ce regrettable incident n'aura pas de conséquences négatives à retardement. Les enfants d'aujourd'hui sont si fragiles…

— Je comprends, c'est très juste. Monsieur le proviseur adjoint, voici ce que je vous propose : chaque enseignant principal va discuter avec ses élèves et établir une liste de ceux qui semblent le plus ébranlés. Notre psychologue pourra ensuite travailler avec eux au cas par cas.

— Bien, bien. Entendu. Que chaque professeur principal parle avec tous ses élèves, un à un, dès la fin des cours.

Sakai avait rapidement pris l'habitude de suivre les directives de Hasumi, qui se régalait déjà : il allait bientôt retrouver la charmante Mme Mizuochi en tête à tête.

— Enfin, puis-je vous demander une faveur, monsieur le proviseur ?

Nadamori, resté muet depuis le début de la réunion, sursauta. Il tourna vers Hasumi un regard hagard.

— Hein, moi ? Je… C'est… De quoi s'agit-il ?

Sa réaction provoqua quelques mouvements d'inconfort dans l'assemblée.

— Il va falloir préparer un discours pour les élèves, avant la première heure de cours. Il s'agira de mettre l'accent sur l'importance de la vie, et, ainsi que l'a très bien souligné M. Ôsumi, d'insister sur le fait que ce n'est la faute de personne.

Aucun d'entre eux ne semblait dérangé par le fait qu'un simple enseignant prenne ainsi les commandes des opérations. Avec Sanada, Dôjima et Tsurii en moins, tout était plus simple.

— Ah, oui. Oui, oui. Parlons-en. La vie est merveilleuse. Tout à fait.

Hasumi crut le voir sourire… Avait-il rêvé ?

— Mais vous comprenez… Pour moi c'est… Perdre un de mes professeurs, c'est tellement… Je n'arrive pas à… Excusez-moi.

Il tira un mouchoir de sa poche et s'épongea le front. Le proviseur avait-il bu de si bon matin ? Lui qui était toujours impeccable, qui semblait si maître de lui en toutes circonstances…

Bah, de toute façon, son discours sera ennuyeux au possible. L'important, c'est que tout le monde ici ait compris que je tiens à mes élèves.

Ses attentes furent comblées au-delà de toute espérance.

— Mes chers élèves. C'est une bien triste nouvelle que je dois vous annoncer aujourd'hui.

Nadamori, face aux lycéens rassemblés dans le gymnase, affichait un air de profonde affliction.

D'ordinaire, il attendait un semblant de réaction parmi les ados avant de continuer son discours, mais cette fois, l'atmosphère était différente. Le chahut avait vite cessé, l'audience était tout ouïe.

— Hier, dans la soirée, notre professeur de mathématiques, M. Tsurii, nous a quittés.

Le silence se fit total. Une bonne moitié des élèves étaient déjà au courant, mais l'entendre dire officialisait la nouvelle.

— M. Tsurii a pris la triste décision de mettre fin à ses jours. Et c'est à propos de cela que j'aimerais vous parler.

Pour une fois, la voix de Nadamori vibrait de sérieux. Il avait capté l'attention non seulement des élèves, mais aussi des professeurs.

— La vie est irremplaçable. Oh, je sais, vous allez penser : *Encore un discours sur le suicide*… Cela arrive dans telle ou telle école, les médias s'en emparent et on en entend parler pendant des jours, au point de ne plus y faire attention. Pourtant, j'aimerais vraiment qu'aujourd'hui, au moins aujourd'hui, vous écoutiez attentivement ce que j'ai à vous transmettre.

Il n'était pas encore entré dans le vif du sujet que certaines filles commençaient déjà à renifler.

Hasumi était impressionné. Le proviseur savait donc se montrer passionné ! Lui qui le croyait incurablement ennuyeux… D'ordinaire, on entendait déjà des ronflements s'élever de l'assemblée.

— Une vie n'appartient pas à une seule personne ! Lorsque quelqu'un décide de s'ôter la vie, c'est tout son entourage qui souffre profondément… Se suicider, c'est voler la vie des autres.

Le discours durait depuis dix minutes. On entendait des sanglots çà et là.

— C'est bien de parler avec son cœur, mais il n'en ferait pas un peu trop ? glissa discrètement Sakai.

— Oui, on dirait qu'il est personnellement touché… répondit Hasumi, dont la curiosité était piquée au vif.

Il avait beau se creuser la tête, il ne comprenait pas quel lien avait pu réunir ainsi le proviseur et le vieux prof de maths.

— M. Tsurii, reprit Nadamori d'une voix vibrante d'émotion, souffrait de dépression. Un mal qui ronge énormément de professeurs ces temps-ci. En général, cela est lié au stress du métier. Ce n'était pas le cas pour M. Tsurii. Comme certains d'entre vous le savent, sa femme a subitement disparu il y a quelques années. Il ne s'en est jamais remis.

On entendit quelques chuchotements parmi les élèves.

— Je connaissais bien Mme Tsurii, et je peux vous dire ceci : c'était une femme magnifique. Non seulement très belle, mais aussi très intelligente, et tellement charmante que… M. Tsurii l'aimait profondément. Ce fut un tel choc pour lui ! Il n'a jamais cessé de la chérir, et chaque jour, du matin au soir, il pleurait son absence. Oh, moi aussi, bien entendu…

— Mais enfin, qu'est-ce qu'il raconte ? s'étonna Sakai, sourcils relevés.

— Chacun d'entre nous peut créer son propre enfer dans le secret de son cœur. Il arrive que nous devions emprunter la voie du chaos pour parvenir à nos fins… Nous devons parfois faire des choses que nous regretterons toute notre vie. Et pourtant ! Quelle que soit la souffrance, nous ne devons pas fuir ! Même si vivre devient trop douloureux, même si nous perdons tout espoir, il ne faut jamais abandonner ! Vous savez pourquoi ? Eh bien, parce que… C'est… Oh !

Le proviseur s'était mis à crier. L'agitation se répandit comme une traînée de poudre dans l'auditoire.

— Hasumi, faites quelque chose ! glapit le proviseur adjoint.

Il ne se le fit pas dire deux fois. Rapide comme l'éclair, il bondit sur l'estrade et tenta d'écarter Nadamori du micro.

— Vous ne devez pas mourir, vous m'entendez ? continua ce dernier. Même si vous le voulez plus que tout, résistez ! Vivez ! Et un jour, je vous le promets, un jour… Tout s'arrangera !

Sonoda arriva en renfort et aida Hasumi à soutenir le proviseur, dont les yeux grands ouverts étaient inondés de larmes.

Un tonnerre d'applaudissements spontanés ébranla le gymnase et sembla ne plus vouloir s'arrêter.

DEUXIÈME PARTIE

7

— Encore de la triche ? s'insurgea le proviseur adjoint. Pour les prochains examens ?

— Oui, si l'on en croit les rumeurs qui courent parmi les élèves, répondit Hasumi, l'air soucieux.

On était un dimanche, mais la réunion parents-profs extraordinaire, au sujet du « suicide » de M. Tsurii, venait tout juste de prendre fin. Le proviseur, M. Nadamori, ne semblait toujours pas remis du discours poignant qu'il avait délivré aux élèves dès le lendemain du drame – il s'était pourtant passé trois jours depuis. Sakai avait dû le remplacer et il avait sué à grosses gouttes devant les questions toujours plus pressantes des parents, inquiets de constater que les drames se succédaient au lycée depuis quelque temps. Après l'accident de Sanada, qui conduisait en état d'ivresse, voilà qu'un prof se suicidait… Émotionnellement, c'était dur à encaisser pour les élèves. Les parents avaient émis des doutes sur la capacité de l'équipe enseignante à assurer le bien-être de leur progéniture.

C'est là que Hasumi lui avait sauvé la mise : se levant d'un air déterminé, s'exprimant d'une voix claire et sans l'ombre d'une hésitation, il avait défendu l'établissement contre toutes les critiques. Les parents étaient rassurés, certaines mères déjà sous le charme. La réunion s'était terminée dans une atmosphère de confiance, quelques applaudissements s'étaient même fait entendre.

— Et l'on ne connaît toujours pas l'identité des auteurs ?

— J'ai quelques soupçons sur certains mais… rien de sûr.

— Pas sûre non plus, votre histoire… Les rumeurs, ça va, ça vient.

Sakai rechignait à le croire sur parole, mais Hasumi ne pouvait pas lui expliquer qu'il tenait ses informations des mouchards qu'il avait cachés un peu partout dans le lycée…

— Et quant au moyen utilisé, vous avez des informations ?

— Non, malheureusement. Mais puisque la dernière fois les portables ont été mis hors d'usage, ils ont dû élaborer un autre stratagème.

Cela semblait probable, en tout cas, pourtant Hasumi n'en aurait pas mis sa main au feu.

— Bon, eh bien, qu'allez-vous faire ? Les portes ouvertes du lycée, c'est le mois prochain ! Imaginez un peu, si d'ici là vos « rumeurs » persistent et que les gens les entendent ! Personne ne voudra s'inscrire chez nous !

C'est toi le responsable, crétin.

Hasumi, rassemblant tout son calme, afficha un sourire plein d'assurance.

— Vous recevrez plus de demandes que vous ne pourrez en accepter, croyez-moi. Si vous me le permettez, je me charge de régler ce problème.

Cela incluait tacitement de recourir à des moyens illégaux, comme la dernière fois.

Sakai détourna le regard et toussota.

— Bien, bien, je vous charge de ce sujet. Tout ce que je vous demande, c'est de faire en sorte que les soucis cessent d'apparaître les uns après les autres…

Le proviseur adjoint, exténué, se massa l'arête du nez.

— Je suis entouré de personnes qui me font défaut les unes après les autres... Vraiment, il n'y a que vous, Hasumi, sur qui je puisse compter.

— Je ferai en sorte d'être digne de votre confiance, monsieur Sakai.

Tant qu'à être au lycée un dimanche, autant en profiter pour relever les enregistrements des mouchards. Hasumi en avait retiré beaucoup juste avant le voyage scolaire, il était temps d'en remettre – en se concentrant sur les élèves. Partout où ceux-ci discutaient librement : dans les toilettes, sur le toit du bâtiment, dans les vestiaires, sur les plates-formes entre chaque étage dans les cages d'escalier.

Il eut soudain un sentiment désagréable.

Celui d'être manipulé. Ce n'était pas logique, mais purement instinctif. Hasumi ne négligeait jamais ces signaux : ils lui avaient sauvé la mise plus d'une fois.

Il s'arrêta pour réfléchir. Ce qu'il récoltait de ses mouchards se limitait à des bribes de conversation dont il ne pouvait pas déterminer les auteurs. Il en ressortait que les tricheurs, dépités d'avoir vu leur plan échouer aux derniers examens, s'étaient lancé le défi d'y parvenir cette fois-ci. Il ne savait pas qui se tenait derrière tout ça, mais ce n'était probablement pas un élève désespéré de faire grimper ses notes. À en croire les jeunes, c'était plus pour la beauté du geste – un acte terroriste, si l'on peut dire. C'était l'œuvre de quelqu'un d'assez fier de ses capacités, et qui voulait semer le chaos au lycée.

Cette personne avait cru son plan infaillible lors des précédents examens, et avait perdu la face devant ses camarades.

L'élève voulait prendre sa revanche. Mais quel était le plan, cette fois ? S'il ou elle voulait faire les choses en grand, utiliser le téléphone était la meilleure des solutions.

Une partie d'échecs était lancée entre Hasumi et son adversaire mystère : il devait penser un coup en avance afin de ne pas se laisser avoir. La dernière fois, il avait remporté la manche, désormais il faudrait jouer serré s'il voulait conserver son avantage. Qu'avait donc l'autre en tête ?

L'ado pouvait très bien avoir décidé de démasquer Hasumi et ses mouchards. Cependant, le prof d'anglais voyait mal comment un élève pourrait être en mesure de prouver quoi que ce soit.

Les ondes de brouillage étaient invisibles, intangibles, elles ne laissaient pas de traces. Même en imaginant qu'un élève s'éloigne en douce pendant les tests afin de se rendre jusqu'à la salle du prof de physique, où il découvrirait le brouilleur, en quoi cela l'aiderait-il ? Non, ce n'était pas une bonne tactique…

L'élève avait sûrement autre chose en tête. Il visait une autre cible.

Mais laquelle ?

Il ouvrit grand les yeux.

Il avait affaire à un élève brillant. Mais dans ce cas, comment était-il possible que les rumeurs soient si vite remontées jusqu'à lui ?

Hasumi sourit.

Mais bien sûr !

L'élève avait fait exprès de laisser filtrer des informations, forçant les profs à réagir.

Quelle que soit son identité, cela commençait à bien faire. Hasumi allait vite lui faire comprendre qui était le roi.

— Bon, il faut encore amplifier la rumeur, d'accord ? Donc, je te rappelle, on répète juste qu'il va y avoir une triche massive aux prochains exams, mais on ne donne pas de détails. Et surtout, pas de noms ! Pas le mien, pas les vôtres. C'est « quelqu'un », on ne sait pas qui.

Yûichirô, à l'autre bout du fil, écoutait Keisuke exposer ses idées en grimaçant. Son ami détaillait son plan machiavélique avec une telle décontraction…

— Mais à quoi ça va te servir, tout ça ?

— À révéler le vrai visage de Hasumi, déclara l'autre comme s'il s'agissait d'une banalité. Tu te laisses berner si tu veux, mais moi je le vois tel qu'il est. C'est le diable en personne.

— Le diable, rien que ça ?

Yûichirô imagina Hasumi avec un bouc et des cornes.

— Écoute-moi bien, Yûichirô. C'est lui qui a causé l'accident de voiture de Sanada, et qui lui a fait porter le chapeau ensuite. Fais-moi confiance.

— Et je peux savoir comment tu en es arrivé à cette conclusion ? Parce que c'est Sanada qui était assis à la place du conducteur quand sa voiture est rentrée dans celle de Sakai. On ne pouvait même plus ouvrir sa porte après ça, ni même le faire passer par la fenêtre !

— C'est Hasumi qui a conduit jusqu'au lycée. Puis il a déposé Sanada, inconscient, derrière le volant, et il a fait démarrer la voiture.

— Comment ?

— Tu le fais exprès ou quoi ? Avec le tuteur en bambou, bien sûr !

Yûichirô en resta comme deux ronds de flan. C'était donc pour cela que Keisuke avait assuré que le bâton avait été ôté juste *avant* l'accident…

— Et ça ne s'arrête pas là. C'est lui qui a foutu le feu à la maison de Rina pour tuer son paternel. Sa petite camionnette est parfaite pour transporter des bouteilles pleines de carburant. Et tiens-toi bien : c'est sûrement lui qui a buté Tsurii.

— Bon, là, tu vas trop loin, mec.

Yûichirô s'inquiétait. Il avait entendu dire qu'on ne développait pas d'accoutumance à fumer du cannabis, mais est-ce que cela ne plongeait pas les consommateurs dans une forme de démence ?

— OK, pour Tsurii, c'est juste une hypothèse. Mais n'oublie pas le drame du lycée de ***... J'ai continué mon enquête, et aucun doute, c'est lui le coupable !

— Tu parles d'une enquête... Tu as juste interrogé des élèves, quoi.

— Non. Je le sais de source sûre.

— C'est-à-dire ?

— Le vieux Shimodzuru.

Un flic... Yûichirô n'avait rien à répondre à ça.

— Oh, il n'a pas dit que c'était Hasumi le coupable, pas directement, mais il est persuadé que pour ces quatre lycéens, ce n'étaient pas des suicides. C'est obligé, il soupçonne Hasumi.

Il pleuvait à verse et l'air était moite. Yûichirô frissonna.

— Bon, et même si tu avais raison, si Hasumi était vraiment le diable, comment est-ce que tes rumeurs de triche vont le démasquer ?

— Je vais utiliser ses mouchards contre lui. Il y en a forcément, sinon il n'aurait pas eu connaissance de mon plan pour les examens.

— Il aurait pu l'apprendre autrement.

— Il n'aurait pas été aussi sûr, pas au point de lancer un brouilleur. Et puis, c'est le meilleur moyen pour collecter des infos sur tout le monde, profs et élèves compris !

— Tu les as cherchés partout, tes mouchards, et tu n'en as pas trouvé...

— J'ai eu des résultats, ça a réagi plusieurs fois. Mais il est malin : il ne les laisse pas à demeure. Il ne les met en route que quand il en a besoin, là où il en a besoin. Du coup, ça change tout le temps.

Yûichirô n'était plus sûr de ce qu'il devait croire.

— Et donc, ça va faire quoi, tes rumeurs de triche ?

— T'as toujours pas compris ? Il doit se demander ce qu'on mijote, mais il n'a pas les détails… Il est sûrement en train de remettre des mouchards partout !

Yûichirô sentit son cœur battre plus fort. La peur.

— Bon, je vais faire ce que tu dis, répandre tes bobards. Mais ne fais rien de dangereux, OK ?

— Mais non ! Ah, et encore une chose : n'en parle pas à Reika, s'il te plaît. Elle est déjà assez anxieuse comme ça. Et puis elle me fait la gueule, alors… Bon, c'est ma faute, j'avoue.

— Ouais… Compris.

Il ne se sentait pas rassuré à l'idée de suivre les directives de Keisuke.

— C'est quoi, ce truc ?

— Ça se voit, non ? Un fusil de chasse.

Hasumi saisit son nouveau joujou pour le montrer à Miya.

— Eh, attention ! C'est dangereux !

— Ne t'en fais pas : il n'est pas chargé.

— Tu as un permis de port d'arme ?

— Non, c'est un ami qui me l'a prêté.

Le professeur Kume, pour ne pas le nommer, qui occupait son temps libre en tirant sur des disques d'argile. Hasumi ouvrit le fusil en deux pour en inspecter la chambre.

— C'est pas une raison… reprit Miya. J'ai vu des trucs à la télé, il y a des gens qui se font arrêter juste parce qu'ils ont touché un fusil sans avoir de permis…

— Ha, ha ! Pas de souci : je ne me ferai pas prendre.

— J'y crois pas, tu es sûr que tu es un prof ?

— Tu ferais mieux de te balader avec ça sur toi, par les temps qui courent !

Il lui lança un petit objet noir qu'elle rattrapa au vol.

— C'est quoi ?

— Un Myotron. C'est un pistolet paralysant, utilisé par le FBI, figure-toi. Super efficace.

À la différence des pistolets à impulsion électrique, qui engourdissaient, ces petits engins interceptaient les signaux nerveux de leur cible, l'immobilisant immédiatement.

Dans la vidéo qui accompagnait l'appareil, on pouvait voir un Blanc de haute taille s'écrouler instantanément et ne plus du tout bouger. Bien entendu, le résultat dépendait directement de l'épaisseur des vêtements de la personne, mais l'efficacité était surprenante.

— J'en veux pas, fit la lycéenne en lui rendant le Myotron d'un geste désinvolte. Ça sert jamais, ces trucs, quand on se fait agresser. C'est à toi ?

— Non, on me l'a prêté, ça aussi.

Techniquement, ce n'était pas faux. Il s'était servi de l'ordinateur portable de Kume, déniché dans l'appartement de ce dernier, pour effectuer quelques emplettes. Le code de la carte de crédit du prof d'arts plastiques était enregistré dessus.

Miya se pencha et saisit un chaton gris et blanc, qu'elle porta à hauteur de son nez, comme si elle voulait l'embrasser.

— Tu es un gamin, Hasumi ! Tu trouves des jouets et tu t'amuses avec… Hein, Jasmine, c'est un vrai gosse en fait !

Elle avait adopté l'animal découvert au pied du portail du lycée.

— Arrête de l'appeler comme ça, c'est perturbant.

— Oh, tu entends ça, Jasmine ? Monsieur trouve ça

perturbant ! Eh bien, moi, je trouve que ça te va bien, parce que tu sens super bon, comme du jasmin.

Il reposa le fusil et alla s'asseoir à côté d'elle.

— Miya, je comprends que tu veuilles avoir un animal de compagnie, et je sais que chez toi, c'est impossible, mais ici c'est vraiment compliqué.

Kume s'était acheté un nouvel appartement à Kawasaki afin d'abriter ses rencontres avec Maejima. Hasumi pouvait donc utiliser celui-ci avec la jeune fille autant qu'il le voulait. Néanmoins, c'était du travail de venir s'occuper d'un chat tous les jours, et il se demandait si Miya en était capable. L'idée qu'elle vienne après les cours, toujours vêtue de son uniforme, et qu'elle fasse ses devoirs là où ils avaient fait l'amour était excitante.

— C'est pas un animal de compagnie ! Elle fait partie de notre famille, maintenant.

Il la fit taire en déposant un baiser sur sa bouche.

— Je sais ce que tu viens de faire, affirma-t-elle. Un *french kiss*, pas vrai ?

— Hein ?

— Bah oui, un smack, quoi, avec le bruit et tout…

— Mais qu'apprennent les jeunes, de nos jours ? Un *french kiss*, ça n'a absolument rien à voir !

— Ah bon ?

— En tant que prof, je ne peux pas te laisser dans l'ignorance… et puis, on ne sait jamais, ça peut tomber aux examens !

Hasumi prit la jeune fille dans ses bras et l'allongea sur le sol. Le chaton fit mine de le griffer mais trouva immédiatement une chose plus intéressante à faire et s'éloigna à petits bonds.

— *OK, Miss Yasuhara, this is what is called a french kiss.*

Il s'approcha d'elle et superposa ses lèvres aux siennes. Le corps de Miya se tendit un fugace instant avant de se relâcher. Il lui lécha les lèvres avec gourmandise, puis lui mordit légèrement celle du bas. Miya eut un sursaut de surprise. Elle avait beau jouer les dures au lycée, elle avait une forte tendance à s'autoflageller et avait besoin d'être soutenue. Même si cela n'avait pas été le cas, Hasumi aurait eu tôt fait de la changer en esclave obéissante…

Il inséra de force sa langue dans la bouche de la lycéenne.

Elle laissa échapper un murmure qui n'avait rien d'enfantin.

Sa salive était sucrée. Il aspira sa langue et la suça avant de lécher ses dents, l'intérieur de ses joues.

Tu te crois de ma famille, avec ton chat ?

Quelle méprise…

Le chat est ton animal. Et toi, tu es l'animal de ton professeur, ton rôle est de lui faire plaisir.

Miya se mit à crier de plus en plus fort, jusqu'à ce que son corps se tende comme un arc. Il l'avait fait jouir rien qu'en l'embrassant… Il suffisait à la jeune fille de se confier corps et âme pour atteindre le septième ciel.

— C'est bien, tu as bien travaillé. *Excellent !*

Il lui caressa la joue et la porta jusqu'à la chambre.

Chaque jour, il la sculptait un peu plus conformément à ses désirs. N'était-ce pas là la véritable vocation de l'enseignant, sa motivation ultime ?

Il s'étonna de théoriser sur le sujet alors qu'il déshabillait Miya. Décidément, ce métier lui tenait à cœur.

Il ouvrit sa braguette, laissant apparaître son membre raide, mit la jeune fille à quatre pattes devant lui et l'attrapa par les cheveux.

Jusqu'alors, Miya avait absorbé chacune de ses leçons comme une éponge. Voilà ce qu'il appelait une très bonne élève.

Les examens de fin de trimestre venaient de se terminer sans encombre. On était début juillet et Keisuke ne décolérait pas.

Il s'était passé la même chose qu'aux examens précédents : les ondes téléphoniques avaient été brouillées, mais impossible de le prouver. Quant aux mouchards installés un peu partout dans le lycée, il n'avait toujours pas réussi à mettre la main dessus.

Il lui arrivait d'en détecter, aux heures des repas la plupart du temps, mais il ne parvenait jamais à suivre la fréquence jusqu'à sa source avant que celle-ci ne s'éteigne.

Pas un endroit n'avait été oublié : la salle des profs, le bureau du proviseur, celui de son adjoint, les toilettes du personnel, et même le gymnase. Partout, il avait détecté la présence de mouchards. Keisuke avait concentré ses recherches sur le gymnase, où il pouvait entrer et sortir à sa guise, mais la présence des profs de sport, Sonoda et Shibahara, avait souvent coupé court à ses investigations.

Ces fichus mouchards lui filaient entre les doigts. Dès que son détecteur s'allumait, il accourait vers le signal, mais plus il s'en approchait, plus celui-ci faiblissait. Jusqu'à disparaître complètement. Cela l'irritait énormément.

Et lorsqu'il se sentait chiffonné, Keisuke savait où se rendre.

— Ah ! J'ai tellement mal au crâne ! annonça-t-il en poussant la porte de l'infirmerie.

Junko Taura releva la tête des documents qu'elle était en train de lire pour lancer un regard appuyé au jeune homme.

— Keisuke ? Décidément, les examens ne te réussissent pas…

— Ne te moque pas, je suis patraque… J'ai révisé jusque tard dans la nuit.

— Tu n'as pas besoin de réviser pour avoir de bonnes notes, es-tu sûr que ce n'est pas plutôt à cause des substances que tu prends ?

Pour la plupart des élèves, la fin des examens était une libération. L'infirmerie était vide. Keisuke se dirigea droit sur le lit le plus éloigné de l'entrée et sauta dedans comme s'il plongeait dans une piscine.

— Très bien, je vais t'ausculter. J'enlève le haut…

Elle plia proprement la chemise du lycéen et la posa au sol. Il se laissa faire sans rien dire.

À trente-deux ans à peine, l'infirmière avait parfois des côtés maternels. Il ne fallait pas le lui dire, ça la mettait en colère.

En réalité, c'était auprès de Reika qu'il aurait voulu chercher du réconfort. Mais la jeune fille n'avait jamais ne serait-ce qu'embrassé qui que ce soit… Et quant à lui, il se trouvait extrêmement embarrassé devant quelqu'un qu'il aimait vraiment. Sans compter qu'il savait que Yûichirô aussi nourrissait des sentiments à l'égard de leur amie. Il lui était impossible de faire le premier pas.

Junko posa sa main sur son front. Keisuke s'empara de son poignet et l'attira à lui. Elle l'enfourcha. Il tendit le bras pour fermer les rideaux.

— Quel homme !

Elle sourit d'un ait effronté tandis qu'il sentait déjà qu'elle perdait toute contenance. Il la prit entre ses bras et se tourna de manière à inverser leurs positions.

— Je ne suis qu'une distraction pour toi, Keisuke, n'est-ce pas ? Une cavité humide et accueillante où tu viens décharger tes colères…

— C'est vrai. C'est ton rôle dans ce lycée.

Il savait que les paroles blessantes l'excitaient. Il savait aussi, ayant entendu bien des histoires qui couraient parmi ses camarades, que l'infirmière aimait beaucoup *soulager* les jeunes garçons.

Lorsqu'ils eurent terminé, Junko se releva en boutonnant sa blouse.

— Je te sens très en colère ces derniers temps… Tu veux m'en parler ? Je peux être de bon conseil, tu sais.

Une fois le préservatif jeté à la poubelle – était-ce vraiment sûr de le laisser là ? –, elle avait instantanément quitté son costume de séductrice pour réintégrer celui d'infirmière.

— Arrête ça. On dirait une prof pour handicapés.

— C'est exactement ça, rétorqua-t-elle en pointant un doigt vers lui.

— Eh bien, en fait…

Il décida que Junko pouvait lui être utile.

— Il y a des mouchards, cachés un peu partout dans le lycée.

— Quoi ? Tu en es sûr ?

Elle promena un regard inquiet autour d'elle.

— Ne t'inquiète pas. Je suis certain qu'il n'y en a pas ici.

— Comment le sais-tu ?

— J'ai une machine qui sert à les repérer.

Il prit soudain conscience qu'il existait deux types de mouchards. Ceux qui transmettaient les paroles en temps réel, et ceux, indétectables, qui se contentaient de les enregistrer. Hasumi, c'était certain, devait utiliser les deux.

— Que t'arrive-t-il ?

— Rien, rien… Bon, en fait, j'ai pas encore réussi à mettre la main dessus, et en journée, c'est compliqué… Il faudrait que je puisse venir la nuit.

— Ne dis pas de bêtises. Si tu te fais prendre et qu'on t'accuse de vol, tu seras exclu du lycée !

— Il y a une alarme, je sais. On ne peut pas pénétrer dans l'établissement une fois les portes closes. C'est pour ça que j'ai un truc à te demander…

Il lui dit tout bas ce qu'il attendait d'elle.

— Tu es sérieux ? Mais tu es fou ? Non, impossible.

— Il le faut absolument. C'est pour le bien de tout le lycée !

— Non. S'il arrive quoi que ce soit, moi aussi je serai virée ! C'est bien trop risqué.

Tu fais la perverse avec tous les gamins du coin sans même prendre la peine de fermer la porte à clé, pensa Keisuke. *Et tu me parles de risques ?*

— Ne crains rien. Je te suis loyal.

Elle éclata de rire.

— Que veux-tu dire par là ?

— Eh bien, si je me fais prendre, je ne te balancerai pas.

— Tout de même…

— Si tu ne m'aides pas, un prof monstrueux va continuer à agir en toute impunité. Tu es d'accord avec ça ?

Elle le jaugea du regard.

— C'est vrai, cette histoire de mouchards ? Tu ne serais pas en train de m'embobiner, par hasard ?

— Si je te le dis ! Pourquoi est-ce que je m'amuserais à retourner au bahut en pleine nuit sinon, hein ? Tu crois que j'ai l'intention de péter des fenêtres, ce genre de choses ?

— Tu marques un point. Si tu me l'avais demandé avant les examens, j'aurais pu penser que c'était pour dérober les sujets, mais là…

La voyant hésiter, il tenta le tout pour le tout.

— Je voudrais faire ça ce soir. Les exams viennent de se terminer, c'est le moment parfait.

— Oh non, non, pas ce soir. Nous avons une réunion de prévue, et elle va durer jusque tard dans la nuit. Certains profs ont même prévu de dormir sur place.

— Merde…

— Par contre… Le jour de la réunion de fin de

trimestre, le lycée fermera tôt. On a pour tradition de fêter ça au bar. À mon avis, il n'y aura personne dans les couloirs.

— T'es géniale, Junko ! Merci.

Il voulut l'enlacer mais elle se déroba.

— Qu'est-ce que je t'ai dit, Keisuke ? Tu n'as pas le droit de m'appeler par mon prénom ailleurs que dans un lit.

La réunion pré-vacances d'été, longue à pleurer, venait de se terminer. Les élèves, abrutis d'ennui, sortirent du lycée par grappes molles.

Le plus étonnant avait encore été Nadamori. Après ses envolées lyriques au lendemain de la mort de Tsurii, tout le monde s'était attendu à un discours grandiose, mais il était redevenu aussi assommant qu'à l'accoutumée. Non, pire, en fait : il avait le regard vague et perdait le fil de ses pensées tous les trois mots. On aurait dit une coquille vide.

Il avait commencé son allocution par une invitation collective à faire attention aux rhumes d'été, avait enchaîné sur l'importance de bien étudier pendant les vacances, rappelé qu'il s'était passé beaucoup de choses durant ce premier trimestre, avant de revenir sur les dangers des insolations estivales… Alors le proviseur adjoint lui avait fait signe que le temps était écoulé et qu'il fallait abréger.

— Qu'est-ce qu'il lui prend, au proviseur ? demanda Reika en montant l'escalier.

Elle était visiblement la seule à s'inquiéter : les autres élèves n'en avaient strictement rien à faire.

— Je sais pas, répondit Fûko Onodera d'un air détaché. Il est peut-être resté trop longtemps au soleil ?

— Je préférais encore ses anciens discours…

— Bah, retentit la voix de Keisuke derrière elles.

Au moins il n'attend plus qu'on réponde à chacune de ses questions…

— C'est méchant, Keisuke. Il n'a pas l'air d'aller bien.

— Bah, il s'est cramé le lendemain de la mort de Tsurii. Il a tout donné. Il y a sûrement une limite à la dose d'émotions que les gens peuvent transmettre dans leur vie, et lui a épuisé son stock. Un stock très limité dès le départ, pauvre homme, il n'est pas né gagnant… Aïe !

Il fit semblant d'être réellement blessé par le coup de coude que Reika venait de lui envoyer.

— Il paraît que Tsurii n'avait aucun proche, dit Yûichirô.

— Vraiment ?

— Hum. Personne à son enterrement non plus, à ce qu'on dit.

Reika ressentit une profonde compassion à l'égard du vieux prof de maths. Il avait beau la terroriser, sa vie n'avait probablement pas été facile, ni heureuse.

— Ah bon ? s'étonna Keisuke, dont les yeux brillaient. Alors qui va hériter ?

— Tout va revenir à l'État, j'imagine.

— Oui, confirma Reika, froide comme la glace. Commence pas à te dire que tu pourrais recevoir quoi que ce soit.

— Bah, il n'avait que sa maison. Ça aurait pu lui rapporter un peu mais avec la crise immobilière…

— Dis donc, Yûichirô, comment tu sais tout ça sur le vieux Tsurii, hein ? Tu te prends pour un détective, toi aussi ?

— Mais non, idiot. J'ai juste entendu Takatsuka en parler dans la salle des profs. Bref, et donc, sa maison va bientôt être détruite. Le bâtiment en lui-même n'a plus aucune valeur.

— Mince, il n'y a plus que le terrain, alors…

— Mais t'es son petit-fils caché ou quoi ?

Ils arrivèrent au seuil de la classe des 1re 4.

— Eh, Keisuke, on se voit à la fête de fin de trimestre après les cours ?

— Non, désolé, les amis, mais du travail m'attend.

— Du travail, alors qu'on vient de finir les exams ?

— Eh oui. Je vous raconterai plus tard… Allez, à plus !

Il s'éloigna en direction de la salle des 1re 1.

— Bon… On y va tous les deux, alors ? demanda Yûichirô.

— Euh, oui, d'accord.

Reika se força à sourire, mais l'attitude de Keisuke l'inquiétait.

Dès la fin du dernier cours, les élèves s'élancèrent d'un pas léger vers la sortie. Les vacances d'été débutaient.

Arrivée au rez-de-chaussée du bâtiment, Reika aperçut Keisuke. Il marchait à contre-courant du flot de ses camarades. Elle le suivit des yeux… et le vit entrer à l'infirmerie.

Son sang ne fit qu'un tour. Le terrible souvenir de cette nuit, sur le toit de l'hôtel à Kyôto, s'imposa à elle. Keisuke fumant de la marijuana en tête à tête intime avec Junko Taura… Ils s'étaient même embrassés ! Oh, elle ne lui avait toujours pas pardonné, et lui…

— Reika ? Ça va pas ? s'enquit Fûko.

— Hein ? Non… si, ça va. Enfin, je ne me sens pas très bien. C'est mes règles, je pense.

Elle jeta un dernier regard à la porte de l'infirmerie. Puis elle fit semblant d'éternuer afin de pouvoir s'essuyer les yeux sans que personne devine qu'elle pleurait.

— Tu n'as pas mieux comme coin, franchement ? bougonna Keisuke en se contorsionnant sous le lit.

— Tu m'as demandé de te cacher, je te cache, déclara Junko.

Elle disposa plusieurs boîtes en carton sous le lit, tout autour du jeune homme, afin qu'il soit invisible si quelqu'un venait à entrer.

— Bon, eh bien, fais comme chez toi. Et je te rappelle : premièrement, personne ne doit te voir sortir d'ici. Deuxièmement, tu n'oublieras pas de fermer la porte à clé en partant.

— Quoi, tu t'en vas déjà ?

— J'ai mieux à faire que de passer l'après-midi avec toi, Keisuke. Tout le monde va s'amuser et je compte bien en faire autant ! Bonne soirée, on se voit à la rentrée.

Keisuke soupira en la voyant s'éloigner. Il avait emporté un livre de poche, mais il faisait si sombre sous le lit qu'il renonça à le lire. Il s'était même interdit de prendre son iPod, persuadé que le son de ses écouteurs pourrait s'entendre dans le silence.

Son seul espoir de faire passer le temps était de s'endormir… Il éteignit son portable et ferma les yeux. Une avalanche de pensées s'engouffra dans son crâne et, en quelques minutes, malgré le confort rudimentaire, il somnolait déjà.

Il rouvrit les yeux. Tout était sombre. Sa montre aux aiguilles luminescentes lui indiqua qu'il était 20 h 30. La climatisation s'était éteinte, l'air était lourd et moite, sa chemise lui collait au dos.

Si même les profs allaient se saouler le soir des vacances, le bahut devait être désert à cette heure-ci. Il tendit l'oreille et décida de sortir prudemment de sa cachette. Encore à quatre pattes, il ouvrit la porte, retenant sa respiration. Personne dans le couloir. Il se mit debout et donna un tour de clé dans la serrure de l'infirmerie. Le mécanisme fit un bruit terrible, que l'on ne devait probablement jamais entendre dans la journée.

Il mit en route son détecteur d'ondes, dont l'écran n'afficha aucun résultat. Normal… Si Hasumi savait qu'il n'y aurait personne au lycée ce soir, il devait avoir éteint tous ses mouchards.

Pas le choix : il allait devoir passer le bahut au peigne fin.

Il décida de commencer par la salle des profs. Le couloir était désespérément sombre. Seule flottait, tout au bout, la lueur vert blafard de la sortie de secours. Keisuke eut la chair de poule. Le jeune homme n'avait jamais été effrayé par les histoires de fantômes… c'était un bon test de courage. Il comprit pourquoi les établissements scolaires étaient souvent le théâtre d'histoires horribles, dans les romans.

La porte de la salle des profs n'était pas verrouillée. Il sortit une lampe de poche et, prenant garde à ne pas être visible de l'extérieur, éclaira les bureaux un à un.

Il se mit en quête du bureau de Hasumi avant de se raviser : c'était bien le dernier endroit où le prof d'anglais collerait un mouchard. D'ailleurs, il ne devait pas en avoir caché dans les bureaux de ses collègues : ce serait trop dangereux.

Au fond, il avait peu de chances de trouver des mouchards dans cette pièce. Ce n'était pas l'endroit rêvé pour échanger des messes basses…

Les bureaux du proviseur et de son adjoint étaient fermés à clé. Keisuke dut abandonner l'idée de les fouiller. D'ailleurs, même Hasumi ne pouvait s'y rendre facilement : difficile de croire qu'il y cachait des enregistreurs.

Non, il fallait réfléchir. Un endroit facile d'accès, où l'on pouvait se retrouver pour échanger des secrets…

Les toilettes des profs.

Maintenant qu'il y pensait, les ondes qu'il avait réussi à capter jusque-là avaient très bien pu venir de là. Son détecteur était toujours muet, mais il espéra trouver des mouchards éteints et fouilla la pièce de fond en comble.

Les cabines étant peu propices à la discussion, il commença par les urinoirs et les lavabos, mais découvrit bien vite qu'il n'y avait que très peu de recoins dans ces endroits. Il allait sortir lorsqu'il avisa la bouche d'aération au plafond. La cachette parfaite…

Il monta sur une des cuvettes de W.-C. et réussit à s'agripper au haut d'une porte, avant de se hisser dessus dans un équilibre précaire, mais suffisant pour attraper la grille d'aération et l'ouvrir. Enfin, il passa la tête dans le conduit et l'illumina.

Rien.

La déception fut dure à encaisser. Il retourna la grille et se rendit compte qu'elle était couverte de poussière, sauf à un endroit précis. Quelque chose avait été fixé là. Un mouchard, c'était certain !

Alors qu'il sortait des toilettes, son détecteur se mit à réagir. Le signal était faible, mais incontestable : une fréquence utilisée pour les mouchards.

Mais pourquoi avoir mis l'engin en route au beau milieu de la soirée, alors que le lycée devait être vide ?

Keisuke ne trouva pas de réponse à cette question. Une chose était sûre : c'était l'occasion rêvée de débusquer un mouchard. Il tourna sur lui-même pour déterminer la direction à prendre. Si jamais il devait sortir pour rejoindre le bâtiment nord, ou bien le gymnase, son enquête tournerait court : les deux lieux étaient protégés par des alarmes infrarouges.

Heureusement, le signal semblait venir du bâtiment principal, mais de plus haut. Keisuke emprunta l'escalier et monta silencieusement, les yeux rivés sur son détecteur.

Il touchait au but. Il était sur le point de démasquer Hasumi. Et c'était bien mérité, si l'on pensait à tous les efforts qu'il avait déployés jusque-là…

Il dépassa le troisième, le quatrième… Le signal devenait plus fort à chaque pas.

Bon sang, le toit !

C'était évident, il se passait tellement de choses interdites, ici ! Lui-même avait déjà – une seule fois – fumé du shit au sommet du lycée. Pour Hasumi, membre de l'équipe de surveillance, c'était de toute évidence un lieu stratégique à espionner !

Il s'engagea dans le petit escalier qui menait au toit. Si la serrure n'avait pas encore été réparée, la porte ne serait pas fermée à clé. Keisuke gravit les dernières marches et s'arrêta pour se préparer mentalement. Il n'y aurait probablement personne, là, mais il tira tout de même un couteau à cran d'arrêt de sa poche. Petit, mais suffisant pour infliger des blessures mortelles. Toujours privilégier les armes les plus pratiques.

Il avait confiance en ses réflexes et en son agilité. Il n'était pas très grand, sûr de ses appuis, et s'était entraîné à viser l'artère fémorale. Sa technique lui avait sauvé la mise plus d'une fois, lors de ses excursions parmi les gangs de jeunes qui hantaient les rues de Shibuya.

Il actionna le mécanisme de son couteau, le prit bien en main, et passa en mode guerrier. Enfin, il poussa la porte, qui émit un faible grincement.

Une brise d'été légère vint lui caresser la joue. C'était quasiment la nouvelle lune, seules les étoiles diffusaient une douce clarté.

Keisuke fit un pas, puis deux, avant de se rendre compte d'une présence à sa gauche.

Il lâcha son détecteur et se retourna en envoyant un coup de lame. À cet instant, il sentit quelque chose le toucher au niveau du ventre. Il ne pensait pas que son adversaire était aussi près de lui.

Je me suis fait planter !

Aussitôt après, il reçut un choc violent.

Il entendit un bruit métallique : c'était son couteau qui était tombé à terre. Ses genoux le lâchèrent. Il eut l'impression que le sol venait à sa rencontre et se rendit compte qu'il gisait au sol, inerte. Incapable de bouger. Un millier d'aiguilles semblaient lui transpercer la peau.

Qu'est-ce qui m'arrive, putain ?

Une silhouette s'approcha de lui.

— Keisuke Hayami… C'était donc toi.

Hasumi ! Tu n'étais pas censé être ici ! Pourquoi tu n'es pas avec les autres ? Qu'est-ce que tu m'as fait ?

Aucun son ne pouvait sortir de sa gorge.

— J'ai quelques questions à te poser, Keisuke. Tout d'abord, comment as-tu deviné pour les mouchards ? J'aimerais aussi que tu me donnes le nom de tes camarades qui sont au courant, et que tu m'expliques ce qu'ils savent exactement.

Tu rêves, enfoiré ! Tu es un prof, bordel ! Qu'est-ce que tu vas me faire ?

Il ne réussit qu'à ouvrir et refermer la bouche, tel un poisson hors de l'eau.

— Oh, tu vas pouvoir reparler. Il faut juste attendre un peu. Et ne t'inquiète pas : si tu me dis tout ce que j'ai besoin de savoir, je te laisserai mourir en douceur.

Keisuke comprit alors, avec toute la force de la réalité, que Hasumi était un tueur qui n'en était pas à son premier méfait.

Je suis fini… C'est comme ça que je vais mourir. Ici, entre les mains de ce cinglé.

Reika… Prends garde. J'ai été trop naïf. Ce ne sont pas que des mots… Ce type est réellement un monstre.

Hasumi se baissa. Lorsque ses yeux croisèrent ceux de Keisuke, ce dernier hurla au plus profond de son âme.

Il fut jeté à terre comme un vulgaire sac de sable.

Keisuke se concentra sur ses doigts. Ils étaient toujours engourdis, mais il réussit à les faire bouger. Dans ses baskets, ses doigts de pied pouvaient se replier.

Il pouvait aussi imprimer quelques expressions à son visage, mais c'était à peu près tout : il était ligoté par du ruban adhésif, et bâillonné de la même manière.

— Je vois que tu commences à t'en remettre ! *Good ! Good !* Très bien, alors, commençons !

Hasumi s'adressait à Keisuke, dont le visage plaqué au sol était tourné vers lui, sur le même ton plein de gentillesse qu'il usait d'ordinaire en cours. La salle était plongée dans l'obscurité. La pâle clarté de l'éclairage public était juste suffisante pour faire reluire les yeux de Hasumi, qui ne clignaient quasiment jamais.

— J'ai donc quelques questions à te poser. Le problème, c'est que même en soirée, même la veille des vacances, on ne peut jamais être sûrs d'être seuls ici, alors je suis obligé de t'empêcher de parler. Si tu te mettais à hurler, je perdrais ma place, tu imagines bien... Mais ce sera très simple : il suffira de répondre par oui ou par non. Si c'est oui, tu opines, si c'est non, tu secoues la tête. *Is that clear, Mister Hayami ?*

Keisuke se contenta de le fixer, le regard débordant de haine. Hasumi soupira.

— Tu n'es pas très coopératif... Il faut bien que tu comprennes : tu vas devoir t'ouvrir à moi. Je ne suis pas ton prof principal, mais tu es tout de même l'un de mes élèves, et j'aime tous mes élèves. Te faire souffrir n'est pas dans mes intentions.

Le prof d'anglais ramassa un objet à terre qui ressemblait à une jarre et l'observa attentivement.

Keisuke regarda autour de lui et reconnu la salle de préparation des cours de chimie. Il se trouvait au premier étage du bâtiment nord. Hasumi l'avait donc porté sur une assez longue distance...

— Tu sais où nous sommes, n'est-ce pas ? Les produits qu'on utilise pour les cours de chimie au lycée se résument plus ou moins à de l'acide chlorhydrique et de l'hydroxyde de sodium.

Keisuke prit conscience que Hasumi ne plaisantait pas, qu'il ne jouait pas un rôle. Il était face au véritable Hasumi.

Il avait toujours pensé que le prof d'anglais cachait son véritable visage, mais en réalité, il n'en avait pas. Il n'y avait rien sous son masque d'enseignant exemplaire. Pas une étincelle d'humanité.

Le jeune garçon remua imperceptiblement. Il en avait croisé, des tarés, dans ses virées nocturnes. Des truands qui venaient d'autres pays, et même de véritables yakuzas. Mais il n'avait encore jamais eu affaire à un être inhumain comme celui qui venait de le faire prisonnier.

— ... Mais bon, je n'ai pas très envie de salir le sol, tu comprends. C'est moi qui devrai nettoyer ensuite. Du coup, je suis allé voir du côté de la salle de physique, et regarde ce que j'ai trouvé ! Sais-tu de quoi il s'agit ?

Keisuke reconnut sans peine un fer à souder.

— Je pense que vous l'avez déjà utilisé en cours. C'est un merveilleux instrument. Pour peu qu'il y ait une prise à disposition, il permet d'infliger des blessures instantanément cautérisées ! Un gain de temps non négligeable, vu que ça permet de ne rien tacher. (Il sourit, ses dents blanches luisant dans la pénombre.) Bon, le souci, c'est au niveau esthétique. Personne n'aimerait se retrouver avec une peau pleine de trous, comme une ruche d'abeilles. Même moi, je ne crois pas avoir envie de voir ça.

L'air était terriblement chaud et lourd, mais Keisuke frissonna de la tête aux pieds.

— Tu dois te dire que c'est un peu exagéré, comme comportement, pour un professeur, n'est-ce pas ? Mais sois honnête : tu l'as bien cherché. Tu pensais vraiment que j'allais te laisser me coller au train sans réagir ? Et ce faisant, tu as enfreint bien des lois.

Hasumi brandit le couteau à cran d'arrêt de Keisuke et, d'un geste fluide, fit jouer le mécanisme.

— Avant que tu ne répondes à mes questions, je vais t'éclaircir sur certains points. Je t'ai immobilisé à l'aide d'un pistolet paralysant qui bloque les stimuli nerveux.

Il montra le petit engin à Keisuke, qui en avait déjà vu de semblables. Pourtant, Hasumi était trop loin de lui, comment avait-il pu le toucher ?

— Ah, je sais ce que tu te demandes, et c'est une bonne question ! J'ai tout simplement agrémenté cette petite chose d'un manche afin de pouvoir t'atteindre sans m'exposer à ton canif !

Il exhiba son montage avec fierté. C'était un tube en plastique blanc dont un bout servait à tenir le pistolet paralysant. Un fil électrique sortait à l'autre bout, relié à une télécommande.

— Tu vois, ces armes électriques ont le défaut de perdre en efficacité à travers les vêtements, c'est pourquoi j'ai pensé à améliorer le système en ajoutant une pointe métallique à l'extrémité. Comme ça, j'atteins directement la peau tout en infligeant une blessure ! C'est ce qui s'appelle faire d'une pierre deux coups… *To kill two birds with one stone !*

Il fait durer ses explications pour faire monter la terreur en moi, comprit Keisuke. *Ainsi, il n'aura pas à me torturer trop longtemps.*

Car il n'avait plus d'espoir. Ce qu'il redoutait le plus

finirait par arriver. Hasumi n'hésiterait pas à le torturer s'il ne répondait pas à ses questions.

— Mais assez bavardé, si nous passions aux choses sérieuses ? Tu te souviens ? C'est oui ou non ! *Now, is that clear, Mister Hayami ?*

Keisuke opina.

— Bon garçon ! Voilà ma première question : c'est toi qui es à l'origine des tentatives de triche aux examens, n'est-ce pas ?

Oui.

— D'accord, je vois ! Je vais maintenant lire, un à un, les noms de tous tes camarades de première en passant en revue toutes les classes. Lorsque tu entendras les noms de tes acolytes tricheurs, je veux que tu réagisses. N'aie pas l'impression de les balancer, et surtout rassure-toi : je ne compte pas les éliminer séance tenante ! Simplement, en tant que membre de l'équipe de surveillance, cela fait partie des choses que je dois savoir.

Keisuke opina.

— Oh, et je dois simplement préciser ceci : j'ai déjà ma petite idée sur les personnes concernées, je devinerai donc très vite si tu me mens. Or, si je sens que je ne peux pas avoir confiance en toi, je me verrai contraint d'utiliser le fer à souder, et ce n'est pas ce que nous voulons, pas vrai ? *Are you with me ?*

Oui.

— Alors, commençons ! Dans la 1re 1 : Hiroyuki Aizawa…

Parcourant les cahiers d'appel de chaque classe de première, Hasumi entama une longue litanie de noms, attentif aux réactions de Keisuke.

— Il y avait donc Naoki Isada et Satoshi Kinoshita, dans ma classe ? Ils vont me donner du fil à retordre, ces deux-là… Enfin, je m'aperçois qu'il s'agit surtout d'élèves dont les notes ne sont pas trop mauvaises, mais qui ont du ressentiment à l'égard du lycée en général. Bien, merci de ton aide, ça me donne à réfléchir, en tout cas ! (Il referma le dernier cahier d'appel d'un air guilleret.) Et si nous parlions des appareils enregistreurs, maintenant ? J'aimerais comprendre jusqu'où vous avez fouiné dans mes affaires.

Keisuke opina, car il ne pouvait rien faire d'autre.

— Parfait ! Bon, sois courageux, ça risque de faire mal quelques secondes…

Hasumi arracha le bâillon adhésif.

Ça fit mal, certes, mais le jeune homme n'en avait que faire. Il allait mourir. Plus rien ne pourrait le sauver.

— Alors, ces mouchards ! Dis-moi un peu comment tu as deviné leur existence…

— Vous avez mis un brouilleur le jour des examens, alors…

— Alors quoi ? C'est seulement ça qui t'a mis sur la piste ?

— Ben, visiblement, vous, les profs, vous saviez qu'il y aurait de la triche, mais vous ne saviez pas qui était à l'origine du truc. Je me suis dit que vous aviez capté des conversations.

Le lycéen sentit un peu de calme revenir en lui à mesure qu'il parlait.

— Et tu as tout deviné sur cette simple conjecture ? Quelle intuition !

— J'ai cherché les mouchards dans tout le lycée. Mon détecteur sonnait souvent, mais le signal s'éteignait tout le temps avant que je remonte à sa source. Ça voulait dire que soit les mouchards se déclenchaient automatiquement en fonction des voix, soit vous les actionniez à distance.

— *Excellent !* Mais tu aurais dû réfléchir un peu mieux… Je n'ai pas réellement besoin d'utiliser des appareils à ondes, puisque je peux venir chercher les enregistrements quand il me plaît.

— Hein ?

— Oh, j'ai aussi utilisé quelques appareils émetteurs, parfois, dans les endroits plus difficiles d'accès. Mais j'ai bien vite compris que j'avais un petit malin sur les talons… Je me suis donc servi d'un mouchard émetteur comme d'un appât ! Je ne pensais pas tomber sur un si gros poisson, ha, ha, ha !

— Connard… murmura Keisuke.

Il s'était fait avoir comme un débutant.

Hasumi lui tapota gentiment le crâne.

— Tu as fait exprès de répandre des rumeurs de triche, pas vrai ? Tu étais tellement sûr que je tomberais dans le panneau, hein… Seulement, lorsque l'on se laisse trop absorber par la piste que l'on suit, on devient facilement la proie d'un autre ! C'est une leçon que j'aimerais vraiment que tu retiennes. Tu n'en profiteras plus très longtemps, c'est dommage.

Ces mots heurtèrent Keisuke plus que tous les autres. Il rassembla toutes ses forces pour ne pas pleurer.

— Mais passons ! Peux-tu m'expliquer ce que toi et tes petits amis savez sur moi, exactement ?

Le jeune homme se dit qu'il n'avait plus de raisons de cacher quoi que ce soit à son tortionnaire.

— C'est vous qui avez tué les quatre élèves du lycée de *** ?

Hasumi prit un air étonné.

— Oh, je vois ! Tu as rondement mené ton enquête… Par simple curiosité, vous ne vous seriez pas concertés, avec Tsurii ?

Tsurii ? Qu'est-ce que…

— Vous l'avez tué aussi !

— Eh oui. Voilà ce qui arrive lorsqu'on fourre son vilain nez dans les affaires des autres ! *All I had to do was to tighten the noose.* Je n'ai eu qu'à lui passer la corde au cou ! Bon, et à part ça ?

— Je me doute que vous avez fait boire le professeur Sanada pour qu'il ait un accident ?

— Mais oui ! Décidément, ta puissance de déduction est étonnante ! Je vous ai sous-estimés, toi et tes petits amis.

— Mais pourquoi vous faites ça ? Je ne comprends pas ce qui vous motive… Vous êtes intelligent, vous pouvez manipuler les gens, vous n'avez pas besoin de faire ce genre de choses…

Keisuke n'avait pas l'intention de comprendre Hasumi. Il n'avait pas l'intention non plus de le supplier…

— Ah ! Très bonne question ! La réponse est assez compliquée. Voyons si je peux trouver un parallèle afin de t'éclairer… C'est comme les sports extrêmes, vois-tu ? Pour nous autres, cela s'apparente à une prise de risques inutile. Pourquoi, en effet, vouloir dégringoler une pente, juché sur des skis, avant de se propulser dans les airs ? Cela semble totalement déraisonnable.

— Vous faites ça pour le fun ?

Keisuke en avait le souffle coupé.

— Non, non, ce n'est pas exactement ce que j'ai voulu dire. Tout le monde récolte, au jour le jour, son lot de soucis quotidiens, n'est-ce pas ? Et lorsqu'un problème se présente, il faut le régler. La seule chose qui nous différencie, vous autres et moi, c'est que l'éventail de mes possibilités d'action est bien plus vaste !

— Hein ?

— Dans beaucoup de cas, il s'avère que l'homicide représente la solution la plus simple à un problème donné. Or, la majorité des gens hésitent à s'y résoudre. On a peur d'être arrêté par la police, ce genre de choses… Moi, cela ne me freine pas. Je suis comme les athlètes de sports extrêmes. C'est temporiser, tergiverser, qui est fatal. Mais si on y va à fond, on parvient à se dépasser ! Alors, comprends-tu mieux, maintenant ?

Keisuke resta sans voix. Ce n'était pas un meurtrier qu'il avait devant les yeux, mais un alien, tout simplement. Un être à l'existence impossible.

— Bien, je dois maintenant te remercier pour cette intéressante conversation. J'ai une dernière question. Qui d'autre est au courant de mes agissements ?

Le jeune homme poussa un long soupir. Aurait-il le courage de mentir à Hasumi ?

— Alors ? *I'm waiting for your answer, Mister Hayami !*

— Ils savent tous.

— Tous ?

— Tous mes potes qui ont participé à la triche.

Le prof d'anglais prit un air navré et secoua la tête.

— Allons, c'est peu vraisemblable. Si l'on comptabilise les noms que tu m'as donnés, cela nous fait quinze personnes. Si un tel nombre de personnes me croyait coupable de meurtre, l'ambiance serait radicalement différente.

Keisuke garda le silence.

— Alors ? Tu ne veux pas répondre de ton plein gré ?

On y est. C'est ma scène finale. Je dois réussir à l'embobiner, ou il va passer à la torture.

Quoi qu'il arrive, il devait absolument ne jamais lâcher les noms de Reika et Yûichirô. Pas eux, non, pas eux, pas dans les griffes de ce monstre…

Même si c'est trop tard pour moi, je peux encore les sauver.

Je suis sur le point de crever, et je l'accepte ! C'est insensé, putain !

Hasumi ramassa le fer à souder et en observa la pointe, comme s'il hésitait à le brancher.

— Allons, je croyais qu'on se parlait à cœur ouvert,

toi et moi. Je t'ai promis de te laisser aller sans douleur, si tu me donnes seulement les noms de tes amis. Je tiendrai ma promesse. Tu ne sentiras presque rien. Mais si tu tentes de me résister…

Hasumi se tut brusquement. Keisuke tendit l'oreille. Oui, il entendait quelque chose… quelqu'un passait dans le couloir !

Il prit sa décision en un éclair.

— À l'ai…

Au même instant, Hasumi tendit la main pour l'étrangler.

Immédiatement, Keisuke voulut faire du bruit, de n'importe quelle façon, pour attirer l'attention. Taper des pieds sur le sol…

Et il plongea dans les ténèbres.

Hasumi dut exercer une pression sur le corps secoué de convulsions de son élève afin d'en étouffer le bruit. Keisuke avait encore le fer à souder enfoncé profondément dans l'œil droit. En quelques secondes, c'était fini.

Quel dommage. C'était une mesure d'urgence, il n'avait pas pu faire autrement, mais il était regrettable de ne pas avoir eu le temps de lui soutirer les précieux renseignements.

Mais quel est l'abruti qui se pointe ici à une heure pareille ?

Il tendit l'oreille.

— Hé ! Tu n'as pas entendu ? Il y a comme un bruit…

C'était la voix de Shibahara. Il parlait à quelqu'un qu'on entendait faiblement. Une jeune fille, une élève probablement.

— J'ai peur…

— T'inquiète ! Il n'y a personne qui vient ici. Bon sang, tu ne me crois pas, hein ? Allez, on se taille, on n'a qu'à aller au gymnase.

Leurs voix s'éloignèrent, tout comme le bruit de leurs pas.

C'était moins une, pensa Hasumi.

Demain serait le premier jour des vacances d'été, mais le lycée ne serait pas vide pour autant : les cours d'été commençaient sans attendre. Il devait absolument se débarrasser du corps de Keisuke dans la soirée. Or, s'il faisait démarrer sa camionnette ce soir, Shibahara allait l'entendre.

Ce crétin, ce bas de plafond de prof de sport ! Fallait-il qu'il soit pourvu d'une ouïe fine !

Il importait que la « fugue » de Keisuke soit découverte le plus tard possible. Il n'avait pas le choix : il devait porter le macchabée à bout de bras et le cacher en attendant de pouvoir revenir le chercher.

Il fourra le corps de Keisuke dans un vieux sac de couchage qu'il avait préparé pour l'occasion, nettoya soigneusement les rares gouttes de sang versées et sortit de la salle de classe à pas de loup.

Quelle plaie ! Il avait pourtant bien préparé son coup : quand il avait expliqué qu'il allait dormir sur place ce soir-là, personne n'avait indiqué vouloir faire de même. Il aurait dû être seul ! Et ce crétin de Shibahara, qui se pointe avec une lycéenne… Mais il ne savait donc pas que l'établissement était truffé de caméras de surveillance ? Heureusement pour eux, Hasumi les avait toutes éteintes ce soir-là…

Il se dirigea vers le gymnase et passa en claquant des talons devant un grand placard où il était sûr que le couple inattendu s'était réfugié. Il les entendit qui tentaient de contenir leur respiration. Au bout d'un moment, lorsqu'il fut certain de leur avoir provoqué une belle frayeur, il remonta en salle de chimie.

Non, vraiment, impossible d'utiliser la camionnette.

Il était censé dormir sur place, comment expliquer qu'il sorte à une heure pareille ?

Il jucha le sac de couchage mortuaire sur son épaule et sortit dans le jardin situé derrière le bâtiment nord. Il savait où cacher le cadavre sans avoir à creuser.

Un recoin oublié sous un arbre, où les hortensias poussaient de manière anarchique. Il suffisait de les écarter un peu pour trouver une plaque de béton enfouie sous la végétation. Hasumi avait entendu dire qu'il y a des années de cela, une *time capsule*, une capsule temporelle, avait été créée à cet endroit. Une sorte de trappe maçonnée ouvrait sur un espace destiné à conserver les messages des enfants pour le futur.

Le battant devait bien peser entre vingt et trente kilos. L'intérieur était plus étroit qu'il ne l'avait espéré, mais en se débarrassant des messages, le prof d'anglais parvint à y déposer le corps de l'adolescent. Quitte à le plier un peu.

Refermer le lourd couvercle ne fut pas une mince affaire. Hasumi était en nage. Ne restait plus qu'à passer les lettres des élèves à la broyeuse à papier, et quant aux capsules en métal, il trouverait bien à les cacher quelque part en attendant d'aller les jeter.

Il allait repartir lorsqu'il sentit qu'on l'observait. Là-haut, sur le toit. Cette sombre silhouette… Un corbeau. Ce n'était vraiment pas normal pour un oiseau de cette espèce de veiller si tard.

Hasumi ne pouvait voir si l'animal avait un œil blanc, mais il en était sûr : c'était Munin.

Tu vas donc continuer à me hanter pour avoir tué Hugin ?

Ces volatiles lui évoquaient plus des messagers de l'enfer que des compagnons du dieu Odin.

Hasumi fixa longuement l'animal. Au bout d'un moment, celui-ci s'envola dans un bruit d'ailes étouffé.

Reika laissa son regard dériver vers la fenêtre. Le contenu du cours supplémentaire lui échappait complètement.

Le ciel était vaste et limpide. Si l'on faisait abstraction des traînées laissées par les avions militaires américains, il n'y avait aucun nuage à l'horizon. Un superbe été pour une lycéenne, comme on n'en vit pas deux dans sa vie. L'an prochain à la même période, elle serait accaparée par la course aux universités. Quel dommage de se retrouver en classe sous de si fortes chaleurs… On ne devrait pas travailler au Japon durant les mois les plus étouffants de l'année !

Mais ce n'était pas du tout le genre de pensées qui occupaient l'esprit de l'adolescente.

Elle n'espérait qu'une chose : un signe de Keisuke.

Ce n'était pas la première fois qu'il séchait les cours d'été, et de toute façon, il n'en avait pas besoin pour avoir de bonnes notes. « Je n'ai pas l'intention de voir la sale tronche des profs pendant mes vacances », l'avait-elle souvent entendu dire.

Mais pourquoi ne répondait-il pas à son téléphone ? Reika avait tenté de l'appeler à plusieurs reprises, mais elle tombait directement sur répondeur.

— *No rest for the wicked !* clama Hasumi debout devant le tableau, en grande forme comme toujours. On peut traduire cette expression de plusieurs manières, selon les situations. Cela exprime surtout une forme de retour de bâton : « Qui sème le vent récolte la tempête » !

Si d'ordinaire Reika, bien malgré elle, buvait les paroles du volubile prof d'anglais, ce jour-là, elles ne passaient pas. Le simple fait d'entendre sa voix la crispait.

— Vous vous rappelez, j'imagine, ce que veut dire *the wicked* ?

Reika jeta un œil à son portable, sous son pupitre, et le vit clignoter. Elle attendit que Hasumi regarde ailleurs pour débloquer l'écran. C'était un message de Yûichirô, qui lui adressa un discret signe de la main.

Je dois te parler. Sur le toit après.

Dès la fin du cours, elle grimpa l'escalier sans même un regard pour son camarade.

Le soleil tapait dur là-haut, des ondes de chaleur donnaient l'impression de déformer le béton. Personne n'aurait l'idée de se rendre sur le toit un jour pareil.

Yûichirô la rejoignit peu de temps après.

— C'était quoi, ce message ? Tu aurais pu venir me parler directement, non ?

— J'avais pas envie que Hasumi nous voie en train de discuter.

Le jeune homme referma la porte derrière lui et tira le verrou.

— Qu'est-ce que tu veux dire ?

— Eh bien…

Se rendait-il compte qu'il était gênant de s'enfermer seul avec une fille dans un endroit pareil ? Reika en douta.

— J'ai téléphoné chez Keisuke hier. Plein de fois, jusqu'à ce que sa mère réponde. Elle m'a dit qu'il était parti chez sa tante. C'est à la campagne, et le portable passe pas.

— Ah bon !

Reika ne put s'empêcher de sourire de soulagement. Puis elle se rendit compte que son camarade restait sombre.

— Tu trouves pas ça bizarre ? demanda-t-il en s'appuyant contre la clôture qui les séparait du vide.

— Ben si, c'est bizarre. Mais Keisuke est bizarre, alors…

— Pourquoi est-ce qu'il serait parti sans nous dire un

mot ? Moi, je trouve ça vraiment bizarre. Et puis, c'est déjà arrivé, dans le passé.

— De quoi tu parles ?

— Je crois que tu n'as pas vraiment remarqué ça, car on n'était pas encore très proches, à l'époque. L'hiver dernier, il a soudain cessé de me répondre au tél, et il était introuvable pendant quelques jours. Sa mère m'avait dit qu'il était « parti en voyage ».

— Dans ce cas, ce n'est pas si étrange que ça, non ?

— Il m'a raconté ce qui s'était passé ensuite… Il a eu une grosse engueulade avec ses parents, et juste après, il a fugué.

— Tu crois qu'il a de nouveau fugué ?

— C'est ce que pense sa mère, en tout cas…

— Et toi, qu'est-ce que tu en dis ?

— Je ne sais pas. La situation est complètement différente cette fois. Il nous aurait forcément parlé avant de partir. Il ne voudrait pas qu'on s'inquiète pour lui.

Bien sûr. Disparaître dans un moment pareil, alors qu'il enquêtait sur des meurtres potentiels, cela ne lui ressemblait pas.

— Et il faut que je te dise un truc. Une des dernières fois où on s'est vus, il m'a demandé de faire quelque chose, et je ne devais pas te le dire.

Yûichirô énonça la théorie de Keisuke à propos de l'accident de Sanada : Hasumi qui l'aurait fait boire, l'aurait ramené au lycée, installé dans le siège conducteur… avant de faire démarrer la voiture grâce au tuteur en bambou. Qu'il serait peut-être aussi l'auteur de l'incendie qui avait coûté la vie au père de Rina. Et aussi, mais ça il n'en était pas sûr, que le prof d'anglais aurait assassiné Tsurii.

Il revint sur les doutes du flic, Shimodzuru, à propos des suicides en séries au lycée de ***. S'il n'avait pas réussi à établir clairement la responsabilité de Hasumi,

Keisuke avait pu récolter des témoignages intéressants auprès des élèves en menant l'enquête…

Enfin, il lui expliqua la stratégie de Keisuke concernant les fausses rumeurs afin de prouver la présence de mouchards dans l'école et de faire éclater la vérité au sujet de Hasumi.

Ils ont agi sans moi, sans rien me dire.

— Mais pourquoi vous ne m'en avez pas parlé ? s'insurgea-t-elle.

— Il n'a pas voulu. Pour que tu ne t'inquiètes pas.

— Ah oui, vraiment ? (Elle lui lança un regard furieux.) C'est pas à vous d'en décider !

— Pardon…

Elle se sentit mal. Des torrents de sueur dévalaient son dos, mais ce n'était pas à cause de la chaleur suffocante. Que se passait-il, à la fin, dans ce lycée ?

— Attends, reprit-elle. Attends. Qu'est-ce que tu essaies de me dire ? Tu crois que Keisuke s'est fait enlever ?

Cela voudrait dire qu'en cet instant même, il était entre les griffes de Hasumi. Ou pire…

— J'en sais rien, moi.

— On devrait aller voir la police, non ? Lancer un avis de recherche ?

— C'est pas évident… Sa famille ne veut même pas avouer qu'il fugue.

— Et alors ? s'écria-t-elle. On ne va pas attendre les bras croisés qu'ils daignent se bouger, quand même !

Que devaient-ils faire ? Chaque seconde pouvait être décisive… mais allait-on prendre au sérieux deux lycéens ?

— Je sais… si on demandait conseil à ce type ?

— Quel type ?

— Celui dont tu parlais tout à l'heure. Le flic qui

connaît Keisuke. Shimodzuru, de la Sécurité. J'ai son numéro.

Une fois son cours d'été terminé, Hasumi retourna en salle des profs. Quelque chose l'arrêta tandis qu'il parcourait un couloir. Il jeta un coup d'œil par la fenêtre, qui donnait sur la cour arrière, et vit une silhouette toute de blanc vêtue déambuler dans la végétation, le visage tourné vers le sol.

Le professeur Nekoyama.

Hasumi se hâta de descendre l'escalier.

Le prof de biologie était à genoux dans l'herbe lorsqu'il le rejoignit.

— Monsieur Nekoyama ? Puis-je vous demander ce que vous faites ?

Le professeur, tel un chat, tourna lentement le cou vers lui.

— Ah, monsieur Hasumi. Regardez-moi ça !

Il se releva et ouvrit la main, révélant une bestiole quelconque, qui tenta de s'enfuir sur ses six pattes.

— Qu'est-ce que c'est ?

— Comment ça, qu'est-ce que c'est ? Vous le voyez comme moi, un coléoptère de la famille des *Silphidae* ! Je viens tout juste de l'attraper !

— Oui, en effet…

La tension s'évanouit d'un coup des épaules de Hasumi, qui se retint de rire : il s'était fait du souci pour rien.

— Et ce n'est pas tout ! Tenez, venez, voyez donc !

Hasumi se pencha sur le pot en verre que son collègue venait de sortir de sa poche. Il contenait un scarabée à la carapace noir et orange.

— Alors, hum ? Vous pensez sûrement qu'il s'agit là d'un vulgaire *Gallerucida bifasciata* ! Eh bien, vous vous trompez !

— Ma foi, pour tout vous dire, cela ne m'est même pas venu à l'esprit… De quoi s'agit-il, dans ce cas ?

— D'un *Nicrophorus quadripunctatus* ! Oh, ce n'est pas une rareté, mais par chez nous, c'est ce qu'on fait de plus beau en termes de *Silphidae* ! Oh, ça oui, hi hi hi hi ! Hu hu !

Il riait comme le méchant d'une mauvaise pièce de théâtre.

— Ah, d'accord, murmura Hasumi, qui avait perdu tout intérêt pour la conversation.

— Les écoles, c'est formidable ! De véritables pièges à insectes… Tenez, l'autre jour, j'ai même vu un nid de *Carabus blaptoides* au deuxième étage du bâtiment nord… Non, mais vous y croyez, vous ? Ils ne savent même pas voler !

— Bien sûr, je vous crois. Vous êtes le spécialiste sur le sujet…

— Oh, je ne suis qu'un amateur. Je n'y connais pas grand-chose, en réalité. On les voit tellement, ces petits scarabées, jour après jour, on développe une sorte d'intimité, vous savez.

— Vous en voyez souvent ?

— Ceux-là sont nécrophiles, ils se nourrissent de cadavres d'animaux. Je les utilise parfois pour nettoyer des dépouilles.

Hasumi se redressa d'un coup.

— Et attendez, le plus intéressant, c'est que c'est la première fois que j'en vois autant par ici ! On peut donc en déduire qu'il y a un cadavre quelque part dans ce jardin…

— Oh… Une souris, par exemple ?

— Non, non, plus gros ! D'ailleurs, vous ne trouvez pas que ça sent mauvais ?

Nekoyama renifla avec ostentation.

Cela faisait trois jours. Hasumi avait espéré que le

couvercle de béton bloquerait les odeurs plus hermétiquement…

— Et pourtant ! Je n'arrive pas à dénicher ce cadavre, se désola le professeur de biologie en s'enfonçant plus avant dans la végétation.

Hasumi le suivit, non sans s'assurer que personne ne les regardait. Il commençait à s'inquiéter fortement.

— Le cadavre devrait se trouver par ici, c'est incompréhensible…

Nekoyama s'approcha de la trappe bétonnée et gratta avec un stylo dans la terre autour.

Si jamais il découvrait le corps de Keisuke, Hasumi n'aurait d'autre choix que de l'éliminer. Le prof d'anglais se mit à réfléchir à toute allure. Il pouvait le tuer très facilement. Une torsion du cou. Mais que ferait-il du corps ?

Les cours d'été étant presque terminés, il ne restait quasiment plus d'élèves dans le lycée. Quant aux profs, ils devaient être deux ou trois, grand maximum. C'était suffisant pour se faire repérer. Impossible d'exfiltrer le macchabée sur-le-champ, il devrait le cacher, et cela voulait dire entasser deux cadavres dans ce trou en béton… Impossible, il n'y aurait jamais la place !

Pouvait-il simplement le cacher dans les buissons en espérant que personne n'irait le chercher par là jusqu'au soir ? Il pouvait le recouvrir d'une bâche…

Nekoyama continuait ses investigations sans imaginer une seconde ce qui se tramait dans la tête de son collègue.

— C'est tellement étrange… (Il brandit le pot en verre contenant l'insecte bicolore.) De quelle sorte de cadavre étais-tu en train de te délecter, hein, dis-moi ?

De guerre lasse, Nekoyama finit par abandonner ses recherches.

Tu as bien de la chance, pensa Hasumi en le voyant

s'éloigner, les épaules tombantes. *Tu étais à deux doigts de finir en pâture pour tes bestioles.*

Il devait absolument déplacer le gamin ce soir.

— Qu'est-ce qui t'a pris de rester en plein soleil sans même un chapeau ? s'exclama l'infirmière. Et tu vas être couverte de coups de soleil !

— Désolée, murmura Reika.

Elle se sentait nauséeuse et avait d'abord pensé que c'était le choc de ce qu'elle venait d'apprendre, mais elle avait sûrement aussi attrapé un coup de chaud.

— Tu as failli me rater, je ne suis pas censée être là aujourd'hui. Je suis seulement venue chercher quelque chose.

En effet, Junko était vêtue de ses vêtements de ville. Une robe aux motifs tropicaux qui rappela à la lycéenne ce chemisier fleuri que l'infirmière portait ce soir-là, lors du voyage scolaire. Sa colère refit surface. Comment cette femme avait-elle osé séduire Keisuke ?

Elle alla s'allonger sur un lit au fond de l'infirmerie.

— Ça devrait aller mieux avec un peu de repos. Bon, je dois y aller, tu fermeras à clé derrière toi, d'accord ? Il te suffira de donner la clé à quelqu'un en salle des profs.

L'infirmière lui tendit une clé et allait sortir quand elle se ravisa.

— Dis-moi… tu es amie avec Keisuke Hayami, non ? Je n'ai plus de nouvelles depuis…

Reika, indignée, sursauta.

— Non, rien, ne fais pas attention.

Elle s'en fut en courant.

Reika était tétanisée. Entendre le nom de son ami dans la bouche de cette femme…

Elle avait tellement mal à la tête. Et son front était encore moite. Elle s'allongea sur l'oreiller et fit jouer la clé devant ses yeux. Était-il possible que Keisuke et elle se soient retrouvés ici, en tête à tête ? Sur ce même lit ? Elle tenta de refouler les images horribles qui lui venaient à l'esprit.

La clé lui échappa des mains et tomba sur le linoléum. Reika, dépitée, n'eut d'autre choix que se relever pour la ramasser. Elle s'accroupit à terre et jeta un œil sous le lit.

Elle la vit immédiatement, ainsi qu'une autre petite forme.

Impossible...

Elle tendit le bras et replia ses doigts sur le minuscule sachet fermé par un cordon.

Non, c'est impossible.

C'était un *omamori*, une amulette protectrice en provenance du pavillon d'Or. Celle-ci était censée protéger du danger... Exactement comme celle que Keisuke avait achetée.

Hasumi contracta tous ses muscles pour soulever le lourd couvercle de béton. Surtout, ne pas faire de bruit. Tout semblait parfaitement se dérouler...

Mais il n'y avait rien dans le trou. Aucune trace du cadavre de Keisuke enroulé dans son sac de couchage.

— Hi hi hi hi hi ! Ufu fu fu fu ! Il n'est plus làààà !

Hasumi se retourna. Le professeur Nekoyama, à son bureau, était absorbé par un travail minutieux.

— C'est magnifique, monsieur Hasumi ! Grâce à vous, je dispose enfin d'un squelette entier...

Hasumi baissa les yeux pour voir ce que son collègue était en train de faire.

— Oh, oui, une merveille ! Des cadavres, on pourrait croire qu'il y en a partout, non ? Et pourtant, pas facile de mettre la main sur l'un d'eux. Mais celui-ci, oh, celui-ci, ce sera mon chef-d'œuvre !

Nekoyama ouvrit le ventre du corps de Keisuke et y introduisit un scalpel. Des scarabées s'approchèrent.

— Et voilà ! L'acide chlorhydrique et l'hydroxyde de sodium fonctionnent, mais ça laisse des taches, vous savez… Alors que rien ne vaut le fer à souder pour détacher la viande des os ! Après, il ne reste plus qu'à plonger le tout dans de la solution pour dentier.

Nekoyama ouvrit une armoire vitrée et y suspendit le squelette du gamin. Seule sa tête était restée intacte.

Soudain, Keisuke ouvrit les yeux et fixa Hasumi d'un regard accusateur.

— Dites, vous en avez oublié une partie il me semble, non ? demanda Hasumi.

Mais le prof de biologie, aux anges, ne l'écoutait pas.

— Vous allez me donner celui-ci aussi ? dit-il en désignant un cadavre de chien.

— Bien sûr, monsieur Nekoyama. Je l'ai apporté rien que pour vous.

Le prof en blouse blanche lui lança un regard de chat enamouré. Il se baissa, ramassa le chien et s'éloigna d'un pas léger.

Hasumi se réveilla, se servit un verre d'eau fraîche qu'il but d'un trait. Il s'était rendu compte, vers le milieu de la scène, qu'il était en train de rêver. Le travail de force qu'il avait effectué dans la soirée devait l'avoir fatigué plus que prévu.

Il avait balancé le cadavre de Keisuke Hayami à l'arrière de sa camionnette et conduit jusqu'à un bois pour l'enterrer. En effet, le processus de décomposition était déjà bien avancé et l'odeur était insoutenable. Il avait attendu trop longtemps, il ne referait plus la même erreur.

Il devait encore donner à Nekoyama une explication satisfaisante à la présence de ses bestioles préférées dans la cour du lycée. Si jamais un lien venait à être établi entre la présence d'insectes nécrophages et la disparition suspecte du lycéen, cela pouvait rapidement tourner à son désavantage.

Il avait déposé le cadavre du chien non loin de la trappe de la capsule temporelle. Avec ça, Nekoyama ne se poserait plus de questions.

Cela aura au moins servi à quelque chose d'habituer le chien du voisin, Momo, à manger ce qu'il lui offrait…

Hasumi sourit.

Quelle jouissance, lorsque différentes pièces d'un puzzle s'assemblaient à la perfection ! Ces derniers temps, tout se déroulait selon ses plans.

8

Vous avez trois portes devant vous, respectivement A, B et C. Vous ne pouvez en ouvrir qu'une seule. L'une d'entre elles cache un fabuleux trésor, les deux autres ne dissimulent rien du tout.

1) Si vous choisissez d'ouvrir une porte au hasard – la porte A – quel pourcentage de chances avez-vous de trouver le trésor derrière ?
2) Mettons que vous choisissiez la porte A, et que le présentateur vous révèle soudain qu'une des deux autres portes – la porte C, par exemple – ne cache rien. Il vous autorise dès lors à choisir à nouveau entre la porte A et la porte B. Quelle porte a le plus de chances de receler le trésor ? Définissez le pourcentage de chances de trouver le trésor derrière chacune de ces deux portes.

Reika poussa un soupir en faisant tourner son stylo sur le bout de ses doigts.

C'était peut-être le manque de sucre, juste avant le dîner, mais son cerveau refusait de s'attaquer au problème. Elle avait beau relire les phrases, elle ne comprenait pas leur sens.

C'était quoi, ce « fabuleux trésor », déjà ? Pourquoi « fabuleux » ? Où pouvait-on ranger un tel trésor ?

Elle secoua la tête et tenta de revenir au problème.

Elle relut l'énoncé, et buta sur le mot « présentateur ». Comment un tel personnage pouvait-il apparaître comme par magie, sans la moindre introduction préalable ? Était-ce un jeu télévisé ? Sa présence inopinée n'avait aucun sens.

Elle imaginait le présentateur du jeu *Qui veut gagner des millions ?* On choisit la porte A, et avec un sourire jusqu'aux oreilles, le visage tout plissé, il vous demande si c'est votre dernier mot…

Ah, c'est pas vrai ! Il faut que je me concentre...

Et puis, pourquoi la vouvoyait-on, d'abord ? C'était étrange de…

Concentre-toi !

Il suffisait de se détendre et de faire appel au bon sens. La première question était facile à résoudre : il y avait une chance sur trois, soit 33,3 %, de trouver le trésor derrière la porte A.

Quant à la seconde question… elle lui donnait le tournis rien que d'y penser. Apparemment, on ouvrait la porte, mais pas en entier, et c'est là que le « présentateur » intervenait. C'était incompréhensible. D'ailleurs, pourquoi l'énoncé vous proposait-il de choisir une porte au hasard avant de vous imposer la porte A ?

Non, ça, on s'en fiche.

Ce présentateur, il devait savoir ce qui se cachait derrière chaque porte. C'est pour ça qu'à mi-chemin, il stoppait votre geste pour ouvrir une porte qui ne donnait sur rien. Mais quel que soit votre choix de départ, il restait toujours au moins une porte qui ne cachait aucun trésor. Donc, il n'en restait que deux, l'une contenant le prix, l'autre vide.

Voilà, c'est ça. La réponse à la question 2, c'est 50-50.

Oui, mais n'était-ce pas trop facile ? En réalité, les

portes A et B avaient-elles vraiment le même pourcentage ?

Elle en avait assez. Son cerveau refusait de s'intéresser à ces abstractions. Elle attrapa son portable et écrivit un message à Yûichirô.

« La réponse de la question 1 c'est 33,3 %, celle de la 2 c'est 50 % hein ? »

Elle envoya et attendit que son téléphone vibre.

Elle savait pourquoi elle n'arrivait pas à se concentrer.

À cause de Keisuke.

Comment ne pas s'inquiéter, alors qu'il ne répondait plus depuis des jours ? Keisuke qui s'était mis en tête de démasquer Hasumi… exactement comme ces quatre lycéens de ***.

Et pourquoi avait-elle retrouvé cet *omamori* sous le lit de l'infirmerie ? Exactement le même que celui acheté par Keisuke au pavillon d'Or.

C'était probablement le seul lycéen à avoir acheté une amulette éloignant le danger, alors que la plupart avaient jeté leur dévolu sur celles qui promettaient de bons résultats aux examens.

Était-ce vraiment celle de Keisuke ? Mais alors comment expliquer qu'elle l'ait retrouvée sous ce lit ?

Une scène s'imposa à son esprit : le dernier jour avant les vacances, lorsqu'elle l'avait vu s'éloigner, de dos, pour entrer à l'infirmerie.

Elle s'était sentie si mal, sur le moment, qu'elle en tremblait et que ses yeux s'étaient remplis de larmes.

Elle s'était rappelé que son ami avait passé un moment intime avec l'infirmière, sur le toit de l'hôtel, à fumer de la marijuana… et à s'embrasser…

Mais s'il y avait autre chose ?

Si Keisuke avait un plan en tête, en allant à l'infirmerie, s'il avait par exemple choisi ce moyen pour s'infiltrer de nuit dans l'établissement ? Il voulait absolument trouver ces mouchards, mais il ne pouvait avancer dans ses recherches que la nuit, lorsque le lycée était vide. Et il ne pouvait plus y entrer une fois les portes fermées et les alarmes enclenchées. Il se serait caché sous le lit, et son amulette serait alors tombée de sa poche ?

Mais alors, que s'était-il passé, ensuite ? S'il avait trouvé le moindre dispositif d'écoute, il les en aurait forcément informés, et non sans fierté, en plus. D'ailleurs, quand elle y repensait… Le soir des vacances, c'était bien la dernière fois qu'elle l'avait vu. La mère du jeune homme avait beau prétendre le contraire, Reika était certaine qu'elle non plus n'avait pas de nouvelles de son fils.

Que s'était-il donc passé cette nuit-là, au lycée ? Plus elle tentait de l'imaginer, plus elle s'angoissait. Au point de sentir sa poitrine se resserrer.

Ce ne sont que des suppositions.

Son téléphone vibra, la faisant sursauter.

« La réponse 1 est bonne, mais pas la 2. Si tu choisis la porte A, il y a 33,3 % de chances de trouver le trésor derrière, la porte B, 66,6 %. C'est inspiré du célèbre problème de Monty Hall. »

S'ensuivait une série de formules mathématiques. Pas plus compliquées que ça, mais Reika n'arrivait pas à se concentrer assez pour les comprendre. En quelques glissades du doigt sur son clavier, elle envoya « je comprends rien » à son ami.

« Imagine que tu veuilles ouvrir la porte A, et qu'on te demande si c'est ton dernier mot. Si tu changes et que tu choisis la porte B, alors elle a le même pourcentage de chances de renfermer le trésor que la porte A, soit 33,3 %. Mais si on te retire un des trois choix, les probabilités entre B et C sont doublées, tu ne crois pas ? »

Reika eut l'impression de comprendre. Yûichirô devait savoir de quoi il parlait. Son téléphone vibra à nouveau.

« Regarde ce que j'ai trouvé. »

Suivait ce qui ressemblait à l'URL d'un blog. Elle suivit le lien.

Heavy Meta, journal d'un *English teacher*

Heavy Meta ?

Se pouvait-il que ce soit le blog de l'autre prof d'anglais du lycée, Takatsuka ?

Ses derniers articles concernaient la fête culturelle du lycée qui approchait à grands pas, pour le plus grand désarroi de Reika. Elle trouvait qu'à Shinkô Machida, l'événement avait lieu beaucoup trop tôt, en conséquence de quoi la moitié des vacances d'été était consacrée aux préparatifs.

C'est mes vacances, à la fin ! avait-elle envie de hurler.

Ce qui intéressait particulièrement le prof, c'était le groupe de rock qui se préparait pour l'occasion. L'an dernier déjà, il avait rencontré pas mal de succès, notamment grâce à la performance à la guitare de Tetsuya Izumi, qu'on disait égaler celle d'un pro.

Ce garçon aux traits graves dégage une véritable aura de rockeur. Au départ, pour être honnête, je croyais que c'était un poseur. Et puis je l'ai écouté, et là ! Quelle technique, quelle maîtrise des sept cordes ! Chaque son est parfait. Trop même, pour un fan de heavy metal comme moi... Et c'est sans compter les excellentes performances à la batterie d'un autre de nos élèves, que je nommerai T., dont j'aurais vraiment aimé qu'il soit en mesure de vous en mettre plein les oreilles pour la fête culturelle...

Reika se rendit compte qu'il parlait de Tadenuma, expulsé pour actes de violence. Elle qui n'avait jamais rien ressenti d'autre que la dangerosité de son ancien camarade, elle le découvrait sous un autre angle. Et elle se demanda soudain comment il en était arrivé à se faire renvoyer du lycée…

Savez-vous que, chaque fois que je prononce *heavy metal*, notre jeune guitariste affiche une mine dégoûtée ? Apparemment, cela ne se dit plus. On parle de *metal core*, de *trash*, de *gothic metal*, bref, tout se spécialise de nos jours ! Il y aurait même un genre de *death metal* mélodieux rebaptisé *melo death*. Du *death* mélodieux ? Je n'arrive même pas à le concevoir ! Comment peut-on qualifier de mélodieuse une voix qui hurle dans un micro ? Quant au *progressive folk metal*, allez donc savoir ce que cela veut dire...

Mais alors, attendez. Le surnom que les élèves m'ont donné, « Heavy Meta », n'aurait-il pas une nuance ringarde ?

Reika fut atterrée. Apparemment, Takatsuka était le seul à ne pas avoir compris que son surnom était dû à son surpoids, et non à son passé de rockeur. Certains l'appelaient même « Progressive Death Metabolism ».

Elle jeta un œil aux différentes catégories du blog et parcourut les articles de l'onglet « Lycée ». L'un d'entre eux, daté du jour où Sanada avait eu son accident, attira son attention.

Le pamphlet

Notre lycée est actuellement plongé dans un grand désarroi à la suite d'un accident auquel j'ai toujours du mal à croire, inculpant S., l'un de nos meilleurs professeurs. Je n'en dirai pas plus ici, cependant j'aimerais parler d'un brûlot que j'ai découvert ce matin dans notre établissement. Tout porte à croire qu'il a été écrit par une autre de nos professeurs, D., qui s'est par le plus grand des hasards retrouvée propulsée au rang de victime collatérale dans ce terrible accident. Ce chiffon, elle l'a écrit au sujet de H., un de nos plus populaires enseignants, prétendant qu'il entretenait des relations inadéquates avec l'une de nos élèves. Si le nom de cette dernière n'est pas exposé, certains détails permettent sans mal de comprendre de qui il s'agit, ce qui est réellement indigne. Bien entendu, il n'y a pas la moindre preuve pouvant laisser penser à une quelconque vérité dans ce ramassis de mensonges...

Ce qui me questionne, c'est la motivation qui a poussé D. à rédiger ce pamphlet. Ce n'est pas un secret : notre travail peut causer beaucoup de stress, et certains perdent les pédales. Plus souvent qu'on ne le croit ! Mais là, tout de même, ça dépassait les bornes.

Reika en tombait des nues. Hasumi aurait une liaison avec une élève ? Qui cela pouvait-il bien être ?

Et quant à Dôjima, qu'est-ce qui avait bien pu lui prendre ? La lycéenne la savait excentrique, mais à ce point…

Son pamphlet était-il aussi mensonger que le prétendait Takatsuka, cependant ? Après tout, Reika ne voyait pas pourquoi Hasumi ne tremperait pas aussi dans le détournement de mineures… Elle savait désormais que le prof d'anglais aurait eu une raison de vouloir se débarrasser de la prof de japonais. Son acharnement sur le prof de maths, Sanada, restait cependant un mystère…

Elle tapa « Professeur H. » dans la barre de recherche.

Un article titré « Leadership », daté du matin suivant la mort de Tsurii, lui parut intéressant.

Quel choc d'apprendre le décès de notre collègue, le professeur T. Les tragédies se suivent cette année dans notre établissement, ne nous laissant aucun répit. Peut-être aurions-nous dû accomplir quelque rituel éloignant les mauvais esprits... Nous avons ce matin dû assister à notre troisième réunion de crise, durant laquelle le professeur H. a brillé par son leadership. Concerné avant tout par le bien-être des élèves, il a organisé un système d'entretiens afin de détecter les enfants qui auraient besoin d'un accompagnement spécialisé. Tout le monde a admiré son sens des responsabilités.

La mention d'un éventuel effet domino m'a tout de même fait froid dans le dos. Je crois qu'il a dû se passer quelque chose de terrible dans son ancien lycée, mais je n'ai pas voulu creuser la question.

Se pouvait-il que Hasumi ait voulu préparer le terrain, en vue de crimes futurs qu'il maquillerait en suicides ? C'était glaçant. Reika continua à éplucher les résultats de sa recherche, quasiment tous rédigés en mode laudatif, jusqu'à ce qu'elle tombe sur un article de l'année précédente.

Siffler

Il m'arrive de siffloter en corrigeant mes copies, au grand dam du professeur S. Vous vous en doutez, il n'est pas question de siffler du heavy metal... mais un peu d'Aerosmith de temps à autre, ou pourquoi pas, du Bon Jovi !

D'ailleurs, je ne suis pas le seul à avoir cette manie. Le professeur H., lui aussi, a tendance à entonner un petit air lorsqu'il est plongé dans quelque activité prenante. Je lui ai demandé quelle était cette mélodie qu'il sifflotait sans cesse. « La Complainte de Mackie », m'a-t-il répondu !

Reika, sûre d'avoir déjà entendu son prof siffloter, voulait trouver la chanson sur Internet lorsque son téléphone sonna. Un message de Keisuke ! Elle l'ouvrit sans attendre.

« Salut Reika. J'ai eu des trucs importants à régler, je vais pas pouvoir rentrer de tout l'été. Tant pis pour les cours de révision. Je sais qu'on devait aller à la mer, pardon… En tout cas, t'inquiète pas, OK ? Allez à plus. K. »

Elle en aurait pleuré de soulagement.

Keisuke était sain et sauf ! Ses « trucs à régler » étaient-ils dus à sa consommation de cannabis ? Quoi qu'il en soit, le ton de son message était rassurant…

Elle le relut.

Keisuke…

Le doute enfla dans sa poitrine.

Plus elle lisait le message, moins elle pensait que c'était son ami qui l'avait écrit.

En gare de Shibuya, Hasumi sauta dans un train de la ligne Yamanote et changea à Shinagawa. Il avançait sur le tapis roulant entre les deux lignes lorsqu'il comprit qu'on le filait. Il prit un escalator qu'il descendit prestement avant de se cacher derrière un pilier, et attendit. Il ne fallut pas longtemps avant qu'une silhouette bien connue ne déboule sur l'escalier roulant.

Il sortit de sa cachette et attrapa Miya par le bras tandis qu'elle passait devant le pilier. La jeune fille, étonnée et un peu gênée d'avoir été découverte, se mit à rire.

— Qu'est-ce que tu fabriques ?

Sans lui répondre, elle le prit par le bras tandis qu'ils

sortaient de la gare. Vêtue d'un T-shirt rose et d'un short court, elle portait de grandes lunettes de soleil.

— Ça fait combien de temps que tu me suis ? insista Hasumi.

— Je te suis pas, Hasumi ! Je t'ai vu sur l'escalator alors…

— Tu mens.

Elle abaissa ses lunettes.

— Non. Mais tu ne prends plus la voiture ?

— Je l'ai laissée à l'appartement.

Depuis combien de temps le suivait-elle ? L'instinct de Hasumi l'avait bien averti d'une présence, mais peut-être tardivement, car son sixième sens pouvait s'émousser au sein d'une foule trop compacte comme à Shibuya.

Bah, se rassura-t-il, *même si elle m'avait vu, qu'aurait-elle pu en déduire de problématique ?*

— Bon, j'appelle un taxi.

L'idée d'imprimer son image à côté de celle de l'adolescente dans la mémoire d'un chauffeur ne lui plaisait guère, mais c'était toujours mieux que de se replonger dans la cohue du métro. En pleines vacances d'été, on pouvait tomber sur n'importe quel élève à n'importe quelle heure de la journée.

Par chance, la jeune fille resta muette durant tout le trajet.

Ils descendirent à un pâté de maisons du loft du professeur Kume.

— Mais sérieusement, reprit-il lorsqu'ils sortirent de l'ascenseur. Tu me suis depuis longtemps ?

Miya ne put que capituler.

— Shibuya. Je t'ai vu monter dans le train.

— Qu'est-ce que tu faisais là-bas ?

— Je voulais juste faire un tour au 109, pour m'acheter des fringues.

— Et tu m'as aperçu comme ça, par hasard ?

— Évidemment. Je suis pas une détective privée.

Elle ne mentait probablement pas. Il était hautement improbable qu'elle ait réussi à le suivre depuis chez lui sans qu'il s'en aperçoive.

— Et pourquoi tu t'es cachée ?

— Eh bien, parce que… je voulais savoir si tu n'allais pas… voir quelqu'un.

C'était donc ça...

— Bon, alors, tu as ta réponse : je n'ai vu personne.

— Ouais. Pas pendant que je te suivais, en tout cas.

— Et je peux te l'assurer : avant non plus.

La porte de l'ascenseur s'ouvrit. Hasumi glissa son passe dans la fente et la porte de l'appartement s'ouvrit.

— Mais, Hasumi, pourquoi tu allais à Shibuya, alors, si c'était pas pour rencontrer quelqu'un ?

— J'étais en mission pour faire un reportage pour la NHK sur la vie des jeunes…

— N'importe quoi ! Dis-moi la vérité, Hasumi, parce que… Oh, Jasmine !

La petite chatte était sortie de quelque part, au fond de l'appartement, pour venir les accueillir.

— Tu as été mignonne, hein ? Oh, ma chérie, tu dois avoir bien faim ! Pardonne-moi… Je t'ai apporté de bonnes choses à manger !

Miya venait chaque jour prendre soin de l'animal. Hasumi avait eu beau la prévenir qu'on se souviendrait de son visage dans le voisinage, elle était plus têtue qu'une mule. Dès qu'il s'agissait du chaton, rien ne pouvait ébranler sa volonté.

— Il a fait chaud aujourd'hui, dit-il en caressant le dos de son élève. Ça te dit de prendre une douche tous les deux ?

— Vas-y en premier. Je te rejoindrai.

Elle n'avait pas levé les yeux sur lui, tout absorbée par la petite boule de poils.

— Très bien.

Il se déshabilla devant le lavabo, entra dans la douche spacieuse, se couvrit d'un gel douche luxueux de marque italienne, et se rinça à l'eau brûlante.

Elle en met du temps, Miya...

C'est alors qu'il prit conscience qu'il avait commis une erreur. En un instant, il sauta hors de la cabine de douche et, attrapant une robe de chambre au passage, se rua dans le salon.

L'adolescente, assise sur le canapé, sursauta. Le sac de Hasumi tomba à ses pieds. Et ce qu'elle tenait dans les mains…

— Mais qu'est-ce que tu fabriques, Miya !

— Hasumi… Comment ça se fait que tu…

Son visage exprimait la plus pure confusion.

— Donne-moi ça.

Il prit le téléphone des mains de son élève.

— Je t'ai vu à la gare de Shibuya, Hasumi. Tu étais planté là, j'étais sûre que tu attendais une fille, alors je t'ai observé. Mais tu as juste sorti un portable, et puis tu es reparti, c'est là que je t'ai suivi…

Il l'écoutait sans rien dire, attendant la suite.

— Du coup, je me suis dit qu'en fait, la fille avait annulé le rendez-vous, alors tu vois… j'ai voulu en avoir le cœur net, et je me suis dit que je pourrais regarder tes messages…

— Ce n'est pas une raison pour se permettre de lire les messages des autres, tu devrais le savoir, asséna-t-il de son ton le plus professoral.

— J'aurais jamais pu m'attendre à ça… Tu as plein de messages de Reika Katagiri ! J'arrivais pas à le croire… Tu la baiserais aussi…

— Mais non, c'est ridicule…

— Oui, je sais ! s'emporta-t-elle. Je l'ai tout de suite compris ! J'ai compris que c'était pas ton portable ! (Elle le dévisagea en fronçant les sourcils.) C'est celui de Keisuke Hayami, de 1re 1 ! Comment ça se fait que tu aies son portable, Hasumi ?

Il se gratta la tête, à la recherche d'une réponse plausible. Ses cheveux détrempés gouttaient sur son visage.

— Ce serait assez long à expliquer, mais il se trouve que c'est moi qui dois le garder pour l'instant.

— Hein ? Mais pourquoi ?

— Je ne peux pas tout dire, Miya, pas même à toi : certains détails sont dangereux. Apparemment, Keisuke a eu des problèmes dans une boîte de nuit, et il n'est pas en mesure de récupérer son téléphone pour le moment.

— C'est vrai qu'il fréquente des endroits louches, à ce qu'on dit… Mais ça n'a pas de sens !

— Je devais le retrouver à Shibuya pour lui rendre son portable, mais il n'est pas venu.

— Tu mens. Tu as envoyé un message en te faisant passer pour lui !

Elle avait donc aussi fouiné dans les messages envoyés ? Hasumi se retint de soupirer.

— C'est lui qui me l'a demandé ! Il ne va pas pouvoir réapparaître avant un petit bout de temps, et il voulait que je rassure son amie. Ce serait dommageable pour lui qu'elle alerte les autorités…

— Ah bon…

Elle paraissait à moitié convaincue.

— Surtout, pas un mot à quiconque, c'est entendu ? Si on découvrait que je garde des effets personnels de mes élèves, j'en prendrais pour mon grade…

On le remercierait même probablement sans autre forme de procès.

— OK…

Hasumi n'avait rien réellement expliqué, mais l'intérêt de Miya pour le sujet était vite retombé. Du moment qu'il ne la trompait pas avec une autre…

— Alors, tu viens ou pas ? Notre douche nous attend.

Elle se laissa emporter à la salle de bains et ferma les yeux tandis qu'il la déshabillait. Alors qu'il serrait son corps frêle entre ses bras, Hasumi se dit qu'il avait fait une sacrée gaffe.

Miya ne comprenait pas, pour l'instant, ce qu'elle avait vu. Mais la disparition de Keisuke finirait par s'ébruiter tôt ou tard. Son corps serait peut-être découvert.

Alors, elle se souviendrait que Hasumi avait le portable du garçon, et qu'il avait envoyé un message en se faisant passer pour lui.

Impossible.

Il baissa les yeux sur la lycéenne et soupira. L'avait-elle senti ? Elle rouvrit les siens et lui sourit.

Elle garderait le secret s'il le lui demandait. Mais elle resterait son point faible… Non. Il devait agir avant.

C'était absolument regrettable, mais il devait se débarrasser d'elle. Immédiatement.

De l'autre côté de la paroi de verre, l'animal de compagnie de son animal de compagnie se mit à miauler.

— Hum, ça ne nous mène pas très loin, tout ça…

Shimodzuru, le visage chiffonné, but une gorgée de son café glacé. Ils étaient entrés dans un salon de thé climatisé, mais le policier ne cessait de s'éponger le cou.

— Mais c'est quand même pas normal ! insista Reika. Keisuke a soudainement arrêté de donner des nouvelles, et quant au message que j'ai reçu hier…

— As-tu une preuve qu'il s'agisse d'un faux ?

— Comme je vous l'ai dit, on n'a jamais eu l'intention d'aller à la mer, lui et moi. On l'a mentionné dans nos échanges, du genre « Et si on allait à la mer ? » « Ouais, pourquoi pas ! », mais on savait très bien qu'on n'irait pas ! On a trop à faire cet été… La personne qui a son portable a cru qu'on était sérieux en lisant notre conversation !

— C'est quand même mince… Désolé, mais Keisuke avait peut-être réellement l'intention d'aller à la mer. Ça pourrait être un malentendu.

— Ce n'est pas tout ! protesta Yûichirô. Il était certain que Hasumi cachait des mouchards dans le lycée, et il est parti à leur recherche… On a retrouvé son *omamori* sous le lit de l'infirmerie, et on est sûrs qu'il a essayé de s'introduire de nuit dans l'établissement !

— Voyons, vous ne pouvez pas affirmer avec certitude qu'il s'agit bien du sien. Son nom n'est pas écrit dessus, que je sache.

Il cligna lentement des yeux.

— Monsieur Shimodzuru… vous avez enquêté sur l'affaire du lycée de ***. Avez-vous conscience de ce qui est peut-être en train de se passer, en ce moment même ? Keisuke est probablement retenu prisonnier quelque part ! Il pourrait avoir besoin d'aide !

L'indifférence du policier rendait la jeune fille folle de rage. Shimodzuru termina sa boisson, enfourna les glaçons dans sa bouche et les fit craquer sous ses dents.

— J'ai bien des doutes concernant cette ancienne affaire, c'est vrai. Mais j'ai eu beau fouiller, je n'ai jamais réussi à trouver la moindre preuve.

Il se cala contre son dossier et contempla le plafond. Cette histoire lui avait coûté cher, cela se voyait. Le simple fait de la mentionner ravivait des souvenirs désagréables.

— Keisuke n'en est pas à sa première fugue, il est coutumier du fait, si j'ai bien compris. Inutile donc de s'affoler : si on attendait encore un peu ?

Reika échangea un regard désespéré avec son camarade. Si même le policier qui avait tenté de coincer

Hasumi autrefois baissait les bras, que leur restait-il ? C'était complètement désarçonnant.

— Ne faites pas cette tête, les jeunes. Imaginez que Hasumi soit responsable, d'une manière ou d'une autre, des suicides du lycée de ***... Eh bien, il aurait tout intérêt à se tenir à carreau. On n'est pas dans un film, ou un roman policier. Personne ne passe son temps à tuer les gens les uns après les autres.

Reika n'était pas sûre de ça. Pas du tout.

— Bon, quoi qu'il en soit, je vais localiser l'endroit d'où a été envoyé ce dernier SMS. (Il se leva en saisissant l'addition.) Mais dites-moi plutôt : vous ne devriez pas être en cours d'été, à cette heure-ci ?

Trente meurtres. C'était un tableau de chasse assez impressionnant. Et jamais de démêlés avec la justice ! Hasumi l'attribuait au fait de n'avoir jamais développé d'habitudes dans ses actes.

Quatre-vingt-dix pour cent des tueurs avaient un modus operandi qu'ils répétaient, ce qui attirait fatalement l'attention des enquêteurs. Comme tout travail, le meurtre demandait de la passion, du soin, une capacité à toujours se remettre en question et à juger son œuvre d'un œil critique. Ainsi, on s'en sortait avec une série d'« accidents » ou de « suicides » que jamais personne n'aurait l'idée de relier entre eux.

Mais cette année, il avait frappé particulièrement fort. Le lycée Shinkô Machida était déjà K.-O. S'il devait y ajouter encore un meurtre maintenant, il devait le préparer avec le plus grand soin.

Le destin de Miya Yasuhara était entre ses mains.

Il connaissait sa vie privée et son emploi du temps sur le bout des doigts. C'était bien la première fois qu'il avait la possibilité de créer le crime parfait. Miya était aussi facile à éliminer que Jasmine, la petite chatte.

Et pourtant, Hasumi avait du mal à s'en réjouir.

— Vous paraissez perdu dans vos pensées, monsieur Hasumi…

Takatsuka. L'autre prof d'anglais, dont la gourmandise ne connaissait pas de répit, pas même par ces fortes chaleurs.

— Vraiment ? Disons que j'ai fort à penser, en ce moment…

— Oh, ça, je vous comprends. On a beau être en « vacances », hein… Mais vous semblez triste.

— Triste ? Moi ?

Le qualificatif l'avait pris au dépourvu.

— Oui. Je me fais peut-être des idées, mais on dirait que vous êtes un peu déprimé. Vous êtes du style perfectionniste, à tout faire vous-même, ça, je le sais, mais… Parfois, il ne faut pas trop se prendre la tête.

— Je comprends. Merci pour le conseil.

Ce bon vieux Takatsuka venait de lui enlever un souci.

S'il devait le faire, alors le plus vite serait le mieux.

Hasumi attrapa une liasse de papiers dans un tiroir et la posa devant lui.

Les rédactions pouvaient s'avérer utiles dans bien des cas. Ce pauvre Tadenuma en avait fait les frais. L'expression écrite des élèves révélait beaucoup de leur personnalité. Leur logique, leur état d'esprit. Leur niveau d'intelligence. S'ils étaient enclins à obéir ou prompts à se rebeller.

Et puis, les rédactions sur des sujets personnels dévoilaient énormément de la vie privée des élèves. De véritables mines d'informations. Cerise sur le gâteau : les devoirs étaient rédigés à la main, ce qui permettait de s'approprier sans peine l'écriture des jeunes.

La rédaction de Miya était étonnamment bonne. Elle ne contenait pas de fautes de grammaire basiques et il n'y avait rien d'incompréhensible. Enfin, elle cernait bien le sujet.

Au niveau émotionnel, en revanche, on sentait une certaine instabilité. Son manque de confiance envers les adultes était patent, son agressivité de même. Enfin, une tendance à l'autodestruction pouvait aisément se dégager de tout cela. Le suicide était loin d'être un scénario irréaliste…

Hasumi emporta un crayon, un cahier et la rédaction de la jeune fille. C'étaient les vacances d'été et la salle des profs était vide, mais il n'allait sûrement pas s'entraîner à falsifier l'écriture de Miya à son propre bureau.

Il avait longuement étudié la graphologie autrefois et savait parfaitement les points sur lesquels il devait porter son attention. Ne restait plus qu'à s'entraîner un peu.

La salle d'expériences biologiques et chimiques, dans le bâtiment nord, offrait un cadre idéal. Personne n'aurait l'idée de s'y rendre.

L'écriture de Miya était droite, décidée, presque masculine. Elle avait dû suivre des cours de calligraphie. Ses lignes penchaient vers le haut à droite. Hasumi repéra immédiatement les lettres qu'elle traçait de manière caractéristique. Il s'appliqua à les recopier, lentement au départ, puis de plus en plus rapidement.

En deux heures, il fut capable de produire un texte exactement à la façon de son élève. Les parents de la jeune fille eux-mêmes ne sauraient probablement pas faire la différence. Le choix des mots, les tournures de phrase semblaient de la main de la lycéenne. Hasumi était plutôt fier du petit message d'adieu qu'il venait de concocter. « Miya » y listait les raisons pour lesquelles elle avait décidé de mettre fin à ses jours…

Son téléphone sonna.

— Monsieur Hasumi ? Où êtes-vous ? J'ai besoin de vous voir immédiatement !

Le prof d'anglais soupira et remisa le cahier où il s'était entraîné.

— Alors ? Qu'est-ce que tu en penses ?

Yûichirô croisa les bras. Depuis le départ du policier, Reika et lui avaient jeté leur dévolu sur un autre salon de thé où ils venaient de passer deux heures.

— Ce que j'en pense ? Eh bien, qu'on ne peut pas compter sur la police, voilà, dit-il.

— Oui, ça, on le sait. Mais qu'est-ce qu'on fait, nous ?

— Il faudrait qu'on trouve une preuve. Quelque chose qui fasse bouger la police.

— Une preuve…

Elle ne savait même pas par où commencer.

— Il doit rester des mouchards dans le bâtiment, mais si on se met à les chercher, on risque de connaître le même sort que Keisuke…

Il détourna les yeux.

— Le même sort ? Qu'est-ce que tu veux dire ? Tu ne crois tout de même pas…

— Non, non, c'est pas ce que je voulais dire. Juste… Enfin, je sais pas. (Il chercha ses mots.) Tu sais, j'ai vraiment envie de croire qu'il va bien, mais j'ai l'impression qu'il nous arrive la même chose qu'aux quatre du lycée de ***.

— Ne dis pas ça, fit-elle d'une voix blanche.

— Pardon.

Yûichirô ouvrit son ordinateur portable.

— Je vais chercher des infos sur cette chanson que Hasumi siffle toujours. « La Complainte de Mackie. » Ça peut peut-être nous aider…

Ils lurent tout ce qu'il y avait à savoir sur l'œuvre dont était tiré ce petit air devenu un standard du jazz. *L'Opéra de quat'sous* retraçait les péripéties de Mackie le Surineur, un chef de gang du quartier de Soho inspiré du personnage de Jack l'Éventreur. C'était un spectacle dramatique à souhait, truffé de trahisons et de meurtres, une des toutes premières comédies musicales.

Reika attira son attention sur la traduction de la chanson.

Le requin, il a des dents
Et il les montre.
Macheath, lui, il a un couteau,
Mais le couteau, on ne le voit pas.

Ah, les nageoires du requin sont
Rouges quand il verse du sang.
Mackie le Surineur, lui, il porte des gants.
Là-dessus aucun crime ne laisse de trace.

Par un beau dimanche, sous un ciel bleu,
Un homme mort gît sur la berge
Et quelqu'un tourne le coin
Qu'on appelle Mackie le Surineur.

— C'est quoi, ce délire ? s'exclama Yûichirô. Je veux bien que l'air soit sympa, mais on ne sifflote pas une telle chanson !

— Attends, c'est pas fini…

Et Schmul Meier qui a disparu,
Ainsi que plus d'un richard,
Son argent, c'est Mackie le Surineur qui l'a.
Et on n'a aucune preuve.

Jenny Towler a été retrouvée
Avec un couteau dans la poitrine.
Sur les quais, Mackie le Surineur se promène.
Il n'est au courant de rien.

Et le gros incendie à Soho,
Sept enfants et un vieillard,
Dans la foule, Mackie le Surineur à qui
On ne pose pas de questions et qui ne sait rien
[du tout.

Des meurtres, un incendie… La chanson semblait prophétique.

— *Jenny Towler*… murmura Reika. Ça ne te rappelle rien ?

— Euh… (Il ouvrit soudain la bouche, comme s'il venait de lire dans ses pensées.) Junko Taura ? C'est trop dingue…

— Je sais. La chanson a été écrite il y a très longtemps et ça ne peut être qu'une coïncidence, mais il y a certainement un lien…

— Bon, j'y comprends plus rien. Tu veux dire que Mme Taura sera la prochaine victime de Hasumi ?

— Non. Elle est sa complice.

— Tu délires.

— Elle a agi bizarrement ces derniers temps, maintenant je comprends mieux pourquoi.

Les deux adultes étaient proches, elle l'avait déjà remarqué. Mais quand elle pensait à la proximité que l'infirmière avait pu entretenir avec Keisuke… Cette femme avait-elle révélé à Hasumi les intentions du jeune garçon, le soir où celui-ci avait eu dans l'idée de dénicher les mouchards ?

Il faisait déjà nuit lorsque Hasumi retrouva ses pénates. Yamazaki, le propriétaire de sa maison, avait collé des affichettes sur tous les poteaux du quartier. « Avez-vous vu Momo ? » demandaient-elles sous la photo d'un adorable toutou, pas vraiment l'odieux cerbère qui lui aboyait dessus dès qu'il passait devant chez lui.

En bon professeur, il commença par préparer les cours du lendemain. Puis il reprit le testament de Miya.

Il parvint rapidement à un brouillon satisfaisant.

Il n'aurait plus qu'à faire toucher le papier sur lequel il rédigerait le résultat final à l'adolescente, pour qu'elle laisse ses empreintes dessus. Pour ce soir, le travail était terminé.

Il se dit que ce genre d'exercice était plus simple dans d'autres pays, où l'on avait pris l'habitude de taper ses dernières volontés plutôt que de les écrire à la main. Ça lui rappela qu'il en avait déjà vu un exemple, parfaitement falsifié, quelques années auparavant. Malheureusement, ce n'était pas lui qui l'avait rédigé.

Le Japon était loin d'être en première ligne lorsqu'il s'agissait de la protection des secrets professionnels. Dans les entreprises nippones, on mettait surtout l'accent sur les intrusions extérieures, contre lesquelles on élaborait différents systèmes de prévention. Ailleurs, on s'inquiétait surtout des employés internes.

Un soir, alors qu'il travaillait encore pour la compagnie Morgenstern, il avait dû franchir plusieurs niveaux de sécurité avant de pouvoir retourner sur son lieu de travail.

Il était 2 heures du matin. Hasumi avait subtilisé la carte d'employé d'un de ses collègues. Il n'était pas revenu pour un oubli quelconque.

Cela faisait deux ans qu'il avait été embauché par cette boîte, dans une unité new-yorkaise. Il ne lui avait pas fallu autant de temps pour maîtriser les mouvements de la Bourse, les échanges et les subtilités financières de manière quasi instinctive. Mais cela ne lui suffisait pas.

Chaque jour, il déplaçait des centaines de milliers de

dollars d'un coup de fil. Peu à peu, sa conception de l'argent avait changé. Il gagnait si peu, par rapport aux bénéfices qu'il apportait à son entreprise ! Cette pression créée par l'appât du gain est bien connue chez les traders, mais elle s'exprimait encore plus puissamment chez Hasumi.

Les mouchards qu'il avait placés ici ou là lui avaient appris qu'il se tramait des choses peu reluisantes dans son unité. Des ententes, des options d'achat internes qui, si elles venaient à se savoir, auraient de quoi ébranler tout le monde de la finance dans une succession de scandales.

Hasumi n'avait pas la moindre intention d'ébruiter ces secrets. Il n'aurait pas eu de quoi exercer un chantage, et puis, cet argent transformé en bénéfices pour l'entreprise lui reviendrait, d'une manière ou d'une autre. Il avait fini par s'accommoder de ces jeux dangereux, car fortement réprimés. À la première alerte, il pourrait toujours envoyer son argent vers un paradis fiscal, et récupérerait ensuite ses gains à partir d'une banque hongkongaise.

Tout l'étage dédié aux activités des traders était plongé dans l'obscurité. D'habitude, les locaux étaient encore hantés par des équipes survoltées, mais pas le samedi soir, où aucun mouvement financier n'était enregistré nulle part sur le globe.

Hasumi n'avait pas allumé la lumière, il n'avait pas même sorti de lampe de poche, par crainte d'être aperçu par les fenêtres. Il se déplaçait entre les bureaux à l'aide de lunettes de vision nocturne.

Bien entendu, il n'était pas là pour conclure des marchés. Il était revenu au bureau afin de laisser des indices incriminant l'un de ses collègues.

Vincent Tsan. Un trader chinois. Un Asiatique, comme lui – ils se ressemblaient donc bien assez pour les vigiles. Hasumi s'était rapproché de lui ces derniers temps, gagnant sa confiance. Il n'avait pas été compliqué de lui subtiliser sa carte d'employé.

Hasumi s'était brusquement arrêté en avisant le bureau de Vincent. Quelqu'un y était couché. Il avait immédiatement compris que ce n'était pas l'alcool. Deux odeurs avaient assiégé ses narines : le sang et la fumée.

L'homme sur le bureau était mort, cela ne faisait aucun doute. Mais était-ce Vincent ?

Soudain, l'étage avait été inondé de lumière.

Aveuglé, Hasumi avait retiré ses lunettes. En se retournant, il avait découvert un petit homme blanc, à quelques mètres de lui. Il l'avait déjà rencontré. La quarantaine passée, le front large, un visage quelconque mais des yeux gris qui ne vous lâchaient pas.

— Oh, Seiji.

Jimmy Morgenstern, le directeur général de la compagnie, le dévisageait d'un air triste.

— Vincent vient de faire quelque chose de très regrettable.

Hasumi avait vérifié : c'était bien le cadavre de Tsan qui gisait derrière lui. Tout laissait croire qu'il s'était donné la mort en pointant un revolver dans sa bouche. L'arrière de son crâne n'avait pas explosé, mais la balle avait bien traversé sa tête.

— Qu'est-ce que… Qu'est-ce qui se passe, ici ? avait demandé Hasumi, qui tentait de retrouver son calme.

— Comme tu peux le voir. Un suicide. Notre ami utilisait sa position de trader pour effectuer des transactions illégales. Malheureusement, il a été démasqué et a préféré mettre fin à ses jours. Tiens, il a même laissé un dernier mot.

En effet, il y avait un papier, couvert de taches de sang, sur le bureau du défunt. Hasumi l'avait ramassé et parcouru. C'était une imitation parfaite. Tout, jusqu'au choix des mots, révélait le caractère de son collègue assassiné. Même sa signature, en caractères chinois, semblait avoir été tracée de sa main.

Pourtant, Hasumi savait sans le moindre doute qu'il s'agissait d'un faux. Tout simplement parce que Vincent Tsan ne s'était jamais rendu coupable de délit d'initié. C'était justement ce qu'il était sur le point de lui faire endosser à sa place.

— Cette lettre n'est pas de lui, avait-il affirmé.

Jimmy Morgenstern n'avait pas cillé.

— Mais si. Et tu vas le confirmer. Il avait des doutes, des remords sur ces actions, et il t'a téléphoné pour t'en parler. Inquiet de ce coup de fil, tu t'es précipité au bureau, mais c'était trop tard… C'est toi qui as découvert son corps. C'est ce que tu diras aux policiers.

— Et si je refuse ?

Hasumi ne quittait pas l'homme des yeux, évaluant la distance qui les séparait. Il pouvait le tuer à mains nues, mais il était préférable de s'emparer d'un coupe-papier sur l'un des bureaux adjacents. Il ne lui faudrait pas plus de cinq secondes pour lui régler son compte.

— Tu ne refuseras pas, avait répondu l'homme en secouant la tête. Il y a une raison pour laquelle tu respires encore. Un simple concours de circonstances. Quelques-unes de nos affaires ayant été ébruitées, nous avions besoin d'un fusible à faire sauter. Et tu as déjà tissé une toile autour de Vincent, afin de lui faire porter la responsabilité de tes agissements : nous avons pensé qu'il serait utile de nous approprier ton travail, plutôt que de t'éliminer purement et simplement.

Pourquoi cet homme n'avait-il pas peur de lui parler seul à seul ? Il ne portait pas d'arme. Cela ne pouvait signifier qu'une chose : des renforts armés l'attendaient dehors.

— Nous pouvons toujours opter pour l'hypothèse du double suicide, si toi aussi tu décidais de te sentir coupable pour tes actes. Mais cette idée du double suicide, dont j'ai entendu dire qu'il était coutumier au Japon, nous tente peu. Cela ajouterait une touche de sensationnel dont nous nous passerions bien.

Il était clair que l'homme n'avait pas l'intention de le tuer. Mais la marge de manœuvre de Hasumi était mince. S'il se débrouillait mal, il pouvait même se voir accuser du meurtre de Tsan.

— Je vois. Et si je vous écoute, qu'est-ce que je deviens ?

— Tu recevras énormément d'argent et tu feras partie des nôtres ? Non. C'est ce que j'aimerais te répondre, mais c'est impossible. Tu vas simplement t'écarter du monde de la finance, et ne plus jamais y revenir.

— C'est plutôt gênant pour moi…

— Je dois dire qu'avant de te rencontrer, je pensais que les Japonais étaient tous d'obéissants moutons. Tu me prouves qu'il en existe d'une autre sorte… Tu es un mouton carnivore, qui se nourrit de ses propres congénères. Tu es une espèce à part, dont l'existence en soi est un mystère.

— C'est un peu exagéré… Je ne suis coupable que de quelques malversations…

— Nous crois-tu affublés d'œillères ? Je sais que tu as tué quelqu'un depuis que tu es parmi nous. Une femme très charmante, qui plus est. Ça m'a fait un petit choc, je dois dire. Pourquoi tant de cruauté ? Nous avons mené quelques recherches à ton sujet. Nous n'avons pas tellement creusé tes années japonaises, mais même sans remonter jusque-là, nous avons découvert un certain nombre de cadavres dans ton sillage. Dès tes années à Harvard ! Ce Clay Chambers, dans la même promo que toi, retrouvé mort après avoir assassiné quatre personnes… Oh, bien sûr, aucun lien n'a jamais été fait avec toi. Eh bien ? Tu me regardes bizarrement depuis tout à l'heure. (Il n'avait pas cligné des yeux depuis plusieurs minutes.) Je parie que tu veux me tuer, hein ?

Hasumi était aiguillonné par un désir irrépressible de meurtre ; jamais il n'avait eu une telle envie de plonger une lame dans une gorge, de faire jaillir un geyser de sang. Comme cela le soulagerait…

— Cela me fait penser qu'il y a une autre condition à notre accord. Vois-tu, j'ai bien envie de continuer à profiter de ma vie sans avoir à m'inquiéter.

Hasumi s'était senti incapable de bouger.

— C'est la dernière fois de ton existence que tu poses les pieds sur le sol américain. Depuis le 11 Septembre, les conditions d'entrée dans notre pays se sont drastiquement compliquées. Nous allons faire figurer ton nom et ta description sur la liste noire des étrangers indésirables. Car oui, j'ai ce pouvoir.

Hasumi savait pertinemment que son adversaire ne bluffait pas. La liste noire, qui recensait toutes les personnes sur lesquelles le moindre doute d'activité terroriste planait, comportait déjà plus de sept cent mille noms, créant plusieurs précédents de dénonciations abusives et de complications liées à des homonymes.

— Ce qui est dommage, c'est que tu dois faire une croix sur Hawaï par la même occasion. Tu pourras toujours essayer de prouver que tu n'es pas un terroriste et demander une réévaluation de ton cas. Cependant, toute tentative de revenir aux États-Unis sera considérée comme une volonté d'attenter à ma vie et signera ton arrêt de mort. Tu n'auras jamais l'occasion de poser un doigt sur moi, alors que je peux te couper la tête de là où je suis.

Il s'arrêta un instant pour pousser un soupir.

— Ne reviens jamais. Nous sommes pourris jusqu'à l'os, nous puons l'argent et le crime, mais il n'y a pas de place pour un tueur psychopathe parmi nous.

Encore aujourd'hui, il était décidé à effacer la lumière de ces yeux gris la prochaine fois qu'il les verrait.

Jimmy Morgenstern était protégé par des gardes du corps à chaque instant et se déplaçait en voiture blindée. Cependant, lorsque l'on était résolu de tuer quelqu'un, rien ne pouvait arrêter le destin… L'Histoire l'avait prouvé à maintes reprises.

Hasumi n'avait pas l'intention de laisser passer ça. Cet homme avait entaché son CV, l'avait forcé à fuir. Il se croyait supérieur à un vulgaire « psychopathe » ? Il n'était pas meilleur que lui…

Morgenstern aurait dû mourir au moment même où il l'avait démasqué. C'était un rendez-vous du destin que Hasumi avait manqué, une faute impardonnable.

Il lui faudrait un plan. Il avait pensé à utiliser un faux passeport, mais comment déjouer la vérification des empreintes digitales ?

Bon, il aurait tout le temps d'y réfléchir plus tard. D'autres problèmes plus importants pressaient.

Il mémorisa le testament de Miya et sortit dans le jardin brûler toute trace de ses essais d'écriture.

Un croassement déchira la nuit. Hasumi leva les yeux. La silhouette d'un corbeau, perchée sur le toit de sa maison, se découpait dans le ciel de ténèbres. Après l'élimination de Hugin, les volatiles avaient un temps cessé de s'approcher, mais voilà qu'ils revenaient peu à peu. C'était Munin qui le toisait, il en aurait mis sa main à couper. Elle lui en voulait encore d'avoir tué son compagnon.

Les flammes dansèrent dans la nuit.

Le visage de Clay Chambers se matérialisa dans la fournaise. Cela faisait des années qu'il n'avait plus pensé à lui.

Hasumi lui avait fait porter la culpabilité de quatre meurtres avant de le brûler vif. Et n'en éprouvait pas le moindre remords. L'homme était un véritable *serial killer*. On lui avait imputé trois autres meurtres à la suite de l'enquête, mais Hasumi savait que son ancien camarade en avait plus d'une dizaine sur la conscience.

Chambers mesurait un mètre quatre-vingt-dix mais n'avait pas le moindre intérêt pour la nourriture, ce qui expliquait sa dégaine émaciée. Les cheveux en bataille, les yeux protégés par d'épais verres, un sourire idiot collé aux lèvres et le teint blafard du geek : ce n'était pas à proprement parler un tombeur, ce qui ne le gênait pas le moins du monde. Son extase, il la trouvait dans le meurtre. Il avait passé sa prime jeunesse à torturer avec joie tous les chats et chiens du quartier. Puis, une fois qu'il avait eu goûté aux joies de la liberté, en entrant à l'université, ça avait été comme l'éclosion d'une fleur : il avait commencé à s'adonner au massacre de ses semblables. Comme ses victimes pouvaient être des hommes aussi bien que des femmes, il était probablement bisexuel.

Hasumi l'avait cerné dès leur première rencontre, mais il n'avait cherché ni à se rapprocher de lui, ni à s'en éloigner. Il avait conservé une certaine distance vis-à-vis du tueur. Chambers constituait un simple sujet d'étude pour lui.

À l'inverse, l'Américain s'était pris d'intérêt pour cet étudiant japonais. Il avait remarqué son intelligence, mais il était bien plus attiré par le côté très cool de son camarade. Hasumi n'avait eu qu'à lui faire comprendre qu'il avait les mêmes déviances que lui pour s'en faire un allié : Chambers le considérait probablement comme le premier ami de sa trempe de toute sa vie.

Aux États-Unis, paradis des *serial killers*, lorsque deux spécimens se rencontraient, il était de coutume de les voir « travailler » main dans la main, dans une sorte de fraternité.

Hasumi avait au départ eu l'intention d'utiliser Chambers pour tuer des gens, mais plusieurs complications s'étaient révélées à lui. La première était que les personnes qu'il souhaitait faire disparaître et celles que Chambers désirait tuer ne correspondaient pas. Pour Hasumi, il s'agissait de faire disparaître les élèves qui avaient de meilleures notes que lui ou les profs qui lui donnaient des notes en dessous de B –. Chambers, qui aimait l'acte de tuer en lui-même, ne trouvait de motivation que face à une personne qui réveillait ses instincts malfaisants.

Hasumi avait donc dû changer ses plans : il avait fait en sorte de laisser son camarade endosser la responsabilité de ses propres méfaits. Par exemple, en tuant lorsque Chambers n'était pas au travail, ou encore en prenant soin de toujours laisser un de ses effets personnels sur les lieux du crime.

Il pensait qu'ainsi, le *serial killer* se retrouverait vite sous les barreaux, or, il n'en avait rien été. Chambers, étudiant à la prestigieuse université de Harvard, n'était pas connu des services de police et son casier judiciaire était vierge. Par ailleurs, rien ne le reliait personnellement aux victimes.

De son côté, l'étudiant américain avait commencé à insister pour que Hasumi participe à un de ses massacres. Histoire de consolider leur amitié.

Hasumi avait accepté. « On trouvera une proie, on en fera un barbecue vivant », avait-il dit, ce qui avait enchanté Chambers. Le jour J, lorsque l'Américain avait sorti un baril et du gasoil du coffre de sa voiture, Hasumi l'avait assommé et poussé la tête la première dans le baril. Puis il l'avait arrosé de carburant avant d'y mettre le feu.

Il s'était alors remémoré la phrase d'ouverture du roman *Farenheit 451*, qu'il lisait pour améliorer son anglais. *It was a pleasure to burn.* Quel plaisir, en effet !

Les flammes s'étaient élevées, créant une colonne de feu blanche. Chambers, réveillé par la chaleur, avait désespérément tenté de s'extraire du baril, sans y parvenir. Au bout d'un certain temps, il avait fini par s'immobiliser à nouveau. Enfin, le feu s'était calmé, les flammes étaient redevenues orange. Hasumi avait quitté les lieux alors que son camarade continuait de flamber.

Lorsque tous les papiers eurent brûlé, l'obscurité revint s'abattre sur le jardin. En y repensant, la vie aux États-Unis, ça lui convenait si bien ! Chaque jour était excitant. Il soupira. Chambers avait ses défauts, mais il représentait ce qui se rapprochait le plus d'un ami, dans l'existence de Hasumi.

Il se rappela avec nostalgie les séances d'entraînement à la mitrailleuse et au pistolet dans un stand de tir où ils se rendaient ensemble. Et cette théorie toujours présente dans le pays de l'Oncle Sam, qui veut que chacun devrait porter une arme pour se défendre… ça le faisait bien rire. Le seul cas où ça pourrait effectivement protéger les gens, ce serait si les agresseurs tombaient du ciel.

Hasumi, assiégé par les moustiques, décida de rentrer. Son estomac le rappela à l'ordre, aussi fit-il cuire une casserole de spaghettis sur lesquels il vida une boîte de sauce bolognaise. Il s'autorisa même à ouvrir une bouteille de vin, pour se congratuler du travail effectué.

Combien de fois encore allait-il revivre la frustration d'avoir été écarté de ce pays ?

Cette condamnation l'avait tellement handicapé… Il n'avait pu se présenter à aucun poste d'importance où son anglais et ses compétences auraient pu servir : à un moment ou à un autre, il aurait forcément été appelé à se déplacer pour affaires aux États-Unis. Et là… comment expliquer qu'il avait été enregistré à tort sur la liste des terroristes ?

D'ailleurs, même en tant que simple prof d'anglais, il avait failli se retrouver dans une position délicate. Le voyage scolaire aurait dû se dérouler à Los Angeles. C'était Tsurii qui, de manière inespérée, avait insisté pour le passer à Kyôto. Comment aurait-il pu justifier de ne pas se rendre là-bas, lui, le superprof d'anglais ?

En rentrant au Japon, Hasumi avait été, pour la première fois de sa vie, profondément déprimé par un échec cuisant.

Il avait cherché du travail dans le domaine de la finance, mais les entreprises cent pour cent nationales ne l'intéressaient pas ; il ne se voyait pas passer sa vie dans un cadre aussi étriqué. Il avait même considéré une carrière chez les yakuzas, mais cela aurait fait tache sur son CV.

Après un an à se lamenter sur son sort, la solution lui était venue de sa cousine, Minori Matsuzaki.

Hasumi avait conservé de bonnes relations avec les filles de son oncle, pour qui il avait été comme un grand frère. Il avait appris que Minori avait terminé ses études universitaires et occupait un poste de prof d'anglais. Pour elle, son cousin Hasumi, diplômé de Harvard, était une source de fierté. Lorsqu'elle avait su qu'il était rentré au pays, prétendument à cause de l'inhumanité du monde de la finance, elle s'en était profondément émue. Elle lui avait indiqué qu'ils avaient besoin, de temps à autre, de remplaçants dans son école. Il n'avait pas de diplôme spécifique à l'enseignement, mais il pouvait faire valoir ses acquis afin d'obtenir le statut de professeur. Il avait douté d'avoir fait le bon choix… jusqu'à sa première heure de cours. Sa capacité à inspirer de la sympathie et à contrôler ses semblables lui conférait un pouvoir quasiment indécent sur sa classe. Deux éléments étaient nécessaires pour gagner la confiance des élèves : susciter leur intérêt et avoir du style. En douze minutes, il les avait conquis.

En un rien de temps, il était devenu la coqueluche de cette école. Le directeur de l'établissement, impressionné par ses résultats, l'avait convié à un entretien. Hasumi n'avait pas eu à déployer beaucoup d'efforts pour le mettre dans sa poche.

Dans ce monde-là, il ne connaîtrait pas de rival. Un seul coup d'œil à ses collègues lui avait suffi pour le comprendre. Ces gens n'avaient pas l'esprit de compétition. L'école était un milieu comparable à une mare d'eau stagnante. La cache rêvée pour un requin, qui n'aurait qu'à croquer tout ce qui y vivait.

Certes, le salaire ridicule de la fonction enseignante n'avait rien d'alléchant, mais Hasumi était confiant : dans son propre royaume, il n'aurait aucun mal à faire couler l'argent à flots. Par ailleurs, il pourrait chaque année puiser dans un réservoir toujours renouvelé de jeunes filles qui combleraient tous ses désirs sexuels.

Alors, il avait obtenu son autorisation spéciale d'enseigner, et décroché un poste au lycée de ***.

La bouteille de rouge était vide. Il avait été particulièrement sentimental, aujourd'hui… Cela ne lui ressemblait pas. Il n'avait guère l'habitude de se remémorer le passé.

Il n'en avait pas fini avec la boisson et décida de se

verser un whisky. De toute façon, il tenait l'alcool si bien qu'il ne perdait jamais ses moyens.

Qu'était-ce, après tout, que le destin ? On rencontrait quelqu'un, on faisait un bout de chemin ensemble, et on le jetait dans un baril de flammes pour mettre un terme à son existence. N'était-ce pas là le plus enrichissant des échanges ?

— Madame Mizuochi ?

Il venait d'apercevoir la psychologue scolaire dans le couloir. Que faisait-elle là, en pleines vacances d'été, à une heure où elle n'avait pas de permanence ?

— Ah, bonjour, monsieur Hasumi.

Elle souriait mais son regard restait froid.

— Que faites-vous ici ?

— Je suis venue pour les entretiens liés à la mort de M. Tsurii. Il a été décidé de les mener avant la rentrée.

— Ah oui, bien sûr, où avais-je la tête… Et alors ? Avez-vous décelé des élèves nécessitant un suivi ?

— Pas vraiment, non. (Elle afficha une expression mitigée.) Les élèves ne se sentent pas coupables, pas du tout même.

— Bien… Notre collègue était parfois la cible de leurs blagues, mais c'était sans méchanceté de leur part.

— En effet, mais le fait que les adolescents ressentent si peu d'émotions devant la mort d'un être humain me tracasse. Enfin, quoi qu'il en soit, je me sens inutile sur cette affaire : il n'y a pas eu de traumatisme.

— Je vous comprends.

Mine de rien, il s'était rapproché d'elle. La psychologue leva les yeux vers lui et il lui sembla, l'espace d'une seconde, y lire un soupçon de peur. Probablement son imagination…

— J'ai moi aussi remarqué que les jeunes de nos jours ont une sensibilité très réduite. Ils se sentent étrangers non seulement à l'existence des personnes qui les entourent, qui ne les concerne pas, mais aussi à la réalité, qui ne les atteint pas. Par rapport aux jeunes d'autrefois, leurs émotions sont fort limitées, ne trouvez-vous pas ?

La psychologue acquiesça. Elle avait beau être la spécialiste du sujet, devant Hasumi elle se sentait invariablement prise en défaut.

— Quoi qu'il en soit, enchaîna-t-il, merci pour votre travail auprès de Rina. Elle va beaucoup mieux.

— Oh, je n'ai vraiment rien fait. Elle a fait son deuil toute seule.

— Ses relations avec son père n'étaient pas au beau fixe, d'après ce que j'ai cru comprendre…

— Exact. Sa mort n'a pas causé un trop grand choc à Rina. Moi qui m'attendais à devoir l'accompagner dans une période difficile, c'est plutôt son détachement qui m'a déstabilisée.

La psychologue était si sérieuse, si attentionnée, si attendrissante ! L'emmener de force, sans attendre, pour la violer sur son bureau serait fort amusant…

— Monsieur Hasumi ?

Elle le regardait comme si un trou venait de s'ouvrir sur son visage.

— Pardonnez-moi… (Il soupira avec emphase.) C'est que ces histoires ont tendance à me déprimer…

— Vraiment ? Vous savez, il faut savoir décrocher, prendre de la distance.

— J'essaie, j'essaie, mais quand le sort s'acharne… J'ai l'impression que les catastrophes s'enchaînent et que je n'y peux rien.

— Ne dites pas cela ! Grâce à vous, notre établissement a échappé au pire. Vous êtes la raison pour laquelle nous ne fonçons pas complètement dans le mur. Désolée, je suis peut-être un peu directe.

Parmi le panel d'expressions qui s'offraient à lui, Hasumi choisit son « sourire triste ».

— Je fais ce que je peux, avec mes moyens…

— Mais vous avez un trop grand sens des responsabilités. Vous devriez vous plaindre, parfois, crier, lâcher du lest !

— Possible. Je n'ai malheureusement personne à qui m'ouvrir. Je vis seul, voyez-vous.

C'était peut-être un peu gros, mais au moins, le message était clair.

— Vous pouvez me parler, vous savez ?

Satoko Mizuochi avait offert ses services sans arrière-pensée, sans se rendre compte qu'elle était manipulée.

— Vraiment ? répondit-il en affichant un air de soulagement appuyé. Merci, merci beaucoup. J'ai déjà l'impression que cela va mieux.

Il s'approcha encore d'un pas. L'ombre de crainte dans ses yeux réapparut. Ce n'était pas forcément un mauvais signe. Chez les femmes, la peur et l'amour faisaient bon ménage. Ce serait tellement amusant qu'elle développe le syndrome de Stockholm !

— Que vous arrive-t-il ? demanda-t-il en réduisant encore l'espace qui les séparait.

Elle croisa ses bras sur sa poitrine.

— Oh, je… non, rien.

— Je vous suis très reconnaissant pour vos mots bienveillants. Je crois que j'en avais besoin, bien plus que je ne le pensais. Ces derniers temps, tout semble si compliqué, si pénible… Je ressens une grande lassitude.

La distance considérée comme décente entre collègues de sexe opposé était d'un peu plus d'un mètre. Hasumi l'avait franchie depuis longtemps. Il ne restait plus que cinquante centimètres entre eux. Un espace uniquement tolérable dans le cercle familial. Satoko pouvait toujours tenter de reculer : elle était dos au mur.

— Vous… Vous ne devriez pas…

C'était charmant de sa part de tenter de le repousser. Évidemment, ça lui était impossible.

— Quand pourriez-vous me voir ?

— Vous… voir ?

— Pour discuter. Je profite peut-être de votre gentillesse, mais je suis sur le point de craquer.

— Je… Mais ce n'est pas…

Elle leva ses paumes devant elle, comme pour repousser Hasumi.

C'était sa chance. Le moment parfait pour un baiser forcé. Elle s'en offusquerait probablement, mais il suffirait ensuite de lui présenter des excuses à vous fendre le cœur, et elle lui pardonnerait sans mal.

Une porte claqua derrière eux.

Junko Taura, sur le seuil de l'infirmerie, regardait dans leur direction. La première réaction de Hasumi fut de s'indigner de la présence de la jeune femme en pleines vacances d'été, mais il se rappela que le lycée restait ouvert aux élèves et que la présence d'une professionnelle de santé était nécessaire.

— Très bien, madame Mizuochi ! s'exclama Hasumi d'une voix guillerette. Je vous recontacterai afin de convenir d'une date pour l'entretien.

— Oui, d'accord, murmura celle-ci avant de s'enfuir sans demander son reste.

— Eh bien, monsieur Hasumi ? railla l'infirmière. Je sais que nous sommes en pleine période de congés scolaires, mais il n'est pas pour autant admis de conter fleurette dans les couloirs, que je sache !

— Ce n'était pas le cas.

Il se mit à rire pour cacher son embarras. Aucun mensonge sur Terre ne parviendrait à convaincre une femme qui aurait été témoin de cette scène de la pureté de ses intentions.

— Combien de fois je t'ai dit de ne pas mettre tes sales pattes sur cette innocente colombe ?

— Tu peux parler, Junko… La croqueuse de lycéens…

Il avança à grands pas sur elle, la poussa dans l'infirmerie et referma la porte derrière eux.

— Je me sens si seule, ces derniers temps, tu sais ? Plus personne ne s'occupe de moi.

Elle prit un air mutin, lèvres ourlées vers lui. Elle devait être terriblement en manque pour ne même plus tenter de sauvegarder les apparences. Hasumi tourna la clé dans la serrure et souleva sa collègue pour l'asseoir sur un lit. Elle s'y étendit avec langueur et le regarda dans les yeux.

— Je peux te demander quelque chose ?

— Oui, je t'écoute.

— Qu'as-tu fait à Keisuke ?

Le sang de Hasumi ne fit qu'un tour.

— Rien, répondit-il, une seconde trop tard.

— C'est vrai ? Parce que je ne l'ai pas revu, depuis cette fameuse nuit.

— Vrai de vrai. Il a erré dans l'établissement quelque temps, mais il n'avait pas l'air de faire quoi que ce soit de notable, alors je n'ai même pas pris la peine d'aller le voir. Il y avait bien plus intéressant.

— De quoi parles-tu ?

— J'ai vu Shibahara. Avec une lycéenne.

— Et tu les as laissés faire ? Tu n'as pas sauvé la petite ?

— Pourquoi ? Certes, les relations entre profs et élèves sont proscrites, mais si elles sont basées sur le consentement, je ne crois pas nécessaire d'intervenir.

— Mais c'est n'importe quoi ! Il l'a forcée, c'est évident, il…

Hasumi la fit taire d'un baiser appuyé, qu'elle lui rendit au bout de quelques secondes. Ce goût inégalable…

Junko était encore jeune, plus tout à fait une page blanche, mais elle surpassait Miya à bien des égards. La lycéenne manquait tellement d'expérience…

Et malheureusement, elle n'arriverait jamais à atteindre le niveau de l'infirmière dans le temps qui lui était imparti.

9

18 h 25

— *Je suis en compagnie d'Ari Kashiwabara, qui va nous en dire plus sur l'organisation de cet événement. Ari, il fait déjà nuit, où en est-on ?*

La jolie lycéenne, vêtue d'un T-shirt rouge et blanc, parut un instant ennuyée avant de se reprendre et de montrer à la caméra son plus beau sourire, fossettes creusées. Sûrement venait-elle de se souvenir que toutes les images pouvaient avoir une postérité.

— *Eh bien, pour tout dire, on est plutôt en retard. Mais je crois que notre maison hantée va marquer l'histoire des fêtes culturelles du lycée !*

— *Fantastique ! Merci beaucoup ! répondit Hisashi Nakamura, extatique.*

Il ne tarderait pas, une fois rentré chez lui, à éditer la bande afin de réaliser un film composé uniquement des scènes où son idole apparaissait, Reika en était certaine. Vêtue de son jogging de sport, elle était occupée à peindre du sang sur le cou d'un mannequin. Hisashi vendait ces montages malaisants depuis la seconde et les lycéens concupiscents se les arrachaient. Chaque événement était pour lui prétexte à une nouvelle vidéo de sa série, mais cette nuit entière passée au lycée serait l'apothéose : il allait composer son chef-d'œuvre.

— Tire-toi de là et aide à quelque chose, au moins ! lui lança Miho.

La jeune fille était elle-même profondément ennuyée par la tâche qui lui incombait, à savoir découper en fins morceaux des pièces de plastique à suspendre au plafond.

— Tout le monde bosse, et toi tu ne fous rien…

— Comment ça ? se défendit-il en souriant. Je fais le making of de la fête !

Il n'en menait pas large pour autant. Les filles lui lançaient des regards hostiles.

— Tu parles, tu ne filmes qu'Ari, ça se voit, gronda Misaki, occupée à occulter les fenêtres avec des rideaux noirs.

Misaki, caractère fort, cheffe incontestée de la garde rapprochée de Hasumi, jouissait d'un pouvoir d'intimidation au moins comparable à celui de Miya. Hisashi jugea préférable de ne pas la ramener.

— C'est vrai, ça, intervint une autre élève. C'est qu'un prétexte, ton histoire de making of, tu ne filmes que pour t'amuser.

— Et tu es gonflant, à la fin ! Il n'y a aucune raison pour que toi tu fasses tes trucs dans ton coin !

Hisashi tenta de trouver du soutien dans la salle, mais en fut pour ses frais.

— Vous exagérez, vous apparaissez tous équitablement dans mes vidéos. C'est un trésor inestimable, le souvenir de vos tendres années qui ne reviendront jamais…

— Tu te fous de nous ? s'indigna Miho. Il suffit de te regarder pour savoir qu'il n'y en a que pour Ari ! Et quand ce n'est pas elle, c'est Mai, Madoka, Fûko ou Reika !

Cette dernière sursauta. Elle ne savait même pas qu'elle faisait partie des cibles de prédilection de son voyeur de camarade. Elle ne put s'empêcher de ressentir une pointe de fierté à l'idée de figurer au palmarès des plus jolies filles de première, vite atténuée par l'idée de ce que faisaient les garçons devant ces images. De plus, elle n'avait jamais été consciente d'avoir été filmée et se demandait à quoi ressemblaient ces images volées…

— Et vous, les mecs ? continua Miho, prenant cette fois à partie le reste de la classe. Ça ne vous dérange pas plus que ça de ne pas apparaître dans le making of ?

— Bah, moi, je m'en fous, rétorqua Takuma Yamaguchi.

— J'aime pas qu'on me filme, de toute façon, prétexta Hiroshi Matsumoto.

Ces deux-là sont des clients des DVD, pensa Reika en observant les deux garçons en survêtement bleu marine.

— Bon, et si on se concentrait sur la préparation ? intervint Kengo Watarai qui, juché sur un escabeau, fixait des cordes au plafond. Si ça continue comme ça, on n'aura jamais terminé cette nuit.

Toi aussi, pensa Reika avec dégoût. *Drôle de façon d'être amoureux d'Ari !*

Le garçon, certain de se voir éconduire par sa belle s'il tentait une déclaration d'amour, devait avoir lâché l'affaire, se rabattant sur les vidéos vendues à la sauvette.

— Dans ce cas, Hisashi doit aider, comme tout le monde !

— Bon, fit Kengo, un éclair de malice dans les yeux. Hisashi, filme Miho, s'il te plaît.

— *Nous voici maintenant en compagnie de Miho Hayashi. Miho, pensez-vous que chacun participe, à sa façon, à la réussite de la fête culturelle ?*

— Hein, euh... Oui, je crois. Tout le travail en amont est important pour que la fête soit un succès...

Gênée, elle ne put s'empêcher de sourire. Si elle n'était pas dupe, elle ne supportait pas pour autant l'idée de laisser un visage furieux à la postérité. Comme quoi, il suffisait bien souvent de braquer un objectif sur une fille pour la faire taire... Kengo avait été malin.

Le travail était toujours aussi long et fastidieux. Il avait débuté par la découpe de cartons afin d'occulter les fenêtres, ensuite protégées par d'épais rideaux noirs. D'autres rideaux, suspendus aux cordes fixées au plafond, étaient censés recréer les parois d'un labyrinthe au dessin compliqué. Des cartons avaient également été posés au sol afin de perturber les sens des visiteurs lorsque ceux-ci marcheraient dessus. Dans le noir total, ils devraient suivre une corde pour trouver leur chemin. La base du dispositif était quasiment en place, ne restait plus qu'à passer aux décors et aux accessoires d'épouvante.

Reika ne pouvait s'en prendre qu'à elle-même : faire une maison hantée était son idée.

Cela lui était venu lors de la visite du Zuigudô, dans les « entrailles du bodhisattva », où elle avait dû suivre un chemin dans le noir le plus complet. Il était compliqué d'effrayer quelqu'un dans la pénombre, mais lorsque l'on ne pouvait plus du tout faire confiance à ses yeux, le concept était très différent.

Dans le Zuigudô, elle avait ressenti un malaise si profond... jusqu'à ce qu'elle touche Keisuke, qui marchait devant elle.

Où es-tu maintenant, Keisuke ?

Combien de temps resta-t-elle dans ses pensées avant que Yûichirô ne la fasse revenir sur Terre ?

— Qu'est-ce qui t'arrive ?

Elle regarda son camarade, en T-shirt jaune et pantalon de jogging.

— Rien, t'inquiète.

Mais son ami savait très bien à quoi elle pensait.

— Tu verras : il reviendra. Dès la rentrée, il va se pointer, l'air de rien.

— Oui, sûrement.

Dans les premiers temps après la disparition du jeune garçon, Reika s'était fait beaucoup de souci, certaine qu'il lui était arrivé malheur, élaborant des hypothèses plus terribles les unes que les autres… Les jours passant, elle en venait à se persuader qu'elle s'était monté la tête avec des histoires à dormir debout. Le prétendu message de Keisuke, qui ne collait pas avec leurs discussions. Son amulette retrouvée sous le lit de l'infirmerie. Ces preuves n'étaient pas recevables par la police. Peut-être devait-elle faire confiance à Shimodzuru. Keisuke ne participait jamais aux cours d'été, et si sa propre famille ne s'inquiétait pas de son absence…

Bon, la découverte de « La Complainte de Mackie » l'avait passablement ébranlée, surtout cette ressemblance étonnante entre Jenny Towler et Junko Taura… mais elle ne voyait pas comment l'interpréter.

Reika contempla sa tête décapitée et plissa le nez. C'était censé être le clou du spectacle, qui tombait du plafond au dernier moment, avant de sortir du labyrinthe. Ça devait vous terrifier. Or, ça ressemblait surtout à un supporter de foot trop enthousiaste sur ses peintures de guerre.

— Eh, Masahiko ? appela-t-elle. Tu es doué pour les arts, non ? Tu pourrais peut-être me donner un coup de main…

Le jeune garçon pouffa en avisant la tête maquillée.

— C'est pas réaliste du tout ! Je vais arranger ça.

— Merci. L'art, c'est pas mon fort. Enfin, surtout l'art horrifique.

Ils échangèrent leurs postes : Reika s'affaira à suspendre des rideaux noirs au plafond.

— Quelqu'un pour s'occuper de l'ampli ? lancèrent Naoki Isada et Tôru Arima à la ronde. Et qui peut brancher les haut-parleurs ?

Il était en effet prévu de faire frissonner les visiteurs avec divers bruitages déclenchés sur leur passage.

— Ah, c'est les trucs de Tetsuya, ça, vous devriez lui demander.

— Il n'est pas là ! Il faut bien que quelqu'un prenne la relève !

— Ouais, les rockeux nous ont laissés en plan pour aller répéter.

En effet, Tetsuya Izumi (à la guitare), Risako Serizawa (au clavier) et Tsubasa Matsui (à la basse) avaient prévu leur propre animation pour la fête culturelle, à savoir un concert qu'ils rodaient dans le bâtiment nord.

Reika se demanda qui pouvait bien faire les percussions, maintenant que Tadenuma n'était plus là.

— Eh, Hisashi ! Ton père est électricien, non ? Tu saurais mettre ce truc en route ?

Hisashi lâcha l'écran LCD de sa caméra une seconde.

— Non, j'y connais rien.

— Un effort, quoi…

— C'est un ampli de guitare, non ? Jamais touché à ces trucs.

— Sérieux ?

Naoki poussa un soupir. Yûichirô tenta de venir à sa rescousse.

— Ça ne doit pas être trop différent d'un haut-parleur normal, non ? Tiens, on n'a qu'à essayer de brancher tout ça, pour voir.

Naoki et Tôru posèrent un ampli de chaque côté du

bureau du professeur. Yûichirô y connecta une guitare. Alors qu'il allait brancher les amplis, Hisashi le retint.

— Arrête ça, idiot ! Faut pas brancher les amplis avant de les avoir reliés, tu vas tout péter !

— Tu n'avais qu'à le dire plus tôt, si tu savais comment faire…

— Mais enfin, c'est évident, non ? On ne branche pas uniquement les baffles dans une installation audio. Même si ça ne pète pas ton matos, tu risques une électrocution au moment de les connecter !

— Ouais, en fait, tu t'y connais, quoi.

— Tu aurais pu le faire toi-même !

Hisashi posa sa caméra à contrecœur afin d'installer le système audio. Tôru, toujours de bonne humeur, décida de prendre sa relève comme cameraman.

— Eh bien, eh bien ! Quel travail !

Hasumi, un grand sourire aux lèvres, venait de faire son apparition dans la classe des 1re 4. Il tenait sous son bras un cahier d'appel et un cliqueur pour compter les élèves. Ceux-ci ne tardèrent pas à l'entourer, simulant d'être au désespoir.

— On n'aura jamais fini ce soir, Hasumi…

— On n'en peut plus !

— On ne pourrait pas prendre une pause ?

Tout le monde s'amusait beaucoup, excepté Reika et Yûichirô.

Hasumi leva les mains en signe de reddition.

— OK, OK ! Et puis, vous aurez encore une journée de préparation avant le jour J, ça devrait suffire.

Reika tiqua. Miya, qui d'ordinaire n'était pas la dernière à trépigner autour du prof d'anglais, restait sagement en retrait. Peut-être était-elle malade… C'est alors qu'il se passa quelque chose d'étrange. Sa camarade leva discrètement les yeux vers Hasumi, d'un air profondément énigmatique. Ce à quoi il répondit par un imperceptible mouvement de la tête.

— Bon, je vais faire l'appel.

— On est tous là, Hasumi ! lui assura Fûko.

L'amie de Reika lui ressemblait beaucoup, surtout vêtue comme elle d'un survêtement, cependant toutes deux restaient parfaitement différenciables. Personne ne les confondait jamais, ne serait-ce que du fait de leurs attitudes diamétralement opposées.

— Tous ? Je vous félicite, vous êtes très sérieux, cette année ! Est-ce qu'il y en a parmi vous qui préfèrent rentrer chez eux pour la nuit ? Le dernier bus est parti, il faudra rejoindre la gare à pied. Si vous êtes deux ou trois, je peux vous déposer.

— Non !

— On est tous dans la même galère !

— Bon, on est au complet alors, très bien. Le proviseur adjoint a prévu un repas froid et des friandises. Vous bossez encore un peu et on va manger, ça vous va ?

Concert d'applaudissements et cris de joie. Il était de coutume, au lycée Machida, d'autoriser les élèves à passer une nuit au lycée en vue de préparer la fête culturelle du 1er septembre, mais aussi afin de les laisser s'amuser pour relâcher la pression.

Ce soir-là, c'était au tour des 1re 4.

18 h 44

— Bon, on va reprendre de l'intro.

Tetsuya Izumi, frêle silhouette vêtue d'un T-shirt noir, réaccorda sa guitare.

— OK, soupira Risako Serizawa, debout devant son synthé, dans sa robe cintrée des grands soirs.

Ils répétaient depuis plus d'une heure dans la salle de concert du bâtiment nord.

— Qu'est-ce qui ne va pas ?

— C'est pas pareil quand il n'y a pas de percus. On sera ridicules avec notre boîte à rythme pour jouer du Dream Theater…

Dream Theater, ce groupe de metal dont le batteur, Mike Portnoy, était connu pour son sens du rythme inégalé… Le groupe de lycéens, baptisé « Dread Theater », reprenait beaucoup de leurs tubes.

— Elle a raison, ajouta Tsubasa Matsui, le bassiste de 1re 2.

Malgré la clim fonctionnant à plein régime, il portait un T-shirt sans manches afin d'exhiber ses bras musclés.

— Peut-être, mais on n'a personne pour remplacer Tade, rétorqua Izumi en écartant la mèche qui lui tombait devant les yeux. Allez, on reprend « The Best of Times ».

19 h 01

— Waouh, c'est incroyable ! s'exclama Reika en admirant le travail de Masahiko Maejima sur la tête de mannequin.

La tête semblait avoir reçu une giclée de sang à moitié séché, rouge tirant sur le noir, et d'horribles découpages en trompe l'œil au niveau du cou donnaient l'impression qu'on l'avait charcutée à la râpe à fromage.

— Et si c'était un peu trop réaliste ? s'inquiéta Masahiko. Tu imagines marcher dans le noir, et soudain, tomber sur cette tête éclairée ?

Bien que mignon et visiblement inoffensif, Masahiko ne paraissait pas du tout déstabilisé par l'aspect répugnant de son œuvre. Reika se demanda si elle pouvait être tenue responsable si quelqu'un tombait dans les pommes en visitant leur installation.

— *Nous rejoignons maintenant l'équipe maquillage, Reika Katagiri et Masahiko Maejima, qui viennent de terminer la tête coupée la plus repoussante qu'on ait jamais vue.*

Hisashi brandit sa caméra devant le nez de Reika.

— *Pouvez-vous nous dire comment vous avez fait pour atteindre un résultat aussi... Vous n'y seriez pas allés un peu fort, quand même ?*

— *Oh, c'est Masahiko qui a tout fait, s'empressa de préciser Reika, qui ne souhaitait pas qu'on pense qu'elle puisse être amatrice de gore.*

— *Je me suis juste débrouillé avec ce que j'avais. Avec un peu de farine de maïs et une scie électrique, j'aurais pu ajouter des détails encore plus intéressants.*

Masahiko ne semblait pas du tout inquiet de l'image qu'on pourrait avoir de lui.

— Non, c'est parfait comme ça, le coupa Hisashi. Pas la peine d'en rajouter.

Il n'en menait pas large derrière son objectif.

— Quelle horreur ! s'écria Yûki Tsukahara, une main sur la bouche. J'espère que ça s'enlève !

Fille d'une coiffeuse, elle avait apporté la tête de mannequin qui avait servi de support à la création gore. Obèse, elle avait souvent le front couvert de sueur.

— Euh, je ne savais pas qu'il fallait la rendre, se défendit Masahiko.

— C'est de la peinture à l'eau, intervint Reika. Ça se nettoie facilement. Je crois.

Du moins l'espérait-elle.

— « Je crois » ? C'est pas vraiment rassurant…

— Eh, les gars ! C'est l'heure de manger !

Quelques garçons, accompagnés de Hasumi, apportaient les paniers-repas et des bouteilles de thé glacé. Le tout semblait de bonne qualité… Le proviseur adjoint n'avait pas lésiné sur les moyens.

Comme leur salle de classe était impraticable, chacun partit manger dans son coin : quelques groupes s'établirent dans le couloir, d'autres s'installèrent par terre autour du prof, assis à son bureau. Reika et quelques autres décidèrent de squatter les tables de la salle voisine, celle des 1re 3.

— Tu n'as plus faim ?

Reika s'étonna de voir Momoko Yoshida refermer le couvercle de son panier alors qu'elle y avait à peine touché.

— Tu ne te sens pas bien ?

La lycéenne secoua la tête et sortit sans mot dire. En y repensant, elle semblait plus pâle que d'ordinaire, ces derniers temps. C'était une fille plutôt timide, ce qui ne facilitait pas le contact.

— Tu sais ce qu'elle a, Momoko ? demanda Reika à Yûichirô.

— Je sais pas… Elle a ses règles ?

— Tu es vraiment nul.

— Ben quoi ?

— Les mecs… vous êtes tous les mêmes.

— Oh, là, là ! intervint Ayumi Nagai en entrant en coup de vent. Vous ne devinerez jamais qui est de garde, cette nuit !

Elle s'était tellement dépêchée qu'elle en avait les cheveux en bataille. Ayumi était comme ça : elle adorait les ragots et autres légendes urbaines. Bien que ce penchant puisse confiner au ridicule, ses camarades se montraient patients avec elle. Elle avait parfois des infos intéressantes à rapporter.

— Qui est de garde ? répéta Akira Suzuki en mastiquant son repas. On s'en fout.

Akira, spécialiste du manque de tact, n'avait aucun talent pour comprendre ses semblables. Il gravitait comme un électron libre au sein de la 1re 4, pas vraiment proche de qui que ce soit. Ayumi lui lança un regard haineux.

— Alors, c'est qui ? reprit Reika pour désamorcer la tension.

— Vous ne le croirez jamais... Le Tueur d'Ours, en personne ! Je l'ai croisé tout à l'heure au rez-de-chaussée ! Il m'a appelée et m'a demandé ce que je faisais ici... Je ne faisais rien de mal, mais je peux vous dire qu'il m'a foutu la trouille !

Le « Tueur d'Ours » était l'un des nombreux surnoms dont les élèves avaient affublé Sonoda, le musculeux prof de sport.

— Il doit bien savoir qu'on squatte le lycée pour la nuit, pourtant, non ? demanda Daisuke Shiomi.

Le jeune garçon, cheveux ras et lunettes noires, était constamment en train de réviser. « Il ne fait que ça, du moins, quand il ne dort pas », avait l'habitude de dire Yûichirô à son sujet. Shiomi n'avait pour autant jamais réussi à se hisser au même rang que les plus brillants élèves, tels que Kengo Watarai ou Mai Isagawa.

Reika se rendit compte qu'elle était entourée des « seconds couteaux » de la classe, ces élèves qui étaient loin d'être populaires.

— J'ai entendu dire qu'il y avait eu un changement de dernière minute, murmura Ai Hoshida.

La jeune fille, très timide, osait rarement prendre la parole.

— Dernière minute ? Il a échangé avec qui ? Tu as entendu ça où ? s'étrangla Ayumi, visiblement blessée dans sa fierté qu'on puisse en savoir plus qu'elle.

— Sonoda était au téléphone du rez-de-chaussée, hier soir, je l'ai entendu en passant. C'était la Malédiction du Chat qui devait faire la surveillance au départ, mais il a une intoxication alimentaire…

— Une intoxication alimentaire ? Mais il a mangé quoi ?

— Je n'en sais pas plus. Peut-être un oiseau qu'il a attrapé lui-même…

Reika, qui allait porter un morceau de poulet frit à sa bouche, le reposa dans la boîte.

19 h 34

La porte de la salle de musique s'ouvrit. Les trois musiciens amateurs s'immobilisèrent. Le silence se fit.

— Yo.

Tadenuma, T-shirt noir, casquette vissée sur la tête, entra d'un pas nonchalant, les mains dans les poches de son jean.

— Tade !

— Putain, mec, ça fait longtemps qu'on ne t'a pas vu ! Comment ça va ?

— Tu es en retard, dit simplement Tetsuya, sans se départir de son calme. Je pensais que tu ne viendrais pas.

— Moi aussi, répondit Tadenuma en serrant la main que son camarade lui tendait. Je sais que c'est les vacances et tout, mais ça fait bien chier de revenir au bahut.

Il avait pourtant du mal à cacher la nostalgie dans les regards qu'il posait autour de lui.

— Tu fais quoi, maintenant ? voulut savoir Risako.

— On m'a foutu dans un lycée de crétins. Mais ça m'a saoulé, alors j'ai arrêté. Et maintenant, bah… pff.

Tetsuya remarqua de discrètes, nouvelles cicatrices sur le visage de son ami.

— Mais vous avez vachement progressé ! Ce riff, là, on atteint la perfection.

— Tu nous as entendus de dehors ?

— Ouais, ça a beau être insonorisé, un boucan pareil, ça traverse les murs ! Je vous ai un peu écoutés derrière la porte.

— Tu n'avais qu'à entrer et nous écouter ici…

— Je suis sûr qu'un jour on va dépasser les Dream Theater, se rengorgea Tsubasa.

— Ils peuvent commencer à trembler ! acquiesça Tadenuma. Par contre, votre truc de percus, là, c'est vraiment nul à chier.

— Ben, ça tombe bien, rétorqua Tetsuya en lui donnant une tape sur l'épaule, vu que tu es là. Ça rime à rien sans toi. Viens jouer avec nous pour la fête culturelle.

— T'es con, tu sais bien que j'ai été renvoyé.

— Et alors ? (Il sourit d'un air narquois.) Une fois le concert commencé, tu crois qu'ils vont essayer de nous arrêter, devant tout le monde ? Tu seras avec nous sur scène et on aura gagné.

— Je sais pas… Vous, vous êtes contents de me voir, mais les autres, ils peuvent plus me sentir.

— C'est faux ! s'exclama Risako. Tout le monde ne rêve que d'écouter ton rythme de fou !

— Je ne crois pas. Vu ce qu'ils ont tous écrit sur moi…

— Justement, rebondit Tetsuya. À ce sujet, je suis certain que c'est une seule et même personne qui a tout écrit. (Il repoussa la mèche retombée devant ses yeux.) Ça m'a toujours paru louche, cette histoire.

— Oui, moi aussi, je n'arrive pas à croire que tous les autres aient pu se liguer contre toi comme ça, c'est de la folie…

— C'est clair, appuya Tsubasa. Je ne suis pas dans votre classe, mais de ce que j'ai entendu, c'est super bizarre.

— Vous pouvez croire ce que vous voulez, lâcha Tadenuma avec amertume, mais je les ai vues, ces lettres. Hasumi me les a montrées.

— Des lettres ? s'étonna Tetsuya. Quelles lettres ? Tu ne m'avais pas parlé de lettres…

— Tu m'en avais parlé, à moi, dit Risako. Mais plus j'y pense, moins je vois qui aurait pu les écrire…

— Bah, c'est sûr que vous, vous n'avez pas participé au lynchage collectif, alors vous n'êtes pas au courant, c'est tout.

— Bon, c'est simple, déclara Tetsuya. On n'a qu'à vérifier.

— Comment ?

— Comme ça : on va tout de suite retrouver les autres, et on va leur demander.

— Pff, je sais pas…

— C'est parti !

Tetsuya prit son ami par le bras et l'entraîna hors de la salle de musique.

— Attends ! Il y a Sonoda qui fait des rondes, et j'ai vraiment pas envie de tomber sur lui…

Sans surprise, même Tadenuma craignait le prof de sport.

— Courage, intervint Risako. Tu sais, Yuzuka serait ravie de te voir.

Le visage de Tadenuma vira discrètement au rouge.

— Tu es sûr que c'est Sonoda que tu as vu, et pas Shibahara ? s'enquit Tsubasa.

— Ben oui, ce n'est pas parce qu'ils portent le même survêt qu'on ne les différencie pas…

— Bizarre. J'étais pourtant sûr d'avoir aperçu Shibahara. Quand j'ai acheté un soda au distributeur.

— Qu'est-ce qu'il viendrait foutre ici, ce bouffon ? s'étonna Tetsuya. Bon, on s'en tape, on y va.

Puis, s'assurant qu'il n'y avait personne dans le couloir, il entraîna Tadenuma à sa suite.

19 h 40

La maison hantée avançait à un bon rythme.

Hasumi s'arrêtait à chaque atelier, vérifiait que tout allait bien. Les élèves étaient vraiment investis et produisaient un travail remarquable. Chacun méritait son lot de félicitations.

Et pourtant, ce soir, la fête culturelle serait brutalement annulée. Elle avait déjà failli l'être, après tout ce qui s'était passé au trimestre dernier ; le suicide d'une élève serait le coup de grâce.

— Ça ne bouffe pas trop d'électricité, ce système ? demanda Naoki à Hisashi. On ne va pas faire péter les plombs ?

— Ça m'étonnerait qu'on dépasse les 20 Ah, répondit l'autre, excédé qu'on ne le laisse pas filmer ses jolies camarades en paix.

— Les 20 Ah ? Ça veut dire quoi ?

— Ampères-heure !

— OK, mais si jamais les autres classes utilisent des trucs électriques en même temps le jour de la fête, s'inquiéta Yûichirô, ça va faire beaucoup, non ?

— Je pense que ça devrait tenir le coup.

— Tu n'en es pas sûr non plus, en gros.

— Je ne peux pas vous donner de réponse plus précise, les gars. Si les autres classes décident de brancher un four à pizzas, on sera court-circuités sans faire quoi que ce soit. Il suffit de jeter un œil à l'installation électrique pour voir qu'on est trois classes sur le même circuit, les 1res 4, 5 et 6. Et je sais pas ce qu'elles ont l'intention de faire.

— Je peux mener l'enquête, intervint Hasumi. Je vais demander aux autres profs et je vous dis ça. Si jamais on dépasse les capacités, on pourra toujours tirer une rallonge.

— Cool !

— Ouais, merci, lança Hisashi, l'œil à nouveau rivé à son écran LCD.

— Hasumi ?

Miya, qui s'avançait vers eux, fit signe au prof d'anglais de la suivre.

— Qu'y a-t-il, Miya ? répondit-il d'un air qu'il espérait parfaitement naturel.

— Venez voir… (Puis elle chuchota, le plus bas possible :) Je veux qu'on soit seuls tous les deux.

— Magnifique, Miya ! Tu t'es vraiment donné du mal pour ces décorations… (Il se pencha pour murmurer à son oreille.) Je vais sur le toit, rejoins-moi dans quelques minutes.

Elle acquiesça.

Il s'éloigna et jeta un nouveau coup d'œil à la maison hantée. Quel gâchis terrible… mais nécessaire. Il avait tout manigancé de manière à se forger un alibi en béton.

C'était tellement simple. Il lui suffisait, après avoir assassiné Miya, de faire semblant de lui parler, quelque part dans un recoin du labyrinthe. On les entendrait sans les voir. Les élèves n'entendraient pas réellement Miya, évidemment, mais ils l'imagineraient, puisqu'ils entendraient le prof lui parler. Ensuite il ne lâcherait plus ses élèves de la soirée, et chacun s'accorderait à affirmer qu'il n'avait pas quitté la salle de classe depuis la dernière fois où l'on avait *entendu* Miya vivante.

La particularité de ce plan était qu'il reposait sur la coopération involontaire d'une trentaine de personnes.

Beaucoup pourraient considérer cela comme un inconvénient, mais c'était aussi un atout : cela participerait à renforcer l'hallucination collective. Si votre voisin croit entendre quelque chose, cela contribue à vous faire croire que vous l'avez aussi entendu.

Ce n'était pas un tour pour débutants, mais Hasumi avait confiance en ses capacités d'acteur. Ainsi qu'en sa facilité à influencer les élèves.

En plus, les suicides, c'était une promenade de santé. Pas besoin de faire disparaître les corps.

Le crime parfait, en somme.

19 h 41

Tadenuma, assis dans une salle de classe de seconde au premier étage du bâtiment principal, n'en menait pas large.

C'était déroutant de constater à quel point le fait d'avoir été exclu de ces lieux, qu'il connaissait pourtant par cœur, lui donnait le sentiment d'y être étranger.

Il était peu probable qu'un des trois profs dans les parages – Sonoda, Hasumi ou Shibahara – vienne faire un tour par ici, mais on n'était jamais trop prudent. La confrontation serait alors inévitable.

La porte coulissa, le faisant sursauter.

— C'est moi, fit la voix de Tetsuya. Je suis avec Yuzuka.

Tadenuma se leva. Il faisait si sombre qu'il ne pouvait pas voir le visage de son amie, mais sa voix, sa silhouette et ses cheveux toujours noués en queue de cheval ne pouvaient l'induire en erreur.

Yuzuka. Son pouls accéléra.

— Tetsuya m'a parlé de cette histoire de lettres,

commença-t-elle. Mais je n'ai jamais entendu dire qu'on allait se rassembler pour écrire des mots contre toi !

— Tu es sûre ?

— Certaine !

— Et si c'était juste qu'on t'avait écartée ?

Elle secoua énergiquement la tête.

— Et puis, c'est pas Yamaguchi qui a écrit des trucs sur toi sur Internet…

— Quoi ?

— Je t'assure ! J'ai parlé avec lui. Ce n'est pas que tu l'aies frappé, qui l'a le plus choqué. C'est que tu ne l'aies pas cru…

— Je vois…

Ça semblait logique… Yamaguchi et lui ne s'entendaient pas toujours très bien, mais en y réfléchissant, il voyait mal son camarade écrire de telles crasses sur lui.

Tout devint confus… et la vérité lui apparut soudain.

Hasumi… Il m'a piégé, ce salaud.

— Tadenuma ? reprit Yuzuka. J'aimerais vraiment que tu joues à la fête… Vraiment.

C'était quasiment une déclaration d'amour. Une chance qu'ils soient dans le noir, sinon elle l'aurait vu tourner à l'écarlate.

— Allez, Tade. Cette fois, c'est notre chance, affirma Tetsuya. J'ai encore rien dit à mes vieux, mais j'ai pris ma décision : je veux devenir pro. Et ce concert, ce sera spécial.

— Qu'est-ce que tu veux dire ?

— Figure-toi que je suis allé voir un ancien pote, qui a des relations dans le milieu. Il y aura des chasseurs de talents au concert, mec !

— C'est vrai ? murmura Tadenuma.

Depuis son éviction du lycée, l'avenir n'était plus qu'un trou noir devant lui. Quant au rêve lointain de se lancer dans une carrière de musicien… il n'aurait jamais eu les tripes de l'envisager pour de bon.

Mais avec les autres, là, c'était différent. Ils avaient une chance. Objectivement, il fallait bien le reconnaître : Tetsuya était un virtuose de la guitare. Il n'arrivait certes pas au niveau d'un John Petrucci, mais sur la scène japonaise, il entrait facilement dans le top cinq des meilleurs guitaristes.

— Eh bien, si vous voulez de moi… murmura-t-il.

— Yes ! Top là ! (Tetsuya lui serra vigoureusement la main.) Tu ne le dis pas aux autres, compris ? Pour l'instant, on se concentre sur le concert. Et on va lui faire mordre la poussière, à celui qui t'a fait ça !

— Ouais… Tu as raison, mec !

Tadenuma sentit l'excitation le gagner. Pour la première fois depuis son exclusion du lycée, il se sentait revivre.

19 h 43

Hasumi poussa la porte métallique qui ouvrait sur le toit du lycée. L'outil dont il avait besoin était bien caché dans le sac qu'il portait à l'épaule.

L'air moite de la nuit estivale l'enveloppa. Il referma la porte en douceur.

Était-ce la nouvelle lune, ou bien les nuages cachaient-ils l'astre nocturne ? Il n'aurait su le dire.

Une petite brise vint le rafraîchir. Il allait peut-être se mettre à pleuvoir.

Ce serait très malvenu… Il fallait espérer que le temps se maintiendrait encore un peu.

L'éclairage public, d'un côté du bâtiment, était aveuglant. Hasumi dut attendre plusieurs minutes avant d'habituer ses yeux.

Il tira de son sac de sport la matraque qu'il avait bricolée, très similaire à celle qui avait assommé Tsurii.

Il se replia dans l'ombre de la porte et attendit.

À mesure que les secondes passaient, il fut assailli par un sentiment étrange.

J'ai une impression de déjà-vu... J'ai déjà vécu ça.

Certes, il avait commis un crime dans l'établissement peu de temps auparavant, en tuant Keisuke Hayami, mais ce n'était pas de cela qu'il s'agissait.

C'était une émotion très particulière.

Il ferma les yeux.

Remonta avec précaution le fil de ses souvenirs.

Une nuit étouffante, sur les hauteurs de Kyôto. Un souffle de vent permettait de respirer un peu. Il était en première, et il avait emmené Yumi avec lui sur le toit du bahut.

Lui avait-elle réellement, cette nuit-là, demandé de la tuer ? Avait-il rêvé ?

Et pourquoi n'y était-il pas parvenu ?

Des bruits de pas dans l'escalier. Hasumi retrouva ses esprits et resserra sa prise autour du manche de sa matraque.

La porte s'ouvrit dans un chuintement presque imperceptible.

— Hasumi ? Tu es là ?

Miya s'avança de quelques pas sur le toit.

Maintenant.

Il leva son arme au-dessus de la tête de la jeune fille.

Mais quelque chose n'allait pas. Il ne put l'abaisser.

Hasumi en resta stupéfait. C'était comme si une main invisible le retenait.

— Hasumi ?

Elle regardait autour d'elle. Elle allait se retourner. Juste là. Elle allait le voir. Non, non…

Pile à cet instant, la malédiction se rompit. Hasumi asséna un coup en pleine tête à son amante.

Miya perdit l'usage de ses jambes et s'écroula. Il la retint avant qu'elle ne s'abatte sur le sol en béton : il était important, pour faire croire à un suicide, que la victime ne présente aucune blessure préalable…

Merde.

Un fin filet de sang coulait le long de la tempe de la lycéenne. Avait-il mal visé à cause du stress ? Avait-il frappé trop fort ?

Son plan initial avait été de faire croire à une pendaison ; il aurait suffi d'accrocher une corde en haut du grillage de deux mètres. Mais cette blessure allait mettre la police aux aguets… Changement de tactique, donc.

Il tendit le bras pour donner un tour de clé à la porte en métal.

Miya était toujours inanimée contre lui. Il pouvait encore faire machine arrière. Mais que raconter ensuite ?

— Oh…

Elle se réveillait !

— Hasumi… Pourquoi ?

Non, il ne pouvait pas revenir en arrière. Il devait terminer ce qu'il avait commencé. Par chance, la jeune fille n'avait pas complètement recouvré ses esprits. Elle n'avait pas non plus retrouvé l'usage de ses muscles. Il lui restait deux minutes pour agir.

Il regarda autour de lui.

Et trouva immédiatement la solution.

C'était plausible, comme moyen de suicide pour une ado, et ça évitait d'avoir à camoufler la blessure à la tête.

Il la cala sur son épaule et se rapprocha du bord du toit, côté cour intérieure. S'il la jetait côté entrée, on ne la verrait peut-être pas tomber, mais avec l'éclairage on la repérerait très vite au sol. Ce qui était dangereux pour son alibi.

Il n'avait qu'à la balancer du côté de la végétation, ça la camouflerait encore mieux.

Puis il se remémora la présence de Sonoda dans l'établissement et s'en inquiéta : le prof de sport allait-il le soupçonner ?

Il se tranquillisa : cette brute n'était pas assez fine pour le démasquer.

Ce n'est pas le moment de tergiverser !

Il tenta de hisser la jeune fille par-dessus le grillage, mais ce n'était pas si simple. Il devait grimper lui-même… Au bout de plusieurs tentatives, il réussit à s'installer en équilibre, à califourchon sur la crête, sa victime entre les bras.

Il pensa à la probabilité qu'on le voie ainsi… c'était quasi impossible. Personne n'allait jamais dans le jardin intérieur, et même du bâtiment nord, avec ce ciel d'encre, on ne pourrait apercevoir qu'une vague silhouette.

Les jambes de Miya pendaient dans le vide.

Le moment était venu pour elle de faire le grand plongeon.

Et à nouveau, il se trouva bloqué.

Pas encore !

La jeune fille émit un son plaintif.

Plus le temps de réfléchir. Dans dix secondes, elle reprendrait ses esprits et se mettrait à crier.

Maintenant. Maintenant !

Il se concentra sur ses bras, chacun à leur tour, afin de les forcer à agir. Il eut l'impression que cela durait une éternité. Cela n'avait pris que dix secondes.

Et à la toute dernière, Miya reprit possession de son corps.

C'est à cet instant qu'elle fut arrachée des bras de son professeur pour être aspirée par le vide.

Le bruit qu'elle fit en percutant le sol, pourtant couvert d'herbe, fut étonnamment fort.

Hasumi redescendit du haut du grillage et se dirigea vers la porte. Ses membres étaient encore raides. Pourquoi son corps ne lui obéissait-il plus ? Cela commençait à l'angoisser sérieusement.

Il se contraint à faire taire ses doutes. Pour l'instant, il fallait garder la tête froide, ne pas commettre d'erreur.

Il ouvrit son sac de sport et en sortit la fausse lettre d'adieu de la lycéenne. On pouvait y lire qu'elle souhaitait quitter ce monde devenu un enfer depuis qu'elle était harcelée par Shibahara. À la fin, elle s'excusait auprès de sa mère, et remerciait Hasumi d'avoir été un superprof.

Il tira une corde de son sac – pas celle prévue pour la pendaison avortée, une autre, avec une clé à molette fixée au bout.

Depuis qu'un petit plaisantin s'était amusé à coincer la serrure de l'intérieur, si on fermait le verrou côté toit, personne ne pouvait s'y rendre. Le verrou se présentait sous la forme d'un mécanisme rond avec un curseur, qu'il fallait tourner à 45° pour le fermer, et repositionner à la verticale pour l'ouvrir.

Hasumi serra la clé à molette autour du verrou. L'engin, entraîné par le poids de son manche légèrement en diagonale, pivota sur le côté, actionnant le verrou avant de tomber par terre. Cela fonctionnait parfaitement. Il s'occupa de passer l'autre extrémité de la corde dans la gouttière verticale qui descendait jusqu'au rez-de-chaussée.

Hasumi réitéra l'opération avec le verrou et la clé à molette, mais cette fois, il passa de l'autre côté de la porte avant de la refermer. Il la claqua, et put entendre le mécanisme s'actionner, l'outil chuter. L'accès au toit était condamné. Il n'aurait plus qu'à tirer sur la corde, au rez-de-chaussée, pour récupérer son outil.

Il en était encore à se féliciter pour son bon travail

lorsqu'il entendit un bruit de pas dévaler l'escalier en dessous de lui.

Qui est-ce ?

Il resta pétrifié. Inutile d'espérer attraper l'intrus, c'était trop tard. À en juger par le bruit des pantoufles en plastique, c'était probablement un ou une élève. Qui n'avait strictement rien à faire là !

19 h 47

Hasumi reprit ses esprits et se rua dans l'escalier : il devait à tout prix savoir qui l'avait vu. Il se mouvait avec l'agilité d'un prédateur, ses baskets Nike ne faisant quasiment aucun bruit sur les rebords en caoutchouc des marches. L'élève sortit de la cage d'escalier au deuxième étage. Hasumi, en appui contre la rampe, sauta d'une volée de marches à l'autre, gagnant de précieuses secondes.

Et il la vit. Petite, les cheveux mi-longs. Même de dos, il n'aurait pu la confondre avec une autre.

Ayumi Nagai. Une fille qui ne sortait pas beaucoup du lot, mais qui avait une âme de paparazzi. C'était bien la dernière personne à qui il aurait pu envisager de confier un secret.

Il s'engagea dans le couloir d'un pas maîtrisé. Il était primordial de ne pas avoir une apparence de coureur de fond hagard en entrant dans la classe… Ce qu'il fit quelques secondes seulement après Ayumi, qui avait déjà eu le temps de répandre la nouvelle.

— Puisque je vous le dis ! Hasumi était seul avec Miya sur le toit ! Je l'ai suivie quand elle est sortie tout à l'heure…

Elle ne peut donc pas se retenir, celle-là ?

La commère sursauta et se pinça les lèvres en comprenant qu'il était juste derrière elle. Les autres élèves, gênés, détournèrent le regard.

— Alors, ça avance ? lança Hasumi d'un air dégagé. Il ne faudrait pas que cette pause repas dure des heures, non plus ! J'aimerais vraiment qu'on atteigne nos objectifs de la soirée, pas vous ?

L'ambiance se détendit. Les élèves répondirent mollement avant de se disperser pour retrouver leurs tâches respectives. Quelques-uns en profitèrent pour lancer un regard meurtrier à la pourvoyeuse de ragots.

Hasumi, feignant de s'intéresser au travail de chacun, marquait mentalement la jeune fille au fer rouge. Il verrait plus tard pour une solution définitive : l'urgent était de lui fermer le clapet sans perdre une minute.

Pour l'instant, la simple présence de son prof semblait suffire à la contraindre à la discrétion.

— Personne ne s'inquiète du sort de vos pauvres visiteurs ? demanda-t-il à la ronde. À se balader dans le noir complet, sans rien comprendre à ce qui se passe, ils risquent de créer un mouvement de panique…

Bien entendu, il espérait qu'Ayumi saisirait le message de manière plus ou moins inconsciente.

— Mais non, Hasumi ! On leur dira de bien suivre la corde et de marcher lentement. Ils auront l'impression d'effectuer une longue marche sans quitter notre minuscule classe ! C'est cool, non ?

Mai Isagawa. Aussi belle qu'intelligente, l'élève que tout prof rêverait d'avoir. Elle lui souriait de toutes ses dents. Difficile de croire que l'histoire d'Ayumi ait eu la moindre influence sur elle…

— C'est vrai, reconnut-il alors qu'il réfléchissait à cent à l'heure. Mais au cas où, on pourrait peut-être leur prêter la caméra de Hisashi. Elle doit bien être équipée d'une vision nocturne.

Un désastre. Un pur désastre. À cause de cette pipelette, qui avait prononcé le nom de Miya, tous les élèves seraient fortement conscients de l'absence de la jeune fille. Autrement dit, son alibi venait de partir en fumée.

Et comme si cela ne suffisait pas, le fait qu'il était avec elle sur le toit, c'est-à-dire la dernière fois qu'on l'avait vue vivante, était su de tous. On allait les soupçonner d'avoir une liaison. Et, lorsqu'on découvrirait son cadavre gisant au sol, il serait immédiatement suspecté.

Ce n'était plus l'intrigue d'un roman policier en chambre close. Ce n'était plus le meurtre parfait. Si on commençait à le soupçonner, la vérité éclaterait au grand jour.

Il fallait changer de plan. Se débarrasser du cadavre de Miya, qui gisait dans la cour intérieure ? Ne plus en faire un suicide, mais qu'il s'agisse d'une simple disparition.

Non. Ce n'était pas la même situation que pour Keisuke Hayami.

Ce soir-là, tous les élèves de 1re 4 passeraient la nuit au lycée. Et il y avait aussi Sonoda qui faisait ses rondes. Hasumi ne pouvait décemment envisager de déplacer un cadavre en toute discrétion…

Il pouvait toujours prétendre que Miya était rentrée chez elle pour la nuit, mais on finirait par trouver son corps au petit matin…

Il ne restait plus qu'un scénario possible. Hasumi avait discuté avec son élève sur le toit du lycée. Puis la jeune fille avait exprimé le souhait d'être seule un instant. Et c'est là qu'elle avait sauté.

Les fenêtres de la 1re 4 donnant sur la cour intérieure étaient en double vitrage et couvertes de rideaux noirs, ce qui expliquait que personne n'ait vu ou entendu la lycéenne chuter.

Restait un souci. Ayumi. Qu'avait-elle vu ou entendu, exactement ? Et qu'avait-elle répété aux autres, avant qu'il ne la rattrape ?

Il la vit sortir de la salle de classe et se força à attendre une minute entière avant de la suivre.

Personne dans le couloir. Il monta l'escalier et la vit tout en haut, devant la porte qui menait au toit. Le verrou étant tiré de l'extérieur, elle en déduisait probablement que quelqu'un s'était enfermé là-haut. Lorsqu'il arriva à sa hauteur, elle tendait une main fébrile vers le sac de sport qu'il avait abandonné là. Elle ne l'avait pas vu.

— Qu'est-ce que tu fais, exactement, Ayumi ?

Elle sursauta.

— Je… Je voulais juste prendre un peu l'air.

Elle tripotait sa frange, extrêmement nerveuse.

— Ah bon ? Tu vois bien que c'est fermé, non ?

— Oui mais… pourquoi ?

Ni l'un ni l'autre n'avait allumé la lumière de l'escalier, où seule la lueur des sorties de secours perçait l'obscurité, mais il pouvait clairement lire l'expression de son visage. De l'incrédulité. Elle n'était pas simplement poussée par la curiosité ; elle pressentait que quelque chose n'allait pas.

Hasumi se souvint que, dès qu'on lui avait confié la 1re 4, il avait eu l'intention de garder un œil sur chacun de ses élèves. Mais il y avait, bien sûr, eu des manquements. Ayumi Nagai ne l'avait pas intéressé plus que ça, son attention s'en était éloignée. Peut-être la gamine en avait-elle conçu du ressentiment ?

— Miya a tourné le verrou.

— Mais elle fait quoi ?

— Elle a des soucis personnels. Elle m'a dit qu'elle souhaitait rester seule un moment.

— Ah bon… Mais vous, vous faisiez quoi avec elle, alors ?

Elle avait beau feindre la désinvolture, il voyait clairement que, sous ses airs de ne pas y toucher, elle savait où elle allait.

— J'avais remarqué qu'elle n'était pas bien, alors j'ai voulu lui parler. J'ai vu qu'elle se dirigeait vers le toit, je l'ai donc suivie.

— Mais… C'est vous qui êtes monté sur le toit en premier…

Raté. Fiasco total. Ayumi l'avait vu grimper l'escalier, elle avait vu Miya le rejoindre. Forcément. Inutile de tenter de se rattraper aux branches, il ne ferait que s'enfoncer.

— Quoi qu'il en soit, il ne faut pas la déranger.

Il tourna les talons, s'apprêtant à redescendre.

— Tiens ? s'exclama la lycéenne. C'est quoi, ça ?

Elle pointait une marque sur son flanc. Une tache du sang de Miya, lorsqu'il l'avait juchée sur son épaule. Sur son polo rouge, à la lumière des éclairages de la salle de classe, c'était passé inaperçu. Or, dans la faible lueur de la cage d'escalier, la tache ressortait particulièrement bien.

— Ah, oui, c'est de la peinture. Celle qu'utilise Maejima pour son mannequin. J'ai dû m'en mettre dessus sans faire attention…

— Je ne crois pas, fit-elle en frottant la tache du bout du doigt avant de la renifler. C'est du vrai sang. Vous êtes blessé, Hasumi ?

Il ne répondit pas. Ayumi, soudain, ouvrit de grands yeux apeurés. Que pouvait-elle déduire d'un tout petit peu de sang sur lui ? Cela ne constituait aucune preuve…

Non, attends, pas si vite. N'oublie pas l'intuition féminine.

Il sentit qu'elle allait se mettre à crier. En une fraction de seconde, il fut sur elle et la serra contre sa poitrine, la bâillonnant de sa main gauche. Ayumi, qui ne pouvait plus respirer, se débattit comme elle le pouvait, lui donnant des coups de poing dans les bras. Si elle parvenait à se libérer d'un centimètre et qu'elle hurlait, c'en était fini de lui.

Hasumi la maintint plus fermement encore dans son bras gauche avant de lui tordre le cou de la main droite. Il y eut un bruit de branche cassée, et Ayumi cessa de bouger.

Hasumi secoua la tête en constatant ce nouveau corps sans vie entre ses bras.

Il avait paré au plus pressé, voulant avant tout s'épargner un scandale, et il se retrouvait dans une situation encore plus compliquée qu'avant.

Il s'assura qu'il n'y avait personne au troisième étage et alla cacher le cadavre dans le placard des toilettes des garçons. Il avait dû en retirer le contenu pour pouvoir y caler la morte, qu'il recouvrit ensuite de balais, de bouteilles de détergent et d'un seau. Il n'y avait pas de clé, mais il était peu probable que quelqu'un s'amuse à venir fouiller par ici ce soir.

Ayumi, jamais au repos, était constamment en train de fouiner partout... Il ne se passerait pas longtemps avant qu'on s'aperçoive de sa disparition.

Qu'allait-il pouvoir répondre ?

Avant de se préoccuper des deux cadavres qu'il avait sur les bras, il devait s'assurer de la bonne volonté du reste de la classe. Ayumi, en quelques secondes seulement, avait réussi à semer des graines de confusion chez les ados en leur racontant ce qu'elle venait de voir... Et maintenant, on allait découvrir son corps à elle aussi, inanimé ? Ça se présentait mal. Très mal.

Hasumi prit quelques minutes pour réfléchir, mais rien ne lui vint. Il décida qu'il devait évaluer l'atmosphère qui régnait parmi ses élèves.

Il avait préalablement pris soin de rallumer ses mouchards, pensant qu'ils pourraient lui servir au moment du faux suicide de Miya. Entre deux volées de marches, il sortit un récepteur et inséra les écouteurs dans ses oreilles.

Des bavardages sans conséquence, des rires… Tout semblait parfaitement normal.

Il allait ranger son matériel d'écoute lorsqu'une voix féminine, particulièrement claire – sûrement était-elle près de la fenêtre où il avait caché un mouchard –, lui parvint aux oreilles.

« C'était un signal.

— Vraiment ? »

Un garçon lui répondait.

« J'en suis certaine. Je les ai vus. Ils se sont fait signe et sont partis se rejoindre. »

Qui étaient ces deux gamins ? Hasumi se targuait de pouvoir tous les reconnaître à leur voix, mais les élèves parlaient à voix basse, dans un brouhaha constant.

« Il lui a peut-être donné rendez-vous sur le toit pour la tuer ? »

Hasumi sursauta. Le garçon avait sorti ça sur le ton de la plaisanterie, mais comment aurait-il pu imaginer une chose pareille ?

« Je ne crois pas. Miya fait partie de ses plus grandes fans, je ne vois pas pourquoi il en aurait après elle… »

La réponse, extraordinairement sérieuse, était déroutante. La lycéenne ne considérait pas improbable que Hasumi tue l'une d'entre elles.

« Ben, ce serait pas pour ça, justement ?

— Qu'est-ce que tu veux dire ? demanda la fille.

— Que, à force de le côtoyer, on doit finir par découvrir des trucs louches, et un jour, on en sait trop, tu ne crois pas ? » répondit le garçon comme on lance une plaisanterie.

Or, on voyait clairement qu'il n'était pas d'humeur à rire.

« Possible. Mais jusqu'à maintenant, c'étaient plutôt

*ses ennemis qu'il prenait en chasse. Comme les quatre élèves du lycée de ***, qui s'étaient lancés à sa poursuite.* »

Hasumi en resta abasourdi. Comment ses élèves avaient-ils pu avoir connaissance de cette affaire ? Tsurii leur en avait-il parlé ?

« Oui, mais dans ce cas, Keisuke...

— Ne le mets pas dans le même panier ! s'écria la voix féminine. *Il est toujours vivant.*

— C'est vrai, tu as raison. Pardon. »

Le silence s'installa un temps.

« Demain, je retourne voir ce policier.

— Shimodzuru ? OK, je viens avec toi. Maintenant on a des preuves... »

Les deux élèves s'éloignèrent, emportant le reste de leur discussion avec eux. Hasumi eut beau tendre l'oreille, il n'entendit plus que Miho Hayashi se plaindre auprès de quelqu'un d'autre.

Il retira ses écouteurs.

Décidément, c'était un mauvais jour. Le cours des événements lui avait complètement échappé. Il n'aurait jamais imaginé que certains de ses élèves avaient déjà parlé de lui à la police... À Shimodzuru, qui plus est ! Il avait le feu aux trousses, et il ne le savait même pas ! Non, ce n'était pas ça, il était déjà plus que cuit...

Le lycée de *** allait-il le hanter encore longtemps ? Cette Shôko Sonobe... Une élève aussi intelligente que vive. Si son sens surdéveloppé de la justice ne l'avait pas poussée à mettre son nez là où il ne fallait pas, peut-être que sa jeune existence n'aurait pas été sacrifiée... Et si elle n'avait pas entraîné les trois autres à sa suite, eux aussi seraient encore de ce monde à cette heure.

En tout cas, ces deux-là, ils étaient finis. Seul problème : il ne connaissait pas leur identité. Il avait bien quelques idées, mais rien de sûr... Ils étaient aussi dangereux que Shôko, voire bien plus. Dans la tête de Hasumi, une alarme sonnait sans discontinuer. Il fallait agir. Maintenant.

Non...

Non, d'abord, se refaire un alibi concernant le suicide de Miya, et se débarrasser du corps d'Ayumi.

Hasumi retira son polo et épongea la tache de sang avec un mouchoir humide. Son cerveau continuait de tourner à plein régime, mais il avait beau considérer le problème sous tous les angles, aucune solution ne s'imposait.

Quoi qu'il en soit, il devait retourner en classe. Les élèves finiraient par s'inquiéter de son absence, et si Sonoda s'en mêlait, c'était la fin des haricots.

— Eh bien ? s'exclama-t-il en retrouvant les 1re 4. Ça n'avance pas vite, tout ça ! Allez, je vais vous aider, alors mettez du cœur à l'ouvrage !

Il se lança à fond dans l'élaboration de la maison hantée. Avec un bruit de fond, agaçant, qui lui résonnait dans les oreilles. Le genre de bruit sourd qu'on entend lorsque l'on gravit une montagne… et qui annonce une avalanche.

La catastrophe était imminente, il allait se faire ensevelir. Il ne voyait pas d'échappatoire. S'il y avait un moyen, c'était ce soir qu'il fallait le mettre en œuvre. Demain, il serait trop tard : l'avalanche ne ferait qu'une bouchée de lui.

Autour de lui, les élèves, même les plus fainéants, s'activaient avec énergie.

— Cacher une feuille d'arbre dans la forêt…

Cela faisait trente minutes qu'il s'affairait à droite et à gauche, sans quitter ses élèves des yeux, lorsqu'il murmura ces mots.

— Ça veut dire quoi ? lui demanda Ayane Mita, qui était juste à côté de lui.

— C'est une citation de Chesterton. Je ne vous en ai pas déjà parlé en cours ?

— Euh… je sais plus, peut-être.

Elle tira la langue et s'éloigna. Ayane n'était pas très intéressée par tout ce qui touchait aux cours.

On ne saurait mieux cacher une feuille d'arbre que dans la forêt. Ça avait beau être évident, il fallait y penser.

De même, on ne saurait mieux cacher un cadavre que dans une pile de corps inanimés.

20 h 25

La salle des profs était vide. Hasumi se rendit devant un moniteur relégué dans un coin peu fréquenté : l'écran sur lequel les différentes caméras postées dans le lycée affichaient leurs prises de vue.

L'an dernier, Hasumi avait demandé au proviseur adjoint de lui apprendre à se servir du système de surveillance. De l'emplacement de chaque caméra à la manière d'enregistrer les images, le prof d'anglais maîtrisait à présent tout le système.

Il y avait quatre caméras à l'extérieur du lycée. Au niveau du portail principal, de l'entrée de service, de la cour de devant. Et, depuis l'accident du professeur Sanada, on en avait installé une nouvelle dans le parking. Toutes étaient ultrarésistantes afin d'empêcher les dégradations.

À l'intérieur du bâtiment principal, une caméra surveillait les allées et venues dans les couloirs de chaque étage, du rez-de-chaussée au troisième. Elles se présentaient sous forme de dômes fixés au plafond censés ne pas attirer l'attention. On pouvait s'en tirer sans trop se faire remarquer, en restant dans la cage d'escalier par exemple.

En réalité, ces caméras avaient davantage pour but de surveiller le comportement des élèves que de parer à l'éventuelle intrusion de malfaiteurs.

L'enregistrement en haute définition ne se mettait en route que lorsque la caméra détectait un mouvement.

Hasumi agrandit la fenêtre où étaient retransmises les images de la caméra du deuxième étage. Les élèves s'étaient relâchés depuis son départ, comme on pouvait s'y attendre, mais ils se tenaient plutôt tranquilles : il avait agité l'épouvantail de la survenue de Sonoda pour les décourager de chahuter.

Le prof d'anglais se demanda s'il ne valait pas mieux couper toutes les caméras, afin de s'assurer que ce qu'il s'apprêtait à faire ne serait pas enregistré. Il décida que ce n'était pas la peine. Après tout, il avait forcément déjà été filmé en train de porter le corps d'Ayumi pour le cacher dans les toilettes du troisième étage… Autant se contenter de détruire les bandes quand tout serait fini. D'ici là, il aurait l'opportunité de se servir des écrans afin de garder un œil sur les allées et venues des 1re 4.

Malheureusement, il ne pouvait pas écouter les discussions captées par ses mouchards en même temps qu'il avait accès aux images des caméras. Contrairement à l'appareil dont il s'était servi pour piéger Keisuke Hayami, ceux dont il avait garni la salle de classe émettaient à faible distance ; leurs ondes ne passaient pas à travers les planchers en béton et métal. Il fallait donc se trouver au même étage pour entendre ce qui se disait.

Hasumi se versa un café instantané, s'assit et ferma les yeux.

Je peux peut-être le faire. Non, je dois le faire.

Quelqu'un avait-il déjà réussi ce tour de force ? Probablement pas. Mais il avait un avantage : il connaissait le lycée et ses secrets comme personne, et il en possédait les clés. Il avait aussi la détermination, l'intelligence, la force physique et mentale nécessaire pour aller jusqu'au bout.

Ce qui n'effaçait pas complètement ses réticences. Même à lui, cela semblait démesuré…

Mais je n'ai pas d'autre solution.

Il but une gorgée de café brûlant.

Si je ne fais rien, je serai soupçonné pour les meurtres de Miya et d'Ayumi. La police fouillera mon passé au peigne fin, cela ira de pire en pire.

Il secoua la tête pour se débarrasser de cette sombre possibilité et se força à penser aux points positifs de son plan d'action.

Tout d'abord, il n'aurait pas à s'occuper du cadavre d'Ayumi. Même s'il aurait sûrement été plus rapide de s'en charger que de faire ce qu'il s'apprêtait à accomplir…

Deuxièmement, il n'aurait plus à effacer les soupçons qu'Ayumi avait pu faire naître dans la tête de ses camarades à propos de sa relation avec Miya.

Tertio, il n'aurait pas à mener d'enquête pour savoir qui étaient les deux élèves qui voyaient un assassin en lui.

Table rase.

Hasumi se leva et, tel un lion en cage, marcha de long en large dans la salle.

Et s'il se faisait prendre ? Eh bien, avec les cadavres de Miya et Ayumi sur les bras, il risquait déjà la peine de mort. Que pouvait-il bien risquer de plus en exterminant toute une classe de lycéens ?

Il fallait montrer ces cadavres, en faire un spectacle terrible. Il ne viendrait à l'esprit de personne que lui-même ait pu perpétrer ce crime. Son énormité suffirait peut-être à le laver de tout soupçon…

Ce dont il doutait, c'était de la possibilité physique de réaliser cet exploit. Une fois qu'il aurait commencé, il n'y aurait aucun retour en arrière possible. Il devrait tous les éliminer, sans exception.

En effet, le seul scénario plausible, s'il voulait sauver sa peau, était celui du meurtre de masse. Mais comment s'y prendre ?

S'il utilisait un sabre pour un si grand nombre de personnes, ce serait une véritable boucherie, il n'arriverait même plus à rester debout dans un bain de sang et de graisse. Sans compter qu'il n'était pas un samurai, et que cela dépassait probablement ses capacités physiques. Non, ce qu'il lui fallait, c'était une arme à feu. Et ça tombait bien : il en avait justement une à disposition – un fusil de chasse tout à fait capable de faucher des vies à un rythme honorable.

Enfin, il lui fallait un coupable – et lorsqu'il était question d'armes à feu, celui-ci était tout désigné.

En effet, s'il ne donnait pas une piste à la police, celle-ci partirait dans toutes les directions, y compris la sienne. Or, il suffisait de la lancer sur une voie pour qu'elle s'y accroche, tel un chien à son os. Pour peu que deux ou trois indices corroborent le soupçon, les fonctionnaires seraient parfaitement heureux de déclarer l'affaire résolue. C'était, après tout, ce que lui avaient démontré ses longues années de pratique.

Hasumi était désormais convaincu qu'il allait réussir. Il tendit la main vers son téléphone de bureau, mais se ravisa : sa conversation serait enregistrée. Quant au portable, autant ne pas y penser. Ne restait que le téléphone public situé dans le couloir du rez-de-chaussée. Il s'y rendit sans allumer aucune lumière.

Ces téléphones publics avaient le mérite de mieux fonctionner que les autres en cas de catastrophe, raison pour laquelle on continuait d'en trouver dans les établissements scolaires.

Il pianota le numéro enregistré dans le répertoire de son portable.

— Monsieur Kume ? C'est Hasumi. Pourriez-vous venir au plus vite au lycée ?

— Maintenant ? Je suis désolé, je suis en train de…

— C'est au sujet de Maejima. C'est urgent. Il est dans une situation délicate…

— Maejima ? Mais enfin pourquoi ? Que lui arrive-t-il ?

— Je ne peux pas vous en dire plus par téléphone. Venez au plus vite, vous comprendrez en arrivant. Vous êtes chez vous, n'est-ce pas ? Je peux compter sur vous dans trente minutes ?

Hasumi se félicita de lui avoir rendu sa Porsche dernièrement.

— Oui, oui… Mais dites-moi au moins de quel genre de problème il s'agit !

— Ne tardez pas. Ne dites à personne que vous venez au lycée et ne vous faites pas remarquer. Rejoignez-moi directement en salle des professeurs.

Un silence s'installa au bout du fil.

— D'accord, répondit Kume avant de raccrocher.

21 h 02

Il n'avait pas fallu plus de vingt minutes à Hasumi pour retourner chercher tout ce dont il avait besoin chez lui. Il n'avait pas une seconde à perdre s'il voulait revenir au lycée avant l'arrivée de Kume.

Il sauta de sa camionnette et déchargea le fusil enroulé dans une bâche bleue ainsi qu'un sac à dos en nylon contenant le reste de son matériel. Il se savait filmé par la caméra de surveillance. Même si personne ne regardait l'écran à cet instant, cela le mit mal à l'aise.

La première chose qu'il fit en entrant dans la salle des profs fut de jeter un œil à ses élèves. Comme on pouvait s'y attendre, ils continuaient sans grande motivation leur installation. Beaucoup étaient bras ballants, occupés à discuter et à rire.

Hasumi déroula la bâche, dévoilant son arme. Un Beretta 682 Gold E Trap, cent dix-neuf centimètres de long, double canon superposé. Un semi-automatique aurait été plus digne d'un film d'action, mais on ne pouvait pas tout avoir.

Il avait appris à se servir d'un fusil aux États-Unis, lors de ses séances au stand de tir. D'un geste fluide, il actionna la clé de bascule, ouvrit l'arme en deux, inséra deux balles dans les chambres.

Le stock du professeur Kume incluait cinquante munitions à chevrotine. Utilisées pour chasser le cerf, elles seraient aussi efficaces à l'encontre d'humains. Il y avait même une dizaine de balles spéciales pour le gros gibier, à savoir les ours ou les sangliers… Enfin, pour une raison inconnue, il contenait aussi un lot de balles à blanc. A priori, cela semblait suffisant, mais il ne fallait pas sous-estimer ses proies, animaux doués d'une intelligence particulière. Il allait devoir viser juste.

Il entendit une voiture entrer dans le parking. La Porsche Cayman. Il reconnaissait le ronronnement de son moteur entre tous désormais… D'ailleurs, dans la nuit, cela faisait un tapage terrible. Il espéra que les élèves ne l'avaient pas entendu.

Hasumi cacha l'arme et les munitions sous son bureau et s'empara de sa matraque. Le sac plastique qui contenait le sable ne s'était pas rompu en assommant Miya, il pouvait donc le réutiliser : n'était-ce pas un geste pour l'environnement ?

Un bruit de pas se fit entendre dans le couloir, resté éteint, et bientôt Kume fit son apparition dans la salle des profs. Hagard, essoufflé, on voyait qu'il était sorti de chez lui en catastrophe. Il avait passé une veste noire cintrée, un pantalon violet près du corps, et enfilé des mocassins sur ses pieds nus. Avec sa coupe de cheveux de minet, rasée sur les côtés, il n'avait vraiment pas l'air d'un tueur en série…

— Que se passe-t-il, monsieur Hasumi ? Comment va Masahiko… je veux dire, Maejima ?

Hasumi hocha la tête d'un air grave.

— Asseyez-vous, je vous prie, proposa-t-il en désignant le sofa.

— Inutile ! Dites-moi sans tarder de quoi il retourne !

— Je vais tout vous raconter. Asseyez-vous.

Kume fronça les sourcils mais finit par s'exécuter : il prit place du bout des fesses sur la banquette.

— C'est très simple : voici ce qui se passe…

Il brandit la matraque qu'il cachait dans son dos et en asséna un coup à son collègue, qui s'étala sur le canapé.

Hasumi étendit une bâche au sol, y déposa le professeur d'art inconscient, l'enroula dedans et sécurisa le tout avec du ruban adhésif argenté. Cela lui prit un bon bout de temps, mais c'était nécessaire s'il voulait immobiliser Kume sans lui laisser la moindre trace de liens.

Enfin, il lui bourra la bouche de petites serviettes. Pareillement, elles ne laisseraient aucun hématome sur le visage de Kume, et l'empêcheraient de vomir en aspirant sa salive.

Enfin, il traîna le prof d'arts plastiques dans la pièce d'à côté, celle des entretiens avec les élèves.

— J'aurai quelque chose à vous demander dans quelques instants, apprit-il à sa victime, qui reprenait conscience.

Kume, fou de rage, le dévisageait avec haine.

— Et je dois vous prévenir : ne tentez rien d'idiot. Si j'entends le moindre bruit suspect, c'est Maejima qui trinque, vous me suivez ? Alors que si vous coopérez, c'est très simple, vous vous en tirerez tous les deux sains et saufs.

C'était un mensonge énorme, mais sans doute Kume le croirait-il. Tout le monde croit ce qu'il a envie de croire.

Il allait sortir de la salle mais revint sur ses pas. Bientôt, il serait contraint de patauger dans des mares de sang. Ses Nike avaient beau être parfaites pour le job, il ne pouvait décemment les garder aux pieds. Il retira les mocassins du professeur Kume. Des chaussures en cuir de haute qualité, une taille au-dessus de sa pointure, mais qui ne lui provoquaient pas d'inconfort.

Il devait penser à tout avant de se lancer.

Sortir, tirer sur la corde qui dépassait de la gouttière, récupérer la clé à molette. Cela fait, il alla ranger le tout dans le sac de sport sous son bureau, d'où il tira une barre en fer et une pince-monseigneur.

C'était le point de non-retour.

À ce stade, il pouvait encore faire marche arrière. Il dirait à Kume que tout cela n'était qu'une vaste plaisanterie. Un humour particulier certes, mais puisqu'il pouvait faire chanter le prof d'art, celui-ci ravalerait sûrement son mécontentement.

Hasumi sourit en secouant la tête. À quoi rêvait-il, là ? Abandonner ? Quelle idée… Non, il irait jusqu'au bout.

Commençons par le commencement.

Il s'assura que l'ascenseur, adapté aux personnes à mobilité réduite, était bien au rez-de-chaussée et le mit hors-service à l'aide d'une clé. Il était peu probable que les jeunes pensent à l'utiliser pour s'enfuir, mais mieux valait parer à toute éventualité.

Puis il se rendit dans le local technique où se trouvaient tous les panneaux électriques du bâtiment. Armé de sa pince, il détruisit tous les fils de télécommunication. Ainsi, on ne pouvait plus utiliser aucun des téléphones fixes à l'intérieur du lycée. Par acquit de conscience, il en décrocha un sur le bureau derrière lui : silence total. Même les numéros d'urgence ne passaient pas.

Attentif à ne pas faire de bruit, il ressortit pour se rendre dans le bâtiment nord. Il ne fallait pas oublier que Sonoda traînait dans les parages. Il pouvait encore le croiser sans que cela crée d'incident, mais autant éviter.

Une fois dans la salle du club de radioamateur, muni de la bonne clé, il ouvrit l'armoire à matériel et en tira l'appareil qu'avait utilisé le professeur Yagisawa afin d'empêcher les tricheries durant les examens. L'ayant vu officier par deux fois, Hasumi fut capable de réitérer l'opération.

Il alluma l'amplificateur linéaire et, aussitôt, les antennes postées sur le toit et à chaque étage du bâtiment principal émirent un brouillage radio puissant. Plus aucune communication n'était possible avec l'extérieur. De ce point de vue, le lycée était devenu aussi isolé qu'une île déserte.

21 h 08

Cela faisait plus de quarante minutes que le prof principal de la 1re 4 s'était absenté. Comme il fallait s'y attendre, la plupart des élèves avaient déserté, malgré les tentatives de rappel au devoir des plus sérieuses – Fûko Onodera et Mai Isagawa en tête. Les ados discutaient, lisaient des magazines, certains étaient même partis fumer dans les classes vides. Kengo Watarai poussait le vice en lisant *J'intègre l'université de mon choix*, ce à quoi Daisuke Shiomi avait répliqué en dégainant les

Annales des concours d'entrée aux universités, qu'il parcourait assis à même le sol, un crayon à la main.

Que pouvait bien faire Hasumi ?

Reika commençait à s'inquiéter de ne plus le voir. Cependant, elle pouvait en profiter pour mener à bien une mission qui la tourmentait. Elle sortit dans le couloir en cherchant un numéro sur son téléphone.

— Allô, monsieur Shimodzuru ? Bonsoir, c'est Reika Katagiri à l'appareil. Je suis lycéenne à Machida, on s'est déjà vus…

— Ah ! Reika. Oui, je vois. C'était à propos de Keisuke.

La jeune fille l'entendit échanger quelques mots avec des personnes autour de lui ; il était probablement encore au travail.

— Ça tombe plutôt bien, poursuivit-il. J'allais justement t'appeler.

Avait-il recueilli de nouvelles informations ? Un espoir douloureux enfla dans la poitrine de la lycéenne.

— Le SMS que tu as reçu a été envoyé de la gare de Shibuya.

— Ah bon…

Un des lieux que hantait Keisuke… Avait-il vraiment fait une simple fugue ?

— Mais ce n'est pas tout. On a mené une petite enquête auprès de ses camarades de perdition, si je puis dire… Et personne ne sait où il est. On nous a bien parlé d'un certain Yasa, chez qui il se rend lorsqu'il fugue, mais on a discuté avec le gars, et ça fait un bail qu'il n'a pas vu Keisuke. Bon, tu me diras, vu les activités du lascar, c'est pas plus mal pour ton ami, mais cela ne nous dit pas où il est passé.

— Que pensez-vous qu'il lui est arrivé ?

— Eh bien, pour être honnête, ça reste un mystère… Je suis allé chez ses parents, qui ont avoué ne pas en savoir plus que nous, et ont enfin accepté de remplir une déclaration de disparition. Ils commencent tout juste à s'inquiéter, apparemment…

Et la police n'a rien fait de plus en attendant, pensa Reika avec amertume.

— Eh, les gars ! s'écria Tôru Arima, non loin de là, le nez collé sur son portable. Ça alors, la nouvelle de ouf !

— Quoi ? Accouche ! fit Takuma Yamaguchi en s'approchant.

— Ils ont trouvé un cadavre sous la maison de Tsurii !

— Tu rigoles ?

— Un cadavre ? Mais de qui ?

— Sa femme, déclarée disparue ! s'exclama un autre élève, lui aussi penché sur son écran.

La nouvelle se diffusa comme une traînée de poudre, chacun l'envoyant à tous ses amis qui répondirent immédiatement ; les portables sonnaient sans discontinuer.

— Bon, je vous rappellerai, dit Reika au policier.

— Entendu. Je suis joignable nuit et jour à cc numéro. N'hésite pas, en cas d'urgence. Enfin, ce n'est pas pour te faire peur, et puis le…

La conversation fut brutalement coupée.

Reika se rendit compte qu'elle n'avait plus de réseau.

— Bah, je ne peux plus envoyer de SMS !

— Allô ?

— Qu'est-ce qui se passe ?

— Je ne reçois plus rien, quelqu'un a du réseau ?

Tous les portables de la classe semblaient hors d'usage au même moment.

— Mais comment c'est possible ? s'offusqua Yamaguchi.

— Brouillage radio, affirma Kengo.

— Comment ça ?

— Si on est tous hors réseau au même moment, c'est la seule explication. Pas vrai, Hisashi ?

— Ouais, quelqu'un a mis un brouilleur en service, mais un vachement puissant… C'est pas avec les trucs du commerce qu'on peut créer des ondes pareilles.

— Ne faites pas comme si c'était la première fois… grinça Naoki Isada.

— Comment ça ? demanda Yamaguchi.

— À tous les exams du premier trimestre. Il n'y avait plus du tout de réseau.

— Vraiment ?

— Ah oui, c'est vrai, se rappela soudain Kengo. Vous vouliez tricher avec les portables, et vous vous êtes fait avoir. Ça veut dire que les profs étaient au courant de la combine et qu'ils ont mis ce procédé au point afin de la contrer.

— Comment tu savais ça, toi ? s'enquit Naoki.

— Keisuke Hayami, de la 1re 1. Il a fait courir la rumeur.

En entendant le nom de son ami disparu, Reika faillit entrer dans la conversation. Yûichirô, secouant la tête, lui intima de n'en rien faire. Elle avait une bonne idée, désormais, de ce qui s'était passé lors des examens, et de qui était derrière tout ça. Ce qui n'expliquait pas ce qui se passait en ce moment même.

Qui ?

Pourquoi ?

21 h 11

Hasumi, complètement équipé, se dirigeait d'un bon pas vers le troisième étage du bâtiment nord, où se trouvait la salle de musique. S'il y avait bien quelque chose d'incompréhensible au Japon, c'était la politique complètement laxiste vis-à-vis du port d'armes de chasse… Il n'existait pourtant aucun lobby en ce sens, contrairement aux États-Unis par exemple. Cela laissait le citoyen lambda dans un état de vulnérabilité sans précédent. N'importe quel voleur de voitures pouvait tomber sur un lot de fusils laissés sans surveillance dans le coffre d'un amateur de tir…

Espérons que ce drame fera évoluer les mentalités, se dit gravement Hasumi.

21 h 12

Tadenuma ouvrit le coffre de selle de son scooter Honda Lead 110, garé un peu en retrait du lycée. Il en tira une pochette longue d'une trentaine de centimètres qui contenait ses baguettes en aluminium peintes en noir.

Tetsuya lui en avait préparé un set sur la batterie, mais après les avoir utilisées quelques minutes, il avait ressenti le besoin de jouer avec les siennes, plus lourdes, à la meilleure prise en main.

Il se promenait toujours avec ses baguettes, mais pas toujours pour faire de la musique.

Pour un boxer rompu aux combats de rue tel que lui, ces fines barres métalliques pouvaient se révéler de très bonnes armes, légères et rapides comme l'éclair. Malheur à qui ne les prenait pas au sérieux : le bout avait beau être rond, le recevoir dans la figure avait un effet considérable. Viser l'œil, en particulier, pouvait crever celui-ci, ou même en tuer le propriétaire. Un bon coup dans le flanc ou le creux de l'estomac, dans le bras ou dans la cuisse, avec sa force, pouvait envoyer n'importe qui au tapis.

Et puis, c'était un alibi formidable si les flics lui tombaient dessus. Rien ne lui interdisait de se promener avec des baguettes de batterie, car il était batteur de rue, proclamait-il : il jouait sur tout ce qu'il trouvait, des canettes vides, des poteaux en métal… En réalité, il ne le faisait jamais : cela aurait abîmé ses précieux instruments.

Bon, en fait, il devait bien se l'avouer, ce n'était pas seulement pour ses baguettes qu'il était parti prendre l'air.

J'étais paumé. J'étais enragé... Ce n'est pas vraiment moi, ça. Attends, Tetsuya, tu vas voir quel excellent batteur je fais !

Il se sentait tellement reconnaissant envers son camarade, qui lui avait toujours fait confiance. La chaleur de l'amitié lui réchauffa le cœur.

21 h 31

— Il était trop content, Tade ! chantonna Risako, comme si elle jouait un numéro de comédie musicale. Ça fait super plaisir ! Son rythme d'enfer fait ressortir la délicatesse de mon doigté…

— Dis donc, c'est sexy ce que tu nous racontes, lança Tsubasa, qui réaccordait sa basse.

— Allez, intervint Tetsuya en leur distribuant des partitions. On répète un autre morceau en attendant Tade. On n'a plus beaucoup de temps !

— Emerson, Lake and Palmer ? s'étonna Risako, ses beaux sourcils arrondis. C'est vieux, dis donc…

— Je pense que ce serait bien qu'on intègre un solo de clavier à notre concert, pas toi ? demanda Tetsuya, l'air de rien. Allez, « Karn Evil # 9 », on envoie ! Un, deux…

La porte s'ouvrit.

— Ah, tu es déjà…

Mais ce n'était pas Tadenuma qui se tenait sur le seuil de la salle de musique.

— Ne bougez pas, s'il vous plaît, ordonna Hasumi.

Tetsuya ouvrit grand la bouche. Le prof d'anglais avait un fusil dans les mains. Un fusil. Dans ses mains gantées.
Hasumi referma la porte derrière lui.

21 h 41

Hasumi nota l'emplacement de ses trois cibles. Séparées de plusieurs mètres les unes des autres, il allait être difficile d'en abattre deux d'un seul coup.

Or, il ne pouvait tirer que deux balles à la fois et serait obligé de recharger entre les tirs. Il était peu vraisemblable que ces gamins de musiciens soient capables d'élaborer la moindre défense le temps qu'il recharge son arme, mais il allait tout de même s'assurer de commencer par le plus dangereux.

— M'sieur ? fit Tetsuya en le regardant d'un air ahuri. Qu'est-ce qui se passe ?

Il ne semblait pas le moins du monde inquiété.

— Hum… Un instant, s'il te plaît.

Hasumi pointa le canon de son fusil sur Tsubasa.

Une détonation assourdissante retentit. Le jeune homme, la poitrine éclatée, s'effondra en arrière dans un nuage de sang.

Hasumi se tourna vers Tetsuya.

La violence du tir fit pivoter le jeune homme, qui s'écroula face contre terre. Les cordes de sa guitare produisirent un son discordant.

Hasumi cassa son fusil, déchargea les cartouches vides qui roulèrent au sol et en inséra de nouvelles.

Il visa Risako, vêtue d'une tunique à paillettes, toujours debout derrière son synthé. De ses lèvres livides, elle tentait d'articuler des mots qui ne sortaient pas. Sans doute avait-elle des questions à poser… Il appuya sur la détente et la jeune fille connut le même sort que ses camarades. Hasumi avait mal aux tympans. Un son aigu lui vrillait le crâne.

C'était un détail qu'il n'aurait pas dû oublier : les bouchons d'oreilles.

Pas le temps de s'appesantir sur cette erreur. La salle avait beau être insonorisée, les trois coups de feu avaient forcément été entendus. Il devait se dépêcher.

Le prof attrapa le petit outil d'appel électronique qu'il portait autour du cou. Il affichait deux colonnes : les filles et les garçons. En enlevant Tsubasa, qui était en 1re 2, il y avait dix-neuf garçons en 1re 4. Dans l'autre colonne, en ôtant Miya et Ayumi, il comptait dix-huit filles. Il cliqua une fois sur le « moins » de la première colonne, une fois sur celui de la seconde. Dix-huit garçons, dix-sept filles.

Il restait encore un long chemin avant de leur faire tous passer leur examen final avec succès.

21 h 15

— Tu as entendu ? demanda Reika. Trois bruits sourds, *boum, boum, boum* !

— Euh, non... répondit Yûichirô. Il doit y avoir un feu d'artifice quelque part.

Il avait d'autres soucis en tête. Autour de lui, les élèves s'angoissaient de l'absence de réseau, mais sans agir pour autant. D'une manière générale, ils pensaient que le brouillage radio était dû à une panne technique. Certains avançaient même qu'on tentait de les empêcher de lire l'horrible nouvelle à propos du cadavre découvert chez le défunt prof de maths, Tsurii.

Comment imaginer autre chose ?

21 h 17

Les détonations n'avaient pas dû s'entendre fort depuis le bâtiment principal, mais pour toute personne présente dans le bâtiment nord à ce moment-là, c'était très clair.

Hasumi rechargea son fusil et se dirigea à pas de loup vers la salle de garde, située au rez-de-chaussée.

Il devait se débarrasser de Sonoda, qui représentait la plus grande menace pour lui.

Personne.

Peut-être était-il parti faire une ronde…

S'il a entendu les tirs, il est en train de revenir…

Conscient d'une présence derrière lui, il se retourna brusquement. Au bout du couloir, la silhouette massive du prof de sport se détachait dans la pénombre. Armé d'une lance de défense et d'un bouclier transparent, il semblait sortir d'une machine à remonter le temps, mais on n'aurait su dire s'il venait du Moyen Âge ou du futur. Son regard animal luisait. Il fixait l'arme à feu de Hasumi.

Sonoda sembla dire quelque chose, mais les oreilles sifflantes de Hasumi l'empêchèrent d'en comprendre un traître mot.

Sans se donner le temps de viser, il pointa l'arme sur son collègue et tira. À cette distance, il aurait aussi bien pu faire feu les yeux fermés.

Alors qu'il pensait avoir plié son affaire, il sentit l'air quitter ses poumons sous l'effet d'un coup prodigieux. Il fut projeté en arrière. Une fois à terre, il voulut tirer à nouveau, mais le prof de sport n'était plus dans son champ de vision. Un violent coup de pied le désarma.

Il se retourna prestement.

Pourquoi Sonoda n'était-il pas touché ?

Ah oui. Le bouclier.

Des fissures blanches lézardaient la plaque de polycarbonate. Sonoda avait eu la présence d'esprit de se protéger la tête et le torse, mais il avait forcément reçu du plomb dans les jambes.

Il allait l'écraser sous son pied immense. D'ordinaire, la vitesse du karatéka n'aurait pas permis à Hasumi d'espérer s'en tirer. Mais il avait bien été touché, car il n'était pas aussi rapide, ce qui laissa à Hasumi juste assez de temps pour se relever.

L'autre était même en piteux état, se rendit-il compte en s'éloignant de quelques pas.

Ils se jaugèrent du regard, et Sonoda comprit à qui il avait affaire.

— Tu vas… Honte !

Même à travers sa surdité temporaire, la voix caverneuse du prof de sport parvint à résonner dans ses tympans.

Il le regarda approcher. Son bras gauche pendait mollement, couvert de sang. Il avait lâché la lance.

Hasumi, qui ne trouvait pas son fusil, la repéra à ses pieds et s'en empara. Il se jeta sur Sonoda de toutes ses forces, espérant lui asséner un coup fatal. L'arme avait beau être défensive, avec un peu de bonne volonté, elle pouvait tout à fait tuer.

Sonoda para le coup avec son bouclier.

Hasumi recula et chargea à nouveau, visant les côtes, cette fois. Son adversaire le contra avec la même facilité.

Le karatéka à la carrure prodigieuse n'était pas blessé seulement au bras gauche, mais aussi à la jambe et au ventre. Ce qui ne l'empêchait pas de se battre avec la fureur d'un démon de la guerre. Hasumi, pourtant armé de sa lance, ne put que reculer sous ses assauts.

Il sentit soudain le mur dans son dos. Sonoda l'y plaqua de tout son poids et, jetant son bouclier, commença à l'étrangler. Hasumi laissa tomber la lance pour lui faire lâcher prise, mais il ne put rien contre les mains énormes de son adversaire.

— Moi vivant, tu ne toucheras plus à un cheveu des élèves ! brailla-t-il d'une voix à réveiller les morts.

Hasumi tendit un doigt ganté vers l'œil du prof de sport. Plutôt que de tenter de l'éviter, celui-ci lui asséna un coup de tête.

Hasumi faillit perdre connaissance. Ses jambes se dérobèrent sous lui. Son nez était probablement cassé…

Il reçut un terrible coup de pied en pleine face.

Encore un peu et il serait K.-O.

Il essaya de se relever, mais un crochet du droit le renvoya au tapis. Sa tentative de parer avait été dérisoire.

Ce n'est pas croyable ! En quoi il est fait, celui-là ? Ce n'est pas prof qu'il aurait dû faire, mais champion de MMA !

Hasumi, à terre pour la deuxième fois, découvrit qu'il était tombé sur son fusil. Vif comme l'éclair, il s'en empara, s'éloigna de quelques mètres et se retourna pour viser.

Mais Sonoda avait immédiatement ramassé le bouclier, derrière lequel il s'était replié.

Hasumi se calma. Et tira.

Sonoda ne bougeait plus du tout. Son bouclier, éclaboussé de sang, présentait un trou béant. La balle de gros gibier qu'il avait insérée dans la seconde chambre avait fait son office. Ce n'était pas pour rien qu'aux États-Unis, on les surnommait *door opener* ou encore *master key*… aucune porte ne leur résistait.

La balle était passée sans mal à travers le bouclier fragilisé et avait creusé un véritable cratère au beau milieu du visage de Sonoda.

Malgré tout, le karatéka restait debout. Il leva sa main vers Hasumi, tituba et s'abattit comme un arbre géant.

— Mais tu es un monstre ! s'écria Hasumi avant d'éclater de rire.

Le bonhomme n'avait plus de visage, mais cela n'entamait pas sa volonté de combattre ! Pas de doute, il aurait fait un samurai remarquable. Dommage qu'il se soit trompé d'époque.

21 h 18

Cette fois, le bruit avait été plus fort.

Tous les élèves avaient sursauté et regardé autour d'eux.

— Ça vient du bâtiment nord !

Ils se précipitèrent dans le couloir, dont les fenêtres donnaient sur la cour intérieure qui séparait les deux bâtiments.

C'est alors qu'ils entendirent un éclat de voix, comme un rugissement bestial.

— C'est quoi, ce truc ?

Personne ne répondit. Une autre détonation retentit.

— Là ! s'écria Yûichirô. Regardez, au rez-de-chaussée !

Reika avait vu, elle aussi. Un éclair de lumière fugace avait accompagné le bruit.

— C'est un coup de feu, affirma Maejima.

— Comment tu peux en être aussi sûr ? demanda Shûhei.

— On m'a déjà emmené voir du tir aux pigeons d'argile. C'est le même bruit.

— Dans ce cas, reculez ! s'exclama Kengo. C'est dangereux de rester à la fenêtre !

Tout le monde s'écarta à la hâte.

— Qu'est-ce qu'on fait ?

— Faut appeler la police !

Il y eut un moment de silence, durant lequel chacun se rappela que les téléphones étaient hors service.

21 h 19

Alors qu'il retournait vers le bâtiment nord, Tadenuma entendit des coups de feu. Il plongea se mettre à l'abri derrière la camionnette garée sur le parking.

Il put voir quelqu'un sortir du bâtiment pour emprunter le corridor abrité par lequel on rejoignait la structure principale. De là où il était, il n'arrivait pas à voir de qui il s'agissait.

Il entendit l'individu ouvrir la porte, la refermer, et même y donner un tour de clé.

Quelque chose d'horrible venait d'arriver. Tadenuma le savait. Sans se mettre à découvert, il fonça vers le bâtiment nord.

La porte d'entrée était restée ouverte. Dans le couloir régnait une odeur de fumée. Une odeur d'arme à feu…

Il se rua dans l'escalier pour atteindre la salle de musique.

En ouvrant la porte insonorisée, retrouvant la lumière qui était restée allumée, il fut ébloui par un spectacle incongru.

Les instruments gisaient dans un océan de sang. Ses amis étaient étendus par terre dans des positions douloureuses. Un par un, il vérifia leur respiration. Rien.

Ce n'est pas possible… Pourquoi ? Ce n'est pas possible…

Tadenuma, abasourdi, resta planté là, immobile. Seul un sentiment de perte infinie le soutenait encore.

Il sortit en titubant de la salle de musique et descendit au rez-de-chaussée pour rallier la salle de surveillance. Il découvrit, au beau milieu du couloir, le corps étendu d'un homme immense. Il devina immédiatement qu'il s'agissait de Sonoda.

Ce n'est pas possible...

Il était mort. Son visage manquait. Comme s'il avait explosé. L'impression d'irréalité qu'il ressentait depuis quelques minutes s'amplifia d'autant plus. Peut-être avait-il imaginé, l'espace d'un instant, que le prof de sport était à l'origine de ce massacre.

Il se sentit faiblir. Au bout de quelques pas, il vida le contenu de son estomac.

Puis, à moitié absent, il sortit son portable et composa le numéro de la police. Rien ne se passa : il était hors réseau.

C'était à n'y rien comprendre. Ses capacités de réflexion étaient anesthésiées.

Que devait-il faire ?

En état de choc, la léthargie le gagnait peu à peu.

C'est alors qu'une image lui vint.

Yuzuka ! Et tous les autres, ils sont dans la classe !

Il devait les sauver ! Le danger imminent le sortit de sa torpeur.

C'est le type que je viens de voir, c'est lui le tueur ! Je dois y aller, je vais les sauver... Ou il va tous les tuer !

Une terreur sourde le fit violemment frissonner. Qui pouvait commettre de tels actes de cruauté, sinon le pire des détraqués ?

Enfin, la colère, rugissante, balaya sa peur.

Pourquoi ? Qu'est-ce qu'ils ont fait ? Pourquoi faire une chose pareille ?

Mes amis... Tu as tué mes amis.

Il serra ses baguettes dans ses mains.

Je vais te buter. Je vais te buter. Sans hésiter. Il n'y

a plus que ça, te buter. Je ne vais pas te laisser vivre. Je vais te buter de mes propres mains.

Tetsuya. Tsubasa. Risako. Et M. Sonoda, aussi. Regardez-moi. Je vais vous venger.

Yuzuka, tiens bon !

Toi, je te sauverai.

10

21 h 21

Les haut-parleurs émirent un son aigu. Les ados regardèrent en l'air.

« Écoutez-moi attentivement. Un individu s'est introduit dans le lycée. Je répète : un individu s'est introduit dans le lycée. Il est dangereux. Évitez à tout prix de vous rendre au rez-de-chaussée. »

C'était la voix du professeur Hasumi. Personne ne bougea d'un cheveu.

« Ne paniquez pas. Restez calmes. Si vous le pouvez, montez au dernier étage, allez vous réfugier sur le toit du bâtiment, verrouillez l'accès et attendez les secours. »

— On y va ! s'écrièrent plusieurs élèves, en majorité des filles.

« L'individu est armé d'un fusil de chasse. Ne vous approchez surtout pas de lui. Je répète : gardez votre calme. Ne descendez surtout pas au rez-de-chaussée. Allez vous réfugier sur le toit. »

La transmission se coupa net.

Reika avait remarqué quelque chose d'étrange. D'ordinaire, le prof d'anglais modulait sa voix à la perfection, maîtrisant sans difficulté l'effet qu'elle devait produire sur son auditoire. Or, là, on aurait dit un jeune qui parlait avec ses écouteurs sur les oreilles. Ou un vieux qui n'entendait plus sa propre voix. Enfin, elle avait décelé comme un empêchement, peut-être une blessure dans la bouche de Hasumi.

— Qu'est-ce que vous fichez ? On se magne, on va sur le toit ! s'exclama Misaki en se dirigeant vers l'escalier.

— Attendez ! lança Kengo. Vous ne trouvez pas que c'est bizarre ?

— Quoi ?

— Tout le monde a entendu ce message, y compris l'intrus. Alors pourquoi il nous dit de tous nous rendre sur le toit ? Le taré va y aller immédiatement !

— Bah, mais… balbutia Misaki, qui ne sut que répliquer.

— Justement, il faut se magner pour y arriver avant lui ! affirma Mai. Message ou pas, il va monter pour nous chercher.

— Non, décidément, c'est bizarre, murmura Yûichirô, dont les paroles posées attirèrent l'attention de ses camarades. La salle des haut-parleurs est au rez-de-chaussée. Si l'intrus y est aussi, comment notre prof peut avoir le temps de nous envoyer des consignes ?

Un brouhaha s'éleva. Chacun s'accordait à dire qu'il avait raison, que tout cela ne tenait pas debout. Néanmoins, il fallait agir. L'heure n'était plus aux hésitations.

— Ça suffit, vous tous ! s'emporta Mayu. Vous n'avez plus confiance en Hasumi ou quoi ? Il est en train de risquer sa vie pour nous dire comment sauver la nôtre !

— Pas de temps à perdre avec les idiots, appuya Misaki. On s'arrache !

Les trois filles de la garde rapprochée de Hasumi se précipitèrent dans le couloir.

— Attendez ! cria Reika. C'est un piège !

— Un piège ? répéta Misaki en lui lançant un regard noir.

— Rappelez-vous les portables ! On est hors réseau… Vous croyez que c'est un hasard ? On a fait en sorte de nous empêcher d'appeler à l'aide, et maintenant, on fait en sorte de nous masser sur le toit !

— Et qui serait derrière tout ça, hein ?

— Eh bien, pour moi, c'est Hasu…

— Ferme-la ! cracha Misaki. On n'a que faire de ton avis de minable !

Ayane et Mayu l'encerclèrent. L'une l'attrapa par le bras, l'autre s'apprêta à lui lancer une claque. Yûichirô s'interposa.

— Ce n'est pas le moment de se battre, fit-il.

— Allez, venez, on fait comme Hasumi nous a dit, reprit Madoka, suivie de près par Ari.

Parmi les adeptes du club de conversation en anglais, seule Fûko semblait hésiter à les suivre. Elle dévisagea son amie Reika d'un air perdu.

— Non, attendez, intervint Yamaguchi. Moi aussi, je crois que c'est un piège. Faut pas aller sur le toit. Une fois là-haut, on sera faits comme des rats.

— Hasumi nous a dit de fermer la porte à clé ! répéta Mai.

— L'intrus a un fusil de chasse, si ma mémoire est bonne ? Tu sais combien de temps elle va tenir, ta porte, face aux tirs d'un dégénéré ?

Le silence se fit.

— Mais on fait quoi, alors ? s'écria Misaki, les nerfs à vif.

— Vous, je n'en sais rien, répondit-il en croisant les bras. Mais moi… Je vais voir ce qui se passe en bas.

— Mais… c'est… c'est dangereux, souffla Fûko, tremblante.

Il se tourna vers elle.

— Je le sais bien. Mais il faut tenter d'appeler les secours avec le téléphone fixe.

— L'intrus a peut-être coupé les lignes… avança Reika.

— Peut-être. Peut-être pas toutes les lignes. Il doit bien y avoir un fixe qui fonctionne encore.

C'est possible, admit Reika. *Mais un criminel qui prend la peine de brouiller tout le service ne commettrait pas une telle erreur...*

— Qui vient avec moi ?

Shûhei, Takuto et Ryôta répondirent à l'appel de Yamaguchi.

— Vous êtes cons ou quoi ? s'écria Tôru, le visage tordu par l'angoisse. Vous allez tous nous faire tuer ! Il faut donner l'alerte !

Le garçon se rua dans le couloir, où il appuya sur le bouton d'urgence. Tout le monde se figea. C'était peut-être utile pour appeler les secours, mais cela pouvait aussi très bien encourager le criminel à en finir au plus vite…

La sirène lança ses hurlements plaintifs et assourdissants. Puis, au bout de vingt secondes, elle s'arrêta net.

— Hein ? Mais pourquoi…

Tôru rappuya plusieurs fois sur le bouton, sans succès.

— Vous êtes convaincus, maintenant ? lança Kengo, cynique. Quelqu'un qui sait exactement où et comment couper le système d'alarme… Vous croyez toujours que c'est un rigolo qui est entré par hasard ?

21 h 23

Dans la salle des profs, Hasumi observait ce qui se passait au deuxième étage. Il regrettait de ne pas être en mesure de les écouter en même temps qu'il les voyait à l'écran, mais même sans le son, les voir se disputer et hésiter sur la marche à suivre était déjà très divertissant. Il avait vu Tôru se diriger vers le bouton d'alarme, ce qui lui avait permis de réagir au plus vite.

Mais pourquoi diable les élèves mettaient autant de temps à suivre ses consignes ?

Tuer trente-cinq adolescents n'était pas chose aisée ; il avait besoin de les coincer quelque part. Le pire scénario restait envisageable : qu'ils se mettent à détaler dans tous les sens, tel un troupeau de gnous apeurés, sans réfléchir. Or il était seul, et comme le bâtiment comportait deux escaliers, un à l'est et un à l'ouest, il mettrait du temps à les attraper tous… D'autant que dans le chaos, il pouvait très bien en laisser filer un ou deux !

C'était bien pour cela qu'il avait lancé l'annonce émise par les haut-parleurs.

Il avait pensé utiliser son petit stratagème – avoir fermé la porte menant au toit de l'extérieur, afin de faire passer le meurtre de Miya pour un suicide – à son avantage en laissant les élèves s'agglutiner juste derrière la porte. Il n'aurait plus qu'à tirer dans le tas…

Il retint son souffle : il y avait du bruit dans le couloir.

C'est quoi, cette histoire ?

Il considéra les élèves à l'écran. Ils étaient pourtant tous au deuxième étage…

Fusil en main, il s'approcha de la porte en silence.

Quelqu'un. Quelqu'un marchait dans le couloir.

Il entrouvrit le battant.

Et aperçut Shibahara, qui avançait sur la pointe des pieds.

Qu'est-ce qu'il fout ici, celui-là ?

Il était déjà dans mes pattes le soir où j'ai tué Keisuke…

Ça suffit comme ça : ce soir, il crève.

Hasumi releva le canon pour viser le dos de son

collègue et tira. Shibahara, ayant deviné une présence, se carapata à toute vitesse. Raté.

Hasumi fit claquer sa langue de dépit.

Les canons superposés n'étaient pas toujours évidents à maîtriser ; celui du bas était plus approprié pour les cibles proches, mais il perdait en précision à mesure qu'elles s'éloignaient.

Shibahara en avait bien profité.

21 h 24

— Ah, putain, ça fait mal, putain, j'ai mal, j'ai mal !

Shibahara grimpait l'escalier presque sans respirer.

On m'a tiré dessus ! Je suis touché ! Le message des haut-parleurs disait vrai, il y a vraiment un intrus ! Et il m'a tiré dessus !

La balle s'était enfoncée dans son mollet gauche. La douleur, intense, lui soulevait le cœur. Il n'en pouvait plus. Il ne parviendrait pas à faire un pas de plus…

Mais si je m'arrête, il va me trouver ! Il va me buter ! Je ne veux pas crever !

Il grimpa encore quelques marches en sautant sur son pied droit, mû seulement par l'énergie du désespoir.

Ce n'était pas ce qui était prévu. Ce soir, il devait retrouver une élève et tripoter son jeune corps jusqu'à plus soif. Momoko Yoshida. Son visage poupin qui contrastait si merveilleusement avec sa poitrine généreuse… Ah, la salir, l'avilir dans les salles de classe où elle avait cours, dans les couloirs qu'elle empruntait tous les jours…

Bordel, ce n'était pas censé se passer comme ça !

Il avait quitté le bâtiment nord dès qu'il avait su que Sonoda, son ennemi juré, y faisait son tour de garde. Ayant vu le bureau du proviseur ouvert, il s'était installé dans le canapé en cuir pour y piquer un roupillon. Un coup de feu l'avait réveillé en sursaut.

Hébété, il avait entendu l'annonce de Hasumi dans les haut-parleurs.

Aidez-moi ! Aidez-moi !

Il n'y avait personne au premier étage. Suant sang et eau, il envisagea d'atteindre le deuxième. Les muscles de sa jambe droite, qui le portait tout entier, criaient de douleur.

La moitié... plus que la moitié...

Encore quelques marches. Il vit le couloir du deuxième étage et s'effondra. Alors, une multitude de bras se tendirent vers lui. On le hissa. Et on le roua de coups.

21 h 25

— On l'a chopé !

— On l'a eu, le détraqué !

— Faites-lui la peau !

— Faut pas qu'il s'échappe ! Pétez-lui les jambes !

— On lui tord le bras aussi ?

Les ados aux voix débordantes de haine encerclèrent le prof.

Arrêtez. C'est pas moi. C'est pas moi ! Aïe ! Arrêtez...

Il pensait crier tout haut, mais personne ne l'entendait.

— Arrêtez, crétins ! hurla-t-il soudain d'une voix d'outre-tombe. C'est moi ! Shibahara ! Arrêtez ça tout de suite !

L'agitation autour de lui cessa.

— Bande de débiles... Qu'est-ce qui vous prend ?

— Qu'est-ce que vous fichez ici, Shibahara ? demanda Yamaguchi.

— Tu vas baisser d'un ton, oui ? Je suis prof, c'est

mon droit d'être dans ce fichu lycée ! Vous allez le regretter, bande de sales gosses…

Il reçut un coup de pied dans l'estomac. Le souffle coupé, il se roula en boule, impuissant face à la douleur.

— Ça suffit ! intima à ses camarades Yamaguchi, dont le visage exprimait la plus froide des déterminations. Répondez : qu'est-ce que vous fichez ici ?

— Je voulais… Je…

— Ne te fous pas de notre gueule ! s'énerva Takuto. Putain, si c'est lui l'intrus, je vous jure…

— Mais non, c'est pas moi !

— Tu n'avais rien à faire ici.

— Et il n'a pas d'excuse !

— C'est toi qui as tiré, hein ? C'est toi ?

— Putain, c'est lui, je vous dis !

— Arrêtez… Attendez ! Attendez…

Il chercha désespérément des yeux quelqu'un qui pourrait l'écouter. Et croisa le regard de Momoko.

— Eh, Momoko, vas-y, toi, explique-leur… Ce soir, on devait…

La jeune fille poussa un cri strident.

— C'est lui ! Ne vous laissez pas embobiner, c'est lui le tueur !

Mais qu'est-ce qui te prend ? Toi et moi…

À nouveau, les coups se mirent à pleuvoir.

— Non, arrêtez, s'il vous plaît… Momoko, dis-leur, allez !

Mais celle-ci, l'air dément, n'ouvrit la bouche que pour l'enfoncer.

— C'est lui, c'est sûr… Il sait où se trouvent les fils, comment arrêter l'alarme…

— L'enfoiré !

— Je vous l'avais dit !

Ce fut un déferlement de violence sans précédent. Dans les coups des ados, il y avait de la terreur, mais aussi toute la rancœur, toute la haine qu'ils avaient emmagasinée à l'encontre de ce prof qui les humiliait et les maltraitait au quotidien. Certains élèves tentèrent bien de calmer les choses, mais ils ne furent pas entendus.

Shibahara sentit sa conscience le quitter lentement.

C'est comme ça que je vais mourir ?

— Eh, tout le monde ! Écoutez-moi !

Kengo, qui était parvenu au premier rang du cercle des brutes, écarta les bras pour les arrêter.

— Ce n'est pas lui, l'intrus.

— Qu'est-ce que tu en sais ? rugit Momoko.

— Regardez sa jambe. On lui a tiré dessus.

Un calme terrible envahit le couloir.

— Il a raté son coup, il s'est tiré dessus, c'est tout ! vociféra la jeune fille.

Certains élèves la regardèrent étrangement, comme s'ils venaient de comprendre ce qui se jouait devant leurs yeux, mais la plupart, perdant tout intérêt, se replièrent comme une vague reprend la mer.

Personne ne pensa à porter secours au prof de sport.

— Aidez-moi, pitié… Je vais me faire buter…

À moitié inconscient, Shibahara, poussé par son instinct de survie, réussit à se traîner jusqu'aux toilettes des garçons.

21 h 25

— Je peux pas l'ouvrir ! s'écria Misaki en secouant la poignée de la porte menant au toit. C'est fermé !

— C'est fermé ? répéta Mai. Mais qui a la clé ?

— C'est peut-être Hasumi ? avança Ari.

— Mais on sait pas où il est ! se plaignit Madoka.

Yuzuka, en retrait, voyait que ses camarades ne comprenaient rien.

— Ça ne s'ouvrira pas, même avec une clé, affirma-t-elle.

— Qu'est-ce que tu racontes comme conneries ? aboya Ayane, sous l'emprise du stress.

— Le verrou est encore coincé par du chewing-gum.

— Ah, oui…

— Mais c'est bizarre, non ? s'étonna Fûko. La serrure étant coincée, on ne peut pas fermer à clé de l'intérieur…

— On s'en fout, là, OK ? s'emporta Miho.

— Non, elle a raison, appuya Mai. Si le verrou est bloqué sur ouvert, comment c'est possible que la porte soit fermée ?

Chacun et chacune se tut, scrutant désespérément les visages des autres, n'y trouvant que le reflet de sa propre incompréhension.

— Ça ne peut vouloir dire qu'une chose, murmura Fûko. Il y a quelqu'un sur le toit ! Quelqu'un s'est enfermé dehors !

Fûko sentit tous les poils de son corps se dresser. Quelque chose n'allait pas. Outre, bien entendu, qu'un tueur s'était introduit en pleine nuit dans leur lycée…

— Ah bon ? Tu es sûre ? Dans ce cas, ce quelqu'un peut nous ouvrir ?

— Ça fait longtemps qu'il aurait dû le faire, il nous a forcément entendus…

— C'est sûr…

— C'est qui ? C'est qui ? s'écria Saori en trépignant. Et si… c'était le tueur ?

Une onde glacée se propagea parmi les lycéens, qui reculèrent de concert.

— Ça n'a pas de sens, rétorqua Fûko. Pourquoi il se serait précipité sur le toit pour s'y enfermer alors qu'on était encore tous au deuxième étage ? Ça n'a pas de sens…

Elle tentait désespérément de trouver une logique à ces événements incohérents lorsqu'un tumulte éclata.

— Ça vient du deuxième étage !

— Le… le tueur ? Il est arrivé là-bas ?

— Qu'est-ce qu'on fait ? Si on reste ici, on est coincés !

— Calmez-vous ! Écoutez, il y a du tapage, mais pas de coups de feu…

— Je vais voir, décida Yuzuka avant de détaler dans l'escalier.

Fûko se retint de la supplier de rester. Son amie Reika était toujours au deuxième, et elle aurait donné n'importe quoi pour savoir ce qui s'y passait.

— Hé, toi, sur le toit ! cria Misaki en secouant la porte de toutes ses forces de grande sportive. Tu es qui ? Réponds ! Ouvre-nous !

— Et si c'était Miya ? demanda soudain Ari. Ça fait super longtemps qu'on ne l'a pas vue…

— Ou Ayumi, ajouta Saori.

Ils étaient dix-sept à s'être précipités vers le toit, dont les filles de la garde rapprochée de Hasumi et celles de son club de conversation en anglais. Il y avait cinq garçons parmi elles, dont Tôru et Akira, mais aucun n'osait prendre la parole.

Quelqu'un montait l'escalier. Tout le monde se retint de hurler.

Yuzuka était revenue.

— C'était Shibahara !

— Ce sale pervers ? Qu'est-ce qu'il fout là ?

Les filles, au bord de l'apoplexie, ne laissèrent guère le temps à Yuzuka de s'expliquer.

— C'était lui, l'intrus, pas vrai ? C'est un dégénéré !

— Un vrai dégueulasse…

— C'est ce qu'ont pensé les mecs, dit-elle enfin. Ils

l'ont tabassé. Mais ce n'est pas lui… Il a pas d'arme, et quelqu'un lui a tiré dessus.

La déception fut difficile à avaler.

— Vous n'auriez pas un truc, comme une petite baguette ? demanda Misaki à la ronde.

— Pour quoi faire ?

— Je vais retirer ce foutu chewing-gum.

— Mais ça ne changera rien, c'est fermé de l'extérieur !

— Je m'en fous. Hasumi va venir nous sauver, et il aura la clé avec lui. En attendant, c'est tout ce qu'on peut faire.

Son assurance était si communicative que la plupart de ses camarades reprirent courage. Pas Fûko. Elle ne pouvait s'empêcher de se souvenir des mises en garde de Yamaguchi.

Sur le toit, on sera faits comme des rats.

La porte ne tiendra pas, face à un fusil de chasse.

Fûko ne connaissait pas la puissance d'une telle arme, elle ne savait pas si elle pouvait, oui ou non, détruire une porte, mais rien qu'à l'idée de cette éventualité, une sueur glacée lui trempa le dos.

Mais pouvait-elle le dire aux autres ? Partager ses angoisses ? Non, mieux valait les ravaler.

Elle observa en silence Misaki s'acharner contre la serrure à l'aide d'une boucle d'oreille de Rina.

21 h 27

Cela faisait plus de cinq minutes que leur prof d'anglais avait lancé son appel, mais toujours pas de signe du tueur. Le dernier coup de fusil entendu était celui qui avait précédé l'apparition du professeur Shibahara.

— Il ne vient pas… souffla Reika. Pourquoi il ne vient pas ?

Non qu'elle en ait envie, bien au contraire, mais l'attente était insupportable.

— Il a peut-être pris la fuite ? suggéra Yûichirô.

— Un tueur qui prend la peine de rendre nos portables inutilisables ne prendrait pas la fuite pour si peu… Non, il nous observe.

— Pourquoi ?

Kengo, qui se trouvait à côté d'eux, renifla avant de répondre à la place de Reika.

— C'est évident… Un meurtrier complètement furieux se mettrait à nous courir après dans tout le lycée. Vous imaginez le bordel ? Certains d'entre nous pourraient s'échapper… Et ça, ça ne plairait pas à notre intrus.

Reika croisa le regard de Yûichirô.

— Tu crois ?

— J'en suis sûr. Il veut nous anéantir. Faire carton plein. Cent pour cent de victimes.

— Mais enfin, s'insurgea Reika, c'est complètement fou ! Pourquoi est-ce qu'il voudrait tous nous tuer ? Il n'a aucune raison de s'en prendre à nous !

— Ça, je n'en sais rien. Soit il a une vraie motivation qui nous échappe, soit il est complètement barré et suit une logique qui lui appartient. Mais le fait qu'il ait consciencieusement lancé le brouillage radio avant d'agir nous prouve qu'on n'a pas affaire à un tueur ordinaire. Il y a une différence entre tueur en série et psychopathe… Tu ne crois pas, Yûichirô ?

Il était rare que Kengo demande l'avis de qui que ce soit.

— Si, c'est ce que je pense aussi.

— Et alors ? susurra Kengo à son oreille. Qui c'est, à ton avis ?

— Comment ça, qui c'est ? Ce n'est pas forcément quelqu'un qu'on connaît…

— Sois sérieux deux minutes ! Tu as entendu le message des haut-parleurs comme moi : c'est trop bizarre ! Il n'y a que deux explications logiques. Un : quelqu'un a menacé Hasumi pour le forcer à lancer ce message. Deux : c'est notre prof principal le coupable !

Yûichirô jeta un regard bref regard à Reika, lui conjurant de ne rien dire. Dévoiler maintenant tous les doutes qu'ils avaient accumulés à propos de Hasumi pouvait se retourner contre eux.

— Moi, reprit Kengo, je pense que quelqu'un a forcé Hasumi à parler. Sa voix était bizarre, non ? Comme s'il s'était pris des coups.

Reika avait eu la même impression, mais de là à penser que cela suffisait à blanchir son prof principal…

— Bon, on est prêts, intervint Yamaguchi.

Il se dirigea vers l'escalier suivi de Shûhei, Takuto et Ryôta, qui s'étaient armés comme ils le pouvaient avec ce qu'ils avaient trouvé dans la classe. Cutter, ciseaux, planche cloutée et même extincteur.

— Et vous allez faire quoi, là-bas ? lança Kengo.

— Comme on a dit : on va tester le téléphone public, et si ça marche pas, il y aura bien un fixe dans la salle des profs qui fonctionnera. Et on appellera les secours.

— Et puis même si aucun ne marche, on réussira bien à sortir, et à aller chercher de l'aide !

— Vous êtes sérieux ? Le gars est armé, je vous rappelle.

— On y va en deux groupes : par l'escalier est, et par l'escalier ouest. Au pire, si l'un des groupes est pris pour cible, ça laisse le temps aux autres de s'enfuir.

Reika ne fut pas impressionnée : le meurtrier avait déjà probablement envisagé cette éventualité… Elle allait insister auprès de Yamaguchi pour qu'il abandonne cette idée lorsque Kengo, soupirant bruyamment, reprit la parole.

— Vous n'êtes pas obligés de jouer les héros. On ne vous en tiendra pas rigueur si vous laissez tomber.

— Nous ? Laisser tomber ? (Il préféra ne rien ajouter.) Elle est partie en haut avec les autres, Fûko ?

— Oui, répondit Yûichirô. On n'a pas réussi à les convaincre de rester.

— Des croyantes fidèles, ricana Kengo.

— Bon… Yûichirô ! lança Yamaguchi. Si tu vois Fûko, tu peux lui dire que j'aimerais qu'on sorte ensemble ?

Il y eut un silence, bientôt brisé par l'éclat de rire de Kengo. Tout le monde le regarda comme s'il venait d'une autre planète.

— C'est pas le moment de dire des choses pareilles ! s'esclaffa-t-il. Tu viens de signer ton arrêt de mort !

Yamaguchi devint livide. Il voulut rétorquer, mais abandonna.

— Allez, les gars !

Shûhei et lui prirent l'escalier est, Takuto et Ryôta disparurent dans la direction opposée. Reika, impuissante, les regarda s'éloigner. Elle doutait fortement que le tueur en laisse vivre un seul.

— Bon, murmura Kengo à part lui-même. Ça, c'est fait. On va peut-être avoir besoin de passer à l'action, nous aussi…

— Qu'est-ce que tu proposes ? demanda Yûichirô en le dévisageant.

Le petit génie, plongé dans ses pensées, l'air plus chafouin que jamais avec son sourire en coin et ses petits yeux luisants, était visiblement en train d'élaborer un plan.

— Un moment, je me suis dit qu'on pourrait juste s'enfuir par l'est s'il arrivait par l'ouest, et inversement, mais les chances d'en réchapper sont ridicules. On ferait mieux de se protéger. On devrait avoir un peu de temps devant nous maintenant…

Reika voulut savoir ce qu'il entendait par là, mais il passa immédiatement à l'action en rassemblant tous ceux qui étaient restés au deuxième étage, soit treize élèves en tout en plus de lui. Alors que Kengo distribuait ses directives, elle se rendit compte qu'un élève s'éloignait du groupe. Kakeru Takagi, le capitaine du club de tir à l'arc du lycée, un garçon qui raflait souvent la victoire durant les compétitions interscolaires.

Elle voulut le suivre, mais fut rappelée à l'ordre par Kengo.

— Reika ! glapit-il. Si tu veux vivre, tu ferais mieux de te bouger les fesses !

21 h 28

Hasumi, confortablement installé devant l'écran de surveillance de la salle des profs, s'étira en jetant un œil à sa montre. Enfin, les élèves commençaient à bouger et s'étaient divisés en trois groupes. Il l'avait espéré, mais tout cela prenait bien plus de temps que prévu.

— *United we stand, divided we fall.* « Ensemble, nous tenons, divisés, nous tombons. » Je me demande si on a déjà eu l'occasion d'étudier cette devise en cours…

Il sourit d'un seul côté, celui qui n'était pas enflé, et fit le décompte.

Dix-sept élèves étaient partis se masser devant la porte d'accès au toit.

Les quatre filles qui participaient au club de conversation en anglais qu'il animait, soit Mai Isagawa, Madoka Ushio, Fûko Onodera et Ari Kashiwabara. Puis les fidèles de sa garde rapprochée, Misaki Abe, Mayu

Satô, Ayane Mita. Les avaient suivies : Rina Kiyota, Yuzuka Takahashi, Yûki Tsukahara, Miho Hayashi, Saori Yokota, Tôru Arima, Akira Suzuki, Yukio Tajiri, Takumi Tsubouchi, Hajime Wakamura.

Aucun souci à se faire concernant ces dix-sept bons petits soldats. Le moment venu, il les faucherait tous d'un seul coup.

Concernant les quatorze restés au deuxième étage, les plus coriaces, ce serait une autre paire de manches…

Naoki Isada, Satoshi Kinoshita, Daisuke Shiomi, Kakeru Takagi, Hisashi Nakamura, Yûichirô Nagoshi, Masahiko Maejima, Hiroshi Matsumoto, Kengo Watarai, Reika Katagiri, Nana Kubota, Satomi Shirai, Ai Hoshida, Momoko Yoshida.

Parmi ceux-là, certains pourraient lui donner du fil à retordre : la méfiance était de mise.

Restaient les quatre héros qui s'en venaient vers lui, Takuma Yamaguchi, Shûhei Naruse, Takuto Katô et Ryôta Sasaki.

Hasumi s'empara de son fusil.

21 h 28

— Merde !

La pointe de son canif avait ripé, lui entaillant légèrement le doigt. S'il commençait déjà à se blesser devant un ridicule petit cadenas… Tadenuma se retint de grommeler. La méthode forte aurait été bien plus efficace, mais il ne devait pas faire le moindre bruit…

Il perdait de précieuses secondes, mais il avait absolument besoin d'une arme. Les baguettes de batterie, c'était bon pour les bagarres régies par des règles, un code de l'honneur. Or, ce qui l'attendait, c'était un combat à mort.

Il y avait des katanas en bois dans la salle de kendo. Des vrais, des armes massives, pas de petites épées de pacotille comme on en trouve dans le commerce. Tadenuma se savait capable de régler son compte à l'intrus d'un bon coup à la tête avec ça. Mais son adversaire avait une arme à feu : il ne le laisserait pas tenter sa chance.

Idem pour les battes en métal du club de base-ball… Des armes redoutables dans un combat rapproché, mais qui ne valaient plus rien face à un fusil.

Même conclusion concernant les couteaux qu'il aurait pu trouver dans les cuisines de la cafétéria. Potentiellement mortels, mais encore fallait-il pouvoir s'approcher de la cible…

Il avait envisagé de se rendre au club de tir à l'arc. Kakeru Takagi, le champion du lycée, serait de taille à affronter un homme armé. Tadenuma, lui, n'avait jamais touché à un arc… Le moment venu, il n'arriverait probablement même pas à tirer droit. C'était inutile.

Ne restait qu'une seule solution. Le cadenas sur lequel il s'acharnait était celui du placard du club d'athlétisme.

Enfin, le mécanisme céda. Tadenuma lécha son pouce blessé tandis qu'il ouvrait les portes. Ils étaient là ! Les javelots… En métal léger, mesurant plus de deux mètres de long, ils pesaient à peine un kilo. C'étaient des baguettes géantes, mais qui se terminaient en une pointe acérée.

Il avait essayé, une fois. Juste pour voir, alors que les athlètes amateurs s'entraînaient. Sans y mettre de force particulière, il avait réussi à lancer le projectile à plus de cinquante mètres. Au point qu'il avait été encensé par tous ceux qui l'avaient vu.

Soudain, il prit conscience avec une grande clarté de ce qu'il s'apprêtait à faire et ne put s'empêcher de frémir.

Je vais attaquer un tueur psychopathe qui a une arme

à feu avec une arme de la préhistoire. Même pas une arme : du matériel de sport.

Le spectacle horrible de la salle de musique lui revint en mémoire. Ses genoux se mirent à trembler.

Je vais crever. Sérieux. La question n'est même pas de savoir si je vais réussir ou pas. Il n'y a qu'un miracle qui pourrait me sauver la mise.

Faut que je me tire d'ici, putain !

Jamais encore il n'avait ressenti un sentiment d'urgence aussi puissant. Il devait partir. Immédiatement. Fuir. Trouver quelqu'un, n'importe qui, une voiture. Demander de l'aide. Il n'y avait que comme ça qu'il aurait une chance de sauver les autres.

Mais… le pouvait-il encore ?

Une tristesse sans fond lui engloutit le cœur.

Il n'écouterait plus jamais les solos de guitare époustouflants de Tetsuya.

Ni le doigté délicat de Risako sur le clavier. Pas plus que la basse si vivante de Tsubasa.

Tous ces talents individuels qui, parfois, fleurissaient ensemble pour créer ces instants de musique parfaits… Ces moments-là étaient perdus à jamais.

C'étaient de bons gars, et une chouette fille. Ils avaient la vie devant eux. Ensemble, on allait secouer le monde du rock !

Putain…

Une rage aveuglante lui fit serrer les dents et les poings.

Ça n'a plus aucun sens. À quoi ça servirait que je sois le seul à m'en sortir, hein ?

Tetsuya est mort. Mes rêves sont partis en fumée.

Ce salopard, cet enfoiré… Je vais lui faire la peau, même si je dois en crever.

Il s'empara d'un javelot, glacé au toucher.

Au moins, c'était une arme de jet. Même de loin,

dans le noir, s'il le visait dans le dos, il aurait de bonnes chances de le toucher.

Il imagina le javelot transpercer le torse du tueur. C'était ce qu'il fallait. C'était la moindre des choses.

Tetsuya, Risako, Tsubasa... Pardonnez-moi, j'ai eu un moment de faiblesse... Mais regardez-moi. Je vais le buter.

Et Yuzuka... Je te sauverai la vie, crois-moi.

21 h 28

Yukio Tajiri était assis sur la plate-forme entre le troisième étage et la dernière volée de marches qui menait au toit.

Les filles étaient clairement maîtresses de la situation, là-haut. Celles du club d'anglais, intelligentes et éloquentes, et celles de la garde rapprochée de Hasumi, qui n'étaient pas facilement impressionnables. Sinon, il y avait aussi Yuzuka, qui avait la tête sur les épaules, et trois grandes gueules notoires, Miho, Saori et Rina. La seule avec qui il aurait pu avoir une discussion, dans ce groupe, c'était Yûki, la fille enrobée, gentille et discrète.

En comparaison, les garçons qui les avaient suivies faisaient vraiment pâle figure. Tôru, qui obéissait bêtement à tout ce qu'on lui disait. Akira, complètement à l'ouest. Takumi et Hajime, enfin, du groupe des malaimés de la classe… dont Yukio faisait partie.

Il n'avait pas beaucoup réfléchi avant de suivre les filles vers le toit. C'était le groupe le plus nombreux, ce qui lui laissait le plus de chances de s'en sortir en cas de fusillade ; voilà ce qu'il avait pensé. Et puis, c'étaient surtout les garçons qui s'en prenaient à lui, pas les filles.

Mais il n'avait pas prévu qu'il serait bloqué derrière cette fichue porte de sortie. Dix-sept personnes coincées derrière une porte, ça n'avait plus rien de sécurisant. Pourtant, s'il y avait bien une chose qui lui faisait encore plus peur, c'était de redescendre. Il était pétrifié. Il ne voulait plus penser à quoi que ce soit d'effrayant. Il allait attendre, simplement attendre que toute cette histoire se termine.

Quel genre d'individu pouvait décider de tuer des lycéens, comme ça, sans aucune raison apparente ? Il n'arrivait pas à l'imaginer, et ne voulait même pas le savoir.

Il voulait juste se persuader d'une chose : qui que ce soit, le tireur ne s'intéresserait pas assez à lui pour vouloir lui ôter la vie.

Je ne suis qu'un caillou sur le bord de la route. Je ne suis qu'un déchet. Ça ne sert à rien de me tuer. Alors laissez-moi. Je veux vivre.

Les autres, il pouvait bien tous les tuer. Ça ne lui ferait ni chaud ni froid. Il n'aurait qu'une mauvaise nuit à passer et, après, il n'y repenserait même plus.

Moi, s'il vous plaît. Rien que moi. Sauvez-moi, mon Dieu, s'il vous plaît !

Comme chaque fois qu'il se sentait pris par une ferveur christique, Yukio se mit à réciter dans sa tête les paroles de la chanson « Hosanna d'amour ». S'il y parvenait trois fois de suite en entier sans faire d'erreur, alors il était sauvé : aucun malheur ne pouvait l'atteindre. C'était une ritournelle chantée par une starlette de second plan, Yôko Inada. Sans mélodie digne de ce nom et avec des paroles confuses, le single n'avait connu aucun succès. Mais du point de vue de Yukio, et dans son étrange système de croyances, c'était bien la preuve qu'un pouvoir magique mystérieux y résidait.

21 h 29

Kakeru s'esquiva discrètement, s'éloignant de ses camarades qui s'activaient dans le couloir, et retourna dans la classe. Il avait pris soin d'y cacher son matériel lorsque Yamaguchi et les autres avaient écumé les lieux à la recherche d'armes de fortune. Il fut bientôt entouré de ses camarades qui, sous la direction de Kengo, allaient chercher les chaises et les pupitres remisés au fond de la salle pour l'installation de la maison hantée.

Mieux valait ne pas attirer l'attention pour le moment : il abandonna ce qu'il avait en tête et aida ses camarades à bouger le mobilier.

Puis il attendit d'être seul pour attraper un étui à bandoulière et alla le dissimuler dans le placard de la salle de classe des 1re 3, complètement vidée de ses meubles elle aussi.

Les autres ne devaient pas savoir qu'il avait son arme avec lui. Ceux qui avaient pris les choses en main, que ce soit Yamaguchi ou Kengo, tenteraient de l'enrôler dans leurs plans. Or, si Yamaguchi était un bon garçon, droit et fort, ce n'était clairement pas une lumière : on n'allait pas se mesurer frontalement à un fou furieux armé d'un fusil. Quant à Kengo, il était très malin, mais ses qualités humaines laissaient à désirer ; Kakeru ne supportait pas sa façon de regarder les autres avec mépris, et il n'avait pas confiance en lui.

Dans son sac, il y avait un arc et des flèches en carbone. Il s'était entraîné le matin même sur les cibles du lycée.

Lorsqu'on avait son talent, l'arc était une arme redoutable. Cela dit, son adversaire, armé d'un fusil, n'était pas en reste.

Il n'aurait qu'une seule chance. Une seule. C'était aussi pour cela qu'il ne pouvait parler de son plan à personne. Il ne devait tirer que lorsqu'il se sentirait parfaitement prêt, pas sous la pression de quiconque.

Depuis son entrée au lycée, Kakeru avait consacré la majeure partie de son temps et de son énergie au tir à l'arc. Il avait remporté le championnat inter-lycées en individuel, ainsi qu'une compétition par équipes contre la Corée aux championnats du monde junior, et il n'en était pas peu fier.

Peut-être que tout ça, tout ce travail, c'était pour ce moment.

Cette confrontation avec un tueur armé.

Peut-être que je suis appelé à sauver mes camarades.

C'est mon rôle, ma destinée.

21 h 29

Il descendait l'escalier dans le noir, marche par marche, contenant sa respiration.

Ses sens étaient aux aguets. Il aurait pu entendre le battement d'ailes d'un papillon. Déceler le moindre souffle en provenance de cette présence humaine, en bas, qui devait les attendre…

Ça lui avait pris une minute entière de descendre du deuxième au premier étage.

Merde ! se répéta Yamaguchi pour la centième fois, en s'épongeant le front.

Les cages d'escalier n'étant pas climatisées, il y régnait une chaleur torride. Entre les litres de sueur grasse qui ruisselaient de son corps et son cœur qui battait à tout rompre, il n'était pas loin de se sentir mal.

Il se retourna. Shûhei, juste derrière lui, à peine éclairé par la lueur verte de l'éclairage de secours, affichait un air qui semblait déchiré entre rire et larmes, mais qui n'était que la pure expression de l'angoisse.

Je dois avoir exactement la même tête, se dit-il.

Il fit quelques gestes de la main. « *On accélère, maintenant.* » Shûhei acquiesça. Ils descendirent deux fois plus vite.

Leurs pantoufles d'intérieur, en caoutchouc, ne faisaient presque pas de bruit ; cela ne les empêchait pas d'imaginer l'écho de leurs pas se répercuter jusqu'aux oreilles du tueur qui les attendait en bas…

Où en étaient Takuto et Ryôta, dans l'escalier ouest ?

Ils étaient convenus de se faire signe, au premier, avant d'aller plus bas. S'ils arrivaient en retard, non seulement ils auraient l'air ridicules, mais en plus, ils feraient peser une pression supplémentaire sur l'autre groupe.

Une fois au premier étage, ils plissèrent les yeux pour voir à l'autre bout du couloir plongé dans la pénombre.

Il y avait bien quelqu'un. Qui ? Impossible de le savoir. Takuto ou Ryôta.

Ou bien le tueur ? ne put s'empêcher de penser Yamaguchi, dont le dos se glaça de terreur.

Non, ce n'est pas possible, calme-toi.

En face, une deuxième silhouette apparut. Elle semblait se mouvoir difficilement. Il y avait bien deux êtres humains à l'autre bout du premier étage. Ce n'était pas le tueur.

Il soupira de soulagement.

Un soulagement bien fugace, alors qu'il ne restait qu'un étage à descendre. Et après…

Arrête de réfléchir ! Ne pense à rien. Ça ne sert à rien.

S'il se mettait à penser, ses jambes refuseraient de bouger.

Quoi qu'il arrive, ne pas se retourner, ne pas avoir peur de son ombre. Aller de l'avant : c'est ça, ma philosophie !

Il serra les mâchoires et entama la dernière portion de leur progression.

Mais quand même, quand même...

Chacun de ses pas le rapprochait de l'enfer. Ce sentiment enfla en lui, l'étouffant de regrets.

Je veux pas le faire ! J'abandonne !

Mais se torturer ainsi ne servait à rien. Sa décision, il l'avait prise, il ne pouvait plus revenir dessus. Du reste, c'était impossible : il n'allait pas laisser Takuto et Ryôta aller seuls au casse-pipe, et il n'avait aucun moyen de les contacter pour leur dire de laisser tomber, de remonter. Il pouvait toujours crier, mais cela ne ferait qu'attirer l'attention du tueur… Ah, si seulement il leur avait fait signe, au premier étage ! Signe de faire demi-tour…

Non, ça ne servait à rien d'y penser. Il se souvint d'une expression que Hasumi leur avait apprise en cours : *the point of no return*, le point de non-retour.

Mais pourquoi j'ai voulu me lancer dans un truc pareil ?

Il repensa à Kengo. L'intello avait-il raison lorsqu'il avait dit qu'il agissait par bravade, pour prouver à Fûko qu'il était un héros ?

Quelqu'un aurait dû les arrêter, à ce moment-là. N'importe qui.

Il n'y avait eu que Kengo. Mais avec son sourire railleur, il n'avait réussi qu'à renforcer la détermination de Yamaguchi.

Et s'il l'avait fait exprès ?

Un doute le saisit. Kengo était rusé, il avait peut-être prévu sa réaction. Peut-être qu'il l'avait poussé à descendre pour ne pas avoir à le faire lui-même…

Non, se reprit-il en secouant la tête. *Kengo est comme ça, il a toujours été tordu, c'est sa façon de parler.*

Il était parvenu à la plate-forme entre les deux volées de marches. Plus que quelques pas. Il essuya la sueur de ses paumes sur son jogging et reprit sa planche cloutée en main.

Il lança un coup d'œil en arrière. Shûhei lui fit signe. Ils descendirent les dernières marches. Son cœur battait comme jamais.

21 h 30

Le couloir du deuxième étage, rempli de chaises et de bureaux empilés, était quasiment impraticable.

— Si j'ai bien compris, résuma Hisashi avec gravité, nous avons cette porte coupe-feu en métal, collée au mur, qui pivote sur elle-même pour couper un tiers du couloir. Puis ces rideaux anti-incendie tombent du plafond pour former un barrage complet.

— Pourquoi ce système complexe, avec un panneau pivotant plus un rideau qui tombe ? voulut savoir Kengo. Il suffirait d'un rideau.

— C'est pour permettre de s'enfuir. Ça fait partie des règles de sécurité. Il y a toujours un passage de secours dans la porte coupe-feu. On l'a vu lors des exercices d'évacuation, tu te souviens ?

— Mouais… Bon, et comment on les ferme, ces trucs ?

— Ils doivent pouvoir s'actionner manuellement, sinon on serait mal en cas de coupure de courant, mais je ne sais pas où se trouve l'interrupteur. Il va nous falloir de la fumée.

— De la fumée ?

— Il doit bien y avoir des détecteurs, tu sais, comme dans les maisons… Ah, tiens, ce truc-là, au plafond, c'en est un !

— Eh ! s'écria Kengo. Qui a un truc qui fait de la fumée ? Des feux d'artifice, des clopes, du cannabis, tout ce que vous voulez, mais je veux de la fumée !

— Moi, j'ai des clopes, répondit Naoki.

— Va en allumer sous ce détecteur, et magne-toi !

Naoki s'exécuta. Il grimpa sur un bureau, sortit une cigarette d'une main experte, l'alluma et cracha des volutes blanchâtres vers le plafond.

L'alarme ne se déclencha pas, puisqu'elle avait été débranchée, mais les panneaux coupe-feu à chaque extrémité du couloir pivotèrent sans un bruit, comme animés d'une volonté propre. Au même moment, les rideaux de fer s'abattirent pour terminer de bloquer le passage. Le deuxième étage était hermétiquement fermé. Des cris de joie s'élevèrent.

— On se réjouira plus tard ! brailla Kengo en s'approchant du système anti-incendie. On est loin d'être à l'abri, je vous signale !

Il examina de près le dispositif censé les protéger du feu. Le panneau et le rideau de lamelles métalliques étaient solidement emboîtés, là-dessus, rien à craindre. En revanche, la porte de secours prévue dans le panneau, facilement ouvrable, représentait une menace non négligeable.

— J'ai besoin d'une corde ! lança-t-il.

— Qu'est-ce que tu fais ? s'indigna Reika. Tu condamnes la porte ou quoi ? Yamaguchi et les autres sont toujours en bas !

— Je sais bien, rétorqua-t-il.

Rien ne semblait moins le contrarier tandis qu'il étudiait le mécanisme de fermeture de la porte de secours.

— OK, murmura-t-il. On va pouvoir bloquer la porte même sans serrure.

Il commença à rassembler des chaises.

— Mais Kengo, arrête ! Si tu fais ça, Yamaguchi et les autres ne pourront pas revenir parmi nous s'ils ont besoin de s'enfuir !

Reika chercha du regard un appui parmi ses camarades, qui détournèrent les yeux.

— Ils sont partis en connaissant le danger qui les attendait. Ils doivent se débrouiller par eux-mêmes.

— Mais c'est…

— Ça va aller, je te dis. Ils vont s'échapper, courir à l'extérieur, chercher des secours. Nous, on n'a qu'une seule chance de nous en sortir : nous barricader.

— Mais il y a bien un groupe, sur les deux qui sont descendus, qui aura besoin de remonter pour se mettre à l'abri…

— Ils n'auront qu'à rejoindre les filles sur le toit.

— Eh, mais, si tu nous enfermes ici, nous non plus on peut plus retrouver les autres sur le toit ! s'écria soudain Momoko.

Elle semblait sur le point de pleurer.

— Dans ce cas, tu n'as qu'à y aller maintenant.

Kengo ouvrit la porte de secours et, d'un signe du menton, l'encouragea à passer.

Momoko n'hésita qu'une seconde avant de se faufiler au travers. Kengo referma la porte, tira la poignée repliable en forme de demi-cercle, et, à l'aide de la corde que Satomi lui avait apportée, il la fixa à un amoncellement de chaises. De cette manière, si l'on tentait de l'autre côté de la faire tourner, ce serait peine perdue.

— Restez pas plantés là ! cria-t-il à la ronde. Il faut construire des barricades, on n'a pas beaucoup de temps ! Bloquez l'autre porte de secours côté ouest, et vite ! Après, on entasse un max de trucs derrière. Chaises, bureaux, n'importe quoi ! Hé, Daisuke, qu'est-ce que tu fiches à regarder les mouches voler ? Apporte-moi un balai, et que ça saute !

— Dis-moi, Kengo… dit soudain Yûichirô à voix basse. Tu n'aurais pas prévu tout ça depuis le début ?

— Hein ? Qu'est-ce que tu racontes ? Quel début ?

— C'est pour gagner du temps, que tu as envoyé Yamaguchi et les autres au rez-de-chaussée ?

Reika se figea. Juste avant le départ des quatre garçons, en effet, Kengo s'était montré particulièrement provocateur. Et cette petite phrase qu'il avait eue dès que leurs camarades étaient partis… « On devrait avoir un peu de temps devant nous maintenant… »

Avait-il sciemment envoyé quatre de leurs camarades à la mort ?

— Fais pas chier, Yûichirô. Je ne les ai pas forcés à jouer les héros. Ils ont monté ce plan tout seuls, comme des grands. (Il désigna la caméra de surveillance, le petit dôme blanc fixé au plafond, au centre du couloir.) Et si tu t'ennuies, tu peux toujours tenter d'éclater ce truc. On nous regarde.

Reika sursauta. Elle l'avait vu tant de fois, ce petit engin, pourtant elle n'y avait jamais fait attention. Yûichirô, de mauvaise grâce, abandonna la conversation pour s'acharner avec une chaise sur le système de surveillance.

C'était terrifiant de penser que le tueur les avait observés tout ce temps.

Mais Kengo venait-il de s'en apercevoir à l'instant ? Ça n'en avait pas l'air… Pourquoi décidait-il seulement maintenant de se débarrasser de la caméra ?

Elle le regarda s'emparer d'un balai pour le coincer dans l'interstice entre le plafond et le rideau de fer. Puis il s'en prit à Maejima et Satoshi, qui accumulaient les meubles sous ses yeux.

— Dites donc, les demeurés, vous vous rappelez qu'on a un fou furieux de tueur psychopathe aux trousses ? Ça va lui faire quoi, que vous aligniez les bureaux comme dans une gentille salle de classe ? Retournez-moi tout ça, foutez le bordel, il faut que ce soit la jungle !

Il n'avait pas tort. Jusque-là, tout avait été soigneusement empilé, et il suffisait de déplacer quelques chaises pour se frayer un chemin.

Les élèves, sous la direction de Kengo, s'employèrent à retourner les chaises, à imbriquer les bureaux, à fixer ce chaos informe à l'aide de planches, de clous et de ruban adhésif. Un seul espace avait été prévu pour être dégagé facilement : celui qu'ils pourraient emprunter pour sortir si nécessaire. En quelques minutes, les deux barrages anti-incendie étaient doublés de montagnes impénétrables.

— On a réussi ! s'écria Hiroshi. On est sauvés !

— *Sauvés* ? répéta Kengo, au bord de l'apoplexie. Tu délires, mon pauvre !

— Ben quoi ? se défendit Hiroshi. Le tueur ne peut pas passer, on a renforcé les rideaux, et on peut se cacher pour éviter les balles…

— Mais tu n'as pas de cervelle ou quoi ? Comment ça peut ne pas te venir à l'esprit que, face à un fusil, nos empilements ne servent à rien ?

Le masque du bon élève était tombé : Kengo, les lèvres retroussées, s'exprimait avec une violence qu'on ne lui avait jamais vue.

— Une barricade, c'est tout juste bon à ralentir un être humain, comment tu t'imagines que ça peut bloquer des balles, hein ?

— Mais… on fait quoi, alors ?

— *Mais on fait quoi, alors ?* Réfléchis par toi-même, débile ! Je veux bien que tu ne sois pas une lumière, mais essaie de te servir de ta tête !

Le visage de Hiroshi était livide.

— Enfoiré… lâcha-t-il.

Au même moment, un coup de feu terrifiant retentit au rez-de-chaussée.

— Je crois que c'est bon, dit Misaki. J'ai retiré presque tout le chewing-gum.

— Ça veut dire que, si on a la clé, on va pouvoir ouvrir, hein ? s'enquit Yûki, dont le front perlait de sueur.

— Il faut espérer, oui, répondit Misaki.

La détermination qu'on avait pu voir sur son visage lorsqu'elle avait commencé à s'attaquer à la serrure avait disparu.

Elle rendit sa boucle d'oreille à Rina, qui la laissa tomber.

— Il va arriver, Hasumi, vous croyez ? lança Madoka.

— Bien sûr, qu'il va arriver ! s'écria Mai. Il nous l'a dit, il ne nous laissera pas tomber !

— Oui, mais… et s'il s'était fait tuer ?

Des filles se mirent à renifler.

— Dans ce cas, fit Miho d'une voix larmoyante, personne ne viendra nous sauver…

— Ne vous inquiétez pas.

Fûko se tourna vers la fille qui venait d'affirmer cela avec la plus grande sérénité. C'était Yuzuka. Son teint était livide, mais le sourire sur ses lèvres était confiant.

— Comment tu peux dire ça ? demanda Ari, pleine d'espoir.

— Tadenuma est là.

— Tade ? Mais pourquoi ?

— Il est venu pour répéter pour la fête, avec Tetsuya et les autres. Il va nous sortir de là !

— Avec Tetsuya et les autres ? répéta Fûko. Mais on a entendu des coups de feu en provenance du bâtiment nord…

— On ne sait pas ce qui s'est passé là-bas, répondit Yuzuka. Mais ce dont je suis sûre, c'est que Tadenuma n'est pas un garçon comme les autres. Il s'est tiré de situations terribles… Il va nous venir en aide, c'est certain !

— C'est bien ce dont j'ai peur, lâcha Misaki.

— Qu'est-ce que tu veux dire ?

— Que je préférerais qu'il aille chercher du secours. Tel que je le connais, il va vouloir se mesurer tout seul au tueur…

Un silence terrible s'abattit dans la cage d'escalier étouffante.

— Dis donc, toi, tu commences à me courir sur le système ! vociféra Ayane en secouant Yukio par le col de son T-shirt. Qu'est-ce que tu marmonnes dans ta barbe, depuis tout à l'heure ?

Le garçon, les yeux fermés, continua de se balancer d'avant en arrière.

— *Hosanna, hosanna, ton amour m'a élevé, plus haut que le ciel et...*

Soudain, il ouvrit des yeux fous et repoussa Ayane avec une brutalité dont personne ne l'aurait cru capable.

— Tu m'as coupé ! glapit-il. Pourquoi tu m'as coupé ? J'étais au deuxième couplet !

— Bon sang, je savais que tu avais un pète au casque, mais à ce point…

Ayane, qui ne s'attendait pas à une telle réaction de la part de ce camarade d'ordinaire complètement effacé, préféra s'écarter de lui.

— Chut ! souffla Mai, un doigt sur les lèves. Taisez-vous.

Ils s'immobilisèrent. Peu à peu leur parvinrent des bruits métalliques, comme des portes qui grincent. Des bruits de moteur. Le bruit des rideaux de fer qui s'abattent.

— Ça vient du deuxième… dit Saori.

Ils avaient donc enclenché le système anti-incendie. Mais était-ce suffisant pour stopper un homme armé d'un fusil ? Fûko n'en était pas sûre. Ses camarades s'activaient probablement à consolider les rideaux avec des barricades de meubles, en espérant que cela suffise…

Un autre son se fit entendre. Qui se rapprochait d'eux. Quelqu'un venait. Sans essayer de couvrir le bruit de ses pas.

Tout le monde, pétrifié de terreur, se mit à fixer le trou noir de l'escalier en colimaçon.

— Vous êtes là ?

La voix de Momoko. Soulagement général.

— J'en pouvais plus de rester avec eux ! s'épancha-t-elle. Cet avorton de Kengo se prend pour le chef, il donne des ordres et décide de tout ! Non mais, pour qui il se prend, hein ?

— Baisse d'un ton ! asséna Misaki.

— Hein ? Mais je…

— Plus bas, je te dis. Est-ce que la situation t'échappe ? Il y a un type armé qui se balade dans notre lycée. Si tu peux pas la boucler, tu dégages d'ici.

Momoko se le tint pour dit.

Le silence se prolongea. Du deuxième leur parvinrent des bruits de meubles qu'on bouge, de choses qu'on casse… Mais ce qui se passait là-bas n'avait plus d'importance.

— On va rester ici jusqu'à quand ? souffla Rina.

Depuis la mort de son père, la jeune fille s'était largement décoincée et avait moins peur de prendre la parole.

— Jusqu'à ce qu'on vienne nous chercher, affirma Misaki, qui avait naturellement pris le rôle de meneuse.

— Oui, mais si le tueur arrive avant les secours, on est perdus…

— Hasumi viendra nous sauver avant.

— Et s'il ne vient pas ?

— Il viendra.

— Mais s'il ne vient pas ?

— Tu es chiante… Si tu as une meilleure idée, n'hésite pas à…

Un coup de feu retentit, terriblement puissant, assourdissant.

Fûko se boucha les oreilles et tomba à genoux.

21 h 30

À mesure qu'il descendait les marches, le couloir du rez-de-chaussée apparaissait dans son champ de vision. Rien n'était allumé, l'obscurité était complète. Calme plat. Et, en apparence du moins, pas âme qui vive.

Yamaguchi dut quitter la cage d'escalier. Désormais, plus rien ne le protégeait. Il se baissa pour progresser à quatre pattes, tentant de percer les ténèbres. Les battements de son cœur résonnaient à ses oreilles.

Ils sont là.

Au bout du couloir, il réussit à distinguer les silhouettes de Takuto et Ryôta.

Mais nulle trace du tueur.

Yamaguchi fit signe à Shûhei, juste derrière lui, d'attendre. Aucun bruit ne leur parvenait. Et s'il était parti ?

Quoi qu'il en soit, Yamaguchi ne pouvait rester tapi dans l'ombre indéfiniment. Avec d'infinies précautions, il se remit en mouvement. Shûhei, conformément à ses instructions, resta en arrière.

Lorsqu'il se fut assez avancé pour discerner l'expression de ses camarades en face, il vit qu'ils lui montraient quelque chose. Le téléphone dans le hall d'accueil du bâtiment. Yamaguchi serra son arme dans ses mains et fit signe à Shûhei de le rejoindre.

Une fois arrivé au niveau de l'accueil, il eut l'impression d'entendre quelque chose derrière lui. Ça venait de la salle des profs… un bruit de verre brisé, non, un bruit métallique… Il se figea, alors que le son enflait, avant de comprendre qu'il s'agissait de la pluie.

Les sens en alerte maximale, il s'approcha du téléphone public, qu'une petite diode rouge éclairait encore. Il hésita à décrocher le combiné : si le tueur entendait le moindre cliquetis…

Il avait craint que les fils n'aient été coupés, mais les deux lignes visibles étaient saines. La machine elle-même ne présentait aucune trace de dégradation.

Entre-temps, ses trois camarades l'avaient rejoint en silence. Yamaguchi tendit la main vers le combiné, le porta à son oreille. Bizarre. Pas un son. Il composa le numéro d'appel d'urgence de la police. Toujours rien.

La ligne était morte.

Le tueur avait fait en sorte de les empêcher d'appeler à l'aide en coupant les connexions ailleurs, quelque part en amont. Ce type n'était pas un simple dérangé…

Et s'ils venaient de tomber dans un piège ?

Yamaguchi vit, dans l'ombre des casiers, se détacher la haute silhouette d'un homme armé.

Tout se passa extrêmement vite. Ils tentèrent de s'enfuir mais deux détonations terribles retentirent.

Je suis touché !

Il mit quelques secondes pour s'apercevoir que ce n'était pas le cas. Derrière lui, Shûhei s'effondra.

— Tiens bon ! hurla-t-il en le prenant dans ses bras.

Le tueur ouvrit son arme en deux pour y introduire de nouvelles cartouches.

Ryôta s'interposa, son extincteur en main. Le couloir noir s'emplit de mousse chimique, réduisant le faible champ de vision qu'il leur restait à néant.

Merde !

Shûhei avait perdu connaissance : Yamaguchi dut le

traîner à terre tout en rampant. Takuto et Ryôta apparurent dans le nuage de mousse et l'aidèrent à porter le blessé.

— Ici, à l'infirmerie ! murmura Takuto alors qu'ils passaient devant la salle en question.

La porte était fermée à clé, mais il n'était pas compliqué de la forcer : c'était le seul endroit du lycée où l'on pouvait trouver un défibrillateur. Il suffisait de soulever un panneau en plexiglas et de passer la main de l'autre côté pour la déverrouiller.

Ils entrèrent en trombe.

— La porte !

Pendant que Yamaguchi portait Shûhei sur le lit du fond, les deux autres firent tout ce qu'ils purent pour bloquer l'entrée. C'était complètement dérisoire, face à un meurtrier armé d'un fusil, mais ils n'avaient pas le choix : c'était ici qu'ils mèneraient leur combat à mort. Takuto tenait encore son cutter mais Ryôta était désarmé. Sa main droite était en sang. Avait-il été touché par une balle ? Yamaguchi lui lança sa planche cloutée.

— Hé, Shûhei ! Shûhei, dis quelque chose !

Mais le lycéen ne répondait pas. Même dans le noir, on pouvait voir qu'il avait pris au moins trois plombs. Poitrine, bras gauche, cuisse gauche. Cette dernière blessure pissait le sang.

Yamaguchi posa sa main sur le cœur de son camarade mais ne sentit rien. Shûhei allait mourir.

Ce qu'il se rappelait avec certitude d'un cours d'introduction aux premiers secours, c'était que faire battre le cœur était une priorité, avant même de soigner les hémorragies.

— Je m'occupe de Shûhei. Ne le laissez surtout pas entrer !

Ils opinèrent et se postèrent de chaque côté de la porte

barricadée. Si le tueur forçait l'entrée, il devrait s'attendre à essuyer les attaques déterminées de ces deux-là.

Le bruit de la pluie lui emplissait les oreilles. Yamaguchi avisa un sac orange accroché au mur, marqué des initiales « DAE ». Il s'en empara, l'ouvrit et sortit le défibrillateur. Aussitôt qu'il ouvrit le couvercle transparent, une voix de femme s'éleva de l'appareil.

« Vérifiez l'état de conscience et la respiration de la victime. »

Suivant les consignes enregistrées, il souleva le T-shirt de son camarade et apposa les électrodes sur sa poitrine.

« Éloignez-vous de la victime. Nous allons procéder à la détection d'activité cardiaque. »

Plus un bruit ne leur parvenait du couloir.

« Un choc électrique est nécessaire. Éloignez-vous de la victime. Veuillez appuyer sur le bouton clignotant. »

Je ne veux pas qu'il meure, bordel ! S'il meurt, ce sera ma faute... Allez, Shûhei, tiens bon !

Il appuya sur le bouton.

« Le choc électrique a été envoyé. Veuillez procéder au massage cardiaque. »

Yamaguchi se mit à presser la poitrine de Shûhei avec l'énergie du désespoir, craignant même de lui casser des côtes au passage. Il ne pensait qu'à une chose : faire redémarrer son cœur.

Soudain, la lumière s'alluma dans le couloir. Les visages de Takuto et de Ryôta étaient pétrifiés de terreur.

— Ohé ! Tout va bien ?

La voix de Hasumi.

— Vous êtes là ?

Yamaguchi ressentit un grand soulagement et faillit répondre, mais quelque chose le retint au dernier moment. Il fit signe à ses camarades de garder le silence.

« Ne dites rien. »

Il ne pensait pas réellement que Hasumi puisse être le

tueur… Mais son message, dans les haut-parleurs, était bizarre à plusieurs points de vue. Et comment se faisait-il qu'il apparaisse juste maintenant ?

— Faites attention, c'est le professeur Kume qui est devenu fou ! Il est armé d'un fusil de chasse et vient de s'éloigner pour rejoindre les étages supérieurs…

Kume ? Le prof d'art ? Pas possible… C'est n'importe quoi…

— Oh, il y a du sang partout ! Vous êtes blessés ? Combien êtes-vous là-dedans ? Quelqu'un a été touché ?

Yamaguchi se décida à lui répondre.

— Monsieur Hasumi… C'est vrai, pour Kume ?

— C'est la triste vérité. Moi aussi, j'ai du mal à le croire…

Il se pencha et son visage s'encadra dans le panneau de plexiglas. Yamaguchi eut un sursaut d'horreur. À contre-jour, à moitié caché par tout ce qui barrait l'entrée, on pouvait encore voir que le prof d'anglais avait été sérieusement amoché. Sa joue droite était largement enflée, son nez complètement tordu.

— Qu'est-ce qui vous est arrivé ?

— J'ai croisé le professeur Kume… J'ai bien failli y rester. Mais dites-moi plutôt, qui a été touché ?

— C'est Shûhei, monsieur ! s'écria Yamaguchi en larmes. Son cœur ne bat plus… Aidez-le !

Hasumi n'était pas le meurtrier, sinon il ne se serait pas fait démolir de la sorte !

Enfin ! Ils étaient sauvés, on allait les sortir de là, Shûhei n'allait pas mourir…

— Compris. Enlevez-moi tout ça, j'entre.

Takuto se précipita pour déplacer le bureau, mais Ryôta ne bougea pas d'un pouce.

— Pourquoi M. Kume ferait-il une chose pareille ? demanda-t-il.

Hasumi soupira.

— Il semblerait qu'il ait conçu des sentiments déplacés pour une personne du lycée. Quelqu'un qui ne lui a pas retourné son amour. Ça l'a rendu fou.

— Quelqu'un ? Une fille de notre classe ? voulut savoir Ryôta, dont le ton indiquait l'incrédulité.

— Non, pas une fille… Il s'agit de Maejima.

— Hein ? Il est amoureux d'un garçon ?

— On s'en fout, putain ! cria Yamaguchi. Faites-le entrer, et vite !

Ryôta aida Takuto à dégager l'entrée et Hasumi pénétra dans l'infirmerie. Il alla immédiatement se pencher sur Shûhei.

— Ce n'est pas bon du tout, son cœur ne bat plus…

Yamaguchi appuya plus fort sur la poitrine de son camarade, attendant que la machine renvoie une décharge électrique.

Il se dit qu'à tout moment le tueur pouvait revenir. Hasumi restait muet à ses côtés. Soudain, le prof sortit de l'infirmerie.

Yamaguchi n'eut pas le temps de se demander pourquoi il revenait si vite.

— Ça va pas, m'sieur, il…

C'est alors qu'il vit ce que tenait Hasumi dans ses mains. Un fusil de chasse.

21 h 30

Il avait fait tout le tour du bâtiment, mais chaque porte, chaque fenêtre était fermée.

L'air se fit plus frais, une pluie fine se mit à tomber. Tadenuma avala péniblement sa salive. Ça ne lui plaisait pas du tout. Il allait devoir briser une vitre, ce qui ne manquerait pas d'attirer l'attention du tueur, s'il l'entendait.

Par ailleurs, les ouvertures étaient protégées par des systèmes de sécurité : en cas d'intrusion, une alarme se déclenchait et un message était aussitôt envoyé à une société de surveillance… ce qui, à la réflexion, pouvait jouer en sa faveur.

Tadenuma se souvint soudain qu'afin de gérer la température, l'ouverture des fenêtres était contrôlée par un ordinateur dans la salle des profs. Peut-être son intrusion s'afficherait-elle sur un écran…

Mieux valait ne pas y penser, ou bien il ne pourrait plus faire un pas. Mais il y avait aussi les caméras de surveillance, qui avaient certainement filmé ses allées et venues….

Il s'approcha d'une des fenêtres de la salle des profs. La lumière était éteinte, elle semblait déserte.

Le tueur l'attendait-il dans le noir ?

La pluie, qui semblait jusque-là hésiter à tomber, redoubla d'intensité. Les gouttes se firent plus grosses et s'écrasèrent avec force autour de lui. Tadenuma serra fort le javelot entre ses mains et le précipita contre la vitre.

Un bruit cristallin s'éleva, loin d'être aussi fort qu'il l'avait craint. Il avait réussi à percer le double vitrage. Décidément, le javelot était peut-être un outil de premier choix pour un cambriolage. Difficile à manier en intérieur, cela dit, avec ses plus de deux mètres…

Il passa la main par le trou et ouvrit la fenêtre avant de s'introduire, tel un chat, dans la salle des profs.

Dans un coin au fond, un écran était allumé. Le moniteur qui présentait les vues des caméras de surveillance. Il affichait huit fenêtres.

Tadenuma, les yeux écarquillés, discerna des personnes qui bougeaient dans l'un des rectangles, qu'il agrandit en plein écran. C'était le rez-de-chaussée, devant le téléphone public. L'image, en mode nocturne, était en noir et blanc. Il y avait quatre lycéens. Parmi eux, Tadenuma reconnu Yamaguchi.

Il voulut courir pour les rejoindre : s'il fallait se battre, Yamaguchi était probablement un des meilleurs alliés sur lequel il puisse compter.

Il se retint pourtant. N'y avait-il pas un risque qu'on le prenne pour le tueur ? Après tout, il n'était pas censé se trouver là, et il avait de bonnes raisons d'en vouloir au lycée qui l'avait mis à la porte…

Cette hésitation de dernière seconde lui sauva la vie.

Deux formidables coups de feu retentirent.

Tadenuma s'accroupit sans quitter l'écran des yeux, sans lâcher son javelot.

Quelqu'un utilisa un extincteur et l'image se brouilla. Il put discerner les quatre élèves en train de s'enfuir en direction de la salle des profs. Il entendit le bruit de leurs pas dans le couloir. Ses camarades étaient entrés dans l'infirmerie.

Le tueur était donc au rez-de-chaussée. À quelques mètres seulement de lui.

Ce monstre sans scrupule qui avait massacré ses amis et le professeur Sonoda.

Un mélange de terreur et de colère fit bouillir son sang.

Il se concentra sur l'écran. Tant qu'il ne savait pas où se trouvait le tueur, il ne pouvait pas bouger.

Et puis, il voulait savoir.

Quel genre de salopard peut faire une chose pareille ?

Il voulait le voir de ses propres yeux.

Une ombre se détacha des casiers et actionna un interrupteur, inondant le couloir de lumière.

L'image surexposée vira en mode couleurs.

Tadenuma écarquilla les yeux de stupeur.

L'homme qui tenait un fusil à la main et qui s'avançait

dans sa direction avait le visage terriblement amoché mais il l'aurait reconnu entre mille.

Hasumi.

— Ohé ! Tout va bien ? lança le prof d'anglais. Vous êtes là ?

Putain de merde !

Des larmes roulèrent sur les joues du jeune homme. Cet enfoiré ! Sous ses airs de bon samaritain, ce cinglé avait berné tout le monde ! Comment pouvait-on… comment…

— Faites attention, c'est le professeur Kume qui est devenu fou ! Il est armé d'un fusil de chasse et vient de s'éloigner pour rejoindre les étages supérieurs… Oh, il y a du sang partout ! Vous êtes blessés ? Combien êtes-vous là-dedans ? Quelqu'un a été touché ?

Tadenuma le vit poser son fusil contre le mur du couloir.

— Monsieur Hasumi… (C'était la voix de Yamaguchi.) C'est vrai, pour Kume ?

Ne te laisse pas avoir, Yamaguchi ! voulut hurler Tadenuma. *C'est un monstre !*

— C'est la triste vérité. Moi aussi, j'ai du mal à le croire…

Ils échangèrent encore quelques mots, et le prof finit par entrer dans l'infirmerie.

Tadenuma, agrippé à son javelot, en profita pour se précipiter sans bruit vers la porte, afin de quitter la salle des profs. Au dernier moment, il se retourna vers le moniteur et vit que Hasumi ressortait de l'infirmerie…

C'était moins une !

Il s'était immobilisé, n'osant même plus respirer.

Hasumi n'était ressorti que pour attraper le fusil qu'il avait laissé dans le couloir. Puis il se tint à l'entrée de la pièce où les garçons s'étaient retranchés.

— Pourriez-vous vous baisser un peu ?

— Mon… Monsieur Hasumi ? Qu'est-ce que vous…

— Rapprochez-vous du fond.

Le prof entra dans l'infirmerie et disparut du champ de vision de Tadenuma.

Ça va pas ! Il faut que je fasse quelque chose !

Il s'élançait hors de la salle des profs quand deux autres détonations retentirent.

Trop tard, trop tard, putain !

Un voile noir lui obscurcit les yeux.

Il entendit les cartouches vides rouler à terre, et le bruit de la pluie.

— Décidément, ce n'est pas évident de tuer quatre personnes avec deux balles ! Mais ne t'inquiète pas, je vais abréger tes souffrances.

Tadenuma entra dans l'infirmerie. Il vit instantanément ses quatre camarades : l'un étendu sur un lit, les trois autres gisant à terre dans une mare de sang. Hasumi, occupé à recharger son fusil, se retourna.

— Crève, Hasumi ! hurla Tadenuma en lançant son arme de toutes ses forces.

Il pensa l'avoir dirigée en plein sur la poitrine du tueur, mais le bout de la lance, trop longue, effleura l'encadrement de la porte derrière lui et sa trajectoire en fut déviée. Elle frôla le visage du prof avant d'atterrir dehors, les vitres de la fenêtre ayant été détruites par les coups de feu.

Hasumi, qui s'en sortait avec une simple balafre à la joue, termina de recharger son fusil.

S'il tentait de s'enfuir, Tadenuma serait facilement abattu. Ce n'était pas son intention. Il se rua sur Hasumi comme s'il voulait le tacler. Avant que le prof n'ait eu le temps de le viser, il réussit à attraper le fusil de ses deux mains.

Alors, enfoiré ? Tu n'es rien, sans ton joujou, hein... Si on se bat sans armes, tu vas vite comprendre à qui tu as affaire !

Ah, putain !

Tadenuma laissa échapper un gémissement de douleur.

Il n'avait pas pensé que le fusil serait aussi chaud.

— Allons, allons, si tu ne le lâches pas, tu vas te brûler, dit calmement Hasumi.

Lui tenait l'arme par sa poignée en bois et n'en ressentait aucun inconfort.

Dans tes rêves...

Il affirma sa prise autour du canon.

Je vais me brûler les mains, et alors ? Tu as buté mes amis, connard... Ils ont bien plus souffert que ça ! Je vais te montrer ce que ça fait !

Il tenta de faire lâcher prise à son ennemi. Tadenuma se savait fort, il croyait parvenir à ses fins sans trop de problème. Or, Hasumi se révéla bien plus puissant qu'il ne l'aurait imaginé. Le fusil ne bougea pas de ses mains.

Le jeune homme aurait voulu lui asséner un de ses crochets du droit dont on ne se relevait pas de sitôt, mais il ne pouvait se dessaisir de l'arme de chasse. Si seulement il parvenait à s'emparer de ses baguettes, passées dans la ceinture de son jean... il pourrait éclater le prof d'un seul coup. Mais s'il libérait une seule de ses mains, l'autre en profiterait pour lui arracher le fusil et le viser.

Enfin, la différence de taille rendait peu évident de tenter de faucher Hasumi d'un coup de pied. Sans compter que le sol en lino était poisseux de sang ; au moindre déséquilibre, il tomberait.

La pluie se fit plus discrète. En temps normal, s'il conservait le statu quo, c'était Hasumi qui se fatiguerait le plus vite... Mais il fallait se rendre à l'évidence : la douleur vive qu'il ressentait sous la paume de ses mains ne lui permettrait pas de tenir si longtemps...

— Voyons, tu devrais lâcher maintenant. À forcer comme ça, ce n'est pas seulement la peau que tu brûles : c'est ta chair même qui est attaquée.

Ne te fous pas de ma gueule !

Tadenuma resserra ses poings.

Alors, Hasumi lâcha son arme.

La stupéfaction fit perdre une fraction de seconde au jeune homme.

Hasumi en profita pour fondre sur lui et lui coincer la tête sous son aisselle. Immédiatement, Tadenuma leva les bras, sans lâcher le fusil, afin de se protéger le cou.

Rompu aux combats de rue, il s'attendait à une tentative d'étranglement en guillotine. Mais ce n'était pas cela que prévoyait Hasumi, qui n'avait pas l'intention de le mettre K.-O.

Resserrant sa prise autour de la tête de l'adolescent, le prof la fit brutalement tourner vers le haut.

Lorsque Tadenuma, penché en avant mais la tête vrillée à 180°, vit le plafond, il entendit ses vertèbres cervicales se déboîter.

Putain, non ! Pas comme ça !

Pardon, tout le monde, pardon, je n'ai pas réussi à vous venger...

Fuis, Yuzuka ! Ce type est un vrai monstre !

Il perdit toute sensation physique et, enfin, le noir se fit.

21 h 33

Hasumi jeta un regard à Masahiro Tadenuma tout en ramassant son arme. L'adolescent était encore secoué de légers spasmes. Il lui asséna un coup de crosse pour l'achever.

Voilà qui était inattendu… mais qui lui avait donné l'occasion de se débarrasser définitivement de ce voyou, ce qui n'était pas regrettable en soi.

Il avait baptisé « Rouleau de la Mort » la technique

qu'il avait utilisée pour venir à bout du gamin. Une prise inspirée par la façon qu'ont les crocodiles de s'emparer de leurs proies. Il en résultait soit la mort, soit la paralysie complète. Pas étonnant que ce soit interdit dans les compétitions de Vale Tudo…

C'était bien pour perfectionner cette méthode que Hasumi s'était tant entraîné à la figure du *windmill*, lorsque la breakdance faisait fureur. Les os et tendons humains résistent à la force directe, mais il suffit de les faire pivoter sur eux-mêmes pour qu'ils se brisent.

Il avait aussi pris l'habitude de fréquenter une salle de sport, où il s'entraînait à soulever des poids de cent kilos au Rotary Torso. La force physique nécessaire pour casser les corps. S'il avait déjà cassé des bras ou des jambes, c'était la première fois qu'il tordait le cou à quelqu'un de cette manière !

I put Mr. Tadenuma on the death roll by the death roll.

Il pouffa à son propre jeu de mots : il avait inscrit le gamin sur le rouleau des morts en lui faisant un rouleau de la mort… Dommage, il n'aurait pas l'occasion d'en faire profiter sa classe.

Il se pencha sur les corps des quatre intrépides. Trois d'entre eux n'étaient plus de ce monde, mais Takuma Yamaguchi respirait encore. Il abrégea ses souffrances en un clin d'œil.

Il s'empara du petit engin qu'il portait autour du cou. Dix-huit garçons, dix-sept filles.

Tadenuma ne faisant pas partie du total, il commença par simplement appuyer quatre fois sur « moins ». Puis il appuya une fois sur « plus », et à nouveau sur « moins ».

Après tout, il était toujours responsable de l'adolescent rebelle, et lui avait, à lui aussi, fait réussir son examen final haut la main.

Restaient donc quatorze garçons et dix-sept filles.

Si l'on considérait qu'il venait de se débarrasser

des plus coriaces, les adolescents restants tomberaient comme des mouches.

21 h 33

Encore deux coups de feu au rez-de-chaussée…

Sans rien dire, les élèves du deuxième pensaient aux quatre garçons partis au cœur du danger. Mais ils ne s'arrêtèrent pas de s'activer un seul instant. La troisième barricade fut presque terminée en un rien de temps. Elle se situait au milieu du couloir, entre les portes avant et arrière de la salle de 1re 3, qui permettait de la contourner.

Ils y avaient assemblé des pupitres en huit lignes droites, surmontés d'autres pupitres renversés sur le côté. Suivant les ordres de Kengo, ils avaient ainsi créé une surface enchevêtrée, extrêmement compliquée à pénétrer. Ils bouchèrent chaque interstice sous les bureaux et de chaque côté du barrage avec tout ce qu'ils purent trouver dans leur maison hantée.

Cette barricade-là aurait une certaine efficacité contre les balles. En effet, dans chaque casier des pupitres dormait une certaine épaisseur de manuels scolaires. Et si les balles pouvaient traverser les planches, on imaginait mal comment elles en traverseraient plusieurs, ainsi que des centaines de pages, sans perdre de leur célérité…

Enfin, Nana et Satomi, juchées en hauteur, s'activaient à suspendre des tissus noirs dans le couloir. Ainsi, même si le tueur parvenait à percer un trou dans les rideaux de fer, il ne verrait rien de ce qui se passait de l'autre côté.

Kengo se mit à allumer puis éteindre la lumière du couloir.

— Fais chier, saleté de néons ! Ils mettent trop de temps à s'éteindre, du coup on ne peut pas envoyer de message en morse.

— Ça peut suffire à alerter les gens, non ? suggéra Satoshi.

— Crétin ! Au mieux, ils vont penser qu'on a une ampoule grillée !

Peu importe à qui il s'adressait, Kengo en était arrivé à un stade où il traitait tout le monde de crétin.

— Il vaut mieux laisser la lumière éteinte, pour laisser le moins d'opportunités possible au tueur de viser s'il fait un trou dans un rideau métallique. On n'avait pas une grosse lampe de poche, là ? Apportez-la-moi. Ah, c'est vrai, il y a un interrupteur juste derrière le rideau de fer… Hé, Hisashi ! On ne peut pas faire en sorte qu'il ne puisse pas l'utiliser, si jamais il passe ?

— On peut trafiquer le panneau électrique mais il est fermé à clé. Il y a plus simple, de toute façon : il suffit de faire un court-circuit.

Il disparut dans la salle de classe et revint avec des mines de critérium.

— Rien de mieux que le graphite pour conduire l'électricité.

Il s'accroupit devant une prise de courant, y inséra deux mines qu'il tenait par leur partie en plastique.

— Ça me rappelle quand j'étais petit. Je le faisais souvent en primaire…

Il laissa tomber une troisième mine graphite sur les deux premières. Il y eut un craquement, des étincelles, et la mine s'envola dans les airs. La moitié du couloir fut plongée dans le noir.

— Je vais faire la même chose de l'autre côté.

Il passa à travers la 1re 3 et, bientôt, la lumière s'éteignit à l'autre bout du couloir.

Être éclairés leur avait donné l'impression désagréable

d'être facilement repérables par le meurtrier, mais qu'ils soient soudain plongés dans le noir ne rassura personne pour autant.

Kengo prit la lampe torche que lui tendait Satomi et se posta à la fenêtre, où il joua de l'interrupteur.

Court, court, court. Long. Long. Long. Court, court, court.

Reika connaissait ce code en langage morse : c'était un SOS.

— Dis, Kengo, pourquoi tu n'ouvres pas la fenêtre ? demanda Satomi.

Elle avait beau détester son camarade en temps normal, il fallait reconnaître qu'il avait rudement bien pris les choses en main.

— Hein ? Hum, parce que ça pourrait faire du bruit, et attirer l'attention du tueur.

— Tu crois que quelqu'un va nous voir ?

— Sûrement. Le tout est de savoir quand…

L'atmosphère n'avait pas tardé à devenir étouffante dans la pièce lorsque la climatisation s'était arrêtée. Pourtant, Kengo ne fit pas mine d'ouvrir les fenêtres.

Les autres se rassemblèrent autour de lui. La lune ne se montrait pas, mais l'éclairage qui leur parvenait de l'extérieur leur permettait de déchiffrer les expressions des uns et des autres.

— En attendant qu'on vienne nous chercher, on est à l'abri ici, non ? s'enquit Daisuke.

— Seulement s'ils arrivent vite. Ils viendront forcément : les familles et les amis vont s'inquiéter de ne pas pouvoir nous joindre, et même si le lycée est isolé, il y a quelques habitations à portée de vue. Il faut espérer que quelqu'un aura capté le message en morse. Et qu'on puisse survivre jusque-là.

— Oui, mais, mais… Même s'ils n'arrivent pas

rapidement ? Le tu-tueur ne peut pas entrer ici, pas vrai ? Et les balles ne peuvent pas traverser…

— Bon, écoute, je ne vais pas te le répéter dix fois. Le gars est venu armé, et il a l'intention de nous éliminer tous. Tu crois vraiment que lorsqu'il va s'apercevoir que le deuxième étage est barricadé, il va se dire : « Allez, tant pis, je rentre chez moi » ? Sûrement pas ! Et il y a plein de façons de nous atteindre. J'en ai trois ou quatre qui me viennent, là, tout de suite.

Un silence pesant s'installa.

— Mais, a-alors, qu-qu'est-ce qu'on peut faire ?

— Prier. Je ne vois que ça. Ou tenter d'aller chercher des secours, mais c'est bien trop risqué, à mon avis.

— A-Aller chercher des secours ? On p-peut pas ! Yamaguchi et les autres ont ess-essayé ! Et ils… ils sont pas revenus…

Tout le monde baissa la tête. Daisuke s'empressa de continuer :

— Non mais, ils sont sûrement en sécurité… Ca-cachés quelque part mais… La po-porte d'entrée doit être fermée, non ?

— Je parle d'un autre moyen d'aller chercher des secours. Sans que le meurtrier le voie. Il y a un moyen de s'échapper du lycée, et je crois bien que seuls ceux qui le tenteraient pourraient s'en sortir sains et saufs. Le problème, c'est que ça demande du courage et de la force, et ceux qui en ont sont déjà partis en bas… Nous, on est inutiles.

— Attends un peu, gronda Satomi. De quoi tu parles ? C'est pas à toi de décider si on tente une sortie ou pas !

— C'est très simple. On a des cordes et elles sont assez solides. On peut s'enfuir par la fenêtre.

La lycéenne resta interdite quelques secondes.

— Mais… le tueur risquerait de nous voir ?

— Évidemment, le risque zéro n'existe pas.

— On sait même pas où il est ! Il peut nous voir par la fenêtre…

— Il faudrait descendre côté salles de classe, pas côté couloir, bien entendu. Et puis fixer la corde entre deux fenêtres pour descendre le long du mur. Pour peu que le tueur soit à l'intérieur du bâtiment, il ne s'apercevra de rien.

On entendit Satomi avaler sa salive. La jeune fille, très douée en kendo, avait une âme intrépide.

— Arrêtez ! s'écria Reika. C'est bien trop dangereux !

— Comme je l'ai dit, c'est pas garanti. Mais si on regarde les choses objectivement, il y a très peu de chances pour que ça tourne mal.

— Tu te moques de nous ou quoi ? Tu disais toi-même que c'était trop dangereux ! Tu n'as qu'à y aller, s'il y a si peu de risques !

Kengo dirigea sa lampe en plein sur le visage de Reika, qui grimaça.

— Si j'ai dit que c'était dangereux, c'est parce que ça l'est. Descendre le long d'une corde du haut du deuxième étage ? Sous la pluie en plus, qui va rendre la corde glissante ? Franchement, si j'étais assez agile pour ça, je le ferais. C'est la liberté à portée de main… Malheureusement, j'en suis incapable. Je n'ai ni les nerfs ni la force nécessaires. Je pourrais descendre avec la goulotte d'évacuation, à la limite, mais c'est un coup à se faire griller immédiatement.

— Tu es sérieux ? s'emporta Yûichirô. Ça t'a pas suffi, d'envoyer Yamaguchi et les autres au casse-pipe ? Qu'est-ce que tu manigances, exactement, hein ?

— Eh, je ne force personne, moi. C'est Satomi qui m'a demandé, je lui réponds. Et puis… On est peut-être relativement à l'abri, nous, ici, mais ceux d'en haut ? Si on arrivait à appeler les secours, on pourrait aussi les sauver.

— OK, je le fais, décréta Satomi. Je sais monter à une corde, alors descendre, ce sera du gâteau.

— Non, Satomi… tenta Reika.

— Moi-moi aussi ! affirma Daisuke.

Un peu en retrait, Naoki restait silencieux. Il était bien plus sportif que son camarade mais semblait dubitatif face à cette solution miracle. Peut-être commençait-il à flairer une embrouille.

Reika ne savait plus quoi faire. Elle voulait à tout prix convaincre ses camarades de rester, mais l'argument du devoir moral envers ceux qui étaient partis en haut était impossible à contrer. Elle lança un regard à Yûichirô. Les bras croisés et le visage fermé, son ami était tout aussi impuissant.

21 h 34

Hasumi, assis devant l'écran, fit le tour des caméras de surveillance. Portail. Entrée. Cour. Parking. Il voulait s'assurer que Tadenuma était venu seul.

Tout va bien. On dirait qu'il n'y a que lui à être entré sans invitation.

Il y avait plus gênant. Le deuxième étage. Les ados étaient en train d'accumuler des meubles dans le couloir, tentant de former une barricade. Ils avaient aussi actionné le système anti-incendie, qui avait fait tomber les rideaux coupe-feu. Ils avaient bien entendu pensé à bloquer la porte de secours.

Après, Kengo Watarai avait désigné la caméra, et Yûichirô Nagoshi s'était hissé sur un bureau pour la détruire. Depuis, seul le message « Video Loss » s'inscrivait dans la fenêtre.

Ce n'était pas plus mal, qu'ils se terrent dans des fortifications. Ça lui faciliterait la tâche : il n'aurait pas à leur courir après dans tout le lycée. Et si les élèves avaient décidé de tous se précipiter en même temps vers la sortie, quelques-uns auraient pu en réchapper.

Mais bon, puisqu'ils s'installaient confortablement au deuxième, cela lui laissait le temps de se concentrer sur ceux qui avaient suivi ses directives. Il finirait tranquillement par les retranchés du deuxième.

Soudain, il se rendit compte d'un détail étrange.

Pourquoi Kengo n'avait-il pas mentionné la caméra plus tôt à ses camarades ? Si ça avait été n'importe qui d'autre, Hasumi ne se serait pas posé la question. Mais le petit malin avait forcément pensé au système de surveillance depuis le début.

C'est un message.

Et voici ce qu'il disait : *« On ne bougera pas d'ici, alors va t'occuper des autres avant nous. »*

Un marchandage.

Quand il y repensait, c'était sûrement Kengo qui avait fait en sorte d'envoyer les quatre têtes brûlées au rez-de-chaussée. Un moyen pour lui de gagner du temps.

Ainsi donc, malin petit cochon, tu as sacrifié tes idiots de frères ? Pour cet effort, je te ferai ce cadeau : je te mangerai en dernier.

Il vérifia une dernière fois que tout était normal sur les écrans et s'apprêta à monter. Mais avant, il alla jeter un œil en salle de maintenance.

21 h 35

Satomi ouvrit la dernière fenêtre de la 1re 5 avec précaution. Elle ne pouvait le voir, mais elle savait que dans la salle voisine, Daisuke avait, de même, fait coulisser la fenêtre la plus proche.

Elle lui lança le bout d'une corde fortifiée par des

nœuds. Il l'attrapa, la fit passer autour du panneau coulissant de sa fenêtre et la lui renvoya. Elle fit de même et termina par un nœud, à la moitié de la corde environ. Enfin, elle fit glisser le cercle pour que ce nœud soit positionné pile entre les fenêtres des deux classes. Ne restait plus qu'à faire tomber, petit à petit, le bout de la corde jusqu'en bas, sans qu'elle passe devant les vitres.

Ça risquait d'être un peu long…

Enfin, trois minutes plus tard, elle sentit que la corde touchait terre.

Sans mot dire, elle se tourna vers ses camarades, leur fit un signe de tête et s'assit dans l'encadrement de la fenêtre. La pluie fine, obstinée, continuait de tomber alors que le vent s'était renforcé. La lune était toujours invisible, mais par rapport à l'intérieur, on y voyait beaucoup mieux grâce aux lumières de la ville.

Reika joignit les mains. Ses paumes ruisselaient de transpiration, et pourtant, les extrémités de ses doigts étaient insensibles, comme gelées. Pourvu qu'ils réussissent !

Alors, même s'ils étaient les seuls à survivre, ils pourraient raconter au monde ce qui s'est passé ici…

Satomi s'empara de la corde en anneau et se laissa tomber dans le vide. Reika dut se retenir de crier. Mais sa camarade tenait bon. Lentement, du bout des bras, elle se déplaça jusqu'à l'extrémité de la corde qui descendait.

Alors, elle s'y cramponna et amorça une descente agile et sans heurt.

Daisuke, toujours dans la salle d'à côté, attendait son tour. La corde n'était probablement pas assez solide pour les supporter tous les deux. Les fenêtres encore moins.

Enfin, Satomi toucha terre. Reika en aurait applaudi. Elle devait maintenant se baisser et s'enfuir, le plus vite possible. Il était prévu qu'ils partent chacun de leur côté afin que, si le tueur leur tombait dessus, l'un des deux ait une chance de s'en tirer. Sortir du lycée, ne s'arrêter qu'en lieu sûr, et enfin, alerter les secours.

Mais Satomi ne s'enfuit pas. Il semblait qu'elle voulait aider Daisuke…

Non, non ! Pars ! Vite, maintenant, pars !

Elle se mordit la langue. Comment aurait-elle pu le lui crier, sans attirer l'attention de l'assassin ?

Daisuke, avec son T-shirt blanc, était beaucoup trop visible. Et il avait toutes les peines du monde à descendre. Ses bras et ses jambes partaient dans de grands gestes désordonnés.

Vite, vite, vite, vite, continuait de prier Reika. *Pitié, mon Dieu. Pitié. Encore un peu. Encore un...*

Une terrible détonation déchira le silence de la nuit. Reika sursauta. Tout le monde se pétrifia sans comprendre ce qui venait de se passer.

La jeune fille se pencha à la fenêtre.

Daisuke était étendu à terre. Satomi courait à en perdre haleine. Mais quelque chose n'allait pas. Elle traînait une jambe…

Non ! Non...

Reika perdit tout espoir.

Un deuxième coup de feu retentit. Impossible de déterminer d'où il venait, mais Satomi fut projetée dans les airs. Elle s'écroula ensuite et ne se releva pas.

— Attention !

Quelqu'un la tira en arrière. Yûichirô.

— Éloignez-vous des fenêtres ! S'il vous repère, vous êtes fichus ! Il peut nous voir !

— Qu'est-ce que tu veux dire ? lui demanda-t-elle.

— À ton avis, comment il a su, hein ? Comment ?

— Je… je sais pas…

— Il n'y a pas de caméra, expliqua-t-il, amer. On n'a pas fait de bruit, et il n'y a aucune raison pour qu'il se soit trouvé au bon endroit au bon moment…

Encore choquée d'avoir assisté à la mort de ses camarades en direct, Reika fut incapable de pleurer. Elle se tourna vers Kengo avec haine.

Il savait ce qui allait se passer !

Il se tenait immobile, tête baissée. Et semblait honnêtement empli de chagrin.

21 h 38

Hasumi rentra dans le bâtiment. La corde qu'avaient utilisée les lycéens était toujours suspendue dans le vide, mais plus personne n'oserait s'y risquer, désormais. Dans un jeu vidéo, on peut recommencer autant de fois qu'on veut, mais quand on joue sa vie, c'est une autre histoire.

Il avait bien fait de jeter un œil à la salle de maintenance. Il y avait immédiatement vu qu'on avait ouvert des fenêtres au deuxième, puisque chacune d'entre elles était reliée à un programme de gestion de la climatisation. Il n'avait eu qu'à sortir et à attendre patiemment que les cibles lui tombent sous le nez.

La fille courageuse qu'il venait d'abattre, c'était probablement Satomi Shirai. Quant à l'autre, ridicule dans son T-shirt blanc, c'était sûrement Daisuke Shiomi. Hasumi s'empara de son compteur et appuya sur les boutons « moins ». Il restait donc treize garçons et seize filles. Cela signifiait qu'il avait déjà tué douze adolescents depuis le début de la soirée… Et pourtant, il n'en était pas encore au tiers de ce qu'il devait accomplir.

Il retira les bouchons d'oreilles qu'il s'était créés à base de papier essuie-tout. Son ouïe n'avait toujours pas récupéré des premiers coups de feu tirés sans protections auditives. Pour autant, il ne pouvait se permettre de rester les oreilles bouchées ; il était en chasse, tous ses sens devaient être aux aguets. Il n'était pas évident de décider à quel moment enfoncer les bouchons dans ses conduits auditifs, et à quel moment les retirer.

Il passa la tête dans la salle d'entretien avec les élèves, où Kume était bien sagement étalé par terre, lui lançant des regards terrifiés. Le prof d'art avait toujours vécu dans un monde de privilèges, une bulle préservée des tracas du monde ; ces coups de feu lui avaient brutalement remis les pieds sur Terre. Si seulement tous les élèves étaient aussi innocents et insouciants que lui !

Ces deux élèves qui avaient tenté une fuite par la fenêtre, c'était sûrement Kengo Watarai qui les avait envoyés. L'intello savait que l'ouverture des fenêtres était visible du rez-de-chaussée, dans la salle de maintenance. Hasumi se rappelait que le sujet avait été évoqué en classe une fois. Et lorsque Kengo entendait quelque chose, il s'en souvenait. L'ado n'avait pas été complètement déloyal envers ses camarades... avec deux élèves qui partaient chacun d'un côté, l'un d'entre eux aurait eu une chance de s'échapper. Son coup de poker avait raté.

Pour autant, il y avait quelque chose que Hasumi n'avait pas prévu, et qu'il regrettait. Les tirs en extérieur avaient sûrement été entendus à la ronde. Grossière erreur.

En plein été, on penserait sûrement à des feux d'artifice, comme il y en avait un peu partout... Mais la possibilité que des gens préviennent la police n'était pas à écarter. Cependant, avant qu'ils ne comprennent qu'il s'agissait d'une arme à feu, et que ça venait du lycée, du temps passerait inévitablement.

Assez pour qu'il s'occupe proprement du reste des élèves.

21 h 38

Enfermé dans les toilettes, Kakeru examinait son arc, qu'il venait de monter. Il vérifia avec minutie l'équilibre des stabilisateurs, le bon fonctionnement du viseur. Il tira une flèche en carbone de son carquois et la plaça en position de tir.

Ça le démangeait de s'entraîner, mais c'était impossible sans se faire voir par les autres. Mieux valait attendre encore un peu.

Comme avant chaque tournoi, il respira profondément afin d'atteindre un état de sérénité intérieure.

Ça va aller. Je peux le faire. Une flèche vole à deux cent trente kilomètres-heure, elle peut percer une plaque en acier de cinq millimètres d'épaisseur. Et je suis capable de viser un organe vital. Je peux le neutraliser d'une flèche.

Était-ce une profanation de l'esprit du sport ? Non, pas vraiment. Quand il y repensait, tous les arts martiaux avaient été développés, au départ, pour tuer. Il se battait pour une bonne cause, c'était tout ce qui comptait.

Les détonations de l'arme à feu lui revinrent en mémoire, résonnant dans ses oreilles.

Quelqu'un avait-il encore perdu la vie ? Il allait se mesurer à un fou furieux, un tueur sanguinaire. Inutile de s'encombrer de remords.

Il devait être fou, lui-même, pour espérer le contrer avec un arc. Il n'aurait probablement pas le temps de préparer une seconde flèche. Tout se jouerait avec la première, l'unique.

Il allait devoir mettre tout son talent, toutes ses années d'entraînement dans cette seule flèche.

Kakeru ferma les yeux et imagina, pour la première fois de sa vie, ce que cela faisait de viser un être humain.

Il révisa ses mouvements, entra dans l'esprit du guerrier.

21 h 41

Plus discret qu'une souris, Hasumi gravissait les marches de l'escalier ouest.

Il s'attarda devant le rideau de fer qui bloquait l'accès au deuxième étage. Des voix étouffées lui parvinrent. Les ados tentaient de converser à voix basse, mais la discussion semblait intense.

Hasumi inséra un écouteur relié à ses mouchards dans une oreille.

« ... ferme ! J'en savais rien, moi !

— Si, tu le savais très bien, et tu ne leur as rien dit !

— Et pourquoi j'aurais fait ça, hein ? Dis-moi ! Pourquoi ?

— Pour gagner du temps ! Pareil lorsque tu as encouragé Yamaguchi et les autres à partir ! »

Qui donc était l'élève qui s'en prenait ainsi à Kengo ? Hasumi ne se souvenait pas d'un garçon capable de faire preuve d'autant de véhémence parmi ceux restés au deuxième étage.

« C'est horrible, ce que tu dis. Je sais que tu ne me portes pas dans ton cœur, mais tu ferais mieux d'attendre qu'on s'en soit sortis vivants pour m'accuser. Pour l'instant, je pense qu'on ferait mieux de rester unis. Sinon, on n'a aucune chance, on va tous y passer. »

Kengo se défendait avec éloquence. Il savait fort bien détourner les reproches de son adversaire avec des arguments émotionnels difficiles à contredire.

« Kengo a raison », appuya un autre élève.

Une voix puissante, masculine. Naoki Isada, sans aucun doute.

« Laisse tomber, Yûichirô. C'est grâce à Kengo qu'on s'en sort à peu près bien jusque-là. Il faut qu'on reste unis. »

C'était donc Yûichirô Nagoshi qui s'était emporté

ainsi ? Étonnant. Un gamin plutôt intelligent, mais qui s'affirmait peu et passait inaperçu la plupart du temps. Il était intéressant de constater que, face au danger, cet élève pouvait déployer une nouvelle facette de sa personnalité. Hasumi s'en souviendrait lorsqu'il serait temps de dresser le bilan de l'année.

« Rester unis ? C'est une blague ou quoi ? Kengo n'est uni avec personne, il ne fait que nous envoyer à la mort les uns après les autres ! »

Une voix féminine… Hasumi jeta un œil à son cahier d'appel. Parmi celles qui étaient restées au deuxième, il y avait Reika Katagiri, Nana Kubota, Satomi Shirai, Ai Hoshida et Momoko Yoshida.

Cette dernière s'était réfugiée au dernier étage, et quant à Satomi, il l'avait dégommée alors qu'elle tentait de s'enfuir par la fenêtre.

Je vois… Oui, ça ne peut être qu'elle… Reika Katagiri.

Maintenant qu'il avait sa voix dans l'oreille, il parvenait à faire le lien avec celle qu'il avait entendue juste après avoir tué cette fouineuse d'Ayumi. Ainsi donc, c'étaient Reika et Yûichirô qui avaient parlé de lui, de son passé. Ces deux-là devaient absolument mourir.

Bon, tout le monde devait mourir, donc ça n'apportait aucun changement à son plan initial, mais tout de même.

Hasumi redescendit l'escalier en élaborant les derniers détails de son plan pour exterminer les élèves coincés derrière la porte du toit. Il alla à la cafétéria pour se procurer un énorme bidon d'huile. Il le rapporta sur un diable jusqu'à l'escalier est, où il dut le porter jusqu'à la plate-forme entre le premier et le deuxième étage.

Ensuite, il redescendit au rez-de-chaussée, s'empara de quelque chose d'encore plus lourd, et remonta l'escalier. Décidément, il se serait bien musclé pendant cette soirée… Tous ces efforts le mettaient hors d'haleine.

Il ne s'arrêta pas au deuxième et monta directement au troisième.

21 h 45

— Ayane !

En entendant son nom, la jeune fille crut mourir de peur. La voix venait d'en bas, dans la cage d'escalier noire comme un four.

— Ne crie pas ! C'est moi, Hasumi !

Elle se retint tout juste de hurler.

— Hasumi ! s'exclama-t-elle, le visage couvert de larmes.

— Ch… chut ! Le tueur va nous entendre !

Elle acquiesça en silence, et remarqua que son prof portait quelqu'un entre ses bras. Un garçon en survêtement.

— C'est qui ?

— Yamaguchi, répondit-il d'un ton navré. Écoute-moi bien : c'est le professeur Kume le tueur.

— Le prof d'arts plastiques ? C'est une blague ?

— Chut !

Elle ferma immédiatement la bouche.

— Il a un fusil, et il tire sur tout le monde.

— Mais… pourquoi ?

Elle s'approcha de lui et eut un mouvement de surprise. Le visage du prof d'anglais était à moitié enflé, son nez tordu, et il était couvert de sang.

— Qu'est-ce qui vous est arrivé ?

— C'est Kume… expliqua Hasumi en chuchotant à toute vitesse. Il m'a assommé mais j'ai réussi à m'échapper. Où sont les autres ?

— Beaucoup sont restés devant la porte du toit. Quelques-uns sont partis se cacher.

— Combien ?

— Hein ?

— J'ai besoin d'un chiffre précis. Et de noms. Je dois sauver tout le monde, tu comprends. N'oublier personne.

Elle acquiesça de nouveau, réussissant mal à masquer son bonheur malgré la situation. Hasumi était venu les sauver. Et c'était elle qui allait l'aider.

— En haut, il y a Misaki, Mayu, Mai, Madoka, Fûko, Ari et Yûki, je crois. Côté garçons, c'est Tôru, Takumi et Hajime…

— Dix, donc. Et les autres, ils sont dans les classes au troisième ?

— Oui… Je pense que personne n'est redescendu. Du coup, il y a Yuzuka, Miho, Saori, Momoko et Rina. Ah, et Akira, aussi.

— Qui d'autre ?

— Euh, moi. C'est tout.

— Non, ça fait dix-sept en tout, il manque quelqu'un.

— Ah bon ? Ah ! Oui, c'est ce débile de Yukio. Je crois qu'il est parti se cacher, lui aussi. (Elle fronça les sourcils.) Hasumi, comment vous saviez qu'il manquait un élève ?

— L'intuition. Que se passe-t-il avec Yukio ?

— Il n'arrête pas de marmonner des trucs qui ne veulent rien dire… L'intuition ? Mais comment…

— Ayane… Pourquoi tu restes ici toute seule, tu peux me le dire ? Tu as de la chance d'être tombée sur moi, et pas sur le tueur.

La jeune fille était aux anges, jusqu'à en oublier un instant ses questions. Son prof adoré se faisait du souci pour elle !

— Désolée… Je voulais rester avec les autres, parce que j'étais sûre que vous reviendriez nous chercher. Mais j'ai eu super peur, ça a été plus fort que moi, j'ai voulu aller me cacher, moi aussi.

— Je vois.

— Vous devriez poser Yamaguchi, m'sieur... Il a besoin d'aide...

Hasumi secoua la tête.

— Hein ? Non, mais... il est pas mort, si ?

Soudain, elle prit conscience de la terrible réalité, conscience qu'elle avait devant elle le cadavre d'un de ses camarades. On l'aurait dit frappée d'un éclair. Toute sa joie s'évanouit.

Hasumi portait des gants en plastique... Peut-être pour manipuler le cadavre ?

— Si, malheureusement. Tiens, Ayane. C'est la clé.

Il ouvrit une main sans se décharger de son fardeau.

— La clé du toit ?

— Oui. Dépêche-toi de la leur apporter, et enfermez-vous là-bas. Quoi qu'il arrive, ne redescendez pas. Compris ? Quoi qu'il arrive, quoi que vous entendiez !

Elle tendit timidement le bras, soucieuse de ne pas toucher le corps de Yamaguchi.

— Euh, Hasumi ?

— Oui ?

— Yamaguchi, il nous a dit qu'avec un fusil, on peut facilement ouvrir une porte... C'est vrai ?

Un sourire mystérieux flotta sur les lèvres du prof d'anglais.

— Eh bien, il aura été soucieux de protéger ses camarades jusqu'au bout... Mais la vérité est différente des films d'action, tu sais. Un fusil de chasse est chargé de chevrotine, ce sont de toutes petites balles, plus fines que des perles. Impossible de venir à bout d'une porte en métal avec ça !

— D'accord ! Tant mieux...

Un soulagement sans limites l'envahit. Comme toujours, comme espéré, Hasumi apportait les solutions. Tout irait bien.

Elle tourna les talons et grimpa l'escalier en courant.

Vite ! Il faut que je leur dise !

Mais ses sourcils se froncèrent soudain. Il y avait un détail chez Hasumi qui la dérangeait.

Mais quoi ?

Ah oui ! Ses chaussures !

Hasumi portait toujours des baskets Nike. Pas là. Là, il avait chaussé des genres de mocassins qui ne lui allaient pas du tout. Et Ayane avait l'impression de les avoir déjà vus quelque part.

Tiens, c'est vrai... Le tueur, le professeur Kume, il porte des chaussures pareilles.

21 h 47

Une fois Ayane partie, Hasumi se déchargea sans ménagement de son fardeau. Le cadavre de Yamaguchi tomba au sol la tête la première.

C'était la seule façon qu'il avait trouvée pour transporter son fusil, de plus d'un mètre vingt, sans se faire remarquer. Il l'avait plié en deux et caché sous le survêtement du garçon. Même ainsi, le canon dépassait du col, et il avait dû l'enrouler dans une serviette, espérant que la pénombre ferait le reste. Quoi qu'il en soit, Ayane avait évité de regarder le cadavre de manière directe et, apparemment, ne s'était rendu compte de rien.

Hasumi rechargea son fusil.

Sept élèves étaient cachés à cet étage. Ça ne lui prendrait pas plus de cinq minutes.

Malheureusement pour eux, les salles de classe, pas plus que les toilettes, n'offraient pas de réelles cachettes.

21 h 47

Elle avait à peine grimpé quelques marches qu'elle entendit quelque chose tomber lourdement derrière elle, là où Hasumi était resté. Elle sursauta mais s'en tint aux directives : ne pas perdre une seconde.

— Hé ! Hé, tout le monde ! appela-t-elle tout bas.

— Ayane ? répondit Misaki. Qu'est-ce qu'il y a ?

— Hasumi est arrivé ! Il est arrivé !

— Vraiment ?

— Il s'en est sorti !

Un concert d'exclamations à peine étouffées explosa.

— Taisez-vous !

Tout le monde se tut instantanément au rappel à l'ordre de Misaki.

— Et il est où, alors ?

— Je l'ai vu au troisième, et il m'a dit d'aller sur le toit : il m'a donné la clé !

Elle la passa à Misaki, qui s'empressa de l'insérer dans la serrure.

— Je ne comprends pas…

— Quoi ?

— Ça ne marche pas ! Il y a peut-être des restes de chewing-gum…

Elle ramassa la boucle d'oreille de Rina et se remit à triturer le mécanisme.

21 h 48

Il commença par les toilettes, à l'entrée du couloir lorsqu'on arrivait de l'escalier est. Celles des garçons. Toutes les cabines étaient vides, mais le placard de rangement, au fond, était ouvert, et un bazar de seaux et de balais était éparpillé devant.

Hasumi jeta un coup d'œil à l'intérieur. Le cadavre d'Ayumi Nagai était toujours là, assis avec les genoux repliés. Avec ses cheveux longs retombant sur ses épaules, on aurait dit qu'elle pleurait. Cela faisait bien deux heures qu'elle était morte ; la rigidité cadavérique n'allait pas tarder à la figer dans cette position.

Quelqu'un avait dû vouloir se cacher là, trouver le cadavre et s'enfuir en catastrophe. Hasumi imagina la scène et se retint de rire. Ah, vraiment, ce n'étaient que des enfants. Même pas la présence d'esprit de jeter le cadavre par la fenêtre et de prendre sa place. Ça n'aurait pas suffi à le mystifier, mais enfin…

Il visita ensuite les toilettes des filles, et sut immédiatement que quelqu'un s'y cachait.

Ici aussi les cabines étaient vides… ne restait que le placard du fond.

Tandis que Hasumi s'en approchait, quelque chose tomba à l'intérieur. L'élève qui s'y était retranché devait être incapable de retenir des mouvements de panique. Dans les films à suspense, le héros ou l'héroïne s'en tirait en retenant sa respiration, mais dans la réalité, c'était plutôt ainsi que les choses se passaient.

Hasumi ouvrit le placard. Le visage terrifié et désespéré de Rina, assise par terre, lui fit face. À l'instant où elle le reconnut, la vie revint animer ses yeux.

— Hasumi ! J'ai eu si peur, j'ai cru que c'en était fini…

Il acquiesça gentiment, braqua le fusil sur la poitrine de la lycéenne, et tira.

La pièce était trop petite, la détonation résonna atrocement fort. L'air, saturé de vapeurs de sang et de fumée de tir, força Hasumi à sortir en hâte des toilettes. Le tir à bout portant avait été d'une telle intensité qu'il ne restait qu'un trou sanglant à la place du cœur de

Rina. C'était probablement une mort bien plus douce que celle qu'avait connue son père, retrouvé carbonisé.

Un silence de mort régnait dans le couloir. Les autres élèves cachés étaient probablement paralysés d'effroi.

Profitons-en pour les faucher vite fait, bien fait.

21 h 49

Tous les élèves amassés derrière la porte du toit se mirent à hurler en entendant le coup de feu à l'étage juste en dessous. Jamais encore la menace n'avait été aussi proche.

— Il est là !

— Le tueur ?

— Oh non !

— Magne-toi, putain, ouvre cette porte !

Au milieu des cris, Misaki continuait à se concentrer sur son entreprise.

— C'est vraiment bizarre… J'étais pourtant sûre d'avoir tout retiré… J'ai dû oublier un morceau quelque part…

— Il faut s'enfuir ! décida soudain Fûko. Si on reste ici, on crève !

— Mais Hasumi…

— Hasumi nous a dit d'aller sur le toit, mais on peut pas ! Réveillez-vous, il ne faut pas rester plantés là !

— Mais, Fûko, rétorqua Madoka, en larmes. Si on descend… le tueur va nous voir…

— C'est vrai ! insista Ayane, hystérique. Alors qu'il suffit qu'on arrive à ouvrir cette porte, et on est sauvés ! Hasumi a dit que le fusil peut pas passer à travers. Allez, Misaki, dépêche !

Cette dernière s'activa de plus belle sur la serrure.

— Ça ne s'ouvrira pas, déclara Mai.

— Pourquoi tu dis ça ? Si on enlève le chewing…

— Non. Tu l'as déjà enlevé. Regarde, c'est un morceau entier, il n'a pas l'air cassé.

— Mais alors, pourquoi ça ne s'ouvre pas ? s'égosilla Ayane.

— Parce que, répondit-elle tout bas, ce n'est pas la bonne clé.

— Mais ça ne se peut pas ! Hasumi se serait trompé ?

Mai ne répondit pas, car elle pleurait.

— Bon, moi j'y vais, déclara Fûko. Qui m'aime me suive !

Elle descendit l'escalier.

— Mais tu vas faire quoi ?

— Dès que le tueur sera entré dans une classe, je vais descendre. Il croit qu'on est tous plantés là. Il ne pense pas qu'on va chercher à s'enfuir maintenant !

Ari, Yûki, Tôru, Takumi et Hajime lui emboîtèrent le pas.

Misaki ne leur jeta même pas un regard et continua à s'acharner avec la boucle d'oreille en marmonnant pour elle-même.

Fûko, les genoux tremblants, descendit les marches une à une. Si seulement elle parvenait à dépasser le troisième étage, alors, même si le tueur la voyait et lui courait après, elle avait une chance de le devancer. Avant ça, il était vital de ne pas faire le moindre bruit. Pas de bruit de pas. Pas de son de respiration. Elle avait l'impression que son cœur, pulsant terriblement fort, agitait l'air tout autour de lui, jusqu'à alerter le tueur…

Soudain, quelqu'un soupira derrière elle.

Mais c'est pas vrai ? Qui est le crétin…

C'était une erreur d'être partie avec tout ce monde. Une ou deux personnes, passait encore, mais six…

Elle atteignit la plate-forme entre les deux étages.

Désormais, une seule ligne droite la mènerait directement au troisième.

Son destin se jouait dans cet escalier. On aurait dit qu'elle était à plus de dix étages du plancher des vaches. Ses jambes étaient en coton, elles menaçaient de lâcher à tout moment.

Depuis le dernier coup de feu, on n'entendait plus rien au troisième. C'était étrange. Le tueur devait fouiner, vérifier chaque classe… Mais non, silence total, tranquillité parfaite, comme une nuit normale au lycée.

Fûko s'arrêta.

Quelqu'un avait toussé derrière elle.

Mais c'est pas vrai ! Bande de nases !

Elle voulut se retourner, et quelqu'un lui rentra dedans.

Tôru ! Il voulait clairement la doubler… et c'est ce qu'il fit, suivi de Takumi et Hajime.

Bande de branleurs ! Vous la fermiez là-haut, aucun d'entre vous n'avait le courage de descendre seul, et maintenant, vous ne pensez qu'à votre gueule et vous courez plus vite que les filles !

Soudain, elle entendit le claquement métallique d'un fusil qu'on arme.

Le tueur ! Il est où ? Il est où ?

Elle se figea et au même instant, un vacarme épouvantable déchira le silence pour l'englober tout entière.

Devant elle, Takumi s'écroula, comme frappé par la foudre. Un autre coup de feu et cette fois, Hajime tomba sur les fesses avant de s'affaisser complètement, pour ne plus se relever.

Il est en bas… Il est caché en contrebas !

Fûko sentit des ailes lui pousser. Elle réprima l'envie de tourner les talons pour revenir en haut et se rua dans le couloir du troisième. C'était sa seule chance.

Elle put entendre les autres la suivre. Visiblement

incapables de réfléchir par eux-mêmes, ils imitaient chacun de ses mouvements.

Deux autres coups de feu furent tirés derrière elle.

Elle ne s'arrêta pas.

Comment ce couloir pouvait-il être aussi long ? Elle avait beau courir, elle ne parvenait pas à l'autre bout ! C'était un cauchemar, un vrai cauchemar, comme quand on rêve qu'on court, mais qu'on n'avance pas…

Sauvez-moi ! Maman !

Il n'y eut pas un son. Mais sa conscience s'évanouit, engloutie dans le néant. Seule resta, un instant, flottant dans les airs, l'urgence de courir.

21 h 51

Fûko Onodera s'étala de tout son long aux confins du couloir. La balle ayant brisé son crâne avant même que le son ne se déplace, elle n'avait probablement pas entendu la détonation.

Quel dommage… Il avait mis tant de temps à accumuler cette collection de jolies filles dans sa classe ! Cela dit, puisqu'il devait les exterminer, autant le faire dans la joie. Rarement chasseur aura pu se vanter de si beaux trophées !

Deux élèves, allongés dans le couloir, gémissaient de douleur. Tôru Arima et Yûki Tsukahara. Derrière eux se tenait Ari Kashiwabara, pétrifiée. Elle le dévisageait de ses grands yeux.

Certes, il devait s'occuper d'elle, mais en tant que professeur principal, il ne pouvait laisser deux élèves souffrir ainsi. Il les acheva d'une balle dans la tête chacun.

Il cassa son fusil, éjecta les douilles, rechargea. L'arme était bouillante, c'en était inquiétant : n'allait-elle pas exploser d'elle-même ?

Entre-temps, Ari avait ouvert une fenêtre et s'était hissée dans l'encadrement.

Hasumi hésita. Avait-elle vraiment l'intention de sauter ? Un vent chargé d'humidité s'engouffra dans le couloir.

— C'est dangereux, Ari, lui dit-il gentiment. Descends de là.

Elle ne réchapperait probablement pas d'une chute du troisième étage, mais avec la pluie, le sol était détrempé… Cela pouvait-il changer quelque chose ? Imaginons qu'elle survive et qu'elle coure se cacher dans les buissons… Improbable, mais dangereux. De toute façon, quoi qu'il dise, il allait être difficile de lui faire entendre raison au vu des circonstances…

— Viens… Je t'assure, tout ira bien…

Il fit un pas vers elle, elle se prépara à sauter.

Ça ne va pas. Elle va le faire.

Il tira. Les vitres volèrent en éclats.

Le corps d'Ari, la plus belle fille de première, fut propulsé en avant et tomba hors de son champ de vision.

21 h 51

Les coups de feu à répétition plongèrent les élèves retranchés au deuxième étage dans un état de stupéfaction. Yûichirô et Kengo cessèrent de se disputer et levèrent les yeux au plafond.

— Oh non… murmura Ai en se bouchant les oreilles. Il les tue tous !

Reika et Nana lui tapotèrent l'épaule.

— C'est pas possible… c'est pas vrai… souffla Naoki.

— Si ça continue, on va tous y passer, renchérit Kengo. Merde ! Il faut que les secours arrivent ! On n'a plus de temps… Qu'est-ce qu'on peut faire ? Hé,

Hisashi ! Les amplis, on n'a qu'à utiliser les amplis ! Faire le plus de bruit possible !

— Mais on n'entendra pas nos voix, si on n'a pas de micro…

— On s'en fout ! Il faut juste faire du bruit. Que tout le voisinage contacte la police, même pour tapage nocturne ! Et on continue le morse…

— OK, je sais quoi faire ! répondit Hisashi avant de courir vers la salle des 1re 4.

Yûichirô regarda Kengo d'un air suspicieux.

— Dis donc, Kengo ? Cette idée aussi, elle ne te vient que maintenant ?

— Tu vas me foutre la paix, oui ? Il faut que je trouve mes idées dans un ordre qui te convient, c'est ça ? Notre vie est en jeu, et tu n'as rien de mieux à faire que me critiquer ?

— J'y vois clair dans ton petit jeu, maintenant… Si on avait fait du boucan avant que le tueur ne monte s'en prendre aux autres, il serait venu vers nous en premier ! Tu as attendu qu'il s'attaque à ceux d'en haut pour appeler à l'aide !

— Pff. Si tu me crois démoniaque à ce point, c'est ton problème, j'y peux rien.

Hisashi revint en trombe.

— On a tout fait disjoncter, il faut remettre le courant !

Armé d'un tournevis, il se mit à taper sur l'armoire fermée à clé du disjoncteur, dans le couloir.

— Magne-toi ! lui cria Kengo. Nous, on va chercher les amplis !

Yûichirô le suivit malgré lui.

On entendit alors deux coups de feu, puis le bruit d'une fenêtre qu'on ouvre, à l'étage au-dessus.

Tout le monde se figea, les yeux levés vers le plafond.

— Qui c'est ? murmura Kengo. Le tueur ? Ou quelqu'un de la classe ?

— C'est l'un d'entre nous ! s'écria Reika, qui pensait à son amie Fûko. Ils essaient de s'échapper par la fenêtre ? Mais… il va leur tirer dessus !

— Idiote ! Ça peut très bien être le tueur, qui descend nous chercher ! Je vous l'avais dit, il y a plein de moyens pour entrer malgré les barricades !

Au moment où chacun esquissait un pas en arrière, une détonation à déchirer les tympans retentit juste au-dessus d'eux. Une pluie d'éclats de verre tomba par la fenêtre, bientôt suivie par la silhouette d'une élève.

Personne n'eut le temps de voir son visage, mais on reconnut sans peine le haut rouge et blanc d'Ari Kashiwabara.

— Ah non ! Non ! gémit Hisashi, qui s'effondra.

— On n'a pas le temps pour ça, affirma Kengo. Va préparer les amplis !

— Ça ne sert à rien… sanglota Hisashi. C'est fini…

— Qu'est-ce que tu racontes ?

— Dès qu'on mettra le son, ça va faire sauter les plombs à nouveau ! Ça ne sert à rien !

— On le fait quand même ! Même si ça ne dure qu'une minute, c'est mieux que rien !

— Non… J'ai une meilleure idée.

Il releva enfin la tête et dit, d'une voix d'outre-tombe :

— Je ne lui pardonnerai pas… Ce malade qui a tué Ari, je vais l'envoyer personnellement en enfer.

21 h 53

Il n'avait plus qu'à nettoyer le troisième étage de tous les élèves qui s'y cachaient encore. À commencer par la classe des terminale 1.

Le coup de feu pour tuer Ari avait dû s'entendre de loin, celui-là aussi… Maintenant, c'était sûr, la police n'allait pas tarder à relier les points. Il lui restait peut-être dix, vingt minutes à tout prendre.

Jusque-là, il se débrouillait plutôt bien. Décimer une quarantaine de personnes tout seul, armé d'un fusil qu'il devait recharger un coup sur deux, c'était une tâche ingrate.

Il comptait beaucoup sur la terreur paralysante, qui devait clouer ses proies là où elles se terraient. Pour cela, ce petit détachement de fuyards dans l'escalier lui avait grandement facilité les choses.

Dans cette salle, il trouva Momoko Yoshida, cachée dans le placard à balais. Dans celle d'à côté, il dénicha Saori Yokota sous un bureau.

Il les avait chacune renvoyées vers leur créateur d'une balle. Celle qui avait emporté Saori étant un gros calibre, sa tête avait littéralement explosé. Hasumi ne put s'empêcher de penser à la terriblc bcsognc que ce serait de tout nettoyer. C'était ça, être membre de l'équipe de surveillance : toujours penser à tout !

Il ne trouva personne dans la classe des terminale 3.

Quelque chose bougea dans le couloir. Hasumi s'y rua, fusil en joue.

Yuzuka Takahashi se tenait là, à vingt mètres de lui, les corps sans vie de ses camarades étendus à ses pieds. Il lui reconnut un courage certain. Quiconque dans sa situation ne penserait qu'à une chose : fuir. Mais elle resta là, et lui rendit son regard.

— Pourquoi ? demanda-t-elle d'une voix faible, mais déterminée.

— Au fait, ricana-t-il. J'ai croisé Tadenuma tout à l'heure. Il allait bien mieux que je ne l'aurais pensé !

Elle ouvrit de grands yeux exorbités.

— Quand tu le retrouveras, dis-lui bonjour de ma part.

Il aurait aimé entendre ce qu'elle pouvait répondre à ça, mais malheureusement, le temps manquait. Il appuya sur la détente.

Fracas infernal. Le T-shirt de la jeune fille se macula de rouge. Elle tomba, sa queue-de-cheval cinglant l'air.

Ça nous en fait quatre. Il en reste donc trois dans cet étage.

Personne dans les salles des terminale 4 et 5. Il ne restait qu'une salle de classe… Étrange ! Trois élèves ne pouvaient décemment s'y cacher. Hasumi fronça les sourcils.

Personne non plus chez les terminale 6 !

Il fonça dans le couloir. Tout était immobile…

Il avait, semblait-il, sous-estimé les capacités mentales de ses élèves.

Pas tant que ça, se reprit-il. *Les trois premiers étaient vraiment nuls. Au moins, ceux-là ont réfléchi un minimum.*

Quand bien même, il aurait déjà dû avoir mis la main dessus.

Peut-être qu'Ayane s'était trompée, lorsqu'elle lui avait donné les chiffres ?

Peu probable… Des trois filles de sa garde rapprochée, Ayane avait toujours été la plus fiable.

Elle avait ajouté qu'elle « pensait » que personne n'était descendu. Ça paraissait juste. Seul un petit nombre d'élèves auraient été capables de s'aventurer dans le noir, sachant qu'à tout moment ils pouvaient croiser le tueur… D'ailleurs, les élèves manquants n'étaient pas connus pour leur témérité : Akira Suzuki, Yukio Tajiri et Miho Hayashi.

Il décida de repasser les classes en revue. En sortant de celle des terminale 5, il sentit un léger courant d'air.

Ah ! Je comprends…

Il aurait dû y penser plus tôt…

Il tira les rideaux des fenêtres, les uns après les autres. Et vit une vitre mal fermée.

Hasumi l'ouvrit complètement.

Là, suspendu sous la fenêtre, seulement agrippé du bout des doigts au rebord, battu par la pluie et le vent, se trouvait Akira Suzuki.

— Ha… Hasumi ? M'sieur ? articula-t-il, complètement perdu.

— Eh oui, *Mister Suzuki* ! On prend l'air ? Ce n'est pas très malin, de ne pas avoir correctement fermé la fenêtre…

Hasumi se pencha à l'extérieur et mit l'élève en joue. Akira ouvrit de grands yeux terrifiés.

Hasumi découvrit alors, suspendue aux côtés de son camarade, une jeune fille. Miho Hayashi !

— Mais tu es vraiment débile, Akira ! se mit-elle à hurler.

Plus que l'étonnement de découvrir que son prof était le tueur, plus que la peur de perdre la vie, c'était le ressentiment envers son camarade qu'elle ressentait le plus vivement.

— *Don't be upset, Miss Hayashi ! This is what is called joint responsibility.* La responsabilité est partagée.

Il les tira l'un après l'autre. Les cadavres tombèrent comme des pantins. Voilà qui devrait finir de décourager les élèves du deuxième de retenter une fuite avec la corde.

Bien, où se cache le dernier ?

Il se pencha un peu plus, mais ne vit personne d'autre à qui il aurait pris l'idée saugrenue de se prendre pour Spider-Man. Non, personne.

Mais il est où, le dernier, bon sang ? Il ne s'est tout de même pas volatilisé par magie !

21 h 56

Hisashi Nakamura, une lampe torche coincée dans la bouche, déboîtait le châssis de l'amplificateur. Nécessitant une forte puissance électrique, l'appareil contenait un transformateur capable de changer le courant domestique de 100 volts en 500 volts, ce qui était suffisant pour tuer un être humain. Il devait réussir à connecter la guitare électrique à l'engin, mais le câble était bien trop court… Il entreprit donc de le rallonger en coupant des morceaux qu'il assembla.

— Mais qu'est-ce que tu fais ? s'écria Kengo. On doit faire du bruit avec ça !

Hisashi releva la tête, éclairant en contre-plongée le visage bouffi de Kengo.

— Non, ça n'en fera plus.

— Mais enfin… Si on n'appelle pas à l'aide, qui va venir nous sauver ?

— Ça n'a plus d'importance.

S'il devait mourir, il emporterait cet enfoiré avec lui.

— Attends, fais au moins en sorte qu'on puisse faire du bruit avec l'un des deux amplis…

— Non. Si on fait du bruit, le tueur va immédiatement faire disjoncter l'étage. Et alors, mon piège ne fonctionnera plus.

Kengo baissa les bras.

Nana et Maejima grimpèrent sur un bureau et suspendirent la guitare électrique en l'air.

— Tu es sûr que ça va marcher, Hisashi ? s'enquit Nana.

Elle avait vu Satomi, son amie et partenaire de kendo, se faire tuer sous ses yeux : le même sentiment de vengeance brûlait en elle.

— Certain : 100 volts, c'est déjà assez pour tuer, alors 500…

Hisashi allait raccorder directement la guitare au

transformateur. Il sectionna le câble entre celui-ci et le tube électronique, le fit passer derrière les rideaux opaques qui entravaient la vue, et le brancha à la guitare.

— Je ne comprends pas, insista Nana. C'est juste une guitare, non ?

— Tu ne sais donc pas que les cordes des guitares électriques sont conductrices ? D'ordinaire, le courant est si faible qu'on ne le sent pas. Mais il y a pas mal d'accidents et d'électrocutions.

— Ça veut dire que…

— Oui. Aussitôt le système branché, quiconque touche la guitare est mort.

21 h 57

Hosanna, hosanna, ton amour m'a élevé, plus haut que le ciel et oh ! Hosanna, embrasse-moi fort…

En pensée, Yukio répétait religieusement, comme un soûtra, la chanson de la starlette.

Serons-nous bénis, toi et moi, serons-nous bénis ? Notre amour est pur, oh ! Serons-nous bénis ?

Il entendit le tueur revenir. Il était entré dans une classe, mais revenait.

Va-t'en. Va-t'en.

Hosanna, hosanna, hosanna d'amour…

Pourquoi ses pas se rapprochaient-ils de lui ?

Va-t'en. Va-t'en. Va-t'en ! Pitié ! Va-t'en !

Yukio rentra en lui-même, cessa de respirer, ne se concentra plus que sur les paroles de sa chanson.

Sauve-moi, hosanna ! Écoute ma prière ! Oh ! Hosanna d'amour, pitié, mon Dieu…

— Je te vois bouger.

La voix de Hasumi… Yukio ne fit pas un mouvement. Impossible. On ne pouvait pas le voir.

Il ne me trouvera pas. Il ne peut pas me trouver. Hosanna.

— C'est malin d'avoir pensé à jouer le mort, Yukio, mais tu sais, cela demande un certain savoir-faire. Ce n'est pas à la portée du premier venu !

Yukio sentit des larmes rouler sur ses joues.

— Yuzuka avait beaucoup de cran, tu sais. Elle n'a pas posé les yeux sur toi un seul instant. Elle pensait que tu avais une chance… Mais malheureusement, c'est ici que tout s'achève pour toi.

Yukio desserra les paupières et ses yeux plongèrent dans les cavités obscures des deux trous du fusil, braqués sur lui.

Il vit son passé défiler devant ses yeux. Lui, le mal-aimé, celui que toute la classe maltraitait… Hasumi l'avait secouru autrefois. Il l'avait trouvé dans le couloir, le nez en sang, lui avait tendu un mouchoir. Les méchants avaient été punis.

Non, il ne pouvait y croire. Hasumi ne voudrait jamais le tuer.

Hosanna, hosanna, sauve-moi, écoute ma prière…

Le canon du fusil recula.

Bien sûr ! C'était une erreur ! Merci, « Hosanna d'amour » !

Tout se passa très vite. Sa vision fut obstruée sur le côté et il sentit un choc dans la nuque.

Les ténèbres s'abattirent.

21 h 58

Hasumi s'assura que Yukio était bien mort du coup de crosse qu'il lui avait asséné. Il ne manquait pas de munitions, mais autant les économiser.

Il mit son compteur à jour. Il venait de faire passer leur

examen final à treize élèves à cet étage. Restaient huit filles et huit garçons. Cinq filles en haut, huit garçons et trois filles au deuxième.

Hasumi se remit en route.

Il vit soudain les deux corbeaux, Hugin et Munin, lui tourner autour. Au même moment, à travers les sifflements de ses tympans abîmés, il entendit son fusil s'adresser à lui d'une voix goguenarde et malveillante.

« Plus de la moitié, mon pote ! Tu t'approches du but ! »

Qu'est-ce que c'est que ça, encore ? se demanda Hasumi.

Il avait parfaitement conscience d'être victime d'hallucinations. Le massacre l'avait rendu ivre d'endorphines.

« Allez, va d'abord buter les filles d'en haut ! »

Il commençait à comprendre pourquoi certains, aux États-Unis, développaient un véritable fétichisme autour de leurs armes… La sienne, brûlante, semblait avoir acquis sa propre personnalité. Celle d'un tueur sanguinaire. À chacun de ses rugissements bestiaux, les proies tombaient.

« Eh bah alors, mon pote ? Du nerf ! C'est la foire au meurtre, un buffet d'assassinats à volonté ! Ça se présente pas deux fois dans une vie, une occasion pareille. Va jusqu'au bout, et tu ne le regretteras pas ! »

Hasumi conserva son calme. Était-ce une facette de sa personnalité qu'il avait passée sous silence ?

« Eh bah alors, tu veux me tuer, mon pote ? J'aime pas du tout la façon dont tu me regardes. »

Soudain, la voix de Jimmy Morgenstern se fit entendre, mais d'où venait-elle ?

« Tu n'es qu'un psychopathe. Il n'y a pas de place pour toi dans ce monde. »

— La ferme !

Hasumi tira deux coups au hasard. Des morceaux de faux plafond tombèrent en pluie.

« Allez, mon pote ! Règle leur compte aux gamines, et il ne te restera plus qu'à cueillir ceux du deuxième étage. Je peux t'assurer que quand tu en auras fini, tu verras plus les choses comme avant ! »

Les deux corbeaux tournoyaient dans le couloir en poussant des croassements stridents.

« Arrête, Seiji... c'est pas bien... »

Yumi Ishida. La douce voix de son amie de collège se perdit très vite au milieu des autres.

Quelqu'un sifflait un air… « La Complainte de Mackie. » Hasumi finit par se rendre compte que c'était lui-même.

Il régala son fusil de deux nouvelles cartouches, ce qui lui procura un plaisir prodigieux, et grimpa l'escalier.

Les cinq filles réfugiées devant la porte d'accès au toit, sur le qui-vive, avaient leurs sens en alerte. Elles l'entendirent approcher.

— Ha-Hasumi ? hasarda Ayane, la première à le reconnaître.

— C'est vrai ? C'est lui ?

— Hasumi ! On était…

Le sentiment d'intense soulagement fit place à la surprise lorsqu'elles s'aperçurent qu'il tenait une arme dans les mains.

— C'est quoi, Hasumi ?

— C'est le fusil qu'avait le tueur ?

Il partit d'un grand éclat de rire.

— « Qu'avait » ? Non, *qu'a* le tueur ! Présent, ma chère…

C'était si drôle qu'il eut du mal à se reprendre. L'escalier n'était éclairé que par un panneau de sortie de secours vert, mais pas de doute, c'était bien leur prof d'anglais qu'elles avaient sous les yeux.

— C'est pas drôle, Hasumi…
— Oui, ça se fait pas, ces blagues…
— D'accord, d'accord.
Il pointa son arme sur le front d'Ayane.
Détonation effroyable.
La jeune fille tourna sur elle-même, comme si on l'avait frappée d'un coup de batte de base-ball, et s'effondra en arrière.
Les hurlements des autres filles prirent le relais de la déflagration.
— Hasumi !
— Mais pourquoi ?
— Arrêtez !
Il les exécuta une à une, ne s'interrompant que pour recharger lorsque c'était nécessaire. Les visages de ces adolescentes, au moment où la mort les fauchait, se gravèrent dans sa mémoire comme autant d'instantanés.
Mayu Satô, tout comme Ayane Mita, n'avait pas eu le temps de comprendre ce qui se passait et avait trouvé le repos éternel dans un état de stupéfaction. Madoka Ushio avait juste eu le temps de ressentir une étincelle de terreur qui avait défait ses traits si doux une seconde avant de mourir. Quant à Mai Isagawa, elle eut non seulement le temps de comprendre, puis de ressentir de l'épouvante, mais aussi celui de lui lancer un regard plein de haine et de désir de vengeance.
La dernière, Misaki Abe, tenait dans les mains une boucle d'oreille et la clé qu'il leur avait donnée – qui ne pouvait ouvrir la porte du toit, puisqu'il s'agissait de la clé de la salle de maintenance.
La seule émotion qui se lisait sur son visage, c'était la tristesse.
Elle ne chercha même pas à se protéger alors qu'il vidait les douilles et les remplaçait.
Alors, le rugissement bestial s'éleva, résonna entre

les murs, hurla sa satisfaction en acceptant ce nouveau sacrifice.

22 heures

Depuis quelques minutes, les coups de feu n'arrêtaient pas. Reika fixait le plafond avec angoisse, sursautant à chaque explosion qui faisait trembler les murs de tout le bâtiment. Elle savait que les balles ne pouvaient l'atteindre de si loin à travers les étages, mais cela ne l'empêchait pas de craindre, chaque fois, d'être touchée.

Lorsque cet enchaînement maléfique prit fin, ce fut encore pire. Avait-il massacré tous ceux qui étaient en haut ?

Et maintenant, n'allait-il pas venir pour eux ?

— C'est dangereux, ici. Viens.

Yûichirô, posant sa main sur son bras, l'entraîna dans leur salle de classe. Reika y découvrit Hisashi, Nana et Maejima occupés à suspendre quelque chose au plafond. Hisashi passa sa caméra à Maejima. Mis à part que tout cela se déroulait dans l'obscurité, on aurait cru une préparation de fête culturelle tout ce qu'il y avait de plus tranquille et banal.

— On n'entend plus rien…

Ajouter un mot de plus lui aurait arraché des larmes. Elle se tut.

— Oui… C'est pour ça qu'on ne doit pas rester dans le couloir. On ne sait pas d'où ça viendra la prochaine fois.

Leurs yeux s'étaient habitués à l'obscurité. Reika devinait que son ami serrait les dents.

— Et quand il viendra ici, qu'est-ce qu'on fera ?

— Je sais pas… On devra improviser. Mais ces barricades, déjà, ça devrait lui donner du fil à retordre.

Yûichirô regarda autour de lui.

Je vais mourir ici, ce soir.

Il avait lu un jour, dans un livre, que la mort survenait toujours de manière inattendue.

C'était pour le mieux, d'ailleurs. Il n'y avait rien de pire que d'être condamné à mort et d'attendre la date d'exécution de la sentence… Une mort surprise, c'était une mort clémente. Pour autant, il aurait voulu que la sienne soit plus paisible. Qu'elle ressemble à celle de sa tante, survenue des années plus tôt, alors qu'elle plantait des fleurs dans son jardin…

— Reika, il faut que je te dise quelque chose.

Il la regarda droit dans les yeux.

— Quoi ?

— Je ne pouvais pas te le dire avant, parce qu'il y avait Keisuke, mais…

— Alors c'est encore le cas, puisqu'il est toujours vivant.

— Ah… oui, oui, bien sûr. Mais je dois te le dire maintenant, ou bien je le regretterai. Alors écoute… Je vais peut-être mourir ce soir. Et je veux que tu saches que je t'aime, Reika. Depuis longtemps.

Reika en resta sans voix. Certes, il lui était arrivé de soupçonner les sentiments de son camarade. Elle-même n'aurait su déterminer clairement qui elle préférait, entre Yûichirô et Keisuke. Impossible d'en désigner un plutôt qu'un autre… C'était la raison pour laquelle elle avait décidé de ne jamais s'aventurer dans le domaine amoureux. Pour qu'ils restent amis pour toujours.

Elle avait conscience que ce statu quo ne résisterait pas au passage du temps. Mais jamais elle n'aurait imaginé entendre l'aveu de Yûichirô dans un contexte aussi sombre et désespéré.

— Dis quelque chose, ajouta-t-il gravement.

— Moi aussi, je t'aime.

— Reika…

— Comme un koala.

— Hein ?

— Tu ressembles à un koala, mais avec des sourcils…

— Reika, je suis sérieux.

Ce n'était pas facile d'irriter Yûichirô, d'ordinaire si placide.

— Bon, si tu m'aimes vraiment, j'ai un truc à te demander, dit-elle.

— Ah bon ? Je t'écoute…

— Je n'ai pas fait la moitié de mes devoirs de vacances. Si on est toujours vivants demain, tu voudras bien les faire à ma place ?

Il soupira.

— Reika, tout ça m'a fait penser à ce qu'il y a de plus important dans la vie. Si jamais je m'en sors, je ferai en sorte de…

— Arrête ! Pourquoi tu es aussi sérieux ?

Il se tut quelques instants.

— J'ai compris, dit-il enfin. Tu sais quoi ? Si je suis vivant demain, je compte tout reprendre depuis le début. Je parle de *Final Fantasy*. Je vais tous les rejouer de bout en bout.

— OK.

Il n'y avait que Yûichirô pour comprendre ses humeurs et sa façon de penser.

Les films et les romans regorgeaient de ces ressorts scénaristiques : les personnages qui promettaient de changer s'ils survivaient étaient prédisposés à une mort certaine, comme s'ils brandissaient un drapeau « Tuez-moi ». En tournant ce lieu commun en dérision, ils avaient l'impression de détourner le danger.

C'était de la superstition. Ils en auraient ri, en temps normal. Mais ça leur procura un tant soit peu de soulagement.

— Dis donc ! s'écria la voix de Kengo dans le couloir. Il fallait le dire plus tôt, que tu étais armé ! Pourquoi tu t'es caché ?

— Je ne suis pas un de tes pions, répondit Kakeru. Je me bats seul, selon mes propres termes !

— Reste ici, souffla Yûichirô à Reika. Je vais voir.

Il revint quelques secondes plus tard.

— C'est Kakeru ! Il a son arc avec lui…

— Ah bon ?

— Et c'est un champion ! On a peut-être une chance de buter le tueur, peut-être qu'on va l'avoir avant l'arrivée des secours…

— Mais comment un arc peut faire le poids face à un fusil ?

— Pas en duel, mais par effet de surprise… On ne sait pas par où le tueur va surgir, mais il pourrait tenter d'entrer par la fenêtre, et là, il suffira de l'attendre… Kakeru peut le tuer d'une flèche ! Il est super balèze !

Reika ne partageait pas l'enthousiasme de son ami. Ce tueur – peut-être Hasumi, peut-être quelqu'un d'autre – était malin. Il assurerait ses arrières…

— Hé, hé, hé… C'est moi qui vais le buter, ce sale crevard…

Était-ce vraiment Hisashi, qui venait de dire cela ? Reika en fut troublée. Le jeune homme, *otaku* notoire et passionné d'électronique, lui avait toujours semblé pacifiste.

— Et comment tu comptes t'y prendre ? voulut savoir Yûichirô.

— Avec ça, fit l'autre en désignant la guitare électrique en lévitation dans les airs.

— Vraiment ?

— Ne rigole pas… C'est hyper mortel. Dès que j'aurai remis le disjoncteur en route…

Un sourire dément dévoila ses dents, qui brillèrent dans l'obscurité. Il sortit de la classe d'un pas conquérant et retourna à l'armoire électrique du couloir.

— Je déclare ce connard coupable, et la sentence, c'est la mort ! s'exclama-t-il à voix basse en remettant le courant.

La lumière inonda le couloir, aveuglant tout le monde.

— Éteins, débile ! glapit Kengo, dont la voix commençait à s'érailler à force de vociférer sur ses camarades.

— OK, OK, rétorqua l'autre en se dirigeant vers l'interrupteur situé sur le côté ouest du couloir.

On entendit alors une détonation rugissante. Le rideau de fer vibra et grinça.

Un râle s'éleva dans le couloir, et lorsque la vision des uns et des autres se fut réadaptée, ils découvrirent Hisashi, vêtu de sa veste verte, étalé par terre.

— À l'intérieur ! appela Yûichirô en entraînant Reika avec lui dans leur salle de classe.

Elle savait bien que les rideaux coupe-feu n'offraient aucune protection contre les balles. Même les barricades qu'ils avaient dressées étaient bien trop ajourées, elles ne serviraient qu'à retarder le tueur lui-même. Si Yûichirô ne l'avait pas tirée en arrière, peut-être qu'elle aussi aurait été touchée.

— Putain… C'est la merde ! grommela-t-il. On était censés se réfugier dans la salle des 1re 3… On peut plus bouger maintenant !

En effet, ils avaient élevé la seule barricade destinée à les protéger des coups de feu au centre du couloir. Leur propre classe était plus proche de l'ouest, et donc, du tueur. La barricade ne leur offrait aucune protection.

Un petit moteur se mit en route, et un bruit métallique s'éleva.

— Qu'est-ce que c'est ?

— Le tueur est en train de relever le rideau…

— Ah bon ? Il peut faire ça ?

— C'est fait pour… Si Hisashi était encore en vie, il te l'expliquerait mieux que moi, mais il faut que les secours puissent entrer de l'extérieur…

Reika, qui n'avait pas encore eu le temps d'assimiler la mort de son camarade, se sentit vidée de ses forces.

— Mais alors… il va pouvoir entrer ?

— Oui… C'est là qu'on doit suivre le plan de Kengo, enfin, normalement…

Le moteur s'arrêta. Yûichirô risqua un œil dans le couloir. Le rideau n'était pas relevé à la moitié, mais le balai que Kengo avait coincé sous le plafond gênait l'enroulement complet du système. Leur camarade était vraiment un sale type, qui n'avait aucun scrupule à se servir des gens, mais il fallait reconnaître qu'il ne manquait pas de clairvoyance…

— Le rideau est plein de trous maintenant… Si on sort, le tueur va nous voir. Il faut faire quelque chose ! Éteindre la lumière, ou on ne pourra jamais s'échapper !

Il examina les distances, évalua le temps qu'il lui faudrait pour sortir armé d'une chaise et la lancer en l'air pour briser les néons.

— Non ! protesta Reika. Si tu sors, il va te tirer dessus immédiatement !

— Mais on n'a pas le choix ! Si on reste ici, il n'aura qu'à nous cueillir. Le rideau ne va pas le retenir longtemps !

— Il y a toujours la barricade.

— Ce n'est qu'une question de minutes…

Il secoua la tête. Son T-shirt jaune était trempé de sueur.

— Pourquoi on n'entend plus rien ?

Le tueur devait s'être aperçu qu'il n'entrerait pas facilement dans le couloir. Peut-être avait-il changé de plan…

— On est combien, ici ? lança Yûichirô aux autres retranchés de la classe de 1re 4.

— On est cinq, répondit Maejima. Il y a Nana et Ai, aussi.

Cela voulait dire que les six autres – non, les cinq autres, si l'on enlevait Hisashi… – s'étaient réfugiés dans la salle des 1re 3, d'où ils pouvaient s'échapper en étant protégés contre les coups de feu.

Soudain, on entendit des bruits étouffés. Comme si quelqu'un déplaçait des meubles, à l'étage du dessous…

— C'est lui ? Qu'est-ce qu'il fait ?

— Aucune idée…

— On devrait peut-être en profiter pour rejoindre la 1re 3…

Reika fixa éperdument le couloir, si vivement éclairé. Et si c'était un piège ? Si l'assassin les attendait ?

— Cours ! cria Yûichirô, qui fonça sans hésiter.

Reika le suivit immédiatement, consciente de risquer sa vie à chaque seconde, mais elle rejoignit saine et sauve l'obscurité accueillante de la 1re 3. Elle se retourna, mais ni Nana, ni Ai, ni Maejima ne les avaient imités. Probablement avaient-ils décidé de rester en 1re 4…

— Ouf… Au moins, ici, on est mieux à l'abri, et quel que soit le côté par lequel le tueur nous attaquera, on peut toujours fuir par l'autre côté, affirma Yûichirô, pâle comme la mort.

Kengo leur tomba dessus.

— Vous pouvez m'expliquer pourquoi vous en avez pas profité pour éteindre le couloir, vous deux ?

Yûichirô sentit la moutarde lui monter au nez. Mais ce n'était pas le moment de démarrer une nouvelle dispute.

— On préfère la lumière, répondit-il calmement.

Reika regarda autour d'elle. À part Kengo, il y avait là Naoki, Satoshi et Hiroshi. Il y avait un autre garçon au fond, assis en tailleur, qui s'était isolé des autres.

22 h 02

Kakeru, assis en position du lotus dans cette pièce vidée de ses meubles, unifiait son esprit.

C'est alors que retentit le coup de feu tiré dans le rideau de fer côté ouest.

Le voici enfin.

Il se releva, respira profondément et s'empara d'une flèche.

La classe des 1re 3 offrait la meilleure chance. Qu'il vienne par l'est ou par l'ouest, le tueur serait obligé de passer par cette pièce pour contourner la barricade du milieu du couloir.

Les portes qui menaient au couloir illuminé semblaient éblouissantes en contre-jour. Quiconque l'empruntait avait peu de chances de discerner ce qui se passait dans la salle obscure.

La pièce mesurait neuf mètres sur sept. Il n'aurait pas à viser à plus de douze ou quinze mètres, si le tueur restait dans le couloir. Kakeru avait l'habitude de s'entraîner sur des cibles éloignées de trente à cinquante mètres.

Le tueur se pensait peut-être invincible, mais personne ne l'était. Personne ne pouvait éviter une flèche qui fendait l'air plus vite qu'un service de tennis des plus puissants.

Deux de ses camarades venaient de s'engouffrer dans la salle. Ils étaient six en plus de lui, désormais.

Qu'importe. Le combat final serait un duel.

Kakeru l'attendait avec de plus en plus d'impatience.

Ce soir, je deviens un héros.

22 h 05

Ses nerfs étaient à vif. Cela faisait une éternité que ce cauchemar avait commencé… quand allait-il se terminer ?

Elle pouvait entendre jusqu'au bruit des aiguilles de sa montre, qui sautillaient autour du cadran. Elle n'arrivait plus à avaler sa salive, mais de toute façon, elle n'en avait plus : sa gorge était atrocement sèche.

Il y avait bien cinq minutes que l'on n'avait plus entendu de coups de feu.

Elle détecta que l'air s'était épaissi.

— Qu'est-ce que… Ah !

— Ne panique pas, lui dit Yûichirô, qui resta immobile alors que les autres se relevaient.

— Qu'est-ce qui se passe ? C'est un incendie ?

— Il nous fout le feu !

— Restez calme. Ce n'est pas un feu, les rassura Yûichirô.

C'est alors qu'un coup de fusil retentit.

Reika sursauta si fort qu'elle décolla du sol où elle était assise.

Il est là… Ça y est, c'est la fin…

Yûichirô alla jeter un œil dans le couloir.

— Reviens ! C'est dangereux !

— Comme tout à l'heure… il est venu par l'ouest, les informa calmement Yûichirô.

Tous courbés, ils se déplacèrent vers le côté est de la salle, prêts à détaler au bout du couloir le moment venu.

— Et merde ! Il est là, il est là ! pesta Kengo, livide.

L'intello, qui d'ordinaire affichait une morgue insolente, perdait ses moyens, offrant une image de lui que ses camarades ne connaissaient pas.

Nouveau coup de feu déchirant. Quelque chose se

renversa à l'ouest du couloir, la balle se logea quelque part dans la barricade du milieu.

— Il a visé la porte de secours, analysa tout bas Yûichirô. Et c'est pas avec de la chevrotine… Il a quelque chose de plus puissant.

Ils entendirent en effet la porte de secours qui s'ouvraient pour se heurter bruyamment contre la barricade.

— On y va ! lança Kengo en fonçant vers la barricade est.

Il tomba à genoux juste devant et se hâta, fébrile, d'écarter les chaises et tables liées avec des cordes qu'il fallait retirer afin de dégager le tunnel de sortie qu'ils avaient prévu dans la barricade.

Il s'y engouffra à quatre pattes, suivi de Naoki, Satoshi et Hiroshi.

Reika ne put s'empêcher de penser à ses camarades restés en 1re 4, Nana, Ai et Maejima… Ils étaient perdus. Mais Yûichirô l'entraîna sans lui laisser le temps de réfléchir.

— Qu'est-ce que tu fous, Kengo ? murmura Naoki. Ouvre cette putain de porte !

— J'y arrive pas… le nœud de la poignée est trop serré !

— OK, pousse-toi, on va soulever le rideau !

Les trois garçons, bientôt aidés de Reika et Yûichirô, joignirent leurs efforts pour redresser le rideau. Celui-ci, bien trop lourd, ne bougea pas.

La fumée progressait dans l'étage, de plus en plus épaisse.

— Il a allumé un feu ? s'écria Naoki, au bord de la panique. On va griller en sortant d'ici, c'est ça ?

— Non, répondit Yûichirô. J'en suis sûr maintenant : ce sont des fumigènes. C'est exactement le même effet que ceux qu'ils ont utilisés le jour de l'exercice…

— C'est vrai, renchérit Kengo. C'est ce que j'ai pensé aussi.

Il avait sorti un cutter de sa poche et s'attaquait à la ficelle.

— Ça ne sent rien, ça ne produit pas de chaleur, et on n'entend aucun crépitement de flammes.

— OK, alors on recommence, faut soulever ce truc !

— Arrête, c'est inutile, lui ordonna Kengo, qui retrouvait peu à peu sa contenance. Ça pèse plusieurs centaines de kilos.

Enfin, la corde qui bloquait la porte de secours céda.

Reika tendit l'oreille. Le tueur était toujours en train de s'acharner sur la barricade est. Même s'il les entendait s'enfuir et décidait de redescendre pour les coincer en bas, ils auraient peut-être une chance de lui échapper…

— *Go !* s'écria Kengo en ouvrant la porte.

Un épais nuage blanc les enveloppa. On n'y voyait plus rien dans la cage d'escalier… Ça avait beau n'être que des fumigènes, ils se sentaient étouffer. La source venait d'en bas. Les moteurs de la ventilation s'étaient déclenchés, mais ils ne fonctionnaient pas assez vite face à la quantité de fumée.

— Il faut aller en haut ! clama Yûichirô.

— Idiot ! Tu te feras coincer là-haut, il n'y a pas d'issue ! Le tueur essaie de nous faire croire qu'il y a un incendie en bas pour qu'on monte ! Tu comptes t'échapper comment du troisième ? Hein ?

— Mais c'est justement ça, le piège !

— On peut pas faire des pièges aussi compliqués en si peu de temps ! On y va, en bas !

— N'y allez pas ! cria Yûichirô en agrippant le bras de Reika.

Celle-ci hésitait toujours, mais elle décida de faire confiance à son ami.

Peut-être qu'il n'y avait aucune bonne option. Peut-être qu'elles menaient toutes à la mort.

22 h 07

Perdu dans ce monde blanc, sans aucune vision, Kengo progressait à la seule sensation de la rampe sous sa main, de ses pieds sur les marches. Il était en nage, à cause de la chaleur implacable et de la terreur qui lui tordait les tripes. D'ordinaire, il avait confiance en ses déductions mais… avait-il pris la bonne décision, cette fois ?

Fallait-il vraiment descendre ?

Il procédait toujours par élimination. Sachant qu'il n'y avait aucune issue aux étages supérieurs, la solution s'imposait d'elle-même : il fallait descendre. C'était sûr. Rien à voir avec l'expédition vouée à l'échec de cet idiot de Yamaguchi et de ses copains. Kengo avait sciemment pesé le pour et le contre.

Et pourtant…

Il s'écarta sans bruit de la rampe, se tint sur le côté et attendit que Naoki, Satoshi et Hiroshi, qui ne se rendirent compte de rien, passent devant lui.

Il n'y a pas de raison que je sois le premier à me précipiter dans la gueule du loup. Si vous avez survécu jusqu'ici, c'est grâce à moi. Vous pouvez au moins être utiles à ça...

Même si ces trois-là tombaient dans un piège, il aurait le temps d'aviser, et de s'échapper.

Tant pis pour Yûichirô et Reika. Ce Yûichirô, il était plus malin qu'il n'y paraissait, finalement. Mais il avait visiblement cédé à la peur en faisant ce choix regrettable. Typique.

Un coup de feu terrible retentit au deuxième. Ils

entendirent la chevrotine frapper le sol. Kengo accéléra le pas mécaniquement.

Devant lui, Naoki poussa un petit cri d'étonnement. Satoshi et Hiroshi, qui le suivaient, firent de même. L'instant d'après, les trois lycéens tombèrent, se raccrochant comme ils pouvaient à la rampe.

Que se passait-il ?

Au moment même où Kengo voulut s'arrêter, son pied glissa. Comme il ne tenait pas la rampe, il fut immédiatement emporté.

De l'huile ! Il comprenait trop tard... Les dix premières marches étaient saines, mais à partir de là, le tueur avait déversé des litres d'huile...

Merde, merde ! Tomber dans un piège aussi ridicule !

Plus que la douleur et la peur, il ressentit une terrible humiliation. Les pièges les plus simples étaient les plus efficaces. Il continua de tomber sans pouvoir freiner sa chute, couvert d'huile qu'il était.

Lorsque enfin il allait atteindre la plate-forme entre les deux étages, il espéra bientôt pouvoir se relever et prendre la fuite. Mais ce furent deux coups violents, à la poitrine et à la hanche, qui stoppèrent sa chute ; il comprit que l'huile n'était que la première partie du piège.

Le souffle coupé par l'effort et la douleur, il fut gagné par l'effroi en constatant que la cruauté du tueur n'avait, décidément, aucune limite.

Il avait disposé des chaises renversées sur la plate-forme, de manière que leurs pieds brandis en l'air accueillent ceux qui chuteraient dans l'escalier.

Il discerna un de ses camarades tombé juste à côté de lui, et reconnut Naoki. Il tendit le bras, le secoua, mais n'obtint aucune réaction. Un épais filet de sang lui sortait de l'orbite... Un pied de chaise avait eu raison de lui. Satoshi et Hiroshi, comme fauchés par des balles, toussaient et gémissaient, et le premier tentait de se relever.

Kengo entendit alors un son terrible. Quelqu'un s'approchait d'eux à petites foulées, par le couloir du premier étage.

Les fumigènes avaient fini par s'éteindre et la fumée se dissipait. Une silhouette humaine, fusil en main, se dessina au travers du brouillard.

Une terreur incontrôlable lui fit verser des litres de transpiration.

Retentit alors cet air qu'il avait déjà entendu bien des fois… « La Complainte de Mackie », tirée de l'opéra de Brecht… La mélodie que Hasumi sifflotait souvent.

C'est pas vrai…

Il y avait pensé en entendant l'annonce des haut-parleurs, mais avait rejeté l'idée…

— Alors, Kengo ? Il faut regarder où l'on met les pieds !

Les dernières volutes de fumée finirent de s'estomper et le prof d'anglais, tout sourire, leur apparut.

— Connaissez-vous ce proverbe ? *Fools rush in where angels fear to tread.* Les idiots se précipitent où les anges craignent de mettre les pieds ! Je dois dire que je ne m'attendais pas à ce que tu fonces dans un piège aussi grossier.

— Monsieur… réussit à articuler Kengo. Nous avons été victimes d'un piège posé par le tueur… J'ai bien peur que Naoki n'ait besoin de soins urgents. Nous devons l'emmener à l'hôpital !

À côté de lui, Satoshi se releva, encore sonné par la chute. Kengo devait continuer de jouer sa mascarade, de prétendre qu'il ne comprenait pas que Hasumi et le tueur étaient la même personne.

S'il te plaît, Satoshi, essaie de capter ! Ne gâche pas tout, laisse-moi faire !

— Eh bien, c'est que le stratagème a porté ses fruits.

Je dois d'ailleurs te dire que c'est toi, Kengo, qui m'as inspiré.

— Hein ?

— Mais oui ! Ces barricades sont très intelligemment conçues. *Excellent !* Non, vraiment, je suis admiratif. Cette façon d'imbriquer les tables et les chaises… Je me suis dit que je pourrais l'utiliser à mon compte.

Et merde, c'est mort…

Kengo, pleinement conscient de son destin, eut une envie irrésistible de pleurer.

Ce type n'est qu'un monstre, une ordure, un salopard… Je ne peux plus rien faire. C'est la fin. Je suis impuissant.

— Eh bien, vous n'êtes que quatre ? s'étonna Hasumi. C'est tout ?

— Il n'y a que nous, dit faiblement Kengo.

Il mordit ses joues détrempées de larmes.

— Vraiment ? lança Hasumi, enjôleur. Allons… c'est bien la première fois que je te vois penser à tes camarades ! Malheureusement, tu as mis trop de temps pour parler, ce qui a amplement répondu à ma question.

Un boucan de chaises renversées mit fin à leur échange. Satoshi, se débattant avec l'huile, tentait de se mettre debout pour fuir. Hasumi leva son arme, le visa et tira.

Ce fut un vacarme infernal, qui résonna aux oreilles de Kengo comme le rire d'une armée de démons de l'enfer.

Il manqua de défaillir en constatant que le canon était désormais braqué sur lui.

La mort, la mort venait le chercher. Lui barrait la vue.

— Bon, en vrai, vous êtes combien à être partis du deuxième ?

— Six. Yûichirô et Reika sont montés.

Il se savait perdu mais n'avait pu s'empêcher de parler.

— M'sieur ? Je, je… je dois absolument aller à l'université de Tôdai…

— *Oh, but you are going to die !*

Hasumi rit de sa propre plaisanterie.

Kengo en eut la chair de poule. Quel genre de monstre était-ce ?

L'éclat de la cartouche dirigée vers sa tête fut la dernière image qu'il vit.

22 h 07

Reika et Yûichirô montèrent l'escalier. Seule la lumière verte de la sortie de secours se diffusait dans les gouttelettes en suspension, leur donnant l'impression d'évoluer au fond de la mer.

La fumée épaisse obstruait leurs voies respiratoires, mais ils devaient absolument se retenir de tousser.

Yûichirô, conservant son calme, guidait Reika qu'il tenait par la main.

Un coup de feu retentit au deuxième. Ils entendirent des choses voler en éclats.

— Ne t'en fais pas, lui dit-il. Continue d'avancer.

C'était autant pour la rassurer que pour se rassurer lui-même.

— Il essaie de nous intimider, mais il est toujours coincé à la barricade.

Reika ne put retenir une quinte de toux.

— Si on ne s'enfuit pas…

Elle ne voulait même pas penser à ce qu'ils allaient découvrir en haut, mais ne désirait qu'une chose : s'éloigner le plus possible du deuxième étage.

— Je pense qu'il n'est pas là, mais restons prudents… Une marche à la fois…

Ils entendirent, plus bas dans l'escalier, un bruit de

chute et des cris. Reika se figea, mais son ami la poussa à continuer son ascension.

Kengo et les autres étaient-ils tombés dans un piège ? Qu'allait-il leur arriver ?

Ils parvinrent au troisième, où les rideaux de fer s'étaient abaissés à la détection de la fumée. Ils empruntèrent la porte de secours pour pénétrer dans le couloir.

La fumée y était beaucoup moins présente, mais une odeur de poudre persistait dans l'air. Probablement laissée par les coups de fusil.

Incroyable… On n'est ni en Irak ni en Afghanistan. On est au Japon, un pays paisible…

Ils s'avancèrent dans le couloir… Et découvrirent que le sol était jonché des cadavres de leurs camarades.

Reika s'arrêta. Ses genoux s'entrechoquaient. Elle sentit sa conscience s'éloigner, eut l'impression d'être étourdie.

Impossible… C'est un cauchemar. Je vais me réveiller.

Yûichirô aussi resta sans voix quelques instants.

— Il faut que j'aille vérifier quelque chose, ne bouge pas, lui dit-il enfin.

— Non ! s'écria-t-elle. Tu vas où ? Ne me laisse pas !

— Le toit… Je suis sûr que ce n'est pas ouvert, mais on ne sait jamais.

Il repassa par la porte de secours, la laissant seule au milieu de ce champ de bataille.

Le sol était couvert de quantités effroyables de sang. Quelques mouches s'étaient déjà introduites par les fenêtres brisées et tournoyaient dans les airs.

Reika se rendit compte qu'elle sentait d'autres effluves que le soufre. La puanteur du sang, celle de l'urine. C'était l'odeur même de la mort.

Elle baissa les yeux sur le corps étendu à ses pieds en position fœtale. De par sa corpulence, elle en déduisit qu'il s'agissait de Yûki.

Sous la faible lueur en provenance de l'extérieur, son regard chercha le visage de sa camarade. Elle finit par comprendre qu'il était troué d'un immense cratère. Elle s'éloigna pour vomir près du mur.

— Ne regarde pas, lui conseilla Yûichirô, déjà revenu, en l'étreignant par les épaules.

Deux coups de fusil retentirent. Suivis de deux autres.

Reika se mit à trembler.

C'est fini ! C'est fini, on va mourir. On ne peut que mourir.

Des larmes lui embuèrent les yeux.

Le tueur avait tout prévu. Ils évoluaient dans sa réserve de chasse, où il allait tous, méticuleusement, les anéantir. Il avait prévu que ce couloir serait le dernier refuge.

Il allait revenir. Et cette fois, ils n'auraient aucune échappatoire.

— Il faut oublier le toit, l'informa Yûichirô. Le verrou est tiré de l'extérieur, et c'est sûrement le tueur qui a la clé. Et de toute façon, il peut sans doute faire exploser la porte…

Reika comprit, à la seule intonation de son ami, qu'il avait découvert d'autres cadavres là-bas.

Il se mit à réfléchir à haute voix.

— Les rideaux sont tombés… Les barricades ne vont pas tenir longtemps. L'ascenseur ne fonctionne pas, et ce serait trop bruyant. Il ne nous reste que l'escalier, non ? La chevrotine, ça se disperse, mais la portée du tireur est plus longue que les couloirs… Ce qui veut dire qu'à l'instant où il nous voit…

Il se prit la tête entre les mains. Reika ne l'avait encore jamais vu aussi grave.

— C'est donc l'escalier est, ou l'escalier ouest. On veut rester ensemble. Mais… si on se sépare, l'un d'entre nous au moins aura une meilleure chance de s'en tirer.

— Non ! Je ne peux pas supporter cette idée. On reste ensemble !

— Pourtant, c'est notre seule chance.

— Il doit y avoir un autre moyen ! J'en suis sûre !

Yûichirô croisa les bras et se plongea dans ses pensées. Des larmes s'échappaient de ses yeux. Tous leurs camarades… Quelques heures auparavant, ils étaient encore tous vivants et insouciants. Innocents. Quelle horreur, quel gâchis… Celui qui avait fait ça ne pouvait être qu'un monstre…

Soudain, un corps attira l'attention de Reika.

Non. C'est pas possible. Non…

Elle ne voulut pas en croire ses yeux, mais ne put détourner le regard. Fûko Onodera. Sa meilleure amie. Morte.

Reika s'effondra en pleurs silencieux. Non pour ne pas attirer l'attention du tueur, mais parce que son cœur s'était déchiré et qu'une boule atroce dans la gorge l'empêchait de respirer.

Fûko ! Oh, ma Fûko, je ne te laisserai pas tomber… Je dirai au monde entier ce qui s'est passé ici ! Je ferai en sorte que celui qui t'a fait subir ça reçoive le châtiment qu'il mérite ! Alors ! Alors…

Alors je dois vivre. Pour vous tous.

Elle retrouva un petit filet de respiration, ferma les yeux.

Oui, elle aurait tout le temps, après, pour s'attrister. Pour lors, elle devait trouver le moyen de ne pas mourir. Elle devait faire mieux. Elle devait survivre.

Elle rouvrit les paupières et tendit l'oreille.

Concentre-toi. Il y a forcément une façon. Un indice à découvrir. Regarde autour de toi…

En relevant la tête, elle se rendit compte que le cadavre de son amie semblait montrer quelque chose.

Reika suivit du regard le doigt tendu de Fûko et remarqua la boîte fixée sur une fenêtre. La goulotte d'évacuation du troisième étage…

Il y avait donc un autre moyen…

Yûichirô, devinant à quoi elle pensait, secoua la tête.

— C'est du suicide. Tu as bien vu pour la tentative d'évasion avec la corde… Ça n'a pas échappé au tueur alors que c'était dans un angle mort. Tu imagines, un truc aussi énorme ? Il va le voir immédiatement.

— Mais ça nous laisse trois choix, au lieu de deux.

Elle se souvint du problème mathématique de Monty Hall. Trois portes se dressaient devant elle. L'une menait à la vie, les deux autres, en enfer.

— Trois choix ? rebondit Yûichirô. C'est-à-dire, un de plus pour perdre le tueur. Non… C'est trop dangereux. À l'instant même où on va déplier le sac, il va nous voir et nous mettre en joue…

Il redressa le visage, laissa son regard douloureux errer à l'extérieur, toujours si faiblement éclairé.

— À moins que… dit-il soudain. À moins qu'on ne réussisse…

Il alla vers le mécanisme de sauvetage, ouvrit le couvercle, révélant le tube blanc, proprement replié.

— On n'a plus le temps de réfléchir. C'est notre seule chance. Mais merde ! C'est horrible, ce qu'on va devoir faire… Pas le choix… Pas le choix !

— Yûichirô ?

— Reika, s'il te plaît… Je vais avoir besoin que tu fasses exactement ce que je te demande.

Elle acquiesça.

22 h 09

Il était temps de refaire les comptes. Il avait anéanti cinq garçons et treize filles au troisième.

Puis il avait dégommé Hisashi Nakamura à travers le rideau de fer au deuxième, et enfin, zigouillé Kengo

Watarai et ses camarades dans l'escalier. Ce qui lui laissait trois filles et trois garçons sur les bras.

Hasumi avait pris soin de vérifier les portables de ses quatre dernières victimes. Elles ne pourraient plus jamais parler pour raconter ce qu'elles avaient vu, mais leurs téléphones pouvaient vendre la mèche. Il fallait s'assurer qu'aucun d'entre eux n'avait enregistré leur petite discussion.

Visiblement, cela ne leur était pas venu à l'esprit. Pas étonnant, en fait. Les lycéens n'avaient été obnubilés que par leur propre survie, ce qui laissait peu de place à toute réflexion concernant l'héritage qu'ils auraient pu léguer à la postérité.

S'il en croyait Kengo, les six survivants se répartissaient ainsi : quatre au deuxième étage, et deux au troisième. Lesquels tuer en premier ? Difficile de trancher…

« Va au troisième, mon pote ! Si ceux du deuxième étage avaient voulu fuir, ils l'auraient fait depuis belle lurette ! »

Pas faux, dut admettre Hasumi.

D'ailleurs, il serait bien content une fois Reika et Yûichirô effacés de la carte. Ils étaient coriaces, ces deux-là.

Il retraversa le couloir du deuxième étage pour remonter en évitant les marches couvertes d'huile. Ses oreilles continuaient de siffler, le rendant complètement sourd.

Il aperçut une forme blanche dans le coin de son champ de vision et se tourna vers la fenêtre.

La goulotte d'évacuation du troisième ! Elle avait été déployée, et touchait tout juste le sol.

Voilà qui était audacieux… Mais il fallait bien reconnaître qu'il n'y avait pas réellement d'échappatoire pour les deux élèves qui s'étaient réfugiés en haut.

Sans faire le moindre bruit, Hasumi ouvrit la fenêtre et passa le canon de son fusil par l'entrebâillement. Il n'y avait plus qu'à attendre les proies.

Le tube de toile blanche se balançait doucement dans la brise pluvieuse.

Ah !

La goulotte s'était élargie : une forme progressait à l'intérieur. Hasumi ne tira pas. Il attendait la seconde…

Nous y voilà…

Une autre personne s'était insérée dans le tube.

Hasumi se pencha par la fenêtre et tira sur la première forme à l'instant même où elle allait sortir du tube.

Reika poussa un hurlement qui n'avait rien d'humain. C'était comme si les munitions avaient déchiré sa propre peau. Une douleur incommensurable lui traversa le corps de part en part en même temps que son esprit était la proie d'une terreur infinie.

Le premier corps tomba, inanimé, du tube déchiré par la chevrotine. Un garçon vêtu d'un T-shirt jaune.

La fille, coincée dans le tube, n'avait d'autre choix que de continuer à descendre. Elle se prit une autre volée de balles et tomba mollement sur le corps de son camarade.

C'était bien elle, avec sa coupe au bol et son survêtement. Hasumi regarda de plus près : n'avait-elle pas bougé le bras ?

Il rechargea son fusil et tira deux coups, histoire de faire bonne mesure. Les corps se tortillèrent sous la volée de plomb avant de s'immobiliser pour l'éternité.

22 h 10

Il ne lui restait plus que deux garçons, Kakeru Takagi et Masahiko Maejima, et deux filles, Nana Kubota et Ai Hoshida. C'était amusant : s'il avait dû parier sur les quatre derniers survivants, il n'aurait pas joué son argent sur ceux-là !

« Alors, mon pote, on y est ! rugit le fusil. C'est la dernière ligne droite ! Magne-toi, t'as plus le temps. Fais pas durer le plaisir, les meilleures blagues sont les plus courtes... »

Hasumi ramassa une bouteille d'eau qu'il avait posée dans l'escalier. Courir dans ce lycée non climatisé avait de quoi vous déshydrater. C'était véritablement épuisant.

Il s'en serait douté, mais massacrer une classe entière n'avait rien d'une sinécure. S'il avait su que cela lui coûterait autant d'énergie, il aurait emporté au moins une banane, quelque chose à grignoter. Il pensa soudain qu'il ne pouvait pas manger s'il voulait qu'on croie à son histoire... L'eau avalée avait intensifié la sensation de vide dans son estomac, mais il devait faire avec. Qui sait, la police lui proposerait peut-être un sandwich après avoir reçu sa déposition ? Ah, mais il ne pourrait pas accepter, vu qu'il aurait l'appétit coupé par le drame qu'il venait de vivre... Non, il lui faudrait attendre d'arriver chez lui pour se préparer un bon bol de ramens.

Cette affaire allait sans doute donner beaucoup de travail à la psychologue, Satoko Mizuochi... Hasumi en fut désolé. Ça lui laisserait peu de temps pour la voir...

Oui, mais...

D'un autre côté, en exterminant toute sa classe, il réduisait drastiquement le nombre de ses patients. Et lui n'en aurait plus du tout, de boulot ! Il aurait donc tout le loisir d'aller la voir pendant les heures de cours... Ce n'était pas tous les jours qu'on avait l'opportunité de s'occuper d'un prof qui avait vu tous les élèves à sa charge périr dans des circonstances horribles. Une histoire qui ne manquerait pas de lui attirer des torrents de compassion. Et si ce drame devenait le point de départ d'un rapprochement entre la jolie psychologue et l'enseignant éploré ?

Cette pensée le ragaillardit.

Il fallait qu'il se prépare à la possibilité de perdre son emploi, car la survie même du lycée n'était pas garantie.

Hasumi haussa les épaules et remonta l'escalier ouest pour rejoindre le deuxième étage.

Il jeta un œil dans le couloir. Tout était immobile.

La porte de secours était toujours ouverte, mais il n'était pas au bout de ses peines concernant cette barricade. Et il n'avait pas le temps de retirer, un à un, les meubles empilés là.

Il monta au troisième, suivi des deux corbeaux divins qui lui jetaient parfois des regards blancs.

Hasumi avança au milieu de ses élèves étendus à terre ; ceux-ci semblaient se prosterner devant leur dieu.

C'était une image surréaliste. Il aurait voulu prendre le temps de savourer son succès, mais il devait se presser.

Il trouva le dispositif de goulotte d'évacuation, se pencha à la fenêtre. La toile blanche était maculée de sang.

Il traversa le couloir et redescendit par l'escalier est. Combien de fois, en cette seule soirée, avait-il parcouru ces distances, monté et descendu de marches ? Le métier de prof était rudement physique. Si seulement il portait ses baskets… Les mocassins du professeur Kume lui faisaient des ampoules et n'étaient visiblement pas conçus pour parcourir de longues distances.

Il parvint au deuxième étage, devant la porte de secours par laquelle Kengo et ses camarades s'étaient échappés. La lumière filtrait : le couloir était toujours allumé.

Il jeta un œil par le tunnel de sortie prévu au travers de la barricade, soucieux de ne pas se faire remarquer. Il y avait deux élèves potentiellement dangereux à cet étage. Kakeru Takagi et Nana Kubota. Le premier, en particulier, avait peut-être son arc avec lui…

La barricade élevée au beau milieu du couloir lui sembla particulièrement suspecte. Et si Kakeru l'attendait, arc bandé, de l'autre côté ?

En y réfléchissant bien, c'était peu probable. Pour cela, le lycéen aurait dû deviner que Hasumi arriverait par l'est, et se tenir prêt du côté ouest, c'est-à-dire parfaitement visible si son adversaire arrivait par ce même côté. Ça aurait été complètement insensé de sa part.

Hasumi se mit à quatre pattes et se faufila dans l'étroit tunnel ouvert au beau milieu d'un amoncellement incroyablement touffu de meubles et d'objets en tout genre.

Il tendit l'oreille. Son ouïe n'était toujours pas rétablie, ses tympans continuaient de sonner, l'empêchant de capter le moindre bruit.

Cependant, son instinct se mit en éveil.

Il ne devinait pas seulement les petites souris tremblantes, mais aussi, quelque part, un serpent tapi qui attendait son heure.

Il décida de passer en revue tout l'étage de manière méthodique, tout en restant sur ses gardes, et commença par les toilettes des garçons. Il ouvrit la porte et pointa son arme au hasard. Quelqu'un gisait au sol, face contre terre.

Quelqu'un vêtu d'un jogging, et qui n'était pas un élève. Hasumi reconnut Shibahara, le professeur de sport. Il semblait avoir perdu connaissance. Son pantalon était trempé de sang au niveau du mollet droit. Il l'avait donc touché alors qu'il se carapatait dans l'escalier !

Après s'être assuré que personne d'autre ne se cachait dans les toilettes, Hasumi s'accroupit auprès de son collègue et, du bout de son fusil, s'amusa à touiller dans sa blessure.

Shibahara gémit, bougea faiblement. Il paraissait terriblement mal en point. Hasumi se rendit compte qu'il avait été lynché, probablement par les élèves…

— Monsieur Shibahara, vous m'entendez ? susurra-t-il d'une voix douce. Pouvez-vous vous relever ?

Il recommença à tripoter la blessure de Shibahara, qui recouvra un peu plus ses esprits.

— Ah, ah ! Ah… J'ai tellement mal… Hasumi, Hasumi, arrêtez…

— Je suis terriblement désolé de vous déranger alors que vous semblez si fatigué, mais j'ai un petit service à vous demander…

Un sourire carnassier s'étira sur le visage de Hasumi.

22 h 21

Kakeru se releva. Il prit son arc en main, le fit jouer afin de trouver le bon équilibre. Puis il attrapa une flèche dans son carquois et la fit glisser contre la corde.

Il respira profondément par le ventre, se connecta avec le sol.

L'ennemi était à portée de tir. S'il n'y avait pas eu de murs, il aurait déjà pu l'atteindre.

La flèche de la destinée.

Il se répéta ces quelques syllabes comme un mantra en invoquant les grandes figures historiques du tir à l'arc.

Cela faisait bien deux minutes que le tueur avait pénétré dans le couloir. Il voulait sans doute débusquer les élèves cachés un à un, en commençant par les toilettes des garçons.

Bientôt, il entrerait dans la classe des 1re 3.

L'assassin devait savoir qu'il s'agissait du meilleur endroit pour lui tendre un piège… Il serait donc en alerte maximale. En ce sens, ce n'était peut-être pas la meilleure option pour l'attendre…

Trop tard pour faire marche arrière. La confrontation aurait lieu dans cette pièce.

L'ennemi allait s'y introduire à toute vitesse, fusil braqué devant lui.

Une fraction de seconde. Kakeru devait tirer avant lui.

L'air changea de densité.

La moiteur de l'été avait laissé place à une atmosphère sèche et glacée. Kakeru sentit ses poils se dresser.

Il arrive.

Pour la première fois de sa vie, il fut la proie d'une terreur sans nom.

Une ombre se dessina dans le couloir. Kakeru prit une grande inspiration et banda son arc.

Une silhouette s'encadra à contre-jour, un objet long et fin à la main.

Kakeru expira. Et lâcha la flèche.

Le projectile s'inséra au creux de la gorge de la silhouette.

La victime n'émit pas un son. Elle s'effondra face contre terre.

Je l'ai eu.

Une joie incommensurable le saisit.

Je suis un héros !

Il ne ressentit pas une once de remords à l'idée d'avoir ôté la vie à un être humain.

Qu'ils crèvent tous, ces tueurs psychopathes !

— Tu as tué tout le monde, enfoiré ! rugit-il. Va en enfer !

Il voulut s'approcher du mort, mais se figea.

Dans l'encadrement de la porte, une autre silhouette se dressait.

— *Excellent, Mister Takagi !*

La voix de Hasumi. Un fusil reposait entre ses mains.

Le prof jeta un coup d'œil méprisant à l'homme à terre.

— Ah, tu ne l'as pas raté, hein ? Pile dans la gorge… C'était une bonne tactique, de m'attendre ici, mais… tu aurais dû utiliser une seconde de plus pour t'assurer qu'il s'agissait de la bonne cible !

Tout en sachant que c'était vain, que c'était trop tard, Kakeru avait déjà pointé une autre flèche et bandait son arc. Une intense lumière l'enveloppa avant qu'il n'ait le temps de la décocher.

22 h 13

Le professeur Shibahara était encore secoué de spasmes douloureux. Il faisait penser à un cafard qu'on aurait épinglé mais qui ne voudrait pas mourir. Le balai que Hasumi lui avait fait porter, afin de faire croire à un fusil, gisait juste à côté de lui.

La flèche, qui avait traversé le cou du prof de sport, lui calait la tête de côté. Hasumi pensa qu'il pouvait faire quelque chose pour arranger ça. Il posa un pied sur la poitrine de son collègue et arracha le projectile.

Un geyser de sang frais s'en échappa. C'était un spectacle amusant, mais pas tant que ça. Hasumi s'en détourna rapidement pour faire ses comptes.

Un garçon en moins, ce qui signifiait qu'il n'en restait qu'un, ainsi que deux filles.

Il n'était pas insensé de considérer qu'il avait fait le plus compliqué. Nana Kubota, qui pratiquait le kendo, n'était pas totalement à négliger, mais tant qu'elle n'était pas armée de son bâton…

Hasumi se posta à l'entrée de la salle des 1re 4, au calme suspect. Pénétrer dans le labyrinthe de ténèbres de la « maison hantée » ne lui faisait pas particulièrement envie… L'effet était réussi. Simplement, désormais, avec ces dizaines de cadavres éparpillés, le reste du lycée était bien plus effrayant que la petite attraction.

Il entra. Les rideaux noirs l'empêchaient de voir quoi que ce soit. Au moment où il pensait qu'il pourrait simplement tirer une dizaine de cartouches au hasard, il perçut un mouvement au plafond, sur sa droite.

Une tête décapitée en lévitation. Il l'avait déjà vue, il savait que ce n'était qu'un mannequin, mais cela ne l'empêcha pas d'être surpris et d'esquisser un geste d'évitement.

Il prit alors conscience d'un autre objet suspendu à sa gauche. Pas si effrayant, celui-là… Une guitare électrique.

Hasumi, la flèche en carbone toujours en main, tendit le bras pour l'écarter.

Il y eut une explosion, comme un feu d'artifice, et Hasumi eut l'impression de recevoir un coup extrêmement puissant.

Il perdit connaissance.

22 h 14

La voix des élèves fut la première chose qu'il entendit.

— Il est mort ?

— J'en sais rien, moi !

Masahiko Maejima et Nana Kubota.

Hasumi prit conscience qu'il était à terre, roulé en boule. Il ne devait pas avoir perdu connaissance plus de quelques secondes.

— Hisashi disait que ça le tuerait à coup sûr.

— Oui ! C'est 500 volts, après tout.

Il avait été imprudent. Hisashi Nakamura avait monté un piège avant de mourir…

Il aurait voulu lui dire à quel point il trouvait ce stratagème intelligent. Hasumi s'était déjà pris des décharges, mais jamais avec un courant de plus de 100 volts ; cela n'avait rien à voir. Il n'aurait su dire comment le jeune garçon s'était arrangé pour démultiplier le voltage, mais il avait reçu un sacré choc. Toucher les cordes avec une flèche en carbone, matériau hautement conducteur, et dont le bout était humide du sang de Shibahara, en plus…

Une chance qu'il ait enfilé deux couches de gants en plastique, afin d'éviter d'avoir des résidus de tir sur les mains. Sinon, il y serait passé.

Il se souvint de Hugin, mort par électrocution, et de ses yeux voilés. Peut-être que lui aussi, l'espace d'un instant, avait eu les yeux blancs…

Il releva imperceptiblement la tête afin d'évaluer la situation. Nana tenait son fusil, Maejima était cramponné à un grand marteau – une arme qui ne lui servirait qu'en défense.

— Les enfants… murmura-t-il avec difficulté. Vous allez bien ?

Les deux élèves se figèrent.

— Ha… Hasumi ? s'exclama Nana, complètement ahurie.

La salle étant plongée dans l'obscurité, et comme ils n'avaient pas osé s'approcher plus que nécessaire, les élèves n'avaient pas encore compris qu'il s'agissait de leur prof d'anglais.

— Mais… Mais comment c'est possible ?

— Qu'est-ce qu'il m'est arrivé ? demanda Hasumi. Je marchais quand, soudain, j'ai eu l'impression de recevoir un coup… J'ai cru mourir !

Dès qu'il voulut se relever, Nana n'hésita pas : elle braqua le fusil sur lui.

— Eh, fais attention avec ça ! C'est dangereux de le pointer sur les gens…

Il s'assit en tailleur et reprit son souffle.

— Ne me dites pas que vous me prenez pour le tueur ?

— Ben, mais… pourquoi vous aviez ce fusil ?

— J'ai réussi à le lui prendre. Il m'avait fait prisonnier mais j'ai saisi une occasion pour me libérer… Ça n'a pas été facile, regardez ce qu'il m'a fait !

Il pointa le doigt sur son visage abîmé.

— Hasumi…

— Ne te fais pas avoir, Nana ! s'écria Maejima. Ça ne colle pas, ce qu'il dit ! Si ce n'était pas lui le tueur, il nous aurait appelés au lieu d'entrer dans la classe en catimini… Et on vient juste d'entendre un coup de feu !

Le jeune homosexuel était loin d'être aussi idiot que ses notes le laissaient penser.

— C'était le tueur. Il a un autre fusil. C'est la raison pour laquelle je n'ai pas pu élever la voix…

— Dans ce cas, où est le tueur, en ce moment, hein ?

— Je ne sais pas, mais il n'est pas bien loin… Restez sur vos gardes.

Les ados se turent. Ils continuaient de le soupçonner. Hasumi ne pouvait se permettre de perdre plus de temps à essayer de les convaincre. Il décida de passer à l'offensive : les déstabiliser, détourner leur attention.

— Je regrette d'avoir à vous l'annoncer, alors que vous êtes déjà suffisamment ébranlés, mais vous devez savoir. Le tueur est un de vos enseignants.

— Quoi ? C'est pas possible !

Nana était immédiatement tombée dans le panneau.

— Et qui ça serait ? demanda Maejima, de plus en plus méfiant.

Hasumi poussa un long soupir.

— Il s'agit du professeur Kume.

— Il ment !

Nana sursauta en entendant le cri du cœur de son camarade.

— Non, c'est la vérité. M. Kume a pour loisir le tir aux pigeons d'argile et ceci est à lui.

Dommage que le prof d'art n'ait pas poussé le vice jusqu'à faire graver ses initiales sur l'arme à feu. Néanmoins, Maejima parut reconnaître le fusil ; il devint livide.

— Pourquoi ferait-il une chose pareille ? relança le lycéen.

— La raison, c'est toi, répondit Hasumi en le regardant droit dans les yeux.

— Hein ? réagit Nana. Qu'est-ce que ça veut dire ?

— Le professeur Kume est homosexuel. Il avait des vues sur Maejima et s'était rapproché de lui. Cependant, je ne peux tolérer les relations entre professeurs et élèves, qu'elles soient hétérosexuelles ou homosexuelles. Kume a tenté de s'en prendre à moi en me menaçant, ce qui n'a pas marché, et il semblerait qu'il ait tourné sa rancœur contre le lycée tout entier. Peut-être imagine-t-il, une fois qu'il aura éliminé tout le monde, forcer Maejima à se suicider avec lui.

C'était une histoire aussi terrible que tordue. Quoi qu'il en soit, au bout d'une nuit de cauchemar, le cerveau ne cherchait plus à comprendre. Il était prêt à accepter n'importe quelle explication bancale. Surtout si on la lui présentait avec aplomb.

— Il ment, murmura Maejima d'une voix tremblante.

Nana se tourna vers lui et recula d'un pas. Elle le dévisageait d'un œil nouveau.

Parfait.

Il lui suffisait de convaincre la jeune fille, puisque c'était elle qui tenait le fusil.

— Sois honnête, Maejima, reprit Hasumi. Tu as eu des relations avec le professeur Kume, non ?

« Tu le sais très bien », semblait vouloir cracher le jeune homme. Mais cela aurait été un aveu.

— Loin de moi l'intention de te blâmer… Tu n'es pas coupable. Mais c'est bien vrai, n'est-ce pas, que tu as été le voir plusieurs fois dans son loft à Kawasaki ?

Maejima ne répondit pas. Ce qui équivalait à un acquiescement.

— Et lors du voyage scolaire, il a réservé une chambre pour vous deux, je me trompe ?

Hasumi avait réussi à tourner le doute sur l'identité du tueur en doute sur l'homosexualité du jeune homme. Nana regardait son camarade bouche bée.

— Et ce soir, tu l'as vu, n'est-ce pas ?

— N'importe quoi ! Je ne l'ai pas vu ! s'écria le lycéen.

En se révoltant contre un mensonge, il admettait les assertions précédentes.

— Mais tu devais savoir qu'il était là… Tu as dû entendre arriver sa Porsche.

Maejima ouvrit grand les yeux. Il l'avait donc bien entendu… C'était un bon garçon, si honnête.

— Soulevez un rideau, regardez le parking. Sa Porsche est là. Réfléchissez bien. S'il n'était pas le tueur, pourquoi serait-il venu ce soir ?

« Réfléchissez bien » était une expression particulièrement utile pour empêcher les gens de penser plus avant. Nana acquiesça en silence, parfaitement convaincue.

— Allez, donne-moi ça, c'est vraiment dangereux, tu sais. On ne sait jamais quand Kume va arriver.

Il se releva et s'approcha d'elle. Nana lui tendit l'arme.

— Arrête ! Ne lui donne pas ! hurla Maejima, qui se précipita pour allumer la lumière.

Ils furent tous éblouis.

— Regarde ! Il a une flèche dans la main. C'est à Kakeru ! Et il y a du sang dessus !

— Je viens de la ramasser dans le couloir…

— Et tiens, pourquoi est-ce qu'il porte les chaussures de M. Kume, hein ?

— Décidément, tu le connais intimement, lança Hasumi. Il m'a battu, m'a ligoté et traîné dans un coin au rez-de-chaussée… Quand j'ai repris conscience, il avait volé mes baskets. Il ne voulait pas laisser ses propres traces de pas, je suppose. Je n'avais pas d'autre choix que de prendre les siennes… Vous n'avez pas vu *Die Hard* ?

Les lycéens ne réagirent pas. Probablement n'avaient-ils pas vu le film : la référence humoristique était perdue pour eux.

— Tant pis. Donne-moi ce fusil, Nana, on ne sait jamais quand…

— Ses mains ! cria Maejima. Regarde ses mains ! Il a des gants !

Nana eut un mouvement de recul, mais Hasumi, rapide comme la mangouste qui mord la tête du serpent, s'empara du canon qu'il abaissa.

Nana, prouvant qu'elle n'était pas deuxième dan de kendo pour rien, réagit non pas en s'agrippant au fusil, mais en utilisant ce mouvement rotatoire pour lui envoyer la crosse en pleine face.

Hasumi en fut proprement sonné. Cependant, il ne lâcha pas le fusil, au contraire, il resserra sa prise autour du canon, la crosse toujours posée contre son visage en sang.

Il mit Nana en joue et tira.

La jeune fille, fauchée à bout portant par une volée de chevrotine, vola en arrière.

Il aurait dû prendre le temps de prendre l'arme entre ses deux mains… L'explosion avait encore plus amoché la blessure béante sur son front.

Maejima se tenait devant lui, immobile. Son marteau lui était tombé des mains.

Hasumi le mit en joue sans rien dire.

— C'était un mensonge, n'est-ce pas ? murmura le garçon. M. Kume n'est pas le meurtrier.

Question idiote, mais Hasumi ne pouvait ignorer une question posée par un de ses élèves.

— C'est évident, voyons ! Tu le connais mieux que personne. Il est bien incapable de blesser qui que ce soit !

Maejima ferma les yeux.

Hasumi actionna la détente. Ce fut le plus délicieux des tirs de la soirée.

Il tira le compteur électronique de sa poche, en ôta deux nouveaux élèves. Ne restait donc plus qu'une jeune fille : Ai Hoshida.

Tentant de stopper l'afflux de sang qui s'écoulait de son front à l'aide d'un mouchoir, Hasumi entreprit de chercher la survivante derrière chaque rideau.

Il la trouva dans la plus étonnante des situations…

Elle s'était ouvert les veines avec un cutter et était morte vidée de son sang. Probablement n'avait-elle pas pu supporter la terreur.

Il regretta, en tant que professeur responsable, que sa dernière élève ait abandonné. Les jeunes d'aujourd'hui manquaient de volonté et de pugnacité, c'était là un problème d'éducation dont il fallait se préoccuper.

Il appuya une dernière fois sur le « moins » de son compteur. Garçons, zéro, filles, zéro.

Il avait terminé.

Il prit soin de vérifier sur le cahier d'appel qu'il n'avait oublié personne. Mais non : il se rappelait avoir ôté la vie à chacun des noms.

Félicitations pour votre examen de passage, les enfants !

Ils avaient étonnamment bien combattu, et ce, jusqu'au dernier moment. S'il écartait la suicidée, il était globalement fier de ses élèves.

Il sortit de la pièce, éteignit la lumière et eut un sursaut de surprise.

Ainsi plongé dans la pénombre, il avait aperçu une

diode rougeoyante. Probablement l'avait-il vue en entrant, sans s'en rendre compte. Ça venait des casiers au fond de la classe. Une des portes avait été retirée et remplacée par une feuille de papier dans laquelle on avait percé un trou. Un objectif en dépassait. L'éclat de la diode rouge filtrait faiblement à travers le papier.

C'était la caméra de Hisashi Nakamura. Un engin moderne, capable de filmer dans le noir. Le jeune homme avait dû penser que, si jamais son piège à la guitare électrique ne fonctionnait pas, il pouvait toujours contribuer à faire éclater la vérité.

Great !

La raison pour laquelle le lycéen s'était autant acharné lui échappait, mais il devait reconnaître qu'il avait fait preuve d'ingéniosité.

Même si, en fin de compte, aucun de ses pièges n'avait fonctionné.

Hasumi inséra une cartouche à gros gibier dans son fusil et tira sur la caméra, qui éclata en poussière, carte mémoire incluse. Personne n'allait pouvoir récupérer de données là-dessus.

Hasumi redescendit par l'escalier ouest.

Il ne pouvait néanmoins se défaire de l'idée qu'il avait omis quelque chose. Qu'il avait commis une grave erreur.

Cependant, il n'avait pas le temps de se passer tranquillement les épisodes en revue : il lui restait une montagne de tâches à accomplir.

22 h 20

Hasumi dut repasser par une porte de secours pour pénétrer dans le couloir du rez-de-chaussée. Depuis qu'il avait utilisé les fumigènes, les protections anti-incendie s'étaient déployées dans tout le lycée.

Il ouvrit la porte de la salle d'entretien avec les élèves. Kume se tordit le cou pour pouvoir le regarder. Il ressemblait à une chenille, ainsi enroulé dans sa bâche, et les serviettes qui le bâillonnaient pendouillaient à un coin de sa bouche. Il avait clairement tenté de se libérer au cours de son heure de captivité, car il était bizarrement entortillé. Probablement avait-il pensé obéir aux ordres de Hasumi, jusqu'à ce qu'il entende les coups de feu et ne puisse plus supporter de rester sans rien faire.

— Pardonnez-moi de vous avoir fait attendre, monsieur Kume. C'est fini, lui dit-il avec un grand sourire.

Il le souleva, le hissa sur son épaule et l'emporta dans la salle des profs. Kume se laissa faire.

Hasumi l'assit sur le canapé. Le prof d'art gémit, comme s'il désirait s'exprimer.

— Je vais vous retirer votre bâillon, mais vous devez me promettre de ne pas crier.

Kume, la bouche libérée, se mit à tousser douloureusement. Hasumi lui tendit une bouteille d'eau. Il ne fallait pas que Kume semble avoir été maltraité.

— Mo… Monsieur Ha… Hasumi… Libérez-moi s'il vous… plaît… Je vous obéirai. Je vous le promets. (Il mit toutes ses forces pour esquisser un sourire.) S'il vous plaît.

— Je vais y réfléchir. Mais buvez.

Il appliqua l'embout de la bouteille contre la bouche du prof. On aurait dit que celui-ci comprenait ce qui allait lui arriver. Il but, les yeux exorbités.

— Dites-moi seulement… Maejima… est-il sain et sauf ?

— Reprenez un peu d'eau, et rincez-vous la bouche, si vous le voulez bien.

Kume s'exécuta, cracha dans un verre que Hasumi lui proposa. Il s'agissait d'effacer les dernières traces éventuelles de la serviette.

Hasumi s'empara de sa matraque sans que son collègue puisse le voir. Ce serait la troisième fois qu'il l'utiliserait, et il espérait que le sac en plastique tiendrait le coup.

— Monsieur Hasumi ! Je vous en prie, dites-moi, où est Maejima ?

— Oh, Maejima… Il est mort, voilà tout juste quelques minutes.

Les yeux de Kume s'agrandirent d'horreur. Des larmes s'en écoulèrent.

Hasumi lui asséna un coup à l'arrière du crâne.

Il accompagna la chute du prof afin qu'il ne tombe pas la tête la première au sol.

Puis il retourna dans la salle d'entretien avec les élèves, y récupéra ses baskets et une poignée de cartouches. Enfiler ses bonnes vieilles Nike lui procura un plaisir indicible. Il rechargea le fusil, déficela le professeur Kume toujours inconscient et l'assit de nouveau sur le canapé. Il cala la crosse du fusil contre le sol, le canon pointé dans la bouche du prof d'art, et s'assura que la position semblait naturelle.

Puis, posant un genou à terre, il tint l'homme d'une main, tira de l'autre. Une détonation assourdissante retentit et tout l'arrière du crâne de Kume explosa, s'étalant sur le mur derrière lui. Son cadavre tomba en avant. Enfin, Hasumi lui retira une chaussette, la frotta contre le canon du fusil, et la lui réenfila. Ainsi, on trouverait les résidus de tir au niveau des orteils de Kume, ce qui confirmerait que celui-ci avait actionné la détente avec son pied. Le suicide était parfaitement simulé.

Hasumi s'employa ensuite à tirer sur le moniteur qui enregistrait les prises de vue des caméras de surveillance, détruisant complètement le disque dur.

Puis il fit retomber le fusil tout près du cadavre de Kume.

« Ohé, mon pote ! Tu vas pas me laisser là, je peux encore servir... »

L'arme à feu se remettait à lui adresser la parole…

« J'ai encore des cartouches à bouffer, et tout un escadron de policiers est en train de s'amener... On va les cartonner ! Qu'est-ce qu'on va se marrer ! »

Hasumi décida de ne pas se laisser tenter. Il retira sa première couche de gants en plastique, pleins de résidus de tir, et les enfila sur les mains de Kume. En portant deux paires l'une sur l'autre, Hasumi s'était assuré de ne pas laisser la trace de ses propres empreintes à l'intérieur des gants.

Puis il plaça le récepteur de ses mouchards au sol, non loin du corps de Kume, et ramassa tout ce qui traînait encore : sa deuxième paire de gants, le rouleau adhésif, la bâche, sa matraque. Il en fit un tas dehors, qu'il arrosa d'huile avant d'y mettre le feu.

Certes, cette année, la fête culturelle serait annulée. Mais ce beau feu de joie aurait ravi les élèves !

Une sirène de police se mit à hurler au loin et s'amplifiait à chaque seconde. C'était moins une… Un véritable travail d'horloger. Il se hâta de retourner dans le bâtiment.

Il s'engouffra dans la salle d'entretien avec les élèves, s'allongea au sol et se menotta lui-même. Son plan de départ prévoyait qu'il se frappe le visage, se casse un doigt et s'arrache un ongle, afin de prétendre que Kume l'avait torturé, mais grâce au concours du professeur Sonoda et de Nana Kubota, qui l'avaient passablement amoché, il n'avait pas besoin d'en passer par ces extrémités.

Des pneus crissèrent dans l'allée. Les véhicules de la police s'arrêtèrent sur le parking du lycée. Hasumi put voir les gyrophares éclairer la nuit par la fenêtre. Il entendit des hommes courir autour du bâtiment, des ordres donnés par talkie-walkie.

Il songea un instant à changer de scénario. Un prof qui devenait fou à cause du suicide d'une élève…

Bah, inutile d'y penser. Ce n'est pas mon travail d'inventer des histoires, après tout. C'est celui de la police.

11

Les serial killers et les tueurs de masse présentent deux profils différents.

Shimodzuru se souvint d'avoir lu cela dans un livre de psychologie criminelle. Ses études de policier ne contenaient aucun cours sur ce thème et même au sein de la criminelle, il n'y avait pas de spécialiste en la matière. Il avait lu ce livre par intérêt personnel.

Il existait deux principaux types de serial killers. Ceux qui tuaient pour passer à la postérité, et ceux qui le faisaient par jouissance. Les victimes étaient généralement considérées comme des proies et choisies de manière aléatoire. On pouvait ajouter à cela l'exception des meurtriers des assurances, qui commençaient pour toucher des dédommagements et continuaient à tuer par habitude.

Les tueurs de masse, eux, avaient des cibles bien définies ; on les assimile souvent au tristement célèbre massacre de Tsuyama, d'après ce fait divers survenu en 1938 dans un village japonais. Les victimes étaient généralement des amis, des personnes de la famille, des connaissances. Les tueries de masse survenant dans la rue ou dans des écoles étaient d'ordinaire motivées par un sentiment d'aliénation, un complexe d'infériorité. En tuant des personnes faibles, les criminels déchargeaient leur colère, obtenaient une sorte de vengeance.

Ce qui différenciait les deux profils, c'était aussi le fait que les tueurs de masse avaient une large tendance à se suicider, à la différence des serial killers. C'était comme un suicide de masse forcé.

Mais ça. Cette situation cauchemardesque. Qu'est-ce que c'était ?

Shimodzuru en avait encore les genoux tremblants. Pas mal de jeunes officiers n'avaient pu se retenir de vomir. Lui-même, alors qu'il n'en était pas à son premier macchabée, était à deux doigts de rendre son dîner.

Il avait beau être policier, personne ne pouvait rester de marbre devant ce massacre. Beaucoup d'entre eux auraient besoin d'un suivi psychologique.

Il observa le professeur Seiji Hasumi. L'homme était assis sur le canapé du proviseur et s'essuyait le front à l'aide d'un linge. Il semblait épuisé, mais en dehors de cela, pas vraiment secoué.

Face à lui se tenait l'inspecteur Masubuchi.

— Monsieur Hasumi, je sais que vous venez de traverser une épreuve terrible, que vous êtes blessé, mais j'aurais besoin que vous répondiez à mes questions.

— Oui, bien sûr, répondit l'autre d'une voix posée.

Sa blessure au front, profonde, n'avait pas fini de saigner, et son nez semblait cassé. Sa joue était hideusement enflée, peut-être avait-il une pommette fracturée.

C'était irréel de le voir agir avec tant de naturel alors qu'il était dans un état aussi pitoyable. Tout autour d'eux, des dizaines de personnes s'activaient en tous sens, diverses branches de la police unissant leurs compétences afin de rassembler le plus d'indices possible.

— Si je reprends votre déposition, le coupable serait le professeur d'arts plastiques, M. Takeki Kume, qui a pénétré dans l'établissement armé d'un fusil de chasse, vous a attaqué et, enfin, menotté. Puis il a tué tous les élèves présents avant de se suicider. Est-ce exact ?

— Oui.

— Dans ce cas, il reste plusieurs points que je souhaiterais éclaircir avec vous. Comprenez bien que nous ne mettons pas votre parole en doute, nous cherchons simplement à aller au fond des faits.

Masubuchi posa les yeux sur son calepin en toussant. La main dans laquelle il tenait son stylo tremblait imperceptiblement. C'était un type plein d'arrogance au quotidien, mais ce soir-là, il avait perdu de sa morgue.

— Tout d'abord, il nous semble invraisemblable que cette tuerie ait pu être perpétrée par une seule personne. Il y avait une quarantaine d'élèves présents, et ils ont même monté des barricades. Il est difficile d'envisager qu'aucun d'entre eux n'ait pu s'échapper… À moins que le tueur n'ait suivi une formation militaire, ou qu'il ait bénéficié de l'aide d'un complice, c'est hautement improbable.

Hasumi pencha légèrement la tête.

— Je n'ai pas vu ou entendu de complice. Le professeur Kume était seul lorsqu'il m'a attaqué.

— Je vois…

Masubuchi soupira. C'était le genre d'homme à toujours vouloir être sur le coup en cas de meurtre ou de vol spectaculaire, afin de recevoir tous les honneurs d'une enquête rondement menée. Cette fois, apparemment, il aurait préféré être ailleurs.

— Cependant… reprit Hasumi. Il se pourrait que… Non, non, je ne veux pas avoir de propos insultants à l'égard d'une personne qui n'est plus de ce monde.

— Ne vous en faites pas, nous nous occuperons de préserver au maximum la vie privée des personnes. Si vous avez un soupçon, n'hésitez pas à nous en faire part. Nous devons explorer toutes les pistes.

— Eh bien, il y avait un second professeur présent ce soir, alors qu'il n'aurait pas dû être là.

— De qui s'agit-il ?

— Je veux parler de M. Shibahara. Ce soir, il ne devait y avoir que M. Sonoda et moi-même. M. Sonoda était là pour assurer la sécurité à la place de M. Nekoyama, et moi afin de permettre à mes élèves de passer la nuit au lycée. Mais je n'arrive pas à m'expliquer ce que M. Shibahara faisait là…

— D'accord… (Il griffonna quelques notes.) Vous diriez donc que le professeur Shibahara pourrait avoir été le complice du professeur Kume ?

— Ah, ça… Tout ce que je peux dire, c'est que je ne sais pas pourquoi il était là.

— Et comment avez-vous eu connaissance de sa présence ?

— Je crois bien l'avoir aperçu alors qu'il longeait le couloir entre le bâtiment nord et le bâtiment principal. C'était vers 6 heures, 6 h 30, je dirais.

— Lui avez-vous parlé ?

— Non. Je l'ai juste aperçu de dos.

— Et ça vous a suffi pour déterminer avec certitude qu'il s'agissait bien de lui, alors que le soleil était couché ?

— Il ne faisait pas tout à fait noir encore, et je l'ai reconnu parce qu'il porte toujours le même survêtement, ainsi qu'un katana dans le dos.

Shimodzuru n'y tint plus.

— Comment saviez-vous que le professeur Shibahara était mort ?

Masubuchi lui fit les gros yeux. Son collègue ne respectait pas la hiérarchie. De plus, il avait déjà eu quelques démêlés avec le dénommé Hasumi… Ce n'était pas à lui de poser les questions.

— Pardon ? fit Hasumi.

Shimodzuru répéta sa question.

— Pardonnez-moi, je ne comprends pas…

— Vous venez juste de dire que vous ne souhaitiez pas dire du mal des morts. Vous saviez donc que Shibahara était mort. Comment l'avez-vous su ?

— Vous voulez dire… que M. Shibahara est vivant ? Ah, je pensais qu'il n'y avait aucun survivant ! s'exclama Hasumi en lui adressant un regard froid.

— Eh bien…

— Monsieur Shimodzuru ? le coupa Masubuchi. Si vous permettez, c'est à moi de mener l'interrogatoire. Est-ce compris ?

— Pardonnez-moi, répondit le policier en baissant la tête.

Il ne devait se faire expulser de la pièce à aucun prix, quitte à se montrer docile. Son collègue reprit :

— M. Shibahara est bien mort, cependant les circonstances autour de son décès restent floues.

— C'est-à-dire ? demanda Hasumi d'un ton parfaitement détaché, comme s'il était simplement intéressé par le déroulement de l'enquête.

— Il a été retrouvé couvert de blessures, et il semble que les élèves l'aient pris à partie pour le lyncher. La cause du décès n'est pas le coup de feu qu'il a reçu, mais bien une flèche dans sa gorge.

Tu lui donnes trop d'informations ! bouillonna Shimodzuru.

Il avait déjà interrogé Hasumi, il le savait mieux que quiconque : il n'était pas facile de le percer à jour, et plus on lui parlait, mieux il rebondissait.

— Une flèche ? Dans ce cas, c'est probablement Kakeru Takagi qui l'a tué. C'est un champion de tir à l'arc. *C'était*… (Le prof poussa un soupir déchirant.) Il a probablement voulu défendre ses camarades, c'était un bon garçon, vous savez… Ah, mais… ils étaient tous formidables, mes élèves…

Les policiers présents dans la salle eurent du mal à contenir leur émotion.

— Mais si les élèves s'en sont pris à lui, lança Hasumi en reprenant contenance, cela veut sûrement dire qu'il était complice du professeur Kume, non ?

— Quelles étaient vos relations avec le professeur Shibahara ?

Encore une fois, Shimodzuru n'avait pu se retenir. Masubuchi lui adressa un regard noir, mais il n'y prêta aucune attention, se concentrant sur la réponse de Hasumi.

— Pardon ? fit de nouveau ce dernier.

Shimodzuru comprit que cette fois, ce n'était pas pour gagner du temps. Le prof d'anglais avait des soucis d'audition. Comme s'il avait été exposé à un bruit trop fort pendant une longue période.

— Aviez-vous de bons rapports avec le professeur Shibahara ?

Hasumi l'avait regardé droit dans les yeux, sans ciller. Shimodzuru sentit son dos se glacer. Il comprit que l'autre tentait de lire sur ses lèvres afin de cacher sa surdité temporaire.

— Non, je n'ai jamais entendu parler de ça, répondit-il étrangement. Ils n'avaient pour ainsi dire aucun point commun. Cependant… je peux dire qu'ils avaient tous deux… des vues déplacées à l'égard des élèves. C'est peut-être ce qui les a rapprochés, qui sait ?

— Des vues déplacées ? s'exclama Masubuchi. Précisez, s'il vous plaît. Vous parlez de rumeurs, ou bien avez-vous des preuves ?

L'inspecteur se faisait clairement balader par Hasumi.

— Eh bien, ce dont je crois être certain, c'est que le professeur Kume était homosexuel. Il était désespérément amoureux de Masahiko Maejima, l'un de mes élèves. Et il semblerait que Maejima était proche de lui.

Cependant, je ne saurais vous en dire davantage sur la nature de leur relation.

On aurait dit que le prof d'anglais se lançait dans un exposé.

— Quant au professeur Shibahara, un grand nombre de rumeurs ont circulé à son sujet. On m'a appris qu'une de mes élèves, Miya Yasuhara, subissait du harcèlement sexuel de sa part, et je suis allé le confronter directement.

— Miya Yasuhara, vous dites ?

Shimodzuru releva les sourcils. La fille qui s'était jetée du toit en laissant une lettre d'adieu… alors que tous les autres élèves avaient simplement été massacrés les uns après les autres ! On aurait dit que deux histoires différentes se croisaient.

— A-t-il reconnu le harcèlement ?

— Non, il a nié fortement.

— C'est la victime, qui vous en a parlé ?

— Non, c'était Reika Katagiri.

On frappa à la porte et un officier entra dans la pièce. Il chuchota quelque chose à l'oreille de Masubuchi.

— Vraiment ? Vous êtes sûr ?

L'inspecteur semblait hautement surpris. Hasumi le dévorait des yeux.

— Bien, je vous rejoins dès que j'ai terminé ici.

Il se tourna vers Hasumi avec un regard acéré.

— J'ai une dernière question à vous poser, et j'espère que vous ne le prendrez pas personnellement, mais c'est un détail qui nous chiffonne, voyez-vous… Savez-vous pourquoi le meurtrier vous a épargné, vous et vous seul ?

Le prof d'anglais haussa les épaules.

— Je n'en ai aucune idée. Peut-être avait-il l'intention de revenir m'achever à la fin, et qu'il m'a oublié ? Mais il est aussi possible qu'il ait voulu laisser une personne derrière lui, afin d'être sûr que l'on sache ce qui s'était passé, et de devenir célèbre.

Shimodzuru ressentait un malaise croissant à entendre parler cet homme avec autant de détachement et de logique, alors qu'il sortait miraculeusement indemne d'un événement terrible…

C'était lui, le tueur. Shimodzuru en aurait mis sa main au feu. Déjà, lors de l'affaire du lycée de ***, il avait eu de sérieux doutes à son sujet. Mais cette fois…

Il se souvint de ces deux élèves, Reika Katagiri et Yûichirô Nagoshi, qui étaient venus le voir, implorant son aide. Les ados avaient cerné la véritable nature de leur professeur. Ils semblaient si sérieux, et si effrayés…

Pourquoi ne les avait-il pas écoutés plus attentivement, pourquoi n'avait-il pas agi ? Shimodzuru devait reconnaître qu'il avait été traumatisé par la précédente enquête concernant le professeur d'anglais. Cet homme savait comment mettre la pression sur les gens. Il avait utilisé les élèves et les médias pour faire endosser le mauvais rôle à la police. On avait ordonné à Shimodzuru de lâcher l'affaire, et finalement, il avait été rétrogradé à la Sécurité.

Et voilà, j'ai rentré la queue entre les jambes... J'aurais pu éviter ce drame.

Il avait même parlé à Reika au téléphone, un peu plus tôt dans la soirée. Quand la ligne avait été brutalement coupée, il ne s'était pas inquiété plus que ça… Il avait une montagne de papiers à terminer. S'il avait fait plus attention… S'il avait tenté de la rappeler…

Il ne pourrait plus jamais revenir en arrière.

Il eut l'impression d'entrer dans un cauchemar qui n'aurait jamais de fin.

Masubuchi repartit à l'attaque, plus offensif.

— Il y a encore des points, à propos du comportement du tueur, qui manquent de cohérence. Pourquoi portait-il des gants, alors qu'il ne se souciait visiblement pas de s'en sortir blanchi ?

— Je n'en ai aucune idée, répliqua platement Hasumi.

— Lorsque vous avez parlé avec le tueur, vous a-t-il fait part de son plan ?

— Non. Il posait les questions, je répondais. Puis il m'a frappé et j'ai perdu connaissance.

— Qu'est-ce qu'il voulait savoir ?

— Le nombre d'élèves et de professeurs présents ce soir. Il m'a aussi demandé où se trouvait Maejima.

Masubuchi était clairement envahi par le doute. Quoi qu'on lui demande, Hasumi avançait une réponse, sans la moindre hésitation. C'était une partie de ping-pong plus qu'un interrogatoire.

— De la même façon, pourquoi aurait-il voulu détruire les enregistrements de la caméra, et les objets dont il s'est servi ?

— Je me pose la même question que vous.

— Il y a trop de zones d'ombre. Pourquoi aucun élève n'a utilisé son portable pour appeler au secours, alors qu'ils ont envoyé des signaux en morse ?

— Des signaux en morse ? s'étonna Hasumi.

— Des habitants des environs nous ont signalé des SOS envoyés en morse par une fenêtre du lycée. Ils ont d'abord pensé qu'il s'agissait d'une plaisanterie, jusqu'à ce qu'ils entendent des coups de feu… C'est là qu'ils nous ont appelés.

— Je comprends… Concernant les portables, cela s'explique peut-être par le dispositif anti-triche…

— Hein ? De quoi s'agit-il ?

— Eh bien, je n'en suis pas fier, voyez-vous, mais… un brouillage radio a été installé. Des rumeurs circulaient à propos d'une tentative de tricherie à grande échelle parmi les élèves, c'est pourquoi il a été décidé d'utiliser ce moyen, uniquement lors des examens, afin de préserver la valeur de leurs efforts.

— Mais… cela tombe sous le coup de la loi, affirma Masubuchi, déconcerté.

— En effet. C'est le professeur de physique, M. Yagisawa, qui a mis ce dispositif au point, tout en sachant que c'était interdit. Le proviseur adjoint, M. Sakai, a bien insisté pour que le périmètre d'action soit aussi réduit que possible.

— Hé ! appela Masubuchi. Qu'on vérifie s'il y a du réseau.

Lui-même jeta un coup d'œil à son portable, en mode silencieux, et constata qu'il ne captait pas.

Quelle boulette… Les policiers communiquant entre eux par radio, personne ne s'était aperçu de ce détail primordial. Se le faire apprendre par le suspect lui-même était rageant.

— Et donc, reprit Masubuchi, dissimulant à peine son humeur, M. Kume aurait été au courant de ce dispositif de brouillage ?

— Oui, bien sûr. Je lui en avais déjà parlé, et nous désapprouvions, mais que voulez-vous, nous ne sommes que des subalternes… Il nous arrive de nous plaindre entre nous.

Il ment, devina Shimodzuru.

Même sans avoir de préjugés à l'encontre de Hasumi, son histoire ne tenait pas la route. Rien ne prouvait que Kume avait effectivement eu vent du système de brouillage.

Par ailleurs, de l'aveu même du suspect, lui-même était parfaitement au courant de l'existence de cet outil.

Le policier de tout à l'heure revint, ce qui acheva de mettre Masubuchi en rogne.

— J'ai dit que j'arrivais ! Hein ? Comment ça, vous ne pouvez pas l'empêcher de…

La porte s'ouvrit à nouveau, et Shimodzuru fut frappé de stupeur. Il avait été mis à l'écart des opérations, et n'avait donc pas été informé que tous les élèves de 1re 4 n'étaient pas morts !

Hasumi en resta bouche bée. S'il jouait la surprise, il était convaincant.

— Je suis heureux de vous revoir, monsieur Hasumi.

C'était Yûichirô Nagoshi. Il portait un blouson de la police sur ses épaules nues.

— Qu'est-ce que ça fait, de voir en face le visage d'un élève que vous pensiez avoir tué ? cracha le jeune homme. Pourquoi, hein ? Même un monstre n'aurait pas fait ça ! Je suis venu pour obtenir une réponse !

À ses côtés, Reika Katagiri fixait le prof d'anglais avec hargne. Elle portait un sweat-shirt de la police.

Shimodzuru n'avait jamais vu de telles expressions sur les visages de ces jeunes. Il en fut très impressionné.

Hasumi, quant à lui, semblait avoir du mal à recouvrer ses esprits.

— Quelle surprise… c'était donc ça…

Puis il changea complètement de physionomie, afficha un air de profond soulagement.

— Mes chers élèves ! *Magnificent !* Vous avez réussi à survivre à cet enfer ! Je suis tellement fier de vous…

— Salopard ! vociféra Yûichirô. Arrête tes conneries ! Tu as massacré toute notre classe, et tu oses encore…

— Vous ne vous en tirerez pas, cette fois ! s'écria Reika. On sait que c'est vous !

Masubuchi se releva, les mains en avant.

— Allons, je vous prie, calmez-vous…

— Nous calmer ? s'étrangla Yûichirô. Cet enfoiré a essayé de nous tuer, il a massacré tout le monde, et vous voulez que je me calme ? Qu'est-ce que vous attendez pour le coffrer ? C'est lui, le tueur !

Hasumi se leva à son tour.

— Inspecteur, je tiens à m'excuser pour la conduite

de mes élèves. Ils sont en état de choc et ne savent pas ce qu'ils disent.

— Connard !

Le jeune homme se rua sur le prof d'anglais, mais Masubuchi l'intercepta.

— Enfoiré ! Je vais te buter, je vais te buter !

Hasumi se fendit d'un sourire affligé. Ce qui terrorisa Shimodzuru jusqu'au plus profond de ses entrailles.

— Pourquoi pensez-vous que c'est moi, le tueur ? demanda le prof d'anglais.

— Pourquoi ? répétèrent les ados, tremblant de rage.

— Vous n'avez pas vu son visage, ni même entendu sa voix, je me trompe ? Sinon, vous auriez vu qu'il ne s'agissait pas de moi...

— On vous a vu, répondit Yûichirô, poings serrés. On était au troisième, baignant dans une mare de sang, prétendant être morts. Et vous êtes passé au milieu des cadavres, tout près de nous !

— Vous n'avez pas vu le visage de la personne qui est passée près de vous, j'imagine.

— Vous êtes le seul à avoir survécu !

— En effet, car le coupable s'est suicidé.

— On t'a entendu siffler ! L'air que tu siffles toujours !

— Ah, ce n'était pas moi... Je l'ai entendu aussi, c'est un air différent de celui que je connais, même s'ils se ressemblent.

Yûichirô tomba à genoux.

— Putain... Putain !

Reika, livide, restait raide comme la justice.

Même Masubuchi, d'ordinaire si sûr de lui, eut de la peine à avaler sa salive.

C'est perdu d'avance, mes pauvres... Ce type est le diable en personne.

Shimodzuru sortit de la salle en silence.

On ne peut pas gagner... C'est perdu d'avance. On ne peut rien faire.

Il n'en pouvait plus. Il en était désolé, mais il ne pouvait rester une minute de plus dans ses lieux où un génie du mal avait annihilé toute forme d'humanité et était parvenu à ses fins.

— Monsieur Shimodzuru !

Qu'est-ce qu'il y a, encore...

Il releva la tête lentement. Un agent qu'il connaissait de vue l'invita à le rejoindre à l'infirmerie.

— Vous devriez écouter ça... lui dit celui-ci d'un air grave.

Lorsque Shimodzuru revint dans le bureau du proviseur, l'interrogatoire venait tout juste de se terminer. Hasumi affichait la mine satisfaite de celui qui peut enfin s'échapper d'une réunion de travail terriblement ennuyeuse. Reika et Yûichirô, eux, étaient désemparés. Ils étaient en train d'assimiler qu'il n'existait aucune justice en ce bas monde.

— Restez assis, lança Shimodzuru à la ronde.

— Je peux savoir ce que vous faites ? Ce n'est pas parce que vous avez eu affaire dans le passé à Hasumi que ça vous donne le droit d'agir comme bon vous semble !

— Je vais tout vous expliquer, Masubuchi. Donnez-moi trois minutes. Je sais qui est le coupable, et j'ai la preuve avec moi.

Il posa sur la table un défibrillateur d'un orange éblouissant.

— Quelle soirée, n'est-ce pas, monsieur Hasumi ? Vous avez été tellement accaparé que vous en avez oublié ce détail : les DAE sont pourvus de dispositifs d'enregistrement.

Il appuya sur un bouton.

Bruit de pluie. Panique des élèves en mouvement. On put même entendre un garçon qui avalait péniblement sa salive.

« Vérifiez l'état de conscience et la respiration de la victime. »

Une voix de femme, probablement celle enregistrée dans la machine.

« Éloignez-vous de la victime. Nous allons procéder à la détection d'activité cardiaque. Un choc électrique est nécessaire. Éloignez-vous de la victime. Veuillez appuyer sur le bouton clignotant. Le choc électrique a été envoyé. Veuillez procéder au massage cardiaque. »

« Ohé ! Tout va bien ? »

La voix de Hasumi.

« Vous êtes là ?... Faites attention, c'est le professeur Kume qui est devenu fou ! Il est armé d'un fusil de chasse et vient de s'éloigner pour rejoindre les étages supérieurs... »

— Qu'est-ce que c'est que cette histoire ? lâcha Masubuchi à voix basse. Vous n'étiez pas censé être menotté ?

« Oh, il y a du sang partout ! Vous êtes blessés ? Combien êtes-vous là-dedans ? Quelqu'un a été touché ?

— Monsieur Hasumi... répondit une voix de jeune garçon. *C'est vrai, pour Kume ? »*

— C'est la voix de Yamaguchi, murmura Yûichirô.

« C'est la triste vérité. Moi aussi, j'ai du mal à le croire...

— Qu'est-ce qui vous est arrivé ?

— J'ai croisé le professeur Kume... J'ai bien failli y rester. Mais dites-moi plutôt, qui a été touché ?

— *C'est Shûhei, monsieur !* s'écria Yamaguchi en larmes. *Son cœur ne bat plus... Aidez-le !* »

Reika plaqua la main devant sa bouche pour étouffer un cri.

« Compris. Enlevez-moi tout ça, j'entre.
— *Pourquoi M. Kume ferait-il une chose pareille ?* » demanda une autre voix.

— C'est Ryôta... expliqua Yûichirô, les mâchoires serrées.

« Il semblerait qu'il ait conçu des sentiments déplacés pour une personne du lycée. Quelqu'un qui ne lui a pas retourné son amour. Ça l'a rendu fou.
— *Quelqu'un ? Une fille de notre classe ?* voulut savoir Ryôta, dont le ton indiquait l'incrédulité.
— *Non, pas une fille... Il s'agit de Maejima.*
— *Hein ? Il est amoureux d'un garçon ?*
— *On s'en fout, putain !* s'écria Yamaguchi. *Faites-le entrer, et vite !*
— *Ce n'est pas bon du tout, son cœur ne bat plus...* »
On entendit les ahanements désespérés de Yamaguchi qui se démenait pour sauver son camarade en pratiquant un massage cardiaque.
« Ça va pas, m'sieur, il... »
Yamaguchi étouffa un cri de surprise.
« Pourriez-vous vous baisser un peu ? fit la voix de Hasumi.
— *Mon... Monsieur Hasumi ? Qu'est-ce que vous...*
— *Rapprochez-vous du fond.* »
Deux formidables coups de fusil retentirent. Le niveau d'enregistrement du défibrillateur était limité, mais on pouvait ressentir toute la puissance des explosions, tout

ce qui avait volé en éclats. On entendit les cartouches vides rouler à terre.

« Décidément, ce n'est pas évident de tuer quatre personnes avec deux balles ! Mais ne t'inquiète pas, je vais abréger tes souffrances. »

— Arrêtez ! supplia Reika, qui se bouchait les oreilles.

Shimodzuru stoppa la bande.

— Tu pensais vraiment pouvoir t'en tirer, hein ? lança-t-il à Hasumi d'une voix enrouée qui lui sembla étrangère. Sans même être suspecté, hein ? Je dois dire que les démons dans ton genre, vous savez écraser ceux qui tentent de vous faire face… Et pourtant, pourtant… Ce qui t'a fait tomber, ce à quoi tu ne t'attendais pas, c'est le comportement d'un seul élève. Un garçon qui voulait sauver son camarade à tout prix. Grâce à lui, on te voit sous ton véritable jour. Alors, qu'est-ce que tu dis de ça, hein ?

Hasumi, le visage neutre, se contenta de hausser les épaules.

Shimodzuru eut l'impression de vivre une scène irréelle. Cela lui donna le tournis.

Qu'est-ce que c'est que cette chose devant moi ?

Le sentiment était partagé par tous les agents présents dans la pièce. Personne ne comprenait à quoi ils avaient réellement affaire.

Masubuchi fut le premier à revenir à lui-même.

— Seiji Hasumi, vous êtes en état d'arrestation.

Il fit se lever le prof d'anglais, lui passa les menottes et fit signe qu'on l'emmène. Dans son dos, la voix de Reika, stridente, s'éleva.

— Et Keisuke ? Tu l'as tué aussi ?

Hasumi se retourna. L'espace d'une seconde, il plongea son regard dans celui de son élève. Il n'y avait aucune confusion dans ses yeux.

— Ah, désolé… lança-t-il enfin, comme s'il s'excusait pour un retard. Mais tout cela, c'est la volonté de Dieu. Elle s'exprime dans ma tête, me donne des ordres. Tous les élèves de la 1re 4 ont été la proie du diable, c'était le seul moyen de sauver leurs âmes.

Cet enfoiré…

Shimodzuru tremblait de peur. Ou de colère. Il ne savait plus très bien.

Cet enfoiré est déjà en train de jouer la partie suivante !

— Réponds, pour Keisuke ! cingla Reika.

Mais le prof tourna les talons et encouragea les policiers qui l'entouraient à avancer.

— Emmenez-le, ordonna Masubuchi.

Hasumi fut conduit hors du lycée. Quelques instants plus tard, on l'entendit siffloter au loin.

12

Le professeur Sanada les aperçut dès qu'il entra dans le salon de thé et leur fit un signe de la main.

Reika et Yûichirô lui répondirent de même.

— Ça a dû être terrible, leur dit-il après avoir commandé un café.

Il avait maigri. Ses joues creuses étaient couvertes de duvet, ses yeux avaient perdu leur éclat.

— Pour vous aussi...

— Oh, ça n'est rien, en comparaison de ce que vous avez vécu...

Il tenta un sourire timide qui mourut instantanément.

— Ce qui s'est passé, c'est juste... C'est comme un cauchemar sans fin. Mais vous... vous avez survécu et vous savez... C'est la seule chose à quoi je me raccroche.

L'établissement était quasi vide, mis à part un homme qui lisait les pages sportives à quelques tables de là. La couverture de son journal était, comme d'habitude, consacrée au « plus grand et plus horrible massacre de l'histoire, perpétré par le tueur Seiji Hasumi ». Cela faisait plus d'un mois que l'affaire avait eu lieu, mais les médias n'étaient pas près de lâcher ce filon sensationnel. Leurs articles n'avaient jamais été aussi au diapason depuis l'attentat de la secte Aum.

— Les charges de conduite en état d'ivresse ont-elles été annulées ? demanda timidement Reika.

— Oui. C'est à vous que je le dois. C'est grâce à votre témoignage. Une reconstitution a eu lieu, et on a pu prouver que la pédale avait été actionnée avec l'un des tuteurs à rosier.

— Vous allez revenir enseigner en lycée ? voulut savoir Yûichirô.

— Je ne sais pas encore. Shinkô Machida ne se relèvera pas, mais peut-être que l'on voudra bien de moi quelque part, loin d'ici… Vous savez, quand quelque chose d'aussi affreux vous arrive, les gens se demandent toujours si vous ne portez pas une quelconque responsabilité… Je pense que je serai toujours suspecté et mis à l'écart.

Le lycée n'avait pas réouvert depuis le drame. La plupart des élèves avaient été redirigés vers d'autres établissements. Aucune nouvelle demande d'inscription pour l'année suivante n'était parvenue et tout le monde savait que le lycée endeuillé était voué à disparaître. Le proviseur Nadamori avait été interné en hôpital psychiatrique. Étrangement, ce n'était pas le massacre des 1re 4 qui avait déclenché l'aggravation de son état, mais la découverte d'un cadavre sous la cuisine de Tsurii, le professeur de mathématiques.

Le meurtre remontait trop loin dans le temps pour être imputable à Hasumi. C'était probablement Tsurii lui-même qui avait tué sa femme. Le coupable présumé s'étant donné la mort, l'affaire avait été classée sans suite.

Le proviseur adjoint, M. Sakai, s'était rapidement retiré des affaires publiques. Le rôle de porte-parole du lycée face aux médias était donc retombé sur les épaules d'Ôsumi, le directeur de l'enseignement. Or, les soucis avaient vite eu raison de sa santé, qui s'était considérablement dégradée ces derniers jours.

— Mais vous deux, comment allez-vous ? Je n'ose imaginer l'enfer que vous avez traversé… Et tous vos amis…

Il se tut, incapable de trouver les mots justes.

— On ne peut pas dire que ça va, répondit Reika, un imperceptible sourire sur les lèvres.

On aurait dit qu'elle avait oublié comment se réjouir, qu'elle essayait un masque.

— Il n'y a que nous trois, continua-t-elle. Alors on doit continuer à vivre. On a eu cette chance.

— On se sent coupables vis-à-vis des autres, ajouta Yûichirô. Notre survie, on la doit uniquement à Fûko et à Tôru… On doit vivre pour eux. Et pour tous nos camarades.

Sanada acquiesça en silence tandis qu'on lui servait son café.

— Ça a dû être horrible, d'utiliser leurs corps… Mais je… je suis sûr que c'est ce qu'ils auraient voulu.

Comment était-il possible de tourner cela de manière acceptable ? La vérité, c'est qu'ils avaient jeté les cadavres de leurs camarades et amis dans la goulotte d'évacuation, afin qu'ils se fassent tirer dessus et que le tueur croie les avoir assassinés.

Reika soupira. Elle n'oublierait jamais cette sensation, lorsque le cadavre de son amie avait été pris pour cible. Elle avait ressenti la douleur dans son propre corps.

Ils devraient vivre avec ça.

Parce qu'ils le pouvaient. Hasumi, lui, faisait partie de ces êtres incapables de ressentir la douleur des autres.

La télé émit une mélodie dramatique et spectaculaire. Reika leva les yeux vers l'écran, presque sûre de ce qu'elle allait voir. Bien entendu, c'était encore un show à sensation autour du massacre.

« Cela fait exactement un mois que s'est déroulé le drame du lycée Machida, mais il reste encore beaucoup de zones d'ombre dans cette affaire. Pourquoi ces trente-huit élèves et ces trois professeurs ont-ils trouvé la mort ce soir terrible ? »

— Vous voulez qu'on s'en aille ? leur demanda Sanada.

— Non, ça va, le rassura Reika.

— Si on devait fuir chaque fois, on ne vivrait plus, ajouta son ami.

Des images, diffusées maintes et maintes fois désormais, apparurent à l'écran. Filmées par Hisashi Nakamura, elles montraient les premiers jours de ce qui aurait dû devenir son making of de la fête culturelle.

« Il faut revenir sur la personnalité de celui qui a tué ces élèves sans le moindre remords... »

— Je ne sais pas si cela a un lien avec cette affaire, mais... a-t-on des nouvelles de Keisuke ? s'enquit le prof de maths.

Yûichirô afficha une mine sombre. Il était convaincu que son ami n'était plus de ce monde. Reika, au fond d'elle-même, le savait aussi.

Or Hasumi, pour une raison inconnue, refusait de parler de Keisuke. C'était rageant, mais d'un certain côté, ça permettait à la jeune fille de conserver, quelque part en elle, un soupçon d'espoir. Tant qu'elle n'avait pas de preuve tangible que son ami était mort...

« Il y a aussi cette jeune fille qui s'est jetée du toit le soir de la tragédie, mais qui en a miraculeusement réchappé. M. Y. récupère bien, selon nos sources, mais elle refuse de parler de ce qui lui est arrivé. »

L'image de Miya apparut à l'écran, floutée afin de conserver son anonymat.

— Je ne comprends pas pourquoi elle garde le silence, dit Sanada. C'est vrai qu'il y avait cette rumeur, comme quoi on l'avait vue descendre d'une Porsche...

Reika se demanda si sa camarade était toujours amoureuse de Hasumi.

— En tout cas, reprit Sanada, elle semble aller bien.

Les images à la télé montraient une jeune femme en fauteuil roulant qui refusait de répondre aux journalistes et qui, avec l'aide des infirmières et des gardes du corps, se hissait dans une voiture.

— Oui, elle va bien, répondit Reika.

— Tu l'as rencontrée ?

— Une fois, je suis allée la voir à l'hôpital.

Qu'est-ce qui l'avait motivée à rendre visite à cette fille dont elle n'avait jamais été proche ? Elle était la seule autre survivante de la 1re 4, et Reika avait absolument voulu lui parler.

Elle l'avait trouvée allongée sur le côté, les deux jambes dans le plâtre, le visage cireux. La première chose que lui avait demandée Miya, c'était de prendre soin de sa petite chatte, Jasmine, qui était enfermée dans un appartement. Reika avait demandé son aide à Shimodzuru, qui lui avait permis de récupérer l'animal. Une joie sans pareille s'était dessinée sur le visage de la convalescente lorsque Reika lui avait apporté, en douce, la chatte cachée dans un panier.

Elle l'avait depuis ramenée chez elle, où elle en prenait soin pour le moment.

« Seiji Hasumi ne nie pas les faits qui lui sont reprochés, mais prétend qu'il a agi sur ordre divin, car il entendrait des voix. Qu'en pensez-vous ?

— Je pense qu'il tente d'échapper à la responsabilité pénale. Le procès devra trancher, mais s'il ressort qu'il souffre de démence, j'ai bien peur qu'on ne le déclare non coupable. Ce serait un véritable désastre. »

De nombreux avocats s'étaient déjà manifestés dans tout le pays afin de prendre la défense de Hasumi et de lui éviter la peine de mort. Ils s'étaient regroupés pour constituer un lobby d'une ampleur sans précédent. Les avocats de la défense n'avaient pour lors accepté aucune des preuves à charge, et l'on redoutait que le procès ne s'éternise en raison de leur stratégie de reports et de prolongations.

« Vous voulez dire que le caractère anormal de ce crime, s'il était démontré, pourrait s'avérer favorable pour le prévenu ?

— Exactement. S'il est prouvé que le prévenu souffre de désordres psychiatriques, la défense n'hésitera pas à affirmer que cela doit le dédouaner de toute responsabilité. »

— C'est quoi, ces conneries ? s'indigna l'homme au journal en s'adressant au maître des lieux. Vous pouvez tuer des gens tranquille, comme ça, et on doit être aux petits soins avec vous, c'est ça ? Si vous voulez mon avis, les meurtriers, c'est tous des connards, il ne faut pas chercher plus loin !

— Je ne sais pas, répondit gravement le tenancier, je ne serais pas aussi catégorique.

« Il faut aussi prendre en compte que Seiji Hasumi, lorsqu'il était enfant, a vécu un traumatisme terrible, ses deux parents ayant été assassinés chez lui. Peut-on se relever d'un tel drame sans souffrir de séquelles ? »

— Je ne savais pas… murmura Sanada. Ce n'est pas étonnant qu'il soit devenu ce qu'il est devenu, alors… Même si ça ne l'excuse évidemment pas pour ses actes.

— Je ne crois pas à cette histoire, affirma Yûichirô à voix basse.

— Comment ça ?

— Je pense qu'il a tué ses parents lui-même. Il était au collège. C'est tout à fait possible.

— Mais c'est… balbutia Sanada.

Reika sentit la chair de poule courir sous ses vêtements.

Elle entendait cette histoire pour la première fois, mais son instinct lui criait que son ami avait raison.

La voix désormais tristement familière d'un avocat de la défense s'exprima :

« C'est un drame qui m'émeut profondément. Et si l'on résume, on peut dire que le meurtre de ces trente-huit élèves a été imputé à Seiji Hasumi sur la seule base d'une action d'un des élèves...

— Exactement. Et on a beau tenter de faire coïncider les preuves, il reste encore énormément de zones d'ombre et de contradictions. En réalité, nous ne détenons aucune preuve irréfutable, mis à part les aveux du prévenu lui-même... Cependant, nous sommes en train de mener une enquête sur les circonstances qui ont précédé ces aveux, car il semblerait que Seiji Hasumi ait subi un interrogatoire contre son gré... »

— Il ne va pas s'en sortir, hein, quand même, non ? murmura l'homme au journal.

— Si on peut y passer pour avoir tué trois personnes, je ne vois pas pourquoi on épargnerait un type qui a massacré trente-huit lycéens, répondit le tenancier. Ce serait injuste envers tous les autres criminels qui ont sauté...

Reika croisa le regard de Yûichirô.

Ils pensaient à la même chose. Ce soir-là, lorsque Hasumi avait été arrêté, il avait lancé le jeu final.

Serait-il oui ou non condamné à la peine de mort ?

S'il était condamné à perpétuité, il y aurait toujours le risque qu'il s'évade de prison. Que ce soit dans un an, dans dix ans ou des décennies plus tard, ils ne pourraient jamais complètement fermer l'œil : le tueur ne laisserait passer aucune occasion. Et s'il était interné en hôpital psychiatrique, autant considérer qu'il était relâché : il parviendrait à s'en échapper en un rien de temps.

Et à la seconde où il serait libre, il partirait à la chasse, il n'aurait de cesse qu'il ne les tue.

Un avion militaire américain déchira le ciel, emplissant tout l'espace sonore de son grondement terrible.

Reika serra sa tasse de café entre ses mains.

Elle entendit un faible claquement.

Et se rendit compte que c'étaient ses mâchoires qui tremblaient.

Secret

— Tu aimes quelqu'un ? s'étonna Asami Sasaki. C'est qui ?

Son visage s'était assombri : elle se faisait du souci.

— Hum… répondit Kozue Kurisu. Euh, c'est quelqu'un…

Elle mourait d'envie que son amie lui pose des questions, mais n'était pas prête à vendre la mèche pour autant. Elle avait un peu honte.

— Mais puisque tu me demandes de t'aider… C'est un garçon de la classe ?

— Euh, on peut le dire comme ça…

Asami fronça les sourcils.

— Kozue… tu m'as déjà dit que les mecs étaient tous des minables et qu'ils ne t'intéressaient pas.

Kozue sourit. C'était bizarre qu'elle soit aussi joyeuse avant un cours d'anglais, elle qui détestait ça d'ordinaire. Elle allait avouer…

— Attends ! s'écria Asami. Moi aussi, je suis amoureuse de quelqu'un… Je peux t'en parler en premier ?

— D'accord, vas-y.

— C'est notre prof principal…

— Hein ? Hasumi ?

Kozue sentit ses genoux fléchir. Pourquoi fallait-il que

sa meilleure amie tombe amoureuse du même homme qu'elle ?

— Oui… Je suis folle de lui. Alors, tu me soutiens ?

Kozue ne put faire autrement que d'acquiescer. Son amitié pour Asami était plus forte que tout. Elle réprimerait ses propres sentiments pour le prof d'anglais.

— Merci, Kozue, je savais que tu serais là pour moi ! On se le promet, d'accord ?

— Mais, Asami, j'ai du mal à comprendre… Tu me disais qu'il ne te revenait pas, notre prof d'anglais. Et puis, j'ai entendu dire qu'avec ton groupe, là, tous les quatre, vous vous étiez rebellés contre lui ? Sous l'impulsion de Sonobe, à ce qu'on dit…

Asami ne répondit pas et conserva un visage fermé. Un visage qui n'évoquait pas du tout une jeune fille éperdue d'amour.

Plus tard, lorsqu'elle rentra chez elle, Kozue se rendit compte que son amie ne lui avait pas demandé de qui elle était tombée amoureuse.

La leçon du mal

Dès qu'il entendit ce bruit, Haru Nakajima se sentit plonger au fin fond des enfers.

Peu de jobs étaient aussi cool que le sien. Gardien de nuit dans un grand magasin qui n'avait jamais eu à déplorer le moindre vol, et où le risque d'incendie était faible… Son rôle se bornait à faire quelques rondes dans les étages. Le reste du temps, il regardait la télé, jouait à des jeux ou lisait des mangas. C'était un passe-temps agréable plus qu'un emploi.

En tout cas, ça l'était encore quelques secondes plus tôt, avant qu'il n'entende ce bruit.

Ça venait de l'entrée du sous-sol. Quelqu'un s'en prenait violemment au rideau de fer. Haru regarda sa montre : 4 h 44. C'était trop tôt pour un alcoolique… Il y avait quelques sans-abri qui dormaient dans le passage souterrain, mais ils ne s'étaient jamais mal comportés.

Le manuel indiquait que, dans ces cas-là, il convenait de prévenir son collègue, de parler à l'individu par l'interphone et de tenter de le calmer. Si cela ne fonctionnait pas, il fallait sortir par une porte de service et aller discuter de manière pacifique avec le fauteur de troubles. Enfin, le cas échéant, il ne restait plus qu'à appeler la police.

C'était bien ce qu'il avait eu l'intention de faire.

Et pourtant, sans se l'expliquer, il s'approchait du rideau de fer.

Il tenait à deux mains devant lui sa lampe torche, un engin de cinquante centimètres de long en duralium qui, le moment venu, pouvait s'avérer efficace pour envoyer quelqu'un au tapis.

Il connaissait les risques et les conséquences s'il devait l'utiliser comme arme. On pouvait l'accuser de coups et blessures, ou même de tentative de meurtre. Peut-être même pouvait-il tuer quelqu'un…

Peut-être. Mais depuis ce qui était arrivé dans son lycée l'été dernier, Haru, jusque-là pacifiste convaincu, avait radicalement changé.

S'il devait être confronté au danger, il n'hésiterait pas : il tuerait l'ennemi à la première occasion. On n'a qu'une vie. Cette vie si précieuse, il ne laisserait pas un tueur psychopathe la lui dérober.

Alors obéis au manuel, se recommanda-t-il à lui-même. *Réveille ton collègue, suis la procédure !*

Sa raison lui criait de revenir sur ses pas, mais il était irrésistiblement attiré par la source du bruit.

Le drame avait fait le tour du monde. Le nom de la ville où il avait grandi était déjà devenu synonyme de tuerie. Le lycée Shinkô Gakuin Machida. Il était en terminale lorsque c'était arrivé. Lorsque toute une classe de première s'était fait décimer par son professeur principal, H.

C'était un prof d'anglais particulièrement doué, qui savait capter l'attention des élèves et leur permettait de retenir ses cours facilement. Ce qui avait eu pour effet de provoquer des cauchemars terribles chez tous ceux qui l'avaient déjà eu en classe. Haru lui-même, pendant quelque temps, n'avait pu trouver le sommeil sans boire d'alcool.

On l'avait transféré dans un autre établissement, mais

les regards curieux étaient vite devenus insupportables. Il avait décroché, s'était retrouvé dans une université de seconde zone, qu'il avait complètement abandonnée pour se consacrer à de petits boulots.

Ces derniers temps, il avait l'impression qu'il s'était enfin libéré des répercussions que ce drame avait eues sur sa vie. Certes, ça avait été un traumatisme, mais ce n'était pas lui qui avait vécu toutes ces horreurs. Et puis, il avait fini par réussir à arpenter les rayons du magasin sans ressentir de terreur particulière.

Jusqu'à cet instant.

Où quelqu'un frappait contre le rideau de fer.

Cela avait suffi à le plonger dans un état de terreur incontrôlable.

Le prof H. est revenu, ne pouvait-il s'empêcher de penser.

C'était complètement irrationnel. Le procès n'avait pas commencé et H. était incarcéré. Pourtant, la silhouette du prof d'anglais continua de s'imprimer dans un coin de son cerveau. Il se tournait vers lui et lui disait, avec son sourire bienveillant et son accent irréprochable :

« Hello, Mister Nakajima. Long time no see. »

Merde ! Je ne dois pas me laisser faire !

Il pressentait que, s'il n'affrontait pas sa peur, il ne s'en débarrasserait jamais. Qu'il croupirait toute sa vie dans la crainte de ce psychopathe. S'il devait se confronter à son fantôme, autant le faire immédiatement.

Haru ouvrit sans bruit la porte d'entrée, distante de quinze mètres du rideau de fer. Dissimulé dans l'ombre d'un pilier, il était invisible pour quiconque se tenait de l'autre côté du rideau.

Il essuya ses mains moites de sueur sur son pantalon et, calmement, sortit de l'ombre.

Le vacarme continuait. Comme si l'intrus frappait à une porte.

Haru fit un détour afin de s'approcher de l'homme sans se faire voir de lui, puis, à cinq mètres environ du rideau, il braqua sa lampe sur lui.

L'individu, de dos, était maigre et portait une chemise à carreaux non boutonnée. Il était appuyé contre le rideau, mais Haru put constater qu'il mesurait quelques centimètres de plus que lui.

Exactement comme H.

— Que faites-vous ici ? lança le jeune homme d'une voix qu'il aurait voulu autoritaire, mais qui fléchit sur les dernières syllabes.

L'homme s'agrippa au rideau des deux mains et se mit à marmotter à toute vitesse.

— Que faites-vous ici ? Veuillez cesser immédiatement !

Cette fois, sa voix était plus assurée.

L'homme ne fit pas mine d'arrêter ni de se retourner. Peut-être était-il saoul. Quoi qu'il en soit, Haru n'avait pas l'intention de baisser la garde.

L'autre se remit à maugréer dans sa barbe. Cette fois, le jeune homme l'entendit très clairement prononcer : « *I need...* »

Ses genoux se mirent à trembler.

Reprends-toi ! C'est impossible. Absolument impossible.

L'homme faillit se retourner mais se ravisa, peut-être ébloui par la lampe.

— J'ai très besoin de quelque chose, dit-il enfin.

C'était du japonais, cette fois, mais pas tout à fait naturel. Le faisait-il exprès ?

— De quoi avez-vous besoin ?

— *And I need it now. Will you open the shutter, please ?*

Sa voix ressemblait à s'y méprendre à celle de H.

C'est impossible. Impossible. Ne pense pas à ça, c'est débile.

— Le magasin est fermé.

Il ne reconnut pas sa propre voix, enrouée par la peur.

— Revenez à 10 heures, quand le magasin ouvrira.

L'homme pencha la tête et se remit à marmonner. Haru crut l'entendre dire « leçon du mal ».

— Que venez-vous de dire ? s'écria Haru. Juste à l'instant ?

L'homme se retourna enfin. C'était un Blanc, qui ressemblait à s'y méprendre à Ben Stiller. Il était clairement éméché.

— *It's long, man.*

#lisez! engagé
www.lisez.com
Pour plus d'information :
Imprimé sur du papier issu de forêts gérées durablement.

10/18 – 92 avenue de France, 75013 PARIS

Imprimé en France par
CPI Brodard & Taupin

N° d'impression : 3056361
X08258/08